d'ailleurs

collection dirigée par
Jane Sctrick

LE SECRET DU DOCTEUR BOUGRAT

Christian Dedet

LE SECRET DU Dr BOUGRAT

PHÉBUS

On a dit qu'il se passait des choses épouvantables dans notre caverne. Il s'y passe encore bien d'autres choses qu'il faut être médecin pour voir et comprendre.

LOUIS-FERDINAND CÉLINE

PREMIÈRE PARTIE

L'Affaire

1

UN ENCAISSEUR A DISPARU

Le 14 mars 1925, le commissaire André Robert, chef de la Sûreté de Marseille, est informé de la disparition d'un encaisseur, Jacques Rumèbe, employé de la société des Céramiques. Le policier lance un ordre de recherches et, dans le même temps, se fait apporter la fiche de renseignements.

Rumèbe avait mené jusqu'à ce jour une existence heureuse auprès de sa femme et de ses deux fillettes dans une modeste maison de Saint-Henri, banlieue nord de la cité phocéenne. Surveillant aux magasins Boka, où il gagnait cinq cents francs par mois, il était entré ensuite aux « Céramiques » où il avait été mieux appointé. Il bénéficiait de l'entière confiance de ses employeurs : ceux-ci en effet l'avaient chargé de se rendre tous les samedis au siège de la société, cours Pierre-Puget, où il se faisait remettre la paie des ouvriers. De goûts très simples, l'homme jouait aux boules, aux dominos; il aimait à confectionner de petites cages pour les oiseaux. Les états de service militaire sont immanquablement évoqués en cet après-guerre qui garde le souvenir vivace de la tuerie. Ceux de Rumèbe sont éloquents. Engagé volontaire au 126e R.I., sous-lieutenant à titre temporaire, nommé lieutenant le 10 août 1917, il a fait la Champagne et Verdun, les campagnes d'Italie et d'Orient. Rapatrié le 15 mars 1921 de Syrie, affecté au 3e Tirailleur algérien, à Bône, le 22 avril de la même année... il a été décoré de la Croix roumaine, de la Croix de guerre, proposé pour la Légion d'honneur.

Les recherches restant infructueuses, le chef de la Sûreté

passe à la reconstitution de l'emploi du temps de l'encaisseur le 14 mars, jour de sa disparition.

Rumèbe a quitté son domicile à six heures du matin pour gagner l'usine de Saint-Henri où, jusqu'à sept heures quarante-cinq, il a préparé les semainiers. Il revient tout d'abord chez lui où il prend son petit déjeuner. En compagnie de sa femme, il se rend chez des voisins, les G.; Mme G. lui restitue deux bons de la défense nationale de cinq cents et mille francs qu'il lui avait confiés afin qu'elle les changeât, ce qui n'avait pu être fait. Pendant ce temps, Mme Rumèbe va chercher un chapeau de feutre que son mari substitue à la casquette dont il était jusqu'alors coiffé. L'encaisseur quitte ses amis : « Je suis pressé. » Ces mots n'ont rien de l'habituelle galéjade. On voit le petit homme sauter sur le marchepied du tram de huit heures trente. Il doit arriver au terminus, place Carnot, à neuf heures dix. On retrouve sa trace vers dix heures, au siège de sa société. Normalement, le trajet de la place Carnot au cours Pierre-Puget ne nécessite que de huit à dix minutes. Après avoir accompli les formalités d'usage, Rumèbe se présente à M. Georges, caissier, qui lui remet la somme totale de huit mille cinq cent sept francs en coupures de cent, de cinquante, de dix, de cinq et en billon. Détail à souligner, un employé, Joseph Depollo, donne à Rumèbe une bouteille d'encre communicative que celui-ci met dans la poche de son veston. Puis, après avoir endossé son pardessus, Rumèbe quitte le siège de la société. Ici les témoignages divergent : il est onze heures quinze ou onze heures trente. A partir de ce moment, toute trace se perd.

Le chef de la Sûreté prend encore quelques notes. Celle-ci, qui a son importance : en principe, ce 14 mars, Rumèbe s'attendait à encaisser une somme de vingt-trois mille francs. Ce n'est qu'à la suite d'un changement d'instructions de dernière heure que le montant a été réduit à huit mille. Un fait que n'aurait pu deviner un éventuel agresseur...

Le fin policier qu'est André Robert ne s'inquiète pas trop. Il attend que lui parviennent quelques rumeurs, comme à l'accoutumée. « Il est rare, en effet », devait-il confier par la suite, « que les informateurs habituels de mes services ne me fassent parvenir aucune indication. On bavarde beaucoup à Marseille, et, tout fermé que soit le "milieu", des oreilles attentives y sont constamment à l'affût ». Mais dans cette affaire, aucune piste ne se dessine. Quant aux recherches engagées, elles n'aboutissent nulle part. Et ce silence auquel on se heurte semble d'emblée exclure que l'encaisseur de la société des Céramiques ait pu être victime de malfaiteurs professionnels.

Au cours des réunions consacrées à l'affaire, le commissaire avoue son embarras au juge instructeur; malgré les excellents renseignements recueillis sur le compte de l'employé, on en vient à envisager l'hypothèse d'une fugue, et l'un des directeurs de la société porte plainte contre Rumèbe qui devient, dès lors, inculpé et objet d'un mandat d'arrêt.

2

UN CURIEUX MÉDECIN

Le chef de la Sûreté revenait sans cesse à cette lacune dans l'emploi du temps de Jacques Rumèbe : qui l'encaisseur aurait-il pu rencontrer? Où avait-il pu s'attarder pendant la demi-heure qui séparait la descente du tram, place Carnot, de son arrivée au siège de la société? Qui aurait-il pu être amené à voir, ou à revoir, passé onze heures trente ce même jour?

André Robert ne peut s'empêcher de penser que la clé de l'énigme se trouve là. Aussi son attention est-elle en éveil lorsque, quelques jours plus tard, la trace de Rumèbe après son encaissement à la société des Céramiques semble être retrouvée.

Un certain Garrel, directeur de clinique, était en rapport avec Rumèbe qu'il avait soigné, deux ans plus tôt, pour une affection oculaire, séquelle de malaria. Rumèbe et le docteur Garrel avaient noué des liens cordiaux et, tout récemment, le premier avait confié au second qu'il venait de revoir à Marseille un ancien compagnon de tranchées, le docteur Pierre Bougrat, éminent praticien en lequel il avait la plus entière confiance.

En dépit de réactions Bordet-Wassermann négatives, Bougrat avait persuadé l'encaisseur que son mal était d'origine vénérienne – ce qui était plausible, et excusable, lorsqu'on était passé par Damas et les Dardanelles. Il avait conseillé à son ancien camarade un nouveau traitement par piqûres dont il attendait le meilleur résultat. Le médecin avait simplement recommandé à son patient de ne pas inquiéter sa famille et, par conséquent, de ne révéler à âme qui vive les soins qu'il se décidait à lui prodiguer.

A ce stade de son enquête, le policier ne saurait nourrir le moindre soupçon envers le docteur Bougrat. Qui le ferait, raisonnablement ?

Mobilisé le 11 août 1914, celui-ci n'a-t-il pas terminé sa guerre comme médecin aide-major de première classe après avoir été blessé six fois et avoir totalisé quatorze lésions ? Cité à trois reprises à l'ordre de l'armée, Croix de guerre, il a été fait chevalier de la Légion d'honneur le 9 juillet 1916 à titre militaire.

Depuis son mariage avec Amélie Abeiroux – et même si ce mariage, dont est née une petite fille, s'est soldé par un échec, même si depuis son divorce le docteur a été vu en compagnie de noceurs patentés –, il est allié à l'une des familles médicales les plus honorablement connues de la ville.

Le chef de la Sûreté ne peut que suggérer à Garrel d'effectuer une visite au docteur Bougrat afin de solliciter de lui quelques renseignements de nature à orienter les recherches.

Ainsi est fait.

La rue Sénac est assez centrale. Perpendiculaire à la Canebière dans sa partie élevée, à proximité des Réformés, c'est une artère pratiquement dépourvue de magasins, aux immeubles bourgeois. Plusieurs cabinets d'affaires, des plaques d'avoués. Le numéro 37, où exerce le docteur, est à mi-parcours. En face, un immeuble similaire où habitent les beaux-parents.

Introduits par un domestique, Garrel et Mme Rumèbe sont reçus fort aimablement par Bougrat. Celui-ci a dépassé la trentaine. Homme de grande taille, bien découplé, il inspire confiance grâce à son visage ouvert et son sourire bon enfant. De manières affables, il fait montre d'une grande sollicitude devant l'anxiété, pour ne pas dire l'angoisse, que manifestent ses visiteurs. La conversation pourrait se résumer comme suit :

Mme Rumèbe : – Enfin, docteur, vous connaissiez mon mari. C'était votre client, votre ami... Que pensez-vous de sa disparition ? Où, d'après vous, faudrait-il le chercher ?

Bougrat : – Hélas! chère Madame, tout cela est vrai, Rumèbe était mon ami, mon vieux camarade de tranchées, je me perds en conjectures. Je lui donnais mes soins chaque semaine, le samedi. Je les lui ai donnés samedi dernier vers neuf heures du matin, il avait l'air préoccupé. Que diable a-t-il pu lui arriver ?

L'entretien a commencé dans le cabinet assourdi de tentures et, tout en parlant, Bougrat et ses interlocuteurs sont entrés dans le laboratoire attenant :

– Vous voyez, chère Madame, c'est dans cette pièce que je traitais votre mari; en ce qui concerne son état de santé, je puis vous affirmer que la dernière piqûre que je lui ai faite l'a radicalement guéri.

Selon l'épouse du disparu, Bougrat aurait ajouté : « Je voudrais de tout cœur vous aider dans vos recherches et venger mon malheureux ami s'il a été assassiné. Si jamais le corps de Jacques est retrouvé, insistez auprès de la Justice afin que je sois désigné pour pratiquer l'autopsie, de cette façon vous aurez toutes vos garanties. »

Mme Rumèbe et Garrel prennent congé du docteur. Quant à celui-ci, il continue, consultations terminées, à vivre selon ses habitudes « dissipées ». Habitudes qui devaient le conduire, ce même soir, à des « ébats chorégraphiques » à Tabaris, la boîte en vogue du Marseille de l'époque – le Marseille des Années Folles.

Il allait de soi qu'en exécution d'une délégation du juge, le docteur Bougrat fût convoqué à la Sûreté. Il y est entendu et répète ce qu'il a déjà affirmé aux proches du disparu. Dès lors l'intérêt pour l'affaire Rumèbe s'estompe. Le magistrat instructeur est sur le point de conclure à une fugue. En ces temps troublés, il ne reste à André Robert qu'à se laisser absorber par les multiples affaires surgies entre l'Estaque et le Vieux-Port, quitte à revenir comme malgré lui sur certaines intuitions et à ne pas perdre complètement de vue le praticien de la rue Sénac...

Il a l'occasion de le rencontrer dans les restaurants ou dans les théâtres de la ville et, chaque fois, il ne manque pas de le « tâter » un peu... Sous forme de conversation plaisante – du moins jugée plaisante par ce policier courtois mais à l'entêtement et au physique de bouledogue.

– Eh bien, docteur, pas de nouvelles de votre client? Vous savez que très sérieusement on se demande si vous ne l'avez pas expédié dans un monde meilleur?

– Je vous en prie, monsieur Robert... Ne plaisantez pas... Vous savez combien j'aimais mon camarade; je suis déjà suffisamment ennuyé par cette histoire – et, d'un index discret, Bougrat désigne le ruban dont s'orne la boutonnière de son élégant veston.

Non, bien sûr, Bougrat ne peut être coupable. Même si un jour Robert aperçoit, quelques pas en arrière, attendant la fin de leur conversation, un garçon de Tabaris, qui, l'air préoccupé, semble vouloir présenter un chèque au docteur... Robert, policier dans l'âme, s'interroge; mais c'est encore un argument à deux tranchants : Bougrat a des embarras d'argent. Si Bougrat avait dévalisé Rumèbe, il aurait eu ce qu'il faut pour régler ses petites dettes. Et puis, est-ce bien raisonnable de suspecter cet homme apparemment au-dessus de tout soupçon?

Interrogé par le policier, le gérant de l'établissement dit n'avoir remarqué aucun changement dans le genre de vie du médecin. Depuis sa séparation d'avec sa femme, il vient dîner assez souvent avec une amie, ancienne prostituée, Andrée Audibert, et la dépense des deux amants n'excède que rarement une trentaine de francs.

Doit-on s'étonner qu'un médecin bien connu s'affiche ainsi avec une fille de mauvaise vie? Pour une meilleure compréhension de la singulière histoire qu'on va lire, il faut garder en mémoire ce qu'est Marseille en 1925.

Marseille, si souvent décrite et si mal connue, est une ville de contrastes. Un beau soleil incite au farniente, à la rêverie, mais s'y commettent aussi le trafic des stupéfiants, les innombrables attaques de bijouteries, les exploits de Carbone et

Spirito : le soir, les quartiers mal famés prennent une allure de coupe-gorge et le bourgeois n'ose s'éloigner de son logis.

Le désir de vivre intensément et vite s'est développé après-guerre : il n'est pas encore éteint. C'est une fièvre perpétuelle. Fièvre des affaires. Fièvre des plaisirs. Mais comment s'isoler dans ce qui n'est, au fond, qu'un gros village? La vie des noctambules est cantonnée dans un quadrilatère qui va de la porte d'Aix à la porte de Castellane et du Vieux-Port à l'église des Réformés. Dancings et cabarets poussent comme des champignons. Là se frôlent le travail et l'oisiveté, l'honnête homme et la canaille. On fait du bruit. On boit. On s'amuse ou l'on croit s'amuser. A l'époque, il existe cinq ou six restaurants de nuit; quantité de bars où la prostitution règne et où le jazz miaule jusqu'au petit matin. Certains établissements préfèrent une société plus choisie – tel est le cas de Tabaris, qui prend accès sur cette partie de la Canebière qu'on appelle alors les Allées de Meilhan. Les propriétaires de l'endroit ont l'art de recevoir. Leur gérant connaît son Marseille sur le bout du doigt. On a l'impression d'être entre soi, mais l'endroit offre aussi une délicieuse équivoque.

Rien d'étonnant si l'ancien commissaire Robert, appelé depuis deux ans à la direction de la Sûreté de la ville, a pris l'habitude de passer dans ces lieux où les viveurs – aussi bien rescapés des champs de batailles qu'anciens embusqués – côtoient les faussaires et les escrocs. Rien d'étonnant s'il a continué épisodiquement à s'y soucier du médecin de la rue Sénac. « Je rencontrai ultérieurement Bougrat dans d'autres établissements de nuit : à la J... Tavern, Chez Tys, etc.; partout, même son de cloche : un grand gosse cultivé et charmant, s'amusant de peu et pour peu d'argent. »

Cependant, à l'occasion d'un fait nouveau, les affaires du docteur Bougrat ne vont pas tarder à s'embrouiller. Deux mois après la disparition de l'encaisseur, le médecin se voit interrogé par le juge d'instruction Laurès au sujet d'une banale mais assez déplaisante affaire de chèques sans provision.

Simple coïncidence, certes. Convoqué le 29 mai, Bougrat fait répondre qu'il est absent de Marseille. Un inspecteur se présente à son cabinet et se fait passer pour un client. Le docteur est là. Bougrat ne se démonte pas. Toujours aimable, il prétend être arrivé de Lyon le jour même. Ce sont ces manœuvres qui conduisent le juge – quitte à ce qu'il dût par la suite accepter la mise en liberté provisoire –, à ordonner l'arrestation en dépit de l'appartenance du prévenu à l'ordre de la Légion d'honneur.

Et c'est de la fameuse prison Chave – aujourd'hui disparue – que Bougrat écrit l'après-midi même au jeune avocat Stefani-Martin, du barreau de Marseille, pour lui demander son soutien.

Le médecin et l'avocat se connaissent déjà. Me Stefani-Martin a raconté comment il avait été introduit, au commencement de 1924, chez les beaux-parents de Bougrat : « Je conserve le souvenir fidèle de l'accueil qu'ils me réservèrent, dans un cadre intime et charmant. Je fus frappé par l'aspect athlétique du chef de famille, taillé dans un beau roc ; je devinai sous la rude écorce un cœur excellent. Il nous quitta très tôt, parce qu'il se levait invariablement avant le jour et commençait ses visites médicales dès six heures du matin. »

Mme Abeiroux a laissé également la meilleure impression au jeune avocat : « La maîtresse de maison, solide comme son mari, au visage régulier illuminé par deux yeux très vifs, s'exprimait avec autorité, d'une voix ferme et musicale qui couvrait, sans que, pour une fois, j'aie songé à m'en plaindre, les romances de Reynaldo Hahn, qu'un piano accompagnait dans le salon tout proche. » Ce soir-là Me Stefani voyait passer les trois jeunes femmes qui avaient épousé, le même jour, de jeunes médecins ; « elles répandaient la grâce de leur beauté propre, originale, et faisaient les honneurs du logis. Et je connus le mari de l'une d'elles, le docteur Pierre Bougrat, chevalier de la Légion d'honneur et décoré de la Croix de guerre ».

Laissons encore à l'avocat le soin d'exprimer les sentiments de sa génération lorsqu'il fut invité 37 rue Sénac, au domicile que le docteur Bougrat occupait avec sa femme et sa fillette : « J'y assistai, un soir, à une fête joyeuse et saine, entre des couples jeunes, avec des femmes jolies et des hommes qui avaient fait la guerre. Les visions du Front s'estompaient, où nous n'avions eu qu'un objectif : l'ennemi, qui était devant nous, que nous devions empêcher d'avancer, qu'il nous fallait faire reculer, que nous voulions vaincre à tout prix, au prix de notre chair. Derrière nous, très loin... reverrions-nous jamais nos êtres chéris, ignorants de notre vie véritable et de nos misères... »

Et là, dans ce petit salon, dans cette salle à manger du sous-sol, ornés de meubles sans grande recherche mais élégants « nous prenions des glaces et nous buvions du champagne. Nous nous donnions tout entiers aux heures qui passaient, insouciants et avides de regagner le temps perdu ».

Me Stefani-Martin rendit plus tard les invitations. Mais, de son propre aveu, il n'attachait pas une attention particulière au docteur Bougrat. Il le savait praticien habile et occupé, causeur cultivé, excellent musicien. Dans sa maison, ses yeux s'étaient attardés sur des aquarelles signées de lui, souvenirs de Salonique. Toutefois, on pouvait déceler que la sérénité que respirait la famille n'était qu'apparente. Il était possible de pressentir un malaise : « Un soir encore, ses beaux-parents me convièrent à partager le gâteau des Rois. L'absence du docteur Bougrat ayant été imprudemment soulignée, il fut évité d'y répondre; on parla d'autre chose. Mais, avant la fin de la soirée, j'apprenais que le docteur " avait fait des bêtises " et que le " ménage n'allait plus ". »

Là s'étaient bornées les relations du jeune médecin et du jeune avocat. Celui-ci ne rencontrait plus que rarement celui-là. Quelques mots de politesse. Une poignée de main. « Une ou deux fois, continue Stefani-Martin, je l'aperçus avec une femme, petite, insignifiante et banale. Il avait divorcé » (en fait le couple n'était encore que séparé) « et elle était sa maîtresse : j'ai su, plus tard, qu'elle s'appelait Andrée Audibert ».

Pénible sensation : « Le docteur donnait l'impression d'une

bête traquée. Il n'était pas difficile de deviner qu'il était malheureux; ses gestes étaient contraints, machinaux, douloureux. J'ai eu la confirmation, par la suite, qu'il avait atrocement souffert. On peut avoir commis des fautes, avoir eu des faiblesses, des défaillances : quand jeune, on s'est lié à une femme jeune, et qu'on a pris avec elle des habitudes, il n'y a pas de coup plus terrible que d'en être subitement séparé, après plusieurs années de vie commune... »

Tel était le déroutant congénère dont Me Stefani-Martin recevait l'appel au secours, d'un lieu pour le moins surprenant, mais dont il était évident qu'il ne saurait être que provisoire : la prison de Chave.

Deux jours plus tard, le dimanche de Pentecôte, l'avocat est sur le point de partir à la campagne lorsqu'une visite lui est annoncée. Il voit un vieillard aux traits nobles et contractés par la douleur : M. Bougrat père, professeur agrégé. « Ses lèvres, ses mains tremblaient. Je m'inclinai avec respect et avec tristesse. Je le rassurai de mon mieux et, ayant renoncé à ma journée de repos, je me rendis auprès du docteur pour lui annoncer l'arrivée de son père. »

Le soir même, M. Bougrat se retire dans l'appartement où il met de l'ordre; il refuse d'être mis en présence d'Andrée Audibert et lui fait signifier sa volonté de la voir disparaître. Il ne garde du personnel que la cuisinière et prend des dispositions pour réaliser quelque économie dans la vie de ce fils frivole lorsque celui-ci sortira de prison. Une sortie que rien ne devrait interdire : M. Bougrat père s'est engagé à désintéresser les plaignants dès son retour à Lyon.

Le docteur Rousselier, chargé de l'examen psychiatrique, a accompli sa mission avec diligence et déposé un rapport dont les conclusions, profondément humaines, ne font aucun obstacle à la mise en liberté provisoire. Pourtant, lorsque l'avocat revient à la charge, M. Laurès se montre évasif. Comme si l'avis de pure forme n'avait été donné que pour masquer une enquête de police commencée à l'insu du défenseur.

Que faire? « Je conseillai au père de passer à Lyon, auprès de sa fille anxieuse, les huit jours qui nous séparaient de l'audience, écrit Me Stefani. Il partit le lendemain, à la première heure, et, le soir, un télégramme m'annonçait que les fonds destinés aux plaignants allaient être expédiés. Ainsi la libération du docteur ne faisait plus de doute. Il n'y avait plus qu'une semaine à attendre. »

Mais lui, le docteur, qu'avait-il fait dans son réduit ignominieux, pendant ce laps de temps? Tandis que l'avocat travaillait à la libération de son client, celui-ci s'était, il faut le dire, assez étrangement conduit. S'étant vu refuser l'autorisation de passer à son domicile, il avait obtenu de M. Laurès la possibilité d'écrire à sa maîtresse pour lui donner ses instructions.

Bougrat rédige une brève missive : « Je vais être absent pendant quelques jours... Je te confie la maison, tu sais qu'il est absolument nécessaire que tu y restes... Aie courage. » Mots insignifiants, se rapportant au domicile d'un médecin? ou mots trop éloquents, comme le soupçonne Robert perpétuellement aux aguets et qui poursuit son idée? Ils peuvent vouloir dire, c'est vrai : « Attention, je ne suis plus là, veille, toi seule peux éviter la catastrophe. » Mais quelle catastrophe?

La lettre est portée chez le docteur par les inspecteurs de la Sûreté. Andrée Audibert – ce n'est pas une inconnue pour eux – met au courant la cuisinière Fernande. Celle-ci :

– Enfin, ça y est, cette fois?

Étrange cri, dans la bouche d'une domestique!

Andrée n'a plus d'argent; elle emprunte cinquante francs à la cuisinière devant les inspecteurs. Une femme se présente, menaçante, et affirme que le docteur est chez lui. Elle se décide à partir et Fernande dit d'elle : « C'est la folle. »

A partir de ce jour, 29 mai, les événements vont se dérouler sans que le principal intéressé puisse intervenir. Et pourtant...

Les services du commissaire Robert ne s'occupent plus directement de l'affaire Rumèbe. Robert a écrit dans ses notes personnelles : « Nous ne comptions plus que sur l'indication du hasard, celle qui bien souvent dénoue les situations les plus complexes. » Qui plus est, suite aux incidents survenus lors de la venue à Marseille du général de Castelnau, le chef de la Sûreté, menacé d'« avancement » dans une ville du centre de la France, s'apprête à se démettre de ses fonctions pour fonder sa propre agence de police privée. Déchargé de l'enquête, la tête prise par ses nouveaux projets, Robert aurait pu se désintéresser de l'affaire. Mais, policier dans l'âme, il s'en va trouver le juge Laurès :

– Dans l'affaire Rumèbe, je n'ose croire à la culpabilité du docteur Bougrat, mais il reste une frange assez trouble : la visite domiciliaire n'a pu être faite...

Hésitation du juge :

– Qu'insinuez-vous ? Vous rendez-vous compte du ridicule dans lequel vous vous plongeriez en cas de perquisition infructueuse ?

Mais Robert n'a plus rien à perdre. Rien, sinon « courir le risque que, dans une affaire aussi importante, mes efforts n'ayant pas été poussés jusqu'à la dernière limite, le hasard heureux pût servir mon successeur à mes fonctions ». Admirons au passage le double possessif ! En conséquence, le juge Laurès accepte une délégation – officiellement pour rechercher ce qui peut avoir trait au trafic de faux chèques. Le chef de la Sûreté sait devoir rencontrer au 37, rue Sénac, Andrée Audibert, à qui le docteur a confié le soin de garder sa maison et dont la présence rend la visite légale.

3

LE CRIME DE LA RUE SÉNAC

Vendredi 12 juin. Accompagné de son bras droit Dedieu, le commissaire Robert se présente au domicile du docteur. Il exhibe la délégation et fait connaître à Andrée le but de ses recherches : les talons de chéquiers et autres pièces de même nature. Mais, avant même de pénétrer dans le cabinet, une odeur très spéciale l'a mis en éveil.

– Eh! Eh! Dedieu... Qu'est-ce que vous en dites? Cela ne sent-il pas le cadavre?

Et Dedieu souriant :

– On sent comme qui dirait qué'que chose, chef. Mais à force d'avoir l'esprit tendu côté crime, on se fait des idées...

Illusion ou non, dans tout l'appartement, on respire la même odeur! Tout en ouvrant quelques tiroirs, Robert essaie de découvrir l'origine de la puanteur... Mais peut-être faudrait-il décrire sans plus tarder l'appartement du docteur Bougrat.

Ce logement se déploie sur trois niveaux. Au rez-de-chaussée, une vaste antichambre avec, à droite, le salon assez sombre : chaises, guéridon, piano de location; et à gauche le cabinet : grand bureau genre Henri III, fauteuils, bibliothèque et canapé. Le fauteuil du médecin fait face à l'antichambre, entre les deux fenêtres de la pièce qui donnent sur un jardin. Le cabinet et le laboratoire contigu sont à l'abri des regards. Une porte palière permet le retour à l'escalier. Celui-ci dessert sous-sol et premier étage. Au sous-sol : débarras, cuisine et salle à manger provençale. Au premier : chambres et salle de bains.

Persévérant dans ses plaisanteries le policier glisse cette fois à la maîtresse de maison :

– Mais dites donc, Andrée... Cela m'a l'air de devenir sérieux! Vous savez qu'on pense bel et bien que votre amant a tué Rumèbe? et, coulant un regard plus appuyé sur la fille : Il me semble que le corps doit être caché par là. Ne sentez-vous pas comme moi cette odeur extrêmement bizarre?

Andrée Audibert... Avant d'entrer dans la vie du médecin, la maîtresse de Bougrat racolait sur les Allées de Meilhan. Elle appartenait même à un petit souteneur qui émargeait de temps à autre à la Sûreté. Par quels hasards Bougrat, à coup sûr désaxé par ses difficultés conjugales, s'est-il amouraché d'une créature de si piètre envergure? Tout au plus a-t-elle pour elle sa jeunesse. Robert, l'œil exercé en matière de cheptel féminin, la juge un beau brin de fille de nature à tenir ses promesses. Et si le visage est terne, les yeux noirs ont un regard intense. Sous la provocation, Andrée ne perd pas son calme.

– Il doit s'agir d'une souris, répond-elle; peut-être d'un rat crevé dans un égout?

Au reste, l'Hygiène était déjà passée, alertée par des voisins.

Mais Robert oublie la fille... « J'étais maintenant convaincu... Rumèbe était là, caché quelque part. L'angoisse me prenait du chasseur à l'affût... Je tirai du côté du laboratoire où l'odeur s'accentuait; j'ouvris la porte du réduit où je trouvai une casserole en fer battu renfermant un désinfectant, des quantités de bouteilles de produits pharmaceutiques. Toujours pas de cadavre, mais je brûlais, je le sentais, et Dedieu comme moi devenait fébrile. »

A ce moment, on sonne à l'entrée et le policier se trouve en présence du père de Bougrat, qui revient du palais de justice. Devant cette irruption, le commissaire – lui-même fils de professeur – a pitié de cet homme éprouvé et décide de remettre la suite de la visite au lendemain. Il a soin néanmoins de laisser une surveillance autour de la maison pour que, le cas échéant, on n'en pût faire sortir le corps de la victime, si ses présomptions étaient fondées et si telle devait être la triste réalité.

Le lendemain, le policier bouillant d'impatience est sur le point de retourner rue Sénac quand le planton lui annonce la visite d'une dame.

– Monsieur Robert, dit celle-ci : je sais que vous êtes allé perquisitionner hier chez le docteur Bougrat. Peut-être aviez-vous raison. Jugez-en par ce que je vais vous raconter...

Le médecin faisait à la dame des piqûres à son cabinet. Quelques jours avant son arrestation, Bougrat était passé chez elle, quai du Port, très allant, charmeur à son habitude :

– Chère Madame, comme je passais tout près de chez vous, j'ai pensé que je pourrais vous faire votre petite piqûre : cela vous évitera le dérangement.

Mais après l'injection, la dame ressent un grand trouble, son cœur s'affole, elle est près de tomber en syncope. Cependant elle perçoit... Elle entend ce qui se passe autour d'elle... Elle voit le docteur fouiller dans son sac et y prendre les quelques billets de cent francs qu'il contient... Elle l'entend appeler une voisine et, selon elle, lui dire : « Ma cliente va peut-être mourir car, sans que je l'aie su, elle était cardiaque et ne pouvait supporter la piqûre. » Lui ne pouvait rester. Il était très pressé. Il s'excusait mais était obligé de s'en aller. Plus tard, Bougrat était revenu et avait fait à la dame une injection de caféine qui l'avait remise sur pied.

Éberlué par cette déposition, et sans vérifier plus avant, Robert voit sa conviction se fortifier. Si Bougrat a osé commettre un acte pareil, il a certainement agi de même avec Rumèbe! En toute hâte, il se rend chez le Procureur de la République et obtient que trois magistrats le rejoignent rue Sénac.

Canne à la main, ces messieurs en canotiers arpentent l'appartement où Robert n'a nul besoin de leur faire remarquer l'odeur cadavérique. Andrée Audibert et Fernande paraissent troublées. En suivant le regard de la cuisinière, le policier distingue sur le plafond du laboratoire deux taches rosâtres; il examine de plus près et se rend compte que ce plafond semble constituer le plancher d'un placard dissimulé.

« J'avais la sensation de « brûler ». Tâtonnant le long du mur, le policier perçoit sous la tapisserie le contour d'une porte à double battant. Il fait quérir une échelle, un ciseau à froid et, toujours aidé de son adjoint Dedieu, glisse la lame dans la fente. Une poussée... Une autre... Il appuie des deux mains... Les deux battants cèdent soudain et l'homme croit tomber asphyxié!

Horreur! Un cadavre en bras de chemise est étendu de tout son long dans le placard, les pieds tournés du côté du cabinet de travail, la tête recouverte d'un vêtement! En bourdonnant, de grosses mouches s'échappent aussitôt de cette charogne grouillante de vers. Tout à coup l'air de la pièce est devenu irrespirable. Le policier se laisse glisser de l'échelle et doit se rendre quelques instants dans la cour pour y reprendre haleine. Tous les assistants sont blêmes. Robert dit durement à Andrée Audibert :

– Voilà un résultat qui va vous être bien préjudiciable, ma petite. Vous auriez mieux fait de me révéler hier l'existence de ce placard.

Andrée, soudain arrogante, a une réponse stupéfiante :

– Je n'ai rien voulu dire car je pensais qu'il ne s'agissait que d'un fœtus.

Après cette déclaration, on se concerte sur les mesures à prendre. Un inspecteur prévient le service des pompes funèbres et Robert se rend à Chave. Au préalable, il a appelé « L'Évêché » – ainsi nomme-t-on la Sûreté à Marseille – pour qu'on lui envoie une camionnette, un certain nombre d'inspecteurs et trois secrétaires : MM. Ceccaldi, Bretin et Honorat.

Au fond, le fidèle Dedieu et le chef de la Sûreté sont plus surpris que quiconque de leur découverte. Ils avaient combattu pendant des semaines leurs pressentiments : « Ce n'est pas possible, Bougrat n'est pas coupable. » Et voici que tout à coup, pour avoir supposé l'invraisemblable, après la simple poussée de la porte d'un placard, cette affaire était terminée!

On pouvait imaginer les titres énormes qu'auraient *Le Petit*

Marseillais et *Le Petit Provençal* dès le lendemain : « Découverte d'un cadavre à la suite d'une perquisition chez un médecin de la rue Sénac » – avant que l'expression « Le cadavre dans le placard » ne fasse le tour du monde! Ainsi le brillant praticien marseillais était un assassin – et de la pire espèce; « un monstre comparable aux plus grands criminels des temps modernes » notera bientôt le chef de la Sûreté avec délectation.

Sur le moment cela devenait effarant et, au milieu de ce drame, on pouvait être pris – ce fut le cas – de fou rire nerveux. Même le cadavre sous les yeux, chacun avait peine à croire à la matérialité du fait; l'on n'était plus dans un cabinet cossu, provincial, mais, soudain, face au diorama trop parfait d'un véritable musée du crime.

Prison Chave. Robert fait connaître le but de sa visite à l'aimable gardien-chef qui procède aux mesures de levée d'écrou. On appelle Bougrat à la porte du greffe. Il paraît interdit en voyant le chef de la Sûreté assisté de plusieurs inspecteurs. Son regard devient interrogateur. A cet instant, le chef de la Sûreté, qui a toujours été intensément à l'affût des réactions des criminels quand il les démasquait, scrute sa nouvelle proie. Il voit son pauvre regard vaciller, chercher où s'accrocher pour reprendre courage; il croit lire en lui : « C'est fini, tout est découvert... » Plus tard, Robert dira même : « Il me donna cette impression que j'eus de condamnés à mort allant à l'échafaud, ce balancement du corps, égaré, tirant à droite, tirant à gauche, comme le cheval qui veut éviter l'obstacle. »

Pourtant, le visiteur jette sobrement :

– Je viens vous chercher pour vous conduire au Palais : il s'agit toujours de votre histoire de faux chèques.

Duperie que Bougrat admet de prime abord tant il a besoin de croire à quelque chose qui ne soit pas « son » crime! Et il se présente sans rechigner aux formalités régulières. Bien sûr, ses appréhensions doivent à nouveau l'envahir dès l'instant où on lui passe aux mains le cabriolet américain, dès l'instant où il se rend compte que l'on prend, non le chemin du palais de justice, mais celui de son domicile.

La camionnette fait le tour de la Plaine, emprunte la rue de la Bibliothèque et descend la rue Sénac. Là, plus aucun doute : c'est la sortie du véhicule, masqué par les inspecteurs, il doit s'engouffrer dans l'appartement. Le chef de la Sûreté introduit Bougrat dans son propre cabinet où la justice attend, effrayante sous le calme apparent du procureur et du juge d'instruction. Tout le monde est haletant.

Et c'est alors le coup de théâtre : Bougrat sourit! Il est bien le seul! Ah! ce sourire de Bougrat, déjà... Robert surprend un petit coup d'œil en direction du placard entrebâillé :

– Voyons, Bougrat, nous voudrions savoir ce que nous allons trouver là-dedans? – et, de l'index, il désigne la tapisserie tailladée.

Très désinvolte, Bougrat répond :

– Eh bien, Messieurs, ce que je vais dire va vous étonner... Vous allez découvrir un de mes clients!

Désorientés par ce sang-froid, les assistants se regardent. Trouvant que Bougrat va un peu fort, Robert suggère :

– Ajoutez quelque chose, docteur, donnez-nous le nom de ce client. Dites-nous si, par hasard, il ne se nommerait pas Rumèbe? s'il n'était pas votre ami, cet encaisseur dont la sacoche...

Bougrat faiblit. Que n'avouerait-il, songent les enquêteurs, si on l'interrogeait plus à fond en ce moment! Mais nul n'a le droit de le faire en l'absence de son avocat. Robert ronge son frein.

Bougrat fournit cependant quelques explications :

– Oui, c'est vrai, il s'agit de Rumèbe, ce pauvre ami... Il se trouvait dans un grand embarras lorsqu'il s'est présenté chez moi dans la matinée du 14 mars. Il était en bras de chemise et venait d'être dévalisé. Je suis sorti pour tenter de retrouver la femme qui l'avait volé. Lorsque je suis revenu, il était par terre... Il venait de s'empoisonner : j'ai ramassé près du corps, deux tubes de verre. Mais j'ignore de quel poison il a fait usage.

Cette première déclaration allait devenir capitale. Selon Bougrat, l'encaisseur s'était suicidé. Le commissaire Robert ne peut cependant s'empêcher de faire un rapprochement entre ces dires et les recommandations faites à Garrel et à Mme Rumèbe par le même Bougrat : « Si jamais son corps était découvert, insistez afin que le parquet me désigne pour pratiquer l'autopsie »... Si l'homme s'avérait être l'assassin, il atteignait le fond de l'ignominie : non seulement il se donnait le beau rôle, mais encore il salissait sa victime !

Pendant ces opérations, le bruit de la découverte du cadavre s'est répandu et une véritable foule commence à s'amasser, houleuse. Ces messieurs du Parquet doivent téléphoner à la police urbaine et se faire envoyer un renfort d'agents cyclistes pour établir un barrage et protéger l'assassin. Le service des pompes funèbres a transporté le corps au dépositoire du cimetière Saint-Pierre. Détail douloureux : le domicile des beaux-parents, nous l'avons vu, est situé exactement en face du 37 et, par les volets entrebâillés, quelques membres de cette famille « estimée entre toutes » voient sortir le cercueil. On saura même, par la suite, qui et de quelle manière, assiste à ce déplorable spectacle.

Mains enchaînées, Bougrat apparaît sur le seuil. Des cris s'élèvent parmi les badauds : « A mort !... A mort l'assassin !... » La pression est si forte, malgré l'interposition des pèlerines, que la ligne des canotiers ondule.

Le docteur, lui, est très pâle. Il baisse la tête et cherche à dissimuler son visage, tandis que les reporters photographes saisissent au vol le moindre de ses gestes. Il observera un mutisme absolu jusqu'à la prison Chave, heureux en y arrivant d'avoir échappé à la foule.

Ayant appris ces dramatiques événements, Me Stefani-Martin, qui a eu dans la nuit des rêves prémonitoires, se rend dès l'aube chez le juge. M. Malavialle – remplaçant le juge

Laurès parti en congé – est lui aussi pâle et défait. Ce magistrat a du cœur. Il tend à l'avocat les premières déclarations de son client : « L'homme découvert chez moi s'est suicidé... Une femme en a été la cause... En attendant de la retrouver et par peur d'être soupçonné j'ai enfermé le cadavre dans un placard... » Décidément, Bougrat apparaît à l'avocat tel que celui-ci l'avait connu au cours de l'instruction des chèques, un maniaque de l'embrouille – manie que l'expert psychiatre a lui-même signalée.

– Monsieur le juge, pourquoi ne m'avez-vous pas appelé hier ?

– Nous étions allés chez le docteur sans grande conviction...

– Soit, mais après ?

– Nous avons préféré, le procureur et moi, vous épargner ce spectacle. Vous ne pouvez avoir idée : une odeur impossible, des mouches, des vers par milliers... Nous avons pensé : « c'est un brave garçon, inutile de le déranger pour lui montrer ça... ».

Conscients qu'ils allaient avoir l'un comme l'autre une tâche douloureuse à remplir, l'avocat et le juge se serrent la main avec effusion. Malheureusement, deux mois plus tard, M. Malavialle allait être nommé à d'autres fonctions.

Ce jour-là, en tout cas, la perquisition devait se poursuivre rue Sénac. Rue noire de monde... « C'est l'avocat... » On se pousse du coude. L'arrivée de Bougrat dans le fourgon suscite le mouvement qu'on imagine. Au numéro d'en face, les volets restent obstinément clos mais une fillette de cinq ans devait néanmoins entendre les cris de mort de la foule imbécile et désœuvrée. Était-il possible, en ce même matin, que le printemps précoce répande sa tiédeur sur le Vieux-Port si proche ? Que tant de goélettes, que tant de yachts opulents ou finement galbés scintillent à travers une forêt de filins et donnent de tels avant-goûts de fugues bienheureuses ?

Stefani-Martin entre dans le salon où, naguère, il a dansé avec de jeunes et jolies femmes, il revoit les aquarelles du docteur, les souvenirs de famille et, sous verre, la Légion d'honneur, la Médaille militaire et ses citations, la Croix de guerre et ses palmes. Afin de vérifier que Bougrat n'a pas perdu son sang-froid, le chef de la Sûreté lui pose une question :

– Une chose m'étonne... Le placard dans lequel nous avons trouvé le corps est haut situé; on ne peut y accéder qu'en montant sur une échelle; il paraît invraisemblable que vous ayez accompli cette opération seul?

Et Bougrat de répondre :

– Mais voyons, c'est l'enfance de l'art : je l'ai placé sur mon dos, un bras passé sur mon épaule droite, et je l'ai monté de côté, à la crabe...

Pour confirmer ce qu'il avance, Bougrat se prête à une reconstitution au cours de laquelle l'un des anthropomètres, gaillard d'environ quatre-vingts kilos, joue le rôle de la victime.

Un grand nombre de journalistes locaux et d'autres, accourus de Paris aux premières heures, ont réussi à s'introduire dans la maison. Les recherches auxquelles Andrée et la cuisinière assistent vont être très minutieuses et durer toute la journée. La soupente qui a renfermé le corps de Rumèbe est désinfectée. On y découvre une bouteille ayant contenu l'encre communicative remise à Rumèbe par Depollo, deux semainiers. Dans le bureau : des billets de vingt mille et de mille marks, trois portefeuilles et un livret militaire au nom d'Ermiry. Dans le débarras : les restes du rouleau de papier ayant servi à couvrir le placard, trois portefeuilles et une carte d'identité au nom de Marcaillou, deux factures émanant de magasins de Marseille pour la vente de deux robes et d'un manteau au nom d'Andrée Audibert – valeur mille trois cent trente-cinq francs. Enfin, un article de journal en date du 10 janvier 1920, relatant un quadruple assassinat à Belfort mais portant au dos, il est vrai, des réclames de produits médicaux.

Impassible, Bougrat assiste à ces investigations. Il manifeste seulement quelque émotion au moment où l'on place les scellés sur une malle renfermant un manteau de cuir, cinq robes et quatre paires de chaussures appartenant à

Andrée et « ayant été achetés avec le produit du crime » *(sic!)*.

Bougrat murmure :

– Pauvre petite!

Quant à Robert, persévérant dans son raisonnement, il poursuit dans ses notes inédites : « Je saisis également divers documents démontrant le dessein qu'avait le docteur de s'enfuir, à savoir : une police d'assurance pour une automobile Amilcar, un triptyque délivré pour la Suisse et l'Italie, deux passeports délivrés à Marseille le 9 avril. »

Tandis qu'un expert saisit divers produits dans le laboratoire, Robert visite la cour de l'immeuble et fait sonder un puits. On présente quelques débris d'os à Bougrat qui conserve tout son sang-froid et éclate de rire : « Celui-ci doit être l'épaule d'un gros animal : un bœuf vraisemblablement... Quant au petit, c'est un os de lapin! » On en convient. Mais si l'attitude de Bougrat peut paraître déconcertante, voire forcée, face aux enquêteurs, comment s'était-il comporté quelques instants plus tôt, devant un avocat qui avait cherché à être – avant tout – un confident?

Là, anéanti, convulsé par un sanglot, il avait répété : « Je n'ai pas tué Rumèbe, je ne peux croire qu'au suicide, je ne peux pas comprendre qu'il soit mort autrement. »

Le suicide si nettement affirmé la veille n'était-il donc pas une certitude?

– Vos piqûres étaient-elles dangereuses?

– Oui, mais jusque-là, le pire que j'aie pu constater a été un malaise.

Étrange idée que d'avoir dissimulé le corps et de n'avoir pas prévenu la police!...

Stefani-Martin évoque alors toutes les hypothèses : « Cette piqûre n'a-t-elle pas provoqué la mort sans que vous l'ayez voulu? Rumèbe ne serait-il pas revenu chez vous à la suite de quelque indisposition? N'est-il pas mort dans vos bras sans que vous ayez rien pu faire pour le ranimer? N'avez-vous pas perdu la tête? Pris par vos besoins d'argent, ne l'avez-vous pas volé? N'avez-vous pas été tenté par le contenu de la sacoche? N'avez-vous pas manqué de sang-froid? »

A cette avalanche de questions, Bougrat est sur le point de répondre quand la porte s'ouvre... La perquisition ne pouvait souffrir davantage de retard!

La perquisition fut si longue qu'il fallut déjeuner sur place, dans la salle à manger provençale du sous-sol.

Ni repas de première communion, ni fête pour un diplôme : Bougrat reçoit des messieurs venus tout exprès mesurer, avec la précision administrative requise, l'étendue de son opprobre! Quel anéantissement pour la conscience de tout être normalement constitué!

Crâne-t-il d'autant plus que le chef de la Sûreté a eu la délicate attention de se placer à ses côtés et se charge du soin de couper ses aliments, paralysé comme il l'est par le cabriolet américain?

« Sa parfaite tranquillité ne me disait rien qui vaille, il avait un peu l'aspect du fauve aux aguets. » Affaire de point de vue. Il est vrai que Bougrat fait fort civilement les honneurs de la maison. Un inspecteur est allé chercher dans le quartier un peu de viande froide et des conserves. Ce menu ne semble pas plaire à Bougrat qui dit à Andrée :

– Il y a un saladier de pissenlit tout assaisonné dans la cuisine du haut...

Amabilité? Humour noir? L'offre est prudemment déclinée par Robert : « Je me méfiais des assaisonnements du docteur. »

Au moment du dessert, le médecin est d'une jovialité déconcertante, au point que Robert a le désir de vérifier si ce calme est bien réel :

– Enfin, Bougrat, vous n'avez pas l'air de vous rendre compte de la situation. Avec toutes les charges qui vous accablent, il se pourrait que vous fussiez condamné à mort et qu'un matin, les aides de Deibler vinssent vous réveiller lamentablement...

– Eh! que voulez-vous que j'y fasse? J'aurais beau me taper le derrière au plafond, cela n'y changerait rien, alors?

Et à ce moment, par association d'idées probablement, Andrée Audibert intervient de sa douce voix :

– Dis donc, chéri, à propos... (à propos de la guillotine, sans doute ?), les deux vases de Chine qui sont sur la cheminée de la chambre, tu me les as bien donnés, n'est-ce pas ?

Cette fois, devait observer Robert, le docteur Bougrat paraît touché. Mesurait-il tout d'un coup l'inconscience de sa maîtresse ? son égoïsme borné ? Il a la force de sourire – encore ! – et de répondre :

– Mais bien sûr, ma chérie, ils sont à toi et tu pourras les prendre.

Pensait-il cependant, comme l'a supposé le chef de la Sûreté : « Voilà pour qui je suis tombé si bas ? »

Cette mémorable journée se termine par la réintégration de Bougrat à Chave : le docteur devenait dès lors propriété exclusive du magistrat instructeur et le commissaire Robert n'allait plus avoir à s'occuper de lui. A moins que...

4

LA RUMEUR DE MARSEILLE

La presse locale s'est mise à grand bruit sur l'affaire, et l'on s'empresse de remettre au jour quelques faits divers plus ou moins récents, assassinats ou tentatives d'assassinat, que l'imagination a vite fait de relier au drame obscur de la rue Sénac.

Nous avons le cas de la dame Cantet Odette, volée et opportunément ressuscitée par une injection de caféine. Le second à courir à la Sûreté n'a pas été personnellement menacé mais la mort d'un ami lui paraît soudain suspecte.

De quoi est donc décédé un certain Delorme, le 13 mars 1925 – vingt-quatre heures exactement avant l'encaisseur Rumèbe? Ce gérant d'un bar, le Bodega, a invité à l'heure de l'apéritif le docteur Bougrat qui passait par là puis, avec un autre personnage – Gaston –, a proposé une partie de poker. Mis en joie par ses gains, Delorme a invité Bougrat et Gaston à dîner. Trois douzaines d'huîtres, du filet de bœuf au beurre d'anchois, sans oublier le cigare et les liqueurs... C'est ce qu'un témoin doué d'un appétit bien méridional appellera, le moment venu, un simple casse-croûte.

Plus tard, les trois convives sont allés finir la soirée à Tabaris. Delorme alors a en poche les six cents francs gagnés au jeu et la recette de son après-midi, environ cinq cents francs.

On boit successivement un turin, un quart Vichy, de l'Amer Picon. Puis Bougrat conseille au gérant du Bodega un gin-cocktail. Delorme tient à offrir le champagne. On invite deux putes – mère et fille – qui se trouvent là... Bref, quand Delorme quitte seul Tabaris, il est d'excellente humeur, ravi de se faire prendre en charge quelques instants plus tard par une sienne amie Janine, que le commissaire Robert aurait pu connaître – soit dit en passant – comme fumeuse d'opium et cocaïnomane.

Delorme est jusque-là pour elle un soutien, il lui rend de fréquentes visites. Or, ce soir-là, patatras !... Le soutien de Janine s'écroule dans l'escalier !

Delorme étouffe. La bonne personne accourt, le traîne à l'intérieur, l'installe sur son pouf...

– Souffres-tu ? Te sens-tu vraiment mal ?

– Oui, répond le gérant en dégrafant son col, je suis bien fatigué. Donne-moi à boire quelque chose.

Janine se précipite : un petit verre de Cointreau que Delorme boit d'un seul coup. « Je lui en ai donné encore un peu », se rappellera-t-elle plus tard. Elle est sur le point de conseiller : « Si tu es fatigué, rentre chez ta femme... » Mais l'homme tombe déjà en léthargie.

Cette fois, la fille court à la pharmacie, rue de Paradis ; elle appelle un médecin. Quand le praticien arrive dans le modeste appartement de la rue du Jeune-Anacharsis, Delorme est au plus mal. On le saigne. Caféine et huile camphrée sont sans effet. La logeuse est là... Craignant le scandale, ces dames appellent l'épouse et tout le monde décide le transfert du malade en taxi. Delorme devait expirer à son domicile, sur le coup de six heures du matin.

Cette mort n'avait pas soulevé de questions, lorsqu'elle s'était produite. Le médecin avait conclu à une sidération par néphrite azotémique. Mais n'y avait-il pas lieu, après coup, de s'interroger sur le rôle de Bougrat ? Le terme même de néphrite n'était-il pas synonyme d'« empoisonnement » ? Le chauffeur de taxi – qui lisait beaucoup les journaux – était sûr maintenant d'avoir reconnu le docteur Bougrat au chevet du mourant. Il avait même remarqué que Bougrat ne donnait ses soins qu'avec « peu d'empressement ». Le médecin mandé, qui témoignera par la suite, était le docteur Lando et le chauffeur de taxi devait convenir de sa méprise. Qu'importe! On n'était pas à une folie près! On n'allait pas non plus divulguer que Delorme avait, outre l'argent, deux paquets de coco dans ses poches. Les journaux informaient dès le lendemain le bon peuple que la mort du gérant du Bodega figurait désormais aux « faits annexes » de l'Affaire Bougrat.

Car à partir de ces histoires louches repêchées à droite et à gauche, l'accusation venait bel et bien de constituer un dossier : celui des « faits annexes » de l'affaire. Dans quel but exactement? On ne pouvait établir à ce sujet que des conjectures. L'accusation n'engageait pas de poursuites pour l'instant, mais ne renonçait pas non plus à cette éventualité. Les journaux en tout cas trouvaient là de quoi remplir leurs colonnes, et l'avocat Stefani-Martin ne pouvait s'empêcher de s'inquiéter : ce bloc de suspicions diverses n'était-il pas destiné à impressionner, un jour prochain, le public et les juges de la cour d'assises?

Que penser, par exemple, d'une lettre qui parvenait au chef de la Sûreté le 16 juin 1925 : « J'ai l'honneur de porter à votre connaissance le décès d'une jeune femme qui m'a paru suspect à ce jour, et encore plus maintenant, ayant été soignée par le docteur Bougrat... » Lettre courageusement signée : « Une amie de la défunte »?

Trois jours après, le commissaire écrivait au juge : « De la déclaration de cette demoiselle il résulte que le docteur Bougrat Pierre ne serait pas étranger à la mort de la nommée Thérèse L... Cette dernière, qui demeurait avec un ami, est décédée à Marseille le 5 avril 1925. Après sa mort il a été constaté la disparition de vingt mille francs de bijoux... »

La délégation obtenue démontrerait que si Bougrat avait soigné la malade, à un moment donné, c'était parce que les docteurs Dor et Mattei, considérant le cas désespéré, avaient, de leur côté, renoncé. Quant au « vol », l'ami de la défunte semblait plutôt préoccupé de retrouver la cachette où, de son vivant, Mlle L... dissimulait ses bijoux.

Autres morts « suspectes » qui allaient occuper fort l'opinion et s'ajouter aux « faits annexes » : un domestique congédié accusait le docteur Bougrat d'avoir tué un de ses valets de chambre. L'enquête démontra que ce malheureux jeune homme était mort à l'Hôtel-Dieu, de phtisie galopante.

Une âme pieuse signalait à la police le cas d'un navigateur, rentré de voyage avec les fièvres et qui fut soigné « par l'intermédiaire de sa femme, par le docteur Bougrat ». Or, la femme de feu le navigateur, brodeuse de son état, brodait – tenez-vous bien ! – des mouchoirs pour le docteur Bougrat et, parfois, lui apportait des fleurs !

Une lettre fut saisie à Chave, émanant d'une Veuve N... :

« Cher Pierre,

« Je vous souhaite bonne fête et vous envoie cinquante francs pour vous montrer que malgré tout je n'ai pas peur en souvenir de mon mari Berthin que on n'a jamais rien su.

« Bon tendeur salu. »

Robert se crut obligé de convoquer la Veuve N... – une simple d'esprit toute bouleversée d'être mêlée à l'Affaire Bougrat.

Or, pendant que l'opinion publique et la presse tenaient une comptabilité régulière des « meurtres » commis par l'indigne médecin de la rue Sénac – comptabilité qui ne mentionnait jamais les rectifications –, alors que la boîte aux lettres de « L'Évéché » cliquetait chaque soir sous la furtive poussée de nouvelles lettres anonymes, deux affaires plus corsées encore allaient retenir l'attention et pèseraient lourd dans les développements ultérieurs.

Bonnet, à ses moments courtier en automobiles, avait pris vers la mi-avril rendez-vous avec le docteur à la terrasse du Noailles, sur les Allées de Meilhan. Tous deux y avaient commandé un apéritif identique. Quand le courtier, appelé à l'intérieur de l'établissement par un coup de téléphone mystérieux, était revenu s'asseoir en face de Bougrat, il lui avait semblé – il en était sûr maintenant – que son apéritif avait un goût étrange. Comment ne pas rapprocher ce goût d'amande amère du fait que Bougrat avait recommandé au négociant de se munir, avant leur rencontre, d'une forte somme d'argent ?

Pourtant, après audition de témoins, entre autres des garçons du café et d'un couple de Niçois installés à la table voisine qui se souvenaient très bien de la scène, la réalité parut toute différente. C'était le docteur qui était descendu aux lavabos, donnant des signes visibles d'indisposition après l'absorption de cette consommation accidentellement frelatée. De plus, Bonnet oubliait de signaler qu'il avait vendu à un autre client une Amilcar, voiture sur laquelle Bougrat avait pourtant versé douze mille cinq cents francs d'acompte !

Aux bijoutiers, maintenant, d'avoir des sueurs rétrospectives : le « Fait Arietti » fera couler beaucoup d'encre !

Il est vrai que la situation financière du médecin de la rue Sénac n'était pas reluisante et que des besoins d'argent désordonnés le poussaient assez souvent à d'étranges expédients. Ainsi, Bougrat avait-il pris un jour, à condition, chez un commissionnaire en bijoux, Louis Arietti, une bague que ce dernier lui proposait pour trente-huit mille francs. De là, il s'était rendu au Comptoir Rose et avait gagé le bijou quatorze mille francs.

Que font des commerçants en pareil cas ? Ils se préviennent dans l'heure... Arietti n'avait plus qu'à se précipiter chez Bougrat. Celui-ci voulut restituer l'argent au Comptoir Rose et reprendre la bague. On lui répondit qu'il était trop tard : la vente était effective. Bougrat revint chez lui, mit au courant le bijoutier et lui tendit les quatorze mille francs. Arietti lui avait laissé cinq mille francs après s'être fait délivrer un chèque – un de ces fameux chèques qui enverront leur émetteur à Chave – et signer une reconnaissance de dette.

Et voilà qu'au lendemain de la découverte du cadavre, le bijoutier racontait que Bougrat, médecin du camp de réfugiés russes où il donnait ses soins gratuitement – le détail est exact – lui avait proposé l'achat des bijoux d'une comtesse !

Rendez-vous est pris au domicile du docteur, et Arietti, à

la perspective d'affaires gratifiantes, est sur le point de s'y rendre quand, sur les instances de sa femme, inquiète de le voir partir seul avec une belle somme d'argent, il décide de se faire accompagner par son « homme de confiance » qu'il laissera en faction devant la porte de la maison.

Bien lui en prend! La comtesse russe n'est pas là et Bougrat, qui demande à en être excusé, remet l'entrevue. Dans l'appartement, le bijoutier entend des bruits insolites. Le médecin s'approche fébrilement de la fenêtre. Maintenant, l'honnête commerçant en est sûr : Bougrat a cherché à l'attirer dans un guet-apens. Il s'est proposé ni plus ni moins de l'assassiner!

Tandis que la police livre ces multiples ragots à une presse avide et que, sur le marché de la Porte de Castellane, les chanteurs ambulants ont déjà confectionné marches et rumbas :

Si tu veux un' bonn' piqû-re,
Un' piqû-r' à-la-Bou-grat...

le juge Malavialle reste sourd au fracas de la vindicte, et essaie de démêler l'écheveau serré où voisinent les faiblesses de l'homme et les fausses apparences.

Le cas Bougrat ne facilite pas la tâche... Le médecin aide-major de première classe a été blessé au crâne : que dirait le rapport des aliénistes? Et puis, il y a en premier lieu une décision à prendre quant au sort de la petite prostituée : Andrée Audibert...

Née le 27 février 1901 dans les Basses-Alpes d'une famille modeste, Andrée est venue à Marseille à l'âge de dix-sept ans et a travaillé dans une gargote de la Joliette comme serveuse. Lasse ensuite de gagner douze francs par jour dans un magasin de chaussures, la jeune femme s'est mise à fréquenter les établissements de nuit et est aussitôt tombée sous la coupe du souteneur Lucien Touache.

Bougrat, dont le ménage va à la dérive et qui réclame un

peu de chaleur sinon de tendresse, l'a-t-il rencontrée sur les Allées de Meilhan ? A-t-il fini par s'habituer à cette fille sans grande beauté mais qui possède la jeunesse et qui comme lui semble meurtrie ?

La question s'est posée d'un éventuel rachat à Touache. La tractation a-t-elle porté sur une somme globale ou, au contraire, s'est-elle établie sur le principe d'une mensualité que le médecin verserait au maquereau retors ? Il est certain qu'au moment de la rencontre, Bougrat a sollicité un prêt de cinq mille francs auprès d'un ménage ami.

Quoi qu'il en soit, le juge Malavialle est confronté à un choix immédiat : maintenir Mlle Audibert à la prison des Présentines ou décider de sa mise en liberté provisoire.

Brouillée avec le docteur depuis le mois de janvier 1925, ne s'étant réconciliée avec lui et n'étant revenue rue Sénac qu'à la fin du mois de mars – autrement dit, après la mort de Rumèbe – il est évident que la fille n'aurait pas tenu une seconde dans un appartement où elle eût su qu'il y avait un cadavre. Du reste, cette pauvre fille un peu perdue dans la grand-ville n'aspire pas à un drame qui, pour d'autres, en ces temps d'impudeur, pourrait être le commencement de la fortune.

« Jolie, remarque Stefani-Martin, elle eût fait une vedette de music-hall ou de cinéma ! » Las, il fallait Bougrat pour discerner en elle le rayon sous la glaise...

Profondément humain, le juge Malavialle fait preuve d'un réel courage et décide de la soustraire à l'incarcération.

Curieuse trajectoire que celle de Bougrat sur laquelle le juge Malavialle se penche maintenant !

Le garçon, qu'aucun antécédent fâcheux ne signale, est en train d'en finir avec les études lorsqu'un coup de feu est tiré le 28 juin 1914 à Sarajevo. Mobilisé dès le 11 août, Pierre Bougrat va être de la toute première fournée.

Médecin auxiliaire, puis chirurgien aide-major, le soldat

fait son devoir héroïquement et paie même de sa personne pour sauver des camarades.

En Serbie, le 7 juin 1918, deux balles le blessent grièvement : l'une traverse la cuisse droite, l'autre entame le cuir chevelu. Cette dernière lésion causerait de graves troubles de la vue. En effet, Bougrat se retrouve atteint de cécité complète. Provisoirement soigné à Salonique, il est ensuite rapatrié à Nice, puis à Marseille où il recouvre peu à peu une vision normale.

Le 17 février 1919, à peine sorti de l'hôpital, Pierre Bougrat épouse la fille d'un médecin marseillais réputé; il s'installe en face du domicile de ses beaux-parents et sa clientèle devient rapidement importante. Enfin, une petite fille naît. La vie du médecin semble heureuse.

Comment ne pas noter cependant que, dans la fièvre de plaisirs et de dépenses qui sévit alors, Bougrat se met à faire preuve de bizarrerie? Certes, les limiers de Robert ont saisi *Le Livre de la jungle*, de Rudyard Kipling, au chevet de son lit, mais aussi *Le Grand Saigneur*, de Rachilde. Louche!

Le jeune praticien aime s'évader du cadre normal de ses relations. La preuve : ce carton d'une invitation lancée à ses amis et rédigé avec un goût certain de la canaillerie : « Avis aux poteaux... Le 11 mars, à 3 plombes, rencart au cabaret du Hareng saur, 37, rue Sénac, tenu par le grand Bougrat, dit "*Le Docteur*" et la môme Lily. »

La « môme Lily » était-elle du bois qui apprécie? La suite de l'histoire a déjà permis d'en douter.

Bougrat possédait un joli coup de plume : il a illustré le faire-part. On peut encore y voir un couple dansant le tango, l'homme – Bougrat – affectant le genre apache, pantalon à pattes d'éléphant, veston ajusté, casquette sur les yeux, la femme vêtue en gigolette, jupe courte et tablier blanc, nu-tête.

Cette soirée avait eu beaucoup de succès. Pseudo-apaches et gigolettes avaient circulé dans ce quartier bourgeois et, pour couronner le tout, deux amis du docteur, déguisés en gardiens de la paix et armés d'énormes saucissons en guise de bâtons, avaient fait irruption à coups de sifflet à roulette et mis Bougrat en état d'arrestation. Ce fut un joyeux éclat de rire. Sauf pour la pianiste non prévenue qui était tombée en syncope...

Vétille que cela! Le juge Malavialle en eût souri. Mais plus préoccupante était cette réputation de toxicomane que la police cherchait à établir... A quel moment la drogue serait-elle entrée dans la vie du médecin? A la suite de ses blessures et de leur traitement? Fortuitement, dans l'atmosphère dépravée de ces temps d'après-guerre?

Plus d'une fois, le comportement de Bougrat a tracassé le commissaire Robert : cette incapacité évidente à discerner le moral de l'amoral, ce besoin de forger de toutes pièces les romans les plus invraisemblables.

Au début des années Vingt, la cocaïne a cessé d'être la substance diabolique réservée à quelques esthètes pour devenir la drogue des fêtards : ceux qui ont réellement besoin d'oublier les charniers comme ceux qui n'ont nulle excuse à invoquer pour sombrer dans la servitude.

Chez tous le processus du mal est le même : excitation, frayeurs, accroissement des besoins génésiques, manie de la persécution. Le commissaire Robert ne doute pas – ses notes et archives personnelles en témoignent [1] – que Bougrat, l'homme distingué, le praticien, n'ait regardé vivre en soi-même un autre Bougrat connu de lui seul, se révélant capable, de déchéance en déchéance, d'en arriver au crime.

« Ah! songe le juge Malavialle, si Chicoulet était là pour m'éclairer... »

Chicoulet! Le cocher avait survécu à la crise des transports hippomobiles. A quatre-vingts ans, il stationnait encore, il y a peu, sur la place de la Bourse, ramenant dans son fiacre les derniers noctambules. Malheureusement, de pitoyables malfrats ont eu l'idée d'aller prendre chez lui ses petites

1. Archives communiquées à l'auteur par Philippe Robert, fils de l'ancien chef de la Sûreté de Marseille. Coïncidence : Philippe Robert, quant à lui, devait exercer toute sa vie la profession de détective privé au... 39 de la rue Sénac.

économies. « Jamais des gens du " milieu " n'auraient fait ça ! » Le vieil homme, informateur hors pair, avait sombré dans la mélancolie.

Même carence du côté de Coco, à peu près du même âge, qui conduisait naguère, du bout de la mèche, deux chevaux élégants et bons trotteurs.

Décidément il allait être difficile de savoir si Bougrat était un réel adepte de la « neige » – comme plusieurs poètes de cette fascinante métropole qu'était Marseille : André Gaillard, entre autres, qui se suicidera en 1929 – ou si, amateur d'occasion, il était victime, là encore, de graves exagérations.

Mais il faut en venir à plus déconcertant encore : les minimes et multiples escroqueries dont Bougrat s'est rendu coupable depuis que la fille Audibert partage sa vie. L'énumération des emprunts et tours de passe-passe remplirait un livre ! Mille cinq cents francs à un employé de journal. Cent francs à un négociant. Cinq mille francs à une dame des environs de Cannes.

Doléances de joueurs d'escrime ne retrouvant pas leurs portefeuilles au vestiaire de la salle d'armes, les récupérant après s'être plaints ou s'apercevant de modifications de contenu relevant davantage de la mystification que du vol.

Sur la lancée, Bougrat va jusqu'à emprunter des sommes dérisoires à ses propres employés, à un laveur de voitures, des barmen... jusqu'à une dame-pipi.

A la fin de 1924, il soutire un même soir à trois amis quelque trois cents francs. Il les a abordés avec un visage empreint de la plus grande affliction : « Mon cher, il m'arrive un épouvantable malheur... On vient de m'annoncer la mort de mon père à Lyon... je n'ai pas ce qu'il faut sur moi pour prendre le train... »

Bien entendu, les amis s'empressent. Mais plus tard dans la nuit, l'un d'eux s'étant rendu à Tabaris, quelle n'est pas sa surprise d'y trouver Bougrat dansant le charleston ! Bougrat fait comme s'il s'était agi d'une bonne plaisanterie et, une fois encore, met les rieurs de son côté.

Andrée était-elle une maîtresse exigeante ?

Elle s'est fait allouer une assez forte mensualité. Aux premiers jours de 1925, Bougrat lui a offert une montre de deux mille cinq cents, une bague de huit mille francs. La provenance de ces bijoux aurait-elle paru suspecte à la fille qui, bien que bornée, a pris soin de se faire remettre par le docteur une attestation de propriété?

Au fil des jours, les emprunts deviennent de plus en plus sérieux, les faux chèques de plus en plus risqués. Ainsi s'enclenche le processus qui va conduire Bougrat à sa perte... Il n'hésite pas à établir à l'ordre de la Société des charges et métaux précieux des traites qu'il sera ensuite bien en peine d'honorer : la première porte sur la somme de mille cinq cents francs. D'autres suivront, qui ne seront pas acceptées sans quelques réticences : mille sept cent cinquante francs au 15 janvier, mille trois cent quarante francs au 20. Le procédé lui paraît soudain plus commode que celui qui consistait à revendre, pour un profit dérisoire, les débris de platine qu'il parvenait à récupérer dans l'exercice de sa profession. Mais les créanciers ne sont pas longtemps dupes, et l'on a vite fait d'être repris dans le cycle angoissant des sommations et des remboursements forcés.

Pour rendre plus baroque encore, s'il se peut, le tableau de cet homme aux abois, c'est Bougrat lui-même qui se serait présenté à la police pour se plaindre de la rapacité d'Andrée... Un comble!

On exhume le procès-verbal d'alors : « Avant-hier soir 21 janvier, y déclare-t-il, je suis allé passer la soirée au cinéma avec Mlle Audibert; de là nous nous sommes rendus à la J. Tavern. Au moment où nous sortions de cet établissement, vers minuit trente, j'ai été accosté par le sieur Touache et j'ai eu avec lui une conversation de vingt-cinq minutes environ... »

De quoi peut-il s'agir, sinon du droit au bail que Bougrat est dans l'incapacité d'acquitter? Il semble que des mots assez violents, peut-être des coups, aient été échangés. En tout cas, le médecin est surtout ulcéré par la conduite de sa maîtresse : « Pendant ce temps, Mlle Audibert s'est rendue à mon domicile, elle a emporté sa malle remplie de linge et de vêtements. Elle a emporté une écharpe en vison que j'avais achetée chez le fourreur et que je n'avais pas encore payée... » Et comme s'il sentait la nécessité de prévenir la surprise du fonctionnaire dactylographe, Bougrat ajoute incidemment : « Je dois dire qu'Andrée Audibert est devenue ma maîtresse dans des conditions un peu singulières. »

Un peu singulières, en effet !

C'est donc l'époque de la brouille.

Janvier-mai 1925. Andrée a quitté le domicile de son amant et vit chez une amie, à Nice.

A croire certains témoins, Bougrat a cherché la consolation auprès de nombreuses mercenaires. Rien n'est moins sûr, songe le juge Malavialle... De par sa profession, Bougrat ne connaît-il pas toutes les professionnelles de Marseille ? Serviable et bon garçon, il a à Tabaris et ailleurs l'oreille attentive, la parole compatissante. Il est plus vraisemblable que, privé de celle qui se plaignait soudain du nombre et de la force de ses assauts, il ait tout bonnement souffert comme une bête. Mais alors, la privation des caresses d'Andrée, le besoin éperdu de son corps, l'abandon moral où il se trouve n'ont-ils pas pu provoquer une démence passagère chez Bougrat ?

Restait à consulter les experts en psychiatrie.

L'un deux, le docteur Rousselier, est intervenu au moment de l'affaire des chèques sans provision, alors qu'on ne soupçonnait pas Bougrat d'avoir tué, et son rapport, produit au bout de sept jours, était sous les yeux du juge. Que disait donc l'expert – médecin légiste de l'Institut de Médecine légale et Psychiatrie de l'Université de Paris ?

Après avoir décrit le sujet avec la minutie et les termes choisis des meilleurs cliniciens de Lariboisière, le docteur Rousselier s'étonne devant ce qu'il juge être chez l'inculpé de la désinvolture, ainsi que devant les justifications confuses que donne Bougrat de ses emprunts. D'ailleurs, un an plus tôt, un autre confrère n'avait-il pas conseillé au jeune médecin un repos prolongé loin de Marseille?

Vite dit... car comment mettre fin, dans une profession indépendante, à l'engrenage infernal? Cela, le docteur Rousselier le comprend.

Cependant, chez cet inculpé, l'absence de réaction émotive a été telle qu'il a cru devoir proposer un examen du liquide céphalo-rachidien. Bougrat s'y est refusé. Il a affirmé que spécialisé en syphiligraphie, il était certain de n'avoir jamais contracté la syphilis. Il aurait, de même, usé de boissons alcoolisées sans en abuser et n'aurait jamais goûté des divers toxiques à la mode : éther, cocaïne, morphine, etc.

Le docteur Rousselier ajoute : « Il reconnaît des besoins sexuels importants, mais se défend de toute déviation, et même de tout excès. Les renseignements fournis tendent cependant à faire croire à l'expert qu'il a, de ce côté, un véritable surmenage. »

Passant à la discussion, le psychiatre note l'absence de tout signe de psychose en évolution... Mnésique, attentif, bien orienté, volontaire, maître de lui et jaugeant sa situation, Bougrat n'est au moment des faits certes pas en état de démence dans le sens où l'entend l'article 74 du Code pénal. Le rapport fait remarquer la disproportion entre les maigres ressources fournies par les trois chèques reprochés et l'importance de la situation compromise par ces émissions : « On doit reconnaître que, pour un homme de culture supérieure, ayant un cabinet très achalandé, les dépenses engagées et le train de vie soutenu depuis le divorce trahissent une véritable déficience du jugement. »

Oui, d'après le docteur Rousselier – et le juge Malavialle n'est pas loin de partager ce point de vue – Bougrat a réagi « socialement, conjugalement et pécuniairement avec un véritable puérilisme ». Il estime Bougrat de constitution névropathique, violemment ébranlé par la période de guerre. Peut-être, « arrivé trop vite à une situation professionnelle importante, mis à même de satisfaire sans frein suffisant ses tendances toxicomaniques et sexuelles, surmené physiquement, viscéralement, cérébralement », l'inculpé en a-t-il été conduit, par une série de réactions pour le moins bizarres, à ces actes qu'on lui reproche et qui, soulignons-le, sont plus préjudiciables pour lui-même que pour autrui.

Quel pouvait être l'avenir d'un homme de ce type, s'interroge enfin le clinicien ?

« Assuré de l'impunité il donnera, sans frein, libre cours à ses tendances névropathiques ; écrasé par une sanction trop lourde, il se laissera aller à un désordre progressif, averti par un rappel à la régularité... il pourra, il faut l'espérer, se reprendre... »

Hélas ! Entre-temps, l'encaisseur Rumèbe était mort et l'on venait de découvrir son cadavre au 37 de la rue Sénac !

Comme s'il n'était pas assez de cette malédiction, un nouveau coup du destin allait frapper Bougrat.

Il n'est pas depuis deux mois à Chave que son avocat est contraint de lui apporter un matin l'inquiétante nouvelle : M. Malavialle, qui a suivi l'affaire avec sérénité et méthode, vient d'être dessaisi du dossier.

– Et son successeur, demande Bougrat très calme ?

– Que voulez-vous que je vous dise... Il est sourd !

– Ce pourrait être une qualité, chez un juge...

La moue de Stefani-Martin en dit long sur les sentiments que l'on porte à M. de Possel dans le monde fébrile du barreau. Que reproche-t-on au juste à ce petit homme sec et moustachu ?

Sa tenue n'aurait pas varié au fil des décennies : costume blanc aux beaux jours, jaquette noire à l'automne.

M. le juge a des manies. Pas seulement adepte des manches de lustrine et des crayons bien taillés, il raflerait volontiers le journal de ses collègues car, bien que fort riche, il serait de ceux pour qui il n'y a pas de petites économies. On a surveillé ses allées et venues entre onze heures et minuit. Tout le monde sait, à Marseille, que c'est l'heure qu'il choisit pour apporter du mou au chat de sa cousine. Encore, tant par amour des chats que par souci des frais généraux, a-t-il tendance à fureter dans les poubelles à la recherche de la belle arête.

Médisant. Rancunier. Il transporterait ses rancunes d'un dossier sur un autre. Serait-il, comme il le dit, devenu « philosophe » ou, comme ces messieurs du barreau le déclarent, n'est-il indulgent que pour les affaires de mineures et celles qui mettent en cause les grandes maîtresses de la prostitution ?

Me Stefani-Martin essaie de dérider son client. Bien évidemment, ces petites histoires qui courent les couloirs de tous les palais de justice sont de pure invention ou carrément surfaites. Il faut y voir plutôt la revanche d'hommes en noir ulcérés de se sentir malaimés. M. le juge n'a-t-il pas l'habitude d'arriver à onze heures quand il a convoqué défenseurs et témoins pour neuf heures dans un couloir glacial ?

Mais l'avocat préfère épargner à l'inculpé deux ou trois autres racontars : il serait arrivé à M. le juge de faire des centaines de kilomètres pour ne pas manquer une exécution capitale. On prétend même qu'il n'y a pas si longtemps, il allait à la fourrière pour y voir mourir les chiens. Enfin – et là, le conditionnel n'est plus de mise – ses instructions sont d'une lenteur inouïe. Des dossiers sont restés chez lui des années, au cours desquelles les inculpés se sont morfondus en prison préventive.

Oui, inutile ici d'employer le conditionnel : Bougrat va se rendre compte par lui-même. Il ne verra personne avant longtemps. M. de Possel ne se décidera à ouvrir l'instruction que dans quinze mois. On a bien lu : quatre cent cinquante-six jours !

Et au terme de ce délai, il confiera aux gens du palais qu'il a décidé de porter sur lui un sifflet de police.

Par-fai-te-ment !

Il dira sur ce ton monocorde et méticuleux qui lui est propre : « Bou-grat-est-un-chef-de-ban-de... Je-sens-ma-vie-en-dan-ger. » Et lorsque M. le juge, sur la voie publique, apercevra des individus à la mine louche, désormais... Eh bien, M. le juge sortira son sifflet !

5

LE MOUTON

Au matin du quatre cent cinquante-sixième jour, on peut imaginer le docteur Pierre Bougrat un peu ankylosé au fond de sa cellule. Il a mariné dans l'incertitude, les remords peut-être, la colère et, pour tuer le temps, il a dû se faire l'interlocuteur compréhensif ou goguenard de ses nouvelles relations : escarpes et repris de justice, joueurs de bonneteau et caissiers en rupture de coffre, pédés invétérés ou occasionnels – la fine fleur de Chave!

Il est vrai que ce bourgeois n'est pas pusillanime. La guerre l'a déjà rompu aux fraternisations de hasard. Il sait apprécier la rincée de marc au fond de la gamelle, le clope qu'on échange.

Tout de même! Quinze mois avant d'être sérieusement interrogé par un magistrat! On peut se demander si, par-delà les routines exaspérantes de M. de Possel, les lenteurs de Thémis n'auraient pas un but précis.

Elles allaient en tout cas permettre l'arrivée de deux rapports et – on va le voir bientôt – l'explosion d'une bombe.

Le premier rapport avait été requis par la défense. En effet, on en était resté, en matière d'aliénisme, à l'examen du docteur Rousselier. Entre-temps, il y avait eu le drame et l'on pouvait se demander s'il était possible qu'un homme au si noble passé, tout de volonté et de travail, eût pu déchoir sans qu'il se fût produit quelque chose d'imprévisible dans son pauvre cerveau.

Trois chefs de clinique des maladies mentales sont cette

fois commis : l'un appartient aux asiles de la Seine, les deux autres aux Facultés de Marseille et de Montpellier. Leurs observations vont s'échelonner sur huit mois!

Conclusions? Bougrat, là encore, s'est présenté à eux comme un être parfaitement lucide : très ouvert de physionomie, disert et sobre de gestes, il n'a pas manifesté le moindre trouble de l'idéation ou des sens. Un détail mérite mention, dans ce rapport fleuve : sans que les experts s'en soient véritablement offusqués, ils signalent une réaction d'irritabilité vis-à-vis d'eux. N'ont-ils pas proposé une nouvelle ponction lombaire au prévenu après neuf tentatives manquées? Quand on sait ce qu'est une « p.l. » dans l'argot des hôpitaux, on conçoit que Bougrat ait refusé au docteur Blanchard la satisfaction de le massacrer une dixième fois!

Et voilà ce qui devient « irritabilité » dans un rapport! A cela près, l'examen clinique est normal. Le traumatisme crânien subi par l'inculpé en 14-18 ne pouvait permettre d'envisager l'hypothèse d'une aberration morale acquise. Là encore, en conclusion, l'accusé n'apparaît pas en état de démence au moment des faits. Aussi doit-il être tenu pour *« responsable de cet acte » (sic)*. Les trois spécialistes se sont réunis pour parapher d'un seul et même élan : « Lachaux, Blanchard, Roger », ce compte rendu d'expertise en forme de verdict.

Le second rapport, lui aussi, nécessitait un certain délai. Ne fût-ce que par la minutie qu'apportait à l'analyse chimique des viscères de Rumèbe le professeur Barral, spécialiste de la Faculté de médecine de Lyon.

Bougrat, dès la première heure, avait indiqué quel serait son système de défense : la thèse du suicide. Or, les conclusions du toxicologue lyonnais furent telles que M. de Possel jugea bon de les garder sous le coude pensant que l'inculpé et ses défenseurs les apprendraient toujours assez tôt par les indiscrétions de la presse.

Parbleu! Après avoir fait et refait ses dosages, le consciencieux professeur en est arrivé à exclure toute possibilité d'empoisonnement. Il suggère celle d'un accident thérapeutique provoqué, à l'insu du médecin, par la piqûre matinale du 14 mars 1925...

L'interrogatoire de Bougrat devenait alors inévitable lorsque – fort opportunément pour l'accusation – la fameuse bombe éclata.

Revenons un instant à Chave. Le docteur Bougrat a pour compagnon de division, depuis un certain temps, un individu qui se fait appeler Gauthier de Roy et qui n'est – au mieux – que Gauthier tout court. Les deux hommes se retrouvent chaque jour à la promenade de préau. Les godasses traînent. On échange quelques mots. Viennent quelques questions plus intimes :

– Et toi, pourquoi es-tu là ?

– Chèques sans provision.

– J'ai connu ça, répond Bougrat comme s'il se fût agi, déjà, d'un bon vieux temps.

Malgré sa vanité ostentatoire, Gauthier est la seule personne dont les manières rappellent à l'ancien médecin de la rue Sénac son univers bourgeois. Alors le docteur se laisse progressivement aller. Il parle. Il va se confier...

Et ces confessions – ou prétendues telles – vont horrifier à tel point le confesseur que celui-ci se met aussitôt en rapport avec la justice.

Voilà comment le juge de Possel et Gauthier de Roy dès le premier regard se sont conquis. Le magistrat instructeur voit en ce gras et redondant escroc *« l'insaisissable poison »* qui manque si cruellement pour qu'il boucle son dossier. Avec le rapport du professeur Barral, ce que l'accusation avait cru pouvoir établir comme une évidence s'effondrait. Avec les déclarations de Gauthier, on en revient à cette certitude réconfortante : Bougrat a tué, puisque Gauthier certifie se l'être entendu dire par l'« assassin » lui-même ! On a pu s'interroger : en vue de quel profit cette aide à la justice ? Aucun, proteste le redresseur. C'est un haut-le-cœur qui l'a poussé. « Tuer avec des moyens médicaux un compagnon d'armes, c'est déjà abominable ! Mais, pour sauver sa tête ensuite, essayer de tuer moralement sa victime devant l'opinion publique et aux yeux de sa femme et de ses enfants... » Cela était insupportable à sa pensée.

Il est néanmoins intéressant d'examiner le premier spécimen de l'abondante correspondance que M. de Possel va recevoir – et avec quel empressement – de l'escroc magnanime :

Marseille, le 28 mars 1926
Monsieur le Juge d'Instruction

« Monsieur le Juge,

« J'ai l'honneur de porter à votre connaissance les faits suivants : arrêté le 5 juin 1925 et mis en préventive, j'ai été mis dans la deuxième division, cellule 62, puis quelques jours plus tard cellule 48 (Bougrat occupant la cellule 47). (...) En vous disant plus haut, Monsieur le Juge, que j'ai dû étudier les mœurs et la mentalité des prévenus, c'est expliquer pourquoi j'ai choisi le cas qui me semblait le plus intéressant. Un seul vous intéressera pour l'instant, c'est du docteur Bougrat dont je veux vous parler.

Au début de juillet 1925, j'avais compris que celui-ci n'était pas l'innocent qu'il prétendait être, et dès le 18 juillet, je tissai autour de lui les mailles d'un filet dont il ne pouvait plus sortir.

Aujourd'hui, Monsieur le Juge... »

Aujourd'hui, bien que Bougrat soit homme « vicieux, roublard et hautement appuyé », Gauthier ne recule devant aucun péril pour que la vérité éclate. Il a devant les yeux « cette veuve et ces deux pauvres petites filles ». Il signale pour mémoire n'être lui-même ni l'escroc ni le voleur que prétendent certains plaignants. Pour tout dire, il ne demande en récompense de son aide à cette « éternelle Justice en laquelle (il) a trop de foi » que de la voir réparer l'erreur commise à son encontre. Ainsi lui permettrait-on de reprendre rapidement sa place au milieu de ses confrères...

Car Gauthier de Roy se dit publiciste. Il a dirigé, pour une clientèle dévote, une feuille marseillaise... Gauthier ? Un idéaliste, en somme.

Voici maintenant comment l'idéaliste pense avoir tendu les mailles de son filet.

Bougrat avait déclaré : « Rumèbe est arrivé chez moi en bras de chemise. » Gauthier lui fournit un individu prêt à soutenir qu'il a croisé rue Sénac, ce jour-là, l'encaisseur dans cette tenue anormale.

Bougrat avait dit : « Rumèbe s'affala chez moi et me demanda un grand service... » Service qu'il prétendait avoir essayé de lui rendre avant de retrouver chez lui l'encaisseur à l'agonie. Gauthier, pour rendre cette thèse présentable, peut fournir un certain nombre de lettres antidatées et frauduleusement authentifiées par le cachet postal.

Assez naïf pour s'en servir, le docteur Bougrat ? Peut-être pas, malgré l'usure et la dérive morale de quatre cent cinquante-six jours au trou. Mais coupable de les avoir en sa possession à l'insu de son avocat – ce qui est une faute – même s'il n'a jamais eu l'intention de les utiliser.

Une faute que l'on va exploiter en ordonnant une perquisition en cellule...

Argousins, cherchez bien...

On n'a, hélas ! pas à chercher longtemps. Il y a là des pièces sans intérêt : questionnaires de Me Stefani-Martin, correspondances d'amis ou de proches n'ayant pas trait à l'affaire, séries de mots croisés... Mais, dans le lot, deux lettres d'importance.

La première, datée du 10 mars 1925 – quatre jours avant la disparition de l'encaisseur –, signée *« Marie »*, comporte une série de reproches et de marques de jalousie envers Jacques Rumèbe. Elle fait état de sa liaison avec une dame mariée, C., et le menace de révélations à sa femme et à ses employeurs s'il n'agit pas aussi bien qu'il en a l'habitude lorsqu'il perd au jeu.

La seconde lettre, datée du 13 mars – veille du drame –, est adressée à un « Charlot l'Algérien », au bar Amical, rue

Papillon. Elle a trait à l'organisation d'un attentat contre un encaisseur et porte sur l'enveloppe un supplément d'information : « Prendre garde au pardaf. » Ce qui peut vouloir dire : « En fouillant l'homme, ne pas oublier de retourner les poches. » Cette lettre est signée d'un mystérieux « Giorgio ».

Extraordinaires documents! Ce ne pouvait être que ceux fabriqués par Gauthier au « bénéfice » de Bougrat! Dès le lendemain – le secret de l'instruction étant décidément un vain mot sur cette affaire, une nouvelle campagne de presse fait rage : « Tandis que le juge d'instruction constituait son dossier, le médecin criminel essayait d'étayer sa défense en s'assurant le bénéfice de faux témoignages, mais un de ses co-détenus vend la mèche... »

Il y avait là, ce 22 septembre 1926, de quoi éclipser ce qui la veille encore agitait le monde : le règlement de la dette interalliée, la question du Maroc, l'inauguration du monument aux morts de Vimy en présence du général Gouraud et de Mgr Julien, évêque d'Arras.

Il est vrai que les intrigues du « médecin criminel » ont un autre sel que « L'Ondine de Capdeuil », mièvre feuilleton du *Petit Marseillais* ce matin-là : « Les soirs où Mme de Liffé ne recevait pas, Roselyne demeurait auprès d'elle... »

Mieux loti, M. de Possel peut recevoir, lui, le monstre de la rue Sénac.

Et c'est sur ces palpitantes perspectives que s'ouvre l'instruction.

Enfin un interrogatoire.

Enfin le premier supplice de la question.

Le médecin est gêné en revoyant l'avocat à qui il a si longtemps caché ses sottes distractions de préau. Quelle scène lorsque Stefani-Martin a été mis au fait! Les deux hommes se sont réconciliés et, depuis, l'avocat déploie un talent – qui bouleverse le fautif – pour faire admettre que celui-ci, à aucun moment, n'a franchi le pas. Car Bougrat n'a pas utilisé les faux documents. Mais n'anticipons pas. A cette heure, le juge de Possel et son greffier, M. Pinatel, viennent de s'installer au premier étage de la prison, dans une pièce claire, entre cour et jardin : la salle d'anthropométrie.

Le docteur Bougrat est très calme. Il s'assied sur la chaise de paille qui lui a été désignée et l'acte judiciaire est ouvert.

Long examen des charges... Faits « annexes » : ce ne sont – la chose est admise – que coïncidences...

– Mais il y a beaucoup de coïncidences, docteur, dans la surprenante affaire qui porte votre nom.

On aborde plus directement l'assassinat de Jacques Rumèbe. L'exposé précise que le docteur Bougrat a une compétence rare en toxicologie et que la date où fut tué son client a été... judicieusement choisie :

– Ce jour-là, votre ancien compagnon de tranchées n'aurait-il pas dû toucher près de vingt-cinq mille francs ?

Bougrat a déjà dit qu'il ignorait tout de ces dispositions.

Cependant, il est un point qui bouleverse de fond en comble le système de défense... Comment faire cadrer, désormais, les abondantes explications que Bougrat a données sur le suicide de Rumèbe – la mort ayant été entraînée, selon lui, par absorption massive d'oxycyanure – avec les constatations du professeur Barral qui n'a trouvé, dans les viscères, que des traces insignifiantes de mercure ?

Bougrat reste accroché à sa thèse du suicide. N'usant pas de son délai de réflexion, il préfère revenir sur les accusations qu'on a portées quant à sa vie dissolue : « Ce que vous appelez mes dérèglements... que vous pouvez aussi dénommer besoins d'argent est postérieur au décès de Rumèbe. Vous dites que vous aviez besoin d'argent et avez tué Rumèbe pour vous en procurer... Je vous réponds : Rumèbe mort chez moi a jeté le désarroi dans ma vie. J'avais déjà, quelque temps auparavant, à la suite d'ennuis de famille, subi une désorganisation de mon existence. Je venais de me reprendre quand, pour mon malheur, survint chez moi ce décès... De ce jour, affolé, je retombai au gouffre. »

Et comme pour appuyer cette affirmation, Bougrat désigne dans les pièces de saisie un acte notarié : la succession de sa défunte mère. Non, à l'en croire, Bougrat n'était nullement pris à la gorge le jour où Rumèbe était venu frapper à sa porte les trois coups de la tragédie.

Le lendemain on en arrive au récit du samedi fatidique.

Même décor : la salle d'anthropométrie.

Bougrat est encore très sûr de lui : « Tous les jours, je me levais de fort bonne heure. Le samedi, j'étais en revanche habitué à quitter le lit un peu plus tard. D'abord parce que ma clientèle était, ce jour-là, moins nombreuse, mais aussi parce que mon personnel domestique faisait en détail le nettoyage de l'appartement, lavant, époussetant, faisant les cuivres... »

Ne croit-on pas voir ce cabinet si banalement bourgeois, en ce jour mal choisi pour y préméditer un crime?

La voix ne faiblit pas mais on plonge soudain dans l'irréel : « Ce samedi 14 mars 1925, je descendis à mon cabinet vers huit heures. Un premier client vint se soumettre à mes soins. Le client suivant fut Rumèbe. Il ne vint ce jour-là qu'à neuf heures et quart. » Rumèbe parti après sa piqûre, Bougrat avait lu la presse médicale, mis de l'ordre dans son bureau, envoyé à la pharmacie Charrier, proche des Réformés, son valet de chambre se procurer des ampoules de novarsénobenzol pour les injections de l'après-midi. Il avait déjeuné vers une heure, sans que le valet pût rien observer d'anormal. » Ce n'est qu'une heure plus tard qu'on avait sonné à la porte de l'immeuble. Rumèbe, à nouveau! « Bien qu'il fît frais, il était en bras de chemise. Il avait son chapeau dans une main, de l'autre il tenait une sacoche et des cahiers... » N'y avait-il pas de quoi être surpris? Porte close, Rumèbe, au comble de l'anxiété, supplie alors :

– Il me faut sur l'heure neuf mille francs. Prête-les-moi... Tu me sauveras la vie et l'honneur.

Rumèbe ne voulant pas entendre parler de révéler le vol à la police, Bougrat s'était mis en devoir de rechercher cette somme.

– Parlez, docteur Bougrat...

A ce point de son récit, Bougrat semble faire effort : c'est en revenant chez lui, vers le milieu de l'après-midi, qu'il avait trouvé le malheureux dans son laboratoire : « Il était appuyé au lavabo... faisant des efforts surhumains pour vomir... Rumèbe avait le visage marbré, les paupières gonflées... Ma première pensée fut que le malheureux venait de s'empoisonner.

« – Qu'as-tu bu ?

« Il ne put me répondre mais, de la main, il me fit un geste de dénégation... »

Et soudain, tandis que dans la salle d'anthropométrie les gens de justice retiennent leur souffle : « Ah ! je ne l'ai compris que trop tard, ce geste !... Je ne l'ai compris que lorsque j'ai connu les conclusions du docteur Barral ! »

Voilà ! Pour la première fois, Bougrat admet pouvoir s'être trompé et semble biaiser vers un second système de défense. Surprise réelle ? Habile rétablissement ? « Croyant donc que Rumèbe s'était empoisonné, je ne lui administrai que les soins que l'on doit à quelqu'un qui vient d'absorber un toxique violent. A trois heures trente, Rumèbe entra dans le coma... J'ai continué mes soins jusqu'à quatre heures et il était certainement mort depuis un moment... Ah ! si j'avais eu la pensée que l'infortuné Rumèbe était victime d'un accident provenant de la piqûre faite le matin... Je l'aurais peut-être sauvé ! »

Face au cadavre, Bougrat avait compris qu'il n'était pas dans la situation ordinaire d'un praticien chez qui un client est décédé. La victime avait été volée au préalable. Il serait sûrement soupçonné de cet empoisonnement et de ce vol. « Pour éviter l'arrestation, j'ai pris un parti qui a été cause de tous mes malheurs et a eu pour seul effet de retarder les explications que je devais à la justice. »

A ces mots, Me Stefani-Martin ne cache pas son aise d'entendre son client prendre enfin conscience de ses inconséquences. Pourtant, la suite le laisse aussi perplexe que le magistrat : la recherche frénétique d'une femme aperçue un samedi précédent en grande conversation avec Rumèbe... Cette « Marthe ou Marie » que Bougrat se serait efforcé de retrouver à la Bourse ou chez Thys, le soir du drame, au British and American Bar... Passe encore que, pour donner le change et ne pas avoir l'air de faillir à ses habitudes, il se soit rendu à Tabaris à la nuit. Mais sur l'essentiel, Bougrat ne démord pas : « Du récit fidèle que je viens de faire, il résulte que forcément Rumèbe est revenu chez moi dans l'après-midi du 14 mars et qu'il n'est pas mort le matin, ainsi que le veut l'accusation. S'il était mort le matin, mon valet de chambre aurait constaté des faits suspects dans mon cabinet... Prétendre aussi que ce n'est pas un événement grave qui l'a poussé à revenir n'est pas logique. On ne peut sortir de là : Rumèbe est revenu alors qu'il ne devait pas revenir. »

C'est sur cette déclaration que Bougrat termine le récit de la journée tragique. Avait-il convaincu ? Culpabilité incontournable ou sinistre piège ?

De la salle d'anthropométrie aux tomettes provençales, le soleil s'est enfin retiré. On remet aux poignets de l'inculpé le cabriolet américain et il apparaît alors aux personnes présentes que rarement un homme s'est trouvé aussi seul, tout à coup, devant un avenir aussi noir.

Journées qui ne seraient rien en comparaison des nuits qui les prolongent !... Heures blêmes où le paria ressasse l'extravagante histoire dans laquelle il se sent perdre pied !...

C'est dans cette solitude que Bougrat recense les détails susceptibles de montrer Rumèbe dans un état d'esprit anormal le 14 mars... L'encaisseur paraissait préoccupé en quittant son domicile, plusieurs témoins l'avaient dit. Les employés de la société des Céramiques l'avaient trouvé pressé. Il n'avait plus son pardessus lors de la seconde visite chez le médecin. Et cette montre que l'accusation fait grief à Bougrat d'avoir vendue à un horloger de la rue de Rome? Il y a divergence entre les caractéristiques de l'oignon de Rumèbe – un boîtier lisse, selon la veuve – et celui que Bougrat a vendu, au boîtier guilloché.

Mais le plus lancinant, dans le silence de la nuit blanche et noire, n'est-il pas l'inqualifiable trahison du voisin de cellule?

Gauthier... Il n'y a pas un mois que l'escroc a servi à la justice, à coup de rapports numérotés, son salmigondis de fautes réelles et de mensonges ahurissants! Le démêler, après coup... Bougrat ne peut que ressasser la mise en scène imaginée par le visqueux personnage :

1° Un témoin – Houte – affirmerait que le 14 mars, dans la matinée, Rumèbe avait été l'objet de reproches, dans un bar de la rue de la République;

2° Des témoins certifieraient qu'il était un habitué de ce bar;

3° Ils assureraient encore que Rumèbe jouait aux courses et y avait perdu de l'argent;

4° Une femme, Marie, était prête à se dire la maîtresse de Rumèbe;

5° Rumèbe avait téléphoné du bar à un de ses amis pour lui emprunter de l'argent;

6° Enfin le voleur de la sacoche – Hagig – allait entrer en jeu.

Hagig aurait été prévenu du coup à faire par la lettre d'un indic à un certain « Charlot l'Algérien » mais, au moment de remplacer le contenu de la sacoche par du papier journal, il devait y enfourner par « erreur » cette lettre que Bougrat, par la suite, aurait dit avoir trouvée dans les affaires du malheureux...

Hélas! Non seulement Gauthier avait trahi, mais les comparses, peu confiants en la solvabilité du médecin – ou en sa reconnaissance, une fois qu'il serait élargi – avaient marqué les lettres de piqûres d'épingle!

Versini, Houte, et jusqu'au détenu-graphologue Blanchard... Bougrat se sentait à leur merci, maintenant! Dans ses pires cauchemars, il voyait leurs bouilles de cloportes se métamorphoser en têtes de bélier. Réveillé en sueur, il les entendait – chacun rêvant de quelque réduction de peine – bêler... bêler à l'unisson.

6

FACE À FACE

Le temps fort de l'instruction ne pouvait être, dans ces conditions, que la confrontation de Bougrat et de son accusateur numéro un, Gauthier de Roy.

Face-à-face si risqué qu'aux protagonistes habituels de la salle d'anthropométrie venaient d'être adjoints deux gendarmes pour le cas où une manifestation trop violente mettrait aux prises l'inculpé et son ex-confident.

L'ex-confident de Bougrat... On le fait entrer... et c'est soudain ce petit homme replet, cherchant à se grandir sur ses talonnettes, guindé. Un faciès de pleine lune qu'un rictus voudrait rendre volontaire... Un monocle noir sur l'œil droit pour en dissimuler la cécité... Ce détail mettra mal à l'aise mais Gauthier est assez calme, cependant, pour écouter dans une pause avantageuse ce que le docteur a à dire de lui.

Selon Bougrat, la situation du bonhomme à Chave n'a pas été brillante au début. Non seulement Gauthier n'a pas un sou déposé au greffe mais il lui arrive d'emprunter une chemise à son codétenu afin de pouvoir faire laver la sienne.

Le médecin poursuit en se tournant vers le sujet et en l'examinant sans agressivité, comme un entomologiste le ferait d'un gros hanneton : « Gauthier est un causeur remarquable, il est dénué de scrupules, mais doué d'un tel aplomb, d'une telle adresse... que sa situation en prison ne tarda pas à devenir enviable. » Affable et liant, il semble s'intéresser au cas des uns et des autres, et réussit à obtenir, surtout de ceux qu'il juge posséder quelques ressources, des notes sur leur affaire en faisant miroiter l'intervention de ses amis influents.

Pourtant, l'habileté de Gauthier n'aurait pas suffi à expliquer toutes les défaillances du docteur : « Pendant cette partie de ma détention, vous vous doutez du marasme dans lequel je me trouvais. J'étais dès ce moment une proie facile pour Gauthier de Roy qui me laissait entrevoir que l'information judiciaire dont je faisais l'objet pourrait durer deux ou trois ans... »

Les mailles du filet se seraient rapidement refermées si n'était survenu l'incident décisif avec Stefani-Martin. « Me rendant aux justes observations de mon défenseur, j'avertis Gauthier de Roy que je renonçais à user de tous les faux témoignages dont il me parlait et je pris, dès ce moment, certaines précautions pour que, s'il passait outre à ma détermination, je pusse réduire alors ses manœuvres à néant. »

Il est si tard lorsque Bougrat termine cette étonnante confession que le juge de Possel, le greffier Pinatel et les avocats présents décident d'un commun accord de reporter la contradiction à la séance suivante. C'était compter sans Gauthier qui a hâte de placer son grand air.

On le raisonna tant bien que mal...

Il est si impatient le lendemain qu'il attaque, vibrant : « Hier, Bougrat, pour atténuer ses fautes personnelles, m'a habillé à sa façon. A mon tour maintenant de lui tailler un complet. Il me sera facile de démontrer que je ne suis pas l'individu qu'il a silhouetté. »

Mais, en fait de silhouette, Gauthier paraît tourmenté par le crayon des humoristes.

– Je vous prie, Monsieur le juge, de ne point permettre qu'on croque mon profil.

– Difficile à empêcher, fait remarquer M. de Possel, nous y passons tous : moi-même, mon greffier, le docteur Bougrat...

Enfin convaincu, Gauthier continue :

« Le docteur Bougrat prétend que, sacrifiant à mon habitude, j'ai, par mes divagations, tiré sur la justice un chèque sans provision. Il se trompe et je lui affirme ici que si j'ai émis ce chèque, le cadavre de Rumèbe l'a avalisé et, à la cour d'assises, il devra, lui Bougrat, le payer à l'échéance. »

Pour venir déposer, le témoin s'est muni d'un épais dossier et il s'apprête à lire quand Me Stefani-Martin pose la main sur les feuillets.

– Que faites-vous ? demande le juge.

– Je l'empêche de lire.

– Pourquoi ?

– Parce qu'un témoin, s'appellerait-il Gauthier, n'a pas le droit de lire sa déposition.

– Qui vous a dit ça ?

– La Faculté de droit, Monsieur le juge.

M. de Possel se fait-il plus chicanier qu'il n'est ou a-t-il réellement oublié ce point de procédure ?

– Il y a trente-cinq ans que je pratique l'instruction, c'est la première fois que je vois cela ! Votre client lit bien ses notes ?

– Oui, car l'accusé a le droit de préparer sa défense par écrit.

Et comme Me Stefani ne redoute pas l'incident – au contraire ! – il ajoute : il a le droit de se défendre non seulement en prose, mais encore en vers.

– En vers ?...

– Oui, Monsieur le juge, en vers. Je vous recommande la lecture, dans la collection des grands procès contemporains, du plaidoyer du poète Camus aux Assises de la Seine...

Non seulement les Codes de procédure civile et d'instruction criminelle, le Dalloz et *La Gazette du palais* donnent raison à l'avocat, mais Stefani-Martin n'est pas fâché d'avoir souligné, par cet éclat, le ridicule de Gauthier.

Le pied-plat va devoir se représenter en séance... Chapitré – mais un peu tard – il s'annonce avec un humour involontaire : « Comme vous le voyez, je n'ai rien dans les mains, rien dans les poches. » Quelques rires échappent aux personnes présentes et l'avocat de la défense insiste auprès de M. de Possel pour que soit fidèlement transcrit un début aussi prometteur.

Pour le fond de l'affaire, Gauthier soutient s'être lié avec le docteur dès juin 1925, avant même la découverte du cadavre de Rumèbe. Ému de le voir au plus bas, il a tenté de lui représenter qu'il pourrait, avec de la volonté, refaire son existence et il lui a offert d'entrer comme membre fondateur dans la constitution d'une société ayant pour but l'exploitation de concessions au Congo belge.

Hélas! comme un coup de tonnerre, le bruit se répand à Chave que le cadavre d'un encaisseur vient d'être découvert dans un placard au domicile du docteur... « Ce fut un grave coup porté à ma sympathie. » D'où, à cette heure, les accusations lancées à la tête de l'ancien camarade de préau qui a fini – sous promesse de faux témoignages – par avouer son horrible forfait :

« J'accuse le docteur Bougrat d'avoir administré le 14 mars, à neuf heures dix, une piqûre provocatrice de malaise à Rumèbe.

« J'accuse le docteur Bougrat d'avoir obligé Rumèbe, la sacoche remplie, à revenir se faire soigner à onze heures quarante.

« J'accuse le docteur Bougrat d'avoir, à onze heures cinquante, piqué mortellement Rumèbe.

« J'accuse le docteur Bougrat d'avoir remis quatre mille cinq cents francs – la moitié de la somme dérobée – à l'individu pressenti pour la disparition du cadavre mais qui, argent touché, s'est récusé.

« J'accuse le docteur Bougrat d'avoir fait *post-mortem* des piqûres d'huile camphrée et de caféine au bras de Rumèbe, pour maquiller son cadavre et donner à croire qu'il a tenté de ranimer sa victime.

« J'accuse le docteur Bougrat d'avoir fabriqué des pièces destinées à duper la justice et, dans le même but, d'avoir préparé une serviette qui se trouve dans le scellé N° 2 et qui, contenant des traces de vomissements de Rumèbe, doit démontrer le suicide par empoisonnement de celui-ci. »

Au septième « J'accuse », Gauthier, à bout de souffle, retombe sur son banc. Il est exactement midi.

Les faits saillants de l'instruction se précipitent maintenant. S'annonce pour l'après-midi la comparution de Mme Rumèbe, veuve de la victime.

Il s'agit de reconnaître le portefeuille dérobé à l'encaisseur une semaine avant sa mort. C'est la première fois depuis l'ouverture de l'information judiciaire que la veuve de la victime va être confrontée à celui qu'elle considère comme l'assassin de son mari.

Douloureuse entrevue! Mme Rumèbe, pâle comme un spectre sous ses voiles noirs, est accompagnée par l'avocat de la partie civile, Me Natalini, et par un ami de la famille M. Calixte Giraud. Quelques cris sont jetés à la presse : « Dites bien que celui qui, après avoir tué mon regretté mari, tente de salir sa mémoire pour échapper au châtiment, me verra dressée impitoyablement devant lui! » A sa suite, Calixte Giraud commente plus familièrement quelques aspects de la vie de Rumèbe. Coureur de jupons? Parieur aux courses, lui? Époux exemplaire, il ne quittait jamais sa femme et ses deux enfants : Marie-Louise, si gracieuse en ses quatorze ans, Noëlle, de deux ans sa cadette...

Sur ce fond de brouhaha de couloirs, c'est soudain la terrible rencontre. Les invectives de la malheureuse se font plus dures, plus précises : « Assassin!... Misérable qui avez privé mes filles de leur père!... Je vous maudis! »

Que répondre? Bougrat baisse la tête. Criminel de sang-froid ou simple homicide imprudent, il n'en est pas moins à l'origine du deuil cruel survenu dans ce foyer respectable.

Lorsque Mme Rumèbe retrouve son calme, les scellés sont levés. Elle ne reconnaît pas le portefeuille de son mari dans le lot saisi chez le docteur. Mais sa venue permet de préciser à nouveau un point fort important : « Le docteur Bougrat parle d'affolement de mon regretté mari parce qu'on lui aurait soi-disant volé le contenu de la sacoche. Il ajoute que Rumèbe vint le trouver, le suppliant de lui sauver l'honneur et la vie en remplaçant immédiatement la somme dérobée... Or, le

14 mars 1925, nous avions chez nous, à notre disposition, composée d'argent liquide et de bons de la défense nationale, une somme de dix-huit mille francs. A qui fera-t-on croire que mon mari serait allé chez un Bougrat pour se procurer neuf mille francs qu'il n'avait qu'à venir prendre chez lui? »

Après ce rappel qui fait impression sur le juge, la veuve de Jacques Rumèbe sort de scène. Gauthier de Roy peut reprendre sa déposition. La « véritable mort de Rumèbe »? Il est en mesure de la reconstituer heure par heure – Bougrat s'étant vendu lui-même. Et Gauthier commence :

Le jour fatal, Rumèbe se présenta donc au cabinet du docteur à son heure habituelle : neuf heures dix. Il déclara qu'il était pressé et qu'il ne se sentait pas dans de bonnes conditions pour subir sa piqûre hebdomadaire. Bougrat savait que ce jour-là Rumèbe devait toucher une trentaine de mille francs et il avait fait son plan pour s'en emparer. Il insista donc pour ne pas interrompre le traitement et proposa à Rumèbe : « Je vais, aujourd'hui, pour moins te fatiguer, te faire ta piqûre en deux fois. Je vais procéder à la première maintenant et tu reviendras, tes affaires réglées, subir la deuxième vers onze heures et demie, avant de remonter à Saint-Henri. Comme c'est la dernière, tu en auras fini avec ces désagréments. » A onze heures quarante, l'encaisseur dit au médecin, qui en connaît bien la cause : « Je ne sais pas ce que j'ai, je ne me sens pas bien. Pourtant, ainsi que tu me l'as recommandé, je suis absolument à jeun! » – « Cela ne sera rien, je vais te faire la piqûre complémentaire et tu ne ressentiras plus rien. »

Rumèbe ôte alors son veston, remonte la manche gauche de sa chemise, attend. Sans trembler, cyniquement, le docteur Bougrat lui administre la piqûre mortelle. « Ah, mon Dieu! ne tarda pas à dire Rumèbe, je me sens bien mal. Il me coule de l'eau glacée partout! »

Ce furent ses dernières paroles. Bougrat intervint aussitôt :
– « Respire cela, tu te remettras... »

En même temps, il lui appliquait sur le nez un tampon sur lequel il venait de verser avec précaution de l'acide prussique ! L'effet fut foudroyant. Rumèbe se raidit en une convulsion suprême...

Oui, Gauthier savait tout, c'était comme s'il avait tout vu, tout entendu. Y compris la discussion téléphonique de Bougrat avec ses complices, l'arrivée de ceux-ci vers cinq heures... Un homme et une femme – l'homme, refusant de faire disparaître le cadavre puisque, faute d'avoir trouvé les vingt-cinq mille francs escomptés dans la sacoche de la victime, l'assassin n'était pas en mesure de donner les dix mille francs préalablement convenus.

On conçoit que Bougrat bondisse à ce récit ! Indignation réelle ou feinte, il ne peut bien évidemment accepter cette version des faits. Mais, chose étrange, le juge de Possel ne paraît pas entièrement satisfait. Plusieurs témoins se sont récusés. D'autres, comme le dénommé Houte, déclarent n'avoir jamais eu connaissance de la note écrite par le docteur et que Gauthier a remise à la justice. Pis... Gauthier n'a-t-il pas indiqué qu'il se réservait de ne produire ses preuves qu'au grand jour des Assises ? Me Stefani-Martin s'élève déjà contre le procédé et, de toute façon, si les documents s'avéraient déficients, ce serait au grand jour des Assises, aussi, que la justice serait éclaboussée...

M. de Possel n'est cependant pas au bout de ses peines. Bougrat, soudain ragaillardi, a droit de réponse. Il ne va pas s'en priver !

Tout d'abord, il ne lui est pas difficile de montrer quelle plaisanterie fut la constitution, par quatre détenus privés de leurs droits civiques, de la fameuse société : l'Omnium du Congo belge. Après avoir réduit ce projet d'épopée coloniale aux proportions d'un canular de taule, il souligne le mensonge flagrant de Gauthier lorsque celui-ci assure n'avoir pas pris l'initiative du faux témoignage Houte. Enfin, Bougrat a en réserve un tour qui pouvait relever des farces et attrapes mais qui prend dans la situation présente des allures de coup de théâtre... « J'ai avoué que, cédant à des provocations, je me laissai aller à des défaillances... Ceci reconnu, j'eus soudain l'impression qu'on me poussait dans une voie fâcheuse et ma défiance envers Gauthier de Roy s'éveilla. C'est ainsi que je ne fis pas usage, pour des lettres qu'il me conseillait d'écrire, du papier qu'il me remettait. Ce papier, le voici... »

Et Bougrat de remettre les feuillets au magistrat instructeur.

« Vous constaterez qu'ils portent la trace de piqûres d'épingle discrètement faites par Gauthier lui-même, afin de permettre à la justice de les identifier. Il y a mieux : il y a dans le dossier certains documents de mon écriture que Gauthier a conservés ou détournés. Certains de ces documents ont été établis au cours de la période où ma défiance était éveillée. Eh bien, pour marquer le peu de valeur qu'ils avaient dans mon esprit, et pour prendre Gauthier en flagrant délit à son tour, je les ai – moi aussi – *singularisés!* »

Tous les assistants se regardent.

Oui, Bougrat s'est servi d'une plume trempée dans du jus de citron, seule encre sympathique de remplacement qu'il ait pu se procurer à Chave, et il a marqué les marges des initiales : « G = M », autrement dit : *« Gauthier égale mouton! »*

Stupeur! Il ne reste à l'honorable M. Pinatel qu'à suivre les indications de l'inculpé :

– Recouvrez d'un peu de mine de plomb...

Le greffier taille un crayon et saupoudre la feuille.

– Chauffez doucement...

On approche avec précaution la flamme d'un briquet. Juge, greffier, avocats retiennent leur souffle. Alors, dans la transparence du papier, le sigle annoncé apparaît *« Gauthier égale mouton »*, traduit Me Stefani-Martin médusé. Décidément, l'avocat n'en est qu'à sa première surprise avec ce client hors du commun! Quant à M. de Possel... il paraît dépassé. A qui se fier, désormais, si les plus valeureux moutons se laissent tatouer?

Gauthier de Roy ne disait pas toujours la vérité : on n'en pouvait douter. Il n'en subsistait pas moins une série de faits révélant de façon indubitable que le docteur Bougrat, inquiet de l'invraisemblance de ses explications, avait tenté à un moment donné d'appuyer sa thèse par de faux témoignages. Si l'on ajoute que le juge d'instruction était enclin à retenir le récit de « la mort véritable » de Rumèbe selon la version Gauthier, l'acte d'accusation qui se dégageait en fin d'instruction était particulièrement chargé :

– Le cadavre de Rumèbe est dans le placard. Docteur Bougrat, vous ne pouvez plus penser à vous en débarrasser. Vous ne pouvez songer qu'à fuir. Bonnet, Arietti étaient les nouvelles victimes qui, tombées dans vos pièges, devaient vous donner les moyens d'assurer votre fuite... Si vous aviez réussi, vous auriez disparu et lorsque nous, justice, nous aurions ouvert votre cabinet abandonné, nous y aurions découvert trois cadavres !

Après cette argumentation et quelques escarmouches sur les faux documents « Marie » et « Charlot l'Algérien », sur les numéros du boîtier de montre vendu après la disparition de Rumèbe, il ne restait plus qu'à entendre une dernière fois les protestations de Bougrat.

Il est vrai que les charges qui pèsent sur lui sont écrasantes. Il y aurait de quoi confondre l'assassin le mieux organisé. Mais est-il si sûr qu'il soit un assassin – et bien organisé ?

Bougrat va-t-il s'effondrer ? Ce serait mal connaître les ressources de cette vigoureuse personnalité. Il y a, chez cet homme, du réaliste aussi papelard que le juge – prêt à se défendre pied à pied – et du voyageur d'un autre monde. La silhouette de la guillotine s'est-elle profilée dans les songes de ses dernières nuits ? Bien aventureux qui répondrait à cette question.

D'ailleurs, à ce point de l'affaire, bien aventureux qui pourrait dire de façon formelle : « Bougrat a tué » ou, au contraire : « Pris dans un enchaînement diabolique, Bougrat n'a jamais eu l'intention de tuer. »

Écoutons-le, méthodique, même si ses actes ont fait penser parfois à ceux d'un excentrique aimant jouer avec le feu jusqu'à s'y brûler les doigts – un détraqué, en somme... « Je vais m'attacher, dit-il de retour dans la petite salle d'anthropométrie, ...je vais m'attacher à rétorquer chaque point de cet acte et vous présenter, ensuite, en un court aperçu, ma ligne de défense. » Et d'une voix nette : « Votre système d'accusation est toujours le même. Il s'appuie sur trois points :

1° ma situation financière au moment de la mort de Rumèbe,

2° la suspicion en laquelle vous tenez le rapport du professeur Barral,

3° les sensationnelles révélations de Gauthier de Roy. Il faut même lire bien attentivement, tant les détails sont étrangers à l'affaire, pour s'apercevoir qu'en définitive, il m'accuse d'assassinat. Voyons tout d'abord ma situation financière... »

Là, Bougrat argumente à nouveau, avec un attachement puéril, pour se montrer libéré de la plupart de ses dettes.

Faits annexes? Si encore ces faits étaient exacts! Était-ce avec des « on-dit » qu'on pouvait faire peser sur quelqu'un une accusation d'assassinat?

« J'en arrive au deuxième point qui sert de base à votre accusation : la suspicion en laquelle vous tenez le rapport Barral. Vous me dites qu'au cours de l'instruction j'ai changé de système de défense... Veuillez examiner, Monsieur le juge, l'état dans lequel je me trouvais au moment où, le 12 juin 1925, à sept heures du soir, je fus extrait de la prison Chave... Ajoutez-y une année écoulée tout entière dans les soucis et les chagrins incessants... Eh bien, malgré cela, malgré les conditions effroyables où mon premier interrogatoire eut lieu, il n'y a, à mon point de vue, qu'une seule différence. La première fois, j'ai déclaré : " Rumèbe est arrivé l'après-midi à mon cabinet sans chapeau et sans veste. " J'ai dit la deuxième fois : " Rumèbe n'avait pas de chapeau, il a ôté sa veste. " Serait-ce là-dessus que vous vous baseriez pour affirmer que j'ai eu successivement deux systèmes de défense?

« Quant aux causes de la mort de Rumèbe, je vais, une fois encore, vous dire ce que j'en pense. Tout m'a conduit d'abord à penser à un suicide. J'y ai cru absolument et je ne pouvais pas ne pas y croire. Il a fallu la netteté du rapport Barral pour me faire admettre que j'avais pu, sans m'en douter, me trouver en présence d'un accident thérapeutique.

« Ici, je m'étonne respectueusement de la compétence de l'accusation en toxicologie lorsque je l'entends déclarer, avec une précision touchante, que l'opinion du professeur Barral n'est basée sur rien. »

On reprochait à Bougrat d'avoir des toxiques chez lui... « Évidemment, c'est mon métier d'en avoir... de plus, les toxiques trouvés chez moi ont tous été achetés postérieurement à la mort de Rumèbe. »

Enfin Bougrat revient sur deux autres points de l'interrogatoire : l'achat d'une automobile pour enlever le corps de Rumèbe et fuir en Italie. « Si j'avais assassiné Rumèbe, j'aurais tout prévu pour le faire disparaître. Outillé comme je l'étais, professionnellement, sans quitter mon domicile, je pouvais très facilement le faire sortir par fragments, en deux ou trois nuits... Quant au projet de voyage en Italie, je désirais faire réellement ce voyage, je l'avais préparé de longue date... »

Bougrat parle très vite, comme poursuivi par une invisible meute. Il s'arrête, un peu étourdi. On lui propose l'humble bouillon de la geôle. Une fois restauré, il reprend son argumentation.

Restait à examiner le principal : les « élucubrations » de Gauthier de Roy.

« J'ai une certaine stupeur à constater que cet homme est la pièce de résistance, le fondement de l'accusation.

Pourtant, dans le dossier, on peut remarquer que :

1° dès août 1925, je marque tous les papiers que je lui remets du stigmate à l'encre sympathique « Gauthier = Mouton »,

2° en septembre 1925, j'obtiens de lui des lettres que je garde,

3° je conserve précieusement tout ce qu'il peut me remettre, y compris du papier percé de coups d'épingle,

4° les détails que je lui donne sont faux. Avais-je confiance en cet homme en prenant pareilles précautions ?

« Passons à ses mensonges. Il m'a connu, dit-il, à mon

entrée en prison. Faux. Je n'ai connu Gauthier qu'au lendemain de la découverte du cadavre de Rumèbe. Il savait bien alors l'inculpation d'assassinat qui pesait sur moi. Il prétend que j'ai voulu pousser le détenu Hagig à se déclarer le voleur de Rumèbe. A la date qu'il avance, Hagig n'était pas à la prison Chave mais à Alger. Il prétend que je lui aurais montré les conclusions du professeur Barral le 13 mai, jour de l'Ascension. Or, c'est ce même jour que nous protestions, mon défenseur et moi, parce que nous n'avions pas encore pu prendre connaissance de ce rapport...

« Dans ce qui est vérifiable, on constate que Gauthier ment toujours. Et cependant, c'est sur lui que l'accusation prétend s'appuyer pour tout ce qui n'est pas vérifiable... Et puis, il y a dans ce qu'il avance tant de choses grotesques! lorsqu'il décrit les allées et venues d'un homme et d'une femme le soir du " crime ", c'est tout simplement du grand-guignol!

« L'accusation ne pouvant prouver ma culpabilité s'est attachée à créer une légende. On a fait de moi un médecin – apache. On n'a pas tenu compte de mon passé, de trente-cinq ans d'honneur et de travail. On a trouvé tout naturel que je me sois installé, un " beau matin ", assassin comme d'autres se font épicier ou notaire...

« Votre acte d'accusation n'aboutit à rien. Il porte inutilement atteinte à l'honneur du professeur Barral. Il cherche vainement à sortir Gauthier de Roy de la fange où il s'est lui-même plongé. Mais il n'y a pas une ligne, pas un mot qui puisse amener, logiquement, l'idée que le 14 mars 1925, j'ai assassiné Rumèbe pour le voler! »

C'est sur cette phrase qu'à six heures et demie se termine la réponse du docteur Bougrat au résumé des charges que le dossier réuni par le juge de Possel élève contre lui. Il appartiendra désormais aux jurés de la cour d'assises des Bouches-du-Rhône de dire si Bougrat est coupable et – si oui – quel châtiment exemplaire devra sanctionner un aussi lâche assassinat.

7

LES ASSISES D'AIX

« Tout arrive! » s'est exclamée la presse locale. Selon elle, aujourd'hui 22 mars 1927, les romanciers ne devraient plus avoir à se mettre la cervelle à l'envers... C'est dans le petit box de bois du tribunal d'Aix que va comparaître le docteur Bougrat!

Depuis des mois, les échotiers ont énuméré les devanciers illustres : Marie-Madeleine de Brinvilliers, experte en poisons, Mme Lafarge, ou le poison associé à la littérature; on s'est attardé sur les perversités de Veronika, fille slave, faisant disparaître ses amants dans la malle sanglante. Pour les hommes, Landru, bien sûr... Mais on a évoqué Billoir et Gamahut, aussi Pranzini et – pourquoi pas? – ce Vitalis qui opérait, comme le médecin de la rue Sénac, à Marseille.

Pour être tout à fait digne de ce gotha, il aurait fallu, il est vrai, que Bougrat eût laissé un semblant de preuves. Là on était un peu court.

Ni preuve ni aveux. L'époque était bien clémente. Dommage? Plusieurs érudits indiquaient la méthode qui, au XVIIe siècle, avait eu raison de la veuve Tiquet... On faisait asseoir le prévenu sur un tabouret de pierre, les poignets attachés à des anneaux, les deux pieds également fixés. On tendait les cordes et le questionneur s'armait de la corne d'embouche. C'était le supplice de l'eau. Quatre pintes pour la question simple. Huit pour la question extraordinaire.

Il avait de la chance, Bougrat, d'avoir œuvré en des temps plus douillets!...

Une véritable marée humaine a envahi la place du Tribunal. Pourtant, le service d'ordre filtre sévèrement les entrées. A cela deux raisons... La salle est exiguë mais, surtout, la cour observe les récentes recommandations d'un jeune garde des Sceaux plein d'avenir – Pierre Laval – qui enjoint de fermer les Assises à la curiosité malsaine des foules.

Un groupe d'élégantes Aixoises est à la tribune. Curieuse tribune... Avec ses torsades et ses moulures ensoleillées, elle ne déparerait pas un théâtre à l'italienne. Le frisson provincial s'accentue lorsqu'on croit reconnaître, sur les bancs de la presse, un certain nombre de célébrités parisiennes : Geo London, du *Journal*, Maurice Bourdet, Pierre Scize. Il y a même quelques gloires de la littérature : Abel Hermant, qui tient chronique au *Figaro*, Abel Bonnard, venu pour le *Journal des débats* et dont les initiés se gaussent des mœurs particulières.

Brouhaha des jurés qu'on installe, des témoins qui ont de la peine à se faufiler, des derniers journalistes qui ont dû, à dix reprises, brandir le laissez-passer. Il est neuf heures très précises quand un mouvement de curiosité fait converger tous les yeux vers le colimaçon qui conduit de la geôle souterraine au box des accusés.

Bougrat vient de faire apparition ! Il a l'air serein et promène un regard froid sur l'assistance. Il porte maintenant une moustache assez fournie sur une bouche à la fois sensuelle et timide.

Un plumitif va noter : « Le docteur Bougrat a légèrement engraissé en prison. » Tiens, c'est vrai... Bougrat a forci. Inactivité ? Sevrages en tous genres ? L'inculpé parle avec ses gardes du corps. Chose extraordinaire : il sourit... On voudrait le prévenir comme à Guignol : « Attention, Bougrat ! » Les pandores sont si près... Mais il serre la main de ses défenseurs : le léonin Stefani-Martin et Me Aquatella qui l'assiste et qui vient de se faufiler parmi les robes noires.

Bougrat est élégamment vêtu d'un complet-veston bleu

marine. Le col mou est ceint d'une cravate de soie grise barrée de rayures bleues. En vertu d'un récent arrêté, comme tout « légionnaire » traduit en justice, il ne peut arborer le ruban de chevalier à sa boutonnière.

Geo London note : « On reste stupéfait devant la froide assurance de celui qui va lutter ici pour sauver sa tête... Sa tête! On en admire le port noble jusqu'à l'instant où un brusque tic de la mâchoire en découvre la bestialité. »

Ne peut-on se demander – sauf le respect dû à une plume aussi prestigieuse – si la situation dans ce box ne crée pas une mâchoire bestiale?

Mais voici que la sonnette retentit. Grêle et triviale, comme l'annonce d'un premier service au wagon-restaurant. La Cour!... L'audience doit être présidée par le conseiller Bringuier. Le binocle sans complaisance, celui-ci lisse de temps à autre le maigre bouc dont s'adorne son visage de mousquetaire vieilli. Il va avoir pour assesseurs M. Delacouture et le conseiller Chènevière. L'avocat général Siame – procureur redoutable bien que plein d'onction – occupe, lui, le siège isolé du ministère public.

La plume de Toë, caricaturiste connu de tous les Marseillais, ne s'arrête de griffer que lorsque l'accusé, d'une voix claire, répond à l'interrogatoire d'identité : « Je me nomme Pierre Marie Bougrat, docteur en médecine, né à Annecy le 27 novembre 1889... »

Le jury ayant prêté serment, le président Bringuier va alors intervenir d'une manière tout à fait inhabituelle : « Messieurs les jurés... Oubliez complètement et dès cet instant tout ce que vous avez pu lire ou entendre dire sur cette affaire dont vous avez à juger... La vraie conception de la justice veut que vous n'en reteniez rien... Cette affaire, c'est seulement maintenant que vous allez la connaître : par les débats qui vont se dérouler devant vous. A la fin de ces débats, pleinement éclairés, vous pourrez alors, en votre âme et conscience, vous prononcer... »

Satisfait par ce trait d'équité envers la défense, Me Stefani-Martin serait enclin à y voir l'aveu des excès qui ont marqué l'instruction et qui ont dressé contre le prévenu une ville tout entière. Pourtant, d'une voix qui n'en finit pas de ménager les effets dramatiques, le greffier Sylvestre relit l'acte d'accusation et l'agrémente de tous les « Faits annexes »...

Appel des témoins.

Le défilé des silhouettes connues ou attendues suscite des mouvements passionnés. Mme Rumèbe, drapée de noir. L'ex-amie du docteur, Mlle Audibert, dont la présence allume une lueur malsaine dans le regard des hommes. Gauthier de Roy. Quarante-six témoins pour l'accusation, quatre pour la partie civile, une trentaine pour la défense.

« Bougrat... Bou-grat... » Le président compulse ses notes : « Famille honorable... Jeunesse... Guerre... » Ah! oui, la guerre... Peut-être, dans son box, Bougrat se soustrait-il à ce présent sordide et se veut-il à nouveau, par la pensée, le compagnon des hommes résignés que la mort, de si longs mois durant, avait fauchés en aveugle? Le grand souffle de pureté de la guerre... « Vous fûtes blessé six fois au feu, cinq légèrement... » Qu'appelaient-ils donc perte « lourde », maintenant, ces civils? Lorsqu'un tronc ou des membres manquaient à la reconstitution? Lorsqu'on ne retrouvait qu'une capote écrasée, au fond d'un trou? Capote dont on n'aurait su dire quel corps, une fraction de seconde plus tôt, la gonflait encore de sa forme?

Après la grande offensive Nivelle, il n'avait même plus été question de faire de la chirurgie : les corps s'entassaient sur le remblai du poste et, quand la puanteur n'était plus supportable, un infirmier disait : « Faudrait voir à déblayer tout ça... »

Civilisation! Mais il faut bien revenir à Aix : « Une sixième fois vous fûtes blessé au cuir chevelu, continue le président en soignant son élocution... Cécité temporaire... » Il compulse ses papiers : « Simulation... »

Bougrat sursaute! Encore cette suspicion jetée sur la plus grave de ses blessures? Encore cette légende de simulation sur un mot approximatif d'expertise – le doute jeté par un confrère sur une simple séquelle d'héméralopie, ce qui était tout différent – et qui a profondément pénétré dans certains milieux médicaux de Marseille? De là, la légende avait pris son vol; on la retrouvait partout : dans les rues, à la terrasse des cafés du Quai des Belges... et jusqu'à l'audience où elle venait de faire son apparition! On ne disait pas : « Le professeur Aubaret n'impute pas au traumatisme crânien initial les suites d'héméralopie, ou baisse de l'acuité visuelle au crépuscule. » Non, on disait : « Les blessures de Bougrat? Sa cécité! Simulation! »

Et pourtant, aussi bien au poste de Monastir qu'au centre ophtalmologique de la XVe Région où il avait été évacué, le 19 juillet 1918, à Salonique, on l'avait constatée, cette cécité complète mais curable... Le président n'en disconvient pas. Il lâche du lest : « Vous discuterez plus tard, professionnellement, de ce point. » Oui, plus tard... Mais soudain éberlué, le président : « Vous n'avez pas été trépané? » Qu'ont-ils donc tous à vouloir qu'on vous ait ouvert le crâne, comme si cette sinistre opération relevait de l'indispensable folklore d'un temps?

– Non, je le déclare une fois encore, je n'ai jamais subi de trépanation.

Le divorce? C'était un divorce convenu et Me Stefani-Martin était intervenu pour indiquer qu'une fois les indispensables renseignements fournis, il ne serait plus question, d'après le désir formel de son client, de sa vie familiale. Bougrat admettait s'être laissé entraîner aux légèretés qu'on énumérait : il prétendait toutefois n'avoir pas dépensé plus de quatre mille francs par mois pour sa maîtresse, Andrée Audibert, somme tout à fait compatible avec ses revenus professionnels.

Mais que l'homme ait été ou non aux abois, à la date fatidique, le débat achoppait plus âprement encore qu'à l'instruction sur les circonstances qui avaient remis en présence, dès le début, le médecin et son patient. Rumèbe souffrait-il réellement de la maladie « spéciale » pour laquelle Bougrat le traitait? Sans nul doute selon celui-ci : « Nous avions été successivement trois médecins à le soigner pour cela. » C'était pour rendre service à son ami qu'il avait consenti – toujours à titre gracieux – de le recevoir le samedi matin. Le président opine : un Bougrat serviable et, du reste, professionnellement désintéressé, n'était pas pour surprendre...

– Mais vous saviez que les réactions de Bordet-Wassermann faites au préalable étaient négatives?

– On m'a toujours appris, au cours de mes études, qu'en dépit d'une réaction négative, les accidents consécutifs à la syphilis peuvent continuer de se produire.

– Rumèbe vous avait-il dit pour quelles raisons il descendait en ville le samedi?

– Non, je l'ignorais absolument.

Le président Bringuier fixe étrangement l'accusé derrière ses verres :

– Arrivons-en au jour du décès... Le jour du drame...

Cette fois encore Bougrat est formel : l'encaisseur s'est représenté à son cabinet vers quatorze heures. Tous les témoignages concordent. C'est seulement après le repas que les domestiques ont été prévenus : il y avait dans le cabinet un malade et personne ne devait y entrer. Le valet de chambre Bozo, la domestique Fernande ont parlé, eux aussi, du début de l'après-midi. Une cliente, Mlle F., s'est présentée dans la soirée et le docteur est allé lui dire, au salon, qu'il ne pouvait la recevoir, ayant dans son bureau un malade qui, « depuis deux heures », était pris de syncopes et de vomissements.

Après... Après n'avoir pas su reconnaître les conséquences d'un accident thérapeutique et les avoir confondues avec les effets d'un suicide... Eh bien, après, Bougrat a perdu la tête et tout s'est enchaîné selon un mécanisme implacable. Il a dû sortir plusieurs fois. Il a dû se rendre à Tabaris. « Je n'avais pas le cœur à cela. J'étais moralement anéanti, ayant toujours sous les yeux le cadavre de mon malheureux ami et, en pensée, ma situation désespérée. » Mais il n'avait rien dit de peur d'être arrêté. « A partir de ce jour, vous devinez ce que fut ma vie ! »

Oui, le président Bringuier le devinait. Tout de même...

– Ce que vous venez de dire, vous, un homme intelligent et de sang-froid, ne vous paraît-il pas inadmissible ? N'était-il pas plus simple, plus normal que Rumèbe mort des suites d'un suicide ou d'un accident, vous appeliez des témoins, que vous criiez à l'aide ?

Visiblement, M. Bringuier avait cherché à comprendre. Mais non, il n'y parvenait pas et décochait à Bougrat :

– Tout votre procès tient là.

Il tenait là, en effet. La défense ne se faisait pas faute d'ajouter qu'à défaut de preuves qui ne fussent un tissu de présomptions ou de coïncidences, il était uniquement là.

Car enfin, revenir sur le poison aussi « volatil » que mystérieux qui, selon l'accusation, avait tué l'encaisseur, aboutissait, du fait du rapport scientifique, à une impasse. Revenir sur ces lettres que la justice avait saisies pouvait faire admettre à Bougrat qu'il avait, dans un moment d'égarement, recherché des faux témoignages. « Mais ces lettres, répondait Bougrat, je ne les ai jamais envoyées. »

Et les aveux de son « crime » à Gauthier de Roy ?

– Faux ! s'écrie cette fois le docteur avec une indignation immédiate : je nie absolument avoir fait pareil récit à cet individu.

Le président agacé résume alors l'interrogatoire de ces mots :

– Vous aviez des besoins d'argent, votre situation financière était sans issue...

Mais, dans le droit fil des déclarations qui précèdent, Bougrat peut se récrier :

– Entre le fait d'avoir des besoins d'argent et celui d'assassiner, il existe un abîme !

– Voyons, intervient posément l'avocat général Siame – il s'adresse pour la première fois à l'accusé : Vous êtes intelligent, Bougrat, vous nous démontrez aussi qu'au point de vue physiologique, vous êtes d'un sang-froid remarquable. Avez-vous lu, lorsque vous l'avez eu en votre possession, c'est-à-dire quelques secondes après la mort de Rumèbe, le document signé « Marie »?

– Oui, Monsieur l'avocat général.

– Alors je ne comprends plus, car, présentant cette lettre à la police en même temps que vous auriez déclaré ce qui s'était passé, j'aurais mis au défi n'importe quel magistrat de pouvoir vous faire mettre en état d'arrestation.

Bougrat s'en doute, certes...

– Je vous rappelle, Monsieur l'avocat général, que pour cette lettre, je me suis réservé le droit, en mon âme et conscience, d'en user après avoir démontré son authenticité.

Le président Bringuier sourit : Bougrat va-t-il servir à la Cour cet argument trop romanesque de la femme mariée qu'il n'aurait pas voulu déshonorer? Et comme s'il résumait la suspicion et l'amusement de la salle :

– Au fond, Bougrat, nous vous méconnaissons. Vous êtes un chevalier!

Cette plaisanterie va faire grand mal à l'accusé et pourrait servir d'introduction au témoignage – accablant lui aussi – de l'ancien chef de la Sûreté, André Robert...

La France entière sait que ce policier, par son flair, par son obstination, a démasqué l'étrange receleur de cadavre de la rue Sénac. Non, en juin 1925 – deux ans, déjà! – Robert n'aurait osé soupçonner le docteur Bougrat dans cette affaire. Mais très vite les mobiles s'étaient dessinés... Trapu et ramassé, à la barre, Robert fait mine de réfléchir et, désignant à tous les regards l'accusé, là-haut, dans son box :

– Bougrat est un être sensuel. Il montrait beaucoup d'attachement à la fille Audibert qu'il craignait de perdre...

Le policier narre alors les épisodes burlesques ou scabreux qu'il a pu observer dans l'appartement tragique. Il soulève à nouveau l'hilarité en énumérant les portefeuilles et autres pièces incongrues trouvés au domicile du docteur. Il reprend – et comment! – la série des « faits annexes ». A la dernière question du président : « Croyez-vous à l'hypothèse du suicide ? » le policier est formel :

– Absolument pas.

– Pour quelle raison ?

– Un simple détail, Monsieur le président. La veste de Rumèbe était dans le placard et le cadavre fut découvert en manches de chemise. On ne retire pas sa veste pour avaler une ampoule de cyanure ou un comprimé de poison.

Élémentaire, cher monsieur Robert !

8

ANDRÉE AUDIBERT

Il fait gris, à Aix, en ce second jour du procès, quand s'ouvre l'audience du matin. Les élégantes occupent toujours la tribune à l'italienne mais le service d'ordre a dû se relâcher : on s'entasse dans la salle où doivent comparaître les domestiques et, surtout, l'amie du docteur Bougrat.

La cuisinière, Fernande Provost. Que retenir de sa déposition, sinon que le docteur était loin de lui payer ses gages avec ponctualité? Et avec un regard torve en direction du box : « A l'heure qu'il est, Monsieur me doit encore cinq cents francs. »

Connaissait-elle Rumèbe? Les domestiques l'appelaient le « client du samedi ». Le jour du drame, Fernande a battu les tapis jusqu'à dix heures, elle n'a rien remarqué.

Son maître l'a-t-il réglée ce jour-là?

– Un billet de cinquante francs, à titre d'acompte, qu'il a tiré d'un portefeuille tête-de-nègre.

Le portefeuille de Rumèbe était de couleur identique! Me Stefani-Martin se lève :

– N'aviez-vous pas dit avoir remarqué ce portefeuille quelques jours plus tôt sur le bureau de votre patron?

– C'est exact.

Me Stefani-Martin peut se rasseoir : l'incident du portefeuille est clos.

Auguste Bozo. Le valet de chambre confirme le peu de ponctualité dans le règlement de ses gages. Lui non plus, ce matin-là, n'a ouvert à aucun client. C'est du vestibule que

Bougrat, plus tard, lui donna tous ses ordres. D'ailleurs, au cours des allées et venues de la matinée, il n'est à aucun moment entré dans le cabinet, ce qui enlève tout son poids à l'argument du docteur quant à l'impossibilité d'un retour matinal de Rumèbe.

Le président lui demande si son maître lui a interdit l'accès du cabinet...

– Justement! Justement! – et se faisant mousser : il me l'avait dit deux fois, ce qui me donna l'idée d'aller voir.

La salle s'esclaffe.

– Habitude professionnelle, sans doute, commente le magistrat.

Intimidé par les rires, ne sachant si l'on reconnaît sa vive intelligence ou si on le brocarde, le larbin poursuit :

– Je m'en fus donc glisser un œil et que vis-je par le trou de la serrure? Le pied d'un homme qui pendait le long du canapé.

Tout à l'heure, pressée de préciser le rôle que, selon elle, Andrée Audibert aurait joué dans cette affaire, la cuisinière a répondu :

– Je n'en sais rien. Tout ce que je peux dire, c'est que Monsieur semblait tenir à elle mais cette créature-là semblait fort peu attachée à lui. Elle disait souvent : « Je serai obligée de le lâcher, il ne me paye pas suffisamment de robes. »

Bozo, lui, se montrerait plutôt étonné des gens chez qui il se trouvait :

– C'était pas une maison ordinaire... Plusieurs fois, le matin, on était réveillés par des cris, un vacarme effrayant. C'était Monsieur qui flanquait sa tournée à Madame!...

Il est un point que le président aurait voulu faire préciser au valet : les émanations qui empestaient l'appartement ne lui ont-elles pas paru suspectes? Un rat, avait dit le docteur à Fernande...

– On n'en pensait pas moins, commente Bozo.

– Mais encore?

– Je croyais que c'était par suite de manœuvres criminelles.

– Tiens... et pourquoi?

– Parce que j'étais chez un médecin, pardi!

Le malin va quitter la barre sans avoir pu saisir si le gros rire qui secoue l'assistance salue sa repartie ou met sa perspicacité en doute.

On attendait de Garrel, le directeur de clinique qui recevait les confidences de Rumèbe, une indication sur un point important de l'accusation : Bougrat savait-il – contrairement à ce qu'il soutenait – que l'encaisseur devait toucher le 14 mars plus de vingt-cinq mille francs?

Avec un regard fielleux vers l'accusé, Garrel en témoigne. Ce regard ne serait-il pas celui des jalousies professionnelles rancies? Nul ne le saura jamais.

Garrel a prêté serment, en tout cas. Et une semaine avant sa disparition, Rumèbe aurait dit :

– Samedi prochain, j'irai chercher à la société une somme importante.

– Faites attention, lui aurait répondu Garrel, de ne pas vous faire détrousser!

Et Rumèbe de répondre :

– Qui le sait? Il n'y a que deux personnes en qui j'ai la plus absolue confiance : le docteur Bougrat et vous.

Garrel avait été outré, de plus, par le comportement du médecin lors de la visite qu'il lui avait rendue en compagnie de Mme Rumèbe. Le cynique personnage avait bien employé, effectivement, le mot d'« autopsie ».

On fait louange de sa déclaration à ce témoin « probe, à ce grand honnête homme » mais, quel qu'ait pu être ensuite le défilé des subalternes, il n'était pas un curieux qui n'ait attendu dès cet instant, promise à l'audience de l'après-midi, celle que la conscience universelle, depuis des mois, chargeait de tous les péchés : Andrée Audibert. On la guettait de la loge italienne. Les bourgeois de l'arrière, gênés par le mouvement de curiosité qui se propageait sur les premières banquettes, n'eurent pas le temps de crier : « Assis! » Elle était déjà là, l'Ève éternelle et maudite!

Surprise : ce n'était que ce bout de femme en un sobre manteau parcimonieusement bordé de fourrure, le visage dissimulé sous la cloche d'un petit feutre taupé soleil, garni de ruban noir!

« Je devins la maîtresse du docteur Bougrat le 19 août 1924, confesse l'ancienne prostituée avec une simplicité qui aurait pu émouvoir. Je me suis séparée de lui le 20 janvier et je suis revenue à son domicile le 1er avril 1925. Je l'ai quitté pour des futilités, pour de petites scènes de jalousie et parce que son entourage me reprochait de lui coûter trop cher. »

Andrée a parlé en évitant de se tourner vers son ex-amant et celui-ci affecte une impassibilité que sa pâleur dément. Le rappel de ces dates... Ces jours et ces nuits si chaudes... Ce vertige... Oui, il l'a aimée, cette pauvre fille; peut-être l'aime-t-il encore? N'a-t-il pas laissé entendre que c'est avec elle, et elle seule, qu'il a connu l'égarement des sens le plus complet? Et maintenant...

Maintenant, comme il voudrait être loin avec Andrée! Hélas! Quoi qu'il arrive, plus rien ne pourra jamais redevenir comme avant!

Pas un instant, au cours de son procès, Bougrat ne chargera son ancienne maîtresse, même quand, à la demande du président, la fille entre dans les détails vénaux :

– Il m'entretenait à raison de trois mille francs par mois et me faisait cadeau de robes et de bijoux...

Le président paraissant impressionné, elle proteste :

– Trois mille francs, ce n'est pas beaucoup!... On les donne à un garçon boucher!

Bougrat ne bronche pas à ce mot malheureux. Ce n'est pas le premier et ce ne sera pas le dernier que va proférer cette humble fille. Mais il est tout de même étonnant que le président renchérisse dans la vulgarité en faisant très probablement allusion aux appointements des juges :

– J'en connais qui ne les gagnent pas!

La presse, demain, soulignera qu'il est des comparaisons qu'un magistrat, même débordé par de grands débats, est inexcusable de faire.

Et l'odeur?

Certes, la fille n'a pas pu ne pas la sentir, cette odeur cadavérique, au logis du médecin. Bougrat a cherché à la rassurer avec des histoires de souris, de rats crevés sous la plinthe. Elle, elle a pensé à un fœtus caché quelque part – allusion renouvelée à un Bougrat faiseur d'anges.

Le lendemain de l'arrestation du docteur, en présence de M. Bougrat père, elle a nettoyé elle-même – les domestiques ayant leur jour de congé – le placard qui se trouvait au-dessous de la soupente macabre. « J'y trouvai une lampe allumée et une casserole qui contenait des produits désinfectants; il y avait beaucoup de mouches mortes autour; il y avait deux taches au plafond et les trous de la serrure de ce placard étaient bouchés avec du papier. »

Le président : Ayant constaté cela, pourquoi n'avoir pas prévenu la police?

Andrée : Je n'avais aucun soupçon. Si tel avait été le cas, j'aurais fait la déclaration que vous m'indiquez. Je suis une honnête femme.

On s'agite parmi les vertueuses Aixoises : cette biche impudique voudrait-elle se faire passer pour la pure Lucrèce?

L'avocat général Siame n'en peut plus :

– Vous?... Une roulure de lupanar? – et cramoisi, libérant soudain une libido insoupçonnée : vous, une ribaude que l'on devrait fouetter sur la place publique?

Andrée se redresse sous l'insulte comme si les coups de fouet lui avaient été réellement administrés :

– Je veux indiquer que si j'avais cru le docteur capable d'avoir fait cela, je n'en aurais pas dormi. D'ailleurs, M. Bougrat père a fait les mêmes constatations que moi et il n'a rien dit.

Une brève confrontation a lieu avec l'ancien chef de la Sûreté, Robert, pour préciser l'attitude d'Andrée lors de la perquisition. Andrée répète :

– Si j'avais su que le docteur Bougrat avait été capable de cela, je l'aurais vendu.

Bougrat regarde douloureusement son ancienne maîtresse. « Avait été capable... » : elle semble donc admettre! Elle le vend!

Ce n'est peut-être qu'un mot malheureux – un de plus! Mais dans le silence subit du prétoire, chaque assistant suspend son souffle et l'on croirait entendre haleter cet amour à l'agonie.

Peu après, l'avocat général additionne les cadeaux qu'Andrée a reçus du docteur, du mois de novembre au mois de janvier. Deux robes, une montre en platine, un brillant, une étole de vison; patient comptable, il arrive au total de trente mille francs.

Judas ayant vendu son maître pour moins que cela, il fallait du trivial pour détendre l'atmosphère. Le président a chassé la femme fatale d'un mémorable : « Ouste, disparaissez! »

Lui succède alors Louis-Philippe Arietti, tenant boutique de bijoutier rue des Beaux-Arts, 24. Le commerçant, un « chat » imprévu dans la gorge, raconte comment Bougrat s'est présenté chez lui pour acheter une bague.

Le président : Parlez plus fort, je vous prie.

Le bijoutier : C'est que je suis ému, monsieur le Président. Pensez, quand on se trouve en présence de l'homme qui avait décidé de vous supprimer!

Arietti parvient à avaler son « chat ». D'évidence, la rencontre avec Bougrat aura été la grande aventure d'une vie de commerçant rangé mais, néanmoins, avisé. Il narre à nouveau le doublon avec le Comptoir Rose, l'entrevue manquée avec la comtesse russe... Rien de bien inédit sinon, à la question de la défense : « D'où résulte-t-il qu'on ait voulu vous assassiner? » cette confidence :

– C'est M. Robert qui me l'a dit. Il m'a dit : « Votre place à vous était dans le puits. »

« Il aurait fallu plaider des jours et des nuits, remarquera

Me Stefani-Martin [1], reprendre mot pour mot chaque déposition. » L'avocat ne s'en faisait faute. Pourtant, ces affaires resurgissaient à chaque détour, non pas maintenues mais « annexées » par l'accusation.

Après Arietti on entend une Mlle Mado, la brodeuse veuve Giovanni, Odette Cantet, le garagiste Bonnet.

Une demoiselle Léontine Caudet, l'avant-scène opulente, n'hésite pas à se présenter comme le « Conseil de guerre » en personne. Impressionnant, pour un médaillé quatorze fois blessé ! Au lieu de se tasser dans son box comme dans une casemate, Bougrat rit, comme tout le monde.

– Quand il me piqua, se souvient la grosse dame, je lui criai : « Docteur, vous m'avez tuée. »

Stefani-Martin :

– Entre-temps, vous avez donc ressuscité ?

« Bravo ! » crièrent les plaisantins. Mais ces cris n'eurent pour effet que d'exalter un peu plus la rubiconde secrétaire du Conseil de Région militaire :

– Il m'a... Il m'a volé mon sac, comme à tant d'autres dépouillés avant moi.

Quels « autres » ? Ces innombrables correspondants de L'Évêché et colporteurs de la rumeur de Marseille ?

– Et ces gens, fait encore observer Me Stefani, n'en retournaient pas moins chez le docteur; ils allaient se faire assassiner une seconde fois !

Burlesque !

Mais que penserait le jury ?

1. L'avocat marseillais devait revenir sur l'affaire en publiant *Le Docteur Bougrat n'a pas tué* (Éd. Argo, 1928).

9

ON ACHÈVE BIEN LES HÉROS

Me Stefani-Martin avait été volontairement discret au début. Voyant entrer Gauthier de Roy, pareil à un corbeau : noir du cheveu, de l'habit, noir jusqu'au monocle sur son œil mort, l'avocat pointe ingénument l'index vers la boutonnière qui s'agrémente d'un ruban de couleur imprécise.

– Je voudrais savoir quelle décoration le témoin porte aujourd'hui ?

L'éclat de rire était assuré car, lors de précédentes comparutions en correctionnelle, Gauthier arborait les insignes de la Médaille militaire et de la Croix de guerre. Bien qu'une banale syphilis ait été à l'origine de son infirmité – et non la fréquentation des champs de bataille – l'homme persistait. L'éclat de rire rebondit lorsqu'on sait enfin que la couleur imprécise désigne, ce jour-là, la Croix des réformés.

Malgré la surprenante mansuétude de la Cour à l'égard de Gauthier, on se doute tout de même à Aix que le témoin capital est l'objet de nombreuses poursuites à Paris et à Lyon, où il devrait être déféré. Me Stefani-Martin a fait en sorte que l'on sache aussi dans quelle farine la feuille de Gauthier publiciste roule ses clients... Concours de beauté frauduleux, appels au bon cœur, et même annonces « aux malheureux qui souffrent » dont le dernier libellé en date donne le ton : « Il vous suffira, contre le versement de la somme de cinq francs, de toucher la Pierre de Lavasina qui fait des miracles. »

Le port illégal de décorations a indigné un jeune substitut, M. Benezet, trépané et amputé de guerre, vice-président de l'Union des mutilés de Marseille. En vain. Comme la défense proteste, le président riposte que cette diversion n'est pas de mise. Une autre question ne pouvait être esquivée cependant : nanti d'un casier judiciaire, le témoin est-il apte à prêter serment?

Le lendemain, une presse unanime crierait son indignation mais pour l'heure Gauthier, sûr de lui, a une exigence à formuler : que le défenseur du docteur Bougrat cesse de le poursuivre de sa hargne! A l'instruction, il l'a contredit trente-sept fois! Hochement de tête compréhensif de ces Messieurs du perchoir : « Soyez tranquille, ici vous ne serez pas interrompu. » « Et il parla de longues heures, devait écrire Maurice Bourdet dans *Le Petit Parisien* du 25 mars, s'étendant à son aise sur les défaillances reconnues par le docteur lui-même, exposa, avec mille détails, le plan du bar de la rue de la République que tous les témoins avaient démenti, et le plan B... que la Sûreté n'avait pas davantage établi, et que les lettres de Gauthier, révélées, détruisent définitivement. Puis il raconta les aveux qu'il disait avoir recueillis de Bougrat. »

L'avocat général l'a fait monter près de lui. La nuit est tombée. Sous les pâles lumières tamisées par l'opaline, l'avocat général et Gauthier sont penchés l'un vers l'autre. Il n'y a plus à se demander si c'est la robe rouge ou le costume sombre qui représente la République. A cette heure, tous deux se confondent... Bourdet n'est pas seul à conclure son article sur un cri : « C'en était écœurant! »

Gauthier se défendit de « vendre » Bougrat à la justice. Selon ses propres termes, il le lui « donnait ».

Pourquoi?

Il était resté longtemps devant le tombeau de Rumèbe à lui jurer, sublime sentinelle, qu'il le vengerait. « Il n'y a pas de justice, a dit Bougrat, eh bien... il y en a une... elle est lente mais elle est sûre, et c'est Rumèbe qui m'a choisi pour représenter sa veuve... »

Certes, quand le témoin décrit la façon dont le « criminel » a maquillé le cadavre de sa victime, il trouve une facile adhésion. A l'ouverture du procès, la salle est chauffée à blanc contre Bougrat. Pas un Marseillais qui, inconditionnel de la veuve et de l'orphelin, ne soit venu assister à ce procès avec le secret désir de voir l'infâme raccourci.

La défense prend enfin la parole et, lorsque Me Stefani-Martin se lève, il tremble d'une vive colère :

– Gauthier dit de Roy... Ce n'est pas seulement le docteur Pierre Bougrat, ce n'est pas seulement moi-même, c'est la défense tout entière qui va dresser contre vous et certaines méthodes le plus formidable réquisitoire car elle exprime le plus profond dégoût pour un individu qui, pour la première fois de sa vie, parle à une audience sans être entre deux gendarmes...

Des bancs du public, les « Très bien! Très bien! » commencent de monter et il devait se confirmer bientôt que la salle se partageait, lentement, en deux camps : les ennemis irréductibles de Bougrat et ceux qui, maintenant, saisis dans leur bonne foi, se montrent troublés et cherchent à comprendre.

Encore les hésitants ne sont-ils pas au bout de leurs surprises! Après le bélier malodorant, on appelle la demi-douzaine de moutons de moindre importance, ainsi ce Joseph Versini, horticulteur varois, condamné à vingt ans pour avoir tué sa femme et qui ne devrait pas, lui non plus, prêter serment. Il dénonce néanmoins les manœuvres de Bougrat, celui-ci l'ayant chargé de susciter le faux témoignage du client qui, dans la matinée du 14 mars 1925, était censé occuper le canapé du docteur.

Il ne va pas tarder à apparaître, cependant, que la rancune du cultivateur d'œillets a une origine précise, sur laquelle d'autres témoins ont déjà daubé. Au préau, Bougrat s'est vanté d'avoir eu la femme de Versini pour cliente, et sans difficulté pour maîtresse... Sacré Bougrat! Voilà où pouvait vous conduire une mauvaise blague de taulard!

Me Stefani-Martin tient à poser une autre question au « mouton » Versini :

– Ne deviez-vous pas faire partie d'une société dite l'Omnium du Congo belge, fondée par Gauthier et quelques détenus?

– Parfaitement, reconnaît Versini en bombant le torse, je devais en être le directeur et Bougrat le médecin.

Là, Versini a lancé le bouchon un peu loin : la salle apprécie diversement. Aussi rectifie-t-il : « Que voulez-vous? En prison, on s'amuse comme on peut! »

Président et avocat général demeurent insensibles à la colère qui monte dans la salle. Il y a pourtant de quoi s'étonner : l'avocat général traite avec tous les égards des individus déjà condamnés par la cour d'assises, et va jusqu'à les faire monter près de lui pour qu'ils l'aident à déchiffrer les pièces à charge qu'il n'hésite pas à mettre entre leurs mains!

Comment interpréter, dans ce contexte, la comparution de l'« artiste » Blanchard? *Le Gaulois* du 26 mars, sous la signature de Félix Belle, relate la « diversion » :

« Blanchard, c'est celui que l'avocat général appelle l'artiste, et, certes, il l'est. Nul mieux que lui ne sait imiter une écriture ou simplement une signature. Les trois ans de prison qu'il purge pour escroquerie en sont le plus sûr garant. C'est au demeurant un charmant jeune homme que Blanchard, et quelle verve ensoleillée! »

Le président : Que savez-vous?

Blanchard : En somme, je ne sais pas si Bougrat est bien l'assassin.

Le président : Ça n'a pas d'importance. *(Longue hilarité.)*

Ceci posé, le témoin explique en un pittoresque jargon que, sur la demande de Bougrat, il a naturellement accepté de mettre à contribution son talent de faussaire : Bougrat lui a fourni les brouillons des lettres à copier, des spécimens d'écritures authentiques qui étaient à imiter...

Le président demande à Blanchard s'il est au courant des dires de Hagig sur les tentatives de subornation de l'accusé.

– Té! s'écrie l'artiste, il aurait fallu être sourd pour ne pas l'entendre.

Le président : Que disait-il?

Blanchard : Eh ! vous le savez mieux que moi ! *(Hilarité.)*

Le président : Il disait que Bougrat lui demandait d'être un faux témoin.

Blanchard : Té, oui ! puisque je l'ai entendu de mes oreilles. *(Rires.)* Il prenait Bougrat pour un imbécile; il lui mangeait sa galette et ne faisait rien. *(Hilarité.)*

Le président : En somme, que devait-il faire ?

Blanchard : Eh bien, dire qu'il avait chipé la sacoche, pardi !

Et dans un noble geste, Blanchard, impartial, conclut :

– Pour moi, l'aiguille de la balance est juste sur le zéro. *(Longue hilarité.)*

– Pas de rires, s'écrie l'avocat général, cette déposition est la clé de voûte de l'accusation !

Après son triomphe, Blanchard semble regretter d'avoir pu porter tort à l'accusé – personnage qui lui inspirait, finalement, de la sympathie :

– Ah !... si le docteur n'avait pas tant parlé... Il l'aurait sauvé, lui, ne serait-ce que pour ce ruban que Bougrat portait alors, « symbole vivant du dévouement poussé jusqu'à l'abnégation »...

Et devant les rires incrédules : « parfaitement... cette petite médaille minuscule et splendide, dorée d'une lumière écarlate... » *(sic* et re-*sic)*.

L'hommage rendu par un des nouveaux amis de la justice à la distinction suprême est-il trop appuyé ? La longueur des débats a-t-elle éprouvé le président Bringuier ? Celui-ci tient visiblement à abréger la déposition du colonel Malandrin, ancien chef de bataillon de Bougrat à Verdun et authentique commandeur de la Légion d'honneur.

Le colonel commence à peine à dire ce qui l'a fait venir tout exprès de Rouen : non, il ne pourrait jamais croire qu'un héros comme Bougrat ait pu commettre le meurtre qu'on lui reprochait...

– On sait cela, passez... l'interrompt le président.

Formule malencontreuse, qui arrache littéralement Stefani-Martin de son banc ! La crinière frémissante, celui-ci s'écrie :

– Nous avons subi pendant trois audiences le plus odieux défilé de repris de justice et on n'écouterait pas, maintenant, le colonel Malandrin ?

L'éclat ne pouvait laisser indifférents les convaincus de l'ordre – ceux-ci fussent-ils venus pour voir exécuter Bougrat. Aussi la défense obtient-elle que le témoin – un des rares qui honorent la justice et la Cour – soit écouté dans le plus absolu silence.

Qu'a donc à dire – ou à répéter – le colonel Malandrin ? On a à tel point dénigré ou calomnié Bougrat qu'il ne serait peut-être pas superflu de feuilleter rapidement, ici, le dossier réuni par l'avocat et que les jurés auraient été bien inspirés de lire.

Simulateur, Bougrat ! La légende a pris. Elle s'avère tenace. Consultons plutôt un extrait officiel du livret militaire. Bougrat fut blessé :

1° le 20 décembre 1914, à Reims, 2° le 10 janvier 1915, à Bétheny-lès-Reims, 3° le 10 septembre 1915, à Bétheny-lès-Reims, 4° le 11 mars 1916, au Luquet-lès-Reims, 5° le 25 juin 1916, à la Côte-du-Poivre (Verdun), 6° le 14 juin 1918, à Divoho (Serbie).

Ces six dates font au total quatorze blessures.

Des citations dont il fut l'objet, limitons-nous à quelques extraits :

Citation à l'ordre du 38e Corps d'armée; le 24 novembre 1915, Croix de guerre. « Médecin aide-major d'un dévouement et d'une bravoure à toute épreuve, s'est porté à maintes reprises et sous le bombardement le plus intense au secours des blessés tombés en premières lignes. Trois fois blessé, n'a jamais consenti à se laisser évacuer sur l'arrière afin de pouvoir plus rapidement reprendre son service. »

Citation du 9 juillet 1916, lorsqu'il fut fait chevalier de la Légion d'honneur sur le front des troupes. « Blessé quatre fois au cours de la campagne, a été atteint le 25 juin 1916 d'une cinquième blessure en allant donner des soins à un officier blessé. »

Citation à l'ordre de l'Armée, 20 juin 1918. « Médecin d'une haute valeur morale, donnant le plus bel exemple... très attaché au devoir, blessé pour la sixième fois pendant qu'il effectuait une reconnaissance d'itinéraire défilé pour l'évacuation, pendant le jour, de grands blessés. »

Quelques passages de ce que l'avocat, lui-même ancien combattant, appelle « Lettres chrétiennes d'un héros » nous éclairent sur la psychologie de l'époque en général et sur le caractère de Bougrat en particulier :

Aux siens :

« Le 24 décembre 1914

« ...j'écrivais quand on vient me prévenir qu'un obus (il en tombait à la pelle depuis une heure) venait d'amocher deux chasseurs dans la rue... je les fais évacuer... je repars, et après avoir fait à peine cent mètres, je reçois, sans l'avoir entendu, un 77 dans le remblai de la tranchée, par conséquent à hauteur de ma tête. Je mets instinctivement mon bras devant ma figure, je reçois sur celui-ci un coup formidable... J'ôte ma vareuse comme je peux (j'étais absolument seul), je mets mon pansement... et je continue... »

Aux siens, encore :

« 18 janvier 1915

« ... Je suis à l'ambulance n° 2. Avant tout, je vous donne ma parole que je suis hors de danger. Il y a cinq jours, le 13, est-ce une coïncidence? une grenade à fusil a éclaté dans un groupe d'officiers où j'étais... »

Quelques jours plus tard :

« ... Ça va mieux. On m'a radiographié et on m'a extirpé incontinent tous les éclats qu'un esprit inconsidéré d'économie m'avait fait garder... »

Aux siens toujours, en 18 :

« Je ne puis encore dormir étendu, mon cou ne me permettant pas beaucoup de mouvements. Mais la plaie est suffisamment cicatrisée... On m'a bien offert de m'envoyer en convalescence, mais j'ai préféré reprendre mon service; ça me navrait d'être remplacé à la batterie. »

Sur la mort de sa mère, survenue le 13 septembre 1915 :

« C'est seulement ce matin que je reçois la dépêche m'annonçant que tout est fini... Est-ce possible? Je ne puis me faire à l'idée que je ne la retrouverai pas en rentrant, elle qui attendait ce retour avec tant d'impatience et qui s'en faisait une telle joie.

« J'espère que je saurai demain des détails, si douloureux qu'ils soient... Je me demande comment ceux qui n'ont pas la foi et qui ne sont pas certains de se revoir un jour peuvent accepter cela sans révolte. Dire que je n'ai pas pu la revoir! »

Et comme si cette absence – vertigineux éloignement de son enfance, soudain – lui faisait ressentir plus durement ce qu'il avait l'habitude de taire :

« Je ne vais pas trop bien, mes plaies suppurent, on m'a fait un curetage de ma côte cassée avant-hier. Ça a été extrêmement douloureux... Je ne puis comprendre comment j'en ai réchappé cette fois-ci...

« N'est-ce pas étrange, cette coïncidence, j'ai été touché à six heures moins vingt, et, exactement à la même heure, notre pauvre maman nous quittait. Je n'en puis plus et je vous quitte. Ayez du courage, je tâcherai d'en avoir. »

Plus tard encore, à sa sœur, de l'hôpital d'Épinal :

« 2 juillet 1916

« Je parierais qu'en voyant le timbre de cette lettre... tu as ouvert en vitesse pour savoir plus tôt en combien de morceaux je puis être. Rassure-toi et papa aussi.

« J'ai simplement un éclat de forte marmite dans la guibolle gauche et une estafilade à la main... »

Quant à la dernière blessure, reçue à la veille de l'armistice, en Serbie, sur le front de Divoho, à l'ouest de Monastir, et qu'un laxisme d'expert allait réputer impropre à entraîner au crépuscule la baisse d'acuité qu'invoquerait Bougrat – d'où la légende actuelle du « simulateur »! –, elle avait bien déterminé sur le moment une cécité complète.

« Ma sympathique figure est provisoirement cachée – telle celle des almées – par un ensemble compliqué de bandes de gaze du plus gracieux effet. »

Ce ne fut que deux mois plus tard que revint la première sensation visuelle, celle du soleil, sous la forme d'une pastille blanchâtre.

Enfin, témoin spontané dès le début du procès, l'écrivain Maurice Constantin-Weyer qui rappelle un fait d'armes :

C'était en 16. A Verdun. Alors que deux compagnies du 58e d'infanterie, dont la sienne, s'accrochaient désespérément à la pente meurtrie du bois d'Haudremont, le docteur Pierre Wolff étant déjà tombé sous le pilonnage incessant, le médecin auxiliaire du 40e bataillon, Bougrat, avait multiplié les actes de généreux dévouement.

Un souvenir qui faisait dire à l'auteur d'*Un homme se penche sur son passé*, grand succès d'après-guerre :

« La solidarité de Verdun ne serait qu'un vain mot si, à Bougrat, coupable ou non coupable, je ne rendais aujourd'hui cet hommage d'un proche camarade de combat. »

Tel était donc l'authentique héros que la justice française, maintenant, faisait démolir, pour sa commodité, par de petits malfrats.

Dès lors, le procès va paraître si vicié que la presse, du jour au lendemain, en devient enragée.

On peut lire le 25 mars dans *l'Œuvre :*

« Pendant quatre heures, on a entendu hier le témoin le plus extraordinaire qu'on ait vu dans une cour d'assises. Pendant quatre heures, un homme qui déclare lui-même cyniquement faire profession “ d'ancien détenu et de témoin ”, quatre fois condamné à Marseille, Aix, Lyon et Paris, pour port illégal de décorations, abus de confiance, chantage, émission de chèques sans provision, a, avec une audace incroyable, et grâce à la complaisance du président, dirigé les débats... Spectacle effarant... »

Et dans le journal de La Fouchardière – « Seuls les imbéciles ne lisent pas *l'Œuvre* », énonçait le slogan ! – Pierre Bénard poursuivit : « Quelle que soit la culpabilité du docteur Bougrat (et cette déposition n'y ajoute ni n'en retranche rien), ce témoignage, qui jette un jour scandaleux sur certaines mœurs de prison et sur de singuliers moyens d'instruction, restera dans cette affaire une incroyable apothéose du " mouton " dont les magistrats d'Aix auraient pu éviter le répugnant spectacle. »

Même indignation, bien que teintée d'humour et de philosophie, dans *Le Radical*, de Marseille, au spectacle de ces renforts qui se jettent dans les jambes du prévenu pour le faire trébucher : « Ils avaient été relâchés pour la circonstance et il en était venu de quelques prisons centrales et d'un certain nombre de maisons d'arrêt. Les chiens de berger attachés à leur surveillance étaient remplacés par des gendarmes qui gardaient par précaution les menottes dans leur poche...

« Si la cour d'assises n'était pas un théâtre de tragédie, on croirait que ces gaillards-là sont venus jouer les comiques pour distraire messieurs les jurés.

« Mais pourquoi les appeler des " moutons " ? N'est-ce pas là une injure aux bêtes innocentes qui nous donnent leur toison et leurs côtelettes ? »

Enfin, si l'on n'était pas convaincu, à *L'Humanité*, par les explications que donnait Bougrat sur la présence du corps de Rumèbe dans son placard, on n'en suffoquait pas moins devant « l'agent provocateur Gauthier de Roy... qu'on suspecte de s'appeler Gauthier tout court, mais dont on est encore à connaître la véritable identité... »

Sous la plume de Camille Fégy, les communistes dénoncent « la plus abominable machination qui ait jamais été ourdie sous le couvert des garanties de l'instruction contre un accusé ».

Oui, dans cette affaire, la justice avait son compte : « son compte de boue! ».

10

LA SCIENCE HUMILIÉE

Le professeur Barral était l'expert désigné par l'accusation. Son rapport demandé par M. Malavialle et remis en temps utile au successeur de celui-ci a été retenu par M. de Possel au-delà des limites raisonnables. La défense n'en a eu connaissance qu'au moment où les conclusions, parcimonieusement distillées par le juge, soulèvent à Marseille un tollé général.

Mais qui est le trublion, et que contient exactement son rapport pour qu'il ait heurté aussi violemment la sensibilité des petites gens de Saint-Henri et dressé la cité phocéenne tout entière contre le Lyonnais honni ?

Le docteur Étienne Barral est professeur à la Faculté de médecine et de pharmacie de Lyon, membre correspondant de l'Académie de médecine, auteur d'importants travaux sur le métabolisme du sucre dans l'organisme et d'un *Précis d'analyse chimique* en cinq volumes qui fait autorité.

Ce savant avait pris possession des trois bocaux scellés et procédé sur les restes de l'infortuné Rumèbe avec une rigueur exemplaire.

Le bocal n° 1, du poids total de 1.990 grammes, renfermait : 1° Une partie (800 gr.) du cerveau sous forme de bouillie blanchâtre. 2° Une partie du cuir chevelu et des cheveux.

Le bocal n° 2, du poids total de 1.980 grammes, contenait : 1° Une partie (244 gr.) du poumon. 2° Le cœur, du poids de 285 grammes. 3° Le maxillaire inférieur, des fragments de côtes, d'orteils, etc. 4° 125 grammes de muscles.

Dans le bocal n° 3, dont l'odeur cadavérique était cependant moins intense que celle des autres, se trouvaient les deux reins, 157 grammes d'estomac, 260 grammes d'intestin grêle, 660 grammes de foie, 63 grammes de vessie, organes en pleine putréfaction, dégageant de l'ammoniac, même ceux dont les tissus, probablement par la présence d'acides aminés, avaient une réaction acide au tournesol, d'une teinte feuille-morte foncée ou noire.

Deux lots avaient été constitués par l'analyste, l'un destiné aux dosages dans chaque viscère, l'autre à la confection d'un broyat commun – échantillon moyen de 770 grammes – une réserve étant laissée pour d'éventuelles contre-expertises.

La mission était de rechercher : 1° Les poisons volatils, spécialement l'acide cyanhydrique, synonyme de l'acide prussique. 2° Les métaux toxiques. 3° Les alcaloïdes, glucosides et hypnotiques.

On aurait pu discuter de la destruction de l'acide cyanhydrique après trois mois de putréfaction mais, perfectionnant la méthode de Scheele, le professeur Barral avait mis au point un procédé de régénération de cet acide, à partir de l'élément sulfocyanique, qui permettait de se prononcer en toute certitude.

Et les certitudes du savant plongèrent l'accusation dans le désarroi : elles permirent à un Bougrat aux abois, lorsqu'il en eut connaissance, d'abandonner enfin la difficile thèse du suicide.

Tout d'abord : « dans aucun cas l'acide cyanhydrique n'a été décelé », observait l'expert. Aucune trace, dans aucun viscère, d'alcaloïdes, de glucoside, pas la moindre trace de barbituriques dans le cerveau. Les métaux toxiques tels que cuivre ou zinc étaient sous forme de traces minimes, comme on les trouve ordinairement dans un organisme normal. Les sels de mercure, à l'état de traces infimes, ne pouvaient avoir donné la mort. Restait le passionnant et crucial problème de l'arsenic...

Or, les très minimes quantités d'arsenic décelées et leurs proportions très variables – de 2,32 mg/kilo dans l'échantillon moyen, à des traces de l'ordre de 0,1 dans le cœur et les principaux organes – prouvaient que « le composé arsenical avait été injecté dans le torrent circulatoire, dans une veine probablement ».

Il apparaissait de façon tout aussi indubitable que la substance était « un composé organique tel l'arsénobenzol ou le novarsénobenzol » (médicaments de l'époque), corps qui ne sont en effet que partiellement décomposés par le chlore, tandis qu'ils le sont totalement par le mélange azoto-sulfurique.

Une substance médicamenteuse, en somme : celle qu'injectait Bougrat à son client, dans le cadre normal du traitement de la syphilis.

Qui plus est, on pouvait admettre « qu'il y avait au maximum et avec les pertes, de 55 à 60 milligrammes d'arsenic dans le cadavre de Rumèbe ». Si l'on tient compte du dosage des ampoules (de 70 à 200 mg. d'arsenic selon les cas), la quantité trouvée dans le cadavre correspondait à une injection normale.

D'où cette conclusion d'« accident thérapeutique » qui avait rendu malade le magistrat instructeur, menacé de ruiner l'échafaudage de l'accusation, et mis Marseille sens dessus dessous :

« La mort consécutive à une injection d'arsénobenzol ou de novarsénobenzol n'est pas une rareté, car elle est au moins de 1 sur 3 à 4.000 d'après une statistique qui ne comprend certainement pas tous les cas.

« La quantité d'arsenic était minime, insuffisante pour donner la mort. Nous nous trouvons en présence d'un de ces accidents mortels, généralement inexpliqués, provenant d'une susceptibilité particulière de certains organismes, accidents que l'on a malheureusement parfois à déplorer dans la pratique médicale. »

Pour tout être doué de raison, même non initié à l'univers magique des poisons, le rapport du professeur Barral aurait dû paraître lumineux.

La personne du savant était elle-même lumineuse. On vit s'avancer à la barre un homme aux cheveux blancs, à la fine moustache chenue, un peu voûté comme s'il avait eu la modestie non seulement de son savoir mais de sa taille. Derrière les verres du pince-nez que, seule concession à la coquetterie, il tenait réassuré autour du cou par un cordon de velours noir, le regard était d'une grande pureté.

Dès le début de sa déposition, ce représentant de la science française s'attend à être durement attaqué. Ses conclusions n'ont-elles pas été déjà taxées, ici et là, de « vagues hypothèses de l'expert » par ceux-là mêmes qui seraient tenus au devoir de réserve ?

Nul ne prévoit cependant qu'avant la fin de son exposé il puisse être interrompu aussi brutalement :

Le président Bringuier, bondissant comme un cabri : Accident thérapeutique ?... Allons donc ! Vous n'avez pas vu le cadavre ! Et si je vous disais maintenant, professeur, que Rumèbe a succombé à une embolie ou qu'il a été étranglé ?

L'expert, froissé, hausse subrepticement les épaules. Embolie ou asphyxie, il l'aurait su par les poumons !

– Votre mission consistait à révéler ce que contenaient les viscères, poursuit le président. On ne vous a pas demandé de nous apprendre la cause de la mort !

Pour le coup, c'est toute la salle qui est gagnée par la stupéfaction. Depuis deux jours, la Cour accepte sans un murmure les dépositions les plus abracadabrantes de repris de justice... et, parce qu'il est à porter au crédit de l'accusé, le témoignage d'un homme de science serait repoussé ?

Le professeur Barral, répliquant aussitôt : Pardon, monsieur le Président, le texte de mon mandat stipulait bien : « ...et procéder à toutes recherches utiles ».

Aurait-il fallu préciser : utiles à l'accusation ?

Mais déjà l'avocat général se manifestait :

M. Siame : Enfin, si Rumèbe avait succombé à un accident thérapeutique, comment expliquez-vous que Bougrat, homme intelligent, ait enfermé le cadavre dans un placard où on ne l'a retrouvé que trois mois après ?

Le professeur précise avec un discret humour qu'il est chimiste, « et non pas spécialiste en maladies mentales ».

Siame admet. Pourtant, l'avocat général brûle de poser une question délicate. « Mais avant de le faire, je m'empresse de rendre hommage à votre intégrité qui n'est pas en cause.. » Fine mouche, le professeur ouvre un œil méfiant à cet hommage.

L'avocat général : Connaissiez-vous le docteur Pierre Bougrat et, comme le bruit en a couru, a-t-il été votre élève?

En effet, au moment du dépôt des conclusions, on n'avait pas hésité, à Marseille, à affirmer que l'opinion du savant n'était qu'un acte de connivence pour innocenter un médecin auquel s'intéressait le Tout-Lyon universitaire.

Le professeur Barral, indigné : Si j'avais connu qui que ce fût dans la famille de l'accusé, je me serais immédiatement récusé. J'ai tenu à vérifier si Bougrat avait été ou non mon élève : j'ai vu sur mes fiches qu'il avait assisté une fois à un de mes cours, il y a dix ans. Je n'ai gardé aucun souvenir de lui.

Mais à peine cette justification apportée, le président Bringuier se montre soucieux d'un point qui avait délié les imaginations :

– Y a-t-il, à votre connaissance, des poisons qui ne laissent pas de trace?

– Je n'en connais aucun, répond sans hésiter le professeur.

On ne pouvait mieux faire suspecter les assertions du témoin numéro 1 de l'accusation, Gauthier de Roy. Il appartenait à Me Stefani de jouer enfin le coup de théâtre qu'il avait si discrètement préparé :

– Professeur... selon vous, Rumèbe a-t-il pu mourir par inhalation de cyanure?

– Non.

– Si quelqu'un venait vous dire que Bougrat a déclaré avoir empoisonné Rumèbe avec un tampon d'acide prussique, que répondriez-vous?

– Je dirais que c'est un mensonge.

Un murmure passionné parcourt soudain l'auditoire. Mais alors, Gauthier? Ses récits pathétiques et solennels?

Me Stefani pousse l'avantage :

– Par Bougrat ou par un autre, Rumèbe est-il, à votre avis, mort empoisonné?

Pendant quelques fractions de seconde, le silence est total. Puis le témoin :

– Non.

Geste désespéré de l'avocat général :

– De quoi est-il mort, alors?

Stefani-Martin ignore cette criaillerie; il reprend à l'adresse de l'expert :

– En votre âme et conscience, devant ces hommes qui sont des juges, je vous prie de le répéter solennellement : y a-t-il eu empoisonnement?

– Il n'y a pas eu empoisonnement.

Une volée d'applaudissements s'élève alors. Balayés les escrocs. Balayés les courtiers marrons, les vieilles filles en mal d'amour, les demi-mondaines à la recherche d'un client jusque dans la salle... Les journalistes sont debout, le public acclame l'homme de science chargé par la justice de « trouver les poisons » et qui affirme clairement n'en avoir point découvert.

Ce n'est pas tout : Me Stefani-Martin tient à crever l'abcès :

– Monsieur le professeur, on a contesté ici le caractère de votre mission. Sous prétexte que la famille Bougrat est de Lyon, on a osé affirmer que vous aviez cédé à vos sympathies au point de surcharger vos conclusions...

« Monsieur le professeur que l'on a interrompu, vous à qui j'ai révélé ce qu'on osait dire de vous, je vous en conjure, répondez... Répondez pour votre honneur, pour l'honneur de la science, pour la justice et la vérité...

– C'est une infamie!

Cette fois, un véritable ouragan est passé sur le prétoire, gagne les couloirs, déferle sur la place du Palais où la foule est massée...

– Arrêtez! Je ne veux pas que pareilles manifestations se reproduisent... Je fais évacuer la salle...

Mais le président secoue en vain sa sonnette : le vacarme est devenu tel que les tintements sont couverts.

« Gardes ! » On voit alors ce spectacle inouï de magistrats courant les premiers, se précipitant au hasard, ne trouvant plus les portes. Un détachement de Sénégalais fait refluer les manifestants. Après tout, ces braves tirailleurs ne sont pas plus surpris de se trouver là qu'ils ne l'ont été quelques années plus tôt dans les tranchées où, eux aussi, ont fait héroïquement leur « devoir ».

A la demande de l'avocat de Bougrat, un membre du barreau parisien, Me Campinchi, a bien voulu se charger de faire connaître le rapport Barral à des personnalités du monde scientifique, disposées, sur la foi d'un document aussi irréfutable, à se rendre à la cour d'Aix pour le commenter et l'appuyer de leur autorité. L'un d'eux a accepté de les représenter et s'est mis en route : le professeur Desgrez, membre de l'Institut et maître incontesté de cette récente discipline qu'est la chimie biologique.

A la barre, le professeur Desgrez répond à la première question de la défense : Quel crédit accorder aux analyses du professeur Barral ?

– Un crédit absolu.

Saisissement dans la salle.

Et pour que le public des assises soit bien convaincu de l'intégrité de son confrère lyonnais, le professeur Desgrez reprend les expérimentations de son collègue et les commente dans une langue claire, accessible à tous. Cet homme de petite taille, à la calvitie austère, à la lourde moustache, au bouc noir et dru, va et vient dans le prétoire comme s'il était dans son propre amphi.

Muette et confondue, l'accusation fait peine à voir.

Le professeur Desgrez marque les passages saillants de sa démonstration, précise, scande, martèle. Le plus ignorant des jurés est à même de comprendre. « Encore, ajoute-t-il, le professeur Barral a-t-il pris le cas le moins favorable à l'accusé, dans ses recherches, car il a totalisé l'arsenic contenu dans les muscles avec celui contenu dans les viscères. C'est celui-ci seulement qui doit entrer en ligne de compte au point de vue toxicologique. »

– Êtes-vous de l'avis de M. le professeur Barral sur la durée qui peut s'écouler entre le moment où un médecin fait une injection d'arsénobenzol et l'accident mortel qui peut parfois s'ensuivre ?

Le premier expert a avancé le chiffre de deux heures – ce qui ne cadre pas avec les affirmations de Bougrat qui prétend avoir été en présence de Rumèbe dans l'après-midi.

Les mains dans les poches et la bedaine en avant, le professeur Desgrez est formel sur ce point :

– On a observé des cas de mort survenue quelques heures et même quelques jours après l'injection.

Déclaration de taille ! Devant la stupeur de la Cour, un magistrat propose que l'on fasse revenir le professeur Barral.

Celui-ci confirme les dires de son confrère : de récentes études ont été publiées, dont il n'avait pas connaissance au moment de la rédaction de son rapport, et l'hypothèse d'un décès différé n'aurait, pour lui, plus rien d'anormal.

Me Stefani porte aussitôt la discussion sur le problème que pose l'acide cyanhydrique.

– Un professeur marseillais, M. Domergue, nous a assuré ici même que ce corps n'était pas disponible à l'état pur.

– Exact. Il n'en existe qu'un échantillon à la Faculté, dans un flacon de cristal de roche, entouré d'un réfrigérant.

Un rêve noir – sinon un ange noir – semble passer sur le prétoire. Le savant poursuit : « Pour les chimistes eux-mêmes, la préparation est des plus dangereuses. Scheele, qui l'avait découvert, est mort d'en avoir respiré. Ce corps n'est maniable que dilué au centième. »

– Si un témoin vous disait : « Bougrat m'a avoué avoir empoisonné Rumèbe avec un tampon d'acide prussique ? »

– Je répondrais : non, c'est un mensonge.

On sent que le professeur Desgrez se retient de dire « galéjade ».

Et cette assertion du même individu, selon laquelle Bougrat aurait injecté au cadavre caféine et huile camphrée pour faire croire à une tentative de réanimation?

– Maquillage impossible, s'écrie le professeur! On eût retrouvé le produit au point d'inoculation.

En effet, dès que la mort survient, la circulation du sang est immédiatement arrêtée.

L'imbécillité du récit de Gauthier éclatait tout à coup au grand jour!

– Je puis donc formellement conclure, reprend l'avocat de la défense, que Rumèbe ne s'est pas et n'a pas été empoisonné?

– Certainement.

La voix du savant parisien se détache : « En mon âme et conscience, je constate que le rapport du professeur Barral a envisagé toutes les hypothèses. Au nom de l'état actuel de la science, je déclare que Rumèbe n'a été empoisonné ni par l'arsenic, ni par le mercure, ni par l'acide cyanhydrique, ni par le cyanure de potassium.

– Et par les alcaloïdes?

– M. le professeur Barral s'est livré à des expériences qui ne permettent aucune équivoque.

– Alors vous ne condamneriez pas Bougrat pour assassinat?

– Non. »

Et face au jury, dans le silence religieux qui s'est creusé à la fin de l'échange, le petit homme robuste se campe soudain : « Je suis venu ici pour dire la vérité, et je suis venu parce qu'il s'agit d'un médecin qui, au front, a noblement fait son devoir. Certes, il est tombé bien bas. Mais au nom de la Science, je ne peux pas laisser et je ne laisserai pas dire qu'il a empoisonné Rumèbe. J'en fais le serment. »

Une profonde émotion a étreint l'assistance. Bougrat essaie de ne pas montrer qu'il pleure. Dès que la décence le permet, l'avocat général, qui ne s'estime pas convaincu, ergote :

– Trouvez-vous naturel, monsieur le professeur, qu'un médecin enfouisse dans un placard un client mort chez lui d'un accident thérapeutique?

– Je ne pense pas que ce soit une attitude courante...

On se libère par quelques rires. Le professeur reprend : « Il y a quelques exemples, cependant... J'en connais un : celui d'un médecin qui a mis son client dans une malle. Il peut se présenter, chez le médecin le plus honnête, un trouble de l'esprit qui pousse à cacher un cadavre. Cela peut, non se justifier, mais s'expliquer. »

Et comme s'il se réveillait d'un cauchemar que, tout professeur à la Faculté qu'il fût, il aurait pu lui aussi très bien vivre : « Nous protestons tous, évidemment, mais savons-nous ce que nous ferions s'il y avait un mort dans notre cabinet et, dans notre salon, du monde qui attend ? »

Ces paroles profondément humaines sont suivies d'un silence dubitatif. Puis la trivialité l'emporte. On manifeste à nouveau et le président, ce soir encore, est sur le point de faire évacuer la salle...

Mais il ne le fera pas. Probablement parce qu'il vient de se souvenir à l'instant même des rugissements de Léon Daudet dans l'*Action Française* de ce jour : « " Faites évacuer la salle " est vite dit... Il y a des cas où c'est le président lui-même qui ferait mieux d'évacuer son siège! »

11

C'EST LA PEINE DE MORT QUE JE RÉCLAME!

Nous touchons au terme de ce procès sans précédent.

Toute la journée du dimanche 27 mars 1927, Aix-en-Provence va vivre dans la fièvre. L'écho de multiples coups de théâtre a retenti bien au-delà des milieux que ces sortes d'événements passionnent. Et Marseille est si proche!

Là-bas, de l'Estaque à la Joliette, de Mazargues aux Catalans, il y a des mois que chacun donne son avis. Que de paroles sur la Canebière, dans la fumée des Abdullah et les parfums d'anis!

« Demandez les dernières nouvelles de l'affaire Bougrat », hurlent de nouveau les crieurs dont le faix de papier poisseux d'encre fraîche ne s'est jamais allégé aussi vite. La ménagère qui achète ses violets sur le Vieux-Port a son point de vue : « Avec quoi il l'a tué, son cadavre, le Bougrat? Avec quoi... j'en sais rien, mais envoie-le-moi, un peu... té! Sans compter qu'il n'est même pas d'ici, le charognard de la rue Sénac : il est du Nord! »

La veille au soir, la veuve de Rumèbe est entrée dans la salle comme une ombre éplorée. Une fois encore elle a invectivé celui qui ne peut être que l'assassin de son mari. Partie civile, elle ne pouvait prêter serment « mais soyez sans crainte, a-t-elle assuré s'adressant au président, je ne dirai que la vérité ».

Le président : Je vous indique que si vous vous sentez fatiguée vous pourrez vous asseoir pour déposer.

Mme Rumèbe : Je suis trop malheureuse pour sentir ma fatigue.

L'étendue de ce malheur tire un long gémissement aux premiers rangs de l'assistance. A juste titre, hélas!

Mme Rumèbe dit qu'elle craignait instinctivement le samedi, seul jour où son mari « descendait » en ville. « Cette inquiétude était d'autant plus grande que mon mari était le modèle des époux et ne vivait que pour ses enfants, sa femme et sa mère. Nous n'étions pas riches, mais nous avions l'habitude de regarder au-dessous de nous et nous étions heureux. »

C'est à cette humble félicité que la piqûre du docteur Bougrat a si atrocement mis fin. Si la veuve de Rumèbe s'était doutée que le jour où le praticien la faisait asseoir avec la plus extrême prévenance dans son bureau, elle tournait le dos au macabre placard où se décomposaient les restes de l'être aimé!...

Ces imprécations, le défilé des voisins de Saint-Henri, partenaires de boules ou de dominos, venus dire d'une même voix que la victime était « la crème des hommes » ont à nouveau bouleversé les jurés. Au point qu'on peut s'interroger, en ce dimanche matin, sur le bilan de ces longs débats et sur ce qu'est devenue, dans ces conditions, la situation de Bougrat à la veille du verdict.

Observateur impartial du *Journal*, Geo London a télégraphié à sa rédaction la veille au soir :

« Pendant les trois premières journées, tout accabla Bougrat : la découverte du cadavre... le vol indéniable de l'argent... les étranges manœuvres tentées en prison par l'accusé pour se procurer de faux témoignages libérateurs et que confirment moins les révélations de Gauthier de Roy que les lettres écrites de la main même du docteur.

« Soudain, vendredi et samedi, la scène change. C'est le professeur Barral proclamant que Rumèbe n'a pas été empoisonné. Puis c'est le professeur Desgrez qui confirme cette thèse et qui va même plus loin. Il proclame, en citant des précédents, qu'un médecin qui enfouit dans une malle ou dans un placard un patient mort accidentellement commet un acte acceptable sinon recommandable... »

Et le lendemain, Aix somnolant trompeusement dans ce qui aurait pu être la quiétude dominicale, le doute devait exister pour que London se risque à ce pronostic :

« Personne n'admet l'hypothèse d'un acquittement, mais certains prévoient l'abandon par le ministère public de l'accusation d'assassinat. »

Est-ce aller trop loin ? L'avocat général Siame ne va-t-il pas persister impitoyablement ?

« Jamais le sort d'un accusé ne fut plus incertain que celui du docteur Bougrat.

« Personne n'attend avec plus d'anxiété le verdict que la veuve de Rumèbe qui, droite, les yeux vagues, arpente le Cours Mirabeau en tenant par la main ses deux petites filles vêtues de noir. »

La salle est pleine à craquer quand le président Bringuier ouvre l'audience du lundi. Où sont les recommandations de Pierre Laval ? Les premières chaleurs ont brusquement assailli la ville provençale. Jour décisif ! On va entendre le réquisitoire et les plaidoiries.

La parole est à Me Natalini qui représente les intérêts de la famille Rumèbe. D'emblée, l'avocat avertit son auditoire qu'il saura éviter le terrain de l'éloquence « sur lequel on a jeté tant de sable... » Faisons-lui confiance : il était déjà en panne à la dernière séance, samedi. « C'est que, monsieur le président, je ne suis pas prêt, j'ai besoin de fouiller mes notes. »

– Comment ? Alors que cette affaire dure depuis deux ans ?

Mais c'est que Me Natalini ne veut pas « saccager » les intérêts de sa cliente. Et puis, il est très réellement fatigué : « Je suis, depuis deux ans, auprès d'une veuve que je console... »

L'hilarité la plus franche accueille cette perle et l'avocat la confirme en se tournant rageusement vers les moqueurs : « ... Que je console toujours ! »

Me Natalini est, en effet, bien surmené. Dans la salle, deux personnes seulement ne rient pas : la veuve et Bougrat.

Le président, ayant laissé à l'hilarité tout son temps, reprend :

– Si vous êtes fatigué, c'est une raison que l'on peut admettre, la seule raison...

– Pardon, monsieur le Président, vous en avez une, moi j'en ai deux...

Alors le rire, au beau pays du soleil, éclate de nouveau!

Tel était l'olibrius que l'on allait maintenant entendre. Le valeureux Natalini arbore sur sa robe noire – ce qui lui a valu bien des quolibets – la cravate de commandeur du Nicham Iftikar. « Quand il s'émeut, avaient remarqué les journalistes, la croix de diamant sautille sur le rabat. » Et pendant qu'elle sautillait, l'humoriste Gassier avait immortalisé l'avocat par cette légende :

Décoré par le Muphti
Je peux parler du placard
Car...
Je suis décoré du Nichi
Cham... If... Ti... Kar.

L'avocat de la partie civile reconnaît, sans que sa croix tremble, la « haute intelligence » de l'accusé. Il admet sa belle conduite à la guerre. Aussi la déchéance de Bougrat lors de son retour à la vie civile lui semble-t-elle d'autant plus effrayante.

Et de ressasser abus de confiance et autres « tentatives d'assassinat » pour vol dont auraient été victimes la dame Cantet, le courtier Bonnet, le bijoutier Arietti. Et d'évoquer le rôle magnifique du médecin : rôle de bonté, de piété tout entier résumé par le serment d'Hippocrate. Le plus abominable, en cette affaire, n'est-il pas qu'un homme qui aurait dû être un apôtre ait profité de la confiance qu'il inspirait pour organiser lâchement le vol et l'assassinat scientifique?

Et, l'index pointé : « De malheureux patients venaient réclamer de cet homme l'apaisement et la vie; ils trouvaient la duperie et l'un d'eux, Rumèbe, la mort! »

Ah! l'assassinat scientifique! Bougrat le maîtrisait si bien qu'il parvenait à duper des experts réputés! Le rapport de ceux-ci? « Le professeur Barral a dit que le cœur de Rumèbe ne pesait que 285 grammes. Ah! Messieurs les jurés, c'est bien peu pour le cœur d'un homme dont la générosité était si grande. » A l'appui de cette contre-expertise subjective, Me Natalini décrit ce qu'a été la belle vie de Rumèbe. Son mariage. La naissance de ses enfants. Ses angoisses durant la terrible période de la guerre. Comment il a échappé à l'explosion des casernes de Chevoncourt, aux conséquences d'une bronchite grave... Tout cela pour venir mourir sous la piqûre d'un chevalier de la Légion d'honneur, ancien compagnon d'armes!

Il était allé, lui, Natalini, visiter une pierre tombale à l'épitaphe impressionnante : « Ci-gît Jacques Rumèbe, lâchement assassiné. » Une flamme éternelle brûle sous l'Arc de triomphe en l'honneur du soldat inconnu. Le docteur Bougrat, rue Sénac, sous le placard macabre contenant les restes du héros, avait allumé, lui, une vulgaire lampe qui chauffait du formol!

Au regard des méfaits de ce fêtard corrompu, que pesait donc le « charabia » des savants? Et l'avocat de la partie civile de s'écrier, en guise de péroraison : « Je tends vers vous les voiles de crêpe de la mère, de la veuve et de deux petites orphelines. Ces quatre voiles noirs, vous penserez à eux. N'ayez aucune crainte de l'erreur judiciaire, messieurs les jurés. Vous déciderez que le crime de Bougrat est le plus odieux et vous le condamnerez en conséquence... Les traîtres et les lâches n'ont jamais trouvé pitié en France! »

Sur cette envolée, celui qui s'est défendu de tout lyrisme se rassied en s'épongeant le front. La chaleur il est vrai est devenue assez forte. Mais déjà l'avocat général commence son réquisitoire et l'on peut entendre une phrase promise à la postérité : « Ce qui a dominé cette affaire, messieurs les jurés, c'est le sourire de Bougrat... »

Puis élevant la voix : « Bougrat, vous l'avez vu, est un être monstrueux ! Il fut d'un calme imperturbable dans ces débats, d'un cynisme révoltant et l'on se rappellera longtemps, en ces lieux de tristesse, le sourire dont il nous aura indisposés... Messieurs les jurés, vos décisions, je le devine, sont prises, vos convictions sont faites, Bougrat est jugé. »

Selon l'avocat général, le verdict ne peut que donner satisfaction à l'opinion publique, faute de quoi il l'épouvanterait. Sur ces perspectives qui témoignent de la sérénité de la justice en cette affaire, M. Siame reprend la genèse du crime. Un crime dont le mobile était le vol crapuleux. Car Bougrat n'a pu être que la victime de ses péchés capitaux : « Nous en exemptons la paresse, mais nous clamons la luxure et la vanité ! »

Pourtant, Bougrat aurait été au départ un favorisé de la fortune. Sa naissance dans une famille des plus honorables... Son père, homme d'honneur... Sa mère, d'une grande hauteur d'âme... Sa sœur, une sainte... Plus tard tout lui avait souri...

Siame apostrophe de nouveau l'accusé : « Vous avez eu de belles pages dans votre vie quand vous portiez l'uniforme à Verdun et à Salonique. Mais il a suffi, un jour, d'une main aussi légère que celle d'Andrée Audibert pour vous faire chavirer.. »

Ah ! celle-là ! On n'allait pas être plus tendre pour elle qu'au début du procès : infâme prostituée, goulue sans cœur... C'est à nouveau la maléfique Ève dont le bas-ventre grouille de serpents ! « C'est elle qui allait vous faire descendre toutes les marches de l'enfer. C'est pour cette fille, qui vous a entraîné dans un gouffre de vices et de dépenses, que vous avez tué et que vous avez tout perdu. »

Certes, sans les besoins d'argent forcenés de cet homme, sans la corruption profonde de ses mœurs, l'accident thérapeutique resterait admissible, l'accusation ni la défense n'ayant rien pu prouver objectivement. Mais à la lueur du vol ? « Cet homme avait volé, déjà ; menacé de toutes parts, pressé par ses créanciers, sur le point d'être arrêté, il tue !... »

Midi sonnant, il faut bien interrompre ce flot dénonciateur.

La vindicte n'a jamais empêché le creux à l'estomac. Tout ce beau monde a hâte de se jeter sur la soupe de rouille et sur l'aïoli.

Au cours du repas, la chaleur du jour, la générosité des vins ont commencé de décomposer les physionomies. A la reprise, un grand désordre se produit aux abords du palais. Au fur et à mesure que la fin du procès approche, c'est la population tout entière qui semble essayer de franchir le barrage des bons Sénégalais.

Pris dans la bousculade, le conseiller Bringuier lui-même ne peut entrer. Furieux, des avocats, des journalistes parisiens manifestent. Il est plus de trois heures lorsque l'audience enfin recommence.

C'est à l'avocat général qu'il appartient maintenant de démontrer un à un les détails de la mise à mort. La préméditation ne fait aucun doute. Le vol est irréfutable : sacoche et contenu, alliance, montre, tout a disparu! D'ailleurs, le cabinet du docteur Bougrat était organisé en vue de l'attentat... Et les contradictions de l'inculpé? Ses habiles manœuvres pour ne pas être en contradiction flagrante avec le rapport Barral lorsque celui-ci a été connu? Siame y répond ainsi : « L'hypothèse de l'accident thérapeutique, il aura fallu que l'on y songeât pour lui! »

Les experts? Certes, on ne mettra plus leur bonne foi en doute. Leur honnêteté a simplement été surprise. « Comme l'astronome qui tomba dans le puits en regardant les astres, ces savants n'ont pas vu qu'en face d'eux il n'y avait pas un médecin mais un voleur : tout ceci aurait dû modifier leur façon de voir... » Tiens donc!

Mais la seconde preuve de la culpabilité de Bougrat apparaît nettement selon Siame dans l'élaboration des faux documents fabriqués dans le but de duper la justice... Cette justice à laquelle le prétendu « mouton » Gauthier de Roy n'avait rendu qu'un service : celui de crier : « Au feu! »

En fin d'après-midi, malgré sa fatigue, malgré la touffeur de serre, l'avocat général parle encore. Il ne voit que des circonstances aggravantes pour celui qui a abusé de son titre et de la confiance qu'il devait inspirer. Et dans un sursaut électrisé, M. Siame franchit l'Achéron :

« Ombre de Rumèbe, apparais dans cette enceinte! Dresse-toi devant cet individu! Fantôme pitoyable dont les restes mortels, par le fait de ce lâche, demeurent sans sépulture, pardonne à la justice qui fut obligée d'envoyer de Marseille à Lyon tes viscères putréfiés! »

La voix continue, insinuante à l'adresse de l'ombre inconsolée : « Retourne-toi vers cet homme qui se disait ton ami, qui t'assassina pour t'arracher un dépôt sacré d'argent qu'on t'avait confié. Dis-lui que tu étais jeune encore dis-lui que la vie s'ouvrait encore, belle devant toi; que tu avais à tes côtés une femme adorée, une femme honorée, non pas une Andrée Audibert...

« Tourne-toi enfin vers lui et dis-lui que tu l'aimais comme un frère d'armes; dis-lui que les morts n'ont pas de haine, mais qu'ils implorent quelquefois la justice. Tourne-toi alors vers les jurés, demande-leur cette justice, et dors en paix. »

Et se tournant lui-même vers le jury populaire, après huit heures de réquisitoire :

« Quant à moi, je vous le dis : la Société, par ma voix, vous demande avec toute sa force et toute son énergie un verdict impitoyable. Jurés des Bouches-du-Rhône, c'est la peine de mort que je vous réclame! »

Depuis deux ans qu'il a accepté de défendre Bougrat, Me Stefani-Martin s'est consacré à cette tâche avec une flamme admirable. Doué d'un organe généreux, d'une éloquence entraînante, ce jeune représentant du barreau marseillais à la courte silhouette devenue familière, a acquis la maîtrise la plus complète du dossier.

Méthodique, d'une adresse consommée, il ne lui reste plus, après que le procureur Siame a requis la peine capitale, qu'à faire partager aux jurés son intime conviction de l'innocence de Bougrat.

Non, Bougrat n'est pas un monstre. Il suffit à l'avocat de

se souvenir de telle ou telle soirée familiale chez les Abeirouz pour voir plutôt, dans le jeune médecin, un être sur lequel s'est acharné un destin terrifiant.

Comment le procureur a-t-il pu négliger la recommandation faite dès l'ouverture des débats par le président Bringuier? « L'opinion publique, qui était alors passionnée, qui était alors troublée, s'était apaisée depuis huit jours. Elle attendait, confiante, les deux formidables coups qu'elle avait reçus en pleine poitrine au cours du procès. Le premier de ces coups : l'audition théâtrale des plus odieux repris de justice, pivot et clef de voûte de l'accusation. Le deuxième : l'audition des plus grands savants. Et depuis, en France, un cri s'élève, une innocence apparaît... »

Aussi, en ce début de plaidoirie, l'avocat juge-t-il préférable de sommer à son tour les jurés souverains – ceux qui sont peut-être, ici, les représentants de la justice divine : « Regardons-nous d'homme à homme. Je vais vous apporter la preuve que Bougrat n'a pas assassiné. Ah, dans la chambre de vos délibérations, vous concevrez combien il faut tout peser! Je ne veux pas vous effrayer en vous parlant d'erreur judiciaire, mais vous rappeler que parfois les regrets sont superflus! »

Après ce préambule impressionnant, Me Stefani fait revivre le soldat, le médecin auxiliaire, il reprend ces lettres qui ont déjà tiré un long sanglot à ceux qui, dans l'assistance, ne peuvent oublier la guerre...

Et celle-ci, de la jeune fille qui aimait tendrement son frère et qui avait écrit à une amie, lors de la découverte du cadavre de Rumèbe : « Mon frère est devenu fou. Si vous aviez pu le connaître comme moi, comme tous l'ont connu avant la guerre, vous comprendriez notre conviction et l'incompatibilité absolue qu'il y a entre sa personnalité antérieure et ce crime atroce. »

A la lecture de l'avocat s'ouvre l'album de la famille la plus unie : « Mon frère et moi, nous nous aimions beaucoup. Lors de la permission qui a précédé sa grave blessure, il avait passé un mois à la maison. Nous avions causé longuement de ses projets de mariage. Il repart pour l'Orient : blessé, aveugle, on le renvoie en France. Nous l'attendions à Marseille. Il débarque à Nice et ne fait aucune démarche pour venir à nous. A la gare de Marseille, nous le voyons enfin; chose étrange... l'homme qui est là, qui a ses traits, la taille, l'ensemble de mon frère n'est lui par aucun de ses gestes. Il m'embrasse, et j'ai l'impression d'un autre; il parle et c'est un étranger. »

Nouvelle Eurydice devant l'indifférence du rescapé des enfers, Jeanne Bougrat n'avait cessé de croire à une substitution, jusqu'à ce qu'enfin elle reconnaisse la « cicatrice, qu'il garde à l'avant-bras, d'une vitre traversée étant enfant ».

Stefani-Martin rend un digne hommage à Rumèbe et à sa paisible vie de famille. Il évoque rapidement celle de Bougrat et le montre père meurtri après le divorce. « Désemparé, le docteur trouva Andrée Audibert. Il se rattacha à l'existence un peu par elle. »

Gauthier et ses récits? « Cela m'apparaît comme une aventure dans laquelle l'imagination de témoins peu dignes de foi s'augmente du désir de se concilier les bonnes grâces de la justice avec laquelle ils ont des comptes à régler. La vérité, c'est que Bougrat, anéanti, désespéré dans sa prison, eut le tort de prêter une oreille attentive aux invites de " moutons " résolus à le perdre. Quand j'ai connu ces manœuvres, je les ai déjouées. »

Le défenseur passe en revue, en plaisantant, les « faits annexes ». Puisque ceux-ci n'ont pu être retenus par la justice, l'accusation n'aurait pas dû en parler, même comme simples éléments de moralité. Ce ne sont que des « peurs rétrospectives »...

De toutes les accusations qu'on s'était plu à accumuler sur la tête de son client, une seule est à considérer dans l'immédiat : celle d'assassinat, l'avocat espérant établir par la suite que le docteur Bougrat, innocent du crime, n'est pas non plus coupable du vol de l'argent et des bijoux de Rumèbe.

Le traitement de la syphilis? Il était justifié, des témoignages antérieurs l'ont établi.

Le jour du drame, Rumèbe est parti de chez lui en oubliant son chapeau, il était distrait. Il vient à neuf heures trente recevoir sa piqûre et, contrairement à ses habitudes, se présente à onze heures quinze au bureau de la société. On l'a décrit ayant les yeux brillants ce matin-là. Il semble ennuyé qu'on ne paie pas les indemnités de vie chère. Où va-t-il? Où court Rumèbe? On ne le sait toujours pas. Il n'a pas à revenir une deuxième fois chez le médecin : n'importe quel étudiant en médecine sait qu'on ne fait pas deux injections de cet ordre dans la même journée. Et Rumèbe ne l'ignore pas, qui a déjà subi plusieurs traitements.

Si Bougrat a cru à un suicide, il n'a jamais précisé quel poison Rumèbe avait utilisé.

Dans la maison du malheur, alors que grandit la rumeur de Marseille et que la populace entrée sur les talons des enquêteurs pille l'appartement et la bibliothèque, Bougrat, effondré, a dit à son avocat : « Je n'ai pas tué. » Les experts, entre-temps, ont confirmé cet aveu.

« Messieurs les jurés, si dans votre chambre de délibération quelqu'un peut dire : “ Je connais le poison avec lequel le docteur Bougrat a tué ”, n'hésitez pas, condamnez à mort. Mais cela, personne d'entre vous ne pourra le dire. »

Quant à la détention du cadavre... N'était-ce pas, précisément, une détention malhabile, non calculée? Avec ses connaissances, Bougrat aurait pu se débarrasser du corps sans la moindre difficulté. Il ne le fait pas! Par un relâchement inexplicable de volonté, par une perte de sang-froid en présence du brusque décès chez lui de son ancien compagnon, par crainte de la police au moment où il est tracassé par des besoins d'argent, il perd la tête et dissimule le cadavre... « L'assassinat n'est pas plus démontré par l'analyse qu'il ne l'est par le recel du cadavre. »

Me Stefani-Martin termine l'exposé tendant à montrer, également, combien l'hypothèse du vol est elle-même fragile. Il implore les jurés de ne plus se soucier que de leur conscience... « Erreur judiciaire! Comme je voudrais vous suivre dans la chambre où vous allez vous retirer, comme je voudrais me pencher sur vos épaules et vous dire : " ne la commettez pas cette erreur, sur de seules présomptions ". »

Désignant sur le mur la place jaunie où avant qu'on l'expulse des prétoires était accroché le crucifix, Me Stefani-Martin s'écrie : « On a évoqué ici l'ombre de Rumèbe! Les morts ni ne maudissent, ni ne réclament justice. Ils sont tout pardon. Le Christ vous donne l'exemple qu'il faut suivre. Il pleura sur l'erreur humaine qui le sacrifiait et l'immolait. Entendez la voix d'un vieux père! Entendez la voix d'un petit enfant! Elles vous crient : " Justice! " »

Puis, exténué car il parle depuis trois heures, Me Stefani-Martin reprend avec une émotion qu'il ne contient plus : « Faites votre devoir comme je viens de faire le mien : avec tout mon cœur, toutes les forces de ma conviction. J'ai confiance en vous comme dans la science française, avec toutes ses beautés et toute sa force. J'attends de vous un verdict de justice, je l'attends de votre cœur et de votre serment! »

Cette plaidoirie passionnée a secoué la salle au point que les applaudissements tournent à l'ovation. On est sensible au prestige du verbe, dans notre Midi : Me Stefani-Martin, il faut le reconnaître, vient de défendre Bougrat en très grand avocat.

Le président, décidé à couper court à ces manifestations, s'adresse alors à l'accusé :

– Bougrat, avez-vous quelque chose à ajouter pour votre défense?

Le docteur se lève, très pâle :

– Non.

Il est sur le point de se rasseoir quand soudain :

– Si... permettez-moi, une seule fois ici, monsieur le Président, de jurer que je ne suis pas coupable d'assassinat sur la personne de Rumèbe.

C'en est fini des débats. Le président explique aux jurés, avec l'autorisation de la défense et de la partie civile, à quelles peines ils exposent l'accusé selon les réponses qu'ils donneront aux questions posées. Celles-ci sont au nombre de quatre :

1° Bougrat a-t-il tué Rumèbe?

2° A-t-il volé sa victime?

3° A-t-il prémédité son crime?
4° Y a-t-il un rapport entre le vol et l'assassinat?

Dix-sept heures.

Les jurés sont de retour.

Ils se prononcent affirmativement sur toutes les questions d'assassinat et de vol et accordent seulement les circonstances atténuantes.

Après avoir délibéré une première fois sur les conclusions déposées par la défense et les avoir rejetées, la Cour se retire à nouveau pour se prononcer sur l'application de la peine.

Dix-huit heures dix.

La Cour « condamne le docteur Pierre Bougrat à la peine des travaux forcés à perpétuité ».

L'avocat général réclame immédiatement la radiation du condamné de l'ordre de la Légion d'honneur.

– Accordé, monsieur le Procureur!

Et le président se tournant vers le réprouvé : « Pierre Bougrat, en vertu de la loi, comme vous avez failli à l'honneur, je vous déclare rayé de l'ordre de la Légion d'honneur. »

La Cour siège alors au civil. Ces débats ont une signification purement technique. Pourtant, les murmures de satisfaction et les mouvements d'effroi mêlés qui ont accueilli le terrible verdict sont loin d'être apaisés.

Dans son box, Bougrat n'a pas bronché. Il promène un regard impassible sur tous ces visages aux traits tirés par de longues journées d'audiences, congestionnés par la chaleur, sur ces avocats dont les robes noires, au premier plan, semblent joncher le proscenium d'un théâtre-guignol sinistre.

Il sait sa vie brisée, son destin marqué désormais du sceau de l'infamie. Il ne manifeste pas davantage, cependant, quand Me Stefani-Martin, entouré par la foule, s'écrie : « L'affaire Bougrat commence! »

Qu'est-ce qu'il veut dire?

Procédure pour procédure : tout est fini, sinon parfaitement, ficelé. L'avocat comptait fermement – il le dira plus tard – que le jugement des Assises des Bouches-du-Rhône serait cassé... Il y avait, dans la composition du jury, plusieurs anomalies dont une seule ailleurs aurait suffi à entraîner la nullité.

Malheureusement, le pourvoi en cassation déposé dès le lendemain du verdict sera rejeté le 12 septembre 1927.

Plus rien ne pouvait empêcher que le condamné Pierre Bougrat partît désormais pour le bagne.

DEUXIÈME PARTIE

Le Bagne

12

ABÎMES

Huit jours qu'on roule. Ou qu'on stationne. A Chave des types prétendaient que le transfert ferroviaire aux centrales pouvait traîner des semaines. Possible. Depuis le rejet du pourvoi, le sentiment de l'irrémédiable est devenu total.

A quoi bon frapper les planches? A quoi bon frapper la fonte? On ne frappe pas l'éclat d'obus : c'est lui qui vous traverse. On ne brise pas les chaînes du destin : c'est lui qui vous broie. Il m'a broyé certain jour. C'est tout.

Étirement d'une chaîne sous le plancher. Gémissement d'un tampon. Le voisin cogne à nouveau la cloison comme un sac d'os. Repartirait-on? Petit bruit au guichet : « Bougrat? »

– Voilà!

Pas envolé, l'oiseau. Il peut se rassurer, l'homme libre et droit, bon père de famille sans doute, chargé de veiller sur nous. Pour que l'ex-docteur Bougrat s'échappe, pour qu'il ait encore des projets, un avenir... pour qu'il reprenne ses visites et redescende la rue Sénac, pour qu'il lui soit donné comme à tant d'autres cette chose due : revoir son enfant...

Mon enfant... Il faudra dire à Stefani-Martin... Mais non, n'y pas penser... Il aurait fallu que Rumèbe ne vînt pas sonner à la maison, le 14 mars 1925. Il aurait fallu... Seulement voilà : il est venu. Il est entré. Il a remonté la manche de sa chemise et il m'a montré la saignée de son bras.

Accident ou meurtre? Ils ne se sont pas interrogés longtemps. Assassinat? J'aurais aimé, j'aimerais encore que l'on m'éclairât sur ce qui s'est passé. Mais qui m'éclairera? Qui m'éclairera jamais? Plus ils parlaient, aux Assises, moins je comprenais... Je crois que de nouveau j'aurais préféré les cris de la foule, ses crachats, le métal du cabriolet à mon poignet. L'acier, on sait au moins à quoi s'en tenir, ça entame les chairs!

Mais rien. Le silence. D'une violence inouïe. Ensuite seulement ont retenti les lancinantes sirènes, ai-je vu mille fusées.

Que se passe-t-il? L'ai-je tué?

Comment ai-je pu... Rumèbe, secoue-toi! Secoue-toi, grands dieux!

Ru... Mais rien n'effacera l'incongruité de ce corps, raide et immobile sur le carreau du laboratoire pourtant si familier. Oui, à l'endroit même où je préparais hier encore en toute quiétude mes mixtures et potions, devant l'innocent réservoir où Bozo venait deux fois par jour tirer l'eau filtrée de nos repas de famille... quand j'avais une famille!

Et cet encombrant mannequin, me serais-je imaginé le hissant? Ce n'est pas qu'il m'eût paru lourd, dans le songe noir et bruissant où je m'agitais soudain. Mais s'il avait fait preuve de moins de mauvaise volonté – de cette révoltante non-volonté pour accompagner le mouvement!

Jacques! Là-haut, dans ton coffrage, tu ne bougeais plus. Je te plaignais et j'avais pitié de nous. Plus tard, j'ai compris ce qui différencie un cauchemar de l'horreur de vivre. Du cauchemar, l'homme se réveille sauf. Pour moi, il n'y eut pas de réveil. Pas même deux mois plus tard lorsque Robert et ses acolytes m'ont poussé dans mon propre réduit avec un semblant de commisération qui ne parvenait pas à masquer la jovialité méridionale :

– Enfin, Bougrat... Vous ne semblez pas vous rendre compte...

Si, je me rendais compte. Un jour, une imperceptible frontière s'était trouvée franchie. Tout avait été dit. Tout s'était effondré.

Et eux, les jobards de la rousse, comment ne s'apercevaientils pas de la singularité de leurs gestes? Les menottes se refermaient avec un bruit sec. J'avais lu ça dans les histoires. Je n'avais jamais imaginé que cela pouvait se faire « en vrai ». De même ne m'étais-je jamais représenté que l'individu ainsi appareillé ne peut plus se gratter le nez, désormais, qu'en élevant les deux mains à la fois.

Décidément, tout avait changé le 14 mars 1925. Ce jour-là, un autre personnage était entré dans la peau de Pierre-Marie Bougrat, né à Annecy le 27 novembre 1889. Dans sa peau et dans son âme. Je n'étais plus l'héroïque médecin auxiliaire, ni le dévoué docteur Bougrat, secourable aux émigrés russes, bienfaiteur des cloches et des péripatéticiennes, mais une création à laquelle il allait falloir, bon gré mal gré, donner consistance et chair puisque tous en avaient décrété ainsi. Bougrat l'assassin. Bougrat le monstre. Et d'après quoi en avaient-ils jugé? D'après mon sourire!...

Que me reste-t-il, sinon sourire? Que reste-t-il à celui qui n'entre pas assez vite dans ce rôle du « monstre » ou qui garde la pudeur de son angoisse ou de sa peur?

Non... Pas possible... Ce n'est pas possible! Dieu... Se pourrait-il qu'il n'y eût jamais de réveil? Jamais! Mais sangloter a-t-il jamais aidé quiconque? Sangloter, même dans le noir...

L'ex-docteur Bougrat, transporté de Guyane.

Deux ou trois reporters, dans les années Trente, ont décrit le médecin-forçat. On est en droit de se demander, aujourd'hui, si ces « enquêteurs » avaient quitté la cabine de luxe du paquebot Antilles*?*

Pour retracer la vie du condamné, il devenait urgent d'entendre les derniers témoins, indispensable de retrouver la seule personne à qui Bougrat eût fait – par la suite – le récit de son terrible exil.

Ces points acquis, le transfert allait de soi. Ne devenait-il pas naturel, chemin faisant, que Bougrat lui-même continuât de parler?

Le wagon est grossièrement divisé en dix-huit intervalles de quatre-vingts centimètres chacun. Pas d'ouverture sinon la fente entre deux planches par où filtre l'odeur du minium et de la suie. On ne traiterait pas plus mal des animaux.

Sommes-nous encore des hommes? J'ai cru comprendre à l'appréhension quelque peu déférente des regards, que nous étions des individus dangereux. Mais pour l'administration nous restons avant tout une sous-humanité qu'il convient d'amener au renoncement et à la destruction.

Un forçat. Je dois le répéter, ce mot, pour qu'il me paraisse moins saugrenu. Il faut que ce qu'il représente s'enfonce dans ce crâne qui n'est pas encore tondu.

Moi, un forçat... J'aurai donc entendu sans comprendre, lorsque j'étais enfant, la mise en garde de nos maîtres d'école : « Si tu continues, tu iras casser des cailloux; on t'enverra à Cayenne... » J'ignorais que la Guyane fût bien réelle et que les hommes au pyjama rayé n'y sont pas d'imaginaires épouvantails pour garnements distraits mais des êtres de chair qui désespèrent et meurent.

Demain, j'aurai le bourgeron rayé.

Dans le registre du burlesque, de l'incroyable, je préférerais la plaisanterie du chef Fichini lorsqu'on m'a embarqué pour Aix : « Alors, on la prépare cette cellule du condamné à mort? » Et de soutenir que les clients de Deibler étaient particulièrement choyés : paillasse neuve et, aux murs, badigeon virginal.

Je ne serai pas traité par Deibler mais le gouffre qui s'est ouvert devant moi n'est-il pas tout aussi répugnant?

Mourir... J'y ai souvent pensé; à deux reprises même, la tentation aura été plus forte. Une première fois, immédiate, lorsque fut refermée la porte du placard. J'avais oublié d'y jeter le gilet! Il a fallu rouvrir... Une seconde fois après le verdict : on me ramenait et j'ai vu soudain, sur ma cellule, un petit écriteau qui n'y était pas le matin : « T.F.P. » Les trois lettres ne se sont pas inscrites dans le cerveau mais ont parlé directement aux tripes. « Travaux forcés à perpétuité. » Je me suis précipité sur la tinette et j'ai vomi. Un flot ignoble qui, cette fois, aura purgé l'envie!

J'ai été tenté d'en finir, surtout, avant la première confrontation avec la veuve de « ma » victime. Mais là, trop de choses venaient d'être écrites, ou dites – voire hurlées. Je me suis senti dédouané. C'est l'outrance, ce sont les « faits annexes », c'est le troupeau des moutons qui, plus tard, devaient m'arracher à la stupeur et me rappeler à ce que les avocats nomment si crûment « nos intérêts ». Quel qu'ait été le coup de masse, la lumière est revenue, comme après ma dernière blessure à Salonique. Et malgré mon indifférence au fait qu'« ils » sachent, malgré l'aversion native que j'ai à me raconter, je n'ai pas pu ne pas le dire à l'audience. « Je ne suis pas coupable de meurtre sur la personne de Rumèbe! »

Dès lors, le soulagement a été assez fort pour que je me raccroche à la vie. Je pouvais être un assassin face à l'univers entier. Qu'importe? C'en était fini du doute et de l'inexplicable! J'étais sûr, en mon for intérieur, de n'avoir pas tué! J'étais sauf au regard de toute éternité! Sauf!

Ma gorge s'est dénouée. Je n'ai plus senti le désespoir sans nom qui m'amollissait le cœur. Dès lors, l'énergie vitale qui fut toujours en moi si forte et parfois dévastatrice est revenue comme après une éclipse de la fée électricité. Je n'étais plus harassé, battu, écrasé comme la victime de quelque pogrom à la croate, mais capable de nourrir à nouveau une colère calme et froide contre la justice des hommes.

Ridicule, dans la fosse où je suis, de penser que cette colère pourra me sauver. Pourtant je le sais aujourd'hui : je ne me laisserai pas détruire. J'ai secoué la stupeur qui m'anéantissait, qui me réduisait à l'état d'enterré vivant. L'instinct de survie sera fort.

Me dire, me répéter qu'en moi ils ont tué la réputation, l'apparence sociale, ce qu'ils croyaient être l'honneur. Mais qu'ils n'auront pas la peau!

Bruits de voix sur un quai. Vapeur. Ai-je bien entendu? On mâchonne « Le Mans » dans un haut-parleur.

Il y a derrière la paroi des gens qui parlent, qui rient, ignorant qu'ils sont en liberté tant cela leur paraît naturel. S'ils savaient quelles loques humaines sont parquées si près d'eux! Ils se retrouvent, ils s'embrassent, jouissant de mille petites choses dont ils ne font pas cas et qui sont ce qui manque le plus quand on les a perdues.

Je croyais avoir connu cela pendant les quatre années si longues de la guerre. Bouclés dans nos wagons, nous regardions au passage la vie des pékins bienheureux, cette vie étriquée mais parfaitement réglée qui continuait.

Ici, la séparation est absolue, il n'y aura pas de retour. Forçat... Étais-je « tombé si bas »? Étais-je promis à cette pourriture dès l'instant où le regard d'Andrée avait croisé le mien sur les allées de Meilhan? Ils l'ont dit – ce fut même le cheval de bataille du triste Siame. Le vice m'avait pris par la main pour me conduire au crime! Et la preuve qu'ils ont réussi à me rendre coupable, c'est que l'autre jour à Saint-Charles, en arrivant sur le quai éloigné, semi-clandestin où avait lieu notre embarquement, j'ai été soulagé de voir que je n'étais pas le seul, soulagé de constater que parmi le cheptel inavouable et la viande criminelle qu'on chargeait se trouvaient des misérables certes, et même d'authentiques monstres, mais aussi trois bougres à face humaine et un gamin complètement perdu. C'est alors que j'ai découvert ce que tout être injustement condamné rumine : le désir de vengeance! Gratitude pour les rares compassions entrevues tout au long du calvaire mais, avant tout, vengeance. Une vengeance que je me sens capable, maintenant, d'imaginer avec une précision froide et maniaque...

Ce n'est pas aux jurés que j'en veux. C'est à cause d'eux, bien sûr, que ma vie s'est brisée. Mais que savaient-ils, ces employés dont on eût pu croire à l'audience qu'ils portaient encore leurs manches de lustrine? Ces boutiquiers persuadés que, s'ils m'acquittaient, ils ne tarderaient pas à sentir passer dans leurs veines, à leur tour, le poison qui avait foudroyé Rumèbe?

Eux n'étaient pas des juges, même s'ils ont jugé. La farce terminée, je l'ai dit à Stefani-Martin : « Je ne garde aucun ressentiment à l'égard des jurés. Que Dieu leur pardonne. Je ne voudrais pas avoir sur la conscience le verdict qu'ils viennent de prononcer. » D'ailleurs, n'étaient-ils pas contraints? pressés de toutes parts? J'ai entendu une femme, avant que mon défenseur prît la parole, crier à son mari : « Surtout, pas de faiblesse! »

Stefani n'a pas voulu me le dire au procès, mais j'ai su plus tard, j'ai su en prison... Ces braves gens qui habitaient Marseille étaient attendus chaque soir à la descente du train, assaillis par leurs patrons : « Ce Bougrat, vous n'allez pas nous le louper!... » Les adeptes de la veuve étaient partout. Au café. Au restaurant. Quant à la police, elle n'avait pas été inférieure à sa tâche et des indics déguisés expliquaient aux indécis qu'experts et savants n'étaient là que pour essayer de leur monter le coup!

Certes, je n'ai pas cherché à rencontrer le regard de ces dix ou douze petits-bourgeois pour les rendre plus humains et plus proches de moi. Je me disais : « Qui sont ces individus chargés d'apprécier le degré de ma faute? Vont-ils seulement chercher à comprendre? Peuvent-ils comprendre? On les a dérangés : ce ne peut être que pour me tuer. » Il y avait deux femmes parmi eux. Une blondasse, avec un pois chiche sur la joue, l'autre plus jeune, brune, presque belle... Je pensais que ce devait être une femme douce, aimante et maternelle... Me laisserait-elle tuer?

Comment ne pas imaginer que c'est elle, dans la chambre nue où mon destin s'est joué, qui a parlé la première des circonstances atténuantes? Elle et l'ouvrier d'une trentaine d'années, aux yeux clairs, qui n'avait pas l'air de s'accommoder aussi passivement que les autres de la peur des responsabilités, le seul, peut-être, qui aura osé tenir tête à M. le procureur?

Le procureur, l'avocat général Siame... voilà sur qui devra porter, le jour venu, le poids de ma vengeance! Avec quelle délectation je les découperais au scalpel – ne fût-ce que pour ne pas faillir à la réputation qu'ils me firent! Ah! je n'aurais pas besoin de la substance toxique dont ils ignoraient même le nom mais « qui finit en *-ine* »! Ni de leurs fameux « poisons volatils »! Et le président Bringuier, donc! Mais priorité au plus méritant. Je crois que le moment venu, je devrai m'occuper tout d'abord du recordman de la bassesse et de l'abjection : j'ai nommé Gauthier de Roy!

J'ai inventé un jeu auquel je me livre depuis des mois dans ma cellule et que l'isolement total favorise. Jeu pitoyable, j'en conviens... Qu'importe! Cela consiste à rétablir la vérité finale, comme dans les romans que je lisais enfant et où l'on se met dans la peau du personnage traîné au cachot pour le crime qu'il n'a pas commis.

Le plus passionnant de ces romans n'était-il pas *Le Comte de Monte-Cristo?* « Récompenser.. punir... » Que de fois, adolescent épris d'aventure et de rêves, aurai-je dévoré cette histoire sans me douter que je vivrais un jour la situation du jeune maître en second du *Pharaon?* Aurais-je pu prévoir plus tard, à Marseille, apercevant le Château d'If dans la lueur surnaturelle des soirs d'hiver, que je trouverais en la personne de Gauthier un autre Danglars aussi torve, aussi haineux et attaché à ma perte que le comptable de la maison Morrel? Aujourd'hui, Edmond Dantès, c'est moi!

Par quel artifice parviendrai-je à m'évader? Je l'ignore. Par quelle ironie du sort me trouverai un jour plus fort que la société perverse qui m'a attaché la meule au cou? Je ne le sais pas davantage. Quel trésor un nouvel abbé Faria me révélera-t-il aux Amériques? Quelle mine d'or et de diamants découvrirai-je, autrement sérieuse que l'Omnium du Congo belge, au pays d'El Dorado? Mystère encore. Mais ce que je sais, c'est que je reviendrai. Je reviendrai, Gauthier! Si, dès maintenant, tu vois dans tes songes un homme masqué s'approcher de toi, si cet homme ouvre les mains pour te saisir à la gorge ou s'apprête, d'un coup de Browning souverain, à percer ton inénarrable panse, inutile de demander : « Qui es-tu ? » Tu sauras que l'homme au masque noir va répondre : « Bougrat ! » Je n'aurai peut-être pas le temps de revenir avant que la camarde ait mouché toute seule le conseiller Bringuier. Son visage blême n'indique-t-il pas l'ulcère d'estomac ou – qui sait – un mal plus pernicieux ? C'est que des magistrats, j'en ai vu aussi dans l'exercice de mes fonctions ! Et Dieu sait si, débarrassé de sa robe et de l'hermine, sans chemise ni flanelle, avec juste trois poils gris sur le bréchet, un juge, ça ne fait plus très peur. Bringuier !... Aurai-je le temps d'enlever le masque, pauvre condamné à perpète, avant de sentir craquer sous mes doigts tes vertèbres de poulet ?

Mais c'est l'onctueux avocat général que je voudrais surtout, ce Siame qui, dans les semaines qui précédèrent les débats, dispensé de tout service d'audience, parcourait les Pas Perdus du palais, feuillets en main, et s'exerçait à déclamer des passages de son futur réquisitoire. Sinistre comédien ! Je te regardais, plus tard, de mon épaisse et grasse solitude d'accusé. Les assesseurs discutaient de temps à autre à voix basse, je pouvais en déduire qu'ils faisaient un effort pour comprendre, ne fût-ce que pour évaluer l'étendue de mon indignité. Mais toi... Ton ironie sous la perruque blanche, plus encore cet accent qui écorchait la réalité et gonflait les mots d'un tel mépris que ton réquisitoire en devenait, dans la meilleure tradition de l'éloquence judiciaire – cette éloquence faite pour tuer (ah ! si j'avais pu être ta dix-septième tête !) – un concentré de fiel !

J'ai fini par comprendre que je n'étais pas un assassin mais tes mots à toi n'étaient-ils pas faits pour tuer ? Serviteur de la loi, tes instincts pervers bien dissimulés, justifiés par le bien commun, par la sauvegarde du genre humain, n'étais-tu pas, finalement, le plus criminel de nous deux ?

Puissé-je revenir à temps, riche et honoré – comme Dantès ! – pour que tu me reconnaisses toi aussi et, dans l'affreuse agonie que je ne manquerai pas de t'infliger, que tu puisses comprendre et murmurer enfin : « Bougrat ! »

J'ai longtemps pensé de la sorte et si Dieu ne me trouve

pas assez miséricordieux au fond de l'abîme où il m'a laissé choir, je dirai simplement à ma décharge que je ne me suis pas contenté de rêver à cette orgie de sang. « Punir... récompenser, aussi... » Ce qu'un médecin pourrait appeler le « syndrome de Dantès » comporte dans mon cas actions de grâces, ex-voto reconnaissants et fidélité envers tous ceux qui m'ont aidé. Tous ceux... Le compte en sera vite fait, du reste...

Comme je voudrais récompenser un jour mon confrère et ami le docteur Yves Bourde qui, avec les siens, ne m'a jamais renié et a su faire front au flot peu ragoûtant. Merci du fond du cœur au professeur Barral, pourtant commis par l'accusation, et qui ne s'est pas un instant départi de son intégrité quand la vérité des faits est apparue sous ses calculs rigoureux. Merci au professeur Desgrez, à la communauté scientifique outrée de voir « justice » rendue par ceux-là mêmes qui ignoraient si foncièrement ce dont ils étaient censés juger.

Quant à vous, mon noble et dévoué Stefani-Martin... Vous qui avez prouvé tout au long de cette interminable affaire l'abnégation et la grandeur du métier d'avocat, comment ne répéterais-je pas ce que je vous ai dit de mon box au moment où la Cour se retirait pour délibérer sur la peine et les conclusions déposées? « Je vous remercie de tout ce que vous avez fait pour moi. Votre nom est depuis longtemps dans mes prières, et je continuerai ainsi jusqu'à mon dernier jour. Je sais que tout n'est pas fini et que la vérité éclatera... »

Au stationnement prolongé, probablement sur une voie de garage, a succédé un branle-bas policier. Ordres, craquements de brodequins. Le gardien s'est fendu d'un renseignement au guichet.

– Terminus!

Quelques heures encore et la voiture dans laquelle on nous avait transférés marqua l'arrêt à la porte de la centrale. Et puis la cour lugubre. Une de plus. Il fallait tenir debout, avec nos échines raides et nos genoux rompus. Formalités régulières, encore. Il y a décidément plus éprouvant et plus absurde que les piétinements de la guerre : le monde carcéral. Mais sans ces rites et ces poireautages qui vous portent, au fil des semaines et des mois, comment l'existence pourrait-elle être vécue ?

Dans ma cellule j'ai trouvé ceux qui seraient – provisoirement – mes codétenus. Ils étaient trois.

– Messieurs...

– Bonjour, ont-ils répondu, circonspects.

Il y a toujours une réserve, en même temps qu'une curiosité réciproque, dans ces présentations de taule. La réserve l'emportant sur la curiosité, j'ai pensé que j'avais affaire – au moins pour deux d'entre eux – à des représentants du milieu. J'ai eu le temps, à Chave, de faire la différence entre l'affranchi et le cave, de savoir que le premier est meilleur codétenu que l'autre : il ne geint pas, il ne cherche pas à vous refiler à tout instant ses doléances poisseuses comme du caramel.

– C'est toi, le fameux Bougrat? s'est enquis sur un ton courtois mais nullement flagorneur le plus âgé des trois.

Ainsi ce qualificatif de « fameux » colle ici aussi à mon patronyme. Qu'y faire? J'ai appris qu'en prison mieux vaut inspirer déférence que pitié.

– Tu lis donc les journaux?

– On est à peu près organisés...

Le type montrait l'espace de la cellule : « Si tu veux les dernières nouvelles... » Ma musette a été vite rangée et j'aurais bien ramassé le journal qui traînait au mépris du règlement si, après tous ces jours de totale obscurité, les yeux ne m'avaient fait mal. D'ailleurs, que peut signifier pour moi, maintenant, que le parti populiste boche ait renouvelé sa confiance à M. Stresemann ? Ou que notre Miss France, la délicate Roberte Cursey – vingt ans et chignon cascadant – soit reconnue, au Texas, la plus belle femme du monde? C'est Andrée, le dimanche matin, buvant son café au lait dans notre lit chaviré qui eût fait grand cas du nouveau record de danse ininterrompue : 192 heures dans un dancing de Toulouse. La simple fille !... Que fait-elle à cette heure ? Retombée aux allées de Meilhan ?

Si douloureux que soient les souvenirs, je m'efforce de n'y plus penser. Étrange que la vie continue pour les autres. Peut-être le bromure qui saupoudre les boules de pain depuis des mois aura-t-il contribué à mon apaisement ? La fatigue étant la plus forte, je m'endors, le nez dans le journal.

Au réveil, les collègues reviennent du pédiluve. On bavarde quelques instants. Mata, le noiraud à la barbe craquante comme du fil de fer, est un authentique tueur. Évadé de « là-bas ». Repris en France sur dénonciation d'un associé dans lequel il ne risquera plus, maintenant, de pousser le couteau. C'est ce qui le chagrine, plus encore que d'aller vérifier si les célèbres cachots à ciel ouvert de Saint-Joseph, aux Iles du Salut, sont plus terrifiants que ce qu'il a connu à son premier séjour.

Le caïd, c'est Couffe. Pierre Couffe. Je ne l'ai pas connu à Chave mais je me rappelle très bien quand l'homme est tombé à la suite du hold-up de la Méridionale de Crédit. On en parlait à l'époque. Lui aussi monte aux durs. Pour vingt ans.

Le troisième est un maquereau de la région parisienne : Boquillon Lucien, dit Lulu. Un petit gars fragile. Il vient d'écoper dans un règlement de comptes et visiblement n'en est pas revenu.

A propos de pédiluve : le niveau sanitaire de la centrale serait convenable. Meilleur qu'à Marseille, à ce qu'il paraît. L'épouillage est systématique le samedi. Le tub obligatoire et bi-hebdomadaire. Seul ennui, la cuvette à la turque. Ce dispositif, malgré le désinfectant, a des exhalaisons que l'administration ne parvient pas à localiser. Pierre Couffe m'a dit : « Tu devrais leur envoyer Robert. » J'ai ri, malgré le souvenir que je garde de ce maître-renifleur. Cela m'a rappelé la réflexion de cette canaille de Versini : « En prison, on s'amuse comme on peut. »

Chacun de mes codétenus est persuadé que j'ai voulu tuer Rumèbe. Je ne cherche pas à les détromper. A quoi bon clamer mon innocence ? Forçat je suis, en forçat je me comporterai. Il serait regrettable de donner en prime à l'injustice le spectacle d'un désarroi humiliant. S'il est un reproche qu'aujourd'hui je m'adresserais, c'est d'avoir répondu au correspondant du *Journal,* en septembre dernier, après le rejet du pourvoi... En apprenant mon départ pour Cayenne, peut-être que celui qui a volé la sacoche de Rumèbe se dénoncera? Espérais-je encore une révision du procès? L'innocence des bagnards, cela existe, mais, de l'aveu même de Couffe, de Mata, l'agneau égaré parmi les loups est une exception. Entre hommes, on en plaisanterait. Les seuls innocents du bagne qui intéressent ici, et dont on parle sans dérision, sont les transportés sur décision des conseils de guerre. Il y en a. Suffisamment pour nourrir le besoin qu'ont les collègues de bouffer du militaire pendant des heures.

De bat-flanc à bat-flanc, après l'extinction, nous avons continué d'évoquer plusieurs de ces affaires. Le cas Pierre Arbaud par exemple. Cet ancien faux-monnayeur célèbre pour avoir réussi la belle après douze tentatives ratées et qui, poussé par le patriotisme, à la déclaration de guerre, se présente de lui-même à Bordeaux pour s'engager... La guerre finie, on l'a réexpédié là-bas!

Il y a des cas plus douloureux. Mata nous raconte qu'il a connu à Kourou de braves chtimis déportés pour « intelligence avec l'ennemi ». Les Moreau : Louis et Arthur, mineurs de fond.

Ces pauvres gens se tapissaient chaque soir dans leur coron de Grenay, à deux kilomètres du front, et avaient eu l'idée saugrenue de ramasser une lampe de cycliste allemand. Pour le conseil de guerre de la 13e division d'Infanterie doté, comme tant de tribunaux d'exception, de pouvoirs exorbitants, cette lampe était devenue un repère balistique, preuve de trahison. La mère des Moreau serait morte de chagrin à la prison des femmes de Rennes. Une sœur ne vaudrait guère mieux. Louis, le père, est décédé au camp de Saint-Jean; quant à Arthur, il assaillait encore tout le monde, à Kourou, de l'étendue de son malheur.

La guerre... bonne occasion pour chacun d'y aller de son

histoire. Curieux comme elle exerce encore sa fascination, comme si nos vies ne s'en étaient jamais remises. Même Lulu, trop jeune pour avoir connu la vadrouille, la boue, l'orage de marmites pendant quatre ans gobe tout ça comme s'il avait manqué le coup du siècle.

Arbaud. On y revient.

– C'est vrai qu'il s'est tiré une fois de plus ? demande Couffe.

– Il est à la Guyane anglaise, précise Mata.

L'autre paraît intéressé. « Attends, je t'explique... » Et de décrire avec un luxe de détails et un sens de l'observation digne d'un peintre le quartier de Georgetown où le Pierre en question, aux dernières nouvelles, tiendrait négoce et ne refuserait jamais de secourir un frangin en cavale.

Qui sait ? Demain, ce pourrait être Couffe, ce pourrait être moi.

– Et une fois à Cayenne ? interroge Lulu anxieusement...

– Cayenne ? s'étonne Mata... Tu n'iras sûrement pas. Pour la plupart, le bagne, figure-toi, c'est Saint-Laurent, sur le fleuve Maroni.

– Dancings de grande classe, cinés particulièrement sélects, commente Couffe dont on ne sait s'il se fiche du gamin ou de lui-même.

Trois jours après mon arrivée, j'écoutais ces commentaires qui jalonnent la journée moyenne du reclus quand on est venu bonimenter au judas.

– C'est pour qui ?

– Bougrat.

Aucun de mes codétenus n'a dit : « C'est la petite qui t'attend au parloir », comme cela se faisait à Chave pour charrier Joseph Versini. Mais j'ai compris, à suivre le gardien de ce pas machinal et mesuré, flemmardeux, – celui du taulard qui se respecte, et que j'ai adopté d'instinct, comme les autres –, que nous nous dirigions vers l'habillement. Anormal, en effet, que je me trimballe avec mes restes de tenue civile quand mes compagnons portent déjà le droguet sombre et ont la boule à zéro. Chez le barbier, je me suis rendu tout de suite compte, à l'absence de miroir, au regard du préposé, que l'on ne m'avait pas convié pour un simple « tour de cou ». J'aurais pu suivre à la quantité de cheveux qui tombaient l'ampleur de la métamorphose. De temps à autre, le détenu-coiffeur actionne sa tondeuse à vide, deux ou trois petits coups, histoire de garder la cadence. Le ratissage reprend, autour des oreilles et au-dessus du front.

– Tu racles tout?

J'aurais voulu ma voix plus détachée.

– C'est les ordres.

Le rasoir est venu ensuite, et l'on m'a retourné le lobe de l'oreille, comme on fait au cochon. Enfin, après aspersion d'une méchante lotion en bouteille scellée – afin que nul ne soit tenté de la lamper –, le type a fait claquer son torchon : « Terminé! »

Puis, comme s'il redevenait compréhensif :

– Je vais pas te chercher la glace, hein? En général, les gonzes aiment pas ça.

J'ai résisté à l'envie de me passer la main sur le froid du crâne. Par contre, je n'ai pas pu ne pas voir les mèches noires qui jonchaient le sol. Les souvenirs de ma vie antérieure sont là. Ils auraient été surpris, les patrons de Tabaris, s'ils avaient pu voir leur « sympathique client » accommodé en bat' d'Af... J'imaginai un instant mon entrée sur la piste de danse, le saisissement des couples, la façon dont ils se seraient immobilisés au milieu d'une figure de tango.

Plus tard, un souvenir d'enfance s'est présenté à son tour : c'était à Lyon où, en présence du primat des Gaules, on ordonnait prêtres un certain nombre de séminaristes.

Prosternés sur la dalle en signe de renoncement, les jeunes gens consacrés – dont un fils de famille amie de la nôtre – recevaient la tonsure.

Je n'ai pu chasser la pensée que j'étais marqué moi aussi, marqué du sceau de l'infamie.

En me voyant revenir dans la turne, mes codétenus

auraient pu avoir un commentaire, une de ces plaisanteries censées combattre le marasme ou relancer la bonne humeur. Ils s'en sont abstenus. Ils ont détourné les yeux. Je leur en ai su gré.

13

LE FORT DE SAINT-MARTIN-DE-RÉ

Je ne peux pas dire que les deux mois passés à Fontevrault aient été trop durs, ni que la prévôté y ait compté des hyènes. Le transfert à Saint-Martin-de-Ré est intervenu début décembre 1927. Nous allions le savoir par des rumeurs de couloir plus ou moins confirmées par les gaffes. En même temps que notre convoi, devait converger vers l'île de Ré, antichambre du bagne, le délestage de toutes les prisons centrales. Le pays, en quelques coups de siphon, se purgeait de sa lie comme un évier.

Le voyage n'a pas été long cette fois : deux jours tout au plus et, comme un garde mobile compatissant me l'a dit au passage, de quoi me serais-je plaint? « Il n'y a pas si longtemps, vous auriez fait le déplacement avec les fers aux pieds. »

J'aurais dû me tenir quitte, avec ce progrès décisif de l'humanité, au lieu de ruminer pendant tout le trajet la nouvelle extravagante qui m'écrasait depuis plusieurs jours : Amélie aurait entrepris des démarches pour que notre enfant ne porte plus mon nom!

Mon enfant aux boucles de couleur châtain dont je croirais sentir encore la main potelée dans ma grosse patte lorsque je la conduisais au zoo du parc Longchamp!... Ma petite fille que je ne verrai pas grandir et que, selon toute vraisemblance, j'ai perdue à tout jamais!

Seule l'arrivée à La Rochelle a rompu l'obsession et levé le poids qui me broyait le cœur. J'ai découvert la forteresse de Saint-Martin-de-Ré avec un sentiment de délivrance. Les murs sont noirs, à l'épreuve des raz de marée. C'est là que mes compagnons et moi allons devenir officiellement forçats.

Question nourriture : le premier repas n'a pas été mauvais. Le pain était mangeable et j'ai eu droit à un morceau de saucisse dans l'assiette de flageolets. Les connaisseurs disent qu'ici on évite de nous affaiblir afin que, le moment venu, nous supportions le voyage sans trop de casse. Si Dieu veut, je garderai cette force physique qui m'a été donnée comme une compensation à tant de souffrances et d'injustice.

Avant de quitter Fontevrault, Pierre m'a dit : « Essayons de rester ensemble, à Ré. » J'avais un doute sur cette possibilité et ce n'a pas été la plus mince surprise que de le retrouver sans avoir eu à batailler dans le gigantesque réfectoire au brouhaha – malgré les consignes de silence – ponctué de coups de sifflet, de coups de cloche, où nous sommes parqués des heures, par rangs de trente, à de longues tablées.

Pierre m'a aidé – je l'ai aidé aussi – à ne plus ressasser le passé, mais à penser, au contraire, à la vie qui nous attend et aux chances que nous pourrions avoir un jour de nous en sortir. Il n'a pas carrément parlé d'évasion. De mon côté, depuis Gauthier, je tiens ma langue – quel que soit le bourdon – et me méfierais des blagues les plus innocentes. Pourtant, il me semble que je ne tarderai pas à échafauder des projets plus précis avec ce caïd discret et équilibré, doublé d'un homme d'expérience.

Revu également Mata. Le nervi s'est nettement assombri ici. Le voilà soucieux de savoir s'il bénéficiera d'un groupement sur Kourou ou si, obligatoirement, on va l'envoyer crever à Saint-Joseph ou à la Montagne de Plomb.

On écoute des ragots toute cette diablesse de journée. Il en va ici comme aux armées : il y a le dégourdi qui sait les nouvelles avant les autres, l'esprit divinatoire, la télégraphie sans fil. Il y a celui qui se débrouille quoi qu'il arrive, pour se procurer une cuillère et même pour en rapporter une seconde, une troisième aux poteaux.

Perdu de vue dans cette foule le dénommé Boquillon. Je n'avais pas de sympathie pour lui. Explication probable : je lui trouvais un air de ressemblance avec le Touache que j'ai dû tanner un soir, au temps d'Andrée, sous les yeux d'un bistro affolé.

« Il semble que Boquillon nous boude », disait Couffe le premier jour. J'ai été amusé d'entendre Mata répondre en écho : – « Lulu ? » Et d'esquisser un sourire. Selon lui, notre jeune souteneur serait appelé à devenir ce qu'on appelle, au bagne, une « belle Hélène ».

A première vue, le recrutement pour la Guyane se fait quels que soient les rangs d'âge, les corporations, les races et les continents. Nous serions presque un millier en passe de partir, du gamin de dix-huit ans qui n'a jamais eu d'autre famille que l'assistance publique et la maison de correction, au forçat dont on peut supposer qu'avant tonsure il arborait le cheveu blanc.

Ce sont l'accent marseillais et la gouaille du parigot qui prédominent – presque à égalité. La gouaille de la rue de Galles et du quartier Château-rouge. On sent que les centrales parisiennes ont envoyé le gratin de leurs pensios. Pour le reste : sidis, nègres et malgaches... Ces réchappés des bat' d'Af ont bien servi la France et s'apprêtent à toucher à Cayenne le chapeau de paille qui va couronner leur carrière coloniale. Certains ont l'air plus pitoyables que méchants.

Mon tour est venu de passer au bureau pour complément du dossier – ce dossier qui ne nous lâche plus.

A ma surprise, je suis reçu par le directeur du dépôt : un homme rondouillard, plutôt bonasse.

– Asseyez-vous.

Le voussoiement me sidéra. Irait-il jusqu'à m'appeler « docteur » ? Pourtant je n'étais même plus le « fameux Bougrat » : seulement le numéro matriculaire 49.443.

Si stupide que paraisse ce chiffre, même s'il ne figure pas encore sur un chiffon blanc cousu à la vareuse, il est gravé dans ma tête, il me représente déjà. 49.443... Parfaitement abstrait mais déjà familier comme une seconde nature. En contrepartie, me souviendrais-je encore du numéro de téléphone de mon ancien cabinet médical? Fragilité des apparences sociales – et de ce qui nous y sert de corset!

L'homme feuilletait les quatre pages contenues dans la chemise de papier bulle, il hochait la tête en parcourant la partie judiciaire et me jetait, entre-temps, des regards furtifs. Le second feuillet est plus particulièrement destiné à l'administration pénitentiaire, cette fameuse « Tentiaire » qui va avoir bientôt droit de vie et de mort sur nous.

« Caractère résigné », « Attitude des meilleures »... Ce devaient être les appréciations de Fontevrault. J'ai appris à être prudent. L'homme avait maintenant mission de compléter :

– Religion?

– Catholique.

Le mot est sorti de lui-même, bien que pour la pratique...

– Santé?

– Excellente...

J'ai cru bon d'ajouter « jusqu'à ces derniers temps », car l'angoisse a fait son œuvre, créant divers troubles : insomnies, brûlures d'estomac... Mais le directeur m'a laissé entendre qu'il en faudrait bien davantage, désormais, pour apitoyer. Restait à entrer dans l'une des trois classes prévues par la Tentiaire...

« Deuxio », ai-je annoncé à Mata en revenant au réfectoire.

– C'est bon, tu échappes aux pires corvées et tu verras que pour le camp, c'est bon aussi : les cases de troisième, ça n'est pas le Pérou.

Après la soupe du soir a lieu la mise en cage. Spectacle d'autant plus désolant qu'à cette heure l'Océan subitement réveillé lance de fantastiques coups de boutoir sous les blocs de la forteresse. Que sont, auprès de ces assauts forcenés, les sifflets stridents, les coups de gueule des surveillants dans les entrailles de la bâtisse? Jamais le regret de la liberté ne s'est fait aussi poignant.

Quand on est revenu de cette stupeur, assis par terre ou

faisant mine de taper la carte, on cause. J'ai appris à me méfier des évadés-repris. Ceux-ci, très sollicités, se jouent le plus souvent de la curiosité des nouveaux. Quels récits! Ce qui revient le plus fréquemment est l'obsession du climat : soleil meurtrier et pluies diluviennes. Certains disent le camp Charvein fermé depuis un an, – ce fameux camp de la forêt équatoriale où les hommes affamés et nus travaillent sous la piqûre incessante de myriades de moustiques et le harcèlement des maringouins.

« Allons donc, réplique un autre, même si Charvein est officiellement supprimé, il y a pire ailleurs... » Et de renchérir sur la malaria et les fièvres pernicieuses qui éliminent leur forçat plus sûrement que les balles de surveillants hystériques ou que le sabre d'abattis de porte-clés arabes lancés comme des chiens à la poursuite des fuyards.

Mieux vaut se tenir à l'écart de ces sombres histoires, de cet inextricable mélange de faits vécus et de récits puisés au « bagne pittoresque » de tant de petits journaux. On s'aperçoit vite que rien ne vaut le bagnard lui-même pour en faire la synthèse grandiloquente. Certains ont un don oratoire auquel l'intonation titi confère un surprenant relief : les araignées mygales, les anacondas dont on croirait sentir les anneaux se nouer autour de votre torse...

Quand cette chanson de geste devient trop démoralisante, je fais signe à Couffe et nous allons poser nos couvertures à l'écart. Pierre est bien d'accord : tout projet d'évasion devra être mûrement réfléchi, minutieusement préparé. Il nous tarde d'être en Guyane, persuadés que même sous une discipline de fer la Grand'terre sera plus fertile en aventures qu'une maison d'arrêt de métropole. Il serait tout de même incroyable que l'occasion ne se présentât pas, un jour ou l'autre, de faire cette « belle » à laquelle chacun ici – et même les cervelles les plus épaisses – ne cesse de rêver!

Mais en premier lieu, dans ce monde sans foi ni loi, le secret! Le père Couffe en devient sentencieux : « Il n'y a pas de pire ennemi pour le bagnard que le bagnard son frère. » En second lieu, le pèze. « Tu es chargé?

– Non, ai-je répondu franchement. »

Rien dans la poche et rien dans l'intestin. D'où me serait venu l'argent, quand tout a été pillé, chez moi, quand mon malheureux père lui-même... Je suis entré au dépôt avec, en tout et pour tout, sept francs et trente-cinq centimes.

– Te préoccupe pas, a repris le caïd.

J'ai cru comprendre que ce qui l'intéresse en moi c'est ma résistance physique et, surtout, ma connaissance du bateau.

On verra.

Mata disait à Fontevrault que le meilleur moyen était de gagner la confiance de la Tentiaire et d'obtenir l'un de ces petits métiers si recherchés à Saint-Laurent : « garçon de famille » par exemple.

– Hé, connaud, avait répliqué Pierre... pour aller laver le linge des femmes des gaffes, faut d'abord être classé « première », faut avoir été capable de pas broncher dix ans...

Ces discussions ne sont plus de mise ici. Sobre de paroles, on n'en rêve que mieux à la bonne blessure, aux hospitalisations de complaisance, au village chinois de Saint-Laurent-du-Maroni, avec son ramas de paillotes perchées sur pilotis, ses berges limoneuses battues par le jusant. On n'en rêve que mieux à la pègre susceptible de fournir n'importe quelle pirogue – la « voiture » comme on dit là-bas. On sait déjà comment se planquer dans le noir des criques, comment se dissimuler entre les racines des palétuviers. On sait quels nègres soudoyer, lesquels de ces sauvages, au contraire, collaborent avec les chasseurs d'hommes. On sait quels pays « rendent »; ceux, plus rares, qui ne « rendent » pas.

Pour moi, peut-être à cause du trésor d'El Dorado, peut-être aussi à cause de ces affinités qui remontent à l'enfance. – Ah! *Le Superbe Orénoque* de Jules Verne! – je me dis que ce pourrait être le Venezuela...

Le Venezuela... ou la mort!

Trois longs mois se sont écoulés.

Aux premiers jours de mars 1928, le bruit se répand que

les surveillants militaires ont eu leur bal d'adieu. Effectivement, un matin, les coups de sifflet traversent dès cinq heures les cages au remugle écœurant. La forteresse paraît en insurrection – mais une insurrection réglée selon un cérémonial établi.

« On va partir... »

Les types sont debout, mains aux barreaux, comme de grands primates. Tout juste si l'on prête attention aux réclusionnaires chargés des bidons de café. Cette imminence qui, je l'avoue, m'a tenu éveillé la nuit durant, étreint maintenant tous les cœurs.

– On serait plus de 700 sur le bateau, dit l'un.

– 947, précise un autre...

Les bobards redoublent, les menaces de tournées : « Regarde où tu mets tes pompes, abruti! »

Pierre me dit : « Pour avoir quelque chance de cambuser ensemble, faudrait essayer de rester sur le même rang, dans la cour... »

Mais Mata?

Le nervi a été appelé avec une dizaine de fortes têtes. Que va-t-on faire d'eux? Certains soutiennent qu'ils feraient la traversée dans un bagne spécial, d'autres que les aménagements du *La Martinière* sont les mêmes, quelle que soit la catégorie des transportés.

Aujourd'hui, nos gaffes sont fringués d'une buffleterie neuve et d'un casque qui sent déjà la « Colo ». Ces messieurs se veulent engageants. Engageants mais la main sur le réglementaire. Prêts à l'arrêt du fauve, comme Alfred Court devant sa horde de lions :

– Transportés, sortez un à un. Chacun prend son sac et va s'adosser au mur...

Deux d'entre eux règlent le débit et, quand dix types sont dehors, on referme. Sacs... Le matricule est déjà marqué dessus. 49.443. Pas moyen d'oublier : je l'ai, cette fois, au revers du droguet.

Côte à côte, les transportés enfilent leurs nouveaux effets dans un relent de naphtaline et d'odeurs corporelles si acide qu'il pique les yeux. Cela paraît lourd, bien grossier comme étoffe mais, en début de traversée tout au moins, les nuits sont – dit-on – très froides.

Tous dans la cour de la forteresse, maintenant. Il y a quelques années, j'aurais lu distraitement, sous la photographie d'un tel rassemblement, la légende traditionnelle : « Le châtiment commence pour ceux qui, méprisant le travail et l'effort, ont cru pouvoir faire un métier du vol et de l'assassinat. » Pour si bizarre qu'il me paraisse, ce châtiment est le mien !

Je reconnais mon directeur courtois devant le front de cette « armée du crime ». Il est accompagné des chefs militaires du convoi. Je ne voudrais plus évoquer mes cheminements de Verdun... Non, pas cela... Pas ici...

Appel. Cela dure plus d'une heure dans le silence blême. Le battement des tambours roule sans joie au fond de toutes les poitrines.

« Présentez... » Ce n'est pas pour nous, forçats, mais pour les militaires à mousqueton qui nous font face, pour les dompteurs vêtus de beige et bottés beurre frais.

Face à ces intraitables, où sont les fières casquettes des gars de La Chapelle ? Les guiches et la moustache blonde du bourreau des cœurs de Sébasto ? Finies la java chaloupée des bals de Barrière, la valse à l'envers, les sorties de la môme... A nouveau le silence, oppressant. On entendrait un sanglot. Mais quelle que soit la détresse de ces 947 hommes que la société rejette – nous sommes, officiellement, « morts civils » – aucun ne laisserait une plainte sortir de son gosier noué. On ne voit que des yeux éteints, des visages fermés.

« Transportés... à compter de maintenant vous cessez d'appartenir au ministère de l'Intérieur pour dépendre directement du ministre des colonies. »

Pas un de mes voisins, même le plus bouché, qui ne traduise en un éclair : plus d'avocat pour s'interposer désormais entre sa chétive personne et l'appareil répressif, plus aucun recours possible... Aux professionnels d'apprécier si nous sommes un couvent, une trappe, ou si la résignation n'est qu'apparente et si ce ne serait pas plutôt la révolte qui fermenterait sous ce rassemblement de crânes soigneusement tondus.

Mais déjà l'ordre de marche est tombé. L'ébranlement des godillots, est-ce aujourd'hui ? Hier ? Même s'il ne s'agit plus que de l'armée du vice, on rêverait debout ! « Han... Heux... Han... » La porte est ouverte à deux battants. La lueur de la mer réfléchie par le ciel bas nous atteint tout à coup. Calmes rues de Saint-Martin, si languissantes, j'imagine, d'ordinaire...

Un arrêté préfectoral ordonne de tenir volets clos. Le port grouille néanmoins de lève-tôt. Patrons pêcheurs, ouvriers, et même garnements accrochés par grappes aux lampadaires. Des bateaux, on regarde passer ces 947 proscrits qui foulent pour bien peu d'instants encore le sol d'une patrie qu'ils ne reverront plus.

Quelques vieilles du pays ont l'air compatissant sous la coiffe. Et puis, solitaire et figée comme une statue, non loin de l'embarcadère, une femme au col de petit-gris – épouse ou maîtresse ? – regarde passer le cortège sans un cri.

Frisson. Où est ma sœur Jeanne à cette heure ? Terrée dans notre vieille demeure, à Lyon ? En m'efforçant de marcher au pas, j'ai pensé à mon père, à l'affront fait à ses cheveux blancs. Survivra-t-il à la honte ?

Tentation de courir sus aux mobiles. Tentation de provoquer la rafale. Mais non. Ceux qui m'ont précipité dans cette géhenne m'échapperaient. Je ne puis l'accepter. Je vivrai, ne fût-ce que dans mon fol espoir de vengeance...

Et puis, soudain, comme s'il s'agissait de rompre une attente insupportable, comme si les poitrines ne pouvaient comprimer plus longtemps une indicible angoisse, un chant s'élève du rang boitillard de la chiourme, un chant lancé par quelques-uns et qui gagne de proche en proche, même si la plupart en ignorent la totalité des paroles :

Quel est donc c'pétard
C'est un convoi qui part

Et tous ces fagots
P'tits sacs sur l'dos...

On ne leur aurait pas donné pour autant le bon Dieu sans confession à ces « fagots » – notre petit nom désormais. Mais c'était aussi ingénu et désarmant, tout à coup, qu'une complainte d'enfants égarés.

Pour ne pas pleurer sur l'ex-docteur Pierre Bougrat, je suis allé chercher, moi aussi, la rime à « disci-pli-i... »

Et toi brave bourgeois,
Qui les montre du doigt,
Tu peux dormir tranqui-i...

14

VAISSEAU-FANTÔME

« Dès que le groupe pénétrera sur le faux-pont, filez mettre votre hamac près d'un hublot si vous ne voulez pas arriver asphyxiés à la Guyane... » Malgré cette mise en garde, un inexplicable découragement m'a saisi, sitôt le pied posé sur le bateau, et j'aurais été de la revue si Pierre Couffe n'avait joué des coudes pour quatre à l'endroit aéré.

Le *La Martinière*, un ancien transport de troupe pris aux boches, a quatre faux-ponts séparés par des cloisons étanches. Chacun d'eux compte deux cages, appelées « bagnes », où peuvent tenir plusieurs centaines de forçats. Il n'y a d'autre aménagement que des bancs en bois et de simples tringles où accrocher nos musettes et les hamacs. Il va falloir cohabiter vingt jours là-dedans, tête-bêche, dans la pire promiscuité. A moins que le bateau n'aille compléter sa cargaison à Alger? Auquel cas nous serions plus d'un mois à la mer.

Enfin, une fois que le dernier des trois coups de sirène aura troué la brume, les préoccupations de la vie journalière prendront le pas, je l'espère, sur un passé qui s'estompe au point qu'à certains moments on douterait de l'avoir jamais vécu.

Les surveillants commencent de tirer les hamacs d'énormes sacs en toile cirée et, tandis que le bateau passe Le Lavardin, les derniers transportés subissent la fouille minutieuse.

J'ai accroché mes affaires près du hublot que nous aurons vraisemblablement le droit d'ouvrir, une fois gagnée la haute mer. Outre Pierre, j'ai pour voisins un Parisien aux tempes grisonnantes, Eugène Lantier, dit le Cardinal – sobriquet qu'il doit à ses talents à la pince-monseigneur – et un méridional d'une cinquantaine d'années lui aussi, Testut, qui donne son point de vue sur bien des choses et l'assaisonne d'un « Nou-z'autres z'à Beaucaire... » qui ferait sourire la compagnie si on avait le cœur à ça. Que fait là ce villageois à l'air paterne? On ne peut rêver cave plus caractérisé! Il déclare – sans plus de précision – être la victime d'une « épouvantable tragédie »... Traduit du fagot, cela doit vouloir dire, même à Beaucaire, qu'il a étranglé sa femme sur un coup de sang. Mata, lui, est à la cage du bas.

Pour essayer d'enrayer le tracassin, je me suis intéressé à la première partie de cartes de la traversée. Le transporté assis en face de moi s'est fait une main de trois sept avec une paire d'as. Il l'abat sur le banc et se retourne tout à coup :

– Tu vas te tirer de derrière moi, ou merde?

L'Arabe visé :

– A qui c'est que tu causes?

– Je te cause à toi, ventre pourri!

On n'a pas le temps de voir enfler la dispute : déjà l'homme s'avance le couteau à la main. D'où peut-il sortir, le couteau, après la énième fouille? L'autre jette les cartes. L'Arabe lui porte aussitôt deux coups au bas-ventre. Et c'est immédiatement le cercle, les cris de joie malgré les invectives et mises en garde des gaffes impuissants. Le blessé saigne abondamment. Pourtant, fou de rage, il réussit à se jeter sur son agresseur et à neutraliser l'arme qui roule sur le sol. Maître de la situation, il roue son adversaire et, l'ayant pris à la gorge, il s'apprête à l'étrangler.

C'est alors que les surveillants, revenus de leur affolement, se précipitent sur des sortes de lances de cuivre qu'ils braquent sur les belligérants, ouvrant les vannes. Un jet de vapeur nous dissimule immédiatement le pugilat et l'on entend, au centre du nuage, les deux hommes hurler de douleur et de suffocation.

– Vous voulez faire les fortes têtes? On a de quoi vous mater, fumiers...

Un gaffe tente de récupérer le couteau :

– Aller, toi, envoie-le, ton surin! Et un autre : On se demande jusqu'où c'qu'il faudrait les fouiller, ces salopards!...

Puis, ayant ramassé le coutelas :

– Toi, sors maintenant, sors pour voir... On t'a dit : bras en l'air!

Des bagnards protestent pour la forme contre l'animal qui nous a valu à tous un pareil arrosage, mais ils paraissent surtout terrorisés par l'inhumanité du procédé. Il est vrai que le bagne tout entier reste empli de vapeur et est ainsi une vivante image de l'enfer. L'ordre rétabli, Testut a eu son mot :

– J'ai bien cru que ces sauvages allaient nous ébouillanter, nou-z'autres...

Personne n'a ri. De plus coriaces aussi l'ont cru. On parlait de monter aux durs, depuis des mois... Force est de constater :

– Cette fois, on y est!

Troisième jour de traversée.

Je m'apprêtais à réintégrer l'entrepont, après notre heure d'aération matinale, quand un surveillant me fait signe au passage :

– Matricule 49.443...

L'automatisme a joué :

– Bougrat Pierre.

– Suis-moi, reprend l'autre. Et comme pour prévenir ma surprise : Tu as une blessure au pied, n'est-ce pas?

J'avais vu pas mal de jobards, depuis trois ans, dans l'honorable corps des gaffes... Pourtant celui-ci, en dépit de sa tête molle et de son adiposité, n'a pas l'air complètement détraqué. Et comme les autres commencent à s'attrouper, je réponds à tout hasard :

– J'ai marché sur un clou.

– Cela peut être grave, il faudrait te faire une piqûre contre le tétanos, suis-moi à l'infirmerie.

Il y a donc une infirmerie, sur ce rafiot trépidant de toutes ses machines et dont le moindre recoin pue à vous lever le cœur? De plus je croyais avoir subi avant le départ toutes les vaccinations imaginables. Mais à peine dans la coursive, le type change de ton : « Tu m'es recommandé et j'ai la possibilité, pour la traversée, de te porter pâle. »

Je n'en reviens pas! A qui devais-je cette faveur? Aucun service n'étant gratuit dans le système pénitentiaire – et au bagne moins qu'ailleurs – je suppose qu'une âme charitable, plus probablement un camarade de Verdun, peut-être une association d'anciens combattants a soudoyé le garde. Il m'a fallu plusieurs jours pour apprendre que les subsides venaient de mes bons amis Bourde : les seuls qui n'ont jamais cessé de croire à mon innocence et qui, si j'en juge par cette intervention providentielle, ne m'ont pas oublié.

Merveille de l'amitié! Si laid que soit le monde – et Dieu sait si j'ai pu contempler sa face de méduse! – il y a ce lien qui rachètera peut-être un jour les tristes animaux que nous sommes; ce lien qui, dans les tranchées, nous aurait fait passer à travers la mitraille les uns pour les autres.

Amélie s'étonnait de me voir « perdre mon temps » avec tel ferblantier, avec tel employé de la compagnie du tramway sous prétexte que nous avions été à la Côte-du-Poivre ensemble. Qu'avait-elle compris, elle qui aurait pu témoigner à ma décharge et qui ne s'est même pas présentée au juge?

Cette intervention a soudain ranimé une vieille confiance que j'ai en mon étoile. Je l'ai dit à des journalistes, au tribunal : « Je crois à la chance et c'est pourquoi je parais prendre assez facilement mon parti des événements, même quand ils sont défavorables. » Certes, il peut paraître absurde d'avoir de telles croyances sur ce bateau... Mais depuis la guerre je tiens pour miraculeux d'être en vie. Et me trouver ce matin dans cette salle où j'ai droit à une couchette, à un drap presque blanc, ne serait-ce pas le premier indice que le sort si longtemps acharné à ma perte va un jour tourner?

Une longue houle soulève régulièrement le bateau. Les oiseaux de mer font dans le sillage un cortège criard et, d'ici, j'entends le récepteur-émetteur de la sans-fil lâcher dans la nuée son sifflement continu. Pourtant, il y a longtemps que les côtes de France ont disparu à jamais.

A tout jamais.

Je n'ai pas tardé à remettre cette chance à sa place. Qu'est-elle, au fond? Une goutte, une simple goutte dans l'océan de ma détresse. Cage d'entrepont ou infirmerie, la destination reste la même et le *La Martinière* file ses onze nœuds sous un panache noir. Je continue d'entendre la triste musique des vagues contre les flancs du navire.

Mais que doivent imaginer, depuis hier, ceux qui restent mes compagnons? J'ai prétexté la nécessité de reprendre mes affaires pour me faire conduire aux bagnes. J'ai pu apercevoir Pierre. Un peu honteusement, je lui dis : « On m'a embusqué...

– Ne te plains pas!

– Ça m'ennuie de vous lâcher...

– Qu'est-ce que ça change? A partir de maintenant, la planque des uns peut servir le dessein des autres. De toute façon, on se retrouve, à la descente du bateau. J'ai été soulagé de constater que le caïd avec qui je fais équipe interprète les événements de façon saine et ne prend pas ce qui m'arrive comme un manquement à la solidarité. Mais si le malentendu est évité, j'ai eu pitié de mes semblables! Cela ne sent plus l'alcali, aux bagnes... On patauge dans les flaques de vomi et je ne puis m'interroger sans effroi sur ce que deviendront les lieux quand se seront produits de plus sérieux coups de mer.

Retrouvé l'infirmerie où nous ne sommes guère qu'une demi-douzaine de privilégiés. J'ai pour vis-à-vis le petit père paralysé – il est hémiplégique, parbleu! – que les mobiles hissaient par les aisselles, alors que le gros de la troupe attendait l'ordre de monter, lors du transbordement du Lavardin. A quoi songe l'administration pour envoyer de pareils moribonds en Guyane? Tout paraît bon pour nourrir le bagne et combler les vides qu'y fait, à ce que l'on dit, une mortalité galopante.

Reçu la visite du médecin des troupes coloniales chargé du service de santé à bord. Est-il de connivence avec le gaffe? Il n'a même pas regardé mon égratignure :

– Vous fumez?

J'ai béni ce gros garçon rougeaud, à l'épaisse moustache rousse, car le tabac, depuis des semaines... Pour ne pas avancer la main trop vite, pour ne pas puiser à la blague une pincée trop forte, j'ai dû me répéter la résolution prise à Fontevrault : « Quoi qu'il arrive, réfréner à chaque instant les instincts de la bête... » Pourtant, je n'ai pas fini de rouler ce clope si désiré que le major, mort de curiosité, commence :

– Entre nous, si vous n'avez pas voulu tuer Rumèbe, pourquoi diable l'avoir mis dans le placard?

J'ai failli répondre : « Pour en faire une momie... » Mais même si cela fait cent fois qu'on me la pose, cette question stupide, ma situation ne me permet pas le luxe d'un mouvement d'humeur. Au reste, le jeune confrère est pétri de bonnes intentions à mon égard.

Le lendemain, lorsque ce major repasse à l'infirmerie, il me dit : « Avez-vous su que Dieudonné a sauvé sa peau? » Et de me tendre un *Petit Parisien* daté de quelques semaines où l'exploit de l'ancien anar est longuement commenté.

Volton – tel est le nom de mon major : un jeune Normand de Sainte-Adresse – n'a pas l'air mécontent de cette déconfiture de la Tentiaire. Au point que je me suis demandé si, face à la réalité du bagne, le corps de santé ne réagirait pas différemment des autres gradés... s'il n'en irait pas à Cayenne comme à la guerre où nous, les médecins, avions souvent une notion de la misère humaine différente de l'idée que s'en faisait l'état-major.

Eugène Dieudonné... On l'avait donné pour mort, et de la pire façon : envasé! Je me rappelai que le 30 mars 1927, alors que ma condamnation s'étalait dans les journaux, une autre nouvelle faisait la une : « On apprend qu'Eugène Dieudonné, le complice de Bonnot, a disparu du bagne depuis le 6 décembre... »

Ainsi, celui que les autres accusés de cette fameuse bande avaient déclaré étranger à leurs attentats, celui pour qui Bonnot, mourant, avait écrit sur un chiffon de papier maculé de son sang : « Dieudonné est innocent », n'avait pas succombé avec son compagnon d'évasion Venet dans les marais pestilentiels de la Crique Fouillé, près du Degrad des Cannes. Ce n'était donc qu'une supposition, ou un mensonge, des autorités. Ainsi il avait réussi à atteindre la frontière du Brésil!

Et voilà qu'aux dernières nouvelles, avant de regagner la France où son avocat Me de Moro-Giafferri vient d'obtenir pour lui la grâce présidentielle, Dieudonné, la moustache en brosse et coiffé d'un canotier, reçoit les journalistes à la terrasse de l'hôtel Moderno, en ce quartier de Santa-Teresa où montent les habitants de Rio lorsqu'il fait trop chaud à Copacabana!...

Pour un bagnard de la classe 27, n'y aurait-il pas de quoi rêver?

Un brusque changement de lumière annonce la mer des Antilles : les superstructures du navire semblent de cuivre en fusion.

Je suis toujours l'hôte de l'infirmerie et comme les nuits la chaleur ne le cède qu'à peine à celle du jour, je ne puis imaginer sans honte la température qui doit régner dans les entrailles du bateau. Entendu avec tristesse les surveillants interrompre leurs sempiternelles discussions d'avancement et de points de carrière pour se résoudre à la corvée : « Faudrait voir d'aller les arroser, des fois qu'ils crèveraient, en bas... »

Chaleur? Dégradation de son état? Le petit père hémiplégique est tombé dans le coma, ce matin. A un moment, il a cessé de râler. Les gaffes l'ont emporté. Moins d'une heure après, la trépidation de l'hélice s'est arrêtée et les neuf cents bagnards en cage auront compris, je pense, que l'un des nôtres n'arriverait jamais sur la terre de la Punition. Pendant cette absence de mouvement et de bruit, le corps lesté d'une gueuse de fonte devait descendre là où ne l'atteindrait plus la vindicte des juges ni la dent des requins.

Nous devons approcher de notre destination : j'ai pu constater que les eaux devenaient troubles; ce n'est plus l'émeraude profonde de l'Atlantique-Sud qui nous environne, mais une eau d'un bleu opaque, que l'on sent chargée de tous les limons des fleuves d'Amazonie. Serait-ce ce fameux courant des Guyanes réputé porter les esquifs dans la direction sud-est-nord-ouest?

Amazonie. Le mot m'émeut. En dépit – ou peut-être à cause – de ce que ma situation a de désespéré. Serions-nous si près du gigantesque fleuve qui m'a fait rêver, enfant? Le déversoir du Nouveau-Monde, ici assisté de ses cadets : l'Oyapock, l'Approuague, le Mana, le Maroni?

Enfin la ligne noire de la côte. Une ligne de forêt. « Si tu tournes mal, tu finiras à Cayenne... » La ritournelle est revenue, assourdissante cette fois, dans mon for intérieur. Le ciel était subitement noir. L'eau a giclé de toutes parts, à grosses gouttes glaciales qui m'ont pénétré comme des trocarts. J'ai été contraint de courir m'abriter dans la coursive.

Depuis des heures, le bateau a mis en panne. Silence à vous tordre le cœur. Je grelotte intérieurement. C'est que je la vois toute proche, maintenant, à travers les flocons de brume, cette forêt guyanaise qui nous attend! La mangeuse d'hommes! Quand, avec le montant, le *La Martinière* entre enfin dans l'immense estuaire, franchissant du même coup la barre que l'on dit meurtrière pour les pirogues, la fumée se rabat sur nous comme sur le vaisseau-fantôme.

Je ne suis pas du bon côté : il me semble néanmoins que la chaloupe de l'administration pique sur le transport, amenant le pilote. Dès lors, je m'efforce de ne m'intéresser qu'à la navigation entre les bancs de sable, sur ce fleuve Maroni dont les eaux puissantes et précipitées ont la couleur du café.

Le surveillant m'a autorisé à me tenir à l'échelle de l'infirmerie. Là, tandis que la rive française défile, le major Volton me dit :

– Nos bagnards n'ont pas tout à fait tort de penser qu'on s'évade plus facilement du camp que d'une prison métro... Mais regardez cette forêt... Vous admettrez que les véritables murs, dans ce pays, ne sont pas ceux du pénitencier...

Le gaffe intervient :

– Sans compter que ces nigauds, lorsqu'ils tentent la belle, vont presque tous se planquer à la Crique Margot ! Là... vous voyez ?

Le transport laissait justement à bâbord l'ouverture d'un boyau noir.

Et l'homme tout content :

– C'est là que les chasseurs vont les reprendre !

– Merci du renseignement, ai-je répondu avec une spontanéité qui a tiré quelques joyeux soubresauts à Volton.

Ces plaisanteries, la nouveauté de ce que je voyais ont atténué ce que la fin du voyage aurait pu avoir d'angoissant. Il est vrai que le déluge venait de cesser et, presque sans transition, la rive française et la rive hollandaise sont apparues sous un ciel complètement dégagé. De ce côté-ci, la falaise végétale était déjà si lustrée de soleil que l'émeraude virait au jaune citron.

Le *La Martinière* a rugi comme un taureau fatigué.

Fin de la forêt. Berge surélevée avec, çà et là, au fond de débarcadères ou de petits dégrads, des paillotes de nègres et même quelques cabanes d'aspect occidental. Un mauvais goût bien de chez nous a reproduit là le cabanon « Sam'suffit » au point qu'on se croirait à Aubagne ou à Carry-le-Rouet. Quelques sauvages, les pieds ballants sous les planches, des lavandières à la face sombre et rieuse, lèvent la main et nous saluent.

Mais déjà une baleinière montée par une demi-douzaine de bagnards fait force de rames pour le transport des amarres. Ah ! la vue de ces premiers individus à la camisole rayée d'une couleur qui, un jour, dut être rouge... Oui, vêtus de ce qui va être, demain, notre livrée à tous !

Lentement, le *La Martinière* accoste. Comment douter que nous sommes au terme d'un voyage qui ne ressemble à aucun autre? Tout ce que compte la garnison de militaires et de leurs familles, la faune des mulâtres et des Noirs, de curieux homoncules dont j'entends parler par les gendarmes comme d'Indiens, sont massés à quai : l'arrivage des nouveaux transportés, deux fois l'an, est assurément le grand événement populaire et mondain de cette possession française du bout du monde.

Quelques femmes créoles, curieuses sous l'ombrelle, abritent leur teint clair. Plus loin, des sauvages moins familiers que les autres – des Indiens eux aussi? – observent la scène, à l'ombre des arbres à pain. Avec toutes les apparences de la liberté, sur l'unique boulevard qui part du port, d'autres bagnards aussi bariolés de gris et de rose que ceux de la chaloupe vont et viennent. Libérés? Astreints à résidence? Leur sort me fascine. Au-delà des maisons administratives, les cocotiers, comme dans les îles, balancent leurs cimes sous un ciel trop bleu.

Les autorités de la colonie qui viennent d'arriver s'agitent dans un dérisoire mouvement d'uniformes sous le triple auvent du débarcadère, à deux pas des bâtiments proprets des bureaux portuaires, entre les terre-pleins ornés d'ancres fleuries. M. le directeur de l'administration pénitentiaire, son sous-directeur, les chefs surveillants... Le principal du convoi venait de débarquer et lisait son rapport sur la traversée :

– Nombre total au départ?

– 947.

– Décès en cours de traversée?

– Deux.

– Liste nominative des transportés..

Le pavillon de quarantaine est déjà hissé.

« Vous allez sortir deux par deux... » C'est alors que j'aperçois dans l'entrepont mes camarades silencieux, résignés. Éblouis, titubants, ils sont devenus de véritables loques. Il est vrai que la chaleur, si dense lorsque j'étais enfermé dans la soupente de l'infirmerie, est plus incommodante encore à l'air qu'on dit libre. Nous suffoquons sous nos vêtements de drap. Et puis, tant de jours de mal de mer, tant de nuits passées à « compter les chemises », comme disaient sans la moindre charité les marins rigolards...

– Ben quoi, plus capables de lever les pieds ?

Certains manquent la dernière marche et s'étalent carrément sur le pont. Comme je titube un gendarme me rattrape :

– Pauv' gars, t'es pas au bout de tes peines...

Malgré ce qu'il sous-entend, ce simple mot de compassion me fait presque du bien.

On fait descendre d'abord les relégués. Ceux-ci sont coiffés non pas du chèche noir – comme les durs – mais d'un simple calot gris. « Laissez-les passer, les olivettes... » ironisent en chantonnant ceux d'entre nous qui ont encore couleur humaine.

Les relégués – petits escrocs, récidivistes du vol à la tire – ont acquis, dès le départ, le sobriquet de « pieds-de-biche ». Ce n'est qu'un fretin que l'on va réembarquer sur deux ou trois chalands qui ne tarderont pas à leur faire remonter, à petite vitesse, le fleuve Maroni jusqu'à leur camp de Saint-Jean.

Au tour des durs – le nôtre... Dans la foule des libérés et « nègres-blancs » maintenue derrière les parterres fleuris fuse parfois un « Cré-Dieu... Bébert ! » indiquant qu'un quatrième-première – le libéré astreint à doubler son temps de peine sur le territoire – vient de reconnaître parmi les arrivants, un ancien associé. Il y aura de quoi jacter, ce soir, chez le Chine ! « Les choses se précipitent », ai-je pensé avec un détachement vertigineux, avec la sensation d'un de ces rêves de chute où l'on n'en finit pas de tomber. Cette fois, je dois quitter la coupée et rentrer dans le rang : dès cet instant, le gaffe de l'infirmerie m'ignore. Mis à part les éclopés que l'on emporte sur une sorte de cabrouet, nous sommes voués à la marche. Il y a une harangue du directeur, dont on n'entend goutte – sinon les mots de « bonne volonté », « discipline » et cet autre mot qui revient plusieurs fois, de « punition ».

Enfin, compté et recompté, le régiment du crime est invité à faire mouvement vers le « Collège » qui n'est pas loin !

Nous aurons bien le temps de découvrir les rues tracées

au cordeau de Saint-Laurent du bagne! Pour l'instant, ce que les aboyeurs désignent comme le boulevard Malouet est le droit fil de notre avenir. Un droit fil que les boitillards, les scoliotiques, les débiles – certains souffrant encore du mal de mer – abordent comme un troupeau de vaincus.

Cinq cents mètres. Le mur d'enceinte court sous un soleil qui sonnerait une armée de bien-portants. Et, probablement afin que nous la franchissions sans regimber, comme l'ont fait depuis des décennies tant de contingents avant nous, la grand'porte au fronton de briques rouges n'affiche pas de suscription dantesque. Ce n'est pas : « Laissez toute espérance, vous qui entrez ici... » mais, plus banalement, on peut y lire ce qui va devenir le synonyme de notre vie confisquée : « Camp de la Transportation. »

15

LA LIE DE LA TERRE

La grande allée est parfaitement ratissée. De part et d'autre, à l'ombre épaisse des arbres à pain, les cases ressemblent aux bâtiments de n'importe quelle caserne provinciale. Une indicible tristesse émane pourtant de cet ordre établi. Nous attendons la répartition. L'essentiel est que nous ayons réussi à nous regrouper, Pierre Couffe, Testut, le Cardinal et moi. Pierre a bien supporté le voyage. Mais quelle transformation chez « Tutut »... Le bougre ne parle plus de Beaucaire; il est complètement amorphe.

Les cases sont à peine surélevées par un socle de béton. A l'intérieur, pas de plafond. La toiture est de tôle ondulée le plus souvent, de bardeaux. Une seule porte, sur le devant. Les fenêtres sont garnies de doubles barreaux si épais que la lumière du jour peut à peine se glisser. Un fouillis de bananiers, frangipaniers, cactées s'immisce entre les bâtisses.

« Trente gars par ici... dix-huit à la 11... » La capacité de chaque case est en principe de soixante transportés. Nous avons réussi mes amis et moi à ne pas nous séparer. Et nous voici engagés dans la machine à brasser les esclaves. Les anciens, retour de corvée, sont déjà coffrés. Leur contentement, leur sourire ignoble devant l'air apeuré des nouveaux!

– M'est avis qu'il n'y a rien à attendre de bon de ceux-là, a dit Testut en cessant pour quelques instants sa rumination.

– Fais gaffe surtout à ne pas te laisser plumer...

Et de fait, nous avons à peine posé la musette que déjà les

mercantis viennent proposer cigarettes, tafia et la combine imparable pour ne pas manquer une donne, au jeu.

Une allée centrale, le coursier, traverse la case, séparant deux rangées de plans inclinés. Une loi a fait depuis peu supprimer les bat-flanc au profit de hamacs, mais trop récemment pour que le socle ait été démoli. Et, si nous ne sommes pas attachés, la barre de justice n'a pas disparu pour autant. A la voir tout au long de l'allée, comment ne pas penser aux générations qui nous ont précédés, que l'on ferrait là sans pitié, chaque soir, et dont la somme de souffrances, imperceptiblement additionnée au fil des décennies, a si parfaitement poli le métal...

Soif? Il y a de l'eau, certes, dans cette étuve. L'ennui, c'est qu'il faut plonger le quart dans la baille où d'autres puisent pour récurer la cuvette. Le repas du soir a été une misérable découverte : un demi-litre de bouillon clair, riz et légumes secs, à consommer assis dans les hamacs. C'est un homme de corvée qui traîne le chaudron dans le coursier.

Sous clé, et désormais sans surveillance jusqu'au lendemain, à la lueur d'une loupiote qu'on éteindra bientôt de l'extérieur, les fagots qui m'entourent ont changé de visage. Les yeux sont si enfoncés, tout à coup, les joues si creuses, qu'on se croirait parmi des morts. Quand les verrous ont grincé, j'ai failli me précipiter et supplier les porte-clés arabes : ce n'était pas possible!... Ils n'allaient pas m'enfermer avec ces soixante morts!... Ils n'allaient pas m'enterrer vivant!...

Bon gré mal gré, il a fallu accepter la tombe.

La nuit. De vilains instincts se réveillent dès lors qu'il s'agit de choisir où tendre son hamac. Heureusement, aux hommes que l'on retrouve s'ajoutent de nouveaux visages parfois moins rébarbatifs. Un Normand que le régime de la Tentiaire n'a pas encore dégraissé : Courtois. Un Berrichon : Portejoie. Un Italien : Cartoto. Le Breton Le Strat. Ange Glandel, dit La Glandouille. Et puis Paul Rabourdin, ancien comptable, Aimé Cabaroux... Qu'ont fait ces hommes pour être ici? Il est des questions qui ne se posent pas. La Tentiaire mélange dans ces cases les délinquants occasionnels qu'un coup de folie a poussés au crime et les brutes confirmées, les tueurs assoiffés de sang.

Déjà flairé, au fond de la case, deux hommes dangereux : Courtepointe et Lanelongue. Quant aux Mahométans qui s'amalgament près des lieux d'aisance, avec leur gueule édentée et leur teint olivâtre, ils ont l'air plus crevé que les autres morts-vivants.

Je m'enroulais en chien de fusil quand je n'ai pu m'empêcher de penser à Marseille, à Nicole qui, peut-être, dormait paisiblement à cette heure dans son lit d'enfant. Surprise! Pour la première fois, les images sont restées floues. Je me sentais d'une telle aridité intérieure que les larmes ne sont pas venues. Je suis déjà détaché de moi-même mais j'ai frémi à l'idée qu'à force de mauvais traitements, un homme peut en arriver à oublier les êtres auxquels il croyait tenir plus qu'à sa propre vie.

Insomnieux comme je le suis devenu, j'ai accueilli avec soulagement les désirs de lumière de certains. Quelque part dans la case, des anciens confectionnent des sortes de lampes Pigeon avec un peu de pétrole au fond d'une boîte de conserve. Et puis quelqu'un a crié : « Alors Adrien, tu nous en pousses une? »

Le tour de chant n'était pas réclamé en l'honneur des nouveaux venus mais, je l'ai compris, comme un rite fiévreux pouvant certains soirs naître d'un coup de spleen.

– Et si le gaffe s'amène? Et s'il me colle un libellé pour « chant en case »?

– Tu sais bien qu'on fait le pet...

Déjà les couvertures bouchaient les baies grillées.

– Et puis, a décidé du fond de la salle le dénommé Lanelongue, on te fera la quête.

Plus rien ne pouvait retenir Adrien, ex-accordéoniste de caf' conc', d'entonner une java que ses compagnons se mirent à reprendre au refrain. Une hilarité maladive était à son comble et l'on encourageait le chanteur tandis que certains l'apostrophaient sans façon : « Vigouroux, montre-nous tes couilles, Vigouroux... »

Mais malgré la gesticulation obscène, la plus bath des javas, les promesses de prébendes, Vigouroux ne montrerait rien et l'on insista d'autant moins qu'un mouvement inattendu se produisait auprès de Cartoto... Un Cartoto chaviré, secoué de convulsions.

– Visez les mecs, y a le Rital qui clamse!

Je n'aurais pas voulu me singulariser mais, décemment, je ne pouvais rester indifférent. L'Italien, lourdement abattu sur la barre de justice, s'était mordu la langue et dégorgeait du sang.

– V'là qu'il a pissé sous lui, précisait un de ses voisins.

C'était net, Cartoto faisait une crise d'épilepsie.

– Faudrait prévenir le gaffe, suggérait Cabaroux.

– Oui, ajoutai-je, et lui administrer du Gardénal...

– Vous rigolez? Un gaffe à cette heure? Si vous croyez que ça les intéresse les crises d'un transporté! Même un macchab' suffit pas à faire ouvrir les portes. Un macchab', ça se constate le matin :

– Chef, y a eu un trépas cette nuit.

– Ah bon?... Où ce qu'il est, le trépassé?

Fort heureusement, au bout d'un quart d'heure, la crise de Cartoto s'est terminée toute seule. La langue n'était pas complètement coupée. Mais l'incident avait douché les plus acharnés et un silence relatif s'est emparé de la case.

Le reflet de la lune vient de se glisser entre les barreaux et je sens l'haleine fétide de la brousse toute proche. Dans l'odeur des corps en nage, certains dormeurs ronflent plus violemment que les crapauds-buffles. J'ai longtemps guetté, cette première nuit, un bruit qui allait se reproduire à intervalles réguliers, par la suite : la chute d'une pomme à pain trop mûre et son fracas définitif sur la tôle ondulée du toit.

Cinq heures.

Le camp sort des torpeurs de la nuit. Ce qui doit être la

ville de Saint-Laurent s'éveille probablement aussi à la cloche du pénitencier... Il serait presque engageant, ce battement de campanelle, il serait rassurant s'il ne me rappelait celui d'une institution religieuse du quartier des Réformés, à Marseille.

Premier matin d'une vie nouvelle – mais de quelle vie! Le temps de réprimer le flot de bile qui m'assaille à chaque lever, et c'est le tambour cette fois, aux quatre coins du « collège ».

Pendant que je suis au bloc, un transporté pousse des cris :

– Où sont-elles?

– Et quoi donc, corniaud?

– Mes lunettes... on me les a volées!

Le vieux se palpe le visage, incrédule. Il a pourtant dormi sans les ôter.

Lanelongue a profité de l'incident pour s'affirmer avec ses acolytes :

– Qui est le salaud qui a fauché ses bésicles à ce cave?

Et devant le silence de la case :

– On n'est pas chez les relégués. Ces petits vols minables ne seront pas tolérés. Si ce soir les lunettes ne sont pas revenues, les sacs seront fouillés, qu'on se le dise!

Pierre m'a fait signe de patienter. D'ailleurs, les porte-clés venaient d'ouvrir et il fallait courir à un premier appel.

La journée s'est passée dans la fournaise. Une seconde nuit où les anciens ont essayé de refaire les nouveaux à la marseillaise mais, surtout, où nous avons pris connaissance du pire fléau local : les moustiques... Ce sont des nuées qui s'abattaient sur nos pauvres carcasses et, bientôt, du coursier, on n'a plus vu que deux files d'allongés, saucissonnés dans leur couverture comme de grands brûlés. Au milieu de cet abattement général, Lanelongue s'est à nouveau manifesté. Je l'ai vu promener un regard furtif avant de se diriger vers mon hamac. Il ne tenait pas de lame à la main et, comme il souhaitait causer, je l'ai suivi au bloc d'hygiène :

– Est-il exact que t'as été médecin dans la marine?

– Absolument pas.

– On m'a dit que tu savais naviguer.

– Il m'est arrivé de sortir du Vieux-Port...

Le gars m'explique alors qu'une cavale se prépare et qu'il manque un second pour la barre.

Que répondre? Laisser voir qu'on flaire un piège? « On en reparlera », a conclu l'autre avant d'aller reprendre sa place au fond du réduit.

Avant même que j'aie pu faire part à Couffe des propos de Lanelongue, le minable aux bésicles a retrouvé son bien. Je n'ai pu m'empêcher de penser que c'était peut-être un seul et même individu qui avait été le gendarme et le voleur. Dès que nous pouvons aborder le sujet, Pierre me dit avoir la même impression. Quant à l'intervention de la nuit, il la trouve suspecte :

– Le bagne compte autant de bourrins que de vermine...

Un bourrin? Un mouchard – et cela crée, déjà, un climat de vague menace.

Faisant mine de jouer aux cartes, Pierre et moi élaborons un plan. L'attribution des tâches devrait avoir lieu dans les tout prochains jours. Si nous sommes affectés aux travaux locaux, il y a de fortes chances pour que nous restions dans cette case – aussi immonde soit-elle et, dans ce cas, nous n'aurons aucune difficulté pour communiquer. Mais il est possible aussi que nous soyons expédiés dans des camps forestiers... N'y en a-t-il pas une dizaine, disséminés dans la brousse? Godebert, Malgache, Saint-Maurice, Lorraine, Lalouette, Nouveau-Camp. Là, la séparation, l'éloignement nous causeraient des difficultés insurmontables.

« Il faut que l'un ou l'autre se fasse attribuer une planque... L'idéal serait qu'avec ton instruction, on te verse infirmier... Tu crois la chose possible? »

Quoi qu'il arrive, il est convenu que nous nous conformerions à deux principes : 1) agir en sorte que chaque jour qui passe nous fasse progresser, même de façon minime, par le maintien d'une résistance physique suffisante ou par des perspectives insoupçonnées, vers le but que nous nous sommes assigné et, 2) où que nous soyons, garder le contact entre nous.

Il est évident que sans cet espoir – fût-il insensé – il ne vaudrait plus la peine de vivre dans les conditions qui sont les nôtres. Quant à attendre l'hypothétique révision d'un procès... ce serait entrer dans les vues d'une société qui m'a banni. Je m'en considère exclu – dont acte!

Il y eut trois jours, il y eut trois nuits.

A l'anthropométrie, rien d'imprévu. « Viens pianoter... » Aucun d'entre nous ne compte plus le nombre de fois qu'on aura pris ses empreintes. Et il faut voir, à la visite, le torse de certains forçats! Ce sont de véritables affiches!... « Dompté, jamais vaincu. » Certain lègue son cœur à sa mère, sa tête à Deibler. Il y a les lignes bleuâtres de l'aigle, de Chéri-Bibi et même – allez savoir pourquoi? – l'effigie du Czar Nicolas II. Quant à la devise « Fatalitas », c'est un classique.

A l'habillement, on nous distribue le complément du sac.

– Ton falzar est trop long? T'auras le temps de grandir.

– Et la vareuse, c'est vrai qu'on a droit à une par an?

– T'as droit qu'à la boucler. Quand t'en auras usé vingt-neuf, tu verras plus clair.

Au bout de quelques tentatives de fraternisation soldées par ce type d'encouragements, on n'insiste plus. J'ai compris le plus grand danger du bagne : accepter. Oui, Pierre, il faudra se tirer, dès qu'on le pourra. Et même si l'échec doit être notre lot, il ne pourra être pire que cette mort au ralenti.

Le voilà enfin, l'indispensable chapeau de raphia!

Une alerte à la fouille... Je vois Pierre, nu comme un ver, qui pose tout à trac le pied sur une lame.

– Avancez...

Il avance et c'est alors que l'intuition me vient comme un éclair : je couvre à mon tour, de mon quarante-cinq-fillette, jusqu'à ce que le propriétaire récupère le *surin* [1] au retour. Ainsi le caïd colportait une lame qui ressemble à s'y méprendre à un tranchet de cordonnier! « Plus facile à manier, ici... »

1. Les mots d'argot du bagne, les mots caribes, les mots espagnols sont en italique dans le texte, et répertoriés dans un index en fin de volume.

me fait-il remarquer, le coup de chaud passé. Sacré Pierre! cet alter-ego me fait parfois un peu peur!...

Enfin l'affectation. De là tout va dépendre...

J'ai fréquenté l'atelier des tailleurs, au dépôt, manière de tuer le temps. Par ma formation, c'est vrai, je pourrais être infirmier. Mais ce poste envié n'est-il pas réservé aux « premières »?

Pas d'anxiété. Le commencement de l'aventure ou mon naufrage définitif va se jouer!

Aux porte-clés et surveillants d'ordinaire se sont joints plusieurs galonnés :

– Matricule 49.321. Huguet Louis?

– C'est moi.

– On dit « Présent », bon Dieu! Vous êtes charpentier?

– Oui, chef.

– Vous savez tracer?

– Un peu, chef.

– Ça n'est pas une réponse, ça.

L'autre hésite :

– J'suis compagnon, chef.

– Je vois... compagnon de bistro. On verra ce que vous savez faire sur les toits.

L'appel continue :

– Rolland Sylvain, matricule...

– Présent.

– Vous êtes boucher?

– Oui, chef.

– Qu'est-ce que vous savez faire?

– Tout, chef. Abattre, découper... J'ai fait huit ans dans la charcuterie, même que j'bossais dans les quartiers rupins.

– Ce sera sûrement ce qui vous aura poussé à désosser votre femme...

Le chef avait son répertoire. La troupe était tenue de rire. Mais on aurait pu sentir, chez beaucoup, la réticence de représentants d'un milieu qui, bien que présentement déchu, n'en jugeait pas moins ses nouveaux maîtres du dernier vulgaire.

Enfin, le Rolland en question ira, dès demain, aux abattoirs. Puis :

– Y en a-t-il qui connaissent le tour à métaux, le travail du bois ?

Vingt mains se lèvent. Aux ateliers, prenez les noms...

Le chef compulse encore ses feuillets :

– Bougrat... Bougrat Pierre... matricule...

A-t-il mal lu ? Vous êtes... Vous étiez... Ah ! oui, je vois... Avancez par ici... Vous suivrez MM. les surveillants...

Que signifie ce traitement spécial ? Sans profession et représentant du milieu, Pierre Couffe a été bon, lui, pour la forêt. Que va devenir Testut ? Pour si pitoyable que soit ce villageois, nous ne pouvons compromettre nos chances avec lui. Du reste, le Beaucairois donne maintenant les signes du plus complet abattement. Le remords le tenaillerait-il ? A la faveur de la détresse ambiante, et sans nul doute à la mémoire de celle qu'il a trouvé le moyen de supprimer, on l'entend soupirer : « C'était un si beau brin de femme ! »

Couffe est formel sur la nécessité de limiter à deux compagnons résolus toute tentative sérieuse : « Il est déjà rare de rencontrer quelqu'un qui pense exactement comme toi... A plusieurs, c'est la cour du roi Pétaud... Tu te sens prêt à risquer le coup, un autre vient te dire qu'il ne faut pas, qu'il a subitement les foies... Tu es parti ? Il suffit que tu veuilles passer ici pour que les autres aient une autre idée... »

Lorsque nous échangions ces propos, hier soir, la seconde soupe fumait dans le baquet et l'on entendait vociférer : l'homme de service ne sortait que du nerf ou de l'os, gardant le reste pour les potes...

– Moi, garder l'endaubage ? Faudrait qu'il y en eût, merde !

Pierre avait désigné le groupe :

– Comment avoir la moindre confiance en ces animaux ?

Je ne savais rien de Saint-Laurent-du-Maroni et c'est en sortant du camp sous la conduite d'un gaffe étonnamment aimable que j'ai compris quelle direction nous prenions : l'hôpital !

Je me gardais cependant de me réjouir. Je ne voulais pas encore me voir en infirmier-bagnard... En cours de route j'ai compris le pourquoi de la déférence de mon Corse casqué de liège. Me sachant médecin, il tenait à m'entretenir de ce qui – mises à part les évasions, bien sûr, qui l'obsèdent comme tous ses collègues – est en cet endroit oublié de Dieu et de la science, son principal souci : ses hémorroïdes ! Le beurre de cacao n'y fait plus rien !

Nous arrivons cependant devant une longue grille laissant voir les bâtiments de l'hôpital, tout blancs, avec leurs vérandas dans le plus pur style colonial. Quelques hommes en blouse blanche déambulent dans l'ombre vigoureuse des allées, et le gaffe m'apprend que je vais rencontrer le médecin-chef. Le Corse continue son soliloque :

– En principe, cela devrait être au sous-directeur du pénitencier, M. Toublanc, de vous recevoir...

Puis, soudain ragaillardi :

– Toublanc ! Qu'est-ce que vous croiriez, avec un nom pareil ?

– Que M. Toublanc est noir.

– Ah !... Vous le saviez ?

Le temps d'apprendre encore que le docteur Rousseau, jugé trop bon pour les forçats, n'est pas en odeur de sainteté à Cayenne, et la porte du bureau s'est ouverte.

– Asseyez-vous, mon cher Confrère...

C'était la première fois depuis des années qu'on me remettait à mon ancien rang et j'ai ressenti aussitôt une émotion intense.

Le docteur Louis Rousseau avait la soixantaine. C'est un homme de forte stature, aux cheveux gris, dont le regard conserve cette bonté un peu scrutatrice que j'ai discernée, étudiant, chez certains de nos vieux maîtres de l'école de Lyon.

Quant à la pièce où nous nous trouvons, elle a la sobriété des hôpitaux militaires de campagne, ces hôpitaux que j'ai si bien connus et où la modestie de l'installation, le rudimentaire de l'instrumentation pour recoudre les chairs ou scier les membres peuvent atteindre au sublime et vous feraient pleurer toutes vos larmes sur l'infini de la douleur humaine.

Ému, je regarde le vieux clinicien et son domaine. Je ne sais si, de son côté, mon interlocuteur cherche la ressemblance entre des photos de presse et l'individu qu'il a en face de lui. Il me dévisage longuement sans que j'en éprouve la moindre gêne.

– En accord avec les autorités judiciaires, je vous ai fait mander pour qu'il soit fait avec vous selon l'usage qui nous incite à utiliser chaque transporté en fonction de ses aptitudes ou de ses capacités...

J'ai pâli. Allais-je le tenir, ce poste d'infirmier? Sûr que ma répartie ne serait pas interprétée comme une déclaration courtisane, je n'ai pu m'empêcher d'affirmer :

– Monsieur le médecin-chef, si, à l'échelon le plus humble, je puis être utile à votre service et, à travers lui, à mes frères d'infortune, croyez bien que ce sera la meilleure consolation d'une vie dont je n'attends plus rien.

Le docteur Rousseau a paru touché. Un sourire a éclairé son visage :

– Ce désir ne me surprend pas, Bougrat, d'après ce que j'ai cru deviner en suivant votre procès. Mais venons aux modalités pratiques de ce que nous allons vous demander. Vous n'êtes pas sans savoir qu'entre les maladies tropicales qui frappent électivement une population dénutrie et le système des permissions de nos amis Navalets, des congés en métropole, sans parler d'un manque de crédits dont vous aurez tôt fait de mesurer les conséquences, notre service de santé manque cruellement de compétences...

Compétences? Ce mot inattendu m'a fait dresser l'oreille.

– En ce moment, il nous faudrait un médecin au laboratoire de bactériologie...

Un médecin? Mon cœur s'est mis à battre à se rompre. Je m'étais perdu en conjectures quant à savoir si la Tentiaire aurait l'idée de faire de moi un brancardier, un scarificateur en série, un manieur de rayons X et voilà que ce généreux confrère me proposait, dans le cadre le plus officiel qui soit, de redevenir praticien! Quel adoucissement à ma peine! Quel allégement, tout à coup, de mon cruel destin!

– Mais... répondis-je abasourdi, je n'ai pas de qualification pour les diagnostics de laboratoire... A Marseille, je pratiquais la pathologie générale. Les incitations du moment, les milieux que j'ai eu la faiblesse de fréquenter m'ont conduit à me spécialiser en syphiligraphie...

Rousseau n'a paru nullement gêné par l'argument. Amusé, plutôt, de rencontrer un scrupule professionnel au bagne.

– Eh bien, ce sera l'occasion de vous familiariser avec le microscope. Vous aurez accès, aussi, à une bibliothèque qui, sans être celle de l'Hôtel-Dieu, vous permettra de vous tenir au courant. Et puis, ajouta le médecin sur un ton soudain très las : ici, vos diagnostics vont se suivre et se ressembler. Du Corynae pour les diphtériques, du B.K. chez les poitrinaires, beaucoup de « Pâle » si cher à nos chansons de corps de garde...

– Mais, murmurai-je... la malaria? La fièvre jaune?

– Pour la première, vous apprendrez vite la technique de « goutte épaisse ». Pour la seconde, Malgache a été décimé, l'année dernière, sans que l'étiologie ait eu besoin d'être confirmée. Vous le voyez, Bougrat : vous êtes réquisitionné sur place!

J'aurais voulu saisir les mains de cet homme de science, de ce juste que le spectacle quotidien de la déchéance et de toutes les turpitudes n'avait pas encore découragé. Il m'entraînait déjà :

– Voulez-vous jeter un coup d'œil sur votre labo?

– Avec joie!

Suivis du gaffe qui a attendu dans le couloir, nous nous sommes rendus vers un pavillon isolé où, au rez-de-chaussée, trois pièces en enfilade sont encombrées de filtres et de cornues. Il y a là deux microscopes sans raffinement mais de moyenne puissance.

– Pour les réactifs, ne demandez pas l'impossible... Après

divers tripotages administratifs, la plupart des remèdes nous arrivent périmés.

Et devant mon air surpris :

– S'il vous manque quelque chose, vous pourrez toujours faire un bon. Le produit n'arrivera pas mais vous serez en paix avec votre conscience.

La bibliothèque est à l'étage. Une pièce claire, aux baies ouvertes sur les pelouses où s'exacerbe l'odeur des hibiscus. En bas, l'escouade de forçats, flegmatique dans la touffeur, continue d'actionner la sarclette.

J'ai pu voir sur les rayons l'*Encyclopédie médico-chirurgicale,* beaucoup de revues dont les dernières livraisons de Lucas-Championnière et de *La Gazette des hôpitaux.*

– Il est entendu que vous prendrez le repas de midi à l'hôpital, continue mon mentor en marchant devant moi sans attendre de réponse. Dans la journée, vous serez autorisé à évoluer librement sur le domaine de la transportation. Vous devrez néanmoins satisfaire à un contrôle de présence...

– Six heures ?

– Six heures du soir. Pour ce qui est du coucher, j'aurais souhaité que l'on vous dispensât de rentrer aux cases mais je n'ai pu l'obtenir de l'administration. Comptez sur moi, cependant, pour essayer de vous faire attribuer, un jour, une chambre individuelle.

Les larmes aux yeux, je remercie le médecin-chef qui, avant de se retirer, ajoute :

– Vous troquerez volontiers, je pense, le bourgeron rayé pour une tenue plus neutre ?

Et, toujours sans me laisser le temps d'intervenir :

– Vous avez droit, dès maintenant, à une blouse blanche. Notre dévoué M. Morucci qui – je vous le ferai remarquer – ne nous a pas lâchés d'une semelle va vous conduire, de ce pas, à la lingerie.

16

LE MÉDECIN-BAGNARD

Médecin-bagnard, je règne désormais sur le laboratoire de bactériologie. Les premiers jours, j'eus peine à le croire. Il est vrai qu'après l'entrevue avec le docteur Rousseau, un sentiment de gêne s'est mêlé à ma joie et n'a pas tardé à m'empêcher de la savourer pleinement. Certes, j'avais une chance inouïe. Dès le soir cependant, de retour aux cases, je ressentis, à une intonation de Pierre Couffe, des sentiments ambigus.

– On ne peut rêver mieux pour la mise au point de notre projet!

Pierre semblait sous-entendre « pour berner tes chers confrères de la Tentiaire ». Mais justement... Cela pouvait se traduire – que je le veuille ou non – par « abuser la confiance de Rousseau... » Devinant le désarroi qui m'habite, mon compagnon reprend :

– Et si ton médecin-chef n'avait agi que pour mieux te ficeler?

La parole donnée, plus efficace avec un zèbre décoré dans mon genre, que les barreaux d'une prison? « Non, pensai-je, Rousseau ne pouvait avoir fait un tel calcul, il ne s'était préoccupé que d'alléger ma peine. » A moins – je n'osai faire part au caïd marseillais de l'idée qui me visitait – à moins que mon évasion ne soit pas pour déplaire à l'homme de science?

J'entrevoyais déjà de telles intrigues dans la vie quotidienne de la colonie... Un propos de Morucci, tandis qu'il me conduisait à la lingerie me revenait soudain... Désignant ma tenue de forçat, mon cerbère avait eu une réflexion surprenante :

– Vous ne la conserverez pas longtemps.

– Que voulez-vous dire?

Le bonhomme avait eu un clin d'œil :

– Je vous ai bien observé, allez. Dans cinq mois vous serez parti.

– En quel honneur?

– Vous vous évaderez, pardi! comme tant d'autres!

– Diable!... Et pourquoi dans cinq mois?

– Parce que vous êtes ce que nous appelons ici « un homme de cinq mois ».

Je n'avais rien tiré de plus du Corse. Était-il illuminé? Libre à moi de me persuader, après ma conversation avec Pierre, que le docteur Rousseau pensait peut-être lui aussi, dans son for intérieur, que son nouveau bactériologiste serait « un homme de cinq mois »...

Une supposition qui n'allait pas tarder à m'apaiser, au moins de façon provisoire.

Je quittais donc le pénitencier à la première heure et n'y revenais qu'au crépuscule. On concevra qu'après une longue coupure professionnelle – et quelle coupure! – je me sois lancé fébrilement dans l'inventaire de mon domaine...

Pour si humble qu'en soit l'équipement, je ne retrouve pas sans émotion l'atmosphère de mes études et l'odeur des acides et des corps réducteurs. Quelques consultations des traités de microbiologie me mettent rapidement au fait de ce qu'on attend de moi. Un infirmier dépenaillé, tatoué du visage comme s'il eut porté un loup bleu, recueille chaque matin, dans les salles, une bonne dizaine de crachoirs émaillés. J'écouvillonne dans les crachats, je fais le tri des simples catarrheux et de ceux qui, avec des fragments de bronches sanguinolents, ont éliminé du bacille de Koch... Et comme je m'étonne de la fréquence de la terrible maladie :

– Faut dire qu'y en a plus d'un qui maquille...

Intrigué, je regarde Rastau :

– Comment, des simulateurs? Et ce que je trouve dans les crachats? Ce n'est pas du bacille de tuberculose?

– Ça... qu'ils aient les éponges mitées, pas de doute, plaisante alors mon infirmier, un gars depuis assez longtemps dans la place pour parler du fagot moyen comme s'il se fut senti de l'autre côté de la barricade. Mais vos bacilles, sauf à vous faire de la peine, faut voir comment ils se les passent...

J'ignorais encore que tout – y compris la phtisie – valait mieux, pour un malheureux, que d'aller « faire du stère » au kilomètre 42 ou au camp des « Incos ». Je mesurai mieux, dès lors, la chance qui m'avait été donnée de pouvoir disposer autant que je vivrais d'une formation susceptible de me soustraire, même dans pareille géhenne, aux rigueurs qui frappent le plus grand nombre. Il me semblait que quelle que soit l'adversité, la beauté de mon métier serait susceptible, désormais, de me sauver du désespoir absolu.

Sur un plan plus bassement matériel – mais y a-t-il encore des préoccupations « basses » dans ce monde du bagne? – un avantage et non le moindre fut pour moi l'accès au réfectoire du personnel et le bénéfice de ce qu'on appelle le « grand régime ». Ce menu envié consiste en deux repas quotidiens, dont un de viande et de légumes frais, accompagnés d'un quart de vin. Un quart de vin qui va avoir son importance! Les premiers jours, je le consomme avec délice. Mais les brûlures d'estomac dont je souffre depuis Chave m'y font très vite renoncer. Ce que mon infirmier remarque :

– Vous ne buvez donc pas de vin, docteur?

Rastau ne se fait pas prier. Mais au lieu de boire ma part après la sienne, il l'emporte lorsque nous nous levons de table.

Le lendemain, même manège. Je lui dis :

– Que fais-tu du vin que tu récoltes?

L'autre ne cherche pas à nier :

– Je le revends – et se ragaillardissant : si vous n'êtes pas fort sur la ration, je vous la prendrai tous les jours au prix de quatorze sous...

Ce n'est certes pas un reluisant négoce mais je ne peux empêcher un rapide calcul : à quatorze sous par jour, je ne tarderai pas à avoir de quoi me procurer le pantalon et la chemise d'homme libre qui, un jour, me seront précieux.

Lorsque mon travail de diagnostic m'en laisse le temps, la bibliothèque m'apporte un réel réconfort. Non seulement je peux y acquérir les connaissances qui me manquent mais j'ai le bonheur de pouvoir y suivre à nouveau les découvertes de la médecine. Ne commençait-on pas à se demander, au début de tous mes malheurs, si certaines substances synthétisées par le génie de l'homme n'allaient pas être en mesure, dans un proche avenir, de se substituer aux antiques propriétés des simples ? Les corps sulfamidés par exemple. Un jour n'est peut-être plus éloigné où le praticien pourra guérir n'importe quelle infection avec une de ces drogues qui constitueront, pour l'espèce, une étape aussi décisive que le furent naguère la révolution pasteurienne et l'instauration de l'asepsie.

Cette humble salle de la bibliothèque va devenir, d'un jour à l'autre, mon refuge. J'y trouve – autre bonne surprise – une méthode d'espagnol plus précieuse que le dictionnaire que j'ai réussi à sauver des fouilles. Sauver... en fait, aucun gaffe ne me l'a jamais disputé. « Les livres, disait l'un d'eux, c'est bien les seules choses que tu peux laisser traîner, en taule, sans que personne te les fauche. »

Il y a aussi sur les rayons des monographies et un relevé des côtes des Guyanes. En peu de jours, j'en sais les moindres particularités par cœur ! Je découvre enfin des ouvrages plus généraux – et même des nouveautés. Ainsi l'œuvre d'un médecin dont l'expérience au front a singulièrement ressemblé à la mienne : *La Sainte Face,* d'Élie Faure.

« Qui sait si celui qui descend aux sources de la tragédie et participe en même temps à son horreur n'est pas plus généreux que celui qui la maudit en se voilant la face devant elle ? N'est-ce donc rien que d'accepter de vivre et de refuser de mentir ? »

Là, dans cette prison sans barreaux, je pensai que les prétendues turpitudes de ma vie marseillaise n'étaient, peut-être, comme d'autres vertiges pour tant de gens de mon âge, qu'une des formes de cette acceptation et de ce refus.

Et peut-être aussi y avait-il une signification cachée à ce que je lise sur la terre de Guyane, revêtu de la livrée du forçat après l'avoir été de la capote bleu horizon, ces phrases de feu : « Je souhaite qu'un avenir vienne où l'homme n'aura pas besoin de casser des os et de piétiner des cervelles pour faire aux générations lointaines un squelette et un esprit. Eux l'ont cru. Ils ont modelé du futur une statue imaginaire à qui leur passion a prêté une beauté impérissable. Le Christ n'est pas moins grand parce que sa mort n'a donné à la terre ni la justice ni la paix. »

Le livre d'Élie Faure m'a beaucoup remué. D'autant plus que la nuit, dans les cases, c'est l'enfer.

J'hésite à employer un mot si galvaudé mais, dès l'allumage des quinquets, dès l'installation de la berlue, les joueurs de marseillaise font un tel raffut qu'on ne peut espérer fermer l'œil avant les premières lueurs du matin.

Est-ce cette usure qui aura enfoncé Testut dans la maniaquerie dépressive? Le Beaucairois s'est donné la mort un mois, jour pour jour, après notre arrivée. Il était bien le seul à ne pas avoir de surin. Mais il lui a suffi d'une lamelle de fer ramassée dans la cour des Travaux et convenablement ébréchée...

Pierre Couffe est parti hier aux chantiers forestiers. On l'envoie à Lalouette. Nous sommes convenus d'un code et je crois que, du fait des communications suivies entre les infirmeries locales et l'hôpital de Saint-Laurent, je trouverai s'il le faut le moyen de le faire prévenir.

Fait notable : je préparais mes lames de sang impaludé quand on m'a demandé au téléphone.

Rousseau.

– Bougrat, ne m'aviez-vous pas signalé des connaissances plus poussées en syphiligraphie?

– J'ai acquis une certaine expérience, en effet.

– Venez donc nous aider à prendre une décision. Nous avons un cas particulièrement embrouillé.

J'ai lâché le microscope et je me suis précipité au pavillon des maladies infectieuses. J'allais me pencher sur un malade, un malade en chair et en os... Moi, le médecin radié dès le lendemain du verdict des registres de la Faculté!

Quand je suis entré dans la chambrée, ces messieurs ont tourné la tête dans ma direction. Certains avaient-ils un regard soupçonneux? Me l'imaginai-je?

Ce n'était pas le cas du docteur Rousseau, ni de Volton, le major de deuxième classe entrevu à bord du *La Martinière*, ni même de tel autre confrère dont je recevais les bons, au laboratoire, signés : « Médecin-capitaine des troupes de marine : J. de Roquevaire »... Mais qu'attendre d'un certain Krevane – surnommé sans que j'aie su pourquoi « Le Consignataire » – dont la physionomie respirait la mesquinerie de garnison, la défiance et l'hypocrisie?

Je ne me trompais pas. A peine ai-je rejoint le groupe que ce médecin ricane : « Voici donc notre consultant-bagnard! » Le docteur Rousseau n'a pas relevé et, usant de son autorité discrète mais certaine, il m'a aussitôt désigné le sujet :

– Cet Indien a été soigné pour un chancre mou. Mais s'il le faut, je suis prêt à faire amende honorable car le drôle a tout l'air de faire, maintenant, une roséole de retour!

Je regarde le malade. Jeune, de traits réguliers et presque fins bien que les lèvres et le front paraissent taillés au couteau, une frange de cheveux noirs au ras des sourcils, les paupières bridées comme celles d'un Asiatique, le garçon a l'air absent.

– Que dit la sérologie?

– Oh! la sérologie, ici...

J'examine l'éruption :

– Ces taches sont plus violacées que celles de la roséole vraie.

Aucun doute : on a étiqueté « chancre mou » une inoculation syphilitique dont l'évolution ultérieure est passée inaperçue mais qui se signale brusquement par cette « sortie » bâtarde.

– Et à ce stade, que feriez-vous ?

– J'instaurerais le traitement spécifique. Même tardivement.

J'allais préciser « Novarseno, série classique, commencer à 0,15... » quand la voix de Krevane a persiflé :

– ...si possible sans adjonction de produit volatil, n'est-ce pas, Bougrat ?

Un silence interloqué se fait chez mes trois autres confrères. Pour moi, cette fine plaisanterie n'est pas la pire que j'aie à ce jour entendue. Une terreur m'a saisi dès avant, à la seule idée de traiter à nouveau un malade avec de l'arsenic.

– Permettez, dis-je sur un ton humble que je ne me suis jamais connu naguère...

– Dites, fait Rousseau qui se doute de quelque chose.

– Les piqûres...

Le Consignataire me regarde, plus surpris qu'ironique cette fois. Moi, je revois Rumèbe...

– Les piqûres... je veux bien les faire mais je souhaiterais qu'un infirmier soit présent ou injecte lui-même le produit...

Je ne me doutais pas que la prise en charge de ce José, l'Indien que Rousseau, au fait des peuplades locales, désigne comme un Galibi, aurait un jour une importance considérable dans ma destinée de forçat.

Dans l'immédiat, l'ascèse d'une vie aux horaires stricts, le travail assidu me font oublier mes désirs d'évasion. Mais il m'arrive encore la nuit, dans la fauve moiteur, de repenser aux Assises d'Aix. Je revois la face ronde de Gauthier de Roy, les contorsions du procureur Siame. Le syndrome d'Edmond Dantès me taraude jusqu'à me faire serrer les poings. Ah ! prendre possession de ces grotesques, les terroriser par ma seule réapparition... « Bougrat !... » Je rêvais de ce cri, digne du cinéma américain ou des histoires que M. Leblanc prête si généreusement à Arsène Lupin.

Réveillé avant l'heure, je sens mes obsessions s'effacer et c'est chaque jour pour moi une renaissance que de passer la grille derrière laquelle les calmes pavillons semblent appartenir à un monde de paix. Mais là aussi, l'illusion est-elle de mise? J'allais être édifié, un de ces après-midi où l'on respire de la braise, à Saint-Laurent, et où les divers services sont appesantis dans la torpeur de la sieste.

Je savais devoir trouver dans une réserve contiguë à la morgue un certain nombre de produits d'usage courant, dont l'eau de Javel qui sert au rinçage de mes bonbonnes. J'évoluais dans l'air presque frais du souterrain quand le bruit d'un pugilat me fait avancer prudemment. Que se passe-t-il? Les coups semblent administrés sur un corps sans défense et provenir du petit amphi où je vais parfois vérifier les lésions de quelque malheureux ayant terminé dans la nuit sa carrière de vérolé. Quelle n'est pas ma surprise en reconnaissant la voix de mon infirmier :

– Vas-y... Appuie...

Ces recommandations s'adressent à un second acteur clandestin. Et je comprends soudain... Les deux hommes, ahanant et râlant, déployaient de vains efforts pour désarticuler un cadavre!

– Attends, reprend Rastau... On va bien finir par lui faire abouler son machin!

Oui, je peux imaginer, au bruit, que les deux compères ont jeté bas la carcasse et qu'ils piétinent le bas-ventre dans le but d'en extraire un objet convoité.

– Ça sort?...

– Que dalle! fait l'autre après un lourd silence. Encore un de ces fumiers qu'aura filé le plan à son pote!

Et sur un « charognasse de merde! » les deux pillards arrêtent leurs investigations immondes, me laissant à peine le temps, pour ne pas être vu, de me planquer dans la droguerie.

« Il faut prévenir l'administration... » pensé-je une fois revenu à l'air libre. Cependant, je ne tarde pas à réfléchir. Comment de telles pratiques auraient-elles pu s'instaurer, dans un espace aussi restreint que la colonie pénitentiaire, sans des complicités? A supposer que je vende la mèche à Morucci, est-ce que je ne risquais pas de m'adresser à l'un de ceux qui, sans se salir les mains, perçoivent peut-être cinquante pour cent de ce trafic ?

Une seule personne m'a semblé digne de confiance : le docteur Rousseau.

Mais le docteur Rousseau, ce jour-là, me parut accablé. Éprouvait-il trop de difficultés à sauver quelques vivants pour s'user à faire respecter les morts ?

Comme si la fatigue lui faisait voir en moi le confrère avant le bagnard, il me donna l'impression d'un homme qui éprouve le besoin de se confier :

– La corruption de certains fonctionnaires que l'institution conduit sur cette terre n'est pas nouvelle. Connaissez-vous la réponse que fit Napoléon III à l'un de ses ministres qui s'enquerrait : « Sire, par qui ferons-nous garder ces brigands ? » Sa réponse fut : « Par encore plus brigands qu'eux ! » Mais ce qui m'affecte personnellement, c'est que, depuis soixante ans, ni mes prédécesseurs ni moi-même n'ayons réussi à imposer aux autorités un contrôle sanitaire convenable. Il y a le climat... Il y a la politique... Quand on parvient à toucher un gouverneur enfin convaincu de ce que la situation a d'intolérable, il ne tarde pas à être déplacé sous des cieux plus cléments.

– Mais, à Paris...

– A Paris ? Tout le monde s'en moque. La plupart de nos camps sont de véritables charniers...

Le médecin-chef laissait libre cours à ces pensées désabusées quand on vint, du poste, l'informer d'un coup dur survenu au couvent des religieuses de Saint-Joseph. Les nouvelles étaient contradictoires. Selon les uns, un bagnard de corvée avait agressé une sœur. Selon d'autres, plus dignes de foi, le bougre se serait contenté de jeter l'épouvante chez les filles de Dieu... Qu'en était-il au juste ?

Je vis le médecin réfléchir :

– Au fait, Bougrat, pourquoi n'iriez-vous pas ? Puisque la Mère supérieure n'a pas jugé bon de passer par les gendarmes, votre intervention, si blessure il y a, sera moins voyante que le déplacement de certains d'entre nous...

J'acceptai aussitôt cette marque de confiance. J'acceptai pour le bougre et pour l'occasion qui se présentait à moi de découvrir Saint-Laurent et d'élargir le champ de mes observations. Je n'ai pas eu à aller bien loin. Le couvent des religieuses de Saint-Joseph – du moins le contingent qui subsistait depuis que les congrégations avaient été écartées des établissements de la Guyane – se trouvait à deux pas de l'hôpital et de la petite église rose que j'apercevais chaque matin. Une ancienne maison de correction, bien paisible apparemment sous son amoncellement de bougainvillées et d'hibiscus, de gynérions mauves, de barbacénies multicolores.

Pourtant, à l'intérieur de la clôture, la maison est en émoi :

– Venez vite, me dit la sœur tourière lorsque je sonne...

Dans le sillage froufroutant de la Créole, je gagne le jardin. Là, une religieuse affalée sur une chaise saigne du cuir chevelu tout en essayant de rassurer les filles qui s'empressent autour d'elle avec compresses et teinture d'arnica. L'affaire est simple. L'homme de corvée, un première classe connu de toujours, est tombé sur la réserve d'alcool à brûler. Ce succédané de tafia lui a gâté les idées et fait semer le désordre au réfectoire; puis, brusquement travaillé par un instinct bestial, il s'est précipité sur la Sœur Perpétue. Si la victime a réussi à se dégager, elle n'a pu esquiver le coup à la tête que lui portait la brute titubante. Mère Le Harvey est accourue : « Ma sœur... ma bonne sœur... gardez confiance... la Sainte Providence veille... »

Des jardiniers – forçats eux aussi – ont maîtrisé l'agresseur qui, revenu des vapeurs pernicieuses, déplore à l'écart et fort bruyamment son geste.

Point n'a été besoin de raser les lèvres de la plaie. Sous la cornette, les humbles filles de Saint-Joseph sont déjà soigneusement tondues. J'ai donc suturé au milieu de piaillements d'oiseaux.

Cette petite intervention terminée, la supérieure me prie de passer au parloir, une pièce aux murs nus, enduits d'un bleu céleste, dont les armoires fleurent la confiture de papaye.

– Juste Ciel ! que d'émotions !...

Mère Le Harvey est une forte femme au visage rond et au regard d'une candeur d'enfant. « Je ne sais comment vous remercier, docteur... » Mais, à une hésitation de sa voix, je comprends ce qui cause son appréhension : « Pensez-vous que l'affaire puisse parvenir aux oreilles de ces messieurs de l'administration ? »

Et devant ma discrète connivence : « La tête de ce malheureux tomberait à coup sûr sous le fer du bourreau. Comment alors, sœurs de charité, nous consolerions-nous que la mort du pécheur ait pu survenir à cause de l'une d'entre nous ?

– Soyez rassurée, ma Mère. J'ai cru comprendre que le docteur Rousseau ne m'avait désigné que parce que, moi-même... Et comme j'hésite sur la façon de me présenter, la Supérieure, éclairée subitement sur ma condition pénale s'écrie :

– C'est donc vous ! – et, sur un ton de commisération et de tendresse : votre vie doit être dure. Ne perdez pas espoir : je suis persuadée que Dieu vous soutiendra et ne vous abandonnera jamais. »

Enfin, comme si avec la certitude de ces dispositions Dieu lui soufflait une initiative urgente, Mère Le Harvey saute sur ses pieds et, malgré une lourde soixantaine, court chercher une fiole et deux verres dans l'armoire aux papayes :

– Pour nous aider à reprendre courage !

C'était le macérat de cerises qui, en ce lointain exil, rappelait à la Supérieure sa terre de Bretagne et qu'elle appelait – ma foi, assez gaillardement – des « roupettes à queue ». Tandis que, son verre bu, cette sainte femme soupirait : « A la bonne heure ! » je fis un rapide retour sur moi-même. Il y avait fort longtemps, des années peut-être, que je n'avais goûté un tel moment de confiance et d'abandon.

Ainsi s'établissait le décor que la société avait cru devoir imaginer pour me faire expier le crime que je n'avais pas commis.

De nouveaux visages apparaissaient. J'entrais dans des vies et dans une vie que je n'aurais jamais soupçonnées naguère. Jusqu'à l'Indien José qui cessait d'être un sauvage anonyme et venait à mon laboratoire, deux fois la semaine, avec une ponctualité qui ne manquait pas de me surprendre. Le primitif s'apprivoisait. Il n'avait plus le même faciès indéchiffrable. Sous la frange noire, les yeux s'animaient et parfois pétillaient de malice. Malgré la réflexion de Rastau : « Allez savoir ce que ces cannibales pensent... » j'étais persuadé que le garçon pouvait très bien nourrir un sentiment de reconnaissance et je commençais à me dire, à tort ou à raison, que ce représentant des tribus établies dans la région des Hattes, probablement familier du village chinois de Saint-Laurent, serait susceptible, un jour, d'apporter un message à Couffe ou de me rendre le service que la situation exigerait.

N'avait-il pas déjà déposé sur ma table lors de sa dernière visite une corde de tabac que j'avais eu vite fait d'apprendre à couper et à rouler entre les mains, comme les Indiens, avant de l'envelopper de fines bandelettes de *tawari?*

J'en étais là, au chapitre « rêves et utopies », quand une étape décisive fut franchie. Ce fut la résolution que j'allais enfin prendre d'utiliser mon droit de sortie – droit dont abusaient tant de bagnards planqués. Cette liberté impliquait généralement la fréquentation du bistro et la visite aux doudous. En ce qui me concerne, de peur d'être observé, je me contentai de découvrir les rues, les bords du fleuve, le débarcadère des pirogues d'Albina et j'exclus provisoirement le fameux village où grouillaient non seulement les trafiquants célestes mais une population interlope de nègres, d'Indiens arrachés à leurs forêts et, surtout, de libérés faméliques.

La pluie avait concassé dans la nuit les bardeaux de la case. Vers dix heures, les premiers rayons venaient d'éponger l'eau qui stagnait entre ciel et terre et la journée s'annonçait torride. Je terminai mon travail et, pour la première fois, après avoir montré patte blanche au poste, j'obliquai vers la rue Mélinon...

Saint-Laurent-du-Maroni. On avait vite fait le tour de cette étrange ville. Bâtie sur un plan quadrilatère, avec des maisons moitié brique, moitié bois, les unes peintes de couleurs vives, les autres mangées de mousses, elle est arpentée sans la moindre presse par des groupes de taulards, de porte-clés, d'administrateurs, de petits commerçants. Tous côté ombre, bien entendu.

Je crois reconnaître au passage l'enclos du cinématographe dont parlaient mes infirmiers; un bar célèbre lui aussi : le *Pomme-à-Pain*. Là, je n'ose passer le nez entre les lianes de l'entrée ni scruter la pénombre où, en renfort à l'habituelle jactance bagnarde, un cacatoès dégoise les pires insanités.

Suis-je suivi? Étrangement, je ne sens pas peser sur moi l'œil de Morucci. Par contre, quand j'arrive aux limites de l'agglomération, ce n'est pas la peur du gendarme qui me fait rebrousser chemin mais, sur ce qui devient une piste sang-de-bœuf, le plus fantastique orbe solaire. Si fantastique qu'il fait apparaître comme le fruit d'une hallucination le chariot qui s'éloigne vers les forêts de Saint-Jean et dans lequel tressautent, bien abrités sous leurs *« cha'... chapeaux d'paille... trois petits... trois petits nègres jolis... »*

Ma première sortie s'étant déroulée sans incident, je la renouvelle.

Trois jours plus tard, je me trouve sur les quais du Maroni où notre cargaison humaine, un jour, a été livrée. Cette fois, on ne décharge que de la marchandise et cela produit un curieux mouvement. Au fur et à mesure de mon approche je perçois des cris, et suis bientôt surpris par la violence des altercations. La voix d'un forçat domine le tumulte : « Tu n'as pas honte? Salaud!... Ivrogne!... Tu déshonores le bagne!... » Il n'y a que deux surveillants militaires. Où sont les autres? Indifférente parmi les caboteurs, la tapouille de la Tentiaire croise au large. En fait, l'incident est parti du *Caraïbe*, un bateau qui apporte à la colonie les barriques de vin du pays nantais. J'apprends que dès huit heures deux anciens truands se sont arrangés pour qu'une pièce soit endommagée. Au début, les gaffes ont été d'accord pour mouiller le Muscadet et restituer ainsi aux magasins de l'administration le nombre d'hectos inscrit au cahier. A dix heures, un second muid est en perce et, cette fois, les gardes pris au jeu profitent de l'aubaine. Pis, un groupe de porte-clés envoyé en renfort se livre à son tour à des libations que le Coran réprouve.

L'un d'eux s'étant saisi d'une barre de fer :

– Qu'est-ce que tu fais avec ce truc? éructe un ivrogne.

– J'ti vas casser la tête, réplique l'Arabe.

– Essaye voir, ventre pourri!

Comme alléchés par l'imminence du carnage, une demi-douzaine d'urubus, le col décharné, se profilaient dans le soleil et aiguisaient leur bec sur le faîte rouillé de la télégraphie. Pressentant le drame, je me jette au milieu de ces fous avinés :

– Vous allez vous faire massacrer, tas d'idiots!

André, un surveillant martiniquais que je connais arrive et désarme l'Arabe avec un réel courage :

– Rassemblement... En rangs, par deux!

Dégrisés en un tournemain, trente fagots – de cette race de fagots faciles à retourner comme des crêpes – se mettent en marche. Titubants et penauds, ils enfilent déjà une rue bien nommée : la rue de la Liberté!

Un rapport sur la conduite du médecin-bagnard est-il monté en haut lieu? Le docteur Rousseau a-t-il été entendu? Une semaine ne s'est pas écoulée depuis l'incident du *Caraïbe* que l'intendant de l'hôpital vient me signifier la grande décision... On m'alloue une chambre individuelle sur les lieux mêmes de mon travail!

Avec quelle émotion j'ai passé ma dernière nuit à la case 11. J'ai écouté tomber les papayes suries sur la tôle ondulée. Ce bruit continuerait sans moi comme devaient continuer de retentir, à Marseille, les dernières rumeurs de la rue Sénac et, au matin, le carillon de l'enclos religieux proche des Réformés. Insignifiance de toute destinée humaine !

Quant à la chambre, il m'est enfin donné de la découvrir. C'est une pièce carrée, peinte en beige, donnant sur la façade du pavillon, au deuxième étage. A l'intérieur, une table de nuit émaillée, une chaise et un lit d'hôpital. Sur le meuble-toilette, une bassine et un broc. Une poire à la tête du lit permet de donner la lumière et l'ampoule pend du plafond sous son abat-jour de porcelaine couplé au stabilisateur. Certes, il me faudra m'accommoder de ce que la porte, vitrée à hauteur d'homme, permet que l'on m'épie à toute heure du jour et de la nuit. Mais après de si longs mois – trois ans, en fait – sans le moindre recoin personnel, quel progrès tout à coup ! Je vais jouir d'autant plus de cette mesure de clémence qu'au même moment un signe d'une grande brutalité vient me rappeler que le bagne et sa loi persistent.

Je me rends à l'« amphi », un matin, pour y pratiquer une nécropsie quand je reconnais, sur la table aux crevés... Lanelongue !

J'entends encore le dur me tâter : « Il nous manque un boussolier. Même que t'aurais pas fait tes classes à l'État... » Et Pierre Couffe, concluant après réflexion : « Nous ne tarderons pas à savoir si le gonze est sincère ou si c'est un mulet. »

Un trait signait le diagnostic – et son auteur... Un trait sous le diaphragme, net et sans bavure comme la virée d'un tranchet !

Elles étaient bien aléatoires, les envies de cavale ! Et décidément bien nombreux, les pièges et les dangers du bagne ! Du coup c'est avec un moindre intérêt que j'apprends l'espagnol, que je m'efforce de retenir la configuration des côtes de Trinidad et celle du golfe de Paria.

Engourdissement du courage et de la volonté dû à cette atmosphère de mystère menaçant de la transportation, à cette méduse dont on ne parvient pas à localiser la tête ? A moins que mon commencement de démission soit le fruit du relatif confort que l'on m'accorde? Il y a certainement de l'un et de l'autre dans ce qui risque de devenir le renoncement bien connu de la plupart des forçats embusqués.

Époque veule, que je me rappelle à regret.

Je ne tarde cependant pas à réagir. Quoi, parce que mes conditions de survie sont devenues moins bestiales, je vais croire que ma condition a fondamentalement changé? Je vais oublier la liberté que l'on m'a si injustement confisquée?

J'ai peut-être une carrée à moi... Ma vie a-t-elle cessé pour autant de se consumer dans un chemin mort?

C'est alors que les événements allaient prendre un tour nouveau et qu'une seconde chance viendrait à moi sous les traits énigmatiques de José.

José le Galibi.

17

LUEURS D'ESPOIR

Il doit venir pour sa dernière piqûre. Il a apprécié, au fil des semaines, le « feu » que l'ampoule diffuse dans ses veines. Que sait-il de Rumèbe, lui ? Nulle rumeur infâme ne lui a soufflé que, par mon traitement, j'aie pu lui faire du tort.

– Tu vas bien, maintenant. Ta maladie est guérie. Le seul conseil que je te donne, c'est de choisir le bon numéro la prochaine fois que tu iras voir les doudous...

L'Indien se met à rire de toutes les dents qu'il avait à peu près blanches sinon bien alignées. Son visage reprenant à nouveau l'expression sérieuse, voire austère, qui lui est coutumière, je l'entends au bout d'un moment me déclarer avec application :

– J'étais mort. Je disais à l'Esprit : « Je ne veux pas ! Je ne veux pas ! » et je mourais quand même...

J'encourageai la confidence. Mimant et plissant les yeux, le garçon reprend : « Ah !... le *piaye* m'en a fait avaler de la fumée !... Je ne mangeais plus que de la viande de tortue ! Il m'a fait boire la crotte du chien qui guérit la rougeole. Mais toi... tu as fait partir le mal de mon corps... Docteur, tu es plus fort que l'Esprit !... »

Je fais mine de tenir pour négligeable mon succès sur les esprits chahuteurs de la vérole et d'accepter avec modestie ma supériorité sur le chaman – quand José, de plus en plus grave, ajoute :

– Écoute, pour te dire merci, je peux parler de toi à des popotes qui s'en vont. Je connais bien leur chef.

Des « popotes »? Des bagnards libérés, ce que nous appelons les « quatrièmes-premières »... Éberlué, je m'apprête à demander d'autres précisions quand j'entends le pas de l'infirmier dans le couloir. L'Indien glisse alors sur ma table une boulette de papier à cigarette manifestement préparée à mon intention. Je m'empresse de la faire disparaître. Il était temps : Rastau est déjà dans la pièce...

– Voilà donc un homme blanchi! m'écrié-je en désignant celui qui cessait d'être notre patient.

Et Rastau hilare :

– Tu es « blanchi », canaille de Rouge! Allez... file ou je te fous un coup de pied au cul!

C'est ce que le bagnard-petit-chef appelle « avoir la manière avec les indigènes ». Il n'en est pas peu fier.

Seul, je déplie la boulette de papier Riz-la-Croix : « Demande Jésus, case du Chine Cui Ho Van. »

Qui a tracé, d'un crayon à trouer la pelure, cette adresse insolite? Qui est ce Jésus, apparemment chef de cavale? Pourquoi diable un libéré, même en début d'assignation pour le doublage de sa peine, prendrait-il le risque de partir?

J'envisage toutes les hypothèses dans la quiétude du petit bungalow attenant à la bibliothèque où j'ai coutume d'aller lire et réfléchir.

Des bourrins qui, par pièges et délation, tentent, comme Lanelongue, d'obtenir d'une administration complice planques et prébendes, cela ne doit pas manquer; ni les nègres du fleuve – Bosch ou Samaraca – qu'on dit toucher des primes chaque fois qu'ils livrent un fuyard. Pourtant, je jurerais de la loyauté et du flair de José.

Quelque brève qu'ait pu être ma carrière médicale, j'ai pu apprécier la reconnaissance de certains malades, tout particulièrement chez les gens simples. La proposition de l'Indien, dans le monde irrationnel où je vois gardes et captifs évoluer de conserve, n'est-elle pas la chance à saisir? Je grave le nom de Chine dans ma tête avant de brûler le papier.

Une lueur d'espoir ne venant jamais seule... Le médecin-capitaine de Roquevaire, entré dans mon laboratoire pour une banale affaire d'échantillons égarés, aperçoit une revue empruntée à la bibliothèque :

– Vous intéresseriez-vous à cette question des corps sulfamidés ?

Et avec une simplicité de bon aloi :

– J'avoue que le provisoire dans lequel on vit ici, le climat amollissant, m'ont quelque peu enlevé cette curiosité qu'aucun médecin ne devrait perdre...

Nous bavardons tant et si bien que ce confrère à qui je donne approximativement la trentaine finit par me dire :

– Mais pourquoi ne viendriez-vous pas dîner à la maison un de ces soirs ? – Et comme s'il devait vaincre une relative timidité : j'ai parlé de vous à mon épouse. Nous avions suivi votre procès avec l'intérêt que vous devinez.

– Êtes-vous sûr que Mme de Roquevaire apprécierait de recevoir un forçat à sa table ?

A mon grand étonnement, le médecin-capitaine a un sourire ironique :

– Vous savez, ni ma femme ni moi ne prenons pour argent comptant la justice de ce pays...

Ce retour à la vie civilisée, du fond de l'abîme où j'avais glissé, est pour moi un bouleversement. Le jour dit, jusqu'à la dernière minute je pense à la tenue dans laquelle je me présenterai à la grille des Roquevaire... Mon confrère a obtenu pour moi une sorte de permission de nuit mais je suis réduit, hors du domaine hospitalier, au port de la livrée rayée.

Bien évidemment je n'ai pas de fleurs à offrir à la maîtresse de maison – à quoi je remédie en raflant une brassée d'arums au square le plus proche.

Un garçon de ménage vient ouvrir. C'est un bagnard parfaitement stylé – et même pas surpris : le bagne étant la terre d'élection de la débrouille et des passe-droits.

– Comme c'est gentil...

– Mais c'est vous, madame, qui daignez...

Je suis déjà frappé par la grâce et la spontanéité de la jeune femme brune dont la silhouette floue indique le chemin qu'a pris la mode depuis mon retrait du monde des vivants. Était-ce ce qu'on appelait le « nouveau genre »?

Je n'ai pas le temps de m'interroger qu'un enfant de sept à huit ans apparaît dans le vestibule en battant des mains :

– Docteur Bougrat!... Docteur Bougrat!... Maman m'a fait voir dans le journal!

– Voyons, Ludo... Cesse d'accourir dès qu'il y a un invité à la maison.

– Si, Maman... Si, tu m'as montré la photo du docteur...

Confuse, Mme de Roquevaire se tourne vers moi :

– Excusez-le! A son âge, les distractions ne sont pas nombreuses à Saint-Laurent. Il n'a pour jouer que les enfants des mulâtres et des Indiens!

– Remonte dans ta chambre, ordonne le médecin-capitaine, obéis séance tenante.

– Ne vous inquiétez nullement, dis-je devant la gêne de mes hôtes. Cette marque de confiance d'un enfant finit de me persuader que je ne suis pas l'ogre qu'on a dit...

On passe, sans plus de façons, côté véranda. La brise du soir tempère ce que le soleil, une heure plus tôt, avait de dévastateur. Et, la nuit venue, on sentira ce souffle monter du Maroni et nous envelopper tel un linge mouillé.

– Triste climat! dit la jeune maîtresse de maison en essayant d'accentuer, par un jeu des baies, le courant d'air naissant.

– Tu sais bien, Gilberte, que nous en avons pour deux ans ici...

Je ne pipe mot – condamné que je suis à vie. Fort heureusement, les Roquevaire ne s'aperçoivent pas de mon trouble. Le médecin-capitaine déplore le choix limité des apéritifs : Suze ou Amer Picon. C'est alors que le garçon de ménage exhibe une bouteille inattendue :

– Où l'as-tu trouvée, Léniot?

– Au marché clandestin, monsieur; avec un clin d'œil : Dubo... Dubon...

– Dubonnet! répondons-nous en chœur.

On peut être au bout du monde et ne pas ignorer les dernières trouvailles de la réclame!

– Ce garçon est parfait, constate Gilberte de Roquevaire lorsque le domestique-forçat s'est retiré. Poli, attentionné...

– N'oublie tout de même pas, intervient son mari, que ton Léniot était spécialiste du hold-up et a la mort de deux ou trois caissiers sur la conscience.

– Oh! des caissiers, il y en aura toujours. Mais si tu crois que c'est commode, à Saint-Laurent, de trouver la perle parmi vos première-classe...

Le repas est servi. Et le dîner est plein de bonne humeur et de fantaisie, à l'image de ce couple qui me rappelle jusqu'au vertige ma seconde jeunesse de Marseille, les anciens amis qui, là-bas, doivent affronter maintenant la Crise.

– Encore de la langouste... s'excuse Gilberte.

– Rassure-toi, répond son mari en riant, à la case 11, notre invité n'a pas encore eu le temps de s'en lasser.

Je regarde mes nouveaux amis. Leur aisance, leur entente me fascinent. Ah! si une Amélie moins gâtée, moins enfant avait compris l'état d'esprit de notre génération décimée! Quinze ans et sept mois! Elle avait quinze ans et sept mois lors de notre mariage – ce mariage qui avait probablement été mon erreur initiale.

Il me faut me comporter sans trop de maladresse et, après des mois de vie troglodytique, retrouver sans paraître trop surpris une assiette qui ne sente pas le savon et l'usage d'un couvert complet. Comble d'ironie, le garçon de ménage fait une nouvelle entrée, porteur d'un rince-doigts!

– A l'heure actuelle, vous prenez vos repas à l'hôpital? s'enquiert mon hôtesse avec sollicitude.

– Je dois cette faveur à nos confrères, dis-je. Sans eux, sans le docteur Rousseau...

A ce nom, Gilberte se tourne vers son mari :

– Rousseau est un chic type, c'est vrai.

– Trop chic pour qu'on nous le laisse encore longtemps.

J'entends à peine parler d'éventuelle mutation. Mes oreilles sifflent, je suis au bord de l'étourdissement. Mes interlocuteurs peuvent-ils imaginer ce que ce changement risque de représenter pour moi ? Paradoxalement, mon trouble ne tarde pas à se transformer en soulagement. Et si nulle dette ne me retenait de profiter des intrigues de José ? Si nul sentiment de reconnaissance ne m'empêchait de courir chez le Chine ?

Rasséréné, j'entends maintenant les inévitables parlotes de garnison – celles qu'on ressasse de la Calédonie à Poulo Condor :

– C'est un racontar, proteste Roquevaire...

– Je t'assure, reprend Gilberte : la femme de Krevane le tient de source sûre. Rousseau serait « trois-points » !

Rousseau était-il, n'était-il pas « trois-points » ? Roquevaire avait-il raison de soutenir que la Royale était la seule institution à ne pas être bourrée de francs-maçons ? Pour moi, un seul résultat en vue... Si Rousseau était appelé à quitter la Guyane, son successeur à la tête de l'hôpital serait Krevane, dit « Le Consignataire » !

Le soir, miracle, est exempt de maringouins. Il y avait les jours « avec » et les jours « sans ». Comme nul n'a osé croire à cette aubaine on brûle néanmoins du papier fumigène. Sur la rive opposée du fleuve, côté hollandais, les becs de gaz d'Albina ressemblent à des mouches à feu.

Albina... Son gouverneur, le fringant major Van Kerkhove entretient aux dires de Roquevaire des relations cordiales avec notre directeur de la Tentiaire, M. Herménégilde Tell. Les deux hommes échangent de petits cigares, boivent de la Guinness. Ces aménités n'empêchent nullement le Néerlandais d'utiliser les fuyards français à l'extraction de la bauxite. Ni de les restituer quand le cours du minerai s'effondre. Une plaisanterie qui coûte cinq ans de cachot aux cavaleurs naïfs.

Mais trêve d'histoires guyanaises... Les Roquevaire ont rapporté de leur dernier séjour métro un superbe pick-up. Quelle n'est pas ma surprise d'entendre un de ces airs qui, hier encore, couraient les allées de Meilhan :

Dans la pluie et le vent
J'ai chanté souvent
Moi j'en ai mar-re...

– La voix de la Miss!

– Parfaitement, s'écrie Gilberte tandis que l'aiguille égrène dans la nuit suffocante :

Et lorsque j'ai cha-viré
J'ai rien dit rien sou-piré

Au refrain, j'oublie ma vie de chien et reprends gaîment avec mes hôtes :

Tu peux fair' c' que tu veux
T'es mon ho-omme...

– Et attendez, ajoute la jeune femme, j'ai tout un assortiment de musette : *L'Heure exquise*, Aimable et son accordéon, le tango de *Marie-Lou :*

Sous le ciel clair de Sorrente
Un beau jour,
Tu m'apparus si jo-lie-eu...

Et Berthe Silva?

Pourquoi pleu-rer
Sur un a-mour dé...funt?
Et ...res-pirer tou-jours...
L'o-deur d'ancien par-fum...

Saisi par cette atmosphère de confiance et l'amitié que l'on m'a témoignée – avec une si généreuse simplicité, j'aurais pu me laisser engourdir, ce soir-là. En reprenant le chemin de l'hôpital, il me semble au contraire que ma volonté de survie ne tardera pas à se fortifier d'avoir réouvert ainsi le livre du passé.

Et sans plus tarder, rechercher la case du Céleste si je veux redevenir un homme libre!

Après quelques incursions gratuites et progressives destinées à apaiser les curiosités éventuelles de Morucci, je décide de m'aventurer dans la cité de perdition. En certains endroits, elle jouxte l'enceinte de l'hôpital. Je dépasse une flottille de « fileuses » indiennes que les ondulations de l'eau font se choquer avec des bruits de noix. Où trouver l'échoppe de Cui Ho Van dans le fatras de cabanes-bambou et de cases sommairement montées sur pilotis que des grillages merdeux séparent de volières et de poulaillers ? Il stagne là des odeurs de vaisselle et d'orties. Quelques vieux nègres somnolent sur les bancs. On croise des mulâtres lépreux sortis de quarantaine. Des négrillons nus comme des vers, précédés de leur hernie ombilicale, regardent passer l'étranger en suçotant un bout de canne à sucre.

Je commence à m'inquiéter quand, surgi d'on ne sait où, José est soudain là. Il me fait traverser un entrepôt de balata, puis nous entrons dans l'arrière d'une boutique qui pue le recel et le crime.

Cui Ho Van doit être ce zigoto dont on ne voit que la tête dépassant d'un rempart de boîtes de conserve. Il s'empresse de pousser dehors la pratique et, pour plus de sûreté, va bourrer de papier le trou des serrures. Puis, l'organe fêlé et le timbre aigu :

– Moi faire venir Jésus...

L'Indien acquiesce.

Tenter la belle par cette entremise, à qui est-ce se fier ? Au Galibi ? A la fripouille asiatique ? N'ai-je pas mis le doigt dans un engrenage que, très vite, je risque de ne plus pouvoir contrôler ? Je n'ai pas fini de me poser ces questions qu'un Blanc est introduit. Encore jeune. Forte corpulence. Tête de tueur. Si la tignasse repousse – privilège de libéré –, le sourcil n'a jamais été éclairci.

– C'est toi le candidat ?

– Tout dépend de l'entreprise, fais-je circonspect.

– Tu n'as pas les quatre cents balles ?

Je hausse les épaules.

– Remarque, reprend le tueur, José nous a dit que tu avais un grand savoir...

– Si l'on veut. Mais pourrais-tu m'expliquer ce qui te pousse à te tirer alors que tu es quatrième-première?

– Quatrième-prumpte! Parce que tu crois que libéré, ça devient le pactole? Non, mais tu ne sais rien de ce qui se passe ici...

Et convaincu d'avoir à me donner la becquée : « lorsqu'on te fout dehors du Collège, personne ne te dit comment tu vas manger. Ni où tu coucheras. Crois-moi : le bagne, c'est rien comparé à ce qui t'attend une fois que tu en es sorti. Et puis, avec le système du doublage, même sur un verdict de huit ans, tu vois dans combien de temps tu vas prendre le transat? »

Pendant que nous échangions ces propos, un troisième larron est entré, visiblement attendu par mon interlocuteur. Un Arabe.

– Raymond, me le présente Jésus.

En fait, Raymond l'Algérien – Chrif de son vrai nom – vivait en concession. Il a la mâchoire pendante et un sourire qu'il veut engageant. Sa présence à lui aussi me surprend. Aussi je l'interroge :

– Et toi, pourquoi prendre le risque d'une cavale quand tu es, en quelque sorte, propriétaire?

– Proupiétaire?...

Décidément, l'image du concessionnaire disposant d'une case et d'un potager aux frais du contribuable est aussi ancrée chez le bagnard que dans l'esprit des petits-bourgeois de métropole. L'homme en suffoque...

Sur un ton sinistre il se met à énumérer : « Ouni fois c'est li soutirelles, ouni fois c'est li plouies dilouviennes.. » Encore fait-il grâce de sa principale rancœur : « Les journées de prestation. » Non, Raymond a tout bien pesé. Il n'a qu'une idée. Reprendre – en Colombie si possible – son ancien métier de souteneur.

Pour si étrange que cela paraisse, ma prévention à la vue du Toulonnais et même de l'Algérien commence de tomber.

Après tout, des candidats à l'évasion du bagne ne peuvent ressembler à des conservateurs des hypothèques...

– J'ai un poteau, dis-je à Jésus avant d'entrer dans d'autres détails.

– Un homme?

– Un homme.

– Il a les quatre cents francs?

– Il les a.

Nous pouvons compter, me dit-on, sur cinq autres associés dont l'identité sera révélée ultérieurement. La « voiture »? les vivres? A la charge du Céleste. José a pour rôle d'établir les liaisons et de permettre le regroupement le jour dit.

A l'issue de ce premier conciliabule, j'éprouve le besoin de flâner avant de réintégrer l'hôpital. Au bord du fleuve, Jésus est dans l'eau jusqu'aux mollets. Le tueur m'avait dit être rempli de furoncles qu'il soigne à la locale, en les faisant sucer par les petits poissons. Près de lui, d'autres libérés se penchent sur une tige de bambou, tout à l'espoir de la friture. En guise d'alibi, je m'intéresse au mouvement des quais.

Sans que la date soit révélée, l'évasion est prévue pour les proches semaines. Il devient nécessaire que je prévienne Pierre.

L'ex-caïd est à Lalouette, soumis à l'étroite surveillance des chantiers forestiers. Trouverai-je un subterfuge? Par chance je vais avoir à pratiquer des examens pour un surveillant de ce camp, récemment hospitalisé à la suite d'un grave accès palustre et qui, rétabli, s'apprête à regagner son poste. Prétextant un intérêt particulier pour le cas de ce fonctionnaire – brave homme de surcroît – je gagne sans difficulté sa considération et sa sympathie. La veille de son départ, nous sommes en train de jouer à la belote lorsque je glisse incidemment :

– Vous avez certainement au nombre de vos administrés un homme avec qui j'ai fait mes classes, sur le *La Martinière*...

– Ah! fait Sanguinolce qui cherche un trèfle. Quel est son matricule?

– Je n'ai pas la mémoire des chiffres. Il s'appelle Couffe. Pierre Couffe.

– Je vois. C'est celui du hold-up de la rue Saint-Ferréol.

– Pour moi, il a toujours été un chic type. Tient-il le coup?

– Il paraît renfermé mais c'est un garçon énergique, il sait manier le sabre d'abattis. Et voulant être aimable : Peut-être avez-vous une manière à lui faire?

Tout en continuant à éclaircir son jeu, l'homme ajoute :

– Si je peux vous être utile, docteur, ne vous gênez pas. On nous fait un tel cirque pour des forçats influents! Tenez, j'en avais un, au camp, dont on disait qu'il avait un député dans sa manche et qu'il faisait décorer les surveillants...

– Celui-ci ne vous vaudra sûrement pas un ruban, dis-je en riant, mais si vous acceptiez simplement de lui faire passer de ma part quelques paquets de cigarettes...

Je donne donc à Sanguinolce une cartouche à l'intérieur de laquelle j'ai écrit le message convenu : « Tire la chevillette... » Sans qu'il soit besoin d'ajouter comme la fausse grand-mère au Petit Chaperon rouge : « et la bobinette cherra », Pierre Couffe saurait agir en conséquence. Il se ferait porter pâle et, avec un peu de chance, admettre à l'hôpital d'où concertation et fuite deviendraient possibles. En cas d'échec, la formule pourrait passer pour une plaisanterie et rien ne dirait à quiconque qui était le chaperon, qui la grand-mère et qui le loup.

Je n'eus pas même à trembler en attendant le résultat de cette initiative, absorbé comme je le fus dès le lendemain par un surcroît de travail. En effet, l'infirmerie de l'ex-camp Charvein venait de pourvoir le service des maladies infectieuses de plusieurs cas étranges. Les malheureux, abattus et prostrés, vomissaient un liquide noir, mélange de bile et de sang. Existait-il d'autres cas sur place? Une épidémie était-elle en germe? Le major de semaine ne s'était pas manifesté et l'on parlait de dépêcher un médecin en renfort. Mais qui envoyer là-bas? Les amateurs de brousse se raréfiaient lorsqu'on disposait d'un médecin-bagnard.

Je ne fus donc pas surpris d'être désigné. Mais pourquoi

Rousseau ne m'avait-il ni convoqué ni fourni d'explications? Ce n'était pas dans les habitudes de ce chef exemplaire. On verrait au retour...

Avait-on parlé de ce camp *« ous'que l'plus fort est obligé de poser sa chique »* – chantait Bruant qui, bien évidemment, n'y avait jamais mis les pieds! Officiellement, Charvein n'existait plus. Il restait néanmoins sur le site trois ou quatre cents maudits dont l'intégration à d'autres unités traînait. Pour se rendre là-bas – une vingtaine de kilomètres à l'ouest de Saint-Laurent du Maroni, direction Mana : pas la moindre piste. Il n'y avait que le « pousse » : un wagonnet sur rail Decauville qui s'enfonçait dans la brousse avec un fracas que bien vite l'épaisseur de la végétation absorbait. Le chef de train n'était autre que Ben Gadour, dit « Le Vampire », que tout ce qui portait sacoche ou épaulettes, à Saint-Laurent, avait connu ou connaîtrait.

Ce matin-là, le Vampire m'attend à l'heure où le soleil sur la rosée transforme la ville en un tepidarium et je suis accueilli par son rituel : « En voiture, toubib. » On s'assoit sur la banquette, les pieds dans le vide, la tête à l'air, et vogue la carriole... Admonestés par l'Arabe, les deux pousseurs ont un tel coup de jarret qu'on atteint jusqu'à quarante kilomètres à l'heure dans les descentes.

Nous devons approcher de ce que Rastau m'a décrit comme « le tournant de la mort »...

– Eh là, Ben Gadour! Nous allons verser!

– T'en fais pas toubib...

Et l'homme de reprendre le numéro qu'il a servi à un journaliste parisien, bête noire de la Tentiaire, un certain Albert Londres [1] : « Je casse la figure à qui je veux; au toubib, jamais! »

– Qu'est-ce qui t'a amené au bagne, Ben Gadour?

– Moi? Je n'ai jamais tué de vivants.

1. Les articles sur le bagne parus dans *le Petit Parisien* ont été repris dans A. Londres, *L'Homme qui s'évada* (U.G.E., 1975).

– Des morts, alors?

– Je les dévalisais.

Le Vampire avait gagné son sobriquet – et sa perpète – au cimetière de Tunis dont il était, naguère, le plus illustre pilleur de tombes.

Sous la poussée des perches, le wagonnet pénètre la jungle. Et je découvre alors la nature dans un brutal face-à-face. Un massif inextricable de palmes, de lianes saprophytes rampant sur le sol noir. A l'étage au-dessus, j'identifie les spécimens de l'or vert : le moutouchi, le wacapou et, s'arrachant à leurs concurrents d'un trait pur et net, les sujets gigantesques : l'angélique, l'amarante...

Dans cette traversée féerique, je me sens comme brusquement dédoublé : de la guerre à mon procès, du mariage avec Amélie à ma rencontre avec Andrée Audibert, comment les événements ont-ils pu s'organiser pour qu'aujourd'hui je me retrouve dans la fournaise de ces terres inconnues?

J'en suis là de mes interrogations quand le Vampire s'écrie gaîment : « Charvein, camp Moun Plaisir, tout li monde il descend! »

Une montée conduit à la clairière. Quelques cases en dur, soigneusement blanchies, une cour d'honneur aux pelouses et aux bégonias bien arrosés, un ancien canon pierrier sur son affût de bois, brillant de tous ses cuivres. Tout autour le bureau des chefs, les logements des gardiens, une boulangerie modèle... Décidément, on a tenu à illustrer la doctrine de nos bons humanistes : la régénération par le travail! Pourtant, passé ce décor, j'ai un haut-le-cœur. Les cases sont sales et, dans la première où j'entre, je découvre une demi-douzaine de moribonds, le pied pris à la boucle.

– Je croyais barres de justice et manilles abolies?

– Bien sûr, bien sûr... Mais mettez-vous à notre place... Plusieurs de nos porte-clés sont atteints de cette mystérieuse maladie. Faute d'effectifs, comment prendre le risque de laisser de dangereux individus nous jouer la fille de l'air? La crique est proche, les professionnels de l'évasion actifs...

La crique Charvein, il est vrai, se trouve à deux pas : un lieu clos, gluant de miasmes, embrumé de moustiques et qui va se perdre sous la voûte de la forêt.

Là, il n'y avait pas si longtemps, s'agitaient des corps nus, des corps couverts de mauvaise sueur et de plaies. Fallait-il rejeter à l'oubli ce couplet du poète-forçat Miel que tant d'incorrigibles – les « incos » – avaient ressassé dans leur délectation morbide?

Chacun pour le travail s'arme d'une bricole
Et dans la forêt sombre s'avance en trébuchant
On dirait des démons la sarabande folle,
Car l'enfer est au bagne, et non pas chez Satan.

On n'attache plus les damnés aux troncs d'arbres mais, à mon arrivée, l'infirmerie regorge d'individus débilités, certains, comme à Saint-Laurent du Maroni, vomissant de façon sinistre. Le major que je trouve là ne sait à quel saint se vouer. Visiblement, il attend la relève.

Je prélève mes échantillons. La quantité d'hémoglobine dans les urines dira s'il s'agit d'une fièvre hémorragique ou s'il faut envisager pire : l'épidémie de fièvre jaune. En fait d'hygiène, il faudrait ensevelir les morts dans la chaux vive mais le produit n'est pas arrivé. Je proposai au surveillant-chef, M. Rémy, que nous examinions ensemble les détenus restants. Scrofuleux, un. Probable tuberculeux, un. Transporté atteint de lèpre, à isoler d'urgence, un. Scorbut... Scorbut encore... Mais de quelle utilité sera mon inventaire? Il n'y a ni remèdes ni vitamines.

Quand j'estime avoir fini le premier tri, M. Rémy me propose fort civilement de partager son repas dans la case où il vit, le revolver à portée de la main.

Pauvre homme! Il mange son ragoût d'agouti en sauçant copieusement son assiette, homme des bois habitué à dîner seul. A deux ans de la retraite, toutefois, le grison à ses moments rêve :

– Dites, docteur... Que penseriez-vous, dans mon cas, d'une annonce au *Chasseur français?* Des fois qu'il se trouverait une dame raisonnable, avec un peu de cœur, encore point trop désavantagée de sa personne...

Le lendemain au réveil j'entends le gardien de service. Muni d'un bidon de quinine, l'homme administre dans la cour une cuillerée à chaque prisonnier. « Chef, j'peux pas supporter ça. »

« – M'en fous... avale! »

A la quinine était ajouté du thymol pour prévenir l'ankylostomiase.

« – Suivant... »

Ce qui reste de Charvein n'est peuplé que de fantômes aux regards éteints, à la démarche chancelante qui semble marquer à chaque instant la fin de leur misérable carrière. Après l'élagage de la veille, j'ai pris le rythme de mes prédécesseurs et je ne m'embarrasse plus d'observations cliniques : « Matricule 49.303 : cécité. » « Matricule 49.852 : sénilité. »

Au moment de reprendre le « pousse », j'ai mis de côté soixante-dix débris qui vont pouvoir rouler leur baluchon et émigrer vers les relatives douceurs de Nouveau Camp, voie de garage de tous les impotents, cachectiques, unijambistes ou hernieux. Mais comme, rentré à Saint-Laurent, je frappe à la porte du docteur Rousseau, je me trouve soudain en présence de Krevane! Et l'accueil est immédiat :

– Comme vous y allez! Soixante-sept mutés! Et d'un seul coup!

– Ces hommes sont des épaves.

Krevane a un geste pour me signifier ce que l'on pensera de mon initiative en haut lieu. En fait, j'avais compris depuis un certain temps qu'il y a deux sortes de médecins à la transportation. Les véritables, venus des troupes coloniales ou de Santé navale, pour qui un malade est un homme, et les « administratifs », pour qui il est avant tout une pièce comptable.

Sorti du bureau, je me mets en quête d'un confrère à qui je puisse parler librement et je suis heureux de rencontrer Volton.

– Que se passe-t-il, c'est le Consignataire, maintenant, qui décide pour Rousseau?

– Rousseau nous a quittés, me répond le Normand sincèrement navré.

J'encaisse le choc. Certes, je m'y attendais un peu, depuis la soirée chez les Roquevaire. Tout de même, si vite et de la part d'un homme si sensible, sans un regard en arrière!

– Justement, épilogue Volton, il était las de ne jamais voir ses rapports aboutir. Il souhaitait partir. Il aura préféré le faire sans effusion et sans raout d'adieu...

J'imagine le docteur Louis Rousseau sur le quai, dans l'attente du paquebot. Et je pense qu'il ne nous restera bientôt plus que le souvenir de celui qui a su apporter sur cette malheureuse terre le plus généreux témoignage d'homme à homme [1].

Voulant feindre l'insouciance, je demande :

– Mais à propos de Krevane pourquoi ce surnom de « Consignataire »?

– Oh, c'est une petite histoire assez burlesque. Vous n'êtes pas au courant?

Les commerçants ne reprenaient pas le verre usagé à la colonie. Lui, à chacun de ses congés, faisait rapatrier des tonnes de bouteilles vides aux frais du gouvernement. Rentré en France il en tirait deux sous la pièce. Tel était notre nouveau directeur. J'aurais pu en être accablé si, trois jours plus tard, ne m'était parvenue la nouvelle de la présence de Couffe à Saint-Laurent. Couffe hospitalisé! La bonne blague! Il ne me restait qu'à trouver un prétexte pour me rendre à son chevet et, dans cette attente, je me surpris à chantonner : « Demain, la liberté! »

1. Le docteur Louis Rousseau, figure « historique » du bagne et, ici, personnage « vrai », a écrit plusieurs articles spécialisés dont s'inspirent les propos qui lui sont prêtés dans ce livre.

18

LES HOMMES PUNIS

– Sortant! décrète, calot en bataille, un infirmier expéditif.

– Eh là... fait la voix du forçat que je reconnais aussitôt : je ne suis entré que d'hier et le toubib n'a pas encore regardé ma guibolle.

– Tu n'as pas moisi, dis-je à Pierre dès que le préposé aux expulsions nous a laissés seuls.

– Oui, mais j'ai dû maquiller.

– Fais voir...

Pierre Couffe rejette le drap et je ne peux retenir un hochement de tête.

– Mon genou ne te plaît pas?

– Il me semble que tu as eu la main lourde.

– Fallait sortir de Lalouette, merde!

Inutile de demander à mon compagnon ce qu'il a utilisé, en fait de recette bagnarde : urine de rat? essence de térébenthine? Je le trouve optimiste dans la confiance qu'il témoignait à mes confrères : « Les toubibs, vous aurez tôt fait de me tirer de là... »

Quant à parler cavale... Ce n'est possible que l'après-midi, à l'heure où la surveillance se relâche et où les malades se tiennent dans le courant d'air des vérandas, tirant en douce sur quelque précieux mégot.

Là, je tente d'examiner attentivement le genou tuméfié.

– Parle-moi d'affaires plus sérieuses, fait Pierre, le regard sombre.

– C'est dans trois semaines... ça tourne autour d'un certain Jésus de Toulon.

– Connais pas.

– Un assassin, dis-je en me voulant encourageant. Il a l'air solide.

– On verra à l'usage. Les autres?

– Un nervi italien, Bruna. Un ancien de Biribi dont on ne m'a pas dit le nom.

– Pour une affaire de cette importance, tu aurais dû t'informer.

Je dévisage Pierre avec étonnement. Le père Couffe est-il agacé par mon attitude devant sa blessure? Ulcéré de ne pas être le centre du complot? Dur d'admettre qu'après quatre mois à faire du stère à Lalouette il ait pu être aussi rapidement aigri.

Je continue :

– Le quatrième s'appelle Chrif. C'est Raymond l'Algérien.

– Quoi, un crouille?

Les réserves de Pierre se font soudain mordantes et circonstanciées :

– Est-ce qu'on sait dans quoi on s'embarque avec eux? Ils sont à vendre et à louer! Donne un billet pour des clopes à un de ces mahométans... et tu es sûr qu'il enverra le collègue porte-clés te doubler : « Chef, y a un homme qui fume au cachot numéro 9. »

Et puis, étais-je resté assez longtemps aux cases pour me rendre compte? « Là, tu as toujours un de ces gonzes au bloc, le falzar sur les souliers, en train de bourriquer un jeune... (Haussement d'épaules plus méprisant encore.) Quand ce n'est pas lui-même que tu trouves fesses en l'air, à la place du girond! »

La réaction de l'ancien caïd me fait douter. Et si Pierre n'avait pas entièrement tort? Il est vrai que notre affaire s'organise dès le départ, selon une méthode que nous avions d'avance réprouvée. Je voudrais tout à coup revoir les hommes avec qui nous devons tout risquer.

Mais je n'en ai pas le temps. L'épidémie de fièvre hémorragique persiste. On parle de nouveaux cas apparus à Saint-Jean, la réclusion des pieds-de-biche. La fièvre jaune? On n'avait pu trancher la redoutable question et Krevane se serait passé de ce coup dur. Aussi ne suis-je nullement surpris de l'entendre me commander : « Bougrat, allez vous rendre compte... », le nouveau médecin-chef étant de ceux qui ne touchent jamais les malades – et surtout pas les contagieux! Cette fois je suis à la disposition d'un jeune major et trois infirmiers nous accompagnent.

Vingt kilomètres. L'unique piste carrossable des environs de Saint-Laurent du Maroni. On ne tardait pas à rouler sur une latérite dont la pulvérulence vous teint de la tête aux pieds. De quoi neutraliser la brimade du Consignataire qui, dès son intronisation, avait tenu à ce que je ré-endosse le pyjama rayé. Mais la grande et terrifiante nature se moque bien de nos dérisoires comédies!

Au voisinage du fleuve, nous allons de mangroves en marais. La voiture s'insinue sous un couvert de fougères arborescentes, parmi les pandanus et les palmiers-éventail. Au cœur des épiphytes surgissent parfois des orchidées pareilles à des étoiles dans les couloirs de la nuit.

C'est alors qu'il faut brusquement stopper. Un char, traîné par deux buffles, obstrue le boyau.

– Eh là, de quoi s'agit-il? lance notre chef de bord.

– On va aux *Bambous*, répond en écho l'un des toucheurs de bœufs improvisés.

Et le major paraissant douter de cette mission au célèbre cimetière de la réclusion :

– M'est avis que ceux qu'on emmène peuvent pas aller ailleurs! Voyez tout de même si ces clients-là risquent de s'évader...

Le pied-de-biche soulève la bâche. Il aurait fallu le masque à gaz! Estimant alors une rapide requête justifiée, le forçat de corvée reprend : « Z'auriez pas une p'tite cigarette, par bonté? »

Le major s'exécute et l'on reprend la piste. Nouvel arrêt un peu plus loin : des morts, encore des morts... « Enfin, s'écrie en guise de bienvenue le chef de centre, M. Vacherin, on paraît s'apercevoir de ce qui se passe dans nos cambrousses! »

Le spectacle qui s'offre à l'intérieur des cases rappelle en tout point ce que j'avais découvert à Charvein. « A boire!.. » supplient quelques squelettes. « A boire!.. » reprend l'un d'eux avant qu'un spasme fasse couler entre les poils de sa barbe hirsute une bile fétide.

– J'allais distribuer de la métaspirine : c'est tout ce qu'il me reste, se justifie Vacherin.

– N'en faites rien, dit le major! Mais où est donc le sérum glucosé? l'adrénaline à un pour mille?

Le sérum avait été volé. L'adrénaline aussi, pour Dieu sait quel ténébreux usage! Désabusé, je consulte le précis de médecine coloniale de la collection Masson que j'ai emprunté à la bibliothèque. Merveille des futilités solennelles!

« Une première indication est de faire absorber au malade des boissons diurétiques; dans chaque pays où sévit la bilieuse, existent des plantes renommées pour leur efficacité contre cette maladie : à Madagascar, le " Levoa-fotsy " *(Aphloïa theaeformis)*; en Afrique, le " Kinkélibah " *(Combretum rainboltii)*; la " citronnelle " *(Andropogam citratum)*, etc. » Quant au malade qui vomit ce qu'il absorbe, c'était fort simple : « On lui fera prendre des boissons glacées, du champagne mêlé à l'eau de Vichy. Il importe de ne pas trop faire boire à la fois. »

En ce qui concerne la flore : rien à envier ici à celle de Madagascar. Mais pour les excès de champagne...

En notre absence, une escouade de responsables du service de santé de la colonie est arrivée à Saint-Laurent du Maroni. Au vu de nos échantillons, ces officiers sont formels : pas de conformité entre le virus local et le Leptospire décrit par Noguchi lors de la grande pandémie mondiale. Rien ne permet selon eux de parler de fièvre jaune...

On imagine le soulagement dans la petite « capitale du

crime »! Mais si un désastre est évité, la bilieuse – alias vomito negro – n'en justifie pas moins des mesures draconiennes.

L'épidémie va cependant s'arrêter d'elle-même. Par quel miracle? Faute de misérables à dévorer. Exactement comme un incendie s'éteint, faute de combustible.

Les amoindris, les carencés, les tubards ont été la proie du virus... Aux *Bambous!* les plus résistants passent le cap. Trois sur cinq. A ceux qui ignoreraient le secret de la perpétuation de l'espèce, M. Vacherin donne sans malice la réponse : « La France envoie tous les six mois de quoi remplacer les disparus... »

J'ai donc évité la contamination comme en d'autres temps j'étais passé au travers des obus. Ou presque. L'alerte terminée, j'ai hâte de retrouver mon compagnon de future cavale : où en est son genou? Comment les choses se présentent-elles au pavillon de chirurgie?

Inutile de se bercer d'illusions : l'ancien caïd est prostré et, lorsque je l'ai arraché à sa contemplation morose :

– La Belle, pour y penser, faudrait être en jambes...

– Dans quelques jours...

– Allons donc!

Le genou est plus tendu et violacé qu'à l'arrivée du « maquilleur » et celui-ci finit par reconnaître :

– Vraiment, je ne sais pas comment j'ai fait mon compte...

J'évite le regard du malheureux et son interrogation angoissée. L'encourager? J'aurais honte de feindre l'optimisme. Il suffit de voir ce visage amaigri, creusé par la fièvre...

– Je vais demander aux chirurgiens ce qu'ils pensent de toi, dis-je pour rompre ce navrant tête-à-tête.

– C'est ça, ils te diront peut-être quel jour... Et, d'un geste précis, mon infortuné compagnon fait le geste auquel je ne voulais pas penser.

Deux chirurgiens sont au bloc, deux garçons à la tête carrée, drapés dans des tabliers trop longs et maculés de sang. Sympathiques, au demeurant. Ils fument des cigares de La Havane et se détendent entre deux amputations.

Je me présente.

– Que pensez-vous du transporté Couffe?

– Pas brillant, répond l'un de mes interlocuteurs.

– Faut dire, ajoute l'autre, que le bougre ne s'est pas loupé. La térébenthine juste au milieu de l'articulation...

– Vous pensez opérer?

Les deux médicastres se regardent, perplexes :

– Avec la septicémie qui gagne...

Je n'ai pas la présence d'esprit d'accepter un cigare – bienvenu en d'autres circonstances – et je me rends au bungalow de la bibliothèque afin d'y cacher mon désarroi. Je voudrais réfréner une pensée assez basse que me souffle l'égoïsme de la nature humaine : s'il est écrit que Pierre doive rester sur la rive, rien ne me retiendra de partir quand même...

Je dois tout d'abord retourner au village où il avait été entendu que je reverrais Jésus.

Dans l'arrière-boutique du Chine règne cette fois la confusion. Une tout autre affaire agite le tenancier : les gens de la Tentiaire ont découvert le subterfuge qui depuis des mois permet d'introduire le tafia au Collège. Trois bouteilles par jour. Cachées dans le timon d'un char à bancs.

– Oublie ça... suggère à l'Asiatique un Jésus hilare. Et verse à boire en souvenir de ce qu'on t'a saisi!

– Non, non... proteste l'autre, pas maintenant. Si Monsieur Gendarme venir, lui faire procès-verbal, moi payer gros l'argent!

– Trouve une autre cachette, continue le Toulonnais; mets tes litrons à l'intérieur du buffle, ousqu'le forçat se met le plan...

Sous l'éclat de rire, le Céleste a un air douloureux :

– Y avoir vingt ans qu'on a fait ça, Monsieur Gendarme bien savoir.

La boutique s'étant vidée des conspirateurs ès-tafia, j'informe le tueur de l'état de mon associé.

– Embêtant... Que comptes-tu faire?

– Tout dépend de la date.

– Elle est fixée, figure-toi. Ce sera le 30... Rassemblement le 29 au soir.

Nous sommes le 20 août! Même avec un miracle, Pierre ne sera jamais sur pied! Que faire? Jésus ne se trouble pas. Il connaît l'un des dix commandements du forçat :

Pour partir, choisis l'moment
Et s'il t'arrive un accident
Support'le philosophiquement.

Dans l'immédiat, il tient à ce que je voie les préparatifs et j'en oublie les malheurs de Couffe.

– Ouvre la trappe, ordonne-t-il...

Le rat oriental s'affaire :

– Tout y être... Tout y être maintenant. Il soulève le panneau : voilà!

La face bistre et les dents pourries par la pipe d'opium, notre fournisseur est content : le stock apparaît à fond de cache. Il y a là une hache, un sabre d'abattis, des clous, du fil, des aiguilles à voile; pour les subsistances : douze boîtes de lait concentré, six boîtes de biscuits secs, un kilo de sucre, un sac de charbon de bois. Pour l'eau douce, un seau en toile imperméabilisée au latex de balata... Le Chine jure ses grands dieux : il ajoutera au dernier moment les denrées périssables : allumettes, ration de pain et même un gros morceau de lard. Il se propose enfin comme agent de change, capable de fournir, au taux qu'on imagine, toutes les pièces que nous pourrions souhaiter, de la livre sterling à l'universel louis d'or.

Inutile d'entendre Jésus confirmer avec un gloussement quelque peu infatué :

– C'est qu'on s'en va sur l'eau et pas pour un jour!

La réalité de la cavale m'apparaît soudain pendant que je respire l'haleine humide qu'exhale le trou. Se peut-il que la liberté ait cette odeur d'égout?

La trappe retombe ; bruit auquel je me refuse à accorder la moindre valeur prémonitoire.

– Et la voiture?

– Je m'en occupe avec le Chine. Fais confiance...

Est-ce bien raisonnable? Le jeune tueur est-il compétent? Jamais je n'ai discerné comme à cet instant les ingrédients qui entrent dans les rares cavales réussies : un peu de chance et beaucoup de folie!

Dès lors, les jours étant comptés, je vais me partager entre mon devoir au laboratoire – où je ne dois donner aucun signe de distraction – et mes visites à Pierre dans sa chambre de grabataires. J'appréhende de retrouver celui-ci au décours de la nuit, quand le cri des coqs, monté on ne sait d'où, succède au martèlement de la pluie et semble aggraver toute désespérance humaine.

La fièvre reste forte malgré la volonté du malheureux et le zèle de mes confrères. L'arthrite suppurée mène son œuvre : l'enflure de la cuisse a gagné le bas-ventre. A certains moments, le blessé recouvre sa lucidité et s'efforce de s'expliquer : Écoute, Bougrat... J'ai cru qu'en serrant les dents, avec du respect de soi, on pouvait résister à la loi du bagne, peut-être la surmonter...

– Je sais cela, économise tes forces...

– A quoi bon? Je tombe par orgueil. J'ai cru réussir où les autres se laissent avoir. Je t'en fous! Les charognards auront été les plus forts...

Pierre est à bout de souffle mais il tient à poursuivre :

– Vieux, si tu as la possibilité, n'hésite pas à filer. Plus on attend, plus on séjourne au fond de cette monstrueuse poubelle...

Que faire pour secourir cet ancien dur brisé? Que tenter pour enrayer cette déroute? Je n'ai présentement qu'un recours : le saisir aux épaules en un geste fraternel et percevoir dans ce qui lui arrive les possibles prémices de ma propre agonie.

Le lendemain, je le trouve serein, presque souriant :

– Le plan, Pierre... à quoi me servirait-il?

– Laisse ton étui où il est. L'argent te servira à la prochaine.

Mon associé – devrais-je dire mon ex-associé? – a un signe de dénégation :

– Pour moi tout est fichu. Prends ce fric, je t'assure... Si ça peut t'aider à leur échapper, ce sera ma satisfaction avant de crever.

Et faisant l'effort de fouiller sous le traversin, Pierre Couffe retire le petit étui de métal dont il a dû se délester l'intestin depuis son immobilisation.

– Prends... – puis, avec un dernier souci de dignité : je l'ai nettoyé.

Le geste ne souffrant pas de discussion, je glisse dans ma poche ce qui hier encore renfermait les moyens de survie et tous les espoirs de mon compagnon.

– Pierre, dis-je, cet argent ne cesse pas de t'appartenir. Je le garde pour t'éviter une agression mais, s'il plaît à Dieu que tu en réchappes, il te reviendra, crois-moi. Il n'y manquera pas un centime même si, en ce domaine, Bougrat et les comptes, par le passé...

– Comme tu veux, répond Couffe d'une voix à peine audible. Je me sens déjà si loin...

Mais l'état de Pierre ne fut hélas pas la seule de mes préoccupations : il me restait une dernière épreuve à traverser avant le saut dans l'inconnu. Une corvée assez peu courante, choisie par Krevane avec une rare délicatesse si l'on songe qu'aux assises d'Aix je n'avais dû qu'au hasard de n'être pas raccourci.

Une double exécution allait avoir lieu au quartier disciplinaire. Une cérémonie bi- ou triannuelle qui faisait suite aux condamnations du Tribunal maritime spécial et qui réclamait le concours de Mouche-à-Bœuf, notre actuel bourreau, celle du *ratichon* et, à leurs côtés, la présence d'un médecin.

A cette perspective, j'éprouvai une désagréable démangeaison autour du cou. Mais il me fallait sans doute en passer par cet ultime épisode pour boucler, au cours de mon séjour au bagne, le tour complet de l'horreur.

J'arrive devant les blockhaus au lever du jour. Les premiers officiants et la gent militaire sont là, à l'exception d'un détachement de tirailleurs que je viens d'apercevoir dans l'allée et qui ne fait pas encore mouvement.

J'ai peine à admettre la réalité de la scène. On va tuer

deux hommes, séparer leurs têtes de leurs corps... J'essaie d'échapper à cette fascination et, pour cela, je m'attache au détail des préparatifs.

Il y a, au centre de l'enclos, cinq pierres plates à demeure. Sur ce bâti, le bourreau la veille a installé un coffrage et dressé la machine pointilleuse et maniaque qui ne fonctionne qu'absolument d'équerre. La Veuve! J'en vois la bascule. J'en vois le chapiteau bien ajusté, porteur de la lame elle-même fixée à une masse de plomb qui, le moment venu, lui donnera du poids. Autour de l'instrument, un déballage d'accessoires, écœurants si l'on essaie d'en deviner l'usage... Un grand panier d'osier, doublé de zinc – pour le tronc du supplicié? Un autre plus petit – pour la tête? La démangeaison se fait brûlure. Si j'étais désigné moi-même pour le fil du rasoir, – indolore à ce qu'il paraît –, parlerait-on une fois encore du « sourire de Bougrat »?

Le plus trivial est certainement un petit paravent destiné à masquer aux assistants l'ultime rictus du bougre dans la lunette. Un paravent qui ferait, à lui seul, la différence entre une mise à mort légale et un spectacle de voyeurs. Il a dû avoir son utilité naguère, quand les transportés étaient contraints d'assister aux exécutions capitales... Tête nue, les forçats étaient disposés autour des cinq pierres selon une hiérarchie établie : « deuxio » devant, à genoux, les autres massés derrière, dans le plus poignant silence.

Silence. A peine troublé par les brèves informations qu'échangent les initiés.

Je me sens pris au piège de l'ignoble curiosité que tout homme porte en lui quand les bas instincts le sollicitent et que le sang s'offre à sa vue.

Le directeur fait un signe de tête au substitut. Même civilité envers l'aumônier. La fonction salue la fonction. Quel qu'ait été mon trouble à la vue de la Veuve, tout à l'heure, il n'égalait pas ce que j'éprouve au mouvement à la fois banal et mystérieux qui se produit à la sortie du greffe. Ils sont là...

Ils : deux moins que rien, deux Arabes dont la vie brusquement prend un intérêt inattendu : on respecte déjà, en stricts civilisés, le cadavre qu'ils ne sont pas encore mais à quoi on va rituellement les réduire.

Les surveillants ont posé le casque de liège sur leur avant-bras. Les douze tirailleurs de marine sont invités à mettre l'arme au pied. Ils ont le visage tendu, le geste rigide et emprunté comme s'ils craignaient de troubler la solennité de l'instant.

On amène le premier condamné, mains liées dans le dos. De sa vie, il n'a sûrement jamais porté une camisole aussi blanche ! L'aumônier le précède. Le petit groupe a vite fait de traverser la cour. L'Arabe – il s'appelle Mabrouk – esquisse un coup d'œil vers le haut. Il y renonce comme si le soleil l'incommodait.

Déjà, l'aumônier s'efface pour l'inviter à gravir les deux marches. C'est alors que Mabrouk a un mouvement de recul. Il vient de voir... Il vient de voir celui qui attend son dû... Un petit gros à la moustache noire, à l'air d'un maquignon tranquille... Mouche-à-Bœuf !

Mais assister un supplicié n'est pas un vain mot : le ratichon s'agite, il exhorte. Le crucifix tremble dans sa main :

– Le fils de Dieu... il vous tend les bras...

Mabrouk est trop hébété pour se demander ce que le fils du Dieu des chrétiens peut lui vouloir mais, ne trouvant pas d'autre issue, il accepte de baiser le corps de cet autre supplicié.

– Dieu vous pardonne, s'écrie l'aumônier avec transport. Je suis sûr qu'il vous accueille déjà dans sa miséricorde !

Le reste va devenir proprement insoutenable. On sangle le bougre à la planche tandis que le greffier lit l'acte d'accusation. Un acte d'accusation, j'ai su comment ça se fabrique. Je ne peux éviter de lever les yeux vers le chicot de la Veuve... Le procureur s'avance :

– Condamné, avez-vous quelque chose à ajouter ?

L'homme sanglé a une moue d'indifférence :

– Si je te dis quoi, tu fais pareil.

L'aide-bourreau fait basculer doucement l'appareil. Il accomplit ce geste en bon artisan, soucieux de prendre correctement ses repères. Une seconde planche marquée d'une encoche circulaire se met à coulisser et vient prendre très exactement le tour du cou.

Je sais gré au paravent de me priver de l'expression d'épouvante que doit avoir le visage du supplicié. Peut-être s'est-il évanoui ? Je le souhaite pour lui.

« Bourreau, fais ton devoir. » J'ai une pensée saugrenue à cet instant précis. Je me persuade qu'il ne peut y avoir de bavure : ne dit-on pas, à Saint-Laurent, que Mouche-à-Bœuf vérifie son instrument, d'une session à l'autre, en lui faisant trancher un tronc de bananier ? Mes propres vertèbres me font soudain très mal. Le charlot a levé la main, il cherche le mécanisme.

Bruit sourd. Le hachoir... le hachoir est tombé. Je ne vois plus que le tronc de Mabrouk. Seulement le tronc.

Les assistants demeurent pétrifiés comme si la camarde venait de leur apparaître drapée dans son linceul.

19

CRUEL DILEMME

Il faut deux ou trois secousses imprimées à la planche pour que le tronc du second supplicié finisse de glisser dans le panier zingué.

J'ai hâte de partir, je fais un signe de dénégation à l'officiel venu me demander si les corps ont « un intérêt pour la science ».

Hors du quartier disciplinaire, loin de s'apaiser mon malaise s'accroît. Je ne cesse de m'identifier aux raccourcis et la vision de ces deux têtes me poursuit. Sur l'une, alors que Mouche-à-Bœuf la présentait aux juges, je suis sûr d'avoir vu les cils... les cils bouger!

« Allons, me dis-je, j'ai soutenu la vue de plus grandes horreurs, par le passé... » Mais je suis à tel point ivre de désespérance et de mort que j'hésite à rentrer à l'hôpital.

Le couvent des sœurs de Saint-Joseph est là, à deux pas... Si je sonnais? Je suis sûr, soudain, d'y trouver réconfort. Je n'ai pas plus tôt pénétré dans le jardin qu'une jeune Guadeloupéenne vient me gratifier d'un vibrant palabre :

– Docteu'... Si j'avais été f'appée comme sœu' Pé'pétue, j'au'ai pa'donné, moi aussi, à mon aguésseu'.

– Mieux vaut encore, ma sœur, que ce malheur ne soit pas arrivé!

Le jardinier-forçat qui a écouté ce début de conversation donne aussitôt son point de vue :

– Vous auriez eu bien tort! C'est pas pour dire mais, vous autres bonnes sœurs, vous êtes comme des anges... Nous, en comparaison, on est si mauvais qu'on ne devrait pas avoir le droit de vivre.

Et, appuyé sur son râteau, le bonhomme conclut :

– Tenez, moi, par exemple... Même si on me relâchait, je resterais la proie de l'infamie !

Opportunément distrait par ce fagot acharné à s'accabler, par cette jeune sœur obstinée à rêver son martyre, je commence à oublier les instants que je viens de vivre quand j'entends la voix bonhomme et douce de Mère Le Harvey :

– Mais c'est notre bon médecin !

Et m'ayant dévisagé :

– Cher docteur, vous avez bien petite mine, ce me semble !

– Ma Mère...

Devant la Supérieure des filles de Saint-Joseph, je retrouve, moi, l'homme de trente-huit ans, l'attitude de l'enfant lorsque la brutalité du monde lui apparaît trop forte.

– Ma Mère, je viens d'assister à une terrible cérémonie....

– Je vois, dit Mère Le Harvey. C'était donc aujourd'hui ? La loi des hommes est parfois très dure. Mais entrez donc au réfectoire... Je vais vous apporter moi-même un bol de lait et un morceau de pain bis.

Tout en me faisant asseoir, la sainte femme, dont le trousseau de clés cliquette dans les plis de la robe, continue :

– On dit le plus grand bien de vous, à Saint-Laurent. Nombreux sont les malades pour qui vous êtes un réconfort.

Barbouillé comme je le suis, lait et pain bis ne me disent rien. Mère Le Harvey le devine :

– Je vois ce que vous préféreriez...

Je pensais effectivement à la liqueur de cerises. En la circonstance, la Supérieure avait mieux : « Le rhum de Monseigneur ! » Ce traitement de faveur ne priverait en rien le destinataire qui, perclus de rhumatismes, ne sortait plus guère de son évêché de Cayenne.

– Vos joues se recolorent, constate bientôt Mère Le Harvey.

Elle s'est servie, quant à elle, un petit verre du même breuvage.

Entre forçats, on plaisante souvent sur les religieuses.

Naguère, elles rééduquaient les bagnardes. Depuis que l'engeance a disparu, elles se contentent de recueillir les pochardes – créoles pour la plupart – que rejettent les bouges du village chinois. Celles-ci font mine de s'intéresser à la broderie, au rosaire. Une fois requinquées, elles sautent la clôture et retournent à la prostitution.

Sœurs de Saint-Joseph-de-Cluny... Suite à l'incident du printemps, je m'étais demandé plus d'une fois ce qui poussait ces humbles filles à un aussi dangereux ministère au milieu de la chiourme? « Ce que vous ferez au plus misérable d'entre eux, c'est à moi que vous l'aurez fait... » Il fallait que l'appel du crucifié eût été irrésistible pour qu'elles abandonnent les promesses du monde et choisissent la servitude, les privations, les terrifiantes maladies qui, par le passé, avaient décimé tant de communautés.

Qu'espéraient-elles, semblables à leur devancière Mère Javouhey qui, en un siècle sans pitié, avait pris dans ses bras tant de lépreux à l'Acarouany? Une croix... Une simple croix de bois dans le clos des *Bambous* réservé aux religieux?

Il y avait là un bien grand mystère.

Réconforté par le rhum de Mère Le Harvey, je peux enfin me résoudre à retourner au chevet de Pierre. C'est contraint et forcé que j'ai abandonné mon compagnon à son sort. Maintenant, plus j'approche, plus je crains de le revoir à toute extrémité.

Le malade est étendu en travers du lit. Il respire encore. Je tente de le réveiller :

– Ne désespère pas, Pierre... Nous partirons... La liberté est proche... Regarde : elle nous tend les bras...

A ces mots, le malheureux a un mouvement. Voyait-il la pirogue chargée de nos sept associés, glissant à la houle sous le soleil? Encouragé par cette réaction, je cours chercher un infirmier afin qu'on m'aide à remettre la couche d'aplomb. Aucun homme de salle n'est là. Lorsque j'en trouve un, le rustre constate de façon laconique :

– Vous voyez bien qu'il a passé.

Celui qui aurait dû être mon compagnon de cavale a en effet les yeux vitreux. Je comprends qu'il dérive déjà vers le grand large de la mort. Il ne me reste qu'à me recueillir devant la dépouille de l'ancien caïd. Qu'aurais-je pu faire de plus ? Sa dernière carte s'est jouée au-delà de tout recours et je n'ai pu être que le spectateur d'un drame dont le dénouement ne m'appartenait pas.

Je ne devais plus à Pierre que ce que tout vivant – même au bagne – doit à un mort : une sépulture décente. Pour cela, le malheureux a réglé d'avance. Je m'étais résolu à ouvrir le plan le soir où il me l'avait remis. Ce n'était pas la fortune. Tout au plus, en coupures finement roulées, quatre mille francs qui auraient pu représenter le prix d'une « voiture » s'il avait dû se la procurer à lui seul. Il y a cependant largement assez pour lui assurer le coffre où l'on enferme le corps des hommes libres. Mais qui va le fabriquer et dans quel équipage le transporter ?

M'étant assuré que le corps était convenablement traité à la morgue, je vais voir aux Travaux un transporté menuisier que je connais :

– Vous tombez mal, me dit le drôle. Après le vomito il ne nous reste plus une caisse en magasin.

La vue d'un gros billet le convainc et, malgré la réelle pénurie, il me certifie que j'aurai le lendemain à la première heure un cercueil en coumaril. Je ne suis pas mécontent à l'idée qu'un grand de ce monde ne partirait pas dans du bois plus précieux.

Pour le prix, l'homme se chargera de creuser la fosse et viendra avec moi faire la levée du corps.

Le 26, à six heures du matin, il pleut par violentes rafales et les urubus serrent leurs ailes sur les toits quand nous quittons l'hôpital, le menuisier et moi, poussant le cabrouet qui supporte la caisse du mort. Les avenues de Saint-Laurent me paraissent interminables. Nous traversons de véritables mares et par endroits les roues du chariot s'enfoncent dans la boue jusqu'au moyeu.

Enfin, après avoir couvert dans un long grincement les trois kilomètres qui séparent le camp du dernier refuge de la chiourme, plus mouillés que si l'on nous avait retirés du Maroni, nous arrivons au bord du trou. Celui-ci est déjà rempli d'eau brune et les minuscules rainettes de la forêt guyanaise sautillent tout autour.

Un dernier effort et, avant que le menuisier fasse retomber une terre rouge et pâteuse, je regarde s'enfoncer cette boîte qui renferme la dépouille de mon malheureux ami.

Mon ami. Pouvais-je l'appeler ainsi? Certes, si l'adversité ne m'avait terrassé et mis au ban des honnêtes gens de Marseille, si un juge d'instruction inique, un procureur acharné à ma perte, un président dépassé par l'opinion publique n'avaient fait de moi le transporté numéro 49.443, jamais le docteur Pierre Bougrat n'aurait eu à connaître le truand Pierre Couffe.

Mais la vindicte des uns, la haine des autres, m'avaient voué à l'infamie et l'ex-docteur Bougrat aurait eu tort, au nom de principes bourgeois, de se montrer regardant. « Tu ne jugeras pas... » Nul prêtre ne viendrait ajouter de son goupillon un peu d'eau bénite au déluge universel. La chose aurait-elle été autorisée, je crois que Couffe aurait ri. Il ne me restait qu'à jeter moi-même la dernière pelletée sur celui que la société avait fait expier à un taux usuraire. Nous nous étions soutenus. Nous avions rêvé ensemble au grand départ...

« Au terme de cette course folle, repose en paix, Pierre... Ici, tes restes ne subiront pas l'outrage des requins. J'ai fait creuser assez profond pour que le puma sorti de la forêt ne vienne pas déterrer tes os. La terre des *Bambous* devrait t'être légère. Tu y es à l'abri des charognards et des hommes. »

27 août. L'heure torride. Je fais semblant de lire dans le bungalow mais le poids de mes préoccupations est plus fort.

La veille même, à peine avais-je enterré Pierre, que deux démons contradictoires m'habitaient. Certes, je n'avais pas une peur physique de l'évasion. Au contraire. Plus la date approchait, plus je me sentais poussé par le désir rageur de rectifier le destin si injuste. Je sentais qu'il ne me serait pas possible d'accepter plus longtemps l'existence de sous-homme à laquelle on avait voulu me réduire. J'étais subjugué par la Belle, dût-elle me pousser vers les écueils.

A ce démon enjôleur et femelle s'opposait un vieux diable prudent – sinon douillet –, vieux garçon avant l'heure pour avoir trop vu la vanité des choses de ce monde.

Se réfugier dans un pays qui ne « rend » pas... Mais lequel? Cela existe-t-il? Il y a soudain un tel gouffre entre l'évasion projetée dans le futur et le moment de sauter véritablement le pas!

Certes, je n'ai pas de grandes joies, ici. Je vis et vivrai toujours privé de toute affection. Regret plus lancinant : si je reste, je ne pourrai jamais me profiler devant mes anciens accusateurs ni revoir la trogne d'opérette du mouton Gauthier de Roy!

La vengeance... J'y pense encore certaines nuits où, de rage impuissante, les détenus ont envie d'étrangler leur polochon! Mais en contrepartie, pouvais-je négliger ce que m'apporte la fréquentation de la bibliothèque? Ma vie est tranquille. Je mange à ma faim. Grâce au docteur Rousseau, j'ai quitté l'univers immonde du camp de la transportation. Et si, dans la lointaine patrie qui m'a rejeté, le cher Stefani-Martin travaillait à cette heure à la révision de mon procès? Si je trouvais le courage d'adresser des lettres aux députés, évitant, si possible, le ton de jérémiade grandiose du fagot à cheval sur son « droit bafoué »? Imaginons même qu'une poule au grand cœur dise un jour à un parlementaire, dans la soie rose d'un lupanar protégé : « Au fait, te souviens-tu, mon chéri, de l'Affaire Bougrat? Qu'est devenu ce pauvre docteur? »

Et si la canaille radicale, ainsi sollicitée, se piquait d'un beau geste?

Allons... je m'égare. Partir, rester... L'hypothèse se ramène à un coup de dés ô combien sinistre :

Primo – je pars et vais vivre les épisodes d'un feuilleton

connu. Sur mer, tempêtes et naufrages. En forêt, serpents et vampires. De toutes parts : la mort!

Secundo – bagnard je suis, bagnard je reste. On ne retrouvera pas ma ceinture au pied d'un arbre, ni mes os dans la vase d'un pri-pri. Mais alors, quelle mort lente!...

Plus l'heure approche, plus ce choix devient terrifiant.

28 août. José vient me prévenir que le rassemblement aura lieu demain à la crique Vache. C'est une rivière née sur le territoire de Charvein qui aboutit au Maroni à une dizaine de kilomètres en aval de Saint-Laurent, face aux Islets Arouba. Le moment de lever le pied est laissé à l'appréciation de chacun mais le regroupement est prévu au coucher du soleil.

Le programme ainsi établi, les hésitations de la veille me reprennent, décuplées moins par l'imminence du danger que par la réminiscence inattendue d'un mot de Mère Le Harvey.

Je n'avais pas suffisamment prêté attention à sa remarque l'autre jour : « Nombreux sont les forçats pour qui vous êtes un réconfort. » Et s'il y avait tant soit peu de vrai dans cette affirmation? Si j'allais priver des malheureux du soutien moral d'un de leurs semblables médecin? A Salonique, j'avais fait mon devoir. Ici, ne serait-ce pas déserter?

C'est alors qu'une idée s'empare de moi : Les Roquevaire... Mes amis Roquevaire n'accepteraient-ils pas, sous le sceau du secret, de me donner un avis devant un aussi cruel dilemme? Depuis le dîner auquel ils n'ont pas craint de me convier, notre amitié a eu le temps de s'éprouver. Nous avons vécu plusieurs événements qui nous ont rapprochés.

Tout d'abord Ludo, leur enfant de sept ans, qui a été pris d'une forte fièvre au lendemain de l'épidémie de vomito negro. Atteinte de la maladie? Réaction méningée? Le père, doutant soudain de sa propre science, m'a fait appeler. Fort heureusement il ne s'agissait que d'une simple insolation et j'ai pu rassurer mes amis. Comment oublier cependant l'émotion de Gilberte, s'excusant après coup :

– Mon mari n'a peut-être pas eu l'occasion de vous le dire

mais, avant de venir ici, nous avons passé trois mois à l'hôpital de Royale, aux îles du Salut... Figurez-vous, là-bas, il y a à mi-pente du chemin qui mène du débarcadère à l'hôpital, à l'ombre des manguiers, un petit clos qu'on ne peut voir sans en être obsédé. C'est le cimetière des enfants.

« Tenez, je me rappelle très bien une croix parmi les hibiscus : " Jean Girault, décédé à l'âge de huit mois ", une autre sur laquelle le ciseau du forçat a gravé : " Gabrielle Rémusat, décédée le 7 novembre 1907 à l'âge de neuf mois... " »

Et Gilberte ajouta :

– Je ne veux pas minimiser les souffrances que l'on inflige aux transportés mais, de tout temps, le personnel pénitentiaire a payé, lui aussi, un lourd tribut aux conditions de vie dans ce pays.

Une autre fois, ce fut le médecin-capitaine lui-même, féru de peinture, qui voyant mes aquarelles me parla d'un ami d'enfance récemment disparu. Un certain Roger de La Fresnaye. Gazé dans les Ardennes, La Fresnaye s'était mis à peindre après l'Armistice. Il fréquentait ces zèbres de cubistes. Mais le malheureux n'avait pas fini de cracher ses derniers fragments de bronches, au rez-de-chaussée de la propriété familiale, que son père lacérait ses œuvres, au grenier... A la façon dont Jean m'a raconté cet épisode, j'ai compris que ni lui ni moi ne parviendrions jamais à nous expliquer cette haine viscérale du bourgeois pour le monde sensible de l'artiste.

Mais comment procéder, dès l'instant que la décision de me confier aux Roquevaire est prise?

Il serait indélicat de m'adresser au médecin-capitaine, plus indélicat encore de m'adresser à son épouse sans qu'il le sache. Prétextant les nouvelles navrantes qui ne sont que trop réelles, hélas! de ma situation de famille, je vais trouver Jean :

– Amélie a entamé une nouvelle procédure en déchéance. Si j'osais, je vous demanderais la faveur de m'entretenir quelques instants avec votre épouse : il me semble qu'en pareil cas, seule une femme peut être en mesure de me dire...

– Mais Bougrat... C'est très simple : je téléphone tout de suite à Gilberte.

Je me présente donc à la porte de la villa où, fin avril, il m'a été donné d'oublier pour quelques heures ma triste condition. Gilberte m'attend :

– Vous allez bien mal me juger, lui dis-je un peu confus, mais c'est d'un autre drame que je souhaiterais vous parler.

– Je vous vois anormalement préoccupé, Bougrat... Que se passe-t-il ?

– Voilà... Vous n'ignorez pas que tout forçat ne rêve que de s'enfuir...

– Tout forçat ? Comme vous y allez ! Est-ce que notre Léniot pense à cela ?

De fait, la « perle » devait papoter avec d'autres garçons de famille, à cette heure, le cabas à la main, au bazar Symphorien.

– Non, reprend l'épouse de mon confrère, la nature humaine est ainsi faite que la plupart ne tardent pas à s'installer dans la servitude. « Oui, chef... Non, chef... » Au bout de quelques années, il ne reste plus beaucoup de fortes têtes, vous savez...

Gilberte de Roquevaire se tait quelques instants, puis me regarde droit dans les yeux :

– Puis-je vous parler franchement ? Mon mari et moi avons toujours pensé que vous n'étiez pas fait pour rester ici à perpétuité.

Et, soudain moins ironique que grave :

– Le délai serait-il plus proche que nous ne l'avons parié ?

Devant tant d'intuition, j'aurais été mal venu d'avancer dans les demi-mystères :

– Oui, une évasion se prépare. Je dois en être. Mais au moment de prendre une décision aussi lourde de conséquences, moi qui autrefois ne doutais jamais de mon cran ni de mon libre arbitre, je me sens, après tant d'épreuves et d'usure, littéralement à la torture.

– Certes, cela se comprend...

Gilberte a pris elle aussi un air douloureux. Je sens que cette femme intelligente et vive est, dans ma présente misère, l'ange secourable que la Providence a choisi de placer sur ma route.

– Tout compte fait, reprend-elle, vous hésitez parce que vous jouissez d'un statut de relatif privilégié?

– Exactement. L'administration a peut-être été plus réaliste que bienveillante en me l'accordant. Il est certain que pensionnaire des cases, je n'aurais pas hésité à sauter dans tous les coups... Là, au contraire, j'ai une vie supportable. Je me demande si Panama, le Venezuela, la Colombie existent hors de l'imagination des quelques malheureux que nous sommes!

Devant ce flot fébrile, Gilberte demeure perplexe. En ai-je trop dit?

– Ce ne sont plus ces questions-là qu'il faut se poser. Mais plutôt : cette évasion est-elle sérieuse? Vos compagnons sont-ils dignes de confiance?

Au fond de mon fauteuil de rotin, je me sens brusquement anéanti. Trop de visions me hantent. Repris par la Tentiaire ou restitué à la France après avoir bravé mille morts, ce serait pis que de me retrouver à la case départ... Ce serait l'adieu à ma chambre, au grand régime, à mes activités professionnelles. Peut-être, après jugement du Tribunal maritime, m'enverrait-on aux cachots enterrés de l'île Saint-Joseph? Et le ramdam au gouvernement de Cayenne... Bougrat en cavale! Bougrat repris!

Gilberte paraît partagée. Hésite-t-elle à me révéler un argument décisif?

– C'est un véritable cas de conscience que d'influer sur la décision d'un homme dans votre situation. Pourtant, afin que vous vous déterminiez en toute connaissance de cause, je vous dois une information...

– Dites vite!

– Krevane...

– Certes, travailler désormais avec un pareil médiocre...

– Non, Bougrat...

Gilberte hoche tristement la tête :

– Sachez que sa femme disait l'autre jour à qui voulait l'entendre, au five o'clock de Mme Herménégilde : « Ce Bougrat jouit de faveurs exorbitantes, à l'hôpital. Mon mari n'attend que la première occasion pour le rétrograder en infirmier de brousse. »

Me souvenant du jugement de Mère Le Harvey, je balbutie :

– Infirmier de brousse, mais médecin quand même! Devant des crachoteux, des scrofuleux, le métier colle à la peau!

– En somme, réplique Gilberte après m'avoir bien observé, partir serait pour vous déserter? Réfléchissez, Bougrat. Où que vous soyez dans le monde, il se trouvera toujours tout comme au bagne d'épouvantables misères à soulager. Vous connaissant, je suis sûre que dans le pays qui aurait la bonne inspiration de vous accueillir vous apporteriez le réconfort à ceux qui auraient la chance de vous approcher.

Ces paroles simples et probablement vraies finirent de me convaincre.

Je m'entendis demander :

– Lorsque je serai parti, peut-être accepterez-vous d'expliquer à votre mari les raisons véritables de ma démarche?

– N'ayez aucun scrupule, Jean ne vous en voudra pas. Il était lui-même très soucieux des intentions de Krevane à votre égard.

Ma vie, je le sentais, venait de pivoter. Le seul regard que j'accordai ce soir-là au passé fut une fois encore pour déplorer mon hâtif mariage. Que fût venue ensuite celle que la vox populi qualifia d'« Ève maudite »... Quel n'eût été mon bonheur si, à l'aube de la vie, j'avais rencontré, comme le médecin-capitaine de Roquevaire, une femme de la valeur de Gilberte?

Andrée était le négatif du cliché que la société m'avait présenté de la femme, l'Ève sombre. Grâce à une amitié inespérée et pure née en terre de bagne, je ne doutais plus qu'il pût en exister, un jour, un positif radieux.

20

L'ENFER VERT

Tout va maintenant très vite. Je suis guéri de mes états d'âme au matin du 29 quand le soleil fait son apparition au-dessus des cocotiers. J'ai fait porter quelques jours plus tôt ma chemise et mon pantalon d'homme libre chez le Chine : ce vêtement arrivera à la crique avec l'équipement général du bateau. C'est en ensemble rayé que je m'apprête à sortir, au milieu de l'après-midi, avec l'intention bien arrêtée de prendre derrière le mur des abattoirs. Circonstance favorable : ce même jour, Krevane et plusieurs chefs militaires se sont rendus à Kourou où ils doivent accueillir des personnalités venues de métropole.

Quelle n'est pas ma surprise, pourtant, de trouver à la porte de l'hôpital le gardien Morucci – celui-là même qui m'avait prédit : « Un jour vous partirez... Vous êtes ce que nous appelons ici un homme de cinq mois. » Que signifiait la présence de cet homme devisant avec le portier dans l'ombre épaisse du poste au moment où j'allais tirer ma révérence à la Tentiaire? Traquenard? Je m'efforce de ne rien laisser paraître de mon trouble. La prédiction remonte exactement à cinq mois. A ma vue, le Corse paraît se la rappeler et plaisante :

– Alors, c'est aujourd'hui qu'on s'en va?

– C'est le grand jour, dis-je du même ton.

– Vous m'enverrez un petit souvenir, n'est-ce pas?

– Entendu. Que souhaitez-vous? Un singe, un caïman empaillé, une négresse en celluloïd?

– Il faudra faire vite, n'oubliez pas que le couvre-feu est à six heures!

C'est au comble de l'anxiété, que je m'éloignai me demandant si ce solide humour était du lard ou du cochon. Il était exclu, bien évidemment, que Gilberte de Roquevaire eût parlé. De même pour son mari, à supposer qu'elle se fût sitôt confiée à lui de mon projet. Mais une imprudence est vite commise. Quant à mes associés – certains à l'intellect rudimentaire – les risques étaient nombreux en dehors même d'une trahison délibérée.

Alors, rebrousser chemin? Mais il y avait des chances, aussi, pour que le Corse se fût trouvé là par hasard, pour que ses propos n'eussent été qu'une boutade en l'air... Je décidai de gagner la crique. Là, je serais définitivement fixé. Pour le meilleur ou pour le pire.

Je n'avais pas souvent fait le mur, dans mon enfance. Je ressentais d'autant plus d'émotion, maintenant, que cette école buissonnière-là devait être sans retour.

Marcher sur la berge du fleuve ne présentait pas de difficulté. Il n'en était plus de même avec les premiers contreforts des mangroves de palétuviers.

Soleil vertical. Personne, apparemment, n'a eu le courage de m'observer et moins encore de me suivre. La menace Morucci est-elle écartée? Inondé de sueur, après avoir dû traverser des rios noirs et glauques, je parviens à la crique repérée sur la carte. Mais ne me serais-je pas trompé de cours d'eau? Je n'entends aucun bruit. Le soir s'annonce : autour de moi les couleurs se font plus vives, la selve des Islets Arouba distants de trois ou quatre kilomètres ressemble à une mousse d'or. Le fleuve Maroni s'écoule majestueusement, se racontant à lui-même les eaux des origines et le lointain Tumuc-Humac.

Je n'ai pourtant pas le temps de rêver... On a sifflé sous les basses branches et je vois sortir de l'ombre Raymond l'Algérien. J'avais admiré chez le Chine l'impressionnante mâchoire de cet ex-souteneur. Là, dans la forêt, il ressemble à Casse-noisette. Un autre forçat apparaît : Veyre, un Breton.

Par Jésus, je le sais intelligent, de bonnes mœurs. Un troisième : l'Italien Bruna. Très jeune. Un quatrième : Claesse, dont je saurai bientôt qu'il a été huissier-contrôleur des spectacles à Paris. La quarantaine. Mœurs douteuses.

Jésus est arrivé le matin avec le bateau. José serait dans les parages. On n'attend plus que Delpiano, ancien ouvrier agricole, qui travaille à la briqueterie du pénitencier. Chacun de ces forçats, le visage buriné par le soleil des tropiques, s'essaie à l'optimisme :

– Fini le pain aux charençons !...

– Pourvu que tu ne le regrettes pas, répond Veyre qui grelotte sous l'effet d'un léger coup de palud.

Cette exception à la gaieté factice souligne ce que notre assemblée a finalement de pitoyable. Mais j'ai hâte d'examiner la « voiture » fournie par Cui Ho Van... Le Toulonnais commence à la dégager puisqu'il devenait certain, à cette heure, que la patrouille des chasseurs d'hommes ne s'aventurerait pas au plus inextricable de la jungle.

C'est un canot non ponté et exigu qui sort du bain de boue. Là n'est pas le pire... La carène me semble à tel point corrodée que j'en ai un frisson d'épouvante ! Un simple coup de pied et un pan entier de bordure cède avec un craquement sinistre.

– Hé là, souffle Jésus, tu casses le bateau ?

Devant mon silence il paraît découvrir – mais un peu tard – l'étendue de sa sottise. Un des hommes s'approche :

– Tu crois que cette barque ne tiendra pas la mer ?

Inutile de répondre. La triste évidence s'impose à tous : sortie du fleuve, elle ira par le fond avant d'avoir atteint la pointe des Hattes. Nous venions de prendre tous les risques – sans possibilité de retour – et nous avions déjà le nez collé sur notre arrêt de mort !

Découvrant combien il a été roulé, Jésus pousse soudain un hurlement et se précipite sur José :

– Tu vas payer, ordure !

– Que paierait-il ? dis-je en retenant à grand-peine le Toulonnais. Il a servi d'intermédiaire. Tu ne vois donc pas que c'est le Chine qui t'a possédé?

Jésus laisse tomber sa machette et s'assied sur une racine de palétuvier. Nous sommes dans de beaux draps! Que faire? Tenter la traversée du fleuve et partir à pied à travers la colonie néerlandaise? Totalement illusoire. Se procurer une autre voiture? Jésus se faisait fort de l'obtenir de Cui Ho Van en lui mettant son coupe-chou sous la gorge. Je dispose encore de 3.000 francs de la dot de Pierre. Claesse n'est pas sans numéraire...

Mais si telle est la solution, quelques semaines de délai, peut-être même un mois ou deux risquent de s'écouler. Où aller dans l'attente? Dès demain la patrouille fluviale passera au peigne fin l'embouchure de toutes les criques.

Nous convenons donc séance tenante que Jésus – puisqu'il était un libéré – et Raymond – concessionnaire – allaient rentrer à Saint-Laurent où leur absence ne pouvait être encore remarquée. Ils prépareraient, là-bas, la seconde phase de la cavale. Les cinq autres devions décider, en attendant, d'une position de repli. Mais laquelle? Demeurer sur place est impensable. Ne sommes-nous pas déjà couverts de vase, lardés d'épines? Delpiano et Claesse jurent comme des forcenés.

– Les Islets Arouba, suggère l'un en montrant du doigt leur masse verte...

– Inondés en cette saison, réplique Veyre qui a travaillé au poste télégraphique du secteur.

Se faire avaler goulûment par la vase et disparaître à tout jamais ne tente aucun de mes compagnons.

– Ce n'est pourtant pas la place qui manque sur le domaine de la relégation, finit par constater Delpiano.

De fait, quarante mille hectares pourraient nous garantir un abri sûr entre le Saut Herminia et la crique Balaté. Sans compter les Iles Portal, dont parlait Bruna, moins éloignées sur le fleuve et où tant d'autres s'étaient déjà cachés. Mais c'est irréalisable : pour aller se planquer là-bas, il faudrait obligatoirement repasser par Saint-Laurent. Autant se jeter dans la gueule du loup!

Reste la possibilité de se réfugier dans un de ces camps d'évadés qu'on dit exister à l'intérieur de la brousse. Légende? Certes pas : Veyre en connaît un, à moins de quinze lieues, tenu par un chef improvisé, un gaillard du nom de Coquempot. Là, d'anciens transportés vivaient parmi les sauvages, chassant les papillons, cultivant le manioc, certains gagnés par la fièvre de l'or et devenus maraudeurs.

Atteindre le camp semble à la fois simple et périlleux. Il suffit d'emporter quelques vivres de la réserve et de marcher. José connaît...

– Tu es sûr du chemin?

Déjà oublieux de la frayeur que lui a causée Jésus, l'Indien acquiesce. Il accepte de nous guider. Selon lui, les Galibi ne sont pas tous sur la côte, la Montagne de Fer est leur pays, nous le trouverons à ce que je crois comprendre près du fleuve Mana, dans la direction est-sud-est.

De toute façon, avons-nous un autre choix? Dès l'aube il nous faudra nous lancer sur un chemin rempli d'embûches, mais nous n'aurons à craindre les patrouilles qu'au moment de traverser la voie de Saint-Laurent à Charvein. Opération délicate mais de brève durée.

Jésus et l'Algérien viennent de partir. La nuit est dense et visqueuse. Grenouilles et crapauds-buffles font un vacarme cauchemardesque. Il ne pleut pas mais je suis trempé et, à chaque mouvement de mes orteils dans les godillots, je sens l'eau refluer. Impossible d'allumer un feu qui nous signalerait de loin aux gens du fleuve. Triste veillée!

Ce n'est plus d'un grouillement de serpents que j'ai peur, mais de crever de broncho-pneumonie. Comment ne pas penser à ma chambre vide à tout jamais perdue? Comment ne la trouverais-je pas douillette, tout à coup?

Tant bien que mal mes compagnons et moi nous enfonçons comme des bêtes entre les racines d'un fromager et réussissons à dormir quelques heures, serrés les uns contre les autres. Grande est ma tristesse mais je fais en sorte de ne verser aucune larme amère sur ce qui est, somme toute, mon premier soir de liberté.

Pénible réveil ! Pas un muscle qui ne soit tendu et douloureux, pas une articulation qui ne soit rouillée. Quelques biscuits mouillés, déglutis sans plaisir malgré une faim pressante, et nous décidons de nous mettre en marche à travers la forêt. Depuis hier, nous avons vieilli de vingt siècles. Fort heureusement, vers dix heures, le brouillard qui se lève dégage la base des arbres et, surprise, le maillage végétal est moins serré qu'il n'y paraît lorsqu'on l'observe en naviguant sur le fleuve.

Très vite cependant il faut déchanter. Les voix s'éteignent. On entre à nouveau dans la semi-obscurité, au mieux dans des lueurs d'aquarium. Lorsque la sente monte ou simplement lorsqu'il faut escalader un tronc couché au travers du passage, c'est la suée brutale et la jungle se referme sur nous, plus menaçante que la veille.

Derrière la silhouette de José, nous marchons en file indienne – n'est-ce pas la moindre des choses ? – depuis des heures, mes compagnons et moi. Qui parlait des dangers de la voie ferrée ? En fin de matinée nous la découvrons au débouché d'un layon et, n'entendant pas de rumeur de wagonnet, la franchissons avant de réintégrer aussitôt le couvert. Très probablement avons-nous coupé entre Nouveau-Camp et Charvein.

Le manque de sommeil se fait sentir. Je ne pense pas que les écluses du ciel soient ouvertes au-dessus des frondaisons agglutinées, mais, sous le matelas végétal, nous ruisselons de la tête aux pieds. Par endroits, de terribles palmiers épineux nous obligent à ralentir. Tout autour de nous se ressemble. José avance néanmoins, ne semblant pas hésiter. Au début, je contrôlais à la boussole ; maintenant, je m'en remets entièrement à lui.

Il me semble que nous avons dépassé la zone des chantiers et il est exclu, désormais, que le hasard nous fasse faire des rencontres fâcheuses. Nous sommes seuls. Et bien seuls.

José parle d'une crique où nous devrions bivouaquer ce soir. Inquiétude pourtant... Combien de jours allons-nous marcher ainsi, comment réparerons-nous nos forces défaillantes ? Que se passera-t-il lorsque chacun de nous aura épuisé les maigres provisions de sa musette ? Les yeux de mes compagnons brillent déjà de fatigue, en ces pays de fièvres, et si les chasseurs d'hommes sont loin, nous ne cessons pour autant d'être la proie de myriades d'insectes. Chiques et fouroux, poux d'agouti guettent sous le couvert des feuilles nos chairs meurtries mais encore assez tendres pour eux.

La nuit nous surprend sans que nous ayons atteint la crique escomptée. Rien ne s'opposerait à ce que nous allumions du feu. Mais avec une telle hygrométrie, impossible de faire prendre le bois. Nos allumettes sont mouillées. Delpiano a son briquet mais pas d'alcool. C'est l'ingéniosité de José qui va suppléer... Le garçon soulève quelques copeaux au cœur d'une bûche préalablement ouverte à la machette et les dispose en une minuscule pyramide. Un épineux gratté là-dessous s'enflamme comme de l'étoupe. Quant au feu, une fois qu'il est éclos, nous le protégeons de nos mains et c'est bientôt une flambée qui nous redonne courage et nous permet de sécher nos hardes de forçats. Veyre et Delpiano prétendent qu'en tressant des feuilles de palmiers nains on peut édifier des sortes de niches. Je préfère, à l'aide de lianes, me confectionner un hamac.

Peu dormi néanmoins. Les moustiques n'y sont pour rien. Ni même les rongeurs que l'on entend un peu partout et nulle part. J'ai l'esprit égaré, à l'idée du sauvage continent dans lequel nous allons nous enfoncer désormais. Et pour quel dénouement ? Je me souviens des cartes Vidal-Lablache, à l'école.

Il suffisait donc de parcourir quelques kilomètres pour comprendre que la mince frange de « civilisation » où l'on voit les cités de cette part méridionale de l'Amérique n'est qu'une pellicule. Elle masque d'immenses territoires quasiment inexplorés, traversés par des rivières au cours incertain. Et si nous marchions indéfiniment – tel Crevaux que j'ai lu dans le temps – atteindrions-nous ces fleuves aux noms de perdition : l'Inini, l'Itany?

Le camp de Coquempot n'est certes pas aussi éloigné. Mais y serons-nous un jour?

Nous repartons à l'aube. Ce matin l'eau n'en finit pas de s'égoutter du tissu de feuilles qui la retient captive. Le brouillard stagne en grosses masses cotonneuses.

Les joues creuses, la barbe inculte, nous devons faire peur. Le passé de chacun est un bloc de silence. Pas une récrimination sur le sort qui nous a jetés ici à l'heure où, normalement, nous eussions dû cingler vers des terres hospitalières. Espérons que cette entente va durer car de véritables drames surgiraient si la fatigue, la touffeur, la malnutrition dressaient les uns contre les autres les fantômes que nous sommes.

Au bout de deux ou trois kilomètres nous enfonçons dans une zone marécageuse. Favorisé par ma taille, je n'ai de l'eau qu'à hauteur de poitrine alors que les plus petits d'entre nous plongent le nez dans les ajoncs. Comment ne pas penser aux caïmans qui, peut-être, ne somnolent que d'un œil? A la grâce de Dieu! Peu après, nous franchissons la crique dont José parlait la veille au soir et que j'identifierais, sur une carte, à la crique Sainte-Anne. Au-delà, la selve s'épaissit et la piste la pénètre comme une saignée profonde et sinueuse. Nous essayons de progresser sur un tapis de feuilles pourrissantes, de plantes qui ne voient jamais le soleil.

Décidément, la loi du plus fort ne s'applique pas exclusivement aux animaux et aux hommes... Les arbres eux aussi se piétinent, se chevauchent ou s'asphyxient pour mieux assurer leur envol vers le ciel. Les plus vigoureux montent d'un jet pur et net à cinquante mètres, ils se ramifient comme les nervures de piliers gothiques. Du faîte de ces géants pend un lacis d'épiphytes, de mousses noires, de lianes qui s'élance une nouvelle fois avant d'avoir touché le sol. Pris dans ce silence, incommodés par l'ombre chaude, guettés par mille présences insaisissables, nous n'aurons parcouru qu'une dizaine de kilomètres en fin d'après-midi – si tant est qu'une estimation soit possible.

Nous décidons de faire halte sur une élévation de terrain. Nous allumons des feux afin de cuire, tant bien que mal, le python engourdi que José a surpris sous un amoncellement de feuilles. Mieux vaut cette chair douceâtre que de rester l'estomac creux... Après ce frugal repas nous regagnons à tâtons les hamacs de fortune pendant que la pluie tombe inlassablement.

On ne peut imaginer pis que ce ruissellement pour placer avec une cruauté lancinante tout égaré en face de lui-même. Que vient faire, à cette heure, l'ex-docteur Bougrat dans ces limbes de la planète? J'ai peine à réprimer un rire fou – d'autant plus fou que rien ne dit que demain ou après-demain cette situation extravagante n'aura pas pris fin et que la mort que nous sentons rôder autour des arbres ne nous aura pas rejoints.

Troisième et quatrième jours : ce sont les préoccupations de subsistance qui prennent le pas. Il ne reste plus une bribe du python piégé. Nous sommes affamés. Ce soir, la forêt est une énigme immense où tout vit, tout bouge, mais où l'on ne voit rien. Les singes hurleurs par exemple qui, à certains moments, lancent leurs appels déchirants. Où se cachent-ils?

Il y a heureusement les pinots épluchés et les cœurs de palmiers que José nous a appris à peler en trois coups de sabre. On rêverait d'un hocco embroché ou d'un bon agouti... Nous devons nous contenter, au bivouac, de vers de bois, de larves, ou mieux, au bord d'une minuscule crique, de petits crabes d'eau douce que nous mâchons tout crus. Pour dessert, une mixture à base de myrtacée que Veyre, qui a vécu en brousse, écrase patiemment dans une feuille de patava.

Ce quatrième jour, nous comprenons que le plus grand danger, dans ce qui nous arrive, ne serait pas de nous faire dévorer par un jaguar ni de nous faire mordre par l'un des représentants les plus fameux de l'herpétologie locale que sont le serpent-minute, le corail ou – plus redoutable – le gragecarreaux : un crotalidé qui attaque de propos délibéré et dont le venin peut tuer un homme en moins d'une heure... Le plus grand danger ne serait même pas de nous perdre, non... Ce serait de succomber moralement, de nous recroqueviller à un moment ou à un autre entre deux racines et, cachés par ce paravent naturel, de nous laisser mourir de découragement.

Résister à tout prix à l'effroyable détresse. Se persuader qu'à ce pas en succédera un autre, et puis un autre encore. Mais combien en faudra-t-il avant d'entendre une voix humaine et d'apercevoir entre fûts d'angélique et d'acajou le modeste abattis de Coquempot ?

Parfois, récompense inattendue, la pluie cesse de tomber. Mais cela n'empêche pas l'affrontement de chaque minute avec le mur de feuilles et d'épineux, avec l'interminable succession de buttes et de talus donnant lieu à de pénibles escalades.

Delpiano commence à faiblir. Le garçon a laissé filer dès le matin un « si on m'y reprend, à la cavale... » qui a soulevé quelques : « Ta gueule ! » de la part des forçats plus âgés. Comment ne pas relever pourtant une sourde angoisse dans l'insistance avec laquelle les uns et les autres interrogent José :

– Tu es sûr de ton affaire, au moins ?

L'Indien plisse les yeux.

– Quand est-ce qu'on arrive ? questionne Claesse, la voix décomposée.

– Bientôt...

Et Delpiano geint sotto voce :

– Ce Rouge nous disait déjà ça avant de partir !

Certes, on ne fusillera pas les démoralisateurs mais ces premières fausses notes commencent à créer un climat de suspicion dans la colonne qui progresse plus difficilement que jamais.

Tout à coup l'accident ! C'est Veyre, en tête, dont le pied se prend dans une liane et qui tombe en avant, de tout son poids... Il bascule par-dessus des troncs vermoulus et atterrit en contrebas dans une fosse. On le dégage à grand-peine. Notre compagnon sent des douleurs fulgurantes lui parcourir la jambe. Sa cheville enfle à vue d'œil, devient énorme. Je l'examine rapidement : pas de fracture, mais cet éclopé à soutenir va être pour notre misérable corps expéditionnaire un handicap supplémentaire.

Heureuse contrepartie, les « bientôt » de José n'ont plus la même sonorité dérisoire. Pouvons-nous commencer à le croire ? Ce n'est pas sans émerveillement que depuis des jours je regarde le garçon relever dans l'ombre de la jungle des indices sur lesquels mes compatriotes et moi-même demeurons aveugles.

Hommes blancs, nous possédons une foule de connaissances, nous sommes fiers d'une vie industrieuse qui nous permet d'assouvir notre faim, de nous vêtir ; nous avons inventé le moteur à explosion, le cinématographe – le Shrapnel aussi !... Pourtant, plongés dans ces conditions d'existence, combien de fois ne serions-nous pas morts là où le Galibi est capable, lui, de trouver notre commune nourriture et de recréer le feu ?

Et puis, au détour d'une piste, émergeant brusquement du couvert, nous apercevons un espace de deux hectares environ, gagné à mains d'homme sur la forêt, parsemé de petites habitations à étage construites de feuilles et de bambous. Devant ces carbets montent d'âcres fumées...

Je ne crois pas que le cri de soulagement de mes compagnons surprenne le petit groupe d'individus, debout et méfiants, qui nous regardent approcher. Il y a gros à parier que le son de nos voix, le bruit de nos chutes ont été depuis longtemps perçus par des guetteurs.

– Comment diable avez-vous trouvé ?

– Nous avons marché, répond le moins épuisé d'entre nous.

Nous venons de passer cinq jours, cinq jours complets dans cette selve amazonienne pour relier deux points qui, à vol d'oiseau, ne sont pas distants de cinquante kilomètres. Les hommes devant qui nous nous trouvons sont bien les forçats évadés de la Montagne de Fer. Tous de gueule pitoyable car la vie sur cet abattis ne doit pas être beaucoup plus douce qu'à la transportation. Un de ces patibulaires dépasse les autres de la tête et je comprends alors qu'il ne peut s'agir que de Léonce Coquempot.

21

ÉVADÉS ET GALIBI

C'est Coquempot, en effet! Un colosse de deux cent cinquante livres, chauve et barbu, solidement assuré sur une jambe de bois.

– Vous ne vous plaisiez pas, « là-bas »?

Pour si plaisante qu'elle fût, la réflexion me rappelle que la précarité des camps d'évadés tient essentiellement aux arrivées inopinées de nouvelles bouches à nourrir. Il n'y a pourtant aucune animosité dans la curieuse voix de tête qui sort de ce coffre impressionnant.

J'allais répondre que mes amis et moi-même étions aptes à « faire notre chair »... Venez, reprend déjà mon interlocuteur, un p'tit rince-cochon n'a jamais tué personne...

Le breuvage n'a rien d'anodin. J'aurais aimé ne pas être contraint d'engloutir une pareille rasade après nos privations. Qu'importe. L'appétit venant en buvant – et quel que fût l'état de l'économat local – Coquempot ne tarde pas à proposer le nec plus ultra de sa caisse-popote : des boîtes de cassoulet – et du vrai!

Et il est vrai qu'après les jours et les nuits que nous venons de vivre, ce repas a des effets salutaires. Les langues se délient et bien qu'elle puisse paraître factice, la gaieté se met à circuler sous le carbet avec le souffle du soir.

Il y a là une douzaine d'hommes. Vizenti, Le Yanec, Gleizes, Alfred Caput, un ancien steward de la Transat : Charlie Navil... Certains d'entre eux portent encore la camisole du bagne et même – négligence ou défi? – le numéro matriculaire.

Ces drôles font montre d'une endurance certaine au tord-boyaux. Rien de comparable cependant avec Coquempot qui tire son troisième litre de tafia. Chef incontesté du camp, celui-ci garde une sobriété de geste, un aplomb remarquables. Et quel refus de l'emphase pour commenter ce qui est le régime de la réclusion... Alors que n'importe quel fagot eût recouru aux formules massue : « On crève... C'est la famine organisée... » Coquempot, lui, remarque sur un ton raisonnable :

– Comment demander un travail productif au bagnard alors qu'il est sous-alimenté ?

Curieuse société, administrée et policée par ce géant à la voix flûtée, au cœur de la forêt des Guyanes !

Nous ne tarderions pas à nous rendre compte qu'on n'ouvre pas des boîtes de conserve tous les jours. Dès le lendemain l'ordinaire sera à la bouillie de couac et l'extra au gibier boucané. Mais il est clair également qu'aucun des citoyens de la Montagne de Fer, malgré les jambes enflées, les yeux jaunis par l'ankylostomiase, les plaies malsaines, ne voudrait reprendre sa place « au stère » ni revoir de près ou de loin le casque de liège des surveillants haïs.

A ce que j'apprends, des nègres de Cayenne montent périodiquement et assurent l'écoulement des productions locales. Ces mêmes Noirs réapprovisionnent les bonbonnes, convoient éventuellement des femmes – Créoles ou Chinoises – et, en des occasions mémorables, le libre camp se fait le théâtre de lupercales que nul fonctionnaire colonial n'oserait imaginer.

Je brûle néanmoins de poser une question à Coquempot :

– Votre phalanstère, La Tentiaire n'a jamais eu l'idée de vous en déloger ?

– Ce n'est pas qu'elle n'y ait songé !

– En achetant vos nègres, les gendarmes pourraient fort bien...

Les gendarmes ! Le mot amuse à l'excès nos douze convives. La dernière escouade fut forte de treize Sénégalais, de neuf porteurs, de deux guides dont un papillonniste renégat. Eh bien, ces valeureux combattants n'avaient pas dépassé Papa

Moumou. Le maréchal des logis-chef en personne, le terrible Bauer, s'était offert en cours de route un tel accès de fièvre que l'armada au complet avait dû faire demi-tour. « D'ailleurs, conclut un forban à l'approbation générale, qu'ils y reviennent... »

L'homme qui vient de parler s'appelle Gleizes et n'a quant à lui rien à perdre. Il se vante de totaliser, par le jeu des peines cumulatives, la coquette somme de cent vingt ans de cachot. Plusieurs de nos compères, repris et reconduits dans la capitale du crime sont paraît-il dans des situations analogues. Il ne fait aucun doute qu'armés jusqu'aux dents, familiers de la forêt comme ils le sont devenus, les as de l'évasion sauraient, s'il le fallait, défendre leur liberté si chèrement conquise.

Je n'ai gardé qu'un souvenir imprécis des propos que nous avons ensuite échangés. Les ratiocinations de notre hôte jointes aux vapeurs du tafia m'ont moulu le crâne. C'est que Coquempot continue de boire avec une régularité métronomique. Il raisonne avec application, possédant l'exigence sourcilleuse de ceux qui ont exercé leurs facultés de réflexion dans les cercles d'enseignement populaire. Quel est mon point de vue sur la Cité idéale? Sur l'anarchie selon Élisée Reclus?...

Malgré ma fatigue, j'apprécie le bon sens, les trésors d'énergie qu'a dû déployer cet ancien manieur de varlope pour éviter qu'à maintes reprises, avant ou après boire, ses administrés ne se battent au sabre d'abattis. Le voisinage des Indiens n'est pas son moindre souci. Plus exactement l'habitude de quémander que ces errants, exceptionnellement fixés, sont en train d'acquérir au contact de ses hommes et leur asservissement grandissant à l'alcool. Cette situation ambiguë laisse notre cher Léonce songeur. Je l'entends maintenant fredonner une vieille mélopée bagnarde :

Le voile de la nuit couvre encore l'Orapu
Des vampires hideux regagnent leur demeure...

Mais il n'a pas conclu du définitif : « Ivres de sang humain dont ils se sont repus » que mes compagnons de cavale succombent. Incapables de se traîner jusqu'aux proches hamacs, Delpiano, Claesse, Bruna, et même le rude Veyre, se laissent choir sur les nattes au milieu d'un attirail de filets de pêche, de manches de pioches, de gamelles et de seaux.

Quel n'est pas mon plaisir, le lendemain matin, de me réveiller au sec sous un carbet ! Le jour n'est pas encore né, un souffle neuf parcourt l'aire en terre battue, l'odeur de la forêt s'immisce sous la fragile texture des feuilles de coumou, de couana, et d'ouaÿe qui forme le toit de mon gîte inattendu.

Dans la semi-obscurité, j'aperçois des poteaux de cases comme des points d'exclamation. J'aurais pu prendre peur, les yeux grands ouverts devant la réalité de la situation. José était parti. Il devait revenir – mais quand ? Et si le bateau n'était jamais prêt ? Si Jésus se faisait prendre lorsqu'il regagnait la crique ? S'il était écrit que la vie de mes compagnons et la mienne devaient s'arrêter sous le couvert de la forêt équatoriale ?

En dépit de ce qu'il peut y avoir d'inquiétant dans cette perspective, d'aussi lugubre que le refrain obsessionnel de Coquempot, je me sens en paix. Avant que les premiers feux s'allument, ces heures de paresse n'ont rien du désœuvrement de taulard que j'ai bien connu. Le passé s'estompe. Je me sens enfin capable de m'accommoder d'une continuité indolore. Bien sûr il faudra participer à la vie du camp, se rendre utile aux plantations, chasser, pêcher...

J'en parle immédiatement à Coquempot :

– En aucune façon je ne voudrais que nous soyons à charge...

– Tout est clair, me répond notre hôte : si vous ne faites que passer, il est normal que nous vous aidions. Pour des affranchis comme nous, secourir ceux qui sont encore pourchassés est un devoir élémentaire, un devoir sacré. Maintenant, si vous devez rester, il est évident que chacun doit se rendre utile. Tes amis et toi choisirez l'activité qui vous conviendra. J'objecte que nous pouvons choisir sans tarder, tant l'hypothèse d'une proche sortie du territoire de la Guyane me semble improbable. Mais alors, pour quelle corporation opter ?

Il y a essentiellement, au camp, les balatistes et les papillonnistes. Les chasseurs de papillons obéissent à des règles méticuleuses. Certains partent pour la « coulée » – une sorte de layon taillé dans la forêt – avant même le lever du jour. Ce sont les chasseurs diurnes, disposant en guise de mirador de quatre arbrisseaux émondés et réunis en faisceau. Juchés à la fourche – et malgré l'insoutenable chaleur – ils observent le passage de l'ombre noire à la lumière crue du somptueux Morpho, de l'Agrea et – spécimen plus rare – du Retenor.

D'autres, au contraire, font bande à part et, spécialistes du seul Argenté, ne se postent que de nuit. Mais quelles que soient leur appartenance et leur pogne, ces curieux esthètes ont les mêmes gestes délicats pour déployer de fragiles ailes bleues et les mêmes civilités lorsqu'ils s'empruntent des boîtes de naphtaline.

En comparaison, la vie des récoltants de balata peut apparaître plus rude. Il ne suffit pas d'inciser un arbre et d'en recueillir le suc. Encore faut-il l'acheminer au long de la rivière, et convaincre les nègres de Cayenne. Bagnard, on a loisir d'ajouter de l'eau au latex pour doubler la quantité. Quand on est libre travailleur, la sauce n'est jamais assez épaisse... A côté de ces deux clans professionnels, la Montagne de Fer compte des jardiniers et des agriculteurs, un chasseur attitré; il est possible enfin de s'adonner à des travaux de menuiserie, de débroussaillement et même de se dévouer à la corvée d'eau.

Or, trois jours ne se sont pas écoulés que ma belle sérénité se trouve à rude épreuve. La récrimination couve chez le jeune Delpiano et chez Bruna, insidieusement soutenue par Claesse.

J'ai demandé à ces garnements, en attendant que des tâches plus précises nous soient imparties, de râper une provision de tubercules de manioc que nos hôtes ont entreposée sous un carbet et que les pluies fouettantes risquent d'avarier. Presser la pâte dans un manchon de raphia – la « couleuvre » –, en éliminer le jus vénéneux, passer au crible, étendre le résidu sur des plaques d'argile chauffées à blanc : tel est le procédé pour obtenir les galettes de cassave. Mais non! c'est là « travail de gonzesse » Delpiano refuse de tirer la couleuvre :

– Ils n'ont qu'à mettre des coyotes pour faire ce turbin!

Comment ne pas être surpris du coup de tête de garçons qui, au cours de notre équipée, n'avaient fait montre d'aucun mauvais esprit?

– Allez vous faire foutre, dis-je. Quand les gens d'ici auront assez de vous nourrir, vous retournerez au pensionnat.

Mais déjà les trois lascars n'entendent plus et tiennent conciliabule aux confins de l'abattis. Le soir, ils ont disparu.

Au cours du dîner, je demande à Léonce Coquempot :

« Tu as idée de ce qui tracasse ces gaziers?

– Ils se seront fait chauffer la tête par les orpailleurs, répond le chef sans paraître autrement surpris.

– Car tu as des orpailleurs dans le secteur?

– Quatre ou cinq, sûrement pas la fleur de l'humanité. A les voir gratter le sol tu comprendrais que la fièvre de l'or n'est pas un vain mot.

– Et ces fous acceptent que d'autres viennent gratter avec eux?

– Pourquoi pas? La pépite revenant aux anciens, il est moins fatigant de faire remuer la *criminelle* par les nouveaux venus. En cas de contestation, quelques chevrotines calment rapidement un homme...

Coquempot bourre sa pipe de tabac indigène avant de conclure : Qui se porterait partie civile? La Tentiaire?

Ainsi trois des nôtres avaient entendu les sirènes et venaient de passer à la maraude. Informé à son tour, Veyre limite le préjudice : « Avons-nous besoin d'eux? » Non, bien sûr. Lorsque José reviendra, nous les abandonnerons à leur sort. Mais si la légèreté de Claesse m'irrite, je plains la jeunesse des deux autres. A leur âge, la fièvre de l'or ne m'aurait-elle pas atteint? Et même en l'état actuel, n'est-il pas tentant d'aller voir du côté des placers?

J'aperçois les égarés quelques jours plus tard. Ils ont dépassé tous trois le stade où les simples d'esprit croient qu'il suffit de fouiner à quatre pattes dans la rivière. Ils pellettent sous la férule de vieux briscards aux chicots en bataille qui les abreuvent de conseils. Ruisselants, couverts de boue alluviale, les yeux exorbités, ils approvisionnent les caissons du *long-tom*. L'un d'eux lorgne-t-il vers la sortie, une crapule, pétoire sur le ventre, l'en dissuade.

– Alors, ces pépites? demande l'ancien contrôleur des spectacles d'une voix cassée mais non sans accompagner la supplique d'un geste rond.

– Ça vient, ne t'occupe...

Et parfois, pour stimuler le zèle des manœuvres, Bard ou Gousseau, les maîtres de l'endroit, font mine d'examiner une trouvaille, la rincent. Avant même qu'un curieux ait le temps d'approcher, ils la rejettent à la rivière, la prétextant trop petite.

Pitoyable comédie! A travailler de la sorte, nos compagnons auraient fait fortune à Cayenne, comme simples terrassiers. Et à les voir je comprends que les lieux-dits de la prospection aurifère, sur les cartes de Guyane, aient porté de tous temps des noms fort peu amènes : Patience, La Crève, A-Dieu-Vat...

Ce n'est qu'à la fin de la semaine que je vois, au camp, le premier – et peut-être l'unique – bénéficiaire du métal jaune. Léonce me l'a désigné avec un mélange de réprobation et de sagesse. Même dans la cité idéale, n'est-il pas vain d'espérer que, du jour au lendemain, les bas instincts s'effacent?

Léonce m'a donc montré une sauvage à peu près nue sous la courte *camisa*, le visage bouffi. Par quel artifice cette pocharde de forêt vierge est-elle devenue la propriété de Gleizes? Le dimanche, celui-ci enferme sa pierreuse dans une hutte tandis que les gens des filons descendent au camp. Assis à une table, Gleizes veille au bon déroulement des opérations : chaque amateur tire d'une pochette en papier un peu de cette poussière si durement gagnée, la semaine durant, contre la boue, la roche, l'humidité terrifiante. En échange de quoi, on entre à tour de rôle dans la hutte...

Secoué d'un rire contraint, Léonce Coquempot donne à entendre que Léka, la sauvage édentée, est pour l'impitoyable Gleizes mieux qu'une pépite, mieux qu'un lingot : on pourrait parler, à son endroit, d'un véritable « citron »!

Citoyen du libre camp, me voilà acclimaté. Je me rends chaque matin à la plantation. C'est à la fois une discipline et ma contribution à la survie du groupe humain auprès duquel la Providence m'a permis de me réfugier. C'est l'occasion aussi de me rendre compte que sans un couteau à la main, ou le sabre d'abattis que j'affûte longuement à la pierre meulière, l'homme ne serait, dans la nature, qu'une créature nue. Ainsi équipé je me sens devenir le paysan que je n'ai jamais été mais que tout individu porte en soi.

Ce qu'on appelle la plantation, chez les administrés de Coquempot, est un sol de nature sèche, récemment incendié et qui sent encore la cendre. Les plants de manioc y déploient leur feuillage veiné de rouge. Je désherbe et je taille quelques heures, puis, la chaleur n'étant plus supportable, je me contente d'écouter les perruches dans les arbres et de suivre des yeux les oiseaux-mouches qui traversent l'air comme des bijoux vivants.

Au cours de notre marche en forêt, un mois plus tôt, nous avions atteint la Montagne de Fer sans avoir rencontré d'animaux. Trop de hâte. Trop de bruit, surtout. Aujourd'hui, il m'arrive de déceler aux abords de la crique l'empreinte de tatous, de tapirs et même la griffe du caïman. C'est en poussant un peu plus loin, à la pause, que j'ai fini par me trouver à portée des Indiens Galibi. Leur présence m'avait été signalée par José et Coquempot m'avait donné quelques conseils d'approche. Je n'aurais jamais pensé, toutefois, qu'il fallût mettre tant de formes pour entrer en contact avec eux. Je les découvre donc un matin, au débouché de la piste. Ils sont là, saisis dans leurs activités familières, certains occupés à de menus travaux de vannerie, d'autres désœuvrés, le nez en l'air comme des margouillats. Les enfants se roulent sur le sol tiède, donnant libre cours à leur instinct de lutte. Les femmes aux seins pendants trimballent leur progéniture sur la hanche. Quant aux hommes, ils regardent le passant de loin, à la manière des romanichels qui, chez nous, campent au bord des routes.

Ces Indiens ont aménagé une dizaine de carbets en utilisant un épaulement du sol argileux qui forme terrasse. C'est tout au plus un campement. Quelques fileuses tirées sur les dalles de granit laissent supposer que ces représentants de l'humanité primitive descendent volontiers le cours d'eau, probablement jusqu'aux sauts tapageurs qui l'expédient en bouillonnant vers le fleuve Mana. Parmi les gens qui m'observent, plusieurs sont assis à l'ombre des auvents et se balancent sur le bord des hamacs. Je me suis assis moi aussi, au bord de la piste. Je m'efforce de paraître engageant mais sans insistance. Il faut trois jours de ce manège pour que les enfants s'enhardissent à m'approcher, suivis par les femmes. Enfin les hommes répondent à mon signe de la main.

Un orage qui s'abat sur le camp me permet providentiellement d'aller m'abriter sous les lattes de palmes constituant le plafond des carbets.

Accepté dans cet asile, et bien qu'il fît nuit au milieu du jour, je peux détailler nos Galibi avec une attention qui paraît les amuser.

Ces peaux-rouges accusent un grand développement du tronc et des membres thoraciques, caractère distinctif des tribus canotières qui provient, je le suppose, du maniement constant de la pagaie. Leur hypogastre est épais et forme un contraste avec le peu d'ampleur de leurs jambes. Les hommes ont le visage lisse avec une expression de mélancolie ou d'astuce désabusée. Il arrive que des filles jeunes soient fines et certaines sont jolies. Elles ont néanmoins une désolante absence de taille et les vieilles femmes ne sont, dans la quasi-totalité des cas, que des caricatures d'êtres humains, percluses et les chairs fripées.

Leur vêtement est réduit au minimum : une étroite bande de cotonnade, le kalimbé, retenue par une ficelle à la taille et qui pend, devant et derrière, tout aussi écarlate mais sans plus de prétention qu'un appât à grenouilles ou qu'un drapeau de chef de gare.

Le pilonnage de la pluie n'avait cessé. Je me trouvais en face de deux Indiennes curieuses mais circonspectes dont la proximité n'était pas sans me rappeler les parties de cache-cache de l'enfance. Petits garçons, au secret des cabanes, nous regardions les petites filles et découvrions – à les toucher – le dessin de leurs genoux bien ronds.

Ici, les sauvages faisaient mieux : elles montraient sans malice la béance de leur sexe ébarbé. Intimité du camp... On discourt à voix égale sous le proche carbet et, d'un hamac à l'autre, les parleurs semblent planer dans l'âcre senteur des feux. Les provisions du clan sont en train de boucaner à l'étage. On peut voir sur les claies divers volatiles : notamment un perroquet identifiable à son bec. Il y a aussi des quartiers de maïpouri couverts d'une pellicule de suie, la jambe dépiautée d'un singe.

Le soleil revenu, je fais mine de partir. C'est alors que les aïeules s'approchent; elles inspectent mon vêtement et font des gestes qui sont ceux d'une évidente quête de cigarettes. Je n'en ai pas. Ces décrépitudes paraissent à peine déçues. Un vieillard – vraisemblablement le *tamouchi* – crache dans l'herbe et se met à maugréer sans que je me sente l'enjeu de son animosité. Ailleurs, des adultes jeunes dédoublent l'écorce d'arouman et tressent imperturbablement des lianes. Je ne peux m'empêcher de penser que si je ne revenais pas, mon passage serait vite oublié. Ma brève incursion n'a-t-elle pas déjà dépassé les limites de l'intérêt – peut-être même de la mémoire ?

Mais je sens aussi que si je le désire, je pourrai établir mes quartiers chez ces êtres énigmatiques – fût-ce contraire aux lois du clan – en apportant quelques boules de gris. Mieux encore : des cigarettes manufacturées avec, sur le paquet, l'image du coq gaulois ou de la République.

C'est ce que je fais dès l'incursion suivante. Ainsi ai-je pris l'habitude d'apaiser auprès d'eux l'angoisse qui m'étreint encore.

J'ai gardé souvenir de quelques épisodes étonnants. Non point insolites à cause des mœurs de mes hôtes mais de par ma seule présence de palasissi – l'homme blanc – parmi eux. Le moment qui m'a le plus ému est, comme toujours sur cette terre amérindienne, l'éveil du jour – plus précisément les instants compacts et subtilement odorants qui précèdent la dissipation de l'ombre.

J'entends encore les menus bruits derrière le rideau de sisal de mes voisins. On murmure. Pourquoi Ioa et Mato s'éveillent-ils si tôt ? Auraient-ils l'intention d'aller chercher un bête tuée la veille au soir ? Bientôt les lueurs rougeoyantes qui éclairent mon hamac me donnent la réponse : le couple est en train de ranimer le feu.

Premières fumées. Exacerbation du cri des coqs. Les arbres se détachent un à un tandis que les étoiles pâlissent. Maintenant il fait clair. Je glisse de ma couche suspendue et, d'une voix enrouée par la fraîcheur, je salue la famille qui se réchauffe autour des braises.

Un autre matin, je me trouve dans un canot avec quelques jeunes : Maklé, Tanou, Talié. C'est la première fois que je les accompagne et nous luttons contre les courants qui se précipitent dans un défilé rocheux. Les brouillards s'effilochent sur la crique comme des haillons entre lesquels apparaît l'eau couleur de jade. Parfois, une senteur d'essence forestière dévale jusqu'à nous. On la parcourt comme une étendue matérielle. Les distances, je m'en rends compte à l'attitude et aux plaisanteries de mes nouveaux amis, se calculent aux coudes, aux éperons granitiques, à un tronc d'arbre tombé en travers de notre route et sur lequel il faut soulever l'embarcation.

Nous pêchons coumarous et poissons-chats jusqu'à ce que la chaleur pénètre les berges avec une accablante précision. Silence absolu des insectes. Plus la moindre pichenette. Plus le moindre ricochet à la surface de l'eau. Tandis que la torpeur gagne, la verdure aux feuilles immobiles mure le cours de la rivière et les puissantes racines boivent à même le courant. Rentrer? Continuer la pêche? Une seule pensée m'habite : qui viendrait me chercher ici? Plus tard, j'observe une jeune Indienne, Tindia, qui s'est lancée dans la fabrication d'un hamac. Ma présence ne semble pas l'importuner. Au contraire. Bien qu'elle n'ose sourire elle glisse vers moi un regard étonné par mon insistance à la regarder faire. J'admire sa paresseuse dextérité. Elle serre la quenouille entre la paume de sa main et sa cuisse puis, d'un simple frottement, elle imprime un mouvement de toupie à l'instrument qui tresse les deux fils pour n'en plus faire qu'un. Tindia s'est assise sur un petit tabouret et, rêveuse, reproduit les gestes appris de sa mère.

Au milieu du jour, la lumière écrase les carbets. Pas un hôte du camp qui se risque hors des flaques d'ombre. L'exercice de la parole paraît lui-même superflu. Seul le cours d'eau, en contrebas, poursuit son imperceptible migration. Il m'arrive alors de faire un brusque retour sur moi-même. Quand descendrai-je, avec mes compagnons rescapés, vers l'Océan? Nous arracherons-nous jamais à l'emprise de la forêt? La réponse soudain m'indiffère.

Il est vrai qu'avec mes Galibi, je suis à bonne école, en matière d'indolence. Les Indiens ont adopté un système à l'inverse du nôtre pour la répartition du travail et du repos. Ils s'activent une heure quand la faim les sollicite. Ils vont à la pêche quand le poisson manque. Le reste, tout le reste de la journée est voué à une oisiveté pleine et entière, de préférence dans le hamac qu'il est un art de faire se balancer en prenant appui d'un seul pied posé bien à plat sur le sol. Et quel désintéressement!... Tindia ne serait-elle pas déjà prête à me donner son ouvrage, oubliant qu'elle en aura besoin le soir?

Il n'y a pas d'interdit sur le palasissi comme il en existe sur le Noir ou sur le Créole, chez la femme indienne. Sauf vénalité, si elle se refuse, ce n'est que parce que le Blanc lui semble bien peu attirant, avec sa chair blafarde et son système pileux par trop semblable à celui du singe... Pourtant, la jeune fille n'avait-elle pas déjà l'air de me considérer autrement qu'un *baboune?*

Plus tard, de retour chez mes semblables, j'évoque ces caractères avec Léonce Coquempot. L'ancien bagnard hoche la tête : ces Indiens avaient une autre allure autrefois! Au fur et à mesure de leur relatif brassage avec les gens du camp, le chef les avait vus s'abâtardir jusqu'à préférer, maintenant, l'alcool de Cayenne à la fade liqueur de cachiri que leurs femmes confectionnaient en mélangeant leur salive au vin de palme. « Tu as vu dans quel état s'est mis le tamouchi? » J'avais vu. La misère du vieillard me poignait à chacune de nos rencontres.

– Je n'ai pas compris ce qu'il radotait, la semaine dernière...

Léonce hésite à me le dire. N'est-il pas prématuré que je partage les incertitudes du camp? A quoi bon si nous devions partir? Enfin, que je sache simplement une chose : le vieux a vendu sa femme à Gleizes...

Léka, la sauvage édentée, Léka le « citron » était naguère l'épouse du tamouchi?

– Parfaitement!

Le vieux l'avait vendue à Gleizes pour trois litres de tafia.

Cette découverte me persuade que tout n'est pas idyllique chez nos voisins de forêt.

J'ai été fasciné tout d'abord par leur détachement vis-à-vis de ce qui nous importe : le temps que nous mesurons alors qu'ils le laissent couler, l'argent et les honneurs qu'ils ignorent... Force est de constater cependant que l'ordre primitif ne protège en rien de l'ennui, du vice, de la destruction. Et si je devais rester parmi eux? Si j'étais réellement contraint de ne plus repartir?

Je me souviens d'un soir où l'épouvante a commencé de s'emparer de moi. Avais-je repensé à ma vie d'autrefois?

Lyon, Marseille, le bagne, la jungle et ses pitoyables habitants... C'en était trop! Allais-je me mettre à hurler? Les superstitieux Galibi allaient-ils, à juste titre, me croire possédé des esprits?

Je parviens à me maîtriser. Dès lors, calé dans un hamac et tirant sur ma pipe, je regarde mes nouvelles connaissances avec un œil que la sympathie ne rend pas moins lucide. Il y a certes des silhouettes gracieuses. Le petit Horem, par exemple, traversant l'aire du campement en jouant d'un arc à sa taille rapidement dégrossi dans une branche de wacapou. Les jeunes chasseurs accroupis autour d'un feu et qui cherchent patiemment le centre de gravité de leurs flèches empennées. Non loin de là, Tindia, mon béguin dérisoire, s'est lassée de sa machine à tisser et repose sur son banc. Il y a tout juste huit jours que je me suis jeté sur elle, et, à la mieux observer, je ressens une inexprimable gêne. Que le destin m'enchaîne à la Montagne de Fer : les soirs de fête, nous danserons ensemble. Je ne serai plus le jeune et fringant docteur Bougrat au bal de Tabaris, mais l'évadé à perpétuité regardant sa compagne se trémousser au son des flûtes et traîner indéfiniment les pieds dans la poussière...

Hamac à deux. Une possibilité que Kiwalasissa n'avait pas eu besoin de me souffler. Kiwalasissa la plus fripée des vieilles, celle qui est venue le premier jour me taper de quelques cigarettes. Mis à part le tabac du Blanc, la commère n'a d'autre obsession que la chronique graveleuse de l'endroit. Elle n'a pas tardé à m'instruire du mot caribe qui désigne l'acte de forniquer; depuis, aucun farceur ne peut glisser le vit dans la chair musquée d'une sauvage sans qu'elle accoure pour me le raconter.

Je sais donc comment Mato fait « sourouk » à Ioa, sous quel carbet se rend le jeune Maplé dès que le maître du lieu est parti à la pêche. J'ai appris qu'une petite garce du nom d'Oulayonnaka provoque plusieurs coquelets le même jour afin d'en être « sourouquée » – ce qui en soi serait sans conséquence... Les choses se compliquent lorsque Oulayonnaka fait part à Kiwalasissa – autrement dit : à tout le monde – de la longueur comparée des sarbacanes. Je m'explique mieux, dès lors, les fréquentes rixes juvéniles que l'on voit au camp.

Devenu Galibi par décision du destin, aurais-je d'autre ressource que de m'attacher à Tindia ? Sinon l'aimer, du moins essayer de résoudre l'énigme de son visage lisse, baiser ses lèvres épaisses, continuer d'enfouir au plus profond d'elle-même mon ennui et mes peurs ?

Pour la paix de l'intellect, il me serait resté, il est vrai, la toxicomanie à laquelle on s'adonne beaucoup chez les Indiens. Ceux-ci connaissent la cocaïne, ils savent cultiver les solanacées, c'est pour eux un jeu d'enfant que de récolter la résine du fromager qui dédouane des esprits et permet les longues divagations tranquilles.

Rapporter à Léonce Coquempot les cancans du monde galibi allait m'entraîner à aborder à nouveau avec lui, certain soir, la délicate question des relations du chef indien avec les hommes blancs.

– Sais-tu ce qu'a fait le tamouchi après avoir vendu Léka ?

Je venais d'apprendre par Kiwalasissa qu'au soir d'une vie qui lui avait fait l'âme dure, le vieux avait tenté de s'emparer d'une gamine de neuf ans – ce qui soulevait de fortes oppositions sous les carbets.

– Dommage, fit Léonce : cela aurait arrangé bien des choses...

L'ancien forçat vide à son habitude quelques gamelles de tafia. Je le regarde, intrigué. Allais-je savoir les raisons de son appréhension quant à l'avenir du camp ?

J'avais pris l'habitude de parer aux rince-cochon en gardant mon quart plein le plus longtemps possible. Je ne me formalisais plus des interrogations navrées du chef : « Tu ne bois donc point ? » Cette fois, pourtant, je n'avais pas le choix. Il fallait suivre son rythme – dût ma cervelle exploser – si je voulais entendre enfin la suite :

– Ne t'ai-je pas dit que Gleizes a obtenu sa femme contre trois litres de tord-boyaux ? C'est une quantité dérisoire, il faut en convenir. Le tamouchi allègue maintenant qu'une femme sert longtemps alors que sa provision n'a pas fait long feu.

Je crois comprendre :

– Il voudrait reprendre sa carne?

– Pas du tout! fait innocemment Léonce : il voudrait que le tafia se renouvelle!

Le reste était fort simple : Gleizes refusait d'aligner le moindre supplément et le vieil Indien prétendait – offense suprême – s'être fait « pisser dessus ».

Décidément, l'affaire se corsait! Coquempot n'avait nul besoin de m'expliquer les risques d'une mauvaise querelle avec les naturels du voisinage. Je me doutais que l'« oubli » des évadés par le redoutable Bauer ne tenait qu'à l'absence d'incidents en ces lieux inaccessibles. Qu'une petite guerre fasse un peu de bruit, au cœur de la forêt : on reparlerait alors, à Saint-Laurent, du scandale permanent qu'était notre havre de misère, notre havre de liberté.

– Et Gleizes, demandai-je? Pourquoi ne pas le mettre en face de ses responsabilités?

Là, Coquempot est devenu malheureux. Timide, malgré ses deux cent cinquante livres, froussard lorsqu'il faut parler de femmes, fidèle à ses principes d'anarchiste, il souhaiterait que chacun de ses administrés réglât sa conduite par lui-même. Le hasard voulait que l'Inco fût présent dans sa cabane. Cette fois il mettait en péril l'avenir de la communauté. Pourquoi ne pas lui parler tout de suite? Je décidai Léonce.

– Voilà, dit celui-ci en guise d'entrée en matière, nous voudrions t'avertir, rapport à Léka.

Gleizes paraît faussement surpris.

– Ça récrimine dur chez les cannibales, reprend notre chef. Même le docteur a pu s'en rendre compte.

J'opine et le colosse en vient au fait : Chasse donc cette truie!...

La chasser? Gleizes veut bien. Nous pouvons lui lancer des cailloux. Mais selon lui elle a pris goût à nos breuvages et, pour rien au monde, ne voudrait quitter les palasissi!

– Désintéresse le vieux... suggère alors Coquempot.

– Et de combien ? Trois litres, qu'il aura bus le soir même ? Et puis encore trois autres, à n'en plus finir ?

L'Inco conclut d'un mot stupéfiant. C'est « pour le principe » qu'il refuse de revoir le marché ! Comique, tout de même, qu'un de ces hommes que la société a condamnés se targue maintenant de « principes », comme un fonctionnaire de la Tentiaire, et refuse sa rincée de gnôle à un sauvage dégénéré !

Il n'y a plus lieu d'insister. Nous nous éloignons, le chef et moi. J'ai le pressentiment qu'une atmosphère morose ne va pas tarder à s'emparer du camp. En guise de diversion Coquempot rumine son refrain : « Le voile de la nuit couvre encore l'Orapu... » et je crois voir approcher, à peine esquissée, l'ombre des vampires hideux.

Tout allait se précipiter avec la venue des forbans de Cayenne. Ils arrivent au camp deux fois par an, après des jours de pirogue et de portage en forêt...

Dès leur apparition, la fièvre gagne la Montagne de Fer. En deux temps trois mouvements, le carbet communautaire, doté d'un plancher mal équarri, se transforme en casino de brousse. Les basanés déballent la marchandise. Il n'y a plus, soudain, de balatistes, de papillonnistes, d'orpailleurs, mais un cercle indistinct d'amateurs alléchés. Épices les plus diverses – du poivre au piment-café, du piment-oiseau au cul-de-Madame-Jeanne... Cartouches de cigarettes... Barriques de tafia... Tout se vend en un clin d'œil, tout s'échange contre récoltes de latex ou contre pépites d'or. Mais si la population du camp assiste au complet à ce curieux marché, elle double, inexplicablement, lorsque à la nuit, commence « la bombe » !

Quelques planches sont disposées en estrade et quatre nègres juchés là ouvrent le bal. J'ignore qu'avant l'aube éclatera la crise si redoutée. On ne s'entend plus à force de cha-chas et de boîtes à clous. Il faut voir Claesse, revenu du placer où il trimait la veille encore et sa surprise d'ancien contrôleur des spectacles devant ce dancing sans agent à la porte ni sapeur dans la salle !

Les musiciens et les doudous aux volumineux turbans de madras sont pieds nus. Et l'on ne tarde pas à se déhancher de manière indécente au rythme des « cassé-cô », ces fameuses gigues créoles. Dix, vingt de nos lascars provoquent les garces que les forbans ont traînées avec eux dans la forêt. Cuisses écartées, celles-ci font mine de repousser les assauts. Ce n'est plus une danse mais un combat où les hanches se cambrent, les croupes bondissent, les ventres roulent au-devant des mâles déchaînés.

C'est alors qu'indisposé par la bière, plus encore par l'odeur de tous ces corps en nage, j'éprouve le besoin de sortir. La nuit, bien que moite, laisse voir les étoiles. La forêt pèse de toutes parts. Mais que se passe-t-il en lisière de l'abattis ? Quelles sont ces silhouettes furtives?

J'ai l'impression que des êtres nus viennent de se glisser sous les faux bananiers, qu'ils se dissimulent parmi les plants d'igname et de manioc. Simples rôdeurs attirés par la fête à laquelle ils n'ont pas été conviés? A moins...

Je me remémore tout à coup un mot de Coquempot. Celui-ci n'excluait pas qu'un soir d'ivresse une brusque colère s'emparât de nos voisins. En ces contrées, la tornade sourd et s'élève parfois du calme trompeur des arbres. Et si nos indolents, devenus forcenés, avaient décidé de profiter du tapage pour se réapproprier la femme du tamouchi?

Là-bas, au casino de brousse, le fracas du « cassé-cô » ne se relâche plus. Les pas ont la violence du railway derrière le décor d'une fête foraine. Je m'apprête à prévenir Coquempot quand, saugrenu et stupide, un premier coup de feu claque, puis un autre...

C'est la carabine de Gleizes qui a tiré. L'Inco, l'arme au poing, poursuit les ombres qui, déjà, s'évanouissent.

Au même instant, Coquempot surgit :

– Qu'est-ce que tu fabriques, espèce de salaud?

– Je leur fais passer l'envie de renifler chez moi! Non, mais regardez-les, ces bestiaux!

Gleizes paraît moins excédé que gagné par la soif de tuer.

– En as-tu touché? s'enquiert notre chef.

– J'espère bien!

Saoul et hilare, l'abruti court au carbet où il tient sa pépite. Ce ne sera pas ce soir que le tamouchi et les siens réussiront à la lui subtiliser...

Les fanatiques du cassé-cô n'ont pas entendu les coups de feu. Le petit jour se lève pourtant sur un naufrage et l'accablement du chef fait peine à voir :

– Tout se sait, en brousse. S'il y a eu chez les Indiens des blessés ou des morts...

Je suis moins alarmiste que Léonce, maintenant. Cela pour une raison que je n'ose lui expliquer. Ne suffit-il pas de voir nos amis? Que sont les hommes ici rassemblés, sinon des misérables privés de tout espoir? Je crois deviner en ce sinistre lendemain de fête le raisonnement des autorités. Coquempot et ses administrés font partie de la catégorie la plus économique des bagnards. Des forçats qui subviennent à leurs besoins et qui se gardent tout seuls!

Depuis un moment, un Gleizes mal assuré se plaint de n'avoir pas trouvé sa pocharde. Léka s'est-elle enfuie? J'avoue ne pas prêter attention à ses récriminations. Je propose à Coquempot de battre les abords à la recherche d'éventuels blessés, qui sait?... d'user de mes bonnes relations avec les Galibi pour les amadouer à nouveau et éviter que l'irréparable ne se produise.

– Prends garde, fait Coquempot perplexe...

Je sais l'art de nos voisins pour se fondre dans le massif végétal et le fulgurant verdict que peut signifier une de leurs flèches. J'ai appris aussi à leur contact la prudence élémentaire et des ruses qui, après tout, ne diffèrent guère de celles des opérations de reconnaissance en Champagne...

Je me rends à la crique en fin de matinée. Aucune créature ne traîne sur la piste. Nulle femme ne rince son kalimbé au lavoir naturel des chutes. Même les singes atèles ont déserté les arbres. Les perruches sont muettes.

De plus en plus intrigué, je vais là où j'ai observé le campement deux mois plus tôt. Cette fois l'abattis est vide, les Indiens ont disparu!

Dès lors, je peux m'élancer à découvert. Je ne risque pas d'être accueilli à coups de flèches. J'ai l'intime conviction que c'en est fini. Ces êtres craintifs et velléitaires ont rassemblé leurs affaires : vannerie, sabres et casseroles, couronnes de plumes, et sont partis Dieu sait où, abandonnant leurs carbets.

J'éprouve soudain un grand vide. Une tristesse qui ne ressemble en rien à l'abattement angoissé de Coquempot et des siens. M'étais-je pris au jeu? Avais-je subi les mirages de ces pays indolents et fiévreux? Me reviennent en mémoire ces jours d'apparence immobiles, et ces feux censés garantir contre les dangers nocturnes mais qui n'ont pas suffi à protéger le camp de la bêtise des hommes. Je revois la zone forestière à contre-jour : une dorure sur laquelle le tronc des géants se dessine au fusain. Je revois les jours où la pluie incessante bouche le ciel, où les chemins de la chasse et de la pêche sont déserts – sorte de dimanches ennuyeux de la grande forêt : le vent s'est levé dans la nuit et le sol est jonché de baies et de bois mort. Ces matins-là, les hommes ont un air absent. Ils tressent distraitement des nattes et rafistolent leurs colliers dans un demi-silence tandis qu'un peu partout les viandes cuisent sur les boucans. Amazonies. J'avais regardé à maintes reprises les enfants pêcheurs qui se postaient avec un roseau et du fil sur les dalles de la crique; il m'avait toujours fasciné qu'ils ne se séparent jamais de leur colibri, l'oiseau chamanique censé distraire les esprits farceurs et pousser le poisson à sa perte. J'aurais voulu avoir l'insouciance du petit Téclé, un peu plus haut sur la rivière, hiératique et nu à la pointe d'un rocher, s'amusant à flécher les pagousines qui montent à la surface pour gober les graines d'aouara.

Et Tindia ? Certes je ne lui avais voué qu'un attachement distrait, presque peureux, comme si m'avait tenu la volonté de ne réveiller aucun souvenir de Marseille, de bannir à tout jamais le fantôme d'Andrée Audibert. Pour le reste, ces fameux « besoins génésiques » dont experts et bonnes âmes d'Aix avaient si incongrûment parlé au cours de mon procès, il faut croire qu'au hasard des prisons le bromure dans le pain n'avait pas suffi. J'avais désiré les seins nus de la jeune fileuse, je m'étais attaché à la grâce un peu lourde de ses formes. L'avant-veille du drame, comme si un don prémonitoire l'avait avertie d'un proche dénouement, elle s'était avancée vers moi. Nous avions parlé un peu, au cours de ce bref tête-à-tête. A un moment, son visage avait été proche du mien. Nous aurions pu échanger une caresse, quelque chose qui eût ressemblé à un dernier baiser. Mais à quoi m'aurait conduit de m'attacher à cette peau satinée, à ce sourire d'éternelle enfant?

Maintenant le campement est vide et sur l'aire de terre battue ne subsistent que des feux définitivement éteints.

Quant à mes Galibi, peut-être les avais-je réinventés eux aussi? Aurais-je eu tendance à les vouloir dans un âge d'or que Léonce m'avait sommairement décrit? Pareils à ce qu'avaient imaginé, naguère, un enfant puis un adolescent lyonnais?

« Ils avaient si fière allure... » disait Coquempot en se remémorant l'arrivée à la Montagne de Fer. Maintenant qu'ils venaient de disparaître, je pouvais me les représenter dans leur pureté originelle. Je pouvais les rêver au cours des nuits de *maraké*, lorsqu'ils allaient à pas comptés sous la lune, chargés de leurs colliers de perles bleues et rouges, le genou serré de ligatures multicolores, leurs somptueuses chevelures noires parées des plumes de l'ara.

A l'époque crépusculaire où je les découvris, certains s'enduisaient encore le corps de *génipa* comme leurs cousins Palicour. Ils se teignaient avec la poudre carminée obtenue du roucou, comme leurs parents Wayana – que l'on appelle aussi Roucouyennes. Vers quelle terre ces errants faisaient-ils route? Arriveraient-ils jamais au pays du dieu Nanatangon, père du cosmos et des hommes?

Répondre à cette question eût été une autre histoire – la leur, et non la mienne.

Je revins ébranlé. A la vue de notre camp je me sentis écrasé à l'idée de la prison que cet espace risquait de devenir. Mais je n'eus pas le temps d'appréhender la suite et de supputer nos chances de voir José réapparaître sous peu. Il se faisait un attroupement sur l'abattis. On ramenait un corps...

J'approchai et je reconnus Léka. Les larbins de Gleizes venaient de la trouver sous un arbre, lourde et basculée en avant. Dans la nuit précédant leur départ, les hommes du clan l'avaient fléchée et, maintenant, elle semblait recroquevillée sur la tige qui lui avait transpercé le cœur.

22

LA BELLE

C'en est fini de la saison des pluies. Fini des déluges nocturnes. Les eaux de la crique ont la même couleur de décoction végétale mais la brise alizée y dépose une pellicule de pétales et de feuilles jaunies.

Une grande tristesse règne sur le camp où l'on n'entend plus la chanson de Coquempot. Deux mois depuis notre arrivée... Deux mois qui m'ont éprouvé au point que je me sens le cœur chaviré à l'idée de partir et noyé par la peur de rester. Si mes complices tardent à trouver la « voiture », à Saint-Laurent, je suis assuré de succomber à une maladie de langueur.

Mais je vais échapper à cette perspective : un matin – oui, ce pourrait être « un beau matin », comme dans les contes – José réapparaît... L'Indien a remonté le Mana jusqu'au Carbet-Médard, il a franchi les sauts jusqu'au débouché de la crique Valentin; ensuite, grâce à son sens divinatoire, il a refait la traversée de l'enfer vert. Veyre, tout comme moi, l'aurait accueilli à bras ouverts si le garçon n'avait tempéré nos effusions. Il a, comme toujours, ce faciès de sage précoce et, comme tant de ses semblables, une expression de tristesse définitivement établie.

Un instant j'ai peur. Cette réserve ne serait-elle pas due aux nouvelles qu'il a pu apprendre au hasard des pirogues descendant les sauts et concernant le conflit des forçats évadés avec ses frères de race? En ces contrées où la voie d'eau est la seule communication, les *degrads* sont d'étranges parloirs.

Mais non. José sait peut-être mais ne paraît nullement affecté. Comme les Galibi de la côte, il a perdu le sens de la tribu et ne vit que dans l'espoir de se procurer un jour une T.S.F. pareille à celle du Chine. D'ailleurs, son attitude ne ramène-t-elle pas les incidents de la Montagne de Fer à leurs véritables proportions? Ne seraient-ce pas le délire solitaire d'un Léonce Coquempot, les alarmes excessives de nos pauvres cervelles, dans la touffeur de serre où nous avons mariné, qui nous auraient conduits à imaginer le pire?

A l'aventure, maintenant! Oui, la « voiture » est avancée... Il s'agit d'une « coque indienne », d'une de ces grandes pirogues qu'on nomme koulalia et qui ont une étrave relevée leur permettant d'affronter la vague.

Affronter la vague... A ces seuls mots imprégnés de sel et de goémon, je sens me quitter la maladie forestière qui, la veille encore, me minait. J'ai hâte d'agir.

Un fluide a certainement porté la nouvelle au placer des orpailleurs. Nous allons voir rappliquer nos compagnons douteux. Bruna, Delpiano – et même l'huissier-contrôleur des spectacles.

– Tiens, s'étonne Veyre, vous revoilà?

– Hé... se justifie Claesse avec sa molle intonation, c'est que l'or, nous n'en avons eu que les courbatures!

Pouvons-nous leur en vouloir? Claesse est ridicule, c'est entendu, mais en d'autres circonstances, n'aurions-nous pas cédé, nous aussi, au mirage de l'homme doré, à la légende toujours renouvelée de la cité d'El Dorado?

Puisque le bateau nous attend dans la vase d'une crique, il est temps de partir.

Je n'oublierai jamais la silhouette de Léonce ni celle des autres évadés sur le promontoire au moment où notre petit groupe se forme. Je n'oublierai jamais leur immobilité. A l'exception de quelques papillonnistes enragés, ils sont tous là pour un dernier adieu. Le Guen, Alfred Caput, l'ancien steward de la Transat Charlie Navil...

J'ai dit à Léonce hier au soir :

– Si tu es las de ton phalanstère, viens avec nous.

– Je crains le mal de mer, m'a répondu le chef du libre camp, et ma place, quoi qu'il arrive, sera toujours ici.

Déjà le ciel au-dessus de la crique est d'un rose soutenu et j'ai de la peine à retenir mes larmes.

Devons-nous nous sentir coupables vis-à-vis de ceux qui nous ont sauvés et qui, maintenant, nous regardent partir? Certes, ils restent prisonniers de ce bagne tout aussi fermé que l'autre, certes, Léonce reste l'esclave de sa chimère. Mais nous, les candidats à l'évasion, nous les partants dont le sort peut paraître enviable, sommes-nous si sûrs d'avoir la meilleure part?

Un fait de guerre s'impose alors à moi, une de ces histoires que l'on racontait dans les guitounes les plus exposées, celles où la section précédente s'était fait anéantir. Avec quelle impatience les « descendants » attendaient la relève! « On vous dit merde! » lançaient-ils à ceux qui restaient. Ils voyaient déjà la litière sèche, la permission et le pays des femmes... Pourtant, l'ironie du sort voulait que ce ne fussent pas les condamnés qui se fissent ratatiner par le premier obus. Mais ceux qui partaient et avaient à peine tourné le coude du boyau!

Allons, mieux vaut chasser ces sinistres présages. Encore quelques pas et nous nous enfoncerons dans la jungle. Ce sera alors comme si n'avait jamais existé cette demi-douzaine de carbets. Un dernier signe de la main, un dernier lazzi et, quelle qu'ait été l'estime ou l'amitié réciproque, Coquempot et les siens feront bientôt partie de la galerie de ceux qu'on ne reverra plus. Telle est, une fois de plus vérifiée, la loi de la vie, la loi des réprouvés que nous sommes.

Le voyage nous paraît plus court qu'à l'aller. Moins hasardeux. Nous en connaissons les dangers. Je retrouve le harcèlement des insectes et si les mille souffrances endurées à l'ombre comme dans la lumière ne sont pas moins grandes, nous tendons vers une délivrance que l'on peut espérer prochaine. Je retrouve avec soulagement les premiers ibis, les spatules au plumage de feu qui pêchent dans la vase des pri-pri, le vol rectiligne d'un perroquet. Sur les eaux dormantes, la foison des arums, des faux bananiers, des roseaux au galbe délicat annonce la région côtière. Enfin, le fleuve gigantesque est là et son tournoiement à perte de vue.

Où sont, à cette heure, les chasseurs de primes, la soldatesque que notre cavale, deux mois plus tôt, a dû mettre sur les dents ? En cinq jours nous avons avancé sans rencontrer âme qui vive – surtout pas d'âme damnée – et nous avons la chance d'émerger vivants de cet enfer dont tant d'anciens évadés ne parlent qu'avec horreur.

Je préfère maintenant les risques de la mer. Mettant les choses au pire, il me semble qu'il serait moins terrible, à devoir mourir, de le faire dans la fureur des vagues que de se sentir gagné par le pourrissement d'une végétation monstrueuse et carnivore. Pourtant, qui parle de mort ? Nous venons de faire la percée non loin du lieu de rassemblement prévu. Veyre connaît la zone et se flatte de nous y amener. Il le fait si bien que surgissent de derrière les arbres, comme d'un canevas bien réglé, les revenants que nous attendions : Jésus, l'Algérien...

Si surpris qu'ils en oublient de parler jusqu'à l'éclat de rire qui nous secoue et nous fait ressembler à une horde de singes rouges !

– Et la « voiture » cette fois ?

Arrivé l'avant-veille, Jésus l'avait noyée dans la mangrove. A plusieurs nous la sortons de la boue. C'est bien la coque décrite par José et, au premier coup d'œil, je constate qu'elle est en bois grignon, en principe imputrescible.

Une bonne coque, solide.

– On va peut-être enfin sortir de ce bordel du diable ! marmonne Jésus.

– Cette fois, dis-je, le Chine semble t'avoir correctement traité.

– J'espère bien... fait l'ancien tueur de Toulon en jetant à mes pieds un appendice desséché.

C'est un lobe d'oreille... d'oreille humaine!

– Tu n'avais pas d'autre argument?

Deux ou trois de nos fuyards gloussent avec une joie maligne. J'estime avoir mieux à faire. La journée ne sera pas trop longue pour améliorer le bateau.

Bien sûr, José m'a expliqué dans son sabir ce qu'est une koulalia. La panse élargie, l'arrière caréné et bas en font, en cas de naufrage, un esquif facile à repêcher. Chargés comme nous le serons, mieux vaut cependant augmenter l'étanchéité et nous assurer, au moyen d'une modeste quille, d'un surcroît de stabilité. Il faut gréer aussi, munir l'embarcation d'un foc, d'une voile latine, la doter d'un gouvernail. La toile à voile paraissant un peu faible, je décide de ralinguer avec de la garcette. Aidé de Veyre, je travaille à ces aménagements pendant que nos amis piègent des crabes et les ébouillantent pour le dîner. L'angoisse que nul n'a avouée quelques heures plus tôt a fait place à une activité fiévreuse.

Enfin la nuit. Moment solennel. Nous avons, tous les huit, le cœur serré mais rempli d'espoir. Un tel désir de liberté bouillonne en nous! Quelques coups de pagaie, et la coque file sous le tunnel des palétuviers et glisse vers le fleuve.

La pirogue a huit mètres de long, un mètre de large. Nous y tenons à l'aise. Chacun trouve sa place. Pour l'instant, pas question de sortir la toile : nous devons nous fondre dans la nuit et ceux d'entre nous qui s'activent à la rame observent le plus grand silence.

Ce n'est pas la tapouille de la Tentiaire qu'il y a lieu de redouter à cette heure, mais les villages nègres des îlots et des rives. Les immondes Boni ont l'oreille acérée, et que ne feraient-ils pas pour capturer des *popotes marron!*

Brève panique dans le noir. Nous nous sommes empêtrés dans du cordage. Un train de pêcherie chinois. Fort heureusement nous parvenons à nous dégager sans que l'on ait pu se douter de quoi que ce fût à bord du plus proche bateau – lui-même tous feux éteints. Une chance que ces Célestes n'aient jamais la conscience tranquille!

Libérés de la traîne, nous filons au courant qui s'accélère

et nous aide puissamment. La nuit est encore épaisse quand nous atteignons la bouée nord. C'est le perdant! La brise est dure, la mer grosse. Ça y est! notre esquif se met brusquement à valser...

En mer. Il est six heures et demie du matin quand nous hissons la voile. Chaque fois que la houle nous soulève nous apercevons la ligne triste des forêts. C'est le noir ourlet de cette terre de Guyane où aucun d'entre nous n'a expié mais où nous avons tant souffert. Se pourrait-il qu'il disparaisse derrière nous? Que la mâchoire de la bête s'entrouvre enfin?

Une joie irrépressible nous gagne, les langues se délient. Nous ne sentons pas le froid. Chacun y va de son projet. Bruna rêve d'un lopin de terre où le hasard le portera. Claesse, qui pipe les dés, se fait fort de plumer les mondains dans les tavernes chics – il doit bien y en avoir? – de Caracas. Veyre, plus sobre, se voit sauf lui aussi. Mais il pense à sa mère, usée par le chagrin, qui doit veiller sous sa coiffe et prier sous l'effigie des saints en l'église de Plougastel. Ce n'est pas la première fois que le Breton touche le chapelet qu'il a dans sa musette. Comme au front, j'apprécie la foi aveugle et, chez un homme, cette absence de fausse pudeur.

Tout à coup une voix surexcitée par le soleil qui donne déjà fort. C'est l'Arabe! C'est Raymond l'Algérien qui pousse un couplet de sa composition :

Si ji meurs, ji veux qu'on m'enterre
Au pays di Venizouela.

– Et pourquoi tu aurais envie qu'on t'enterre? relève Jésus qui s'efforce de garder son calme.

Le Toulonnais veille à l'intendance et fait circuler la première gamelle de café.

Bientôt une discussion survient quant à la marche du bateau.

– Tu ne restes pas à la côte, ergote Claesse?

Bruna et Delpiano se demandent aussi pourquoi j'ai piqué droit au large.

– Et le cimetière des Français, t'as envie d'aller t'asseoir dessus ? leur répond Jésus qui me laisse latitude pleine et entière pour la route à suivre.

Combien de forçats, pour avoir infléchi trop tôt, se sont retrouvés sur ces étendues de vase qui doublent la côte jusqu'à la Guyane anglaise, combien se sont perdus corps et biens ?

Tout ce premier jour, vent arrière, je tiens le cap Nord-Ouest.

Plus rien en vue. Seulement le ciel et la houle avec ses montagnes et ses creux.

En ce second jour nous pourrions croire que les dangers étaient grossis et que notre équipée serait une navigation de plaisance si l'eau ne se mettait à entrer par une fissure du fond.

Nous nous regardons consternés. Il faut écoper. Voilà qui éteint les illusions. D'ailleurs le soleil a calmé les plus volubiles et, l'eau douce sévèrement rationnée, nous sommes à peu près morts de soif. Dans l'après-midi la réverbération est telle que malgré nos chapeaux ou la chemise mouillée dont certains s'enveloppent la tête, l'insolation menace. Le sel augmente nos souffrances. Nous n'avions pensé qu'à la fureur des vagues, à la tempête possible, à l'assaut des requins... Pas un instant à ce qui nous attend plus sûrement : être rôtis tout vifs dans ce gigantesque four !

Extraordinaire monotonie des jours de mer. Pour la première fois depuis longtemps j'ai pris quelques notes et je tiens une sorte de carnet de bord :

5 Novembre : Nous sommes restés sept jours sans voir la terre. Le soleil dessèche les ulcères que nous fait l'eau de mer. La nuit on ne peut dormir. Nous sommes inexpérimentés et le moindre mouvement risque de faire chavirer la pirogue. Deux fois par jour, Jésus nous distribue un petit morceau de singe et une boule de couac, grosse comme une mandarine...

Ma tentative d'écriture n'est pas allée plus loin. Au septième jour une forte tempête venue de l'est a manqué nous jeter à la côte. Par bonheur, la pirogue monte bien à la lame mais la fissure s'est élargie. Entre ce qui vient du bas et ce qu'on embarque, nous ne tardons pas tous les huit à être littéralement assis dans l'eau.

Que faire ? Les requins... On chasse cette pensée. La tempête terminée, une discussion violente éclate : la première. Qui l'emportera ? Je préconise de laisser filer à terre dans l'espoir de réparer. Claesse geint qu'il n'en peut plus. « Coffré par les Angliches ? Plutôt crever que retourner au bagne ! » Les jeunes sont si débilités qu'ils partageraient ce point de vue.

– C'est bon, sautez à l'eau ! hurle Jésus en menaçant les flanchards. Il est sur le point de frapper Claesse : Saute, espèce de lopette !

Veyre intervient. Lui aussi exige qu'on se laisse pousser avec le foc jusqu'à la colonie anglaise.

Bribes encore dans mon carnet :

Du dixième au douzième jour. – Nous avons échoué, tiré le bateau au sec, cherché à le réparer. Il y a à proximité de la plage, deux cabanes d'Indiens. Ils nous apprennent que nous sommes à mi-chemin de Georgetown et de la frontière vénézuélienne, donc pas encore sauvés. Jésus échange avec eux des couvertures contre un pain de cassave et du poisson à moitié pourri, à moitié mangé par les charognards. Nous faisons un festin...

Le souvenir est décidément plus riche que la notule car ce festin m'a fait oublier de consigner que c'est là que José nous a quittés.

Jésus avait tenu à ce que nous gardions le garçon en otage. Sa présence n'étant plus désormais nécessaire, le Galibi rejoint les Indiens – des Caribes, probablement proches cousins – brusquement, sans qu'on puisse savoir ce qu'il a dit à ces sauvages ni quelle mouche l'a piqué. Il prétend rejoindre la Guyane française à pied.

Certes, José prenait part aux coups durs, depuis le départ. Mais il avait toujours paru légèrement en marge de nos préoccupations, pour ne pas dire étranger.

– A toi le Rouge... Tiens ta boulette...

Il saisissait sa part de pitance, sourire aux lèvres, et mangeait en silence. Il ne cessait pourtant de faire montre de délicatesse, de dévouement. Sans lui, je ne serais probablement jamais parti. Pourquoi dès lors des adieux si brusqués? Je n'allais pas avoir la possibilité de m'interroger plus longtemps. Un autre événement, qui aurait pu s'avérer dramatique, survint sitôt après.

Comme nous dormions, repus, je rêvai d'une bataille où l'on me frappait à l'épaule. J'ouvris les yeux et une espèce d'épouvantail, bien réel malheureusement, essayait de me secouer. Deux autres personnages se penchaient sur le corps appesanti de mes compagnons.

L'épouvantail était un garde-pêche et les nègres, flottant dans des uniformes britanniques délavés, avaient tout l'air de policiers indigènes venus nous arrêter. L'idiome dans lequel s'exprimaient ces pouilleux n'avait qu'un lointain rapport avec la langue de Shakespeare. Inversement, mon mauvais accent pouvait être un atout pour me faire mieux comprendre. Je me mis en devoir d'expliquer aux intrus que nos réparations étaient terminées et que, s'il le fallait, nous repartirions le jour même.

– Vous, Français?... Vous, déportés?...

Parbleu... le garde-pêche lorgne vers une de nos couvertures. Jésus la lui donne.

L'un des deux moricauds s'intéresse à notre cantine. Après s'être fait prier comme il se doit, Jésus négocie les tablettes de chocolat. Ces représentants de l'autorité vont-ils continuer à se comporter en pillards d'épave? Nous sommes si pauvres... Et ils ont une façon de désigner du doigt ce qui leur convient qui me terrifie!

Les policiers hésitent à nous laisser repartir : ils y risquent leur place. Par chance le regard de l'un s'attarde sur une dernière couverture; l'autre accepte de « fermer les yeux » jusqu'au surlendemain. Les trois sbires s'éloignent, chargés de leur butin. C'est à peu près le seul souvenir que nous garderons de la colonie britannique.

A nouveau le sel et la fournaise. Nos plaies nous font affreusement souffrir. Les trois plus vieux – dont je suis – sont les seuls qui résistent, les autres geignent ou somnolent au fond du bateau, acceptant déjà la mort.

Du douzième au vingtième jour : tempête à nouveau. La lame se fait mordante. Fissure réouverte, l'embarcation ne tient plus la mer. Nous sommes une fois de plus accroupis dans l'eau. Limites extrêmes de la résistance humaine. Pourtant, nous voyons la terre!...

Trinidad? Nous y serions aussitôt arrêtés. Qui d'entre nous n'a présent à l'esprit le récit de cavales terminées à la prison de Port of Spain avant que le courrier n'ait rapatrié vers les cachots de Saint-Joseph ceux qui pouvaient se croire des hommes libres. Un lourd silence écrase la voiture, règne sur la houle, règne dans le ciel. Pas un oiseau malgré la proximité de côtes. Nous virons de bord, vers un autre univers – celui, supposé, de l'Orénoque.

Je retrouve mes notes d'alors mot pour mot :

Est-ce la Bouche du Serpent? Sur trente kilomètres de chaque côté, nous apercevons une végétation impénétrable. D'énormes moustiques nous assiègent. Le courant a une force extraordinaire et fait tourner la pirogue sur elle-même. La nuit, une vague énorme créée par le remous nous envoie comme une catapulte dans des arbres masqués par l'eau et qui ne se peuvent voir qu'à marée basse. L'obscurité est complète. Pas de lune. Nous nous accrochons comme nous pouvons à des branches...

Oui, je nous revois encore, lorsque le jour a point, mes compagnons d'infortune et moi, plus ou moins ressuscités.

– Veyre?...

– Ohé... Jésus...

On s'appelle, qui perché dans un arbre, qui suspendu à un hamac de lianes glaiseuses et puantes. On s'entraide. Les arbres sont remplis de crabes; chaque fois qu'il est possible d'en saisir un, on le mange cru... C'est que nous avons fini la veille notre dernière réserve de cassave, nous n'avons plus d'eau douce. Comment la mort ne viendrait-elle pas, sur ce désert liquide?

J'ai des hallucinations. Je vois défiler des dizaines de visages : Andrée... le commissaire Robert : « Bougrat, vous rendez-vous compte? »... Le bon Stefani-Martin s'épongeant le front... Et les autres... Tous les autres... La meute lâchée de Siame, de Bringuier, de Gauthier de Roy que je n'aurai plus, décidément, l'ultime joie de pouvoir étrangler!

Je vais mourir et je ne voudrais être accompagné que de figures douces : Gilberte de Roquevaire; Mère Le Harvey. Et toi, mon enfant, ma fille dont j'avais réussi jusqu'à maintenant à conserver une photographie dans la doublure de ma musette de forçat!

Mais voilà que le perdant dégage cette jungle inondée et qu'au lever du jour nous avons la surprise de revoir la pirogue coincée entre deux arbres! Serait-ce la barque de Charon? Une hallucination de plus?

Non, c'est bien la koulalia, l'humble pirogue a la proue relevée comme un rêve de primitif naïf. Elle a un trou énorme mais on pourra peut-être colmater, dussent nos dernières camisoles y passer, dussions-nous franchir torse nu et brûlés jusqu'au squelette le seuil de cet enfer...

Debout les morts!

Le vingt et unième jour : Nous étions tous torturés par une soif atroce. Personne ne parlait plus. Le découragement nous gagnait, quand, machinalement, j'ai pris de l'eau dans ma main et l'ai passée sur mes lèvres. C'est de l'eau douce! Je n'ai pas eu le temps, ni l'idée, de crier ma surprise. J'ai pris une cuvette, je l'ai plongée dans l'eau, je me suis mis à boire. J'ai bu trois litres : une cuvette et demie. Les camarades ont cru tout d'abord que je devenais fou, puis tout le monde s'est mis à boire, si bien que la barque a manqué de chavirer.

Ce jour-là, je me le rappelle, nous avions dû parcourir une vingtaine de milles sur l'un des bras les plus septentrionaux du delta.

Le vingt-deuxième jour : Ces quelques paillotes de pêcheurs que nous apercevions au matin, je me demandais si ce n'était pas Pedernales ? Que de fois mes yeux s'étaient-ils arrêtés sur le nom de ce point du delta Amacuro... Mirage probablement, car nous ne parvenons pas à les atteindre.

Impossible de progresser à contre-courant, dans l'état où nous sommes. Inexorablement le phénomène des marées qui nous a fait pénétrer ces terres incertaines, évanescentes, peut-être irréelles, nous en éloigne. A la mer à nouveau, portés cette fois par une longue houle verte.

Le vingt-troisième jour : Nous avons navigué tout le jour et toute la nuit. Nous dormions tous, y compris l'homme de barre. L'eau qui m'arrivait à la poitrine m'a réveillé. Le courant nous emportait vers une plage. J'ai secoué deux des évadés : nous avons essayé de réveiller les autres. Leur fatigue est telle qu'ils n'ont pu répondre.

Ah ! la vue de cette côte... Cette plage miraculeuse avec son sable rouge, de plus en plus aveuglante au fur et à mesure que l'alizé nous en rapprochait !... Au loin, on discernait une ligne de végétation dense d'où s'élançait la boule de majestueux cocotiers.

A juger d'après le cap tenu avant que nous ne succombions, ce pourrait être la crête nord de Trinidad ? Non ! Pas ça ! Pas maintenant ! Pas après tant de souffrances et d'agonie !

D'après la carte que j'ai si souvent observée, il y avait trois fois plus de chances que nous abordions à la longue péninsule nord-est du Venezuela qui ferme le golfe de Paria...

Lentement, la répétition du flot nous y porte : un clapotis maintenant. C'est au point qu'on peut distinguer des troncs d'arbres échoués, une cabane, et même, stupéfiée par cette apparition de la mer, pieds nus sur la dune, mains en visière, une très vieille femme.

Elle va s'enfuir quand je la hèle de l'esquif : *« Hombre de paz ! »* « Homme de paix ! *Donde estamos, mujer ?* » Je dois être assez rassurant – et mon espagnol assez compréhensible car la vieille femme a le temps de crier : – « Piedras ! » avant de détaler derrière les dunes.

Las Piedras ! Un village de pêcheurs de la péninsule, en effet, tout proche d'un autre plus important : Soro ! Impossible de dire l'émotion qui nous étreint, tous les sept ! Les moribonds eux-mêmes reviennent à eux ! Mais nous saisissons aussi pourquoi la vieille femme a filé si vite... Nous n'osons nous regarder tant nous avons de barbe et de cheveux, tant nos ulcères suintent à travers nos guenilles !

Ainsi, je suppose, les premiers arrivants du Nouveau Monde durent-ils prendre pied sur cette terre de grandeur et de mystère. Nous y sommes, mes compagnons et moi, de piètres conquérants. Exténués, déchirés, mais saufs ! Et tel Alonso de Ojeda, cinq siècles plus tôt, je tombe malgré moi à genoux. Je réunis mes dernières forces et m'écrie : « Loué soit Dieu... Nous sommes au Venezuela ! »

Voici donc, reconstitués d'après ses propres récits, le séjour authentique de Bougrat au bagne et sa véritable évasion.

Bien sûr, romancier, ai-je inventé ou modifié plusieurs patronymes : Krevane, Roquevaire, et même ce Pierre Couffe dont j'ignore encore l'identité véritable.

Les faits sont exacts cependant – même s'ils diffèrent de plusieurs variantes qui circulèrent à l'époque avec d'autant plus de facilité que cette « belle » suscitait, à la colonie comme en France, le « ramdam » *que l'ex-docteur avait prévu...*

La nouvelle semble avoir été connue à Paris le 6 septembre 1928.

Cela ne pouvait plus mal tomber : l'institution du bagne subissait dans la presse les attaques conjuguées des ultras, dénonçant son manque de rigueur, et de ses adversaires, réclamant l'abolition, notamment depuis le retentissant reportage d'Albert Londres dans le Petit Parisien.

Levée de bouclier des premiers : « C'est assez de Dieudonné, c'en est trop de Bougrat pour une administration pénitentiaire désireuse de laisser croire qu'elle est à la hauteur de sa tâche. »

Sur place, le colonel Pétrel, responsable militaire renvoie la balle à Paris : « Il n'y a pas assez de gardiens en Guyane pour assurer la surveillance des prisonniers. Pas assez de médecins à l'hôpital, d'où l'utilisation des compétences de Bougrat qui, du fait de sa célébrité, aurait dû, en bonne logique, être expédié à Royale... »

Trois mois plus tard, le scandale rebondit quand on croit envolé un autre bagnard illustre : le Breton Seznec [1]. *Ce scandale provoque dans* Détective *du 15 novembre un écho persifleur :* « Chut! dit le service pénitentiaire et en effet, après Dieudonné, Bougrat, etc., l'évasion de Seznec, ça ne serait pas drôle du tout. »

De fait, les évasions ont toujours été nombreuses. C'est là un des facteurs qui ont le plus contribué à déconsidérer le bagne. Les chiffres officiels concernant le nombre d'évadés peuvent atteindre certaines années jusqu'à 20 % de l'effectif arrivé de France. Ce qui ne voulait pas dire que tous les fuyards parvenaient sains et saufs dans un pays d'accueil, loin de là!

Les évadés non réintégrés en 1927 sont au nombre de 177. En 1928 – l'année de Bougrat – 112. Les chiffres diminuent des trois quarts, il est vrai, à partir de l'année suivante – ce qui permet de supposer qu'on avait pris quelques mesures en conséquence.

*Quant à l'avocat de Bougrat, M*e *Stefani-Martin, en apprenant la stupéfiante nouvelle, il fit la déclaration suivante :* « Je conçois que mon client ait préféré tenter les risques d'une évasion qui lui a apporté une liberté relative mais immédiate, plutôt que d'avoir attendu le résultat incertain d'une procédure en révision de son procès que j'allais entamer. D'avocat devenu presque ami du malheureux Bougrat, je souhaite qu'il échappe à tous les périls et qu'il trouve quelque part, dans un pays d'Amérique, la sûreté, le secret qui lui permettraient de se refaire une existence.

Si je fais la part de la pathétique déformation professionnelle, je crois qu'il est innocent, ou du moins que le châtiment auquel il vient de se soustraire est disproportionné avec le crime qu'on lui impute. Et je ne puis celer que l'effet produit par cette évasion à la veille d'une révision, d'une réhabilitation peut-être, en tout cas d'une réduction de peine, sera

1. Accusé en 1923 du meurtre d'un trafiquant d'automobiles (on ne devait en fait jamais retrouver le cadavre de Quémeneur), Guillaume Seznec n'a cessé de clamer son innocence. Contrairement à des récits fantaisistes, Bougrat et Seznec ne se sont jamais rencontrés. (Note de l'Auteur.)

néfaste dans l'esprit des juges. Le forçat Bougrat est libre, mais le condamné a commis une erreur... »

Plus curieux furent un certain nombre de « témoignages » sur le séjour de Bougrat en Guyane, certains banalement malintentionnés, d'autres à l'origine de ce qui allait marquer les débuts d'une légende :

Appréciation de l'ancien anarchiste Eugène Dieudonné, gracié et finissant sa vie en France : « Bougrat s'évada de Saint-Laurent au bout de 4 mois *(sic)* [1]. Son emploi d'infirmier *(sic)* lui permettait des allées et venues dans le village, même le soir. Une évasion dans ces conditions est un enfantillage. Le même homme aux îles du Salut y serait resté toute sa vie. »

Reportage d'un certain Darlix, dans Le Matin *de l'époque, faisant dire à Tasso, un bagnard :* « Bougrat, ce toubib qui refroidit Rumèbe dont on trouva le cadavre dans le placard ? Il est à l'hôpital, assistant du médecin-chef. Ah ! pour un combinard, c'en est un ! Il est parvenu à force d'amabilités à gagner la confiance de toute l'administration. C'est lui qui soigne les gardiens, leurs femmes et leurs gosses quand ils sont malades. On le laisse se rendre au domicile de ceux qui réclament ses soins, sans aucune surveillance. Vous le trouverez demain matin à l'infirmerie, après la consultation... »

L'ennui, c'est que Darlix a cru le rencontrer « sous les poivriers de Cayenne » *où Bougrat n'a jamais mis les pieds !*

Et Bougrat aurait expliqué au reporter-bidon son bagne de A à Z, insistant avec une surprenante grandiloquence sur les turpitudes – sodomie en particulier – qui pouvaient le mieux exciter le vulgaire.

Un jeune souteneur, Henri Charrière, qui deviendra célèbre, quarante ans plus tard, avec son miraculeux Papillon, *a cru, lui, rencontrer Jésus à Saint-Laurent dans les années Trente* « Celui qui a préparé l'évasion du docteur Bougrat voici

1. Propos recueillis par *Détective*, en 1929.

deux ans... C'est un vieux forçat libéré, sec comme une sardine, balafré de deux horribles cicatrices. Il a un œil qui pleure tout le temps quand il vous regarde. Sale gueule, sale regard. Il ne m'inspire pas confiance, l'avenir me donnera raison. »

Le portrait est bon, mais il y a erreur sur la personne. Jésus est bel et bien parti en 28 avec les autres conjurés; il vivait encore ces dernières années, âgé de 92 ans, dans une ville d'Amérique.

Plus intéressant est le récit de l'évasion que donne Henri Danjou, en 1932, dans son livre La Belle.

Selon lui, Bougrat, étroitement surveillé, serait parti de Saint-Laurent en sautant du quai à la barbe de ses gardes :

« Je sortis. L'Indien marchait devant moi à cinquante mètres... Une fois au port mon homme sauta dans une embarcation, une de ces fileuses qui sont entièrement creusées dans un tronc d'arbre, et l'approcha de la rive... » Deux pagayeurs sont là, à qui José fait signe : « La barque passa à l'endroit du quai d'où je regardai le fleuve. J'y sautai. Elle fila. Tout près de nous, un groupe de condamnés arabes déchargeaient un chaland sous la surveillance de plusieurs gardiens. Leur brigadier me vit prendre le large; il me connaissait pour m'avoir vu à l'hôpital; mais il s'attendait si peu à me voir et sa surprise fut telle qu'il ne tira pas tout de suite. Quand ses balles sifflèrent dans notre direction, nous étions déjà masqués par un bouquet d'arbres. »

Cette version veut que Bougrat ait retrouvé ses sept compagnons avant que le groupe ne prenne la mer le soir même. Mais comment ne pas flairer l'arrangement? D'abord, sauter du quai dans une fileuse sans la faire tourner relève du prodige. Comme le signale Dieudonné, le médecin Bougrat avait tout loisir de partir à son heure, d'un pas tranquille, sans aller servir de cible à la surface de l'eau.

Et puis, les fugitifs auraient dû ramer longtemps, étant donné la configuration des lieux, avant de mettre un rideau d'arbres entre leurs gardiens et eux – à supposer que la vedette de la Tentiaire soit restée immobile!...

Tout, dans ce récit, montre le désir de Bougrat de minimiser les circonstances de son évasion, de ménager la Tentiaire, de passer sous silence les camps d'évadés... Pourquoi?

Parce qu'au moment où le journaliste lui rend visite, une demande d'extradition a été formulée par la France – une de plus! Sa protection au Venezuela est fragile. Va-t-il être rendu?

De plus, on peut supposer, de la part des locaux cette fois, une volonté de dédouanement dans la curieuse rumeur qui courut Cayenne des années durant... Cette version m'a été rapportée par le docteur Guy Robineau, ancien ophtalmologiste dont le rôle fut important dans la lutte contre le trachome en Afrique noire et qui, jeune célibataire, se trouvait en Guyane, affecté au Territoire de l'Inini, en 1939 :

« D'après ce que j'ai entendu dire... notre confrère Bougrat n'aurait jamais mis les pieds au bagne de Saint-Laurent : à son arrivée de l'île de Ré, sur le La Martinière, un canot l'attendait sous le wharf de Saint-Laurent du Maroni et, traversant le fleuve en eaux internationales, il aurait rejoint le Surinam (ex-Guyane hollandaise) sur la rive opposée, puis gagné le Venezuela... »

Ce médecin, dans la région dix ans après les faits, n'est certes pas dupe. Il fait remarquer néanmoins : « Si cette histoire est vraie c'était bien joué et bien organisé – depuis la métropole... et la Tentiaire se serait, sans doute, montrée fort discrète sur ce changement imprévu de destination. »

A cette légende, tenace, d'un Bougrat « évadé sur ordre » (sous-entendu, de Paris) et ayant entièrement échappé au bagne s'opposent les témoignages les plus sûrs. Notre personnage est bien resté cinq mois à Saint-Laurent, plus deux mois dans la brousse guyanaise. A ces sources s'ajoute désormais une pièce irréfutable...

Il s'agit du dossier individuel du transporté Bougras (sic) [1], *dossier qui devrait être inclus dans la série H 69 – H 700 des Archives des colonies et, en principe, frappé d'interdit centenaire. Le séjour à Saint-Laurent y est prouvé jusqu'au 30 août 1928. Une rubrique laconique, rédigée d'une plume nerveuse, signale en page 4 :* « Évadé le 30 août 1928. Réint. le... »

La date de « réintégration » *est restée à tout jamais en blanc.*

1. Le véritable état civil était *Bougras.* C'est l'usage établi par la famille qui a substitué le *t* au *s.* (Note de l'Auteur.)

DÉPÔT DES CONDAMNÉS
AUX TRAVAUX FORCÉS.

NUMÉRO MATRICULAIRE
DE LA COLONIE.

49443

Le nommé 1 Bougras
Pierre Marie Paul

écroué sous le n° 119, fils de Jean
et de Joulin Marie Jeanne Adrienne né le 27 novembre 1889
à Annecy, arrondissement du dit
département de Hte Savoie, âgé de 37 ans, domicilié
à Marseille, arrondissement du dit
département des B. du Rh.; ayant exercé, avant son arrivée au dépôt, la profession de docteur en médecine
condamné le 29 mars 1927
par la Cour d'Assises des Bouches du Rhône
aux travaux forcés à perpétuité
pour assassinat et vol

SIGNALEMENT AU MOMENT DE LA SORTIE DU DÉPÔT.

Taille d'un mètre 82,4 millim.
Cheveux ch. cl. grisonnants
Sourcils (ch. cl.)
Front (fuyant)
Yeux dor. j. ard. j. m.
Nez r.
Bouche g. cal.
Menton (houppé)
Barbe ch. cl.
Visage large
Teint m. m.
Signes particuliers.
cic. de 3 b. ... et ... cic. inf. et bra.

et astreint, à l'expiration de sa peine, à l'interdiction de séjour pendant années.

Écroué au dépôt le

Date du rejet du pourvoi : 12 septembre 1927

RENSEIGNEMENTS DIVERS.

Marié divorcé d'A.
Célibataire
Veuf de
Nombre des enfants 1

Embarqué le [EMBARQUÉ LE 3 AVRIL 1928]
à destination de la sur [MARTINIÈRE GUYANE]

Vu :
Le Directeur

DÉPÔT DE RELÉGABLES DE SAINT-MARTIN-DE-RÉ

CERTIFIÉ par le Greffier comptable du Dépôt.

d'Ulrich

RENSEIGNEMENTS

procurés sur le compte du dénommé de l'autre part, avant sa condamnation.

Nature et durée des condamnations qu'il avait déjà subies ; poursuites sans résultat dont il a été l'objet, etc.	C.A. Aix = 25.2.1927 - 6 mois P. émission de chèque
Renseignements sur sa conduite, son caractère, ses moyens d'existence avant sa condamnation.	Conduite, moralité, fréquentations mauvaises habitué des établissements de nuit. Vivait du produit de son travail

Montant de l'avoir du dénommé de l'autre part : 7.52

Extrait des registres du Dépôt.

Instruction	supérieure
Profession ou métier appris pendant la détention au bagne.	Atelier des tailleurs
Récompenses obtenues.	"
Conduite, punitions infligées, etc.	réprimandé une fois pour trafic de cantine Cond. A.B.
Divers renseignements.	Fontevrault Nature résignée - Attitude des meil Travail très satisfaisant -

Le Greffier comptable,

[signature]

Vu par le Directeur,:

[signature]

N DE LA MATRICULE.

MUTATIONS.

Arrivé à	Exodé le 30 août 1927
le	Réuit, le
(Nom de bâtiment.)	
Interné à	
le	

TROISIÈME PARTIE

Le Venezuela

23

REPRIS ?

Depuis trois jours, Bougrat se réveille derrière des barreaux. Que s'est-il passé ? Si ce n'était la souffrance pour décoller les paupières brûlées par le soleil et par le sel, il croirait avoir rêvé la Belle. L'odeur de moisi du cachot est pire que celle de la case onze. Serait-ce une préfiguration des mouroirs de l'île Saint-Joseph ? Il est bien au Venezuela, pourtant ; le grand pays censé ne pas « rendre » !

Abattement sans nom de ces journées où l'on reconstitue une à une, dans le noir, les péripéties de l'arrivée...

La vieille femme accostée a donné l'alerte. Un groupe de pêcheurs ne tarde pas à émerger de la levée des dunes. Ces hommes sont pour la plupart des Créoles au teint clair, certains mâtinés d'Indien. Il leur suffit d'un coup d'œil aux tatouages de Jésus... Ils comprennent. Ce n'est pas la première fois que ces êtres à peine moins misérables que ceux qu'ils viennent secourir voient s'échouer des évadés de « Caïena » – comme ils disent – en ce point précis de la péninsule de Paria, longue de deux cents kilomètres, qui forme la corne orientale de la côte nord du Venezuela. Une année, il leur est même arrivé d'en recueillir le soir de Noël.

Mains aux barreaux, Bougrat revoit les quatre kilomètres du chemin sinueux sur les derniers ressauts de collines arides, en bordure de mer. La latérite déchire la plante des pieds à vif et les loques humaines qu'on soutient aimeraient se rafraîchir à ces plages où l'écume s'étend en franges riantes et claires. Pour eux, ce paysage pourrait être le recommencement du monde. Sa solitude, sa beauté, le cri d'un ibis pêcheur le donneraient à penser.

La colonne arrive à Soro. Jusque-là, ce n'était qu'un nom abstrait lorsque Bougrat examinait la carte, à la bibliothèque de l'hôpital. Pouvait-il imaginer ces rues de sable, cette vingtaine de maisons basses d'une blancheur aveuglante, aux modestes portes bleues et ornées de frontons de briques ajourés ?

Immédiatement, le village s'empresse. L'inconnu prend forme. Jeunes filles, femmes, hommes et enfants se consultent et décident d'installer les sept rescapés entre les barques et le réseau de filets tendu à l'ombre des cocotiers. Deux femmes les dévêtent pudiquement de leurs guenilles, lavent les ulcères des malheureux avec d'infinies précautions, enduisent les corps martyrisés d'huile de noix de cajou.

L'une de ces femmes a le visage d'une madone Noire.

– Comment t'appelles-tu ?

– Lourdes, répond-elle avec un sourire timide. Lourdes Gonçalves.

Et ce nom, d'une France dont la pauvresse ne peut avoir idée, émeut encore Bougrat, dans son cachot. On leur apporte une marmite où fume la soupe de mâchoiron ; des vieilles ont confectionné des galettes de cassave.

Plus que sur son sort et sur celui de ses compagnons, Bougrat pleurerait de la déception de ces êtres simples et généreux lorsque la *Sagrada* [1] était arrivée... Ils savaient... Et c'était le souvenir de ce qui s'était précédemment passé qui leur donnait cette compassion grave et sans joie.

Puis arrive une demi-douzaine de cavaliers – rustres mal chapeautés, mal guêtrés qui encerclent les forçats ! Les vieux de Soro jurent leurs grands dieux que nul ne les a prévenus. Les évadés de « Caïena » ne peuvent en douter : en un tournemain, femmes et enfants ont disparu lorsque ces représentants du pouvoir central ont fait irruption dans ce bout du monde. Mais y a-t-il encore un « bout du monde » en ce

1. Célèbre police politique du régime du président Gómez.

Venezuela de l'an de grâce 1928? Comme dit un pêcheur : « Avec le dictateur Gómez, les murs ont des yeux! »

Les cavaliers s'apprêtent à tirer les sept parias encordés jusqu'à la ville d'Irapa.

– Tu n'as pas honte? dit à leur chef un octogénaire qui n'a rien à craindre. Ils ont peut-être commis des crimes... Mais ce sont des chrétiens comme nous.

– Comment ferais-tu à ma place? s'enquiert le gradé, encore assez à jeun pour entendre raison.

– Un camion s'en retourne à la ville...

Un camion? Après tout, cela simplifierait la tâche de la maréchaussée que d'y charger les proscrits. Aussi va-t-on débusquer le conducteur. Et guimbarde et cavaliers s'ébranlent quand un cri retentit :

– Attendez... Attendez...

C'est un *campesino,* chargé d'un gros sac : « Mes serpents! » Cet homme expédie chaque semaine à la ville sa récolte de jacquots, de najas, de serpents-paradis.

A la prison d'Irapa, le gardien n'est pas un mauvais bougre. Il aime se faire raconter l'odyssée maritime des étrangers qu'il a mission de garder jusqu'à ce qu'une décision intervienne en haut lieu. Mais où peut-il bien être, « ce haut lieu »? Le récit des souffrances endurées par ses pensionnaires lui tire des larmes et, dans les jours qui suivent, les prisonniers vont s'apercevoir qu'il paie lui-même, de ses maigres subsides, l'humble mais suffisante nourriture qu'on leur apporte.

Bougrat essaie de se rassurer : une inconnue prénommée Lourdes, un paysan qui récolte des serpents, un garde-chiourme capable de pleurer sur le sort de ses administrés... ne sont-ce pas là des signes? A ces moments-là, il s'efforce de croire à une liberté possible dans cet immense pays dont il a tant rêvé, ce Venezuela qu'il croyait deviner, le soir, du fond de son trou, à l'heure où la Croix du Sud, encadrée par la lucarne, luit dans le ciel.

Une étendue de mille quatre cents kilomètres d'ouest en est, des neiges de la Cordillière que l'on disait ponctuées de massifs de *fraïlejón* à ce delta Amacuro, vaste à lui seul comme les Pays-Bas, où le fleuve Orénoque investit l'Atlantique de cent, de mille tentacules liquides.

Une étendue de mille kilomètres encore, du nord au sud cette fois, du scintillement de la mer des Caraïbes à cette sierra de Parima dont seuls les *tepuy* émergent des forêts de l'impénétrable. Tepuy où l'Indien Yanomami, nu comme au premier jour, voit la demeure des dieux.

Il se les était réprésentées à la bibliothèque de Saint-Laurent du Maroni, les immensités des *llanos*, eaux et savanes indiscernables, entre Apure et Orénoque, avec leurs arbres fossiles et leurs myriades d'échassiers! Il avait cru les voir, ces bruines perpétuelles de Canaïma où le lit des rivières renferme des diamants, où se cache le tatou, où le turpial et l'oiseau-lyre traversent l'arc-en-ciel!

Pourtant, l'illusion se brisait... Bougrat, comme tant d'autres avant lui, comprenait que ce qui avait été un but – l'évasion – n'était qu'un passage et que, malgré les dangers bravés et les souffrances surmontées, tout aujourd'hui était à recommencer.

En effet, tout bagnard, en Guyane, ignorait ou avait tendance à oublier que la nation vénézuélienne édictait des lois réglées par ses fluctuations économiques. Certaines années l'immigration avait été importante. On acceptait le voisin démuni d'Amérique latine; selon les disettes ou les luttes fratricides de la vieille Europe, le pays s'enrichissait de maçons italiens, de boulangers portugais, de patriotes serbo-croates, de crève-la-faim galiciens ou macédoniens, de Corses aventureux, de Polonais pourchassés, de juifs russes ou hongrois rescapés du dernier pogrom.

Quand les propriétaires des grandes plantations de café et de cacao, les négociants du cuir, les offices de commerce avec les Antilles le demandaient, un décret restrictif tombait. Tel était le cas en 1928.

Et le bon gardien de la prison d'Irapa, entre deux soupes

de fèves, laissait deviner aux malheureux Français à quoi les exposaient, de Caracas, les décisions du vieux maître andin dont il n'osait prononcer le nom ; celui qui, depuis un quart de siècle, tenait le pays d'une poigne de fer...

Les perspectives n'étaient pas gaies : être envoyé au pénitentier d'El Dorado, un bagne auprès duquel les chantiers de Saint-Laurent paraissaient un séjour champêtre. Partir casser des cailloux sur les routes de jungle en vue de doter le pays d'un embryon de voies de communication modernes. Enfin, le plus probable pour les naufragés de Soro, être transférés à la prison de Carupano, second port de l'État de Sucre où, périodiquement, pour le compte de la France, le vapeur *Saint-Laurent* venait reprendre les « brebis » égarées.

Comment Bougrat et ses compagnons de chaîne vont-ils pouvoir éviter la restitution ?

Le chef civil de la petite ville d'Irapa vient voir un matin les desperados dont on lui a parlé. C'est un homme corpulent mais à l'air débilité, dont les bajoues se contractent sous l'effet d'une rumination irrépressible. Cette infirmité le porte à un humour désabusé :

– Et vous, pauvre homme, vous n'étiez pas assez bien traité par vos compatriotes ?

Le chef civil n'a pas le temps de finir sa phrase : une quinte de toux lui fait porter la main à sa panse.

– Remettez-vous, Monsieur, dit fort civilement Bougrat en lui tendant son escabeau.

– Excusez-moi, reprend l'autre, son malaise calmé... Ce n'est pas faute d'avoir, sur les instances de Rufino Estanga, notre apothicaire, absorbé des litres de sirop pour les bronches !

– Pour les bronches ?

– Que devrais-je faire, selon vous ?

– Soigner votre estomac. Vous devez probablement avoir une hernie à cet organe.

– Il est vrai que j'ai des remontées de feu. Mais vous, comment savez-vous de telles choses ?

– J'étais médecin, en France.

– Un médecin, ici... Un médecin d'un grand pays?

Le rondouillard ajoute précipitamment : « Et vous pourriez me dire ce qui peut guérir cette maladie qui me gâche la vie? »

– Bien sûr, fait Bougrat en indiquant une poudre azyme susceptible de calmer les symptômes.

Le chef civil rajuste son chapeau d'un coup de poing et, laissant là son enquête administrative, court aussitôt se procurer la potion.

Le lendemain, l'homme est de retour.

– Votre poudre a fait merveille! s'écrie-t-il en entrant dans le cachot de Bougrat.

« Très probablement ai-je eu la chance en calmant le symptôme de calmer le sujet... La hernie se sera temporairement réduite! » songe le prisonnier. Cette chance, sans laquelle nul médecin ne saurait assurer sa réputation, venait de jouer en sa faveur. Seulement... il allait falloir doubler la mise car le chef voulait maintenant que l'on vînt soigner sa femme à domicile!

En effet, doña Incarnación s'alanguissait depuis des années; on la disait perdue.

– Je viendrais volontiers, accorda l'honorable prisonnier, mais voyez mon état...

Nu-pieds et en guenilles, le médecin d'un pays civilisé ne pouvait consulter – moins encore guérir. Le chef civil en convient. Le jour même il envoie à la prison un tailleur qui prend les mesures du Français et réalise en un temps record un complet de toile qui tombe à la perfection.

Après la visite du médecin, doña Incarnación a la bonne grâce de se sentir mieux; dès lors, la levée d'écrou est prononcée. Don Fermin Quiroga insiste même pour que le prisonnier élargi vienne loger dans sa maison, vaste et dotée d'une nombreuse domesticité... Aucun doute là-dessus, à en juger par la clique d'Indiennes assises dans la cour et dont la seule occupation semble être de lutter contre les mouches qui leur mangent les yeux.

Le chef civil fait proclamer par le tambour qu'un médecin est arrivé au pays et examinera les malades qui se présenteront. Sous les arcades de la maison, une longue file se forme : femmes chargées d'enfants, pêcheurs aux joues creuses, aux yeux luisants de fièvre. Quiroga a convié des notables de l'endroit et, par la fenêtre sans vitrages, Bougrat l'entend parler, avec un plaisir non dénué d'emphase, des avantages de la civilisation et des merveilles du progrès.

Jamais, dans sa pratique marseillaise, le docteur Bougrat n'a vu une salle d'attente aussi fournie. Ces gens sont si pauvres qu'il serait indécent de leur demander quoi que ce soit. Certains, pourtant, tiennent à donner leur obole. Fruits. Volailles. D'autres paient avec ces piécettes d'une *locha* qui équivaut à dix cents de bolivar.

En peu de temps, Bougrat a deux cents bolivars en poche. Persuadé, comme naguère, que l'élégance commence par ce que l'on porte aux pieds, il se rend chez l'unique bottier d'Irapa, où il commande une paire de chaussures de chevreau. La chemise et le panama viendraient plus tard.

Le succès ne se dément pas. Connaissant les hommes, Bougrat prend la précaution de rendre visite au broyeur de poudres Rufino Estanga. Nul doute que celui-ci va admettre ne rien perdre : le surcroît d'ordonnances compense largement la perte de ses consultations. Mais un regard torve renseigne vite le médecin : l'escobar ne serait pas un ami.

Sur ces entrefaites, un accident va faire grand bruit dans la localité. Antonina Sifontès de Rosal, femme de l'aubergiste, est ramenée un soir à dos d'âne, gravement blessée.

Alors qu'elle est allée avec un groupe de voisines ramasser de l'herbe pour ses lapins, à une demi-lieue de la ville, la pauvre femme a essuyé le coup de feu d'un chasseur maladroit. L'émotion est grande, à l'auberge. Antonina a la jambe déchiquetée. On s'en va quérir *el medico francès*. Il y a une lampe à pétrole, chez Rosal. On peut explorer les lésions. Plusieurs vaisseaux saignent : il faut opérer. Mais avec quoi?

Bougrat met les ivrognes à la porte et réquisitionne pour l'aider deux ou trois femmes qui lui paraissent suffisamment avisées. L'une d'elles déchire déjà un drap, une autre apporte des aiguilles. On trouve un rasoir, qui va servir de bistouri.

L'opération dure deux heures. Elle se déroule le mieux du monde et, quelques jours plus tard, l'épouse du cabaretier vante, sur la place d'Irapa, les mérites de son sauveur.

Pour Bougrat, la chance a-t-elle enfin tourné? Hélas, quand le malheur tient une victime, il ne lâche pas facilement sa proie.

Un matin, traversant le patio, Bougrat avise Quiroga se balançant dans son hamac selon un rythme inhabituel, signe de quelque gros souci. Immédiatement, il a l'intuition que son sort est en jeu. En effet, les apothicaires de l'État se sont plaints à Caracas. Rufino Estanga n'avait jamais caché qu'il s'adresserait au *Sr. Presidente,* le général Juan Vicente Gómez, par l'intermédiaire des *Fuerzas vivas* dont il est le représentant local. Ainsi la contrée se débarrasserait-elle d'un brigand qui se disait médecin mais n'était qu'un profiteur douteux. D'ailleurs, où étaient ses diplômes?

– Ils sont restés en France, répond Bougrat au chef civil; ils y sont restés avec ma vie d'homme libre.

– Je sais, fait Quiroga. L'ennui, c'est ce papier qui a fini par arriver jusqu'ici...

Et don Fermin désigne, sur le bureau, le télégramme de la Sûreté de Paris.

– Il y a aussi l'ordre d'obtempérer, constate le proscrit d'une voix blanche.

– Ne vous inquiétez pas, intervient Quiroga. Nous examinerons cela *demain.*

Pour la première fois, Bougrat entendait ce mot magique de *mañana* par lequel, sous ces climats, on évite de chagriner quiconque. Et de fait, le jour suivant, en l'absence parfaitement réglée de son bienfaiteur et de la famille de celui-ci, l'évadé de Cayenne était embarqué pour Carupano non sans avoir vu, au passage, un spectacle navrant...

Les premiers patients avaient pris l'habitude de se réunir

dès l'aube, enroulés dans leur poncho. Certains d'entre eux probablement accourus de *hatos* fort éloignés. Prêts à attendre le temps qu'il faudrait pour être admis auprès du grand docteur venu d'au-delà des mers.

« Pauvres gens... » murmure Bougrat. Sur cette terre dure, ils vont être à nouveau seuls.

Prison de Carupano. Cette fois, la cause est entendue. L'aventure terminée. L'extradition d'autant plus certaine que le tyran de Caracas, peu de temps auparavant, a été décoré de la Légion d'honneur par cette même France qui a repris le ruban à l'ancien combattant Bougrat.

Dans combien de jours passera le *Saint-Laurent?* C'en est décidément fini du trésor de l'abbé Faria, de l'espoir d'assouvir une quelconque vengeance. Ah, ils pouvaient dormir tranquilles, les Bringuier et les Siame, il pouvait se rassurer, le sinistre Gauthier de Roy!

Et cette douleur jusqu'à la brûlure, pour l'insomnieux, à la pensée de ne plus revoir Nicole, de renoncer à tout jamais à emporter son propre enfant dans les plis de son manteau!

Le premier soir, à la nuit noire, Bougrat entend des bruits de voix devant la prison. Par intermittence, de petites lucioles brillent, comme si l'on avait battu le briquet. Le soir suivant, même manège. Et toujours ces rumeurs, comme d'une foule. Au matin, le gardien questionne le prisonnier :

– Est-il vrai que vous faites des miracles?

– Qui vous a dit cela?

– Mais... tous ces gens qui campent devant la prison.

C'étaient donc les péons, les vieilles Indiennes, les *campesinos,* les pêcheurs de la péninsule qui, ayant appris l'arrestation de leur sauveur, avaient traversé rios et fondrières, à dos d'âne ou pieds nus, pour venir demander qu'il leur fût rendu. Mais leur reconnaissance seule ne pouvait suffire. Le hasard fit bien les choses. Un personnage autrement important que le chef civil d'Irapa, le général commandant la garnison de Carupano, eut besoin – et de façon urgente – du chirurgien Bougrat.

Et pour cause! On venait de lui faire une belle estafilade à la gorge. Guet-apens perpétré par des spoliés rebelles, comme il en existait aux quatre coins du pays? L'hypothèse a été émise. On a même campé un Bougrat traversant héroïquement des « lignes ennemies » pour ramener le général moribond, ce qui est peu vraisemblable. Il n'y avait pas de soulèvement militaire dans l'État de Sucre, à cette époque. Il faudra attendre le mois d'août 1929 et l'épisode de la goélette *El Falke*, à Cumana, pour enregistrer le premier accroc sérieux au régime.

Bref, quelle que fût la cause de la blessure, le général tint à se rendre à la prison, voulant être cousu par celui dont on disait – sans le moindre blasphème – qu'il rivalisait avec le Christ miraculeux ou avec Mandrake le magicien.

Ainsi investi des pleins pouvoirs, le prisonnier opéra dans la nuit ce potentat qui saignait comme un bœuf.

Mais comment Bougrat, simple médecin à Marseille, faisait-il pour s'affirmer aussi crânement chirurgien? Bien sûr, à la Faculté, il avait suivi des stages. Il était passé chez le vieux maître Forgue. Il avait été externe de ce fameux Delore dont on disait, à Lyon, qu'il jetait des confettis et les rattrapait à la pince pour entretenir la souplesse de ses doigts. Cela n'eût certes pas fait du généraliste et syphiligraphe l'égal, au bistouri, de son condisciple Leriche. Mais il y avait eu la guerre! La Grande Guerre – et l'on sait quelle figure y fit l'aide-major de première classe Bougrat!

Au cours du conflit, en effet, la presse était si grande devant les ambulances de campagne que tous les officiants se trouvaient contraints de dépasser leurs attributions. Qui le leur eût reproché? Il y avait un tel nombre d'amputations à réaliser! Sous la giclée tiède, immergé à mi-corps dans des coulées de viscères et des bouillies d'entrailles, Bougrat avait acquis l'intuition anatomique, la dextérité manuelle qui, chez les chirurgiens, font la valeur des promotions de guerre.

Rien d'étonnant qu'il s'en souvînt sur les rivages du nouveau monde où il savait reproduire, à l'occasion, le geste qui sauve. Ce geste fut décisif pour l'égorgé de Carupano. Au reste, la carotide n'avait pas été touchée. Dès le lendemain, aidé en cela par sa forte constitution, le général Joaquim Aretz retournait chez les dames. Il y fut reçu en grand triomphe.

Quant à Bougrat, ce même soir, le gardien vint lui dire :

– Rassemblez vos affaires, prenez votre chapeau...

Au poste, la confirmation arriva, laconique : *« Esta libre, Señor ! »*

Libre ! Bougrat était libre ! Pour la première fois, le coup d'œil jeté sur la prison que l'on quitte ne lui donnait aucune angoisse. Il se savait désormais protégé par un homme autrement influent que Fermin Quiroga ! Le plus drôle est qu'au moment du pansement, le général lui avait demandé :

– Mais enfin, qu'avez-vous fait pour que votre pays envoie au bagne un citoyen aussi utile que vous ?

– On a dit que j'avais tué un homme, répondit Bougrat.

Air surpris du militaire :

– Des hommes, j'en ai tué des quantités... On ne m'a jamais mis en prison !

Sitôt tiré de son réduit, Bougrat fut happé par la foule. Ils n'avaient jamais déguerpi, les braves gens ! C'est donc en un bruyant cortège qu'on accompagna le guérisseur à l'auberge où, d'une voix tremblante d'émotion, il commanda : « Un brandy ! » Il n'y avait que du rhum, dans ce faubourg. Va pour le Santa-Teresa !

Enfin, ayant réussi à échapper à ses dévots, Bougrat put errer seul, dans la nuit tiède, assailli une fois encore par la pensée des siens. Que leur advenait-il, à quatre mille lieues de ce minuscule port de la mer des Caraïbes ? Un instant la peur le saisit : et si son père était mort ?

Mais il s'agissait de vivre et, cette fois, la destination était tracée. Devant les notables d'Irapa on le fit s'engouffrer dans une automobile et, dans un indescriptible nuage de poussière, la Ford ouvrant la colonne partit pour ce qui s'apparentait déjà à une patrie reconquise.

La localité d'Irapa ressemble à la plupart des agglomérations de l'État. Une grande rue non alignée, où les hautes jalousies bordent les façades sans auvents ni toitures, où la chaussée conserve les inégalités du terrain et, selon la saison, peut présenter l'aspect d'un bourbier ou, au contraire, d'un espace de boue sèche et craquelée. La colonne de véhicules avance dans ce tourbillon jaunâtre. On parvient à la plaza del Ayuntamiento où la foule est compacte. Il s'agit de gagner le bâtiment officiel tendu pour la circonstance de velours cramoisi. Enfin... un velours qui fut rouge et sur lequel sont passés bien des soleils des tropiques! Comme il va être difficile à un Bougrat exténué de s'arracher aux harangues grandioses qui saluent son retour!

L'installation dans la plus belle pièce de la maison Quiroga ne pouvait être que provisoire. Certes, la femme et la fille du chef civil s'empressent d'offrir au médecin tout ce qu'elles pensent lui être agréable. Mais si Bougrat doit demeurer à Irapa, n'est-il pas indispensable qu'il dispose d'un domicile à lui?

On lui parle alors de négociants d'origine française, deux Corses : Domenico et Luigi Lucchesi, qui se sont fixés dans le pays dix ans plus tôt et commencent d'y amasser une petite fortune. L'un des deux frères, devenu don Luis, accepte de louer au médecin une de ses maisons, non loin de la place. Plus exactement la moitié de la demeure car l'autre moitié est occupée par une famille d'Italiens.

La maison Lucchesi comporte une suite de fenêtres sans vitres, avec de belles grilles où les paysans qui viennent vendre leurs produits, une fois la semaine, attachent leurs ânes. Elle est bordée d'arcades qui permettront aux clients du docteur d'attendre leur tour à l'ombre. A l'intérieur, le courant d'air entretient la fraîcheur à toute heure et Bougrat ne tarde pas à disposer d'un hamac confortable, de coffres qui constituent un commencement de mobilier.

Il a bientôt une servante pour veiller jour et nuit à l'office

– une lourde négresse, Anna, dont la petite fille est elle aussi à la disposition du médecin.

Anna excelle surtout à rouler les boulettes de semoule de maïs, ces *arepas* qui sont le pain quotidien du pays. Comme les gens du lieu, elle a une étonnante propension aux mélanges d'aliments inattendus : œufs et poissons insipides, mixtures de légumes ou tubercules plus indigestes les uns que les autres. Le tout, bien sûr, lardé d'oignons et de piments coruscants. L'eau saumâtre du pays est la seule boisson possible – avec le lait de chèvre... Mais après la traversée du bagne, Bougrat a-t-il à se plaindre de cette profusion ? En fermant les yeux, il peut enfin croire abolies les quatre années atroces qu'il vient de vivre depuis son départ de la rue Sénac. Pas au point d'en oublier, pourtant, ses compagnons d'infortune.

Car que sont devenus, pendant ce temps, Claesse et Jésus, Delpiano et Bruna ? Où peut bien être Raymond l'Algérien ?

On a peu d'informations à leur sujet mais il semble qu'aucun d'eux n'ait été rendu. Forçats moins célèbres que Bougrat, ont-ils été réclamés avec moins d'insistance par la France ? Profitant de sa faveur à Carupano, le « médecin-miracle » a-t-il obtenu leur élargissement en même temps que le sien ? Probable qu'à cette heure les compagnons de cavale grossissent la colonie d'anciens forçats que comptent des villes comme Cumana ou Ciudad Bolivar. Quant à Jésus...

24

MAGDA

A Irapa, les premières initiatives d'*el doctor* Pedro Bougrat furent la lutte contre la malaria et l'amélioration du sort des femmes en couches.

La région était infestée par une variété de moustiques qui, certains soirs, piquaient sans qu'on s'en rendît compte. En quelques instants, le corps se couvrait de bosses pareilles à des œufs de pigeon. Il suffisait le plus souvent de vivre dans cet inconfort. Mais, parfois, un moustique était porteur de l'agent du paludisme et les habitants d'Irapa connaissaient ces accès qui les chaviraient au fond des hamacs et ne les rendaient que rompus, le visage gris, à leurs semblants d'activités.

Il ne manquait certes pas de guérisseurs dans les montagnes, mais le *curioso* n'était pas toujours là et ses tisanes étaient aléatoires. L'usage de la quinine était peu répandu. Et Estanga n'en délivrait les doses que bien parcimonieusement.

Bougrat fit venir de Cumana le produit en bidons, au prix modique qui était le sien : dès lors, n'importe quel péon put se prémunir à la première alerte.

Les femmes enceintes, elles, n'avaient recours ni au *curioso*, ni à l'apothicaire : elles réglaient l'affaire entre elles, dans le secret des maisons.

La parturiente s'accroupissait sur la natte, dans la salle commune. On chauffait de l'eau dans une marmite, côté patio. Le nouveau-né expulsé, on coupait le cordon avec le couteau qui, une heure avant, avait servi à écailler le poisson.

Beaucoup d'enfants mouraient à la naissance. Plus fréquemment, après ces grossières manœuvres, c'était la mère qui sombrait lors d'une infection puerpérale.

Bougrat fit venir une première parturiente chez lui. Certes, les accoucheuses pouvaient continuer leur besogne. Il leur apprit néanmoins à se laver les mains. Cette simple mesure suffit à rendre les délivrances sûres, la nouvelle s'en répandit et, bientôt, toutes les femmes des environs voulurent accoucher dans la maison du médecin français.

L'affluence était grande à la consultation les jours de marché.

Bougrat put observer, à cette occasion, ceux parmi lesquels il allait être amené à vivre – si Dieu voulait!

Il y avait tout d'abord le Créole, aux origines mélangées mais au visage clair, dans les veines de qui coulait le vieux sang espagnol ou portugais. Il y avait le *zambo,* métis de Noir et d'Indien, beaucoup plus noir que rouge. Il y avait celui qu'on appelait le *campesino.* Et puis de nombreux Noirs authentiques, descendants des anciens esclaves que l'Espagne avait fait venir d'Afrique pour ses possessions de Trinidad.

Enfin, le charme de ces marchés résidait surtout dans la venue d'Indiens de la brousse proche – de « vrais » Indiens ceux-là, vêtus du seul *kalinbé,* comme leurs frères des Guyanes. C'étaient des Guaraos. Ils vivaient dans les zones lagunaires et se risquaient à la ville pour essayer de monnayer leur poisson. A l'argent ils eussent préféré le troc, ce qui leur valait la moquerie. On les traitait d'*iracionales* – « irrationnels », ou plus exactement : êtres dénués de raison.

Comment ne pas noter que si le Créole débordait d'affection pour ses Noirs : *« Que tal, mi negrito! »* – l'appellation n'avait rien de péjoratif, au contraire –, chacun s'appliquait, à l'inverse, à faire oublier qu'il pût avoir un Indien pour cousin germain. Les *iracionales* sentaient la nuance. Les femmes qui tentaient de vendre leur petite industrie ou leurs grossiers hamacs avaient vite fait de s'éloigner en rajustant le dernier-né dans leur dos. Les petits hommes aux yeux craintifs ne se démunissaient pas de leur arc et de leurs flèches joliment empennées. C'est qu'on les voyait venir quand ils convoitaient le punch créole ou cette eau de vie d'agave, le *cocuy*, qu'ils ne savaient pas produire et qui chauffait autrement le ventre que leurs jus de manioc salivés!

Il se vendait toutes sortes de fruits, au marché d'Irapa, plus particulièrement ces minuscules bananes vertes qu'on nomme *camburres*, des montagnes de poires-avocats, de goyaves, de papayes. Si Bougrat s'était étonné, à Soro, qu'un brave homme récoltât des serpents, l'étal où se débitait le naja et la couleuvre eût pu l'édifier. Cette viande était appréciée à l'égal de la chair des tortues que des pêcheurs apportaient vivantes et laissaient retournées sur le dos des matinées entières.

Sous les arcades, l'animation régnait parmi les marchands de perroquets. Morts et prêts pour la broche, ces volatiles ne faisaient plus beaucoup d'effet avec leur corps maigriot et leur paupière comme du papier à cigarette. Mais les aras vivants que des adolescents brandissaient sur le poing eussent flatté le goût des couleurs des plus difficiles. On marchandait longtemps, pour le plaisir du battement d'ailes ou pour entendre la criaillerie s'ajouter au tumulte général.

« Qui eût prédit que je visserais un jour ma plaque en cet endroit de la planète? » songeait Bougrat. L'impression de voguer au-delà du réel devenait complète quand, tout au long de la rue devant les murs blancs de l'église, des haut-parleurs éraillés diffusaient cantiques et *coplas*, rythmes créoles et tangos. Jusqu'au curé de l'endroit qui avait son beuglant aux quatre coins du clocher!

Ainsi témoignait-on, en 1928, dans cette petite ville de l'État de Sucre, d'une seconde conquête de l'Amérique du Sud... Celle de Pathé-Marconi.

A l'issue de journées qui se prolongeaient parfois la nuit, la fatigue avait l'avantage de chasser la nostalgie. Bougrat remettait à plus tard de se représenter s'il lui serait possible de vivre mieux en des lieux plus conformes à ce qui avait été son existence passée. Peut-être un jour serait-il admis à s'établir à Caracas ? On citait le cas de forçats ayant réussi à vivre sous une identité d'emprunt en Argentine et même aux États-Unis.

Quand il en avait le loisir, il se laissait aller au rythme du petit peuple spontané et naïf. Il se hasardait aux combats de coqs – un *pitt* était proche de la maison Lucchesi. Il se rendait même au théâtre – du moins ce qui en tenait lieu pour ses nouveaux concitoyens... Une sorte d'adaptation d'*autos sacramentales* de l'ancien temps, une parodie de Calderon ou de Lope de Vega qui mettait en scène des diables à l'effigie de Yaré, des archanges, des pères capucins.

Un point était acquis, dans ce qui aurait pu être son désarroi persistant. On l'avait immédiatement admis dans l'intimité des maisons. Il était invité. Fêté. Qu'il s'agisse des Quiroga, de ses logeurs corses, des notables de l'endroit.

Paradoxalement, la seule famille qu'il ne fréquentât pas était la plus proche par le voisinage : ces Strochia avec qui il partageait la maison. Ni hostiles ni farouches, ces gens-là vivaient très repliés sur eux-mêmes. Ils ne voyaient que des membres de la colonie italienne. Oui, ils étaient d'origine napolitaine, disait la femme de don Luis... Leur histoire avait mal commencé : Giovanni Strochia avait tout juste vingt ans lorsqu'il avait immigré dans la grande vague du début du siècle. C'était un maçon, sobre et courageux. Maçon en Italie : il n'en fallait pas davantage pour être sacré « architecte » dans le Venezuela de 1900. Sitôt établi, il avait pris femme. Une Indienne, pensait la *Sra.* Lucchesi... Le couple avait six enfants quand la femme de Giovanni mourut. Peu après ce malheur, ç'avait été au tour de l'architecte de tomber malade. Il avait contracté la typhoïde certaine année de sécheresse où la population hagarde s'était portée vers les puits les plus douteux. Après huit jours de délire, le pauvre garçon succombait, recommandant son âme à la sainte Vierge et ses six enfants à son frère Rafaël, venu lui aussi de la lointaine Italie et établi à son tour maçon à Irapa.

Depuis lors le *Zio* – devenu Tio Rafaël, à l'espagnole –, chef de famille à peine quadragénaire mais pénétré de ses responsabilités, élevait avec sa femme vénézuélienne, en plus de leur progéniture, ses deux neveux et quatre nièces.

Bougrat laissait parler l'épouse du Corse. Telle était l'histoire de ces voisins dont la discrétion, l'honnêteté étaient légendaires. Et ces propos l'intéressaient pour une raison précise.

Il était arrivé au médecin de voir entrer et sortir les filles de l'architecte. Il avait aperçu quelques jours plus tôt l'une d'elles, derrière la jalousie – l'aînée, très probablement. La jeune fille ressemblait à une vierge de la Renaissance. Elle avait le menton petit, la bouche délicate. A ces traits, l'ascendance indienne avait ajouté la tendresse du regard. Il est toujours permis de rêver. Même pour un proscrit. Pourtant, ce qui troublait le plus Bougrat, ce que nul, ici, ne pouvait soupçonner, c'est que dès le début, la silhouette de la jeune fille l'avait frappé par sa ressemblance avec une autre silhouette, à tout jamais perdue. Celle d'Amélie, son ex-femme!...

Bougrat s'inquiétait soudain... La jeune fille ne se serait-elle pas trouvée par hasard dans la foule qui avait assisté devant la prison d'Irapa à l'arrivée des forçats? Cette pensée lui causait de la gêne. Il en rougissait rétrospectivement. A moins que la fille aînée de Giovanni Strochia ait été au nombre des femmes qui confectionnaient de la charpie, le fameux soir où il avait opéré Antonina Sifontès? Cette éventualité le rassérénait comme une réhabilitation.

Quoi qu'il en fût, les pupilles de Tio Rafaël ne s'occupaient que très modérément de ce qui se passait chez le voisin. Elles eussent été surprises d'apprendre qu'elles éveillaient l'intérêt ému d'un homme comme lui. L'aînée s'adonnait vraisemblablement à des travaux de couture. Les unes et les autres couraient à tour de rôle à la fontaine avec les seaux. Les plus jeunes allaient en ville, une boîte à violon sous le bras.

Quelle était l'artiste en herbe dont on entendait les mélodies romantiques, à l'heure de la sieste?

Un soir qu'il avait beaucoup travaillé et où la file d'attente était encore longue devant la porte, Bougrat s'étonna de voir entrer Rafaël Strochia, l'air gauche et tournant son chapeau dans ses mains.

– Ce serait pour ma nièce Magdalena. Elle a un fort accès de fièvre – et, laissant soudain voir son désarroi : je vis sans cesse dans la crainte, avec ces enfants que leur père m'a confiés.

Bougrat ne savait laquelle des filles Strochia se prénommait Magdalena mais il eut l'intuition que ce devait être celle à qui il pensait si souvent.

Il accepta aussitôt de suivre le maçon. On le fit entrer dans un vestibule chaulé, puis dans une chambre simple mais très propre qui possédait une commode noire et, de part et d'autre de la glace, deux portraits au fusain : à n'en pas douter, l'« architecte » et sa femme. Un rameau de laurier brunissait là depuis la dernière semaine sainte.

Mais déjà Bougrat n'avait d'yeux que pour la jeune fille qui gisait sous une couverture, grelottant et inondant l'oreiller d'une sueur profuse. A l'entrée du visiteur elle avait essayé de se tourner vers lui et de lui sourire, mais elle avait dû y renoncer.

Qu'elle était belle ainsi recroquevillée! Quelle lueur dans ce visage malgré la fièvre qui lui collait les cheveux!

Bougrat s'efforça d'oublier son trouble et, comme le devoir le voulait, de ne s'attacher qu'à l'être souffrant qu'il avait mission de guérir. Le cas était simple. Magdalena avait un violent mais banal accès de palud. Le médecin laissa ce qu'il fallait de quinine et, après un dernier encouragement, regagna son domicile après avoir chargé l'oncle de la jeune fille de le tenir informé.

Il en était sûr, maintenant – et ce n'était pas parce qu'après tant de mois d'affreuse solitude l'ancien forçat manquait cruellement d'affection... Il en était sûr : Magdalena Strochia lui rappelait la grâce de celle qu'il avait tant aimée – et qui le lui avait si mal rendu.

Cette nuit-là, une émotion intense le tint éveillé; en même temps il se sentait apaisé comme si, de cette rencontre imprévue, devait naître un sentiment de sécurité qu'il n'avait jamais connu.

La crise avait cédé sur le matin, vint dire Tio Rafaël. Il passait pour régler la visite. Peine perdue avec Bougrat, toujours honteux lorsqu'on lui parlait d'honoraires.

Deux jours plus tard, ce fut la patiente elle-même qui rendit visite. Elle avait recouvré sa fraîcheur. Elle apportait à celui qui l'avait soignée avec tant de dévouement des gâteaux et des gaufres qu'elle avait préparés elle-même.

– Je ne sais comment vous remercier, disait-elle.

L'homme de trente-sept ans fut confus. Il se sentit en faute. Mais de quoi ? Magdalena Strochia n'était tout de même plus une enfant. Et lui, n'avait-il pas suffisamment souffert pour que la mystérieuse jeunesse qui l'étreignait encore...

Il s'entendit protester et exprimer le plaisir qu'il avait de la voir maintenant rétablie. Puis, contre toute attente :

– Les fêtes de Noël approchent... A ce qu'on dit il y aura un bal, à Irapa. – Et douloureusement : accepteriez-vous que je vous y accompagne ?

Magda fut stupéfaite. Se pouvait-il que cet homme élégant, dont l'accent étranger avait tant de charme, s'intéressât à elle ? Il s'amusait. Il ignorait les lois très strictes de la petite ville. Pourtant, sa bonté...

– Oh, j'aimerais beaucoup... Pardonnez-moi, mes sœurs m'attendent – elle avait balbutié très vite, mais eut cependant la présence d'esprit d'ajouter : il faudra que j'en parle à Tio Rafaël...

Magda envolée, Bougrat eut peine à retrouver sa sérénité.

La jeune fille ne pouvait se méprendre sur la pureté de ses intentions. Mais comment réagirait l'oncle sourcilleux, à supposer qu'elle le mît au courant?

La réponse ne devait pas tarder. Le médecin vit arriver le maçon, respectueux certes mais décidé à mettre les points sur les i – dût-il en découdre avec les armées du vice.

– Vous avez admirablement soigné Magda, fit-il d'entrée. Vous devriez savoir néanmoins que nous sommes une famille pauvre mais honnête.

– Mais... répondit Bougrat, je n'en doute absolument pas!

– Eh bien, reprit l'autre, dites-vous que ma nièce ne dansera jamais qu'avec son mari ou, à tout le moins, avec l'homme qui se sera engagé à l'épouser.

Et, se rengorgeant, Tio Rafaël alla se camper sous le nez de Bougrat qui le dominait de son mètre quatre-vingts et de ses quatre-vingt-dix kilos.

L'homme qui se serait engagé à l'épouser... A quoi pourrait jamais s'engager un forçat d'hier qui, peut-être, le redeviendrait demain? Pourtant, en dépit de ce petit homme comiquement planté devant lui, en dépit de tous ses doutes, Bougrat se ressaisit et murmura :

– Épouser Magda!... y aurait-il un plus grand bonheur pour le pauvre type que je suis?

Tio Rafaël sursauta. Il quitta sa pause martiale. Le conditionnel de l'étranger lui échappait – à moins qu'il ait été mal utilisé par celui qui n'était qu'un néophyte en espagnol...

– Que dites-vous, *Señor doctor?*

Bougrat précisa :

– Je dis que je n'ose prétendre à la main de votre nièce, dans la situation où je suis. Mais il est certain que si l'on m'en jugeait digne...

– Vous épouseriez Magda? Vous la prendriez pour épouse légitime, vous, un *musiú* instruit, un savant?

– Sans hésiter, bien que je ne la connaisse que depuis très peu de temps.

Et du fond du cœur, malgré l'aspect quelque peu burlesque qu'avait eu l'irruption de l'oncle napolitain :

– J'ai la certitude que pas un instant de ma vie, par la suite, je n'aurais à regretter ce choix.

Bougrat brûlait d'expliquer ce prodige à Rafaël Strochia. L'Italien eût été à même d'entendre le langage de la passion. Mais à quoi bon troubler le drôle dans ce qui était, déjà, la grande affaire de sa vie de chef de famille?

– Ainsi vous épousez ma nièce... récapitulait le Tio.

Il s'était assis sans que son interlocuteur eût pensé à le lui proposer et, pour la commodité de ce qui allait suivre, il cherchait des yeux, sur le bureau, l'éphéméride du médecin. Et l'ayant trouvé :

– Nous sommes début décembre... – il feuilletait, feuilletait de ses gros doigts blessés par le silex : puisque tout le monde est d'accord, à quoi bon retarder?

– Oui, à quoi bon?

Bougrat ne savait s'il devait en croire ses oreilles :

– Que diriez-vous de Janvier comme date des fiançailles, reprit Tio Rafaël? Nous pourrions dire le premier Janvier...

San Gennaro – saint Janvier – était justement le saint patron du village près de Naples d'où étaient issus les Strochia.

L'union de Pierre Bougrat et de Magdalena Strochia fut ainsi décidée. Le réalisme de l'oncle Rafaël avait fait merveille – pour la plus grande joie du nouveau venu; et si, les premiers jours, Magda ne réapparut pas, ce fut probablement parce que la jeune fille, saisie dans ce qui était hier encore son existence calme et bien réglée d'Irapa, se cachait.

Pudeur? Elle semblait vouloir s'habituer à ce bonheur dont un mois plus tôt elle n'aurait eu la moindre idée et qui lui paraissait autrement grave, soudain, que le satisfecit que se décernait son oncle devant la famille réunie. Ah! comme Giovanni eût été fier de la flatteuse demande en mariage que lui, Rafaël, avait su obtenir pour l'aînée de ses nièces!

Ces propos causaient à Magda une angoisse dont elle ne

compris l'origine qu'en présence de l'homme qu'elle aimait, assurément, qu'elle aimait trop déjà...

– Je ne regrette plus le sort qui m'a conduit ici, disait cet inconnu. Tout est devenu clair, pour moi, lorsque je vous ai aperçue dans cette maison...

– Moi aussi, don Pedro. Quand les gens de la *Sagrada* vous poussaient si brutalement avec vos compagnons, j'aurais voulu leur faire honte; quand je vous ai revu, le soir où l'on a ramené Antonina Sifontès, j'étais remplie d'admiration...

Malgré ces aveux et la douceur de ce premier tête-à-tête, Bougrat était trop intuitif pour ne pas sentir chez Magda une appréhension.

– J'aimerais que nous parlions, décida brusquement Magda. Allons au bord de la mer.

Il suffisait de longer un canal aboutissant à ce que les pêcheurs de l'endroit appelaient le port et qui était si malaisé que ces pauvres gens devaient se mettre à l'eau pour gagner leurs tartanes. Une plage était proche, battue à cette heure par le montant. La nuit tombait avec sa rapidité coutumière : déjà, des étoiles filantes glissaient dans la direction de Trinidad.

– Le bagne des Français, commença Magda comme si elle semblait hésiter... Le bagne des Français est quelque chose de terrible, n'est-ce pas?

– Oui, répondit Bougrat, et vous pensez probablement qu'un homme qu'on envoie là-bas doit avoir commis des abominations?

Il vit les yeux de la petite Italienne levés vers lui. En fait, ce que Magda voulait, sur cette plage, c'était la confirmation de ce dont elle était sûre : l'homme grand et fort, l'homme au regard sincère auquel elle allait lier sa vie, le médecin unanimement aimé et estimé dans le pays, ne pouvait avoir commis un de ces crimes que Dieu, dans son infinie miséricorde, n'absout cependant jamais.

Bougrat expliqua-t-il à Magdelana le détail de l'« Affaire »? Sut-il la convaincre, mieux qu'il ne l'avait fait pour le tribunal, du cri : « Je n'ai pas voulu tuer Rumèbe »? Se contentat-il de lui jurer que ses fautes – si fautes il y avait – étaient expiables?

A moins que cette version ne soit pas la bonne et qu'il faille la gommer pour celle que nous a donnée à Caracas une dame de quatre-vingt-six ans au sourire angélique...

Magdalena Strochia se souvient, dans la perspective adoucie du temps : « Je ne lui ai demandé aucune explication. Cet homme ne pouvait avoir commis un crime. Je l'ai aimé dès le début, de tout mon cœur et de toute mon âme. »

Les jours passèrent, rapides, jusqu'à ces bals qui marquaient, chaque année, l'approche de Noël.

En plusieurs points de la localité, on montait sur le sable une piste de danse, abritée par un auvent qui épargnait aux couples le désagrément des orages subits mais qui n'empêchait pas l'air chaud de circuler.

Un peu partout s'allumaient des lanternes de papier.

Dès que son travail lui en laissait la possibilité, un Bougrat juvénile, oublieux de son avenir menacé, se présentait à la grille des Strochia.

– Voilà don Pedro! s'écriaient les sœurs de Magda déjà prêtes; c'est don Pedro!... reprenait Laurette, du patio.

Zerbia, la plus jeune, voulait que son futur beau-frère lui attachât une fleur dans les cheveux. Quant à Lucia, elle virevoltait, légère comme un papillon dans ses volants d'organdi.

On partait en famille et peu importait qu'il fallût traverser des bourbiers pour parvenir au « dancing ». Tio Rafaël et doña Rosalinda ne se lançaient sur la piste que très épisodiquement, tenant surtout à suivre les évolutions de leurs pupilles depuis le banc circulaire où l'on faisait tapisserie.

Cette variété de « guinche » amusa fort Bougrat. Ce n'était certes pas Tabaris, mais quel succès auraient eu, là-bas, les nègres soigneusement cravatés – certains portant redingote, d'autres coiffés d'un chapeau claque trouvé on n'eût su dire où –, qui dansaient pieds nus!

En cette période faste, les musiciens allaient à travers la péninsule par groupes de quatre.

Dans le premier dancing où Bougrat et sa fiancée se rendirent, il y avait un petit Indien bouffi qui, de ses doigts courts d'une extraordinaire agilité, jouait du violon. Le second musicien, un mulâtre aussi ventru que son compère, le chapeau relevé en auréole, grattait vigoureusement le *cuarto*, cet instrument national qui, en fait, est une petite guitare à quatre cordes, agressive et rapide, souple et violente. Deux autres, un moustachu et un têteur de cigare, complétaient la bande : l'un équipé du tambour de *cuberta*, l'autre agitant les *maracas*, ces cucurbitacées emplies de graines qui permettent de rythmer « e'tchi... e'tcha... » pendant des heures. La dominante était bien sûr aux mélopées de *tamunangue* mais les quatre diables s'assuraient un beau succès lorsque, après conciliabule, ils se lançaient dans un air de la vieille Europe – fût-il très approximatif – comme *España Cani*, une larmoyante *Paloma* ou – suprême raffinement ! – le lamento de *Butterfly*.

En dehors de ces réjouissances, Magda ne manquait pas d'entraîner Bougrat dans la classique visite des sept églises. Là, les vœux que formulait la jeune fille, sa muette imploration, rejoignaient l'inquiétude de l'évadé.

Il fallait les ultimes bavardages derrière la grille, Magda raccompagnée à l'heure dite, il fallait ce romanesque imprévu mais à la douceur si prenante, pour faire oublier à l'ancien pensionnaire de la case onze, à l'ancien requis de l'hôpital de Saint-Laurent-du-Maroni, l'ambiguïté dans laquelle il commençait de vivre.

Les enfants d'Irapa allaient de maison en maison, vêtus en angelots, pour la cérémonie des étrennes – *los aguinaldos...* Peut-être Bougrat, informé par sa clientèle, assista-t-il aussi, en cachette, à l'une de ces liturgies du monde noir où Tio Rafaël et doña Rosalinda eussent vu l'empreinte de Satan ? Cela se passait dans une cabane abandonnée, au secret d'une crique. On s'immergeait dans un relent de cire, de pétrole et de sueur. Une poupée grossièrement taillée – mais ne disait-on pas aussi, parfois, un enfant noir, un enfant véritable, décédé le jour même des fièvres ? – était veillée entre quatre cierges par cent faces d'ambre ruisselantes. Une poupée dans une caissette blanche. Une poupée dans son berceau de néant peu à peu recouvert de pétales d'hibiscus.

Et tandis que les tambours roulaient à concasser les entrailles, tandis qu'on broyait dans les mortiers la pimprenelle et l'ogan, tandis qu'aux poudres, des hommes hors d'eux ajoutaient la chair encore palpitante et le sang d'un poulet, tandis qu'à voix de ventre l'assistance psalmodiait une succession de *Pater*, d'*Ave*, de *Credo* et de *Confiteor*, le petit corps noir, l'enfant aux ailes blanches se soulevait, se soulevait... Étrange nativité !

Mais n'était-ce pas tout aussi étrange, ce Noël sans neige ni frimas ? Un Noël d'imparable lumière, si différent de ceux d'Europe ? Vint la Saint-Sylvestre et quand se leva le jour du premier de l'an 1929, les fiançailles furent officiellement annoncées. Tout autour d'Irapa, l'alizé portait une odeur de sel et de canne fraîchement coupée.

25

NUEVO MUNDO

Une certaine ressemblance avec Amélie, sa première femme, a attiré l'homme encore jeune vers Magda avec qui le voilà fiancé selon les conventions les plus formelles du monde hispano-méditerranéen.

Amélie était à peine adolescente lorsqu'il l'avait épousée. Bien que Magda soit nettement plus âgée, c'est une silhouette touchante de fraîcheur qui éveille l'amour du paria solitaire. L'inclination de celui-ci le porterait-elle toujours vers le type de la femme-enfant ?

Il y a l'épisode Andrée Audibert, il est vrai. Mais lorsque dans son désarroi Bougrat avait rencontré la quémandeuse, sur les Allées de Meilhan, ne levait-elle pas vers lui un regard d'enfant perdue ? Seule l'habitude du vice lui donnait l'audace de la « roulure » qu'avait si peu charitablement fustigée l'avocat général. Nue et désarmée, comme elle paraissait frêle ! Bougrat n'avait pu résister à l'obscur besoin de protéger.

Mais que pouvait-il apporter désormais, en fait de sécurité ? En liant son sort au sien, Magda avait-elle mesuré à quel point le bonheur entrevu risquait d'être éphémère ? Bougrat était d'autant plus perplexe qu'une date venait d'être avancée par Tio Rafaël et un prêtre d'Irapa, pour le mariage : ce serait à la fin du mois de mai !

Certes, rien n'interdisait qu'un curé sud-américain unît en bonne et due forme sa jeune paroissienne au médecin nouvellement arrivé. A l'émissaire de Rome qui lui demandait pourquoi elle avait épousé Bougrat, Amélie avait répondu naguère : « Ma mère m'y a forcée. » L'annulation prononcée alors, sur le plan religieux, avait refait au condamné une inattendue mais très recevable virginité.

Pourtant, qu'adviendrait-il si ce même condamné, dans un mois, dans un an, était jeté dans un nouveau cachot? Ce malaise, devenu rapidement souffrance, va donner à Bougrat une idée qu'il n'ose avouer :

De janvier à la fin mai, le délai est suffisant pour aller prospecter dans les contrées du sud – Delta Amacuro, *Llanos* du Bas Orénoque – où l'absence de lois redonne leurs chances à tous les proscrits. Là-bas, Bougrat posera les jalons d'une nouvelle installation. Assuré du lendemain, il reviendra chercher sa femme et tous deux survivront parmi sauvages et aventuriers. Ils survivront, libres de corps et d'esprit.

C'est sur la plage d'Irapa que Bougrat commence à parler à sa fiancée de ce voyage vers ce qu'on appelait alors *el nuevo mundo* – le monde neuf.

Il feint la frivolité :

– Je suis sûr de trouver là-bas une pierre exceptionnelle. Même épouse de hors-la-loi, tu auras une bague digne de briller à ton doigt.

Magda affecte de répondre sur le même ton :

– Que m'importe un diamant?

Ces mots ne pouvaient tromper : Magda admettait son bonheur mais n'ignorait rien de ce qui le menaçait. Bougrat avait-il sous-estimé l'aînée d'une famille de six enfants à qui son père, sur son lit d'agonie, avait parlé de ce monde comme d'une vallée de larmes? A coup sûr elle se doutait du pourquoi du voyage et, courageusement, l'acceptait.

Le principe de la prospection admis, Bougrat partit à la mi-janvier. Il emportait deux caisses. La première était remplie d'effets personnels et du nécessaire dans les contrées sauvages : ustensiles de cuisine, machette, munitions. Il y serrait aussi une provision de *puros*. La seconde renfermait le stock de médecines et quelques instruments de chirurgie. Le voyageur confiait cnfin au havresac l'indispensable Browning à cinq coups, une bouteille de Brandy et le beau Kodak à soufflet qu'il avait réussi à faire venir, sur catalogue, d'un magasin de Cumana.

Le passage était entendu avec un vieux marin, l'oncle Eustacio, qui cabotait depuis un demi-siècle dans le golfe de Paria. Selon les époques, Eustacio avait pour fret des régimes de bananes, des cuirs, parfois la récolte de plumes d'un village lacustre du delta. Il était secondé depuis toujours par un Noir dont la peau presque mauve s'écaillait à force de réverbération et d'embruns.

C'est avec ces deux compagnons que Bougrat prit place à bord de la tapouille à carène bleue et rouge qu'une bonne brise n'allait pas tarder à faire grincer de tous ses haubans.

On fila sud-sud-est. Course enchanteresse pour l'évadé de Cayenne qui avait toujours eu le goût des choses de la mer! Quelle compensation cette traversée par beau temps, à bord d'une embarcation « normale », eu égard aux débris de cercueil sur lesquels il s'était trouvé emporté dans l'inconnu, lui et ses complices, il n'y avait pas si longtemps!

Deux jours et deux nuits, la tapouille tira, toute toile dehors, sur une longue houle d'où jaillissaient parfois de petits marsouins. Il arrivait que l'on confiât la barre à Bougrat tandis que le patron et son acolyte, muets l'un comme l'autre à force de se comprendre sans paroles depuis des décennies, disposaient les lignes. Bientôt le tillac se couvrit d'un tapis reluisant de machoiron jaune, d'acoupa et de coco.

Au matin du troisième jour, Pedernales était en vue. On imagine l'émotion de Bougrat en découvrant le bras du fleuve large comme une mer, le paysage démesuré et plat où ses compagnons et lui avaient été catapultés par la tempête. Le village se situait derrière une des innombrables îles bardées de forêt dense où ne subsistaient que des Indiens Guaraos.

La tapouille rangea la rive à bâbord. On surprenait au passage la vie de ces primitifs, dans leurs cabanes sur pilotis auxquelles ils accédaient directement de la pirogue par des ponts de bambous jetés ici et là au milieu de cette végétation carnassière.

Vu de plus près, Pedernales comptait quelques dizaines de cabanes, de rares maisons, une église qui semblait de proportions exagérées par rapport à la population fantôme que l'on était en droit de supposer. Luxe suprême, sur un terre-plein qui ne pouvait s'appeler que place Bolivar : le buste du Libertador, taillé dans une pierre jaune et poreuse que les pluies avaient érodée comme du sucre d'orge copieusement sucé.

Bougrat prit congé de Tio Eustacio, du second à la peau craquelée. Il ne lui restait qu'à se mettre en quête d'un *bongo* pour accomplir la deuxième phase de son aventure.

Par chance, un de ces canots plats quittait Pedernales le jour même.

Pantalon retroussé au-dessus du genou, torse luisant de sueur, deux bateliers arc-boutés sur la perche allaient manœuvrer l'embarcation de longues journées durant, arpentant inlassablement les planches. Des automates ? On eût pu le penser, giclées de lumière et balancements se succédant sur le même rythme régulier, si l'un d'eux n'avait poussé de temps à autre un couplet ironique, se tournant en dérision – esclave résigné – chaque fois que l'esquif venait à accrocher les basses branches de la rive.

Le bongo naviguait sur les *caños*, les ramifications inanimées du fleuve. Assis sous l'abri de palmes, de blanc vêtu, il est possible que le docteur Pierre Bougrat ait ressemblé à un de ces hommes de la ville que l'on voyait parfois s'aventurer dans ces contrées sauvages, mus par un « élan civilisateur ». De quoi faire se gausser le patron qui ne lisait certes pas les journaux de Caracas mais en avait vu passer bien d'autres. En même temps que Bougrat, voyageaient deux individus, un Allemand venu placer dans les agglomérations reculées sa cargaison de tabatières en caoutchouc et de mèches à briquet;

l'autre, un rustre peu loquace, le chapeau tiré sur le visage, un de ces passagers qui ne donnent guère envie de solliciter la confidence. Cela ne pouvait mieux tomber. Le patron avait assez à faire. Un coup d'œil pour s'assurer que les caisses du « civilisateur » n'avaient pas disparu au dernier débarcadère, un autre lorsqu'un sillage suspect, trop près de la bordure, pouvait faire craindre l'attaque d'un caïman... Et toujours ces reflets d'eau lumineux et sombres, ces heurts de bois mouillé, ces tremblements de feuilles.

A la forêt dense succédèrent les savanes que l'on apercevait de la surface de l'eau au travers de bouquets de *chaparros* et l'on entra, au soir du troisième jour, dans l'univers des llanos où, de loin en loin, erraient des bêtes que nul propriétaire n'eût songé à marquer.

Encore deux bivouacs, et ce fut San Jose de Buja. La relâche d'un bongo, dans un de ces villages, n'était pas chose ordinaire. Aussi la population de l'endroit se massait-elle sur le débarcadère.

Au cours de la manœuvre, Bougrat put voir un homme vêtu à l'européenne. L'homme fixait Bougrat :

– Vous êtes Français, j'en jurerais, fit-il à la descente des passagers.

– Cela se voit encore? répliqua Bougrat qui pensait avoir acquis un air suffisamment hidalgo pour voyager sans *cedula*. Mais toi, ajouta-t-il en dévisageant le gaillard, n'aurais-tu pas fait quelques saisons au grand collège de Cayenne?

– Cela se verra donc toujours? fit l'ex-bagnard avant de se présenter : Chalbaud, chirurgien à San Jose.

Chirurgien!

– Je croyais être le seul médecin que l'on eût depuis longtemps envoyé là-bas.

– Oh! répondit Chalbaud conciliant, je ne me serais pas décerné tout seul le doctorat! Quand on arrive de Guyane, on est, tu le sais, assez embarrassé.

Les deux hommes ayant lié conversation, Chalbaud reprit :

– Figure-toi qu'à peine un pied dans ce pays, je tombe sur un groupe de vachers qui me montrent un de leurs compagnons le crâne défoncé. « – Tu es docteur, tu vas le soigner! » – « Moi? »

« Ces fous n'en veulent pas démordre. Ils me menacent de leurs revolvers. Qu'aurais-tu fait à ma place? J'ai donc recousu le blessé.

– Il a survécu?

– Est-ce que je sais... Ces gens n'étaient pas d'ici. Ils repartaient au petit jour pour le *hato* où ils travaillaient. Tu penses bien qu'une fois le nuage de poussière disparu à l'horizon, je n'ai pas cherché à en savoir davantage. »

Bougrat et Chalbaud avaient gagné, tout en riant, la terrasse où l'on débitait ce qui était censé être des « rafraîchissements ». La chaleur était pire qu'à Irapa : elle vous étranglait. Et comme on apportait pour la nuit les malles du nouveau venu :

– Tu ne penses pas t'établir ici? demanda l'ex-forçat.

– Je ne le crois pas, répondit Bougrat, qui apercevait, en face de la taverne, les quatre murs de boue et le toit de feuilles de la misérable demeure du « confrère ».

Ce ne serait pas ici qu'il conduirait Magda!

Avec la nuit, les premiers cavaliers revinrent de la savane. Ils dessellèrent et baignèrent leurs chevaux. D'autres garçons traversaient la cour où, déjà, rôtissait un veau. Ces hommes avaient eu une rude journée – soleil et pluie mêlés; leurs ponchos et leurs guêtres n'avaient plus de couleur. Au dîner, le « chirurgien » de l'endroit et le voyageur ne purent faire autrement que de s'attabler avec ces robustes commensaux. A l'heure de la veillée, les uns sortirent la guitare à quatre cordes, les autres la calebasse nécessaire à l'accompagnement de la romance et du dizain.

– Ils s'échinent le jour et passent leurs nuits ainsi, expliqua Chalbaud tandis que les premiers improvisateurs se rinçaient les cordes vocales à la gnôle de cocuy.

En fait, ces êtres frustes et naïfs, impétueux et sentimentaux, violents et libres – le *llanero* tel qu'on le célébrait alors – étaient capables de réciter des milliers d'octosyllabiques – et même d'en inventer.

L'ongle d'un joueur pinçait la corde; l'un des chanteurs de la tablée commençait sur une image, ou sur un mot :

El lorito real...

Et peu importait ce qu'avait dit le *perroquet royal.* A chaque couplet s'ajoutait la surenchère d'un inspiré, comme à la voix de l'oiseau-fantôme s'ajoute celle de l'oiseau-violon, comme à l'oiseau-carillonneur – le plus étrange de la forêt vierge puisque sa gorge reproduit le son des cloches d'une gigantesque église – s'adjoint le tintamarre du *moriche* dont l'organe ne s'éteint que pour mieux égarer l'indiscret, le rêveur, le cupide que tracasse indéfiniment cette vieille histoire d'El Dorado...

– Es-tu réveillé, confrère?

Chalbaud était déjà hors de son sac et préparait le café sur un réchaud à bois.

– Tu devrais voir plus bas, dans l'Amacuro, reprit-il quand Bougrat l'eut rejoint côté cour. Là-bas, l'Indien rétribue le *curioso* avec des pierres qu'il tire de sa camisa, enveloppées dans un bout de chiffon.

Que faisait donc le pseudo-chirurgien parmi les habitants de San Jose? Ne disait-il pas lui-même : « Quand je soigne un de ces abrutis, tout le village assiste à l'opération : ça les fait rire! » Que n'allait-il, lui aussi, « plus bas dans le delta »?

Bien que ses espérances eussent commencé à s'amenuiser – ne fût-ce que sous l'effet des conditions climatiques – Bougrat avait hâte d'arriver à Tucupita. Chalbaud pouvait se rassurer. Il ne moisirait pas ici.

A partir de San Jose, le bongo suivit un *caño* aux multiples méandres, traversa des savanes dont l'immensité était coupée par la fuite d'une piste vers l'horizon.

La clameur de vachers poussant devant leurs chevaux le noyau rebelle d'un troupeau s'éleva de la berge. On entendit la galopade approcher, la vocifération; enfin, après un reflux, la plongée précipitée de centaines de bêtes, mufles et cornes confondus, dans une volée pulvérulente de poils, de sueur et de mouches.

Ailleurs, le désert aquatique paraissait sans limites avec ses rassemblements de petits ibis que les gens du bongo nommaient *corocoras* – un nuage écarlate; avec ses compagnies de hérons : le blanc, le gris, le héron du bétail, la sentinelle dont on entendait, à distance, la rumeur coassante et craquelante, le borborygme continu.

De loin en loin, un saman fossile – pourquoi celui-ci et non un autre? – devenu arbre-refuge, était couvert d'une telle profusion de plumes qu'on eût dit l'arbre-plumes, l'arbre-héron.

Plusieurs jours s'écoulèrent, à fleur d'eau. Enfin, un soir, on entra à nouveau dans la touffeur du végétal, dans l'encombrement riverain des lianes et de l'épiphyte : la forêt se refermait sur le miroir de la rivière. Là, l'équipage et ses passagers commencèrent à parler à mots couverts d'un dernier bivouac.

Puerto Amador? Nul ne savait si l'agglomération existait réellement. Les bateliers n'y connaissaient qu'un « couvent » : une ancienne mission où ne subsistait qu'un seul religieux. Libre au « civilisateur » et au mercanti de s'y rendre : les gens du bateau, quant à eux, préféraient dormir sur les planches et ne pas quitter le bord.

Bougrat se rendit au couvent. Un curieux père régnait sur la bâtisse au toit de tôle soutenu par des pieux vermoulus. Il y jouissait, semblait-il, de la vénération apeurée d'un ramas d'Indiens Atatures.

L'homme était de forte stature, bien que décharné par les maladies. La barbe rousse, le regard soupçonneux mettaient mal à l'aise.

– Vous ne pourrez loger ici qu'une seule nuit, fit-il en guise de bienvenue.

– Le bongo repart demain, répliqua Bougrat simplement.

Le missionnaire frappa alors dans ses mains. Deux misérables créatures surgirent : elles avaient ordre de conduire les visiteurs à une salle dont le sol de terre battue, les murs suintants dégageaient une odeur de mousse et de champignon.

Bougrat obtiendrait-il une explication de la vieille la moins terrorisée?

– *El padre es asi* [1]...

Inutile d'insister. Le hibou femelle avait déjà disparu. Mais comment se mettre à l'aise dans cette salle où gîtaient des volailles, où la pluie, depuis longtemps annoncée par la saturation de l'atmosphère en électricité, par le caverneux roulement du tonnerre au tréfonds des forêts, commençait de couler de toutes les gouttières?

La nuit ne fut qu'une longue averse contraignant Bougrat à chercher, d'heure en heure, de nouveaux crochets où suspendre le hamac. Piètre consolation que d'entendre l'Allemand ronfler sans discontinuer! Il faisait froid. L'eau vous dévalait sur la tête et balayait les pieds.

Décidément, ce ne serait pas là non plus que l'évadé en sursis conduirait Magda! Mais où se réfugieraient-ils? Existerait-il un endroit au monde qui pût jamais les accueillir? « Attendons de voir Tucupita », pensa Bougrat en s'efforçant de résister au découragement. Fermin Quiroga avait un parent influent dans ce qui était alors la capitale de l'Amacuro.

Au chant du *carrao,* le voyageur n'eut pas le temps de poursuivre cette méditation : ses caisses étaient déjà tirées au-dehors – où il pleuvait encore, où il pleuvait toujours – par les hommes de peine du missionnaire. Au mouvement qui se faisait autour de la chapelle, il comprit ce qui poussait le capucin à ne tolérer aucun empiètement sur sa procure.

– Je vous l'avais bien dit, gloussait le Bavarois.

C'était jour de vente des reliques! Une longue file de dévotes à demi nues, patiemment accroupies sous l'averse, attendaient de pouvoir acquérir médailles et scapulaires, images de la vierge et des saints. Non moins misérables, des hommes stationnaient, le bidon à la main, pour la vente d'eau bénite!

Ainsi le père à la barbe de feu perpétuait-il la tradition

1. « Le père est ainsi... »

des capucins andalous qui, dans le delta et dans l'État de Monagas, recevaient jadis des villages d'Indiens « réduits » [1]! Il y avait eu quelques belles figures parmi ces prêtres; certains payant de leur santé, parfois même du martyr, leur séjour chez les descendants des Caribes cannibales. Mais combien d'autres, profitant de leur charge apostolique, avaient tiré du misérable cheptel, sous la menace de l'enfer, les corvées les plus inhumaines?

Selon le mercanti, on évaluait en 1929 la fortune de quelques-uns de ces pères à cinquante mille bolivars.

A nouveau sous le rouf de feuilles. Un jour de plus au fil du *caño.* Il pleut : hier ou demain, même existence. Bougrat s'efforce de dissiper un nouvel accès de découragement. Il lit ou relit, griffonne quelques notes, médite. Un brouillard à couper à la machette fait du Kodak un objet inutile.

Heureusement, ces journées tissées de bruits mats, filtrés, assourdis, des bruits de surface perçus par un plongeur, ont une vertu anesthésiante. On les vit comme du fond du fleuve.

Enfin, Tucupita s'annonce par un chapelet de peuplements sur les berges. Au premier de ces débarcadères, le bongo accoste et tout le monde descend là. Terminus pour le patron et sa cargaison de peaux.

Ici encore chaleur atroce, chaleur gluante. La maison militaire n'est pas très éloignée. Bougrat se fait fort de sa lettre du général Aretz munie d'impressionnants cachets. Mais la lettre n'intéresse que très modérément le lieutenant qui met déjà le *musiú* en garde :

– Ne traînez pas ici...

Bougrat a eu un aperçu de l'hospitalité du *nuevo mundo.* Tout de même! Saoul, le lieutenant? Bien sûr. Mais plus encore hirsute et accablé. D'un geste fatal il désigne un objet plus ou moins sphérique sur la table, enveloppé dans du

1. Indiens coupés de leurs traditions « diaboliques » et convertis à la foi chrétienne.

papier journal : un crâne. Sorti d'où? L'homme évite de répondre et revient à sa fiole de Caballo Blanco.

Ce n'est qu'une fois au village que Bougrat apprend quelques bribes des événements qui depuis des mois terrorisent le pays : les soldats disparaissent un à un. Le visiteur a vu un crâne, au poste... serait-il resté plus longtemps, c'eût été une bonne dizaine de têtes de morts qu'il eût pu apercevoir, riant de toutes leurs dents, sur une étagère. Têtes parfaitement dépiautées et polies, luisantes comme de l'ivoire : de véritables pièces d'orfèvrerie.

L'œuvre d'« irrationnels », murmure-t-on. Mais qu'a-t-il pu se passer chez ces timides Indiens qui, naguère, ne se rendaient à Tucupita que pour vendre du sel et des hameçons? L'adjoint du lieutenant vient d'être mystérieusement enlevé. On devrait le rechercher et on ne le recherche pas. Dès le crépuscule, tout le monde vit claquemuré. Et la suite va se précipiter au cours même du séjour de Bougrat à Tucupita.

Notre errant avait trouvé son honorable correspondant, le cousin de Quiroga. Propriétaire de l'endroit, le bonhomme, dont les occupations semblaient bien floues, ne lâchait plus le médecin. N'avait-il pas à toute heure du jour ou de la nuit une explication à lui demander? Un enfant ou un bâtard à exhiber, dans quelque paillote, souffrant d'un mal réel ou imaginaire? « Huit jours de ce régime n'avanceront guère mes affaires, songeait Bougrat, même si je parviens à dissiper l'ennui de tous ces braves gens... » Il avait hâte de repartir. Mais comment ne pas se passionner pour ce qui se dit, le soir, à la taverne?

Les événements du poste? Tout était parti des orgies auxquelles le lieutenant et quelques-uns parmi ses hommes s'adonnaient en capturant des femmes indiennes.

Un soir, l'émotion fut à son comble. Le bataillon réclamé par les messieurs des *Fuerzas vivas* venait d'entrer en action et l'on avait enfin découvert le corps de l'adjoint sur un trou d'eau des environs. Une trouvaille qui allait livrer, du même coup, le secret des crânes si blancs et si admirablement polis qu'ils semblaient sortir moins d'un charnier que de la vitrine d'un collectionneur. Et pourtant...

Les Atatures avaient renoncé à attaquer le poste de front. La mitrailleuse dont celui-ci était doté, capable de cracher le tonnerre et la mort alentour, les en dissuadait. Ils avaient donc imaginé ces enlèvements répétés qui rendaient fous des hommes débilités par l'ennui, l'isolement et l'alcool.

La sentinelle prise, aussitôt égorgée, on emportait son cadavre en forêt où les Indiens avaient construit un barrage et concentré dans la retenue d'eau un nombre considérable de piranhas. Ces poissons à la mandibule tranchante comme une lame de rasoir, voraces au point de nettoyer en moins d'une heure la carcasse d'un cheval ou d'une vache, étaient des orfèvres !

Il ne restait aux Indiens qu'à disposer au bord des pistes ces crânes qui resplendissaient au soleil et annonçaient au chef militaire qu'un jour prochain viendrait son tour.

Pour l'adjoint, le traitement avait été particulièrement raffiné. Les Indiens ne l'avaient pas égorgé. Ils l'avaient plongé vivant dans la fosse. Lentement, en donnant de la corde d'heure en heure. Tant et si bien que le peloton venait d'arracher aux *palometas* – nom local du piranha – un squelette impeccablement nettoyé jusqu'aux vertèbres cervicales, mais dont le visage, aux chairs intactes gardait imprimés les grimaces de la souffrance et les signes de l'horreur.

Mouvements de troupes, allées et venues policières : cela ne disait rien de bon à Bougrat qui accueillit avec soulagement l'arrivée d'un vapeur fluvial.

Le *Farzozo* remonterait à Ciudad Bolivar sous peu. Ah ! si notre voyageur avait pu avancer encore la date du départ !

En attendant, au vu de son costume rafraîchi et de ses chaussures passées au blanc d'Espagne, on lui proposa de prendre part à l'indignation collective. Les causes du désordre s'étant effacées devant ses effets, comme cela arrive habituellement, il s'agissait d'en appeler très respectueusement au *Benmerito* – ainsi désignait-on le « méritant suprême », le président Juan Vicente Gómez – pour que les Indiens fussent sévèrement combattus. Les « fervents amants du progrès » mettaient tous leurs espoirs dans cette intervention afin que l'on ne vît plus de ces scènes que l'on aurait pu croire reléguées dans un passé lointain.

Par chance, le texte de la pétition ne devait être calligraphié que *mañana* et, d'un matin à l'autre, Bougrat eut le temps de disparaître parmi les passagers qui encombraient les deux étages du bateau à roue.

Ces pauvres gens emportaient des volailles, des sacs de charbon de bois, des batteries de cuisine. Au milieu de leur reflux, le médecin d'Irapa se demandait avec amertume ce qu'il était venu faire là. Il n'avait qu'une hâte : fuir ce « monde neuf » sur lequel ne régnaient que les miasmes, les abeilles et les guêpes, l'arbitraire et la violence du caciquat.

Cependant, la vie s'organisa à bord. Bougrat aurait pu se faire admettre dans le semblant de salon où quelques passagers à la tournure avantageuse fumaient le cigare et jouaient à la belote. La mélancolie communicative des *campesinos* parqués sous la courtine l'attirait davantage, et aussi l'anonymat, le battement monotone des palettes à la surface de l'eau.

Le plus souvent, le patron du *Farzozo* faisait la sieste, affalé dans les vestiges d'un fauteuil à bascule, tandis que ses femmes et ses enfants puisaient l'eau du fleuve en lançant des seaux par-dessus la rambarde et préparaient du poisson pour le repas du soir.

Sur ce bateau, Bougrat pensait avec une tendresse désespérée à l'être délicieux qu'il avait quitté presque deux mois plus tôt. Magda... Il allait la revoir, certes. Il brûlait de la revoir. Mais comment croire cet immense bonheur possible quand l'éloignement vous rendait si lucide?

Les pales frappent l'eau. Les hautes cheminées jumelées régurgitent des vapeurs noires. Dans ces volutes, Bougrat croit voir apparaître le spectre de Duval. Duval... Avait-il réellement existé ou était-ce le héros d'une des innombrables légendes du bagne? On parlait de ce forçat évadé qui avait réussi à se refaire une vie honorable au Brésil, qui avait gagné l'amour d'une femme admirable et que l'on avait arraché à ce recommencement, deux ans plus tard, en le précipitant de nouveau dans les cachots de la Tentiaire. Ce qu'on aurait pu appeler le « supplice de Duval », en somme!

Mais voilà que la largeur du cours d'eau avait décuplé depuis une heure : le *Farzozo* était entré dans l'un des principaux bras du delta. Chassant son marasme, Bougrat ne put bientôt s'empêcher de songer : « Le voilà enfin, ce superbe Orénoque! »

Ce n'était pas un fleuve, moins encore la division d'un fleuve, mais une immense plaine d'eau qui perdait sa couleur à force d'égaler le ciel. Le bruit des pales, si présent lorsqu'un mur végétal en renvoyait l'écho, se dissolvait maintenant en un barattage continu. Il n'y avait plus un seul moustique. L'air ne retentissait plus de l'escrimage des hérons. Un vol se signalait parfois, mais si haut dans la nuée qu'il en était à peine discernable et qu'on ne pouvait espérer en percevoir le moindre signal sonore.

Vers cinq heures, l'orbe du soleil plongea face au bateau, plein occident. Grâce au dépaysement, à la vaste aération de ce paysage sublime, Bougrat put enfin penser à Magda en chassant tout présage funeste. Il éprouva tout à coup le besoin de lui parler. Il voulait lui dire son amour. Et, pour la première fois, appuyé sur l'une de ses caisses, il écrivit en espagnol.

Ciudad Bolivar : dernière illusion à perdre.

Là affluaient les aventuriers d'un vaste territoire qui comportait les mines d'or d'El Callao et les mines de fer de San Felix. Là grouillait la foule interlope des chercheurs de diamants du Paraguay et de l'Urinam.

Avant même d'accoster, penché sur le bastingage, Bougrat regardait ces hommes de toutes les races et de toutes les couleurs : Espagnols, Chinois, Péruviens, Chiliens, Italiens,

Yankees, Turcs... « Ici, se disait-il, j'aurais à soigner plus de coups de couteau que de rhumes de cerveau... »

Surcroît de malchance, dans cette ville où il aurait pu oublier ceux qui l'avaient condamné aux assises d'Aix, Bougrat eut une surprise qui dit bien l'état de tension permanente, de sensibilité écorchée des évadés de la Guyane française... Il avait loué une chambre dans un immeuble dont les sous-sols étaient occupés par une fabrique de savon. Au matin, la cloche qui appelait les ouvriers au travail le réveilla en sursaut. Cette volée ressemblait trop à une autre : il se crut au camp de la Transportation!

Il ne restait plus qu'à regagner Irapa, après cette inutile équipée. Bougrat trouva un camion qui remontait vers le nord. Après trois changements de ces cargos des pistes, il fut de retour.

Qu'avouer à Magda? La vérité... sous la forme d'un constat d'explorateur déçu? « Il a plu tout le temps et les résultats ont été maigres. » Bougrat aurait pu masquer le prosaïsme de l'échec en captivant plusieurs soirs de suite Tio Rafaël, doña Rosalinda et les petites Strochia. Il ne le fit pas, mais ne se déroba cependant pas complètement au récit à épisodes du voyage parmi les caïmans et les sauvages Paraos.

Ce fut sa fiancée elle-même qui le tira d'embarras. Elle sut lui montrer que son périple n'était pas vain. Grâce à Dieu, il revenait sain et sauf. Elle se passionna pour les descriptions qu'il lui faisait de ces contrées fascinantes aux yeux du souvenir. Pendant de longues soirées ils développèrent ensemble les clichés pris en cours de route. Ces photographies, intactes aujourd'hui, sont un document ethnographique de valeur. Avec ses deux caisses de matériel et son appareil Kodak, le docteur Bougrat ne ressemblait-il pas à ces curieux de la planète – géographes, zoologistes, botanistes, topographes – que l'Europe d'alors lançait sur des terres vierges à la poursuite d'un rêve inaccessible?

Enfin Magda recevait mieux, selon elle, que le brillant promis puisque Bougrat, rougissant de ce qu'il pensait être sa maladresse, lui tendait son premier écrit. Ce que son image lui avait inspiré alors que le *Farzozo* remontait lentement l'Orénoque. Cela s'appelait *El Relicario...*

Un demi-siècle plus tard, à Caracas, la même Magda en redit les strophes de mémoire :

Tu cara imagen es en el relicario de mi corazon,
Mas celosamente cerrado que los de la catedral;
Y cuando soy solito, cierto de no ser molestado,
Furtivo como un avaro quien va a contemplar su tesoro;
Yo abro mi corazon, y tu me apareces!

(« Ta chère image est dans le reliquaire de mon cœur – Plus jalousement scellé que celui de la cathédrale – Et quand je suis seul, certain de ne pas être surpris – Furtif comme l'avare qui va contempler son trésor – J'ouvre mon cœur et tu apparais. »)

Restons pour l'heure sur la seconde strophe, simple comme les choses de la vie :

Que importa, si, cada vez, mi corazon se desgarra un poco mas,
Es con tanta alegria que yo agrando mi herida!
Porque, mas ardiente es el dolor
Y mas fresco y mas suave es el balsamo
Que tu imagen derrama en mi dolor.

(« Qu'importe si, chaque fois, mon cœur se déchire un peu plus – C'est avec tant de joie que j'ouvre ma blessure! – Puisque plus ardente est la brûlure – Plus frais et suave est le baume – Que ton image répand sur ma douleur. »)

26

LES PESTIFÉRÉS DE CUMANA

Il était entendu qu'une fois mariés, Pierre et Magdalena Bougrat habiteraient la maison Lucchesi où, dès son retour, le médecin reprit ses consultations.

Le couple restait à Irapa puisque rien apparemment ne le lui interdisait. Certes, Rufino Estanga n'avait pas désarmé, le général Aretz pouvait suspendre sa protection du jour au lendemain et le télégramme de la Sûreté de Paris, momentanément classé, n'avait pas été détruit. Le bonheur des nouveaux époux était cependant si complet qu'ils en oubliaient leur état d'exception.

Son travail passionnait Bougrat. Eût-il reçu la visite de représentants de la *Sagrada* venus l'arrêter, il aurait été capable de leur dire : « Repassez un peu plus tard, j'ai encore une vingtaine de patients à voir », sous-évaluant en cela la foule qui se massait sous les arcades.

Très vite, Magda fut l'âme de la maison. Elle avait su gagner dès le premier jour la confiance d'Anna, mis un peu d'ordre dans la composition des repas, rendu le bureau de son mari plus confortable, plus attrayantes les pièces où l'on se claquemurait aux heures caniculaires.

Elle faisait apparition plusieurs fois par jour côté Strochia, comme si elle n'avait pu se résoudre à abandonner sa propre famille. Maîtresse de maison ici, sœur aînée et membre de la tribu là, elle se montrait souriante, aussi disponible et équilibrée dans un rôle que dans l'autre.

Ainsi secondé, Bougrat s'attacha, malgré son désintéressement persistant, à une première tâche : regagner sou à sou les dépenses que la noce avait occasionnées. « Folles dépenses... » aux dires de Tio Rafaël!

La coutume voulait que pour un mariage sortant de l'ordinaire – et ce serait le cas, de par la profession du marié – tout le pays fût invité. Plusieurs ensembles de *tamunangue* seraient indispensables. On savait ce que ces diables de musiciens sont capables de boire! Si l'on ajoutait à cela le coût des anneaux, la robe de mariée, les toilettes de doña Rosalinda et des sœurs de Magda, les dragées à jeter à pleines mains... on atteignait une somme parfaitement disproportionnée avec ce que pouvait dépenser une humble famille de maçons. On mangeait à sa faim – grâce au Christ. Sans plus. Quant au marié, tout médecin qu'il fût, comment eût-il oublié le dénuement de son arrivée?

Tio Rafaël avait donc proposé de recourir à un subterfuge classique dans le sud de l'Italie : *far la fuga*... « Faire la fugue », c'était couper à la dépense par le jeu de l'honneur outragé et de la respectabilité rétablie. Si Bougrat acceptait de s'y conformer, le scénario serait le suivant : premièrement, l'avant-veille de la noce, les promis lèveraient le pied. Ensuite, lui, Rafaël, se livrerait aux imprécations d'usage devant la casa Lucchesi. On décommanderait la musique et le festin. Enfin les fugueurs reviendraient. Bougrat présenterait ses excuses et épouserait sans tapage. Ainsi serait sauf l'honneur, et sauf l'argent qu'on n'avait pas.

A l'énoncé de ce programme, Bougrat s'était récrié. Comment? Priver Magda de cette robe blanche, en dentelle de Maracay, rêve secret de toute jeune Vénézuélienne? Perdre une occasion aussi légitime de faire la fête? Et là, le Bougrat de naguère réapparaissait, insouciant du numéraire, qu'il fût en francs ou en bolivars.

Non, non... pas de « fugue »! Bougrat prendrait tout à son compte. Magda serait conduite à l'autel solennellement, comme elle en était digne, et Irapa garderait un souvenir inoubliable de ce mariage. Il suffirait qu'on lui envoie les factures dont il s'acquitterait par la suite.

Et ç'avait été l'éblouissement de la lumière sur le perron de l'église, le fracas des cloches, les vivats. Inoubliable journée !

A cinq heures, les groupes de *tamunangue* étaient à l'œuvre chez Sifontès. Foulard allègre, chapeau en bataille, chaque musicien avait posé ses conditions sur la quantité de rhum et, comme le marié n'avait pas lésiné, les bonnes gens d'Irapa pouvaient compter sur des *maracas* vigoureux.

Il y avait beau temps qu'originaire du Lara, dansé en l'honneur de saint Antoine, le *tamunangue* avait quitté El Tocuyo ou Curarigua et gagné toutes les fêtes villageoises des provinces de l'Orient. Comment Bougrat avait-il pu se contenter des tristes soirées de Tabaris, du monde hagard de l'après-guerre européenne ? Ce soir, il ne se lassait pas de la sensualité de ces danses, de la vue de ces provocantes mulâtresses aux épaules et aux reins aussi vite dissimulés qu'offerts.

Un danseur, le chapeau dans le dos, croyait-il saisir la cavale convoitée ? Celle-ci s'était déjà dérobée – prétexte à *galeron*. Il n'aurait le droit de l'approcher qu'avec la venue du *seis corrido* qui permettait à tous les couples d'envahir la piste.

La jarretelle de la mariée ayant fait le tour de la salle, les musiciens entamèrent un *poupurrit* dont se détachaient déjà les nasillements de *La Cucaracha*. Les invités étaient suffisamment éméchés pour que Bougrat pût entraîner Magda. Une automobile attendait derrière l'auberge et, bien que les pistes de la péninsule fussent plus propices au cheminement des mules qu'à la circulation d'une Lincoln, tout se passa bien. Les nouveaux mariés avaient repéré le gué du torrent, vu se lever des broussailles l'oiseau Yacabo – celui qui lance trois notes, toujours les mêmes... Magda prétendait avoir aperçu un iguane – ce qui portait bonheur.

Le mur blanc de la propriété, la porte grande ouverte d'où les servantes noires guettaient l'arrivée du couple... En pénétrant dans la cour, Bougrat vit-il en un accéléré vertigineux la trop petite salle des assises d'Aix? le théâtre-guignol du tribunal? le défilé des « moutons »? ses diverses cellules? les trognes d'assassins de la Transportation? le rictus des suppliciés dans la lunette de la Veuve? Eut-il, au contraire, une pensée pour ceux qui l'avaient aidé, peut-être même conduit à son insu? Le docteur Rousseau? José le Galibi? Léonce Coquempot? Le couple des Roquevaire – plus particulièrement Gilberte?

L'haleine de la nuit était si douce qu'elle dissipait toute image de mort. Quant aux visages amis, un seul désormais les résumait tous.

L'intérieur de la *finca* était d'une grande rusticité. Dans la chambre ouverte sur la chaleur tropicale, un soupçon d'air gonflait le voile de mousseline.

Oui, il serait temps, demain, de rembourser les dettes. A coup sûr les premières de sa vie que Bougrat était certain de ne jamais regretter!

Le séjour du couple à Irapa dura un peu plus d'un an. Exactement jusqu'au mois de mai 1930. Aucune alerte pendant ce laps de temps. L'évadé du bagne et sa femme sont devenus des figures marquantes de la petite ville. Ils ont pour eux leur jeunesse. Une ombre sur le visage du médecin, parfois? Bougrat met ce bref accès sur le compte des souffrances passées. Il ne veut pas livrer le nom du spectre qui le visite. Magda doit tout ignorer du sort pitoyable du bagnard Duval.

Un matin que plusieurs blessés arrivent en même temps, conduits par des marchands ambulants, Bougrat appelle aux profondeurs de la maison :

– Magda!...

Pas de réponse. Intrigué, le médecin réitère son appel.

– Madame est sortie, vient articuler la petite fille de la servante en mordillant son tablier.

Magda arrive peu après, essoufflée.

– J'étais à l'église, explique-t-elle. J'y vais chaque matin...

Bougrat sourit. Un peu surpris, tout de même. Il taquine sa femme :

– Tu es encore plus pieuse que je ne le croyais.

La jeune femme rougit :

– J'ai fait le vœu d'aller prier la Vierge de la Chiquinquira tous les matins. Il n'est pas possible qu'elle ne nous accorde pas de vivre ce jour-là, et puis un autre encore.

Les jours se seraient suivis, inexplicablement protégés, si un événement dramatique n'était survenu : la terre vint à trembler dans l'Oriente.

Par Orient du pays, il convenait d'entendre les États de Sucre et des îles de Nueva Esparta, une partie du Monagas : régions où les secousses du globe, pour ne pas être aussi violentes que dans les piémonts de la Cordillère, n'en témoignaient pas moins, à l'occasion, de la colère des dieux.

Cette fois, plusieurs villes furent touchées. Les quelques personnes qui, à Irapa, recevaient le journal, ou qui le lisaient au cercle de l'Athénée, parlèrent de graves destructions dans le golfe de Cariaco, sur le port de Carupano et même de quartiers entiers de la capitale : Cumana.

En ce temps-là, si l'on excepte quelques bâtiments officiels, rares étaient dans les villes les maisons comportant un étage. Le paysan vivait de plain-pied avec son âne et l'on faisait la braise dans la salle unique où, le soir venu, toute une famille accrochait les hamacs. Or, malgré ces dispositions, le cataclysme semblait avoir eu des conséquences insoupçonnées. Rues transformées en ravines, puits détruits. Au nombre des blessés que leur cheval avait jetés bas ou qui avaient reçu leur terrasse sur la tête, s'ajoutaient les victimes de la soif et d'une épidémie naissante. *Las Noticias de Cumana* parlaient d'une répugnante maladie... La *bubonica.*

La gazette parvenait à Irapa avec plusieurs jours de retard. Que penser cependant lorsqu'on put lire des titres comme *« Tragédie à Cumana »* ou *« Allons-nous tous mourir ? »*

La feuille évoquait l'épouvante qui gagnait les faubourgs, les mouvements de foi aveugle qui faisaient se précipiter les survivants dans les églises, les processions qui se formaient ici et là sur les champs de ruines. Quant aux médecins, peu nombreux en temps ordinaires, fallait-il lire entre les lignes que, devant la peste, ces honorables marchands de clystères avaient jugé préférable d'aller prendre l'air dans leurs campagnes ?

Ces nouvelles impressionnèrent le docteur Bougrat. Il courait chaque jour à l'Athénée et rentrait préoccupé : « Si des cas se sont réellement déclarés, il ne faudrait ni geindre ni attendre *mañana :* les mesures prophylactiques s'imposent ! »

Le lendemain, Magda l'entendit murmurer :

– Je me demande si je ne devrais pas me rendre là-bas.

L'interrogation n'était qu'une clause de style. La passion, Magda le sentait, avait gagné son mari. Comment assister de sang-froid à la calamité frappant le peuple qui l'avait si généreusement traité ? Ces gens étaient pauvres et désarmés. La mort les guettait.

– Tu as raison, dit-elle en essayant de maîtriser son émotion. Je ne te demande qu'une chose : la permission de t'accompagner. Quel que soit le danger, je veux le partager avec toi.

Bougrat fut ému par cette résolution. Pourtant emmener sa femme en de pareils lieux de mort serait une folie...

– Écoute, fit-il : au cours de ces épidémies, un homme prévenu, qui respecte toutes les règles d'hygiène, a toutes chances de revenir indemne. Toi, tu serais trop exposée. Je ne peux pas accepter ce risque. Ne crains rien pour moi, je t'assure. J'ai accompli d'autres missions. A la guerre, les marmites tombaient. A Cayenne, sous-alimenté et sans protection, j'ai soigné la leptospirose. Dis-toi bien que j'ai la baraka !

L'occasion d'un départ de patache était à saisir. D'Irapa à Cumana, il fallait compter une centaine de kilomètres. C'était la première fois que Bougrat se rendait dans la capitale de l'État de Sucre.

La piste était difficile mais, de toutes parts, la nature éclatait de vigueur et de magnificence. Moins pressé d'arriver, Bougrat se serait extasié sur les mimosacées en fleurs dont les spécimens pouvaient atteindre des tailles gigantesques. Entre deux *aguaceros* – comment dire, une averse? une rincée du ciel? – l'exubérance tropicale, luisante et rafraîchie, embaumait. Le moindre vallon abritait des plantations de cacao. On eût retrouvé intactes, au bord du Manzanarès ou du rio Guarapiche, la générosité de la nature, la douceur de vie qui, un siècle plus tôt, avaient fait s'écrier le naturaliste Alexandre de Humboldt : *« Je perdrai la tête si ces merveilles continuent! »* Aux approches de Cumana, pourtant, la route était coupée de vilaines rigoles, de failles menaçantes. Puis apparurent les villages sinistrés. On ne voyait que des êtres déguenillés, errant parmi les ruines. L'arrivée en ville serrait le cœur. Où était le charme colonial si vanté? Certes, le ciel de Cumana restait digne de sa réputation : le plus dégagé de toute la côte des Caraïbes. Mais les faubourgs étaient sens dessus dessous. On voyait, sous les éboulis, des carcasses d'animaux aux ventres gonflés comme des outres. Chose curieuse, le zamure, cousin germain de l'urubu des Guyanes, avait renoncé à son rôle de nettoyeur.

Bougrat gagna le centre de la ville où les bâtiments étaient indemnes, la place entourée d'arcades et de galeries de bois comme dans la plupart des pays chauds. Là, des anneaux de fer rappelaient l'époque de la traite. Mais qui aurait songé aux jeunes esclaves de quinze ans à qui jadis l'on distribuait l'huile de coco pour qu'ils s'en rendent le corps plus luisant? Les descendants de ces esclaves et de leurs acheteurs se confondaient dans la même malédiction. La brise qui montait de la rade proche était chargée des exhalaisons de la mort.

Bougrat descendit à *La Gloire*, l'unique hôtel garantissant le « confort moderne ». En fait de confort, la maison n'était qu'une caserne sans personnel. Des légions de sans-abri campaient dans les salons et, lorsqu'on sut qu'un médecin était là, beaucoup de gens, essentiellement des blessés, affluèrent.

Bougrat déclarera ultérieurement : « En quatorze jours, je visitai huit cents malades. »

Il fallait néanmoins débusquer les pestiférés. Aussi le médecin se lança-t-il dans la visite des cabanes. Il parcourut les décombres, identifiant les malheureux à leur démarche chancelante, leur air égaré. Les plus atteints manifestaient une extrême agitation. Que faire pour éviter que des familles entières ne se contaminent en se jetant sur les corps des trépassés ?

Seul et isolé, le médecin en était à ces premières interrogations, pour ne pas dire à ce constat d'impuissance, quand, réintégrant *La Gloire,* il fut abordé par des policiers qui l'attendaient sur le seuil.

La peur l'envahit aussitôt. Serait-ce ici au milieu d'un pareil drame, que l'on allait lui mettre la main au collet ? Le spectre de Duval, furtif mais cette fois encore d'une netteté effarante, glissa devant ses yeux. Fallait-il qu'il se sentît traqué –, pour ne pas dire coupable ! Les sbires se proposaient simplement de le conduire, avec les égards dus à une personnalité, auprès du président de l'État de Sucre : le général Fernández. Bougrat recouvra ses esprits : cette intervention n'était qu'une suite logique au télégramme qu'avant de partir il avait demandé à Magda d'adresser à son ami le général Aretz.

Parvenu dans l'ancien fortin de Saint-Antoine qui dominait la rade étincelante et où siégeaient les autorités, Bougrat n'eut pas à faire antichambre. On l'introduisit auprès du Sr. Emilio Fernández, un ancien de la *Revolucion Restauradora,* fidèle compagnon du président Juan Vicente Gómez.

Emilio Fernández était un homme d'une cinquantaine d'années, au port altier mais sans insolence. Il n'avait rien du militaire d'opérette. Bougrat nota qu'il préférait le veston du civil à la vareuse et au ceinturon.

– Que faire devant la maladie qui menace cette population ? questionna l'homme sans autre préambule.

– Essentiellement prévoir trois séries de mesures, monsieur le Président. Isoler les malades. Encercler chaque foyer épidémique. Désinfecter ou incinérer la demeure de tout pestiféré. Bien sûr, la vaccination des proches et du personnel serait la bienvenue...

– Nous avons le vaccin, répondit Fernández : les doses transitent en ce moment à Caracas.

Dès le lendemain, deux couvents transformés en lazaret reçurent le premier tri. Certes, l'accueil était bref. Les malheureux qui gémissaient dans d'atroces souffrances ne restaient pas longtemps dans ces antichambres de la mort. Mais les infirmiers de l'armée, masqués et ceints de blouses soigneusement fermées aux poignets, les jambes protégées par des bandes molletières, purent bientôt vacciner quiconque avait été en contact avec un pestiféré.

Où les directives de Bougrat furent plus difficiles à appliquer, ce fut lorsqu'on voulut incendier les pauvres ranches où puces et rats proliféraient. Créoles et métis d'Indiens, déjà affectés par le spectacle horrible de ceux des leurs qui mouraient, ne pouvaient comprendre cet acharnement. Et pourtant! La technique éprouvée ailleurs ici s'imposait : n'avait-elle pas servi en Serbie où, aux horreurs de la guerre, s'ajoutaient celles du typhus? Cela consistait à entourer les cabanes de tôle, pour faire barrage aux rongeurs, et à pétroler à l'intérieur. De jour, il était plus commode d'éloigner les habitants, de les soustraire à la vue de la fumée noire, à la puanteur de la corne et du caoutchouc incinérés. Malheureusement, le feu couvait et se ravivait la nuit.

La rumeur ne tarda pas à se répandre que le médecin étranger ordonnait pareilles exactions. Ce fut alors une ruée contre le pensionnaire de *La Gloire*. On brandissait des machettes. Un forcené lança même un serpent dans sa direction. L'armée dut intervenir. « Si nous tenons cinq jours, la partie est gagnée... », assurait le docteur Bougrat.

En cette circonstance, la confiance du général Fernández ne se démentit pas :

– Il sera plus facile à ces gens de reconstruire leurs clapiers que de ressusciter!

« Cinq jours... Attendez encore cinq jours... », hurlait Bougrat du balcon à la foule qui lui adressait imprécations et menaces.

Effectivement, à la fin de la semaine, on ne compta plus aucune entrée au lazaret. Grâce à ces mesures draconiennes, l'épidémie avait été vaincue.

Avant le départ du médecin français, le journal local allait le représenter drapé dans sa blouse, entouré d'hommes masqués. Bougrat se laissa photographier. *El doctor Pedro Bougrat : « Le Vainqueur de la Peste! »* Comment un homme qui entrait dans la légende, même en situation irrégulière, pourrait-il désormais être traité de façon inique, rejeté à un sort équivalant à un arrêt de mort?

Ce fut un arrêt de vie qui accueillit Bougrat lorsqu'il revint à Irapa.

Tout d'abord, la feuille de Cumana avait circulé. On ne parlait que du « bienfaiteur de l'humanité ». Rumeur exagérée, si l'on songe à la faible ampleur du fléau. Mais rumeur tout aussi incontrôlable que celle qui, cinq ans plus tôt, avait accrédité, à Marseille, la réputation du « médecin apache ».

Avant toute cérémonie officielle, Bougrat n'avait qu'une hâte : serrer sa femme dans ses bras. Pour cela il dut ruser avec la foule. Quand ils furent enfin seuls, Magda dit à son mari :

– J'ai moi aussi une grande nouvelle à t'apprendre!

Il comprit tout de suite. Mais pourquoi ne lui avait-elle rien dit avant son départ?

– Tu ne le savais donc pas avant que j'aille à Cumana?

– Cela aurait pu te retenir ou t'inquiéter. Je voulais que tu te sentes libre.

Selon Magda, non seulement la Chiquinquira avait protégé l'homme qui s'exposait, mais elle avait béni leur union.

Bougrat sentait sur lui, comme jamais, la force du destin. Ainsi un enfant allait naître de cette rencontre inespérée, qui serait un peu de la jeune italo-vénézuélienne et un peu de lui, Pierre Bougrat, descendu aux enfers certain jour de mars

1925 et assuré, tout à coup, de ressusciter! Pensa-t-il à Nicole? Lorsque Amélie était enceinte, Bougrat sortait d'une autre plongée. Mais il ne savait pas qu'il y a pire que l'éclat d'obus. Et puis, alors, la paternité lui semblait due. Maintenant la venue de cet enfant n'allait-elle pas augmenter la crainte d'être repris, l'appréhension du lendemain? Étrangement, non. Le spectre de Duval n'apparaissait plus. La joie, la joie seule emplissait le cœur du proscrit. Jusqu'à hier, chaque jour était un acte de courage. Il s'efforçait de faire sienne la formule espagnole: *Se vive!* – on vit! Mais là, l'espérance était la plus forte. Qu'on l'arrache à Magda et à son enfant, qu'on le rende à Cayenne, qu'il meure dans un cachot... Il savait désormais que la vie aurait le dernier mot.

Mais pendant que Bougrat soigne les pestiférés et fonde une famille, que dit-on en France? Comment parle-t-on de l'individu sur qui avait pesé un tel opprobre? Comment décrivait-on sa nouvelle vie vénézuélienne?

Nous sommes soudain à mille lieues des appréciations du journal de Cumana! La vérité importe peu... Dans une France malade, l'affaire Bougrat agite encore les aigris et les esprits fiévreux. Avant de plonger dans la fange, citons toutefois un témoignage sympathique.

La renommée de Bougrat est grande, en 1930, parmi les forçats de Guyane. Qui ne se vante de l'avoir connu? Devenu célèbre autrement, Henri Charrière dit Papillon l'évoquera plus tard dans un passage de *Banco*: « Lève-toi, Papi, il est dix heures! Il y a une visite pour toi.

« – Bonjour, monsieur.

« Un homme d'une cinquantaine d'années, grisonnant, tête nue, grand, des yeux francs surmontés d'épais sourcils, me tend la main. »

Nous sommes censément à El Callao – où de sa vie Bougrat n'a jamais mis les pieds – et le bon généraliste de brousse se précipite.

« Je suis le docteur Bougrat. Je suis venu parce qu'on m'a dit qu'un de vous deux était malade...

« – Vous mangez avec nous, docteur, dit Charlot, sans façon ?

« – Avec plaisir, merci. »

« On sert le pastis et, tout en dégustant son verre, Bougrat m'interroge. " Alors, Papillon, qu'est-ce que tu racontes ?... " »

Papillon raconte beaucoup de choses, on s'en doute. Il confesserait même son incertitude sur la voie à suivre et sur son désarroi d'homme libre pareil à un adolescent désorienté. En retour, voici une incitation à la bonne conduite dans la bouche de cet ancien, respectable et respecté :

« Le chemin est simple. Regarde autour de toi, tu verras. A une ou deux exceptions près, tous nos anciens camarades ont pris le droit chemin... » Et Papillon ayant fait état de l'addition assez longue qu'il aurait à présenter à ceux qui l'ont injustement condamné : « ... Tu crois que tu es le seul d'entre nous à avoir des comptes à régler ? »

Bougrat aurait alors énuméré quelques cas particulièrement touchants. L'ancien poulbot de La Villette contraint par l'alcoolisme familial, l'acharnement de la police et la misère à prostituer sa sœur... « Eh bien, Papillon, il s'est évadé et maintenant il vit, marié, dans un port assez important, Cumana. Il est cordonnier et a neuf enfants, bien tenus, allant tous à l'école. L'un des aînés est même à l'Université depuis l'année dernière... » Et le prêchi-prêcha se serait terminé par un appel à l'oubli, sinon au pardon : « Plusieurs d'entre nous avaient des motifs de se venger. Aucun, que je sache, n'a quitté ce pays pour le faire. Je te fais confiance, Papillon. Puisque Caracas t'attire, vas-y, mais j'espère que tu sauras vivre cette vie moderne sans tomber dans ses pièges [1]. »

Certes, la tirade est imaginaire. Mais elle a, comme tout ce qu'écrit Charrière, le frémissement de la vie. Bougrat aurait pu apparaître ainsi. Il est probable qu'une fois adopté à Irapa, marié à Magdalena Strochia, saisi par la proche venue au

1. Henri Charrière, *Banco*, éd. Robert Laffont, 1969.

monde de leur premier enfant, le médecin réfugié ait oublié le syndrome d'Edmond Dantès.

Revenir en France pour assouvir sa vengeance? Faire expier Siame, Bringuier, Gauthier de Roy? A quoi bon! Pris par une nouvelle vie – combien plus chaude et foisonnante – on peut comprendre que Bougrat ait senti s'atténuer les vieilles douleurs et s'éteindre la haine.

« Pour la première fois je viens de rencontrer un ex-forçat qui est aujourd'hui un monsieur », rêvera Papillon.

Sur le moment, les bonnes gens n'admettent pas qu'un ex-forçat puisse être un « monsieur ». Parmi les plus acharnés de la presse parisienne, une fois encore le sinistre Darlix... Paul Darlix : celui-là même qui avait cru voir le médecin à Cayenne, lors du séjour au bagne, celui qui, lors de l'évasion, prétendait avoir participé à la battue avec les chasseurs d'homme de Saint-Laurent-du-Maroni.

Battue vaine, on s'en doute! Le « toubib » *(sic)* avait dû « effacer, à mesure qu'il avançait, la trace de ses pas en redressant la mousse après chaque foulée! Quel travail! » Oui, quel travail, en effet! Et que d'horreurs dans la forêt : cadavres blanchis, hyènes, crocodiles. « A notre approche, les carnassiers s'enfuient dans des directions opposées. Quelques corbeaux cependant tentèrent de nous disputer leur proie... » Pas mal, pour un reporter qui n'avait pas quitté la rue de Richelieu!

Darlix récidive avec une série à sensation qui paraît dans *Le Matin* à partir du 21 novembre 1931. « Avec le docteur Bougrat, de Cayenne à Caracas. » Et voilà, après les épuisements d'une dure traversée, le port de Carupano qu'il situe, pour avoir jeté un coup d'œil trop hâtif sur la carte, à l'embouchure de l'Orénoque! Et voilà le Corse de service à qui Bougrat aurait écrit de la capitale. « Sa dernière lettre m'apprend sa nomination à un poste important, là-bas. Quelque chose comme secrétaire du gouvernement. Informez-vous. »

Darlix – arrivé à Caracas d'un coup de tapis volant – s'informe. Et bien sûr il découvre le « pot aux roses ». Dans ce Caracas « investi de mouchards de toutes catégories : espions politiques et anciens bagnards qui, parvenus à s'établir dans la capitale, dénoncent les nouveaux venus... », Bougrat serait effectivement un important personnage, honni de ses anciens compagnons de chiourme : « Comme je débouche plaza Miranda, je me heurte à un groupe d'évadés *(sic!)* contre qui le gouvernement vénézuélien vient de prendre un arrêté d'expulsion. Tous rendent Bougrat responsable de cette rigueur... »

La raison ? « Il est devenu secrétaire dans les bureaux de la municipalité. C'est lui qui nous fait expulser pour être agréable à ses nouveaux amis, les trafiquants de femmes ! »

Ne fallait-il pas s'y attendre ? Un comparse est même là pour expliquer : « Dès qu'il a été installé, Bougrat s'est mis à fréquenter les boîtes de la ville. Et alors!... »

Alors, reprise et amplifiée par une opinion vorace, une nouvelle renommée va coller au nom de Bougrat. Manitou de la traite des Blanches ! Il se trouvera même un journaliste brésilien pour affirmer que si Bougrat avait été condamné et envoyé au bagne, c'était pour le meurtre rituel de... deux cent cinquante femmes !

Certes, la prose d'un Darlix, feuilletoniste moralisateur, n'eût mérité que l'oubli. Mais il y a plus grave dans le « cas Bougrat ». N'est-il pas stupéfiant qu'un universitaire comme le professeur Devèze, de la Faculté des Lettres de Nancy, ait repris ces articles ? Un sous-chapitre de son livre *Cayenne, déportés et bagnards* [1] – livre qui jusqu'à hier faisait autorité – ressert les mêmes affabulations. Textuellement et sans la moindre vérification.

1. M. Devèze, *Cayenne, déportés et bagnards*, Archives-Julliard, 1965.

27

L'ÎLE DE MARGARITA

Au Venezuela, il ne circule qu'une seule des deux légendes : celle du « vainqueur de la peste ».

Il n'est pas rare que de riches familles de La Trinidad affrètent un bateau, lorsqu'un des leurs est gravement malade, pour venir consulter le médecin français d'Irapa. A l'occasion de ses déplacements, Bougrat entre en contact avec deux groupes d'hommes qui ne vont pas être indifférents à la suite de son aventure. Les anciens bagnards – assez nombreux dans la région – et l'amicale des immigrés corses solidement établis à Carupano.

Pour les évadés de Cayenne qui ont pu échapper aux rigueurs de la dictature goméciste – ou s'en accommoder – le reclassement était possible pour peu que l'on possédât un métier et que l'on eût « de la conduite ». C'est ce qui s'était produit pour Louis Arnoux et Manuel Hernandez, que Bougrat avait connus aux durs; mieux encore pour Laurent Pouchet qui excellait dans la réparation des moteurs à explosion.

Un autre de ces anciens avait su se rendre indispensable dans son village d'adoption. C'était Machelou. Alors que les édiles cherchaient en vain le centre de la place – ni ronde ni carrée – où ériger la statue du Libertador offerte par le Président, Machelou avait dessiné quelques figures de géométrie et trouvé le point exact. Il était, depuis, une manière de sachem.

Bougrat rencontre aussi une des célébrités du bagne, Pierre

Arbaud, l'homme qui avait interrompu sa treizième cavale pour s'engager en août 14.

– On te disait en Guyane britannique ! s'étonne Bougrat en voyant ce paisible retraité.

– C'est qu'on a pas mal roulé, depuis la der des der, pas vrai Stella ?

Le poilu mal récompensé, l'ancien faux-monnayeur à qui la fausse monnaie « n'avait pas rapporté vingt francs », prenait à témoin sa compagne, une grosse Noire assez fièrement présentée comme Anglaise. N'empêche ! Arbaud n'oubliait pas Lyon : « Douze ans que je n'ai plus vu la Croix-Rousse ! Ça a dû bien changer ! »

C'était un tout autre monde que les honorables Corses de Carupano. Une bonne dizaine de familles, certaines originaires du même village, dans l'île de Beauté, avaient acquis en moins d'un quart de siècle un rôle prépondérant dans l'économie régionale. Solidaires les uns des autres, capables de l'entraide la plus désintéressée envers ceux qu'ils en jugeaient dignes, ces Marengo, Borghi, Raffalli, Santelli, Orsini, Fabiani virent avant tout en Bougrat l'ancien client de leur compatriote Stefani-Martin – lui-même originaire d'Orcino.

A ce titre, le vieux Benedetti, un des plus gros producteurs de cacao des vallées du Caripe, dit au médecin dès leur première entrevue : « Ce qui compte pour moi, ce n'est pas la condamnation qui a été infligée à un homme, mais ce qu'il vaut vraiment. Et puis, en tant que doyen de notre colonie, j'ai su ce que c'était que d'arriver les mains nues, dans un pays où personne ne vous attend... »

Pour l'heure, la grossesse de Magda se passe aussi bien que possible. Plus d'une fois, au cours des derniers mois, son mari a pu admirer l'égalité d'humeur et l'endurance de sa compagne. Elle ne paraît pas incommodée par les chaleurs accablantes. Elle garde sa fraîcheur de teint. Et si Bougrat s'inquiète à l'excès, elle se moque doucement :

– Ici, on fait peu d'histoires pour porter un enfant. Si tu

avais vu maman travailler encore une heure avant de s'étendre sur sa nattc...

Le 1er mars 1930, dès six heures, Magda est prise des premières douleurs. Elle accouche dans la matinée d'une fille dont les vagissements emplissent la casa Lucchesi. Malgré une émotion bien compréhensible, c'est Bougrat lui-même – nécessité faisant loi – qui est l'accoucheur de sa propre épouse.

Il avait été entendu qu'une fille se prénommerait Solange. Solange est donc là! Sûre d'elle et parfaitement en règle avec la loi. Le baptême a lieu cinq ans, jour pour jour, après le drame de Marseille.

Mais auparavant, un rappel de ce drame est survenu fortuitement. Non pas du drame à proprement parler : de son climat, de la seule personne dont Bougrat, à l'époque, avait obtenu le soutien.

Aux derniers jours de 1929, une dépêche du vieux Benedetti demande au médecin de venir de toute urgence à Carupano. Une ancienne connaissance est là... C'est bien perplexe que Bougrat traverse une fois encore la péninsule de Paria. Quel choc à l'arrivée! Cette silhouette rassurante, en compagnie du Corse, au bar de l'hôtel San Francisco... C'est celle de Stefani-Martin!

Les deux hommes s'étreignent pour la plus grande joie de Benedetti. Après tout, cette rencontre est l'œuvre de la filière corse... Bougrat n'avait pu ni écrire ni se signaler; les courriers de l'avocat étaient surveillés, en France.

– Si je m'attendais à voir un bagnard aussi fringant!

Il est vrai que l'évadé a bonne allure, malgré la poussière du voyage. Complet impeccable. Faux col, et chapeau. Mais pour avoir eu écho des déclarations de son défenseur, lors de la cavale, il se sent un peu coupable :

– Toujours persuadé que j'ai commis une sottise en « sortant » sans billet de confession?

Et comme Stefani hoche la tête, il ne peut s'empêcher de se justifier :

– Si vous me demandez pourquoi j'ai risqué la mort plutôt que de me contenter de l'assiette de soupe et d'un semblant de considération à l'hôpital de Saint-Laurent, je vous répondrai en toute simplicité : parce que je n'en pouvais plus...

– C'est en tant que praticien que j'ai désapprouvé. Sur le plan humain je vous comprends très bien, Bougrat...

Benedetti écoute ces propos avec délectation. On n'assistait pas tous les jours à une entrevue historique à Carupano! Certes, le vieux pionnier, trouvant plus drôle le voleur que le gendarme, avait l'habitude d'aider tout évadé en détresse. Mais ces individus pour la plupart assez rugueux lui valaient plus de désagréments que de réelle distraction. Et puis, ils n'étaient pas tous, loin de là, des vedettes des Assises!

Bien sûr, Stefani-Martin n'avait pas cru un traître mot des reportages qu'on lisait en France. L'ambassadeur du Venezuela lui-même avait protesté et contraint *Le Matin* à un rectificatif. Il n'y avait pas de traite des Blanches dans la Caracas du gouvernement de *« Rehabilitacion »*...

– Parbleu! fait Benedetti ironique... Les Indiennes ne sont pas des Blanches. On ne peut pas non plus appeler ainsi les petites sauvages razziées en Colombie!

Mais avant tout, Bougrat a hâte d'apprendre les nouvelles qui lui tiennent le plus à cœur. Son père... Il le savait en vie l'année dernière encore. Qu'en est-il aujourd'hui?

– Rien de changé, rassurez-vous.

– Sa santé?

– Un peu déficiente...

Certes, le grand âge est là. Mais comment M. Bougrat père supporte-t-il l'opprobre sur son nom?

Stefani-Martin ne sait répondre. Il n'est pas allé à Lyon et n'a pas revu l'ancien professeur.

– Pensez-vous, sincèrement, qu'il me croie innocent? questionne enfin le proscrit.

Sous l'apparente aisance de Bougrat, l'avocat perçoit une autre angoisse : « Et ma sœur Jeanne? » Aussi répond-il :

– Votre père et votre sœur sont persuadés de votre innocence.

– Jeanne ne m'a jamais cru capable du crime dont on

m'accusait, je le sais. Mais comment survit-elle à la honte? Ce nom de Bougrat qu'elle doit porter... A-t-elle des projets?

– J'ignore si elle a des projets, répond l'avocat qui sait qu'à plus de trente ans, Jeanne Bougrat est encore célibataire. Mais ce que je puis vous affirmer, d'après les deux lettres que j'ai reçues d'elle, c'est combien elle fait face avec une extraordinaire dignité.

Stefani-Martin ne pouvait se rendre à Irapa. Certes, il aurait eu un immense plaisir à faire la connaissance de Magdalena, à découvrir le cadre de vie de son ancien client. Mais l'escale était brève. Les passagers de la Transat que l'on avait vu se traîner sous le ciel de plomb commençaient de quitter les terrasses et regagnaient le *Flandre.*

Un dernier verre à bord? Au recul de Bougrat, Stefani regretta aussitôt sa distraction... Bien sûr, si le réprouvé franchissait la passerelle, il serait en territoire français et le commandant devrait l'arrêter! Mais on parlerait plus longtemps à l'escale du retour. Et puis, à ce moment-là, il y aurait une nouvelle Mme Stefani-Martin... L'avocat se rendait à Caracas en premier lieu pour se remarier!

Car il s'était passé beaucoup de choses, dans la vie de celui-ci, depuis l'« Affaire »! Bougrat savait – et il en avait toujours été confus – que sa cause n'avait pas enrichi son défenseur – tout au contraire! Il ne se doutait cependant pas à quel point les jalousies et les haines s'étaient acharnées sur celui-ci. Une déception d'ordre privé s'ajoutant à la cabale, Stefani avait dû renoncer au barreau et quitter la cité phocéenne. On venait d'applaudir une pièce de lui, à Paris. Si son client n'y voyait pas d'inconvénients, il s'apprêtait à publier sa version de l'affaire; un livre intitulé : *Le docteur Bougrat n'a pas tué,* dans lequel il soldait bien des comptes. De plus, au cours d'une villégiature à Chamonix, Stefani-Martin avait fait la connaissance d'une jeune Anglaise qu'il était sur le point d'épouser. Envoyé au Venezuela par un journal du soir, invité d'honneur de la colonie corse, il avait donné rendez-vous à sa fiancée à Caracas et le mariage allait avoir lieu là-bas.

On convint donc qu'au retour le visiteur donnerait à Bougrat le résultat de l'entrevue qu'il espérait avoir avec le président Gómez. Peut-être le médecin, définitivement agréé, ne serait-il plus frappé d'interdit dans la capitale fédérale? Il faudrait aussi parler de la révision du procès. L'ancien défenseur se proposait de transmettre le dossier à un de ses confrères marseillais, Me Grisoli...

Hélas! il n'y eut pas de seconde entrevue. Lorsque, au lendemain de la naissance de Solange, Benedetti va télégraphier à Bougrat, celui-ci aura le plus grand mal à trouver un moyen de locomotion. Un cheval? Va pour le cheval! Mais la bête est rétive, le cavalier inexpérimenté, les pistes détrempées. Quand Bougrat parvient à Carupano, Benedetti lève les bras au ciel. La place du paquebot, à quai, est vide. *Le Flandre* est reparti depuis une heure, emportant Stefani-Martin et son épouse. Bougrat ne reverra plus jamais celui qui, au cours de sa chute, avait été pour lui un si remarquable avocat.

Tassé sur sa Rossinante, Bougrat repensa à quelques « détails » appris ou confirmés lors de la première relâche du Transatlantique. Ainsi, c'était un de leurs anciens amis, un important notaire marseillais, Me Raymond Gence, qui avait épousé Amélie peu de temps après que la trappe du bagne fut retombée sur le condamné. Une révision du procès, dans le climat de haines persistantes que laissaient supposer les renseignements fournis par Stefani-Martin? Le médecin d'Irapa ne se faisait pas d'illusions!

Sur le chemin du retour, il dut faire plusieurs haltes et tirer de sa serviette, avec des gestes incrédules, la photo de Nicole et le coffret de ses décorations que Vera Stefani-Martin avait eu l'attention de laisser pour lui à leurs amis corses. La photo remplaçait de façon inespérée celle qu'il avait si longtemps conservée dans sa musette et que la mer avait détruite. Il la placerait sur son bureau. Comme il avait hâte d'arriver tout à coup!...

Chemin faisant, il se souvint d'un disque de tango, sur le gramophone des Roquevaire, à Saint-Laurent-du-Maroni :

Laissons dormir nos souvenirs!...
Ceux que nos cœurs ont su garder...

Jean Raphaël, cette voix susurrante – pour ne pas dire sirupeuse? Cela revenait comme l'écho d'une vie assourdie. Pourquoi ne pas admettre que c'était une vie détruite? Quelle honte pouvait-il y avoir à oublier qui l'avait, par avance, si impitoyablement renié? Le doute se dissipa dès l'arrivée à Irapa. Magda, radieuse, était là qui nourrissait leur enfant.

Quelques jours plus tard, fort heureusement, une autre préoccupation absorba Bougrat.

Un patron de l'île de Margarita faisait relâche avec sa tartane dans le port d'Irapa. Ce roulier des mers, carré comme un coffre, le bouc grisonnant, les yeux délavés à force d'avoir contemplé les horizons marins, serrait soigneusement ses voiles. Quand il eut fini, il pensa à sa propre femme qui, dans la cale, ressemblait à une épave d'être humain. Laurenço Valery – tel était le nom du marin –, et son second, Manuel Pacheco, gagnèrent tout en soutenant la malheureuse la maison du médecin. Bougrat était là. Il examina la malade qu'il jugea nécessaire d'opérer sur-le-champ. Selon les Margaritans, des cas semblables étaient fréquents dans les îles. Certains souffraient d'appendicite qui, faute de recours chirurgical, tournait à la péritonite ou les rendait infirmes.

Moins d'une heure plus tard, Pacheco tenant lui-même le masque et les compresses de chloroforme, Consuelo Valery était débarrassée de sa tumeur. « Encore une chance qu'elle n'eût commencé à délirer qu'à Port of Spain... » Et comme, l'intervention terminée, Bougrat s'accordait le petit cigare « du devoir accompli » :

– A combien de jours d'ici, votre île?

Contrairement au Tio Eustacio, Laurenço Valery ne demandait qu'à parler. Margarita, d'où il venait, était l'île des pêcheurs de perles. On la considérait elle-même comme la perle des Caraïbes. Pourquoi le docteur n'y viendrait-il pas avec eux? Manuel Pacheco fit chorus. Pour si bref qu'y serait son séjour, le médecin ne manquerait pas de pratique. Son nom était déjà connu, là-bas. Il suffirait qu'il débarque avec de simples marins comme eux et, du plus humble port de pêche aux hameaux de l'intérieur, toute l'île accourrait. Bougrat n'aurait pas pris la proposition au sérieux, sur le moment, si Magda n'était intervenue :

– Et si tu allais te rendre compte? – ajoutant, espiègle : tu me rapporterais une perle!

– Une perle, s'enquit Valery?

Le brave homme alla à sa tartane et revint aussitôt porteur d'un bocal qu'il tendit à l'épouse du médecin...

– Tenez, je vous les offre!

Le bocal était rempli de perles fines.

– Ce sont des vraies? ne put s'empêcher de questionner Bougrat, se rappelant soudain combien coûtait la moindre de ces larmes de la mer chez le bijoutier Arietti.

– Comment, des vraies?... fit Valery qui ne comprenait pas la question.

Pouvait-on imaginer qu'il en existât de fausses, au Venezuela? C'étaient les fausses, pour le coup, qui auraient coûté cher!

La femme de Laurenço Valery rétablie, les deux marins sont sur le point de repartir. Ils réitèrent leur proposition. C'est moins la perspective d'être rétribué en perles fines qui décide Bougrat à accepter – encouragé en cela par Magda – que le désir de voir effectivement cette île dont on parle comme d'une splendeur sauvage. Les gens là-bas vivent complètement oubliés du monde...

Tout alla bien jusqu'au détroit du Dragon qui fait pertuis entre la pointe du Venezuela et l'île de la Trinidad. Soudain, à la profonde houle succèdent des courants contrastés et des remous qui font gémir la tartane sous les coups de boutoir.

– Jamais nous ne serions passés avec la *koulalia*, constate Bougrat.

– Effectivement, dit Valery, la Boca de la Serpiente n'est rien, comparée au flot qui se précipite d'une mer dans l'autre. Mais le passage est bref.

De fait, tout s'apaise bientôt et les vêtements ne tardent pas à sécher. Bougrat, cependant, s'étonne du peu de souci qu'on manifeste à bord pour la pêche, hormis l'approvisionnement de la marmite...

– Le docteur demande où sont nos filets? plaisante alors la femme du patron.

Celui-ci éclate de rire :

– Le poisson n'est pas bon à la Trinidad. On n'y va jamais pour ça – et comme pour se justifier : *el Margaritan que no es contrabandista no es Margaritan* [1]! Clair? Bougrat est fixé, désormais...

La fin de la traversée est des plus agréables. Les histoires de contrebandiers de Manuel Pacheco, l'excellente cuisine que prépare pour les trois hommes, en plein vent, la femme du patron : tout réjouit Bougrat qui voit bientôt monter sur l'intense outremer la ligne harmonieuse annoncée.

Tous les avis concordent : l'île de Margarita est la plus belle, la seule véritablement peuplée, aussi, de ce qu'on appelle la petite ceinture de feu des Caraïbes.

Ces derniers temps, à la clarté de la lampe, Bougrat avait soigneusement observé la carte en compagnie de Magda tandis que Solange dormait dans son berceau. On repérait tout d'abord Curaçao, à l'ouest et, successivement : Las Aves – des récifs de corail –, Las Roques – encore des coraux! Venaient ensuite La Orchila, les deux îlots frères – Los Hermanos –, La Blanquilla, La Tortuga, et là, sous l'alizé, à moins de soixante milles du continent, cette Margarita dont la vue, sans qu'il sache pourquoi, émeut Bougrat au-delà du raisonnable.

1. « Un Margaritan qui n'est pas un contrebandier ne saurait être un Margaritan. »

Un seul voyage? Au mieux un simple séjour pour découvrir l'île principale de l'état de Nueva Esparta? Bougrat ne sait pas encore s'il vient effectuer une vacation ou si ce premier contact engagera son sort et celui des êtres qui lui sont chers.

La terre se rapproche. Elle est ample, d'aspect dénudé. Sous la vive lumière ses teintes se fondent en une couleur d'ambre. La côte paraît partout accessible. L'intérieur, large et dégagé, abrite de petites chaînes montagneuses. Penché sur la rambarde, Bougrat écoute le vieux Valery. D'un doigt noueux, celui-ci désigne au profane les repères topographiques : une grand-terre, portant la quasi-totalité de la vie insulaire, et une terre basse; entre les deux une lagune – la Restinga – et des salines qui, sous le soleil, resplendissent comme des fils de cristal.

Sur la grand-terre, explique Valery, on trouve le port de Porlamar qu'un vieux courrier, deux fois la semaine, relie au continent. Le Margaritan n'a pas grande estime pour cette ville et ses marchands. Son fief à lui est à l'opposé : Juangriego, sur la côte nord : un village de pêcheurs – et de contrebandiers – où l'on vit encore de façon ancestrale. Entre autres villages épars aux quatre coins de l'île, un port au nom cocasse, sur l'avancée rocheuse la plus occidentale : Pampatar. Quant à l'ancienne capitale coloniale, devenue celle de l'état : La Asuncion, elle est située sur les reliefs du centre, assoupie au milieu des bouquets de filaos.

« Ici, disait Valery – et ce “ ici ” s'opposait probablement aux états continentaux contrôlés par le Pouvoir central – ici nous sommes oubliés de tout le monde. Dieu fasse qu'on nous oublie longtemps! Nous ne sommes pas riches, vous allez le voir, mais nous sommes libres... *¡Somos pobres, si... Somos pobres, pero somos libres!* »

En fin de journée, la tartane a contourné l'île, doublé le Cabo Negro et se présente devant une belle ouverture de terres : la baie de Juangriego. Cette arrivé à Juangriego!... Bougrat l'oublierait-il jamais? L'éclat du soleil s'est lassé, mais des rayons réfractés persistent sous la couche de nuages de la côte nord. Une lumière sourde révèle la colline et l'ancien fortin espagnol, donnant aux enclos cultivés, au découpage des palmes, à la crinière des cocotiers, une singulière présence. *¡Somos libres!* Le mot résonne encore aux oreilles du nouvel arrivant.

Le flot se fait plus doux. Au fur et à mesure de l'avancée à voilure réduite, on voit grossir de nombreuses barques au mouillage – jaunes, rouges, bleues – que des enfants tout nus jouent à escalader. On perçoit enfin la promenade, encombrée de tamaris, de ficus, de ces magnoliacées aux grappes vertes que l'on appelle, aux Caraïbes, *uva de playa...* En arrière-plan, sur les pentes que gagne l'ombre cuivrée, apparaissent de très modestes *fincas.*

Le crépuscule est d'une extraordinaire douceur. Plusieurs pêcheurs s'avancent dans l'eau. Ils ont reconnu de loin l'embarcation de Valery et, regardant le passager à la dérobée, ils posent au patron et à Pacheco de discrètes questions : *¿El... es el doctor?*

Le murmure gagne la promenade et lorsque, l'ancre ripée et tout bien serré à bord, il faut sauter à terre, un attroupement s'est déjà formé. Il est vrai que Consuelo Valery s'est précipitée en avant-garde pour préparer sa maison et la rendre digne d'y recevoir son sauveur. Cet émissaire est sans nul doute responsable de l'empressement des adolescents à porter les caisses de Bougrat et de la ferveur des vieilles femmes qui, sur son passage, se répandent en bénédictions. Il fait bientôt nuit noire. On voit vaciller des feux à l'intérieur des maisons basses et il n'est pas un foyer où l'on n'invite les arrivants, du seuil, à partager le repas familial.

Là encore, les jours suivants, les malades affluent. Cette population, en majorité à la peau claire, est assez largement *acriollada* mais on y trouve aussi, comme à Cumana, des descendants des tribus indiennes que le roi d'Espagne appelait jadis ses « chers et nobles Gayqueries ».

Sur le bateau, Valery avait informé le médecin des traits de caractère du peuple de l'île : des gens frustes et désintéressés au point de se laisser dépouiller, par les marchands et trafiquants de Ciudad Bolivar ou de Caracas, des perles qu'ils vont chercher au fond de la mer au péril de leur vie... Si l'on disait à un Margaritan : « Tu devrais cultiver la terre... » c'était s'entendre répondre : « Pour quoi faire? dès lors que la mer est généreuse et nous donne de quoi manger. » Marins et contrebandiers préfèrent le danger à l'effort soutenu. Ils sont superstitieux au point que les vieilles femmes sont couvertes de médailles. L'île tout entière est placée sous la protection d'une vierge dont aucun visiteur ne peut ignorer le nom : la *Virgen del Valle*.

Sur le plan sanitaire, Margarita est exempte de moustiques. Bien des habitants ont des crises de palud, mais c'est lors de leurs pérégrinations à La Trinidad ou dans le delta de l'Orénoque qu'ils ont contracté la malaria. Il est vrai que de fréquentes sécheresses apportent la typhoïde, et le *curioso* qui exerce dans la montagne proche n'en a que bien rarement raison.

On ne tarde pas à venir chercher Bougrat pour qu'il se rende à un autre village de pêcheurs tapi derrière le fortin, non loin de Juangriego : La Galera. Une plage mordorée sur l'azur translucide d'une crique. Une triple rangée de filets à sécher, devant des maisonnettes jaunes aux toits de feuilles. Là, on est plus naïf et généreux que partout ailleurs. A peine le médecin a-t-il examiné son patient que celui-ci s'estime guéri et se confond en remerciements.

– Comment se fait-il, demande successivement Bougrat à son mentor, au second de Valery, au maire de Juangriego, un soir que tous quatre ils boivent des curaçao-orange dans une taverne de la promenade; comment se fait-il que tous ces braves gens n'aient jamais vu un médecin de leur vie?

– Aucun médecin ne s'est jamais aventuré jusqu'ici. Le village est trop pauvre. Et l'*alcalde* d'ajouter : Seules quelques familles se rendent à Porlamar. Que les pêcheurs meurent à leur guise, vos confrères s'en moquent...

– D'ailleurs, remarque Pacheco sur un ton désabusé, les

riches qu'ils soignent meurent de la même façon que les autres.

Laurenço Valery a déjà fait une proposition au médecin français. Ce soir-là, le maire de Juangriego revient à la charge :

– Pourquoi ne resteriez-vous pas parmi nous ?

En suivant les Margaritans, quinze jours plus tôt, Bougrat a pensé avant tout à la découverte du pays, à l'aventure humaine. Maintenant, il se l'avoue, le séjour à Irapa n'a pas que des avantages... Certes il est adopté par la population. Son ménage subsiste. Passent encore la trop grande proximité de Tio Rafael, son caractère autoritaire dont Bougrat s'accommode avec humour... Non. Sa préoccupation principale tient aux conditions insalubres du pays. Magda est paludéenne. Lui-même a été secoué par une première crise. Il paraît inévitable, malgré moustiquaire et citronnelle, que Solange s'impalude à son tour. Alors, se fixer à Margarita ?

Pendant ce temps, les compères se consultent activement. Une opportunité leur paraît providentielle : un médecin du continent, homme âgé et velléitaire, le docteur Olindo Martinez, a entrepris la construction d'une clinique dont il semble aujourd'hui se désintéresser. « Tu crois qu'il ne reviendra pas ? » demande Valery au maire qui réplique : « Il est trop entiché ! » Et les trois hommes de pouffer, et d'expliquer à Bougrat : le presque octogénaire ne s'est pas remis du passage historique des Folies-Bergère à Caracas, ni du « petit sujet » qui n'a pas repris le bateau.

On décide d'aller voir la clinique, pratiquement terminée, sans nul doute à vendre ou à louer. Le bâtiment est en bordure du village, les fondations dans l'eau d'une lagune. A cause de cette particularité – à moins que ce ne fût allusion aux origines du nom de Venezuela ? – la clinique s'appelle « La Venecia ». Elle a des murs bleus, des ouvertures munies de belles grilles. L'intérieur sent le plâtre frais et se distribue en deux chambrées où les menuisiers n'ont pas fini de poser les châlits.

Bougrat bénéficiera-t-il des facilités que lui offre le village pour le retenir? Sera-t-il seul maître à bord, passant la visite dans un vrai cadre professionnel? Quant au logement, les Valery ont ce qu'il faut : une bonne maison, solide et spacieuse, à l'entrée du village.

Cette fois encore, en délégation, on va visiter. La *quinta* Valery est située dans le dernier coude de la route de Sanjuan Bautista et de Porlamar, sur la plage même dont ne la protège du sable et des embruns qu'une murette blanche. Comment ne pas rêver là à une vie familiale tout entière tournée vers les vraies richesses, loin des convoitises et des réclamations haineuses d'un monde plus « civilisé »?

– Eh bien? questionne impatiemment le patron.

– Je vais en parler à ma femme, répond Bougrat.

Ses interlocuteurs ouvrent un œil rond. Décidément, ces Européens ont de grands égards pour leurs épouses!

Le jour du départ arrive. Au moment de monter dans l'auto, Bougrat mesure l'attachement qu'il a suscité chez ces pêcheurs. La ruelle est noire de monde. Les uns apportent des couffins de poisson, d'autres lui offrent hamacs ou vanneries qui sont la spécialité de l'île. Ce n'est pas un bocal qu'il remplirait de perles fines, mais un havresac! Mais comment ne pas penser au danger des plongées dont beaucoup remontent en crachant le sang? Pauvres gens : Bougrat ne les quitte qu'en retenant ses larmes! Et il faut mentir – ou anticiper? – en leur déclarant qu'il reviendra, que la prochaine expédition de Laurenço Valery au golfe de Paria le leur ramènera.

Plus tard, sur le courrier de Cumana, Bougrat ne parvient pas à effacer ces images. Pas un instant pendant les quatre heures de traversée, il ne peut détacher sa pensée de l'île qu'il vient de découvrir. Fait-elle déjà partie de sa vie? Comprend-il que c'est là – et là seulement – qu'il trouvera un répit durable, aussi bien pour lui que pour ceux dont il a charge d'âme?

Maintenant, il sait pourquoi, en arrivant, la vue de ces côtes l'a ému au-delà du raisonnable... L'île de Margarita est un de ces rares lieux au monde où un proscrit peut rêver de refaire sa vie.

28

LE BONHEUR PROVISOIRE

Magdalena et Bougrat se décidèrent vite. Et Laurenço Valery suivi de Manuel Pacheco vint chercher la famille. Le départ, pourtant, ne se fit pas sans imprévus. Le bruit s'était répandu, à Irapa, des projets du docteur et celui-ci ne parvint à calmer les esprits que par la promesse – d'ailleurs longtemps tenue par la suite – de revenir consulter une huitaine de jours par trimestre. Puis, au moment de lever l'ancre, un petit drame se produisit. Anna était accourue et donnait de tels signes de désespoir que Bougrat dut demander à Valery d'interrompre la manœuvre. La servante ne disait-elle pas depuis quelques jours déjà à sa maîtresse : « Si vous partez avec le docteur, si vous emmenez Solange, je sauterai à la mer et je suivrai le bateau »?

On emmena donc Anna – ce qui eut pour conséquence d'embarquer la négrillonne dont nul ne connaissait le père. Ces deux passagères autochtones étaient aussi dépourvues de *cedula* que leurs maîtres. Qu'importe. On allait à Margarita!

Navigation sans histoire. Restant dans les eaux vénézuéliennes, les contrebandiers n'avaient plus rien à craindre des douaniers de Port of Spain. Quant à l'état d'esprit exact de ceux qui allaient être les hôtes de Bougrat – par-delà légende et enjolivements – il est restitué par un vieux journaliste de Juangriego, Luis Oscar Martinez qui, dans son enfance, assista à l'arrivée : « Nous, Margaritans, ne savions pas d'où il venait. Notre seule référence a toujours été l'horizon parce que l'horizon était alors ce que nous avions de plus proche. Ni France.

Ni Cayenne. Nous ne savions rien non plus de sa science, de son avance technologique [*sic*]. Notre univers était fait de valeurs que les comptables ne comptabilisent pas. C'est pourquoi nous lui ouvrîmes grands les bras, comme la mer nous apprend à le faire. Bougrat à Margarita ne pouvait que réussir car il trouvait la bonté en arrivant sur la plage et parce qu'il était lui-même un homme bon. »

Tout était prêt pour recevoir les arrivants. La *quinta* déjà ouverte... Les jours précédents, on avait nettoyé le puits, drainé les canaux de la pompe; les cloisons de briques avaient été badigeonnées à la chaux. Les habitants, maintenant, s'appelaient d'une maison à l'autre et, en un tournemain, la famille se trouva installée. Il ne restait qu'à trouver un perchoir pour les deux perroquets qui avaient suivi avec les bagages et étaient les interlocuteurs habituels d'Anna.

On imagine avec quel mélange de fatigue et d'émotion Pierre et Magdalena Bougrat s'assirent sur leurs caisses, ce premier soir, quand les visiteurs se furent enfin retirés. Ils échangèrent un regard, à la lueur de la chandelle dont la brise effilochait la flamme. Le berceau de Solange était à leurs pieds. Tout ce qu'ils possédaient tenait entre ces quatre murs très simples. Tout était là, sous la protection d'un peuple de pêcheurs. Et de cette modeste chambre, si Dieu le voulait, ils entendraient longtemps, la nuit, la voix égale du jusant comme à l'intérieur d'une conque marine.

Le premier travail fut la mise en route de La Venecia.

L'*alcalde* ayant été mandaté pour traiter en lieu et place du chirurgien de Caracas, Bougrat se trouva bientôt locataire des lieux. Pour si démuni qu'il fût, il n'avait aucun souci à se faire... En France, après avoir vissé sa plaque, un praticien attendait le client. Ici rien de tel : c'était la pratique qui, depuis un temps immémorial, attendait le médecin.

Les journées au *consultario* furent tout de suite longues.

Bougrat ouvrit les chambrées aux malades. Il y eut d'abord, en fait de personnel, un jardinier et deux manutentionnaires. Comme infirmière, Madga choisit une dame d'âge canonique : elle craignait qu'une indigène jeune ne tente, à la manière indienne, de faire boire une magie à son mari.

Moins d'un mois après son installation, constatant un grand nombre de cas de tuberculose dans l'île, Bougrat se soucia de faire venir un appareil de rayons X de Caracas. Le principe des soins fut la gratuité. Jamais de sa vie, Bougrat n'avait oublié le serment d'Hippocrate. Familles de commerçants, de contrebandiers : ceux qui pouvaient payer, payaient. D'autres fournissaient du travail à la clinique. Les dons en volailles, paniers de poisson, corbeilles d'*arepas* étaient les bienvenus et prenaient le chemin des cuisines. Ainsi, à La Venecia, nourrit-on, à l'occasion, les indigents.

Dès que l'organisation professionnelle fut arrêtée, les Bougrat commencèrent de visiter leur nouvelle patrie. Pour cela, il suffisait de monter au fortin qui domine Juangriego et l'arrière-pays de ses canons rouillés. De là-haut, Magda put contempler le paysage insulaire, serti de plantations verdoyantes qui tranchaient en douceur sur la mer idéalement bleue, au pied des monts arides.

Le village lui-même était touchant. Les maisons basses avaient des tons pastel, dans le meilleur des cas des jalousies aux fenêtres. Mais comme dans l'île il n'y avait pas de voleurs – et assurément rien à voler – les portes n'avaient pas de serrure et, le plus souvent, pas de battant du tout.

Par contre, sous les magnolias de la place, les débits de boisson étaient entourés de lourdes grilles. Ceux qui consommaient là ressemblaient à des bêtes en cage. Sur le matin, les tenanciers veillaient à bien fermer après avoir expulsé la clientèle... L'île enchantée de Bougrat n'était pas un paradis rousseauiste – tant s'en faut! Chez ce peuple de marins, le syndicat des *borrachos* – les ivrognes – était numériquement très fort et, le soir, à l'ombre du fortin, il n'était pas rare que l'on s'assommât à coups de bouteilles de Santa Teresa.

Ce fortin rappelait aux nouveaux venus le temps où la

couronne d'Espagne, dépitée par la ruine en 1526 de la Nueva Cadiz à Cuba, s'était réfugiée sur les côtes de Caracas.

Beaucoup plus tard, à la veille des guerres d'Indépendance, l'île comptait, selon De Pons, le voyageur à la « Terre Ferme », une garnison de 1.247 hommes. De l'Indépendance elle-même – et du sol margaritan – devait sortir ce valeureux général Juan Bautista Arismendi dont la statue de bronze avait été offerte à la vénération publique par le président Gómez, à moins que ce ne fût par son prédécesseur Cipriano Castro.

Bien évidemment, les margaritans du moment se souciaient fort peu des anciennes milices – à peine plus des dictateurs andins. Ils s'adonnaient à leur vocation la plus profonde : embosser une *lancha* dans une crique et la décharger par les chemins muletiers. C'était là un art qui remontait au temps où la Compagnie de Guipuzcoa ayant privilège exclusif, il ne restait aux Anglais et aux Hollandais qu'un commerce clandestin.

A l'arrivée des Bougrat, en 1930, le port principal lui-même ne donne pas l'impression d'une capitale. On lit dans l'Annuaire hispanique :

« Porlamar. Estado de Nueva Esparta. 1.800 h.
Poste. Telegrafó. Iglesia parroquial. Escuela federal.
Colegio S. Jose. Consulado de Francia. Sucursal Banco de Venezuela.
2 hôtels y alguna industria de curtidos y de fab. de hielo, jabón y confección de vestidos de buzo ». (Industries de tannerie et fabrication de glace, savon et vêtements de scaphandrier.)

Et Juangriego ? Une église, certes. Mais ni école ni télégraphe. Les notables y vivent de façon familiale et naïve. Les plus actifs sont les Guapuriche – famille de l'*alcalde* –, les Ardilla dont le père se dit docteur en droit et conseille les uns et les autres aux terrasses des cafés. On fête sans cesse des anniversaires, on donne des matinées récréatives. Cette minuscule société a les yeux tournés vers la Trinidad où les filles, dans les collèges de Port of Spain, apprennent le piano sous le magistère des nonnes et tapotent fort gentiment un répertoire qui peut aller de *My coach* – rumba – aux difficultés de *La Marche turque.*

Ainsi allait se faire au fil des jours l'implantation du docteur Pedro Bougrat à Juangriego. Ses journées harasseraient tout autre que ce colosse : on l'appelle pour des cas désespérés dans des maisons éloignées, dans les montagnes. Ne possédant pas d'auto – du reste, quel véhicule se serait accommodé des ravines ? – il chevauche un âne qui a le plus grand mal à le porter. Les appels arrivent par la poste... enfin, la poste margaritane. Le facteur du pays est une vieille femme, la Cabra. Dans cette île d'analphabètes, il n'y a jamais de lettre à porter ! Sait-elle seulement lire ? On lui explique ce qu'on a à dire. A l'arrivée, après avoir traversé pieds nus la montagne malgré de nombreuses haltes et verres de rhum, la Cabra récite le message au correspondant.

Ainsi procède-t-elle avec Bougrat :

– Docteur, on vous réclame à Pedrogonzalès. L'aïeule n'a pas pissé depuis la procession ; elle est bien vieille et n'a plus la force de bouger.

– C'est où, la *finca* ?

La Cabra explique jusqu'à ce que son interlocuteur, un peu retors à ce torrent verbal, lui dise :

– Envoie-moi un gamin, il marchera devant mon âne...

Premier médecin rural qu'on ait jamais connu dans l'île, Bougrat procède ainsi pratiquement jusqu'en 1932. On l'appelle jusque dans la capitale, La Asuncion. Le témoin précédemment cité se le rappelle « enlevant ses chaussures et retroussant le pantalon pour traverser une lagune, seul moyen d'atteindre une cabane de douleur ». Il le voit plus tard « avec son immense silhouette, agenouillé sur la natte d'où une parturiente en péril le regarde comme un dieu ». Et bien sûr, à la sortie de ce misérable *rancho,* comme la plupart du temps : « les mains vides et la poche orgueilleusement vierge ».

C'est dans ce contexte que le ménage Bougrat devint chaque jour un peu plus margaritan. La quinta, malgré ses dimensions modestes, et bien qu'elle garde son aspect local, est bientôt rendue plus confortable. Lorsqu'il prend quelques instants de repos, le docteur aime se promener sur la plage. Il lui arrive, dans le patio, de tendre un doigt pour accueillir son ara préféré. Le jardin a toute la luxuriance, toutes les senteurs des tropiques.

Même si ses gains sont encore modestes, Bougrat veut que sa femme suive la mode européenne à laquelle s'efforcent les dames de Caracas.

Une photo de 1931 nous montre le médecin et sa famille devant les bougainvillées, par un de ces après-midi de l'éternel été. Solange a un an. Bougrat, assis, élève à la romaine, de ses deux mains, l'enfant au torse nu que cette gymnastique fait rire ou hurler. L'ancien forçat est sobrement vêtu de blanc. Il arbore une cravate impeccable. La moustache est finement taillée. Il a retrouvé le sourire de l'homme libre. Debout à sa droite, Magda se penche vers sa fille, les mains tendues elle aussi. De fines et longues mains. Tout est fin chez Magda : la nuque qu'elle a fort incurvée, les bras nus et gracieux... C'est une jeune femme au front pur, coiffée en « coup de vent », avec deux guiches qui lui mangent les yeux. Pour la toilette, cette insulaire n'a rien à envier aux Parisiennes ou aux élégantes de Philadelphie. Elle est vêtue de toile de soie – à moins que ce ne soit une jupe de kasha plissée? – et n'ignore pas que les ceintures, cette année-là, se portent étroites, à mi-hauteur des hanches, en daim ou assorties au sweater.

Attendrissant tableau de famille! On peut se demander si, depuis que Bougrat a posé le pied au Venezuela, son mode de vie n'aurait pas incroyablement changé. Reconnaîtrait-on, en ce mari attentionné, en ce père modèle, le héros pour le moins imprudent d'une des grandes affaires criminelles des années Vingt? Le noceur de Tabaris? Le facétieux prisonnier? Plus : Bougrat ne donnerait-il pas dans le genre « fleur bleue »?

La réalité est ainsi. Peut-être nous étonnerions-nous moins en gardant à l'esprit les besoins affectifs de tant d'anciens du bagne, le vœu d'une vie simple et rangée que manifestent, une fois élargis, un si grand nombre de fortes têtes. Au moins ceux qui ne sont pas dénaturés. Et qui oserait dire que Bougrat, même aux pires moments, ait été un homme dénaturé?

En fait, cette vie-là, « simple et tranquille » comme l'avait rêvée Verlaine, n'excluait pas le retour cyclique d'une angoisse.

Certes, le Bougrat de la photo a le sourire de l'homme libre. Mais la sécurité apparente de l'île n'invitait-elle pas à s'interroger, parfois, sur ce que recouvre le calme de la mer? Le bonheur qu'exprime le cliché précédemment décrit n'est-il pas, comme le cliché lui-même, un instantané? Au creux du silence, dans le froissement soyeux des vagues sur la plage, Bougrat songe au sort de Duval... Cette fois, Bougrat s'en représente mieux le détail. Cela s'est passé avant guerre. En 1909. Quand il arrive sur le Maroni, son petit sac sur le dos, Duval vient d'écoper de vingt ans devant un jury de la Seine pour le cambriolage d'une bijouterie. Vingt ans plus le doublage. Évadé dans des conditions restées mystérieuses, l'ancien fric-frac réussit à gagner Para, au Brésil. Là il exerce le métier d'ajusteur, monte une affaire prospère, se transforme en ce qu'on appelait, dans le langage d'Hollywood, un parfait gentleman.

Cette destinée tend vers le mythe illustré par tant de forçats – et souvent de façon ostentatoire – qui cherchent à effacer un passé délictueux par une vie digne et honnête. Le mythe est complet s'il s'y adjoint une régénération par l'amour. C'est le cas de Duval, dont s'est éprise une riche Brésilienne. Lui-même, éperdument amoureux, l'épouse. Hélas! des évadés de Cayenne ont tôt fait de percer le secret du « gentleman ». Le passé revient. Lorsque le malheureux ne peut plus satisfaire aux prétentions de ses maîtres chanteurs, ceux-ci le dénoncent. Bientôt arraché à celle qu'il aime, les fers aux pieds, Duval est acheminé vers les îles du Salut. Il ne devait pas y rester longtemps. Le chagrin avait commencé de le miner. On le vit errer comme un corps sans âme. Il était à

Saint-Joseph mais sa pensée était restée au Brésil. Six mois plus tard il s'éteignait.

Tel est le spectre qui revient plus d'une fois sous les voilages de la quinta des Bougrat. Un chien glapissant dans la nuit? Un ivrogne lançant sa plainte sur la route? Comment le médecin ne penserait-il pas au cri de l'évadé repris que l'on disait mort fou?

Quoi qu'il en soit, à la fin de l'année 31, Magda annonce à son mari qu'elle est à nouveau enceinte. Comme à la venue de Solange, la joie est immense au foyer des Bougrat. L'enfant, une seconde fille, se prénommera Thérèse. Ses parents, par la suite, l'appelleront Teresita.

Un seul de ses anciens compatriotes devait réellement rendre visite à Bougrat dans son île : ce fut Danjou, en 1932. Visite d'autant plus significative qu'à cette époque, on accréditait à Paris les bruits les plus infamants. La presse lyonnaise revenait sur la « crapuleuse affaire de Marseille » quand le *Petit Marseillais* évoquait le souvenir du « médicastre lyonnais ».

La semaine qu'Henri Danjou passa à Margarita fait l'objet d'un chapitre de son reportage *La Belle.* Encore la rencontre faillit-elle ne pas avoir lieu : le bruit courait à Cumana que Bougrat avait quitté le pays. Simple rumeur, répandue par un médecin espagnol trouvant qu'on faisait trop de cas du « sauveur de la peste » et qui avait suggéré au visiteur : « Bougrat? Il se déplace comme les aigrettes ». Mieux valait s'adresser à un portefaix-marchand de glaces que l'on disait évadé de « là-bas ». Celui-ci parla tout autrement : « S'il est encore à Margarita, il vous recevra comme un frère. » La certitude de trouver l'homme au gîte vint, sur le quai du ferry, d'un pauvre bougre qui déchargeait des sacs de sel : « Vous êtes Français? Alors vous allez voir le docteur Bougrat. Il m'a sauvé l'an dernier deux doigts de la main droite. C'est un envoyé de la Providence! »

Sitôt débarqué, Danjou, pourtant blasé par vingt ans de

faits divers à *Qui?* [1] a l'impression d'entrer dans la féerie. « Ici, lui dit-on, c'est Porlamar. Bougrat habite de l'autre côté de l'île. Peut-être le verrez-vous ce soir au cinéma? On nous a apporté, pour la première fois, le cinéma de la Côte. »

Il y a si peu de place à l'auberge *La India* qu'on installe le hamac du journaliste dans la cour. Bougrat?

– Un curieux homme, dit un avocat vénézuélien en déployant lui aussi son sac. Il soigne les pauvres et emprunte de l'argent aux riches.

– N'en dites pas de mal, c'est un saint! intervient la patronne.

Au hasard des bavardages, Danjou apprend que le médecin possède depuis peu une automobile et parcourt chaque jour l'unique route et les pistes de l'île.

Le lendemain, le journaliste se rend à Juangriego. Le chauffeur de taxi l'arrête devant « une villa tropicale, si jolie dans la floraison d'un jardin exotique (...) que je crus voir un de ces palais des *Mille et une Nuits* dont on se dit qu'ils vont s'évanouir dans un reflet de lumière. " Es la casa del doctor Bougrat ", expliquait l'Indien avec respect ».

Exagération, certes. La quinta s'est améliorée mais ne sera jamais un palais. Une chose est sûre : les hôtes de ces lieux ont su créer autour d'eux un climat de beauté que les êtres les plus simples reconnaissent d'emblée.

Le reste de la description comporte la même part de vérité et d'idéalisation : « Dans le jardin de cette maison de paradis, des biches se poursuivaient, des servantes noires de quinze ans (la petite fille d'Anna, probablement) allaient, diligentes, des parterres fleuris aux volières; une femme jeune, jolie, qui avait de beaux yeux noirs dans un visage d'une douceur extrême, parut; elle faisait jouer un couple d'enfants blonds.

– Madame Bougrat et ses enfants? questionnai-je. »

L'étape suivante est la clinique. Il faut, pour cela, traverser un pont qui – ô ironie! – porte le nom de *Rehabilitacion!*

De nombreux indigènes stationnent devant La Venecia. Une

1. L'hebdomadaire *Qui?* a pris le nom de *Détective* à partir de 1928.

plaque de cuivre brille sous le porche : « Doctor Bougrat. » Mais comment franchir le seuil quand tant de gens ne pensent qu'à serrer les rangs... Craindraient-ils que l'on vînt enlever le bienfaiteur ? Savent-ils, se demande Danjou, que « convaincu de crime sur un autre continent, Bougrat serait partout ailleurs chargé de chaînes » ? Un « fils de Caraïbe », lui murmure : « Nous lui devons mille vies ! » et les autres approuvent.

Mais une voix monte déjà de la cour. L'accent marseillais y colore une réponse en espagnol : « Je viens tout de suite... » Pas assez vite cependant pour que le visiteur ne se demande : « l'évadé voulait-il voir à la dérobée l'homme qui venait du pays, à vingt-trois jours de mer, qui, maintenant, lui est interdit ? »

Terreur, peut-être encore, au fond d'une si fragile royauté !

Cinq ans plus tôt, dans une ronde de forçats, à Saint-Martin de Ré, Bougrat avait le crâne rasé et portait le droguet marron. Danjou croyait l'avoir vu, au cours d'un reportage. L'homme qu'il a aujourd'hui devant lui ne manque pas de l'impressionner dans sa tenue de clinicien. Blouse blanche. Tablier blanc. Calotte cascadeuse. Manches retroussées. Apparemment, la joie de vivre transparaît sur sa peau dorée. Le visiteur l'en complimente.

– Vraiment ? Oui, heureusement je me porte bien, sans quoi serais-je arrivé vivant jusqu'ici ?

Et comme si Bougrat souhaitait combattre les ragots qui ont couru, il va donner un aperçu de son travail quotidien.

A peine la porte ouverte, des mains se tendent. Il examine Mariquita, une enfant qu'il a opérée d'un goitre. D'autres insulaires approchent : des notables et des pauvres... « Il est déférent avec les notables, bonhomme avec les simples... Je comprends, note Danjou, pourquoi dans les neuves Amériques, un forçat peut devenir un homme nouveau. Que ne représente-t-il pas pour ceux qui n'ont d'autre fortune qu'une case ou une barque ? C'est toute la science des civilisations qu'il leur apporte. Bougrat se grise de leur ferveur comme d'un bon opium. »

Et il est vrai que ce jour-là, il fait sourire l'enfant que lui présente une vieille Indienne plus chargée qu'un reliquaire de colliers tintinnabulants. Il rassure d'une boutade un jeune pêcheur tout embarrassé de son chapeau de paille. Une négresse au corps souple s'acquitte d'un panier de grenades; elle mendie un examen supplémentaire pour un adolescent qui l'accompagne. C'est la resquille. Bougrat sourit. « On le paie cinq bolivars la visite, vingt francs de notre monnaie. Il empoche distraitement les pièces d'argent, comme s'il n'y trouvait aucun prix.. »

Un homme, entre tous les malades présents, un vieillard basané, miné par les fièvres, est émouvant. Il a mis huit jours, à pied et par bateau, pour venir d'El Callao, le pays des mines d'or. Il dit au médecin :

– Vous m'avez guéri autrefois, quand vous étiez à Irapa!...

Bien sûr, un journaliste venu d'Europe ne pouvait éviter de confronter Bougrat à son passé... Au visiteur qu'est Henri Danjou, le condamné montre ses livres de médecine :

– Tout ce que mon père a pu sauver de ma bibliothèque.

Devant des photos coloriées de Marseille – nouvel envoi par la filière corse? :

– Cela n'a d'autre valeur que d'avoir appartenu à ma mère. La France, Marseille... je n'y pense plus. Il est vrai que tout le monde m'a abandonné...

Il détourne les yeux lorsque Danjou, s'étant arrêté devant la photo de Nicole, questionne. Est-ce bien là l'enfant qui lui est née du premier mariage et vit aujourd'hui sans savoir qu'il existe?

– C'est mon gros chagrin... Bah! je suis marié. Je suis heureux avec ma femme et mes filles. Nous allons adopter un enfant de plus, en souvenir de celle que l'on m'a prise.

Bougrat change plus encore de voix lorsque le journaliste

lui montre un cliché qu'il est chargé de lui remettre et qui le représenterait au bagne au milieu de cinq forçats.

– Ce n'est pas moi. La ressemblance que j'ai avec cet homme est pourtant extraordinaire...

Est-ce exact? Est-ce dissimulation? On sent que Bougrat veut se détacher du passé, ne plus penser qu'à sa clinique, aux pêcheurs de Margarita qui lui rapportent tant d'ex-voto, de coquillages peints auxquels sa main s'accroche comme à une bouée.

– On est vraiment très loin du bagne, ici, commente le visiteur.

– Très loin... – puis, plus bas : heureusement, le travail est le grand remède aux souvenirs tristes!

Il appuie ses deux mains sur la table. Sa bonne humeur s'en est allée. Il fait la moue comme un gosse qui va pleurer. Il se maîtrise :

– Quand on a fait quelque chose, c'est dur. Mais quand on n'a rien fait!

29

LA VILLE AUX TOITS ROUGES

Cette année-là, septembre marque le début de la saison des perles. La campagne ne se renouvelant que tous les cinq ans, c'est la première fois que Bougrat et sa femme assistent à pareils préparatifs.

Un flottille de pirogues bleues, à la voile triangulaire, se rend de Pedrogonzales et de Juangriego vers les lieux de pêche. Parvenus au large d'îlots comme Coche ou Cubagua, les plongeurs nus descendent sur les fonds rocheux. Même si l'on ne participe pas à l'événement, il n'est pas possible d'échapper à la fièvre qui, pendant des mois, s'empare de l'île. Pas une agglomération de quatre maisons en pisé où l'on ne compte, à cette heure, un ou plusieurs garçons engagés dans la collecte.

Il y a bien sûr le danger des syncopes. Le risque d'embolie cérébrale par décompression trop rapide. Beaucoup de plongeurs, une fois revenus à la surface, saignent du nez, parfois des oreilles. En dépit du tintamarre des bateaux, la venue des requins est fréquente, dans ces mers chaudes... Et comme toujours lorsqu'il faut parer de poésie une réalité navrante, certains affirment que les malheureux rapportent des abîmes la vision d'un royaume enfoui sous la mer.

Quel contraste de voir les marchands venus du continent qui, pendant ce temps, campent à Porlamar! Pour ceux-ci, les plus belles perles, jetées grossièrement sur les tables d'auberges, ont tous les défauts. Trop petites quand elles ne sont pas trop grosses : l'objectif est de n'en rien donner aux rescapés. Sordides tractations, qui écœurent les nouveaux venus...

Bougrat se sent de plus en plus proche de ces Margaritans qui, comme lui, vivent sous la menace.

Car la visite de Danjou a ravivé bien des choses. Faut-il regretter d'avoir parlé? Bougrat se repent-il d'avoir montré son bonheur à un journaliste français? Ce Danjou était réputé honnête. Tout de même. Quel n'était l'enjeu!

Bougrat se reproche d'autant plus sa sincérité qu'il a abandonné toute idée de vengeance. N'a-t-il pas dit au visiteur : « La prison a fini de m'apprendre ce que la guerre ne m'avait pas complètement enseigné : la patience. Je fortifie ma volonté. On ne se venge pas de la société. J'aurais peut-être fait des bêtises par lassitude de vivre. J'ai trouvé un but : je me suis marié. Je travaille pour mon bonheur. » Et comme on ne voyait sur la route que les ombres fantastiques des arbres tropicaux, il a ajouté : « Quand on est tombé " dans le trou " et qu'on en est sorti, on a quelque mérite à relever la tête. »

Fort heureusement, à l'occasion de cette visite, le médecin n'a pas interrompu son emploi du temps. Consultations ordinaires jusqu'à treize heures. Visites après la sieste. De dix heures à minuit il reçoit les ouvriers de la canne à sucre, ceux qui ne sont pas libres le matin et qui souffrent tous des yeux ou de la gorge. Il possède, à cette date, une automobile. Un cabriolet Chrysler. L'âne parfois prend sa revanche. Ne faut-il pas, à certains endroits, traverser des torrents à sec ou descendre dans des fondrières? Mais partout où les insulaires aperçoivent l'auto du docteur, c'est une apothéose. Les hommes agitent leurs chapeaux, les femmes tendent leurs enfants nus. Danjou l'a remarqué : l'île entière acclame « Bougrat l'évadé. Bougrat le médecin bienfaisant » dont la voix claironne des salutations affectueuses :

– *¡Buenas tardes, Carmen! ¿Come esta, Domingo?*

L'homme est ici chez lui et, lorsqu'il rentre à la quinta, c'est pour entendre dès le seuil la chanson de Magda. Ne dit-on pas que la voix de la jeune femme est aussi mélodieuse que celle du *paraulata* des Llanos, l'oiseau à la gorge argentée?

Dès qu'il dispose d'un peu de temps, Bougrat poursuit l'apprentissage de la poésie. C'est en espagnol qu'il dit sa découverte de l'île, en espagnol qu'il en décrit la vie et les pulsions, aussi bien dans la chaleur blême que dans les tempêtes qui, aux équinoxes, bousculent les nuées de la Restinga à Pampatar.

Pourtant, l'obsession est là. Plus vive s'il goûte un malencontreux répit. Ne suffit-il pas d'apercevoir, certains soirs, la fumée d'un steamer glissant au large, à destination de La Barbade ou de l'Europe? Obsession nourrie d'un fait précis que Bougrat s'efforce de cacher à sa femme : les médecins de Porlamar se plaignent de la concurrence. Va-t-on revivre les dénonciations d'Estinga?

C'est dans ce climat que naît une troisième fille, Maria-José. Nous sommes en 1933. Cette fois, Bougrat se persuade que le destin, dans ses raffinements, a attendu ce moment pour l'abattre. Plus les apparences dans l'île sont à la sécurité, plus cette situation lui paraît insupportable. Aussi décide-t-il, subitement, de tenter une démarche...

Côté français, le consul de Porlamar n'est pas un mauvais homme. Il aurait pu nuire au réfugié et ne le faisait pas. Mais quelle aide escompter de ce diplomate au rabais qui attend, dans l'île aux perles, l'heure de la retraite?

Le général Bermudès, président de l'état de Nueva Esparta, tient Bougrat en haute estime. Il a eu recours à ses soins pour un de ses enfants. Il se dit prêt à signer une attestation officielle qui témoignerait, en France, du rôle éminent joué par l'ancien forçat. Mais que pèserait ce grimoire si l'extradition était accordée? On disait de Bermudès qu'il n'avait pas l'oreille du Président.

Ah! si Emilio Fernández avait pu intervenir! Hélas!... Le président de l'État de Sucre n'était plus de ce monde. Il était tombé les armes à la main, à la fin de 1929, en repoussant à Cumana les conjurés de la goélette *El Falke*. Un premier accroc au régime goméciste, fomenté depuis New York, Montréal et Paris par une junte de caudillos impatients.

L'initiative allait venir cette fois encore de la colonie corse; plus particulièrement de Benedetti :

– Pourquoi n'irais-tu pas à Caracas? Je te ferais une lettre pour Guérin.

Le perpétuel proscrit paraît surpris :

– Et si la *Sagrada* m'interpelle?

– Fais en sorte que cela ne se produise pas.

Le vieux pionnier semble suggérer que les sierras orientales n'ont rien à envier au maquis des Agriattes. Et puis, on va se débrouiller pour que Guérin fasse le nécessaire. Non pas un Corse mais un Breton, celui-là. Un héros des ailes françaises. Un ancien compagon de Guynemer établi à Caracas à l'occasion d'une mission officielle, et qui travaille depuis à organiser les premiers éléments de l'aviation vénézuélienne.

Ce qui est prodigieux dans le destin de ce Français méthodique et enthousiaste, c'est la fascination qu'il a su exercer sur l'ancien paysan du Tachira devenu dictateur. Gómez s'est pris d'une réelle amitié pour cet étranger fou du Venezuela – comme il l'est lui-même, à sa manière – qui, depuis dix ans, lui prodigue, à la « Cour » de Maracay, de précieux conseils. Accessoirement, comme tous ceux qui approchent des centres de décision, Guérin amasse une fortune colossale. Ceci dit, il ne refuse jamais d'aider ses anciens compatriotes et, pour l'heure, consacre tous ses efforts à un projet de Mermoz : la prolongation de la ligne de l'Aéropostale jusqu'à San Cristobal.

Bougrat écoute Benedetti avidement. Certes, il a entendu parler du Breton, ancien combattant, médaillé comme lui. Mais il n'a jamais imaginé que la présence de cet homme dans la coulisse du pouvoir pût être son unique chance d'obtenir un agrément définitif du dictateur. Même pour un sans-papiers, l'enjeu ne vaut-il pas le risque du voyage?

Bougrat prend le courrier de Cumana vers le mois de juin 1933. Il faut deux jours de route pour atteindre Caracas, non prévus les glissements de terrain. *« ¡Derrumbe!* [1] *»* s'écrie le

1. « Éboulement! »

chauffeur du taxi collectif en freinant à mort. Au fond de l'auto puant la moleskine et l'huile chaude, des commerçants de la capitale disent que, certaines fois, la piste s'ouvre à vue d'œil sous les pneus.

Non loin de la Nouvelle Barcelone, c'est plus grave. On a essuyé plusieurs *aguaceros* et le ciel brusquement est devenu noir. Les écluses cèdent. En quelques instants, le pays se met à ressembler à un lac et la route devient un fleuve au milieu duquel dérive le *por puesto* [1]. Debout dans la voiture, les passagers tiennent leur bagage à bout de bras. Par chance, il y a une auberge au village le plus proche : une bicoque chancelante, qui n'a pas trop souffert de l'inondation et où l'on peut coucher. La maison est bourrée de puces et l'on dort sous des moustiquaires cent fois rapiécées par la patronne, une grosse femme moustachue comme un phoque. Le lendemain, un autre véhicule conduit les voyageurs au pied des monts de Caracas, au port de La Guaira par lequel transite la quasi-totalité du fret de la capitale. Il ne reste plus qu'à y monter, dans cette capitale ! Quarante kilomètres d'une route sinueuse, que l'on dit pavée par le diable. Et quel charroi, déjà ! Des trains de mules succèdent aux haquets, aux fardiers. On transporte cuirs et sacs de café, vins du Portugal dans une horrible chaleur vibrante de coups de fouet, de chants et de horions... Parfois, dans ces interminables files, une automobile ou un truck dernier cri s'époumone. Fait curieux : une administration prévoyante a fait dresser, sur le remblai d'une épingle à cheveux, ce qu'il reste d'une carrosserie. Ainsi, nul caraquègne ne peut ignorer le résultat d'un *fracaso.* Cela n'empêche cependant pas de « fracasser »... Pour le plaisir.

Enfin, l'arrivant découvre Caracas comme un enchantement sans fin dans l'écrin somptueux de la Cordillère.

La ville s'étend dans une vallée longue d'une quarantaine de kilomètres, aux abords immédiats de cette Silla – alias mont Avila – dont l'escalade a été la première excursion de

1. Taxi collectif où l'on paie « à la place ».

Humboldt et de son fidèle acolyte Aimé Bonpland au cours de leurs voyages dans l'Amérique équinoxiale. En ce temps-là, la société locale craignait le soleil et il ne serait venu à l'idée de personne d'aller voir à quoi ressemblait la bourgade de 40.000 âmes que l'on découvrait de là-haut.

Depuis un siècle, le site demeure inchangé. Même si la capitale a quelque peu enflé. A l'arrivée de Bougrat, Caracas mérite encore son surnom de l'époque coloniale : « la ville aux toits rouges ». Un air pur y surprend agréablement. Certes, on ruisselle, ici comme partout ailleurs sous le Tropique. Mais on n'a plus cette sensation de macération et d'épuisement permanent, cette désagréable impression d'être miné et comme corrodé de l'intérieur.

On entre dans la vallée par Catia aux cabanes borgnes, puis par des hameaux dispersés dans des parcs et des prairies. La Floresta. Los Palos Grandes. Chacao. El Rosal. A flanc de montagne, on aperçoit les maisons des riches habitants d'Altamira et du Country Club... La voiture grince un peu plus, dans la fournaise de midi, et l'on parvient enfin au fond de la vallée où bat le cœur historique de la ville, avec ses avenues d'El Silencio, ses palais gouvernementaux, l'ancienne cathédrale relevée de clochetons nostalgiques. C'est là qu'est la place Bolivar, intime et solennelle, où la statue équestre du grand homme reçoit vingt fois par jour l'hommage de délégations patriotiques.

Il fait presque frais sous les araguanys ; des nuées d'oiseaux piaillent dans la ramure. Souïs, perruches, turpials, colombes, aramis. Sans compter la piétaille de gros pigeons que des duègnes drapées dans des voiles dignes de la Folle de Chaillot gavent de graines de maïs.

Sur cette place, de nombreux messieurs, la canne à la main, arpentent les allées. Ils échangent leurs impressions sur la politique des grandes puissances et l'éternelle question du remboursement de la dette extérieure.

Sans nul doute, les limiers de la *Sagrada* ont tout ce beau monde à l'œil et Bougrat, qui l'a compris, n'a rien de plus pressé que de se mettre en lieu sûr.

On lui a indiqué, en cours de route, le seul hôtel qui ne soit ni un bouge paysan ni *les Ambassadeurs*. L'hôtel de Rome est juste derrière le Panthéon. On y accroche son hamac pour un bolivar, et si l'on est capable d'aligner un « bolo » supplémentaire, on accède aux galeries du premier qui comptent sept lits chacune.

Vit là un peu de tout, en matière d'humanité en transit. Une famille colombienne cuisine sur un brasero. Au plafond des chambrées, des traces de balles semblent indiquer que, manque de sommeil ou abus d'alcool, on a l'habitude de canarder les anges à coup de revolver. Le plus ancien pensionnaire, un certain Henri de Montvel échoué à Caracas au décours d'une jeunesse orageuse, est français. Sur ses vieux jours, régenté et probablement assaisonné en magies par une sorcière noire, Montvel parcourt la ville coiffé d'un immense chapeau de paille. Il vend des pistaches chocolatées. L'homme est serviable :

– Guérin ? Pourquoi diable essayer de l'approcher au ministère ? Passez plutôt chez Deloffre après minuit...

Bougrat sait qui est Georges Deloffre. Mais il ignore que le bar de celui-ci, *l'Intime*, est le rendez-vous de tout ce que Caracas compte de ministres désœuvrés, entre deux figurations à la Cour.

– Simplement, ajoute Montvel, choisissez le moment avec le patron...

– Il boit ?

– Ce n'est pas exactement cela...

Ce premier soir, Bougrat hésite à se lancer en ville. Il redoute un peu ce Deloffre imprévisible. Il aurait eu plus confiance en Guérin, mais est-il possible, dans sa situation, de faire antichambre au palais de Miraflorès ? Recru de fatigue dans son hôtel, Bougrat ne peut s'empêcher de penser à l'histoire de ce pays, à ses tyrannies répétées. Bolivar mort, un siècle plus tôt, désespéré, en fait de liberté et d'union latino-américaine, d'avoir « labouré la mer », le pays a connu une suite de caudillos se dynamitant les uns les autres à un rythme effréné. Parmi ces éphémères, émergent quelques satrapes plus durables... Paez, dont on dit : « Paez aimait profondément deux choses, et deux seulement : l'argent et la mort de ses ennemis. » Le sanguinaire Jose Tadeo Monagas. Après vingt nouveaux *golpes* [1], le général Falcon accordant en 1864 sa première constitution au pays... A nouveau l'anarchie, jusqu'à Guzman Blanco. Le « civilisateur ». L'admirateur de Napoléon III, qui passait plus de temps à Paris qu'aux affaires. Rojas détrône Guzman en son absence avant de céder la place à Crespo, l'Hercule au panama et à la cape blanche.

Arrivé dans la capitale aux tout premiers jours du siècle, Montvel est en mesure de compléter l'information de son compatriote. Selon lui, Castro a été le pire de tous ces dictateurs. Versatile comme Guzman. Incapable, comme Monagas, d'évaluer le degré de soumission de ses sujets. Grotesque comme tous les autres, avec ses courtisans, ses femmes, ses orgies, ses 2.991 généraux, ses monopoles et ses blocus... Castro a cependant inauguré un genre : celui des dictateurs venus de la région des Andes – tout comme Juan Vicente Gómez qui le destituera après l'avoir servi.

On dit de Gómez, depuis vingt ans, qu'il veut « réhabiliter » le pays. Mais n'a-t-il pas, comme les autres, le goût du sang et de la mort? « Dans quelle galère suis-je venu me fourrer! » songeait Bougrat au fond de son hôtel.

Ce découragement ne peut durer. Il faut quitter Caracas ou tenter le diable. Avec l'humour un peu désespéré qui lui est venu à force de souffrances, Bougrat se décide pour la seconde solution puisque Magda, de son côté, se concilie le bon Dieu. Il se rend chez Deloffre.

Le bar de l'ancien dur ressemble, en effet, à une antichambre de l'enfer. *L'Intime* est de couleur cramoisie. Y glissent des serveurs aux cheveux gominés; en montrant patte blanche, on est mis en présence d'un homme à la paupière lourde, au visage totalement immobile.

1. Coup d'état militaire.

– Montvel... Montvel vous envoie...

– Oui, et Benedetti, de Carupano.

Deloffre ébauche un sourire :

– Vous avez fait le bon parcours. Je parie que vous souhaitiez voir Guérin ?

Guérin sera là tout à l'heure. En attendant, Bougrat cherche à percer la cause du malaise que procure cet homme à la froide ironie. Et il croit deviner. Fallait-il faire disparaître un tatouage devenu malencontreux ? Changer de physionomie, suite à un coup manqué ? Un chirurgien lui a refait le visage !

– Autant jouer franc-jeu, entre anciens... risque Bougrat.

– Anciens, certes. Mais pas de la même promo, répond le patron de *L'Intime* tout en ayant l'œil sur son personnel. Voilà bientôt quinze ans que je suis établi à Caracas.

Et probablement au titre de ces quinze ans, Deloffre tient à montrer son entregent :

– Bien sûr, pas de *cedula ?*

– Hélas, non ! reconnaît Bougrat. Je circule librement en Nueva Esparta où le général Bermudès me connaît...

– Eh bien, il faut arranger ça sans tarder...

Et Deloffre tend la main vers le téléphone :

– Don Pedro Bougrat, n'est-ce pas ?

– On ne peut rien vous cacher !

Après cette intervention, Bougrat n'aura plus qu'à passer au bureau de police dès le lendemain. Dans ce bâtiment divisé en deux services : « Étrangers » d'un côté, « Criminels » de l'autre, un chef empressé lui remettra en effet, sans bourse délier, l'indispensable document.

Curieux Deloffre ! Sur le même ton dont il s'est soucié de la sécurité d'un compatriote, il met Bougrat en garde, maintenant, contre les décisions imprévisibles du Président :

– Il peut vous gracier comme il peut vous faire tuer...

Que l'innocent de passage se rassure, toutefois. Gómez ne réserve certains traitements qu'à ses dignitaires soupçonnés de duplicité. Ainsi a-t-il ordonné que l'on tranche les testicules de généraux coupables, selon lui, d'avoir craché dans la soupière d'or où il les faisait manger.

Georges Deloffre, traits toujours impassibles, ne paraît pas mécontent de l'effet produit sur son interlocuteur. Bizarre... bizarre Deloffre! Déjà camé, à cette heure?

L'arrivée de Guérin tire fort à propos Bougrat de ses incertitudes. Celui-ci le reconnaît à la description que lui en a faite Benedetti. Un homme calme, que l'on devine aussi à l'aise aux commandes de son avion, ou dans le tête-à-tête avec l'inquiétant dictateur, que parmi le groupe d'importants caraquègnes qui, la plaisanterie bruyante et l'effusion cordiale, faisaient leur entrée à *L'Intime.*

Une fois prévenu, le conseiller entraîne Bougrat à part. Et tout en décachetant la lettre du doyen des Corses :

– Alors, c'est chez l'ami Deloffre, maintenant, qu'on traite les affaires délicates?

– Il vient de me procurer une *cedula,* fait Bougrat embarrassé. Puis-je m'y fier?

– Pour une combine de police, vous pouvez avoir confiance en lui... Pour le reste, selon les moments, mieux vaut lui parler de Pigalle ou de la Butte.

Les deux hommes rient. Bougrat commence enfin à se détendre. Autant dire à Guérin, franchement, ce pour quoi il a pris tant de risques :

– Seul, un mot du Président me permettrait de m'ancrer définitivement dans mon île...

Guérin a le cœur de comprendre :

– Je vais à Maracay demain. Pour l'admission, un décret de Gómez suffit. Pour l'exercice de la médecine, mieux vaudrait que je circonvienne auparavant Lairet, le directeur de la santé...

Bougrat a prévu la chose et c'est un peu fébrilement qu'il tire de sa poche l'article du journal de Cumana qui relate son action au moment de l'épidémie de peste. Il a pensé aussi que ses décorations...

Guérin sourit pendant que son compatriote tire de leur

papier de soie médaille militaire, croix de guerre... Entre appelés de la classe 14, on peut, en tout cas, se tutoyer :

– Ne te préoccupe pas de cela. Avec Gómez ce n'est pas ainsi qu'il faut faire. S'il me voit avec ces fanfreluches, il va me dire dans son argot du Tachira : *« ¿De donde venis?, ¿mirá, y qué tenés*[1]*? »*

Crois-moi, qu'il te garde ou qu'il te ré-expédie, la décision ne pourra venir que de son instinct de paysan.

Quand le conseiller privé se rendait à la « Cour », c'était chaque fois pour une huitaine de jours. Il fallait donc tenir ce laps de temps avant que Guérin ne revînt de Maracay où le dictateur – fuyant la capitale et les quolibets de la vieille société *caraqueña* – y avait sa hacienda. Huit jours, avant que Bougrat eût connaissance du verdict du général-paysan.

Le meilleur moyen pour tromper cette attente était de parcourir la ville où, grâce à Deloffre, il se trouvait en règle.

Par ses quartiers populaires, Caracas gardait un vieil air espagnol. On y était pauvre mais tout se résolvait par des chansons. Sur les avenues du centre : la Urdaneta, la Miranda, calle Real; en bordure d'allées aux ombres fraîches s'élevaient les bâtiments officiels de l'ère guzmanciste. Là, le timbre des vélos, la clochette des tramways, la trompe des limousines à tous les carrefours pouvaient aller jusqu'à la frénésie.

Après tant d'années d'isolement ou de séjour en des lieux reculés, de silence ou de rumination solitaire, quelle expérience tout à coup, pour Bougrat, de réentendre le bruit d'une capitale – fût-elle aussi délicieusement provinciale que Caracas! – de voir le ruissellement des lumières sur les foules de Nuevo Circo!

Il suffisait de quelques « bolos » pour vivre comme un prince. Une bonne partie de la matinée, la ville sentait le café torréfié. Dans la journée, on pouvait manger des arepas à la viande et boire, à des sortes d'étals improvisés, une bière frappée

1. « D'où arrives-tu? Qu'est-ce que tu me charries là? »

dont les paillettes donnaient plus soif encore. Les pick-up, devant les magasins, répétaient inlassablement le dernier refrain de Raquel Meller.

Tout intéressait le promeneur dans cette cité naïve et bon enfant; tout l'intriguait – à commencer par ce grave problème indien qui agitait le petit peuple depuis maintenant des mois... Fallait-il laisser ces gens compromettre par leurs tares les progrès de la vie civilisée et la prospection pétrolière sur leurs prétendus territoires? Jusqu'à quand ces insupportables Motilones feraient-ils régner la terreur dans la région de Maracaïbo?

Pas un petit-bourgeois de la plaza Bolivar qui n'ait eu son idée là-dessus. Quoi que l'on fasse pour ces sauvages, leur enlèverait-on le penchant à l'inceste et à l'ivrognerie? Voilà deux cents ans que les missionnaires s'efforçaient de leur faire abandonner leurs habitudes ordurières et leur prêchaient l'existence d'un Dieu bon et miséricordieux. Le résultat, señor? Ces animaux continuaient à ne révérer que le diable!

« Croyez-moi, disait à Bougrat le barman du Tivoli pendant qu'au bord du trottoir les chevaux de fiacre broutaient dans leurs aumônières, croyez-moi... Si l'un de nous deux – vous, honorable étranger, ou moi, honnête travailleur – venions à tuer un homme, on nous mettrait en prison...

– Certes, répondait Bougrat non sans penser, dans son for intérieur, que la mésaventure n'a parfois rien d'extravagant.

– Eh bien, ces “ irrationnels ” ont beau tuer des chrétiens, avec leurs flèches empoisonnées, on ne leur dit rien. Ils méprisent la loi et on ne les poursuit pas. Nous n'avons pas le droit de tuer; eux l'ont! »

Et le pauvre homme partait en répétant : *¡Nosotros, no tenemos derecho, hombre! ¡Ellos... si!*

Quelles que soient les distractions, comment éviter, pourtant, de suivre Guérin par la pensée? Comment ne pas essayer d'imaginer l'accueil que lui réserve le président Gómez? Tout dépend de lui. D'un mot de lui. De Juan Vicente Gómez, Bougrat a vu maintes statues et effigies. L'homme a la tête ronde de l'Andin – ce qui revient à dire du Mongol ou de l'Asiate. Il a le regard cruel et la moustache en croc. Vêtu le plus souvent d'une simple vareuse de campagne que n'agrémente que la croix de Bolivar, il est coiffé d'une sorte de casquette à soufflets qui, selon les circonstances ou les cérémonies, pourrait être d'un chef de gare belge ou d'un colonel prussien... Probablement faut-il pencher pour l'influence germanique quand on sait l'admiration sans bornes que l'ancien général-paysan nourrit pour le Kaiser.

Deloffre a-t-il exagéré la sauvagerie de Gómez? A-t-il voulu jouer avec les nerfs de celui qui attend le verdict? Il est vrai que mi-prude mi-catin, la bonne société de Caracas tient l'*Unico* pour un rustre. On se gausse volontiers, dès que les sbires ont le dos tourné. C'est que dans une ville où tout homme normalement constitué doit avoir deux ménages occultes mais ne peut se risquer à offusquer l'épouse légitime, le vieux bouc exhibe ses maîtresses à peine pubères dans les réceptions officielles. D'où un autre surnom : le Barbare!

Barbare? Gómez l'est à coup sûr... S'il n'inflige pas lui-même le châtiment complaisamment décrit par Deloffre à ses généraux félons, il sait déléguer ses pouvoirs à un bras séculier. Son frère. Son propre frère Eustaquio, maître absolu des culs-de-basse-fosse du château de l'Oubli – El Olvido – à Puerto Cabello, et des cachots de la célèbre Rotonde caraquègne. Ne dit-on pas que parmi les tortionnaires de ces endroits célèbres, Eustaquio se réserve une spécialité bien à lui : extraire l'œil de ses victimes d'un coup de pouce magistral?

Certes, l'ancien paysan du Tachira qu'après tant d'années d'anarchie les tenants de l'ordre ont admis comme le « gendarme nécessaire », construit le Venezuela moderne... Mais c'est de ce fauve, aussi, que dépend la liberté ou la mort de tout citoyen. Dans le cas de Bougrat – qui n'est même pas citoyen – un seul mouvement d'humeur, une seule sentence peuvent épargner ou détruire...

Deux heures encore avant le rendez-vous... Sur la place de

l'Union, le soir moite et doux énerve les jeunes garçons dépenaillés capables de s'entretuer comme de jeunes coqs. Dans la vasque de bronze, la flamme éternelle du Libertador s'est éteinte, faute de soins. On la rallumera. *Mañana.* Faut-il voir dans cette coïncidence un funeste présage?

Chez Deloffre c'est l'heure creuse : la séquence bourgeoise au cours de laquelle un orchestre de quatre musiciens sert tango sur tango à des dames au sourire aurifié et à une clientèle de vieux beaux. On gagne une arrière-salle où Deloffre reçoit ses pourvoyeurs habituels.

– Eh bien, fait avec le flegme du désespoir l'ancien bagnard qui va peut-être le redevenir...

– Eh bien, répond Guérin, le Président a laissé parler en lui le paysan.

Une lueur d'espoir gonfle le cœur de Bougrat. Guérin poursuit :

– J'avais mis le docteur Lairet dans la confidence. Nous avons fait signer au Benmerito [1] tout un train de décrets et puis Lairet a commencé : « Nous avons à vous parler maintenant, monsieur le Président, du cas digne d'intérêt d'un médecin français établi à Margarita... »

“ – Il me semble en avoir entendu parler, fait le général sur ce ton méfiant qui, naguère, a établi sa réputation de maquignon avisé. Ne serait-ce pas encore un de ces évadés de Cayenne? ”

« Je suis alors intervenu : “ – C'en est un en effet, *Señor Presidente.* Mais celui-ci soigne les habitants de Juangriego avec le plus entier dévouement. ”

« Gómez était pressé. Il a laissé tomber son monocle et demandé rondement : “ – Il soigne les Margaritans, mais... les guérit-il? ”

« – Oui, *Señor Presidente!* C'est un homme de science véritablement efficace. “ – Eh bien, puisque ce médecin guérit vraiment, laissons-le guérir! ” »

1. Le « Méritant Suprême » : une des appellations, avec « l'Unique », fréquemment données au dictateur Gómez.

30

« EL SANTO »

Ainsi le président Gómez avait tranché. Pour la première fois l'évadé de Cayenne était véritablement libre. Il se trouvait dans son bon droit – celui-ci fût-il octroyé par un de ces généraux tout droit sortis du Venezuela à odeur de poudre du début du siècle!

Comme jadis dans l'atmosphère délétère de Marseille, Bougrat aurait pu se laisser prendre aux pièges de Catia. Quel passant solitaire résistait à la fascination de ce monde à part, aux portes de Caracas? Mais non, ces frôlements, ces lueurs rouges à la porte des cabanes, ces mulâtresses chassées par la misère des quartiers surpeuplés de la ville, ces fêtes criardes, il en connaissait l'aune! L'énergie vitale, si forte en lui en d'autres temps et parfois si mal employée, il avait appris à la discipliner. Le cœur débordant de joie, il n'avait qu'une hâte. Rentrer dans son île. Retrouver Magda et les trois petites.

Un caboteur venu de Puerto Cabello et se rendant à La Barbade était en partance à La Guaira. Il devait toucher Porlamar le 20. Sitôt à bord, le voyageur comprit que l'exactitude ne serait pas le fort du capitaine Morenito. Ni la sécurité. Qu'importait! ce n'était pas maintenant que Bougrat allait redouter un naufrage!

La plupart des autres passagers étaient des Indiens qui regagnaient leurs campements de l'Orénoque. Les hommes, silencieux et discrets, avaient troqué leurs plumages agrestes contre de vieux pantalons et des sandales.

Les femmes, plus que les mâles, méritaient le sobriquet de « velucs ». Abritées du soleil par des feutres, elles ne cessaient de chiquer.

Le bateau plat et trop fortement chargé longeait la côte. Au bout de sept jours on s'aventura au large et Bougrat revit enfin les plages qui l'inspiraient :

Playas de mi isla querida,
Playas que nadie visita nunca [1].

Les grandes années du docteur Bougrat à Margarita commencent. Cette fois, Magda comprend que plus aucune inquiétude ne mine en secret son mari.

Certes, ils suffoquent encore, les chers confrères de Porlamar. Eux qui ne se dérangent pas à moins de cent bolivars continuent de trouver que le Français gâte les prix. Selon l'heureuse expression de l'un d'eux, il donne de « mauvaises habitudes aux pauvres »... Mais que faire quand aucun Vénézuélien, désormais, ne peut se prévaloir de plus de droits que lui ?

Pour la restitution du forçat, le gros temps est passé. Ce n'est pas maintenant que son pays va insister. D'ailleurs, sans le connaître, le nouveau consul de France à Caracas semble éprouver de l'amitié pour lui. Alors ?

Le cabriolet Chrysler sillonne les routes. On l'aperçoit à Altagracia. On le signale à La Asuncion. La clinique La Venecia est devenue un des centres de la vie à Juangriego. Interroge-t-on cinquante ans plus tard d'anciens pêcheurs, ils se souviennent tous avec un bel ensemble. Nestor Rivierez, petit homme sec, 67 ans : « C'est lui qui m'a opéré de l'appendicite. J'allais mourir. Il est venu une nuit, dans la cabane de mes parents. » Oscar Vizcaino, même âge, lourd et grisonnant, tee-shirt et visière « Mobil » : « On avait recours à lui chaque fois que l'un de nous était dans le pétrin. » La señora Borra, vieille dame espagnole, cheveu d'argent : « C'était

1. Plages de mon île aimée/Plages dont nul ne foule jamais le sable.

un médecin très humain. *¡Una maravilla!* » Une femme interrogée au hasard chez un commerçant : « Le docteur Bougrat? » Visage immédiatement illuminé : « C'était le parrain de mon fils. »

Combien d'enfants, de cercles et de bateaux, dans l'île, vont avoir en quelques années le docteur Bougrat pour parrain? Combien de Margaritans – cinquante ans aujourd'hui – sont, pour la plupart, venus au monde entre ses mains expertes? Très vite, Bougrat ne se contente pas du strict exercice de son art. L'intérêt qu'il porte aux habitants de l'île, une activité débordante, la force de la maturité l'entraînent à innover et un mot de lui, son aide ou l'effet de sa ténacité font naître des institutions que l'on n'avait jamais connues de mémoire d'insulaire. L'entraide des pêcheurs devient une organisation. Un journal local paraît. Un sport pratiqué chez les Yankees a-t-il fait son apparition au Venezuela? Bougrat crée pour les jeunes le club de base-ball et leur fait aménager un terrain entre les lagunes. Le maire de Juangriego ne jure que par lui et, en peu de temps, l'habitation des Bougrat va devenir le lieu des grandes réunions sociales de l'île.

Le journaliste Luis Oscar Martinez résume le « miracle ». « Qu'y eut-il ici pour ensorceler Bougrat : la mer, la lune, le soleil? Rien de tout cela. Mais une conjonction de facteurs réunis en une seule entité qui était Margarita, associée à une autre entité spirituelle qui était Magdalena. Margarita et Magdalena : deux prénoms de femmes, décidant du destin d'un homme. » Et quelle conjonction supplémentaire quand Magdalena dut annoncer une de ces nouvelles qui devenaient rituelles! Elle attendait un quatrième enfant!

Le premier héritier mâle, né en 34, s'appellera Enrique et, comme ses sœurs, sera Vénézuélien de fait. Enrique Bougrat y Strochia. Une dynastie venait de naître. Un peu indienne. A demi italienne par Magda. A demi française par Bougrat. Vénézuélienne à tout jamais.

C'est à ce moment-là que, libres de leurs mouvements, Bougrat et Magda se rendirent compte qu'ils n'avaient jamais fait ensemble le moindre voyage d'agrément.

Enrique et les fillettes pouvaient être confiés à doña Rosalinda, venue faire, avec Tio Rafaël, un séjour à Margarita. N'était-ce pas une ultime facétie de jeunesse, de la part de Bougrat, que le couple partît en voyage de noces après la naissance du quatrième enfant?

Aussitôt dit, aussitôt fait. A Caracas, les Bougrat assistèrent à une représentation à l'Opéra. Une troupe venue d'Europe donnait les principaux airs d'*Aïda* entrecoupés de « scènes de chasse en Afrique » et de tableaux à la gloire du président Gómez.

Par le *Gran Ferrocarril,* ils arrivèrent jusqu'au lac de Valence où des familles de métis perpétuaient la tradition de l'élevage des chèvres et des caïmans. Au-delà, un viaduc s'était effondré et il fallut revenir sans avoir vu la mer intérieure de Maracaïbo d'où les compagnies étrangères faisaient jaillir ce fameux or huileux.

Une lettre attendait Bougrat, au retour. Une lettre de son père :

« Mon cher fils, je demanderai à Dieu, comme je n'ai cessé un seul jour de le faire depuis le début de la Grande Guerre, que tu n'oublies jamais tes devoirs de chrétien. Ne crains pas de ma part un sermon. Grave seulement bien profondément dans ta pensée que le meilleur réconfort au milieu des tourments de toutes sortes, c'est de prononcer avec toute l'énergie de son âme un acte de foi, d'espérance et d'amour... Je vous embrasse bien tendrement, Magda, les trois petites et toi-même. »

Que signifiait ce vœu : « Je demanderai à Dieu? » M. Bougrat père sentait-il sa fin prochaine? Sur place, il fallait se préoccuper de la clinique, des malades qui accaparaient de nouveau. N'était-ce pas là, finalement, le meilleur moyen de répondre à l'acte de foi préconisé par le vieil homme si digne?

La réputation de Bougrat avait dépassé les couches laborieuses et le monde des humbles. On parlait de lui à Caracas et, bientôt, des étudiants désireux d'effectuer un stage chez le médecin français se présentèrent à La Venecia. Bougrat accueille ces jeunes gens – il en eut jusqu'à dix – avec une grande courtoisie; il découvre une joie nouvelle : contribuer à former de futurs médecins. Mais qui est donc ce diplômé d'une quarantaine d'années qui vient un jour, silhouette replète et regard fureteur?

Ce docteur Alfonzo Cordóva est toujours le premier, en salle d'opération, à tendre l'instrument que demande Bougrat. Il se mêle à l'intendance au point de connaître la vie et les habitudes de tous les infirmiers. Rien à reprocher, au demeurant, à ce collaborateur zélé. Rien, si ce n'est cet excès de zèle. Ouvre-t-on une porte, on est sûr de le trouver derrière... Lorsque, le stage terminé, Cordóva reprend le bateau, Bougrat éprouve un vague sentiment de soulagement. Mais il n'oublie cependant pas l'homme... L'avenir hélas! va lui donner raison.

C'est aussi à cette époque qu'il retrouve d'anciens forçats fixés en Nueva Esparta. Se sentant moins vulnérable, oublieux des maîtres chanteurs de l'histoire Duval, Bougrat ne manque jamais une occasion d'entraide. Un demi-siècle plus tard, à l'hôpital de Saint-Laurent-du-Maroni, un « vieux Blanc », ancien évadé-repris – Armand Merlin, 86 ans – fait encore montre de reconnaissance :

« On est arrivés à Georgetown. On allait au cinéma, on n'était pas enfermés. C'était Anglais. A la fin du compte, on est partis à Trinidad. Là, on a été bien enfermés, on est restés trois mois dans la prison, puis on nous a donné des vivres et on est partis encore avec le canot, et on est arrivés au Venezuela. On est restés deux mois et le Dr. Bougrat qui s'était évadé du bagne est venu nous voir, tous les jours, à la prison, amenant tout ce qu'il pouvait, du tabac, de tout [1]... »

Un autre bagnard devait descendre des montagnes où il

1. Témoignage cité dans J.-C. Michelot, *La Guillotine sèche*, Fayard, 1981.

s'était fait une réputation de rebouteux. On le surnommait Marseille. Las de sa vie de troglodyte, il vint frapper un jour à La Venecia :

– P'têt' pourriez-vous quelque chose pour moi ?

Bougrat lui tendit une blouse. Marseille allait travailler pendant plusieurs années, de façon irréprochable, comme infirmier. De même réapparut un jour un personnage que le docteur Bougrat ne reconnut pas sans surprise :

– Jésus !

L'ancien tueur paraissait avoir beaucoup souffert au cours de ces huit dernières années. Envoyé sur les routes, il était passé par le terrible bagne d'El Dorado et avait manqué de succomber sous la chicote. Évadé une nouvelle fois, il survivait sous une fausse identité.

Bougrat dit à Jésus :

– Si tu veux, je te donne la possibilité de gagner ton pain honnêtement.

Pendant près de six mois, il travailla à Juangriego sans que le médecin eût jamais à se plaindre de lui. Un jour, Jésus déclara :

– Tu m'as dépanné et je t'en remercie. Mais maintenant j'ai décidé de repartir. Pour Caracas.

– Bonne chance, fit simplement Bougrat.

Tout comme au bagne, il eût été malséant de poser davantage de questions. Comment ne pas être ému cependant au souvenir de tant de dangers surmontés côte à côte.

Rarement, dans une existence d'homme, les forces de vie et les forces de mort se seront manifestées en des séquences aussi distinctes. Éros supplantait-il enfin Thanatos ?

C'est une merveille chaque jour renouvelée que de voir grandir les petites filles. Solange va sur ses huit ans. Teresita a des cheveux longs. Maria Jose est plus brune que ses sœurs. Elle a de gros sourcils et des genoux vigoureux.

Les trois petites sont réclamées à cor et à cri par les bonnes familles de l'île qui proposent, chaque semaine, des goûters et des jeux de salon. Un second garçon est né en septembre 35, deux ans après Enrique. Juan, très vite, se montre différent des autres. Plus sensible, peut-être. Avec un air qui rappelle à Pierre sa sœur Jeanne. Il a quelques taches de son. Un teint de roux. On le surnommera El Rubio ! Attendri par ce dernier-né, Bougrat s'occupera particulièrement de lui. Quand Juan a l'âge des aînées, son père l'emmène dans ses tournées, le prend avec lui à la chasse ou à la pêche.

En ces belles années, l'île est omniprésente dans la vie de la famille. Sur la plage de Guacuro, sous les palmes et les cocotiers, des artisans pétrissent la terre. Dans les vallées de Pedrogonzalès, les tisserands transforment la canne sauvage en filets et besaces. Un peu partout, de La Vincidad aux plages de la Cruz et d'El Tirano, de vieilles femmes, abritées du déluge de lumière, confectionnent des hamacs aussi bleus que l'horizon marin.

Magda aime bavarder avec ces Margaritanes qui connaissent cent recettes pour préparer le poisson. Lorsque son mari se rend à Porlamar, elle l'accompagne chez leur ami Garcia, un original qui collectionne les perroquets.

Depuis peu, Bougrat, qui a toujours aimé le bateau, est devenu propriétaire d'une *lancha*. Le dimanche, on bat le rappel sur le port. Felix, factotum de la clinique mais marin de toujours – et bien sûr, ancien contrebandier – porte à bord les paniers et les enfants. Magda embarque à son tour. Il n'est pas rare qu'à l'occasion de fêtes, ou pour prendre un peu de repos, Bougrat et les siens partent pour plusieurs jours et aillent caler entre les îlots de Los Roques sous lesquels sont tapies les plus extraordinaires langoustes de la mer des Caraïbes.

A la quinta, Bougrat a commencé de réunir une bibliothèque unique dans l'île. Il s'adonne à l'étude des langues. L'anglais, qu'il sait fort mal depuis le lycée. L'italien, pour lequel il a toujours eu une attirance de Savoyard. L'allemand, appris auprès de prisonniers blessés, vingt ans plus tôt, en Serbie... A ces langues usuelles s'ajoutent l'arabe, sommairement pratiqué avec les porte-clés, au bagne, et quelques curiosités pour l'hindi qu'il peut satisfaire avec une demi-douzaine de commerçants hindous établis depuis fort longtemps à Juangriego.

S'il n'avait été le héros involontaire de sa propre « Affaire », tout, dans son histoire, aurait été fait, sur le plan intellectuel, pour passionner Bougrat. Comment un homme ordinaire – médecin de surcroît – de ce fait à l'abri de beaucoup de surprises de la vie sociale – avait-il pu être saisi par un mécanisme aussi aveugle, aussi irrésistible? Comment avait-il réussi à sauver sa tête, après le réquisitoire sur « son » crime? Plus tard, pourquoi le doigt de Dieu l'avait-il fait échapper à la mort certaine et poussé ici plutôt qu'ailleurs? Abracadabrant, tout cela!

Mais quelle était, en ces années, la place de la nostalgie? Bougrat avait parlé à Danjou de l'« opium du travail ». Quelle que soit la presse, il avait toujours son heure, en fin d'après-midi, pour attendre la montée de l'alizé à la terrasse d'un des bars du front de mer. Il se rendait là avec Ardilla père, le lettré, fréquemment aussi tout seul. Il buvait son verre de rhum – un seul chaque soir – et tirait doucement sur sa pipe. Au loin, la fumée du steamer. Toujours le même. A périodes.

Une hallucination?

Juan, cinquante ans aujourd'hui, dirait : « Mon père ne parlait jamais de la France. Il ne cessait d'y penser. »

Nostalgie? Un coup de tonnerre, au contraire, dans cette vie que l'on pouvait croire oubliée du monde. Un événement majeur dans l'histoire du Venezuela moderne. Fin 35, un grand cri : « Gómez se meurt! Le dictateur Gómez est mort! »

On se doutait bien, certes, que le Barbare ne serait pas éternel. Les coups de chien militaires échouaient mais leur répétition créait un climat de fin de règne que l'agitation étudiante rendait plus perceptible. A trop vouloir contraindre les grandes compagnies pétrolières, Gómez avait tari la manne.

Pourtant, la police n'avait jamais été aussi efficace et, lorsque des humoristes comme Leo ou Pimentel, entre deux séjours en prison, demandaient dans *Fantoche*, seul journal satirique toléré : – *« ¿Hasta cuando, Gómez? »* nul n'aurait songé à répondre : « Jusqu'à demain » et moins encore : « Jusqu'à ce matin! »

Un séisme n'ébranlerait pas plus violemment la terre. Même à Margarita où les nouvelles de la capitale mettent deux jours – et parfois plus – pour arriver. Bougrat demeure pétrifié. Il ne s'est jamais attardé outre mesure au paradoxe qui voulait que lui, le « médecin des pauvres », eût dû son salut à leur oppresseur.

L'angoisse? Elle était à nouveau là... et à nouveau le spectre trop précocement oublié! Le spectre de Duval! Un mot échappait à Magda – l'atavisme napolitain, encore! – au sujet des tyrans... Ne fallait-il pas pleurer Gómez en redoutant que le suivant fût pire?

Il n'y avait d'autre ressource, au village, que d'écouter la T.S.F. Bougrat n'y manqua pas. A la première heure, chaque jour, il se mettait en quête des rares journaux. On y voyait des photos inquiétantes. Les émeutiers se précipitant sur les membres de la *Sagrada*, un champ de morts devant le palais de Miraflorès – que deviendrait Guérin, au milieu de tant de violences? –, la foule caraquègne visitant les cachots de La Rotonde...

On signala bientôt de graves affrontements dans plusieurs villes du continent. Un peu partout, ceux qui possédaient quelque bien essayaient de le mettre en lieu sûr. Ainsi resurgissaient des scènes dignes des révolutions ancestrales de l'Amérique latine... Des malheureux, hier opulents, aujourd'hui déguisés en mendiants, se rendaient avec toutes les nuances de la détresse peintes sur le visage vers les églises et les couvents. Ces personnages, dignes d'un nouveau Goya, transportaient dans leurs bras sacs d'écus et plats d'argent. Tandis que ces affligés attendaient dans les lieux saints la fin de la terreur, le Créole ravi, le Nègre hilare, faisaient *zumba que zumba* nuit et jour.

Fort heureusement, rien de tel ne se produisait à Juangriego. Les rares fortunes de l'endroit n'étaient pas considérables et, depuis des décennies, toutes les classes de la société vivaient en bon voisinage. Plongé une fois encore dans l'inconnu, Bougrat prit la résolution de travailler, en attendant qu'un nouveau chef d'État statuât sur son sort. Il n'allait pas falloir plus de quelques mois pour que le médecin margaritan soit fixé.

Un jour, l'avion du nouveau général-président se posa dans l'île. Ce fébrile personnage était issu des mouvements libéraux qui travaillaient l'armée depuis la fin des années de plomb. Devant les fusillades de Caracas, il avait précipitamment accordé, du balcon de Miraflorès, un certain nombre de libertés. Liberté de réunion. Liberté de la presse.

L'avion atterrit. Le cortège officiel se forme et – ô surprise! – les voitures se dirigent vers Juangriego. Directement à La Venecia! Le général Elezear Lopez-Contreras tenait à rendre visite au bienfaiteur de l'île, au grand médecin français! Il y eut en présence des autorités, de la famille, de la population des pêcheurs, un discours dans lequel le successeur du Benmerito – petit visage fin et racé, silhouette efflanquée et longue comme un jour sans pain – exalta l'œuvre accomplie à Margarita. Une attestation qui mettait à nouveau l'exilé à l'abri.

Cette reconnaissance officielle pouvait-elle, par ailleurs, ajouter au rayonnement local de celui qu'on appelait déjà, depuis que la cinquantaine et des tempes grisonnantes adoucissaient ses traits, « El Santo »? Non. Le rayonnement était à son point maximal. Bien des vieilles femmes margaritanes, tout à la dévotion de leur médecin, avaient déjà confectionné un dicton : *« ¡Primero, la Virgen del Valle, luego el doctor Bougrat! »*

31

NOUVELLES ÉPREUVES

Avec deux mois de retard sur le cachet postal – 18 mai 1936 – Bougrat reçoit, via Carupano, une lettre de sa tante Germaine :

« Mon bien cher neveu,

Ton père est mort... Ta peine va être grande, mais sache que souvent, en l'embrassant avant d'aller dîner, je l'embrassais pour toi sans rien dire. Il a pensé à toi sans cesse... Il y a quelques semaines, Jeanne lui a soigné son pied malade. Il a dit à l'infirmière : « c'est mon fils qui est venu pour me soigner ».

Ce soir, l'exilé reste plus longtemps que d'habitude devant la mer. Demain, en l'église de Juangriego, Magda et lui feront dire une messe à la mémoire du défunt. Le choc subi l'incite à relire une autre lettre dont le fac-similé, en son temps, lui a été communiqué par Stefani-Martin – toujours via Carupano et la boîte aux lettres corse :

« Mon cher Confrère (le correspondant était un ancien condisciple de Lyon, Charles Fabia, devenu avocat et professeur à l'école de Droit de Beyrouth et qui, ne pouvant soumettre son témoignage de moralité à la justice, du fait de l'éloignement, s'était adressé au défenseur) : « J'ai été l'ami, et je puis dire le meilleur ami, du docteur Pierre Bougrat, que je connais depuis vingt-quatre ans... Nous avons fait toutes nos classes au Lycée ensemble, et, quand il était étudiant en médecine, je le voyais très souvent. Il était certainement, au point de vue moral, l'un des plus sains de nous tous. Il vivait d'ailleurs dans une famille où l'on trouvait à la fois la plus haute moralité et la cordialité la plus ouverte, et son père se comportait surtout avec lui comme un bon camarade plus âgé, ce qui lui donnait une très forte influence sur son fils. »

Aujourd'hui, dans une île de la mer des Caraïbes, Bougrat mesure sa perte au propos qui suit, dans cette belle lettre : « Mais il m'apparut dès ce moment que Bougrat n'avait pas une très forte volonté, ce qui m'explique le changement que l'influence d'un milieu pernicieux a pu, par la suite, produire sur lui. » Relire cela éloigne davantage encore le paradis perdu. Bougrat comprend que le temps ne pardonne à personne et, quelle que soit son expérience tardive, il se sent orphelin.

Le temps...

C'est déjà la montée des périls en Europe, les propos convulsifs du chancelier Hitler, les signes avant-coureurs d'un second cataclysme. Certes, à vivre dans l'excessive lumière d'une île Sous-le-Vent, on peut tenir pour abstraits les cris et les vociférations du vieux monde. Mais faudrait-il dire, bientôt, du monde « anciennement » civilisé ? Le souvenir des saignées suicidaires de 14-18 fait penser à Bougrat : « Tout, plutôt que de revoir cela. »

A l'entrée en guerre de la France, il trembla pour ceux qui lui demeuraient chers. Se sentit-il frustré de ne pas être présent au combat ? C'est peu vraisemblable. Les séquelles de ses blessures, les épouvantables névralgies faciales dont il souffrait aux changements de temps, plus encore certains commentaires, lors de son procès, l'auraient incité à penser : « J'ai déjà donné. » Quel choc, pourtant, en juin 40 ! A quoi bon avoir échangé quelques remarques désabusées avec l'ex-poilu Pierre Arbaud ? Seule lueur, à la pensée de ce qui se passait « là-bas », il y avait Pétain ! Au fond de l'abîme, le pays pouvait compter sur celui qui, en des temps plus glorieux, s'était écrié : « On les aura ! » D'après ce que rapportait la presse américaine, le vieux maréchal venait de « faire don » de sa personne à la France.

Bougrat se revit sur le bateau qui le conduisait avec le

rebut de l'humanité de Saint-Martin-de-Ré à Saint-Laurent-du-Maroni. A ce moment-là, il était sous le coup de ce que Fabia avait deviné et exprimé dans sa lettre à Stefani : « En 1923, j'eus la sensation qu'il ne trouvait pas dans son ménage tout le bonheur auquel il aurait eu droit. En 1924, j'appris son divorce, la lourde charge de dettes à lui laissée par sa vie conjugale, et la dépression qui en était résultée... »

Son seul dérivatif : revenir par l'imagination au grand souffle de la guerre. Un peu plus tard, chez les Roquevaire, il avait aperçu un titre du *Petit Parisien* qui l'avait autrement ému que son marasme : « Apothéose des morts de Verdun à l'ossuaire de Douaumont. Le maréchal Pétain allume le phare. »

Plus qu'une trahison intime, plus que l'anéantissement des promesses de sa vie professionnelle, lui avait fait mal, alors, de se sentir à tout jamais exclu de la cohorte sacrée.

De nouveau la souffrance silencieuse? D'autant que les fragiles espoirs mis dans le maréchal Pétain semblent condamnés à se brouiller – bientôt s'évanouir – aux nouvelles affligeantes qui parviennent de la Guyane française.

Au moment où, crâne rasé, Bougrat embarquait à bord du *La Martinière*, le bagne en tant qu'institution était déjà condamné. Certes, la critique de Louis Marin, à la tribune de l'Assemblée, n'avait abouti qu'aux décrets du 18 septembre 1928 : simples remèdes aux abus les plus criants. La succession de gouverneurs, la gabegie féroce, le je-m'en-foutisme généralisé étaient toujours de règle. Mais les campagnes du journaliste Albert Londres, dix ans plus tôt, avaient ébranlé les consciences et un récent rapport du sénateur Monnerville qualifiait officiellement le bagne d'« affreuse sentine ».

De son poste de notable vénézuélien, Bougrat n'avait cessé de secourir les évadés. Et aujourd'hui, il ressent une certaine fierté à l'idée que sa propre évasion, par le retentissement qu'elle a eu en France, a pu contribuer au discrédit de la

Tentiaire. Tout un climat ainsi créé aboutissait au décret-loi dc Daladicr, le 17 juin 1938, portant suppression définitive de la Transportation.

Mais qu'advenait-il tout à coup? Bien sûr, la France réduite en esclavage avait d'autres soucis que ses propres bagnards. On colportait néanmoins des nouvelles déplorables. Les derniers évadés décrivaient des horreurs depuis que les gens de Vichy, non seulement suspendaient le processus de fermeture, mais semblaient vouloir utiliser la Punition pour liquider la pègre.

L'allègement de la charge publique par le vide? Un bagnard comme Émile Jusseau a décrit des scènes insoutenables, des hordes d'affamés dans les rues de Saint-Laurent-du-Maroni... « Lorsqu'on entendait un ou deux coups de feu, la nuit, nous comprenions ce que cela signifiait. Un forçat venait d'être abattu lâchement. Notre impuissance nous enfonçait dans notre haine et nous horrifiait davantage. Les gardiens, eux, semblaient fiers des méthodes hitlériennes qui faisaient alors école [1]. »

Il est vrai que d'autres gardiens, gaullistes, incitaient les forçats à fuir. La plupart de ceux qui parvenaient à quitter l'enfer, soit désir de reprendre pied dans la vie, soit que la fibre patriotique n'ait jamais été abolie, n'avaient qu'une hâte : rejoindre la France libre.

Alors? Reprendre courage avec ce général de Gaulle dont un journal de Washington citait l'appel en l'assortissant de commentaires dérisoires? « La France a perdu une bataille; elle n'a pas perdu la guerre. » Même au Venezuela, la nouvelle parvenait aux oreilles d'anciens forçats qui, pourtant, en avaient entendu bien d'autres!

Mais sur place? Au Venezuela même? Le décor, là aussi, se modifiait.

Au partir de 1936, une immense vague d'immigration avait doublé la population de Caracas. Cette vague comportait beaucoup d'Espagnols, bien sûr, mais aussi un grand nombre de

1. Émile Jusseau, *Les Cloches de la Camarde*, Chantemerle, 1974.

personnes déplacées et de malheureux fuyant les persécutions d'Europe centrale.

Lors de son dernier séjour dans la capitale, Bougrat avait pu se rendre compte que sur la place Las Delicias, à deux pas de son hôtel de Sabana Grande, la plupart des échoppes et magasins qui entouraient le grand acacia centenaire avaient été créés par de nouveaux venus. Le boulanger était portugais, comme il se doit, mais l'épicier était yougoslave, le fripier juif polonais, le pharmacien d'origine allemande.

Au début de la guerre, Lopez-Contreras avait été démis par son ministre de la Défense, le général Medina Angarita. Ce nouveau chef d'État, issu lui aussi de la région andine, n'était pas moins « libéral » que Lopez. Pour la première fois un gouvernement vénézuélien s'appuyait sur l'opinion publique et devait compter, désormais, avec l'opposition de gauche que représentait le jeune parti d'Action démocratique – l'A. D. – fondé par Bétancourt et l'écrivain Gallegos. Certes, les finances de l'État profitaient largement du boom pétrolier de la guerre. Medina avait su obtenir des grandes compagnies américaines une part plus équitable pour son pays. Cette prospérité ne touchait cependant qu'une partie infime de la population et n'empêchait pas cet adroit caudillo d'être violemment attaqué.

C'est dans ce climat tendu que Bougrat va être détourné bien malgré lui du conflit mondial et des jours sinistres que traverse la France. Un signe avant-coureur alerte le sixième sens par lequel, depuis des années, il flaire l'approche d'un danger... Ce petit signe? C'est Magda un matin, rentrant à la clinique et disant ;

– Pedro, sais-tu qui j'ai cru reconnaître dans le village? Ce médecin qui était venu travailler chez toi, ce docteur Cordóva...

– Je sais, répond Bougrat d'un air pensif. C'est lui qui a été nommé par la direction de la Santé à la *Medicatura rural.*

Dans le but fort louable de parer au manque de soins et à l'indigence des populations, un peu partout dans le pays, le nouveau gouvernement venait de créer cette institution. On envoyait des médecins dans les zones vierges, avec pour mission de combattre la malaria, les maladies parasitaires, de se colleter avec des réalités aussi pressantes que la nature tropicale – cette *Doña Barbara* dont commençait de parler, en termes paniques, le romancier Romulo Gallegos.

Un Français venu au Venezuela dans le grand élan d'après-guerre, le docteur Robert Fontaine, situe le problème : « Quand j'ai choisi mon poste, au ministère, le responsable m'a présenté une carte du pays. Les postes pourvus étaient marqués d'une punaise rouge. Les non pourvus, d'une punaise noire. On voyait encore beaucoup de punaises noires. »

Quelques années plus tôt, Cordóva avait été le premier à choisir. Il se trouvait à Juangriego.

Le souvenir du médecin caraquègne, venu prendre à l'époque tout ce qu'il pouvait à La Venecia, ne disait rien de bon à Bougrat. Il n'eût jamais pensé cependant que lui parviendrait si vite la lettre qu'il tourne et retourne, stupéfait, un matin :

« M. le docteur Pierre Bougrat, en ville.

« Il est porté à votre connaissance, à toutes fins utiles, qu'en accord avec la circulaire n° 2332, en date du 13 courant, que m'a adressée le citoyen directeur de la Santé publique, je vous demande de suspendre immédiatement et définitivement l'exercice de la profession médicale.

« Dieu et Fédération.

« Signé : A. Alfonzo Cordóva. Médecin rural. Juangriego, 19 novembre 1941. »

Quarante-deux mots pour détruire une œuvre comme La Venecia ! Le rêve d'une vie nouvelle écrasé sous le poids d'une grotesque circulaire de quarante-deux mots !

Qu'un gouvernement plus humain que les précédents crée des « médicatures », nul ne l'aurait regretté. Qu'à terme, une institution nationale prenne le relais d'une initiative qui, par bien des côtés, ressemblait à une œuvre caritative, Bougrat l'eût certainement admis. Mais comment admettre qu'à la faveur de dispositions légales, un homme du pays, délaissant désormais le colt pour les circulaires n° 2332, puisse déposséder l'individu sans défense, le Français en situation irrégulière, de la clinique qu'il a si courageusement façonnée? La Direction de la Santé n'avait qu'un mot : Médecin? Prouvez-le!

Quand bien même les autorités consulaires se fussent mises en rapport avec Vichy, Bougrat n'en eût pas récupéré pour autant ses droits civiques. Ni son grimoire. Au lendemain du procès, il avait été purement et simplement radié de la profession.

Immense émotion à Juangriego. Une vague de lettres de soutien, la plupart signées d'une croix, afflue aussitôt à La Venecia. Une supplique est envoyée au Directeur de la Santé et au général Medina Angarita lui-même. En quelques semaines, la presse régionale et nationale s'empare de l'affaire et prend fait et cause pour Bougrat.

Que valait le grief d'« exercice illégal » de la médecine à l'encontre du clinicien de Juangriego alors que tant d'étrangers exerçaient maintenant sur le territoire vénézuélien? Le journal *Brujula* exprimait cet étonnement : « Nous tenons de source sûre qu'à Barcelone, fringante capitale de l'État Anzoategui, il y a un chirurgien espagnol qui dirige l'hôpital; à Cariaco un Allemand; à Caripe un Basque, un autre à Tucupita... » Aucun de ces étrangers n'avait eu à accomplir de revalorisation par un examen local; aucun de ces médecins n'avait plus de trois ans de résidence dans le pays, « n'était marié avec une citoyenne vénézuélienne ni père d'enfants vénézuéliens comme c'était le cas du nouvel interdit ».

La mesure fut jugée arbitraire et le même journal de Porlamar souligna la qualité du travail accompli : « Par des efforts surhumains, le docteur Bougrat avait réussi à installer chez nous une clinique qui, sans être luxueuse, disposait du nécessaire pour assurer des soins satisfaisants. Il avait réalisé jusqu'à la date de cette interdiction deux mille interventions chirurgicales, dont la moitié effectuées gratuitement. »

Appareils de rayons X, stérilisateurs perfectionnés, instrumentation moderne : Bougrat avait emprunté auprès d'établissements bancaires de Caracas la somme considérable de 30.000 bolivars. Quel médecin, dans le pays, avait rendu de tels services? Et l'auteur de l'article de conclure : « Au lieu de le combattre, nos médecins seraient plus dignement inspirés, ils feraient montre d'un autre sens patriotique s'ils essayaient de l'imiter ou de le surpasser. »

L'interdiction paraissait d'autant plus choquante que personne, en haut lieu, n'avait jamais émis le moindre doute sur la valeur du médecin français. Au contraire. Cette valeur avait été plusieurs fois reconnue.

C'était en particulier le docteur Lairet, trois ans plus tôt, qui, chargé de la commission de la Pharmacopée de la République, s'était adressé à l'homme de science : « Il ne vous échappera pas la haute signification, pour le président de la République, d'avoir inscrit cette préoccupation dans le plan triennal. Dans cet ordre d'idées, je n'ai pas hésité à m'adresser à vous pour solliciter votre éminent appui... Il serait souhaitable que la Pharmacopée de la République soit une œuvre aussi nationale que possible et que, si quelque gloire ressort de sa rédaction, elle rejaillisse sur la science nationale dont vous êtes vous-même un des plus notables représentants. »

Mais très vite la polémique prend un tour plus aigu, dans le contexte des luttes sociales de l'heure :

Du journal *Ahora*, de Caracas, le 8 décembre 41 : « L'injustice est commise dans un pays où l'oligarchie prend le pas sur les intérêts populaires. Un certificat de Vichy, ou que disparaisse la famille Bougrat et, avec elle, beaucoup de pauvres citoyens. »

Du journal *La Religion*, même date : « Un médecin refuse d'assister un moribond impécunieux renversé à un carrefour. Le Collège médical ne blâme pas. Une jeune parturiente meurt, faute des cent bolivars nécessaires pour qu'un de nos médecins se déplace. Pas de sanction. Bougrat, lui, se déplace gratuitement à minuit. C'est lui qui fait l'objet d'une interdiction. »

La réaction qui dut apporter le plus de baume au nouveau paria se trouve dans *La Voz de Margarita*. On y voit un dessin humoristique représentant, à l'entrée de la clinique du docteur Bougrat, une bande de cagoulards. Ils mettent la main au collet de l'honnête praticien et l'entraînent. En avant-plan, une Margaritane dessinée à la manière d'une Alsacienne de Hansi se tord les mains et donne la légende : « Pour le malheur du village, les croque-morts le prennent à sa clinique... Ils ne l'enlèveront jamais de mon cœur ! »

Dès lors, les pétitions se multiplient. Un télégramme a déjà été envoyé au *Señor General Isaïas Medina Angarita, Pte. de la Republica. Miraflorès :*

« Les soussignés, représentants du commerce et de l'industrie de Margarita, sollicitent très respectueusement votre puissant appui auprès du ministre de la Santé et de l'Assistance sociale, dans le but d'obtenir le retrait de la résolution suspendant le docteur Bougrat. Une telle mesure affecterait vitalement toutes les classes sociales de l'île. »

Ont signé, une quarantaine de notables ou de comités d'entreprises, de l'Association des pêcheurs à la Cie Force électrique et industrielle de Porlamar.

La fièvre règne à Juangriego. Des groupes de villageois stationnent devant La Venecia et témoignent leur attachement au médecin chaque fois qu'il entre ou sort de la clinique. Car Bougrat, conseillé en cela par son avocat, Me Raul Leoni – un jeune leader d'Action démocratique et futur président de la République – n'a pas cessé de travailler. On lui inflige des amendes. Qu'à cela ne tienne... Les Margaritans organisent des collectes.

La première fois, dans la quinta envahie, le médecin ne peut cacher son émotion. Ardilla père a ouvert la bourse et – surprise – le produit de la quête dépasse la somme demandée. L'excédent sera remis à une œuvre locale.

Jusqu'au dernier moment, Bougrat espère un recours. Hélas ! la réponse aux pétitions est immuable :

« V.P. 293.589. Miraflorès C.K. 40.340 P.M. (Ramos)

« Société anonyme Association des Pêcheurs de Margarita.

« Suite au contenu de votre radiogramme il ne m'est pas possible de satisfaire le désir que vous exprimez, mon devoir étant d'appliquer la loi. Votre ami. Isaïas Medina A. »

C'est net et définitif. Comme un couperet. Le silence tombe sur les groupes. Margarita avait un saint. On lui ajoute la palme du martyre.

32

« SOTAVENTO »

Le droit de séjour ne fut pas remis en cause, ce qui était essentiel. Il fallait cependant passer en étranger devant la Venecia où le docteur Cordóva, sans la moindre vergogne, venait d'installer sa « médicature ».

Dès lors, où aller? A Caracas? L'État fédéral avait encore un bon côté. Les inquisiteurs de Medina pouvaient opposer à un homme la circulaire n° 2332, l'inquiéter en ce jargon administratif qui, décidément, commençait à submerger la planète... mais il suffisait de changer de territoire, pour pouvoir de nouveau exercer la médecine.

Caracas. C'est peu de dire que la ville changeait. Il ne restait pratiquement plus d'espaces vierges entre les urbanisations. Il devenait rare de voir un troupeau débouler sur l'autoroute dans un nuage d'or. Les *ranchitos* de Catia commençaient de gagner sur la moindre butte, jusqu'au bord des ravines et ce qui, hier, avait une certaine grâce ressemblait aujourd'hui à la prolifération de tumeurs. Bien évidemment, l'hôtel de Rome avait disparu. Le quartier venait de tomber sous les coups des engins mécaniques. Où étaient les petites maisons coloniales? Les grilles qui dissimulaient naguère la rougeur des promises?

Et l'âme du vieux pays?

En cette maison du Libertador, flambant neuve entre les nouveaux buildings? L'âme du Venezuela pouvait-elle dire, comme la poétesse Naty Garcia Guadilla : « C'est là que je me réfugie, certaines nuits d'hiver, lorsque mes fleuves ont perdu la raison et que mes plaines sont inondées? »

Il n'y avait plus les moulins de canne à sucre, si lents; on ne sentait presque plus dans les rues l'arôme du café torréfié. Montvel est mort. Il a été tué par un camion à l'un de ces carrefours fatals aux faibles et aux claudicants. On ne reverra plus sa silhouette d'aristocrate déchu, son chapeau de paille comme un parasol; on ne l'entendra plus proposer ses pistaches chocolatées – longtemps les meilleures de Caracas.

Bougrat se met en quête de Guérin. Il le retrouve dans sa propriété des hauteurs de la ville. L'ancien conseiller n'est certes pas démuni mais, trop heureux d'avoir échappé à la chasse aux « gomécistes », il vit en marge des querelles de l'heure. Aucune envie, pourtant, de quitter ce pays qu'il aime et qu'il a contribué à façonner, dans l'ombre du Benmerito.

Deloffre? Celui-ci est au contraire devenu un personnage important. Il règne plus que jamais sur la nuit caraquègne. Depuis que le général Medina Angarita – un habitué des fêtes de l'Intime – est installé à Miraflorès, le vieux singe a ses entrées au Palais.

Bougrat ronchonne :

– Ton Medina est un sacré loulou, comme tu dis.

– Je ne pouvais rien contre ton Cordóva, proteste Deloffre.

L'ancien dur paraît sincère. Il réussirait presque à se départir de l'air sardonique que lui a donné une fois pour toutes son opération au visage. Je ne pouvais rien, je t'assure. Par contre, ce que je n'ai pas fait à Margarita, je le peux ici. Installe-toi en ville et ne te préoccupe de rien. Ni des poulets, ni du Collège médical.

Il n'en fallait pas plus pour que Bougrat se lance à la recherche d'un cabinet. Il devait le trouver Plaza de Carabobo, dans un petit immeuble de deux étages, face aux araguanys du parc.

Le nom de la place rappelait la bataille qui, pour la Saint-Jean 1821, avait permis à Bolívar de s'assurer la route de Caracas. L'immeuble ressemblait à celui des compagnies pétrolières ou bancaires qui emménageaient dans le quartier.

Sur la fin de l'été tropical, les araguanys resplendissaient de grappes de fleurs jaunes.

Les premiers temps, Bougrat vit dans son bureau. La clientèle se fait lentement. Fort heureusement, dans la capitale, il y a davantage de riches qu'en province – et même de gens excessivement riches – ce qui compense l'impécuniosité des autres.

Pendant quinze ans, Magda, les enfants et lui ont vécu unis comme les doigts de la main. Cette séparation momentanée paraît cruelle à Bougrat. Peut-être dangereuse. A Caracas, la beauté partout répandue vous coupe le souffle. Sont-ils si coupables, ces pauvres mâles du monde latino-américain, si, à chaque carrefour, une femme semble promettre un tempérament de feu ?

Dès que Bougrat peut se libérer de sa dette de 15.000 bolivars, il se met en quête d'une villa. Il la cherche soigneusement, désireux d'entendre Magda s'écrier à son arrivée, sur le ton qui l'attendrit toujours : *« ¡A mi, me encanta! »*

Cet enchantement existe à San Bernardino, quartier ventilé sur les pentes de la Silla. Une petite villa aux murs blancs, au bout d'une allée d'eucalyptus, d'où l'on aperçoit la ville. En franchissant le seuil avec les êtres qu'il chérit, Bougrat ignore qu'à la même heure, à Lyon, la maison de son enfance, le quartier où il a grandi viennent d'être écrasés par un bombardement.

Fin 44, la métamorphose est accomplie. Il est médecin à Caracas. *« Consultario » :* Plaza Carabobo, n° 2. Domicile : cette quinta mi-citadine, mi-campagnarde d'où l'on entend des coqs ni plus ni moins fous que quiconque, dans ce pays fou, chanter à n'importe quelle heure de la nuit !

Médecin à Caracas... Mais comment oublier Margarita ? Comment résister à ce nouveau sentiment d'exil ?

C'est le moment que va choisir Bougrat pour développer

ses dons de poète et d'illustrateur. Doué pour le dessin, il a en effet excellé dans le trait rapide, dans l'esquisse à la mine de plomb, tant au cours de la guerre que plus tard à Marseille en attendant le client. On connaît de sensibles aquarelles de sa vie vagabonde : Serbie et Dardanelles; plus tard, grands fleuves des Guyanes, avec leurs rives enchevêtrées et leurs îles amarrées de lianes. De cette œuvre graphique, sa fille Maria Jose conserve aujourd'hui des cartonniers complets.

Pour la poésie, *El Relicario*, dédié à Magda, avait été son premier essai en langue espagnole. Essai quelque peu scolaire, à la symbolique convenue. Mais l'inspiration s'est renouvelée quand l'île de Margarita est devenue consubstantielle à Bougrat et, maintenant, l'absence devient le motif d'une recherche beaucoup plus approfondie.

Pedro Bougrat et Margarita... L'île aimée inspire des poèmes comme *Puerto :*

Puerto,
me angustias, porque
te pareces demasiado a la vida,
en que la alegria de ver nacer
no compensa nunca
el dolor de la muerte [1].

Elle nourrit *El Callejón* où Bougrat revient sur l'horreur plus qu'entrevue :

...grano de bohemia
sembrado en la ciudad
hipócrita y recta [2].

Le thème margaritan s'apparente à celui de la nouvelle naissance au point que les récits de *La Lavandera* – qui n'est pas une manieuse de battoir mais un pic à fleur d'eau, jaillissant d'écume blanche – se mettent à ressembler à un vécu d'enfance :

1. « Port / mon angoisse / trop semblable à la vie / où la joie de voir naître / n'efface jamais / la douleur de mourir. »
2. « ...ce grain de folie semé sur la ville hypocrite et stricte. »

¡Qué bien canta la Lavandera!
cuando canta a bajamar, (...)
¡hay que oïr la Lavandera
cómo ruge, cómo truena [1]*!*

Un poème de l'Andalou Juan Ramon Jimenez? Non, de Pedro Bougrat, entrevoyant sa mort dans le jeu de cache-cache – *a gallina ciega :* mot à mot, à poule aveugle –, d'une barcasse avec les gardes-côtes ou dans son abandon :

con la marea entrando por su borda rota
y la arena que lo cubre,
poco à poco,
año tras año
hasta que por fin se lo lleva
una marejada de octubre [2].

Simples poèmes du lieu ou de l'instant? Dans son exil, Bougrat poète revient surtout au peuple de son île. Comme il les voit avec précision, soudain, ces hommes de labeur « ... Collier de barbe gris, coupant la carotte de tabac », comme il perçoit leur cri étouffé et rythmé...

para botar al mar
el bote que rechina sobre la arena

« Pour mettre à flot – le bateau qui rechigne dans le sable... »

Il revient à leurs chants de marin. Chants de jours interminables entre ciel et mer. Chants qui disent la tristesse des séparations et le fond de l'ivresse dans les ports éloignés. Chants de grise nostalgie, de peine noire...

Mais plus encore que le patron pêcheur ou le navigant au

1. « Comme elle chante bien, la Lavandera! / Quand elle chante à basse mer (...) / Si vous entendiez la Lavandera / Comme elle tonne et rugit! »

2. « Jusqu'à ce que la marée détruisant sa carène / Et le sable la couvrant / Peu à peu / Une année après l'autre / l'emporte un coup de mer d'octobre. »

long cours, ce sont les femmes de Margarita qui sont pour Bougrat en première ligne pour affronter le malheur. Tisseuses de hamacs de Sainte-Anne. Tresseuses d'espadrilles. Manœuvres aux pieds nus, plus vaillantes que des hommes. Pêcheuses d'oursins de Chacachacare. Femmes dockers déchargeant des cargaisons entières, à Porlamar, pour un réal et demi... Femmes père et mère à la fois : « Sur qui est tombée la double malédiction – d'enfanter dans la douleur et de gagner le pain à la sueur de leur front... » Oui : « ¿Que seria de Margarita sin ustedes? »

De 1941 à 1945, Bougrat termine un recueil. Il compose en outre une demi-douzaine de nouvelles d'une écriture rigoureuse et d'une grande unité de ton.

Le particularisme local et la situation sociale de Nueva Esparta y sont saisis dans ce qu'ils ont d'universel. Les personnages en sont des archétypes. Sotavento, héros de ces récits, est une pitoyable et admirable figure de loup de mer, connue de Curaçao à la Bouche du Serpent.

Bougrat n'est pas Conrad. Mais s'il avait persévéré, il serait devenu, à coup sûr, autre chose que le docteur-qui-écrit. On pouvait attendre le meilleur d'un romancier capable de noter : « La côte de Trinidad n'est rien de plus qu'une nuance dans la demi-brume mauve qui absorbe tout le Levant. De la rive vient ce pénétrant relent d'algues et de coquillages, si particulier aux levers du jour par temps calme. Et le silence est si parfait qu'un poisson qui saute hors de l'eau résonne comme un coup de lanière et qu'on entend, doucement mais distinctement, le bruit que fait, à un demi-mille au sud, le cuisinier de *l'Aurora* en jetant par-dessus bord un seau de saletés [1]. »

En 1945, loin de Margarita, ces textes sont fin prêts. Poèmes ou contes, ils donnent un tableau sans concession de la stagnation économique de l'île, de l'exploitation de ses habitants. N'y aurait-il pas de quoi former un volume, à l'heure où les nouvelles détresses jettent le pêcheur affamé, la laveuse de

1. Tous les écrits de Bougrat sont traduits par l'auteur.

coquilles, vers les torchères du Zulia? Depuis longtemps, Bougrat y rêve en secret. Devenu *caraqueño*, il se préoccupe d'une imprimerie. La Tipografia americana réalisera la chose de façon convenable. L'auteur lui même dut être très vigilant, au marbre. Le livre intitulé *Sotavento* n'a ni les mastics, ni les approximations qui caractérisent le compte d'auteur – à plus forte raison en Amérique du Sud.

Nom du poète; Pedro Bougrat. Sous-titre : *Cuentos*. En couverture : une illustration de l'auteur, couleur émeraude, représentant un paysage orénoquien.

L'édition comporte de belles reproductions – paysages tropicaux et portraits à la pointe sèche. Elle est préfacée par Luis Villalba-Villalba. Bougrat pouvait-il frapper à meilleure porte s'il voulait être intronisé dans sa nouvelle patrie? Juriste, lettré, conférencier à l'espagnole, ce sénateur de Nueva Esparta se voulait, dans la capitale, l'arbitre des consécrations margaritanes. Et Villalba-Villalba qualifie Bougrat de *« Francés acriollado »*...

Ce n'est pas mal vu, à propos de l'homme à qui n'échappe pas un arpent de colline et qui a su faire du paysage géographique de l'île un paysage spirituel. Maintenant, pour avoir avec le recul souhaitable un jugement sur les écrits de Bougrat, peut-être serait-il bon de les soumettre à un autre expert. Au poète vénézuélien de langue française Robert Ganzo, par exemple. A celui dont Paul Eluard disait : « Ganzo, dont la lumière commande »...

« Je n'avais connaissance de Bougrat que par le souvenir de l'affaire qui porte son nom. Je suis surpris de trouver dans son livre des expressions spécifiques de l'Amacuro et du Bas-Orénoque. Raccourcis de mots, syllabes coupées. Pour ce qui est de l'œuvre et de ses personnages, je les tiens pour remarquables. Ils peuvent être inoubliables pour qui a connu le Venezuela.

« A un moment, dans la nouvelle intitulée *Sequia* (« Sécheresse »), il est question d'une pauvre hacienda où un vieil homme habite avec sa petite-fille. Quand la sécheresse devient exceptionnelle, les chèvres mortes, etc. pour avoir un peu d'eau, la petite est obligée de se prostituer au seul propriétaire dont le puits ne soit pas tari. Et quand elle revient, le vieux le devine. Il la regarde et dit : " Petite, il va pleuvoir, nous allons pouvoir ensemencer. " Il y a là une telle humanité... »

Dernier détail noté par Robert Ganzo : Bougrat a fait exécuter son ex-libris à la manière d'un bibliophile. Lorsqu'on sait la vie de l'homme, pourquoi cette ambition ?

« Pour démontrer à tout un chacun qu'il se sent libre. Une manière de défi. »

33

L'EXCRÉMENT DU DIABLE

Quelle a été l'influence de son livre, dans le nouveau statut social de Bougrat ? Minime, vraisemblablement. A l'exception d'une frange universitaire le plus souvent pourchassée, la société vénézuélienne est impénétrable à la littérature. Et lui ne fera pas non plus partie de ces intellectuels qui, à l'image de Gallegos ou de Miguel Otero Silva, auteur de *Cuando quiero llorar no lloro* (« Et retenez vos larmes »), s'engagent dans les idéologies de gauche. Seule la presse de Nueva Esparta fait cas d'un poète que l'on ne songerait à dissocier du notable. Ainsi le veut la pesanteur des traditions, dans des feuilles qui ne semblent exister que pour célébrer réceptions et fêtes de famille. Bougrat réussit à faire parvenir un exemplaire de *Sotavento* à Stefani-Martin et un autre à Me Croquez, avocat à la cour de cassation, censé s'occuper de la révision de son procès.

Mais le métier de l'exilé reste l'exercice de la médecine et Suzanne Mare, une kinésithérapeute française fixée depuis longtemps à Caracas, le décrit ainsi : « A la suite d'un accident, j'eus recours à ses soins. C'était un homme d'une soixantaine d'années, à la chevelure blanchissante, au regard attentif, au visage empreint de bonté. Il me faisait penser à un de ces médecins d'autrefois en qui on avait immédiatement confiance. J'allai le voir parce que rien n'avait calmé mes douleurs et il s'ingénia à trouver une méthode qui pût me soulager. Comme j'étais de profession paramédicale, il n'a jamais voulu accepter un sou. J'ignorais son passé mais, m'eût-on mise au courant, je n'en aurais rien cru. Je ne puis imaginer un seul instant que cet homme, un jour, ait voulu tuer délibérément quelqu'un. »

Le Bougrat des années d'après-guerre n'a pas déserté son île. Certes, il vit avec Magda et les plus jeunes des enfants à San Bernardino. Mais la famille n'a pas tardé à adopter un calendrier. Première quinzaine du mois à Caracas. Seconde à Margarita où l'on s'est installé dans une maison de belles dimensions en bord de plage. La quinta s'appelle « Sotavento ». Toujours fidèle en amitié, Bougrat a demandé à Consuelo Valery d'en être la *madrina* et de poser la première pierre. Juste retour des choses, la clinique La Venecia a périclité. Elle continue de refléter dans l'eau ses murs d'un bleu passé mais elle sera détruite, dix ans plus tard, dans un programme d'assèchement de la lagune. Le docteur Cordóva est reparti.

Le nouveau gouvernement d'Action démocratique qui a chassé le général Médina poursuit l'implantation des « médicatures ». Plusieurs médecins étrangers exercent cependant au village – dont un Américain, corpulent et roux, le plus souvent gorgé de whisky, et les docteurs Roberto et Maruja Ardilla, qui ont fait bâtir une nouvelle clinique et sont de bons amis des Bougrat. Celui-ci voudrait-il exercer à nouveau à Juangriego, rien ne s'y opposerait. Mais comment revenir en arrière? Les garçons seront bientôt étudiants et la vie à Caracas comporte des avantages. Et puis, lorsque le paria avait commencé son apostolat, Margarita était une île abandonnée. Il n'en va plus de même aujourd'hui, même si la venue du médecin pionnier suscite les mêmes mouvements d'affection qu'autrefois, même si, comme cela se fait dans le monde hispanique pour un torero ou pour une célébrité locale, on lui a dédié un paso doble : *« El doctor Bougrat »*, dû au talent de M. Cruz Fermin.

El Santo? Depuis qu'il a blanchi on l'appelle aussi El Viejo.

On ne revient jamais en arrière. Au Venezuela probablement moins qu'ailleurs.

Un jour Bougrat aperçoit sur le môle une très ancienne cliente, une femme qu'il a accouchée sept fois. Elle a le visage ravagé par le chagrin.

– Qu'as-tu, Carmen ?

– Tadeo n'est pas revenu cette année. Quelque chose me dit qu'il ne reviendra plus.

Et comme si elle prenait le médecin à témoin d'un nouveau fléau :

– Que va-t-il nous arriver si mon Tadeo qui était le plus fort et le seul à ne pas oublier sa vieille mère reste à tout jamais là-bas ?

« Là-bas », ce sont les lointaines provinces de l'Est où l'aventure du pétrole tourne, depuis longtemps, à la tragédie.

– Qu'adviendra-t-il de nos pauvres villages, *doctor*, si les plus forts de nos enfants s'en vont ? Regardez la maison : le mur se lézarde, les piliers sont tombés et je ne peux pas les relever toute seule... *¡Mene!*

Pour résumer son affliction, la Margaritane avait recours à ce mot par lequel l'Indien Motilone désigne ce qui naguère ne lui servait qu'à allumer des torches. *Mene :* l'excrément du diable !

Pourquoi se croyaient-ils obligés de bondir du hamac, tous – les meilleurs et les autres – à son relent ? Pourquoi fallait-il que cette substance nauséabonde et noire fût devenue, en si peu de temps, le sang brûlant du Venezuela ?

Certes, quand Bougrat et ses compagnons se traînaient, à l'article de la mort, dans le sable de Soro, l'ère du pétrole avait déjà commencé. C'était même le 15 avril 1914 – une éternité ! – que le puits exploratoire Zumaque n° 1 avait été foré par la Caribbean – filiale de la Shell. Forage héroïque ! On racontait que le trépan avait été amené sur les lieux par un attelage de bœufs enfoncés jusqu'au ventre dans la boue. Les cinq premiers géologues vivaient là, bourrés de quinine, la Winchester en bandoulière. Ils s'appelaient Ralph Arnold, Jack Stokes, Harry Madden, Roy Merritt – le seul qui parlât espagnol –, Dagenais. A chaque relève, ces *gringos* se signalaient l'existence d'un cercueil, dans le soubassement de la cabane qui tenait lieu de Q.G. de la compagnie. Fièvre jaune ou flèches des Motilones : le cercueil servit à plusieurs reprises.

Et loin de penser à ensemencer le pays avec le produit du pétrole – « sembrar el petroleo » – comme l'avait demandé Uslar de Pietri dans un éditorial demeuré célèbre du journal *Ahora*, dès 1936, les gouvernements successifs, forts maintenant de la loi du « fifty-fifty » dans le partage avec les compagnies étrangères, cédaient au délire.

Un délire parmi d'autres.

Le 18 octobre 1945, l'Action démocratique, soutenue par de jeunes officiers mécontents, avait réussi à renverser Medina. Sous le titre de démocratie, et avec la caution du grand Gallegos, une junte révolutionnaire, composée pour une bonne part... de militaires, succédait à un régime militaire. La gauche installée par la force dans un pays où la seule devise de tous était devenue : « faire du bolivar! »

Et la vieille Carmen pouvait dire sa peine à Bougrat. Elle lui racontait le départ des camions de chaque village margaritan, les cargaisons de fils de pêcheurs avec leur gaîté factice et leurs chansons forcenées, les trucks aux essieux affaissés, en longues files d'attente pour le ferry de Porlamar.

Bougrat savait. Il avait déjà vu les mêmes colonnes sur les pistes poussiéreuses, un peu partout dans le pays. D'où venaient-ils, ces exilés de l'intérieur? Des terres basses du Delta? Des pentes arides de la Cordillère? Des Llanos en voie de dépeuplement?

Retour d'exil à la mort du vieux tyran, le romancier de *Casas Muertas*, Otero Silva les avait vus passer lui aussi. Il les avait décrits comme « ouvriers et paysans, vagabonds et piliers de tripots... ». Il énumérait « des camelots, des joueurs de dés, des ronds-de-cuir lassés de leur bureau, des garçons timides, des balafrés, un nègre qui jouait de la guitare. Et aussi des cuisiniers chinois, des Américains du Nord empourprés par le soleil et par la bière, des Cubains aux petites moustaches méticuleusement dessinées, des Colombiens à l'inquiétant regard mélancolique... ».

La même détresse morale règne à Caracas. « Réfugié aujourd'hui, songe Bougrat, serais-je accueilli comme je l'ai été dans les années Vingt? »

Il est vrai que la nation vénézuélienne reçoit en ce moment des apports très divers. Aux persécutés de toutes les contrées du monde s'ajoutent ceux qu'attirent les fabuleuses richesses du pays. Une véritable invasion de naïfs et d'aventuriers.

Au rang des naïfs se trouvent beaucoup d'Italiens du *mezzogiorno*. Ils ont fui la misère, les exactions de la mafia. Sitôt débarqués à La Guaira, certains retournent la poussière. « Qu'ont donc ces abrutis? » se demande l'indigène.

Un parent leur a écrit : « Ici, en Amérique, tu n'as qu'à te baisser pour ramasser de l'or. » Et ils croient bon de commencer dès la descente du bateau.

Pour les aventuriers, il s'agit de fuir une Europe qui, désormais, leur paraît sans avenir. Ce sont des jeunes, pour la plupart. En fait d'anciens compatriotes, Bougrat voit s'installer dans son quartier de Carabobo des gens aux métiers divers et savoureux, en particulier ces individus typiquement français dépourvus de la moindre spécialité mais persuadés de pouvoir les improviser toutes. Il y a un charcutier, un négociant en Armagnac, un bûcheron, un représentant en truffes du Périgord, deux cuistots, une institutrice... Ces jeunes gens dépensent leur maigre pécule et se retrouvent bientôt coursiers, peintres en bâtiment, plongeurs. Quelques-uns réussissent même à réussir!

Appartenant à ce qu'on pourrait appeler la « première classe », mais tout aussi vite réduits au dénuement, deux d'entre eux vont être secourus par le médecin et jouer un rôle dans la suite de cette histoire. L'un comme témoin. L'autre, confident d'un homme qui, jusqu'alors, ne s'était jamais confié.

François de Geoffre n'a pas vingt ans à la déclaration de guerre. A la fin des combats, c'est un jeune héros des campagnes du Normandie-Niémen. Il a vécu sous les ordres du commandant Pouyade les grands hivers de la toundra biélorusse, les missions sur la Prusse orientale. Il est des rares rescapés qui arrivent au Bourget, le 20 juin 1945, aux commandes d'un des quarante yak-3 du régiment offerts par le maréchal Staline à la France.

Mais que faire lorsqu'on n'a aucune envie de travailler dans la margarine et que l'on ne se passionne ni pour les gouvernements de M. Queuille, ni pour les saints triomphes du M.R.P. ? S'engager pour l'Indochine ? Émigrer vers les nouveaux eldorados ?

De Geoffre se trouve bientôt à bord d'un rafiot polonais, le *Sobieski*, au départ de Cannes et à destination du Venezuela qu'il devait qualifier de « terre de folles espérances [1] ».

Dans un bouge de Caracas il épuise ses derniers dollars et le voilà bientôt réduit, d'errances inutiles en recommandations vaines, à un seul repas par jour. Étape suivante : un repas tous les deux jours. Le reste du temps, il se rend à cette bourse aux illusions qu'est la plaza Bolivar. On échange combines et adresses en tournant autour de la statue équestre. D'où l'expression : « à ce soir, au cheval... ». Seule consolation, dans cette montée d'angoisse : les fraternisations imprévues. Dans l'indifférence de la population locale – quand ce n'est pas son hostilité – on peut voir l'ancien des brigades internationales aider l'Italien. De Geoffre est secouru, à ses débuts, par le brave Maeglia, chef pilote de l'Aéro-club qu'il aurait pu voir quelques années plus tôt dans le réticule de sa mitrailleuse. Aux pires moments, un barman d'origine basque ayant fui le franquisme lui sert sa *leche fria*, le matin, en oubliant de se faire payer...

L'itinéraire de Guy Girault est bien différent. Ce second protagoniste de la vie de Bougrat n'arrive à Caracas qu'au cours du second « boom » pétrolier, en 1954.

Une Américaine, Gladys Stewart, avait épousé à Budapest le comte Apponyi. De ce mariage étaient nés trois enfants,

1. Dans un petit livre de souvenirs (Amiot Dumont, 1953).

dont une fille, Géraldine, d'une grande beauté. Géraldine avait tout juste dix-huit ans quand, au cours d'un bal à Tirana, le nouveau roi d'Albanie, Zog Ier, l'avait remarquée et choisie pour épouse.

Or, veuve depuis longtemps, la comtesse Apponyi s'était remariée avec un attaché militaire français en poste à Budapest, le colonel Girault, originaire d'Aix-en-Provence. De ce second mariage étaient nés trois autres enfants – dont Guy, le demi-frère de la reine d'Albanie. Le règne de Géraldine fut bref. N'appela-t-on pas cette nouvelle Sissi, « la reine d'un jour »?

L'un des premiers souvenirs du jeune Guy était la fuite de Tirana, en 1939, au lendemain du baptême du petit prince, dans une limousine où tenait toute la famille et où le colonel, assis près du chauffeur, donnait des ordres stratégiques. Toutes les heures, les stukas des forces italo-allemandes mitraillaient la route en piqué.

A vingt ans, Guy Girault avait eu un précepteur. Il possédait à la perfection la technique du baisemain. Mais, sans fortune personnelle, sans le moindre diplôme, il semblait promis par l'après-guerre à l'honorable situation de représentant de commerce. Que faire sinon céder au mirage sud-américain? Là-bas, la jeunesse et l'audace seraient récompensées. Une riche héritière contribuerait à la redistribution des cartes.

Le point de départ de l'aventure fut fourni dans un bureau des Champs-Élysées par deux messieurs décorés qui chargèrent le jeune homme de gagner Caracas à la cause d'une luxueuse publication : *La Revue Française*.

Deux mois plus tard, le demi-frère de l'ex-reine d'Albanie se faisait – à ses frais – l'ambassadeur de notre prestige national dans la capitale vénézuélienne et passait, comme son prédécesseur de Geoffre, à un repas tous les deux jours. Et un consul affolé écrivait au colonel Girault pour lui décrire le calvaire du nouvel arrivé dans une ville où le coût de la vie était deux fois plus élevé qu'aux États-Unis : « En outre, le trafic de Caracas est intolérable : joignez-y l'absence de repères et d'adresses, la difficulté à se faire ouvrir des portes, l'indécision, etc. Vous aurez un résumé des difficultés que votre fils doit trouver pour accrocher des abonnements dont deux lui seraient nécessaires, chaque jour, pour assurer sa matérielle. »

C'est ce garçon à bout de forces qui vient sonner un matin au bureau du docteur Bougrat. Celui-ci se revoit-il trente ans plus tôt, insomnieux et sentant la mort rôder dans les forêts de la Guyane? Il a pitié et souscrit. Trente-septième abonné d'une revue qui n'en comptera jamais beaucoup plus.

Mais avant que les événements se précipitent, deux anecdotes. L'une pour prendre congé du personnage de Pierre-Georges Deloffre. L'autre significative du comportement d'un Bougrat, saisi comme chacun par les folies de Caracas.

Le dernier exploit du patron de l'Intime donne lieu à un chapitre particulièrement comique du second livre de Henri Charrière : *Banco.* Deloffre, tracassé par les délires sectaires de l'A.D., ulcéré d'avoir vu son luxueux restaurant-cabaret mis à sac par des « vengeurs », garde la nostalgie de son cher Medina et voudrait, par un coup de main audacieux, le remettre au pouvoir.

Papillon marche dans la combine – une certaine somme aidant. Mais comment ne pas avoir quelques sueurs en voyant arriver les premières recrues du complot : « Quatre mecs complètement bourrés dans l'unique fiacre de Caracas... » quatre fous chantant à tue-tête avec des allusions « grosses comme des vaches » au coup d'État de la nuit?

Quant à Deloffre, il donne plus de doutes que jamais à son ami : « Il se tordait de rire, aussi décontracté que s'il allait au bal, ravi de se voir si beau dans son uniforme de colonel, s'admirant dans les glaces. »

« Ne t'en fais pas, Papi... »

Et si, il y a de quoi s'en faire, surtout lorsqu'on se trouve un peu plus tard dans une auto chargée de trois bombes, devant le palais de Miraflorès, espérant faire assez de bruit pour ameuter les autres garnisons!

Le temps passe. Aucun secours n'arrive. Au contraire, ce sont des réguliers que le faux colonel prend pour des conjurés...

Jusqu'à ce que Papi s'aperçoive que celui-ci a les narines brillantes de poudre collée. « Je comprends : il est bourré de came, le mec! la peur m'envahit... » Et pour sortir de ce piège à loups, point n'est besoin d'attendre que Deloffre reconnaisse « on a sûrement été trahis »...

Ce complot manqué devait être le chant du cygne de l'ancien dur, du prince des nuits caraquègnes. « Asilé » à l'ambassade du Nicaragua, chez les tontons de Batista, il décède quelques années plus tard, des suites d'une « cruelle maladie ».

La seconde anecdote concerne directement Bougrat. Comment rester insensible à la course au bolivar qui se développe partout? Comment vivre à Caracas avec sa famille lorsqu'on continue de n'être payé que par un malade sur trois?

L'ingénieux Bougrat met au point une spécialité, à base d'huile de noix de cajou et de principes fournis par la nature vénézuélienne, qui se révèle un excellent tonique tissulaire...

Il ne reste plus qu'à déposer et commercialiser la marque. Le produit s'appellera « Amplor ». Le rez-de-chaussée de l'immeuble, plaza de Carabobo, se transforme en officine. Les petits pots de baume s'y accumulent. Ils portent le logo du laboratoire du docteur Bougrat : une liane sur fond de caducée. Un sigle de trois lettres : R.F.C. : R. pour *reduccion* F. pour *firmeza* C. pour *crescimiento.*

Ainsi ce produit destiné à la poitrine des élégantes peut, à volonté, réduire, raffermir ou accroître. C'est selon la préférence des dames!

« Bougrat s'amuse! » aurait déclaré naguère le commissaire Robert. Après tout, pourquoi pas, dans cette capitale où tant d'individus meurent d'agitation, de faim, parfois de mort violente?

Étonnant Bougrat, en tout cas, médecin des pauvres, authentique écrivain de langue espagnole et, maintenant, fabriquant de cosmétiques!

34

L'HOMME DE CARACAS

Après des mois de désillusions, François de Geoffre – parti dans le secret espoir de fonder sa propre compagnie – a trouvé à s'employer comme pilote d'un affairiste, sur un « taxi » douteux.

Il ramène un jour de Maracaïbo une piqûre de moustique qui s'infecte. Il se précipite chez Guérin. L'as de 14-18 a descendu une à une, depuis la chute de Gómez, toutes les marches de la disgrâce. Une nouvelle génération de Français, jaloux de sa faveur passée, s'ingénie à le discréditer. L'ancien conseiller reste serein dans la maison où, chaque après-midi, de vieux complices viennent brasser des souvenirs et confectionner des « Cuba libre ». Bien sûr, l'ancien compagnon du Guynemer reçoit le pilote du Normandie-Niémen en toute amitié. Que De Geoffre aille voir le docteur Bougrat de sa part. « Dites-lui que vous venez d'arriver de France, que vous êtes sans situation. Il est toujours aimable et c'est, de plus, un très bon médecin. »

La porte de l'immeuble s'orne maintenant d'un nouveau panneau : « Docteur Bougrat – Laboratoire – Produits de beauté. » On ne fait pas attendre le jeune aviateur. Celui-ci voit Bougrat comme un homme « aux cheveux blancs, assez râblé, le visage portant deux rides profondes ».

Alors qu'il regarde l'abcès, sur le torse de son compatriote, Bougrat le fait parler de la France. « Je sentais plus qu'un certain intérêt, un profond appel qu'il s'efforçait de dissimuler. »

Une infirmière fait la piqûre. Bougrat donne la pénicilline nécessaire. Et la conversation se poursuit. Qu'était donc ce fameux régiment aérien? Ses articulations exactes avec les forces soviétiques? Comment vivait-on maintenant en France? De Geoffre était-il allé à Lyon? Bougrat s'enquiert des buts du jeune homme, de ses démarches à Caracas. Puis, le doigt sur la carte du Venezuela, il parle au nouveau venu des beautés sauvages du pays. L'index du clinicien va des Andes à l'Orénoque. Brusquement, Bougrat s'arrête sur un point :

– Voyez-vous, là... c'est le « Saut de l'Ange ». Un endroit mystérieux, une montagne magique, une cascade gigantesque. Savez-vous pourquoi on l'a appelé ainsi?

Il explique alors au visiteur ce que l'on ne sait que depuis peu d'années. La découverte de cette cascade en plein Territoire des Amazones, par un jeune aviateur américain : Jimmy Angel.

Les navigants ne connaissaient, sur l'impénétrable persillade de la forêt, que deux suffusions de la croûte terrestre, deux terrasses de granit que les Yanomami appelaient la Montagne de la Lune et la Montagne du Soleil. Mais qui s'était suffisamment approché pour reconnaître d'autres « tepuy »? Qui aurait imaginé, tombant de la lèvre de l'un d'eux – le Churùn Merù des Indiens – cette inimaginable masse d'eau? En une fraction de seconde l'Américain avait cédé à la fascination. Il avait posé sa machine au sommet de la cascade. Quelle première!

Cela se passait en 1936. Bougrat était à Margarita lorsque tout le pays s'était passionné pour cette découverte... « Le docteur, note François de Geoffre, parle avec ferveur de cette nature comme si, désormais, elle lui appartenait... »

Effectivement, rien ne l'a jamais empêché de parcourir son nouveau pays en bateau. Il a toujours rêvé aux chutes du Caroni, à cette cascade qu'il est encore aujourd'hui une prouesse d'atteindre...

Quand il revoit Bougrat, Guy Girault a renoncé à placer sa revue. Il a vendu du Coca-Cola, fait la démonstration pour une marque d'aspirateurs. Le voilà *cobradore* d'une société de crédit : encaisseur auprès des emprunteurs retors. Ce n'est certes pas un métier de tout repos, dans ce pays neuf. Tandis que les hommes d'affaires édifient des fortunes colossales, les dactylos s'envolent pour faire leurs emplettes à Miami. *« Compre hoy y pague mañana »* affichent en grosses lettres les commerçants de Caracas. Suivant le conseil, les vigoureuses Noires des bidonvilles acquièrent des machines à laver « made in U.S.A. » et, pour les remplir, continuent de courir à la fontaine avec un baquet sur la tête.

Le travail du garçon consiste à se traîner, en autobus et à pied, d'une urbanisation à l'autre. Sept à huit kilomètres chaque fois, au risque de tomber d'insolation. Il y a parfois de nouveaux boulevards célestes. D'autres fois les bulldozers n'ont pas fini de décapiter la montagne. Les buildings jaillissent à vue d'œil au sommet des collines. Une chance encore si, arrivé au but, l'encaisseur n'est pas accueilli à coups de revolver par de mauvais payeurs. Un jour, Guy Girault s'évanouit entre les bétonneuses. A ce régime, tous les matins, ses gencives saignent. Revoir Bougrat... Il ne s'agit plus de le taper d'un abonnement mais de lancer un S.O.S.

Cette fois, il y a foule au cabinet. C'est une cerbère peu amène qui fait la discipline dans l'escalier. Quand vient le tour du Français, le médecin comprend tout de suite . « Ouvrez la bouche... » Un coup d'œil suffit. A force de privations, Girault est dans l'état des anciens navigateurs. Guetté par le scorbut.

Bougrat lui fournit des vitamines, l'invite plusieurs fois à déjeuner, à proximité de son travail.

Question au témoin :

– Bougrat vous a-t-il invité chez lui?

– Jamais. A ma connaissance, il n'admettait aucun Français dans son intimité familiale.

– Méfiance ?

– Peut-être, et gêne. Il ne faut pas oublier que pour la plupart des Français de Caracas il restait un évadé de Cayenne. Quand j'ai eu une situation en vue, je me suis étonné au cours d'un 14 juillet à l'ambassade qu'on ne l'ait pas invité. « Vous n'y pensez pas... Un ancien forçat ! » La vieille dame qui se récriait avait marié sa fille à un Français très important, M. de M. Ce M... était un ancien collaborateur ayant vendu des Juifs par trains entiers aux Allemands. J'ai dit à cette dame : « Au jour du Jugement dernier, le forçat Bougrat pèsera d'un autre poids que votre gendre dans le plateau de la balance... »

– Et ce langage a plu à l'Ambassade ?

– C'est simple, je n'ai plus jamais été invité.

La vie familiale de Bougrat, homme de Caracas, est celle d'un patriarche. Il assiste en esthète aux folies caraquègnes. Le commerce d'Amplor, florissant tout d'abord, connaît quelques difficultés. Faut-il en rire ? En pleurer ?

Quand le praticien dispose d'un moment, il va voir des combats de coqs, à deux pas de la plaza Carabobo, partagé entre l'horreur et la fascination.

Sa vie marseillaise d'autrefois ? L'âge aidant, il la jugerait avec sérénité. Sans regrets et sans repentir. Combien d'anciens combattants de 14-18 ont eu, après la démobilisation, des conduites aberrantes ? Combien de fugueurs parmi eux, combien d'amnésiques parmi tant de garçons qui jamais ne purent effacer « leur » guerre ?

Son bonheur, aujourd'hui, ce sont les 4.000 volumes qu'il a réunis dans sa bibliothèque de Sotavento. Le patio de cette demeure est empli d'arums, d'orchidées. En octobre il resplendit de flamboyants. Comme autrefois les perroquets mènent grand bruit.

Pas un jour où il ne réécrirait pour Magdalena la dernière strophe du *Relicario* : « Asi tu eres en mi; y tu eres mi tormento, y mi vida [1]. »

1. « Ainsi étais-tu en moi mon tourment et ma vie. »

Les enfants quant à eux sont sur le point d'être établis. Solange, la première, s'est envolée, mariée à un jeune fonctionnaire, neveu de Mgr Lebrun, l'archevêque de Caracas. Maria Jose et Teresita sont fiancées. Enrique termine ses études d'ingénieur; il se passionne pour une science neuve : l'informatique. Seul, Juan n'a pas encore quitté le bercail. Il vit à Margarita. C'est un spécialiste de l'école buissonnière. On lui connaît des filles à Pedrogonzalès, à Sanjuan, à Porlamar, à Pampatar...

Que manque-t-il pour que cette vie soit pleinement réussie? Pour que Bougrat savoure enfin ce qui ressemble au bonheur accompli? La révision de son procès!

Déjà, à l'avènement du colonel Perez-Jimenez, les proches du dictateur ont insisté pour que le docteur Bougrat changeât sa qualité de résident en celle de citoyen vénézuélien à part entière. On souhaitait bâtir le pays moderne avec des éléments de valeur. A Magda qui insistait, il a répondu qu'il lui serait douloureux de renoncer à sa nationalité d'origine.

Le 6 mars 1948, il avait confié à son avocat : « L'Ambassade m'annonce officiellement que le 30 août prochain me sera remis mon passeport français. »

Depuis la Libération, des réductions de peine sont intervenues qui, s'il ne s'était pas évadé, auraient fait de lui un homme libre. Mieux, le consul général d'alors lui a fait savoir qu'il a le droit de solliciter sa grâce. Une grâce que Me Moro-Giafferri, alerté par Stefani-Martin, se fait fort d'obtenir d'un homme consciencieux et honnête : Vincent Auriol.

C'est alors – surprise! – que Bougrat se raidit : « La grâce? ce serait reconnaître ma culpabilité. Ce sera la réhabilitation ou rien. » Et il écrit alors à son avocat : « Je vous en conjure, agissez, remuez la France, provoquez la révision de mon procès! Je ne veux pas que mon nom soit chargé d'opprobre pour l'éternité. » Oui, cet « opprobre », maintenant que les enfants ont grandi, lui paraît insupportable. Comme si le verdict des assises d'Aix l'avait brûlé au fer rouge!

Mais que se passe-t-il à Marseille? Pour quelle raison Stefani-Martin, soudain, ne se manifeste-t-il plus?

Bougrat a relu cent fois sa dernière missive – datée de 1948 : « La révision (dans votre cas " faits nouveaux " – art. 443-444 du code d'Instruction criminelle)... En toute franchise, je nous crois assez bien placés... J'ajoute que plusieurs articles de presse ont au moins ouvert un grand doute... »

Suivent des recommandations : « De votre côté, donnez-moi vos propres arguments, veuillez aussi me résumer les circonstances de votre évasion, les conditions de votre vie depuis. Le moment venu, en effet, il ne faudra pas rebuter la presse... Sans tomber dans le roman-feuilleton, vous ne pourrez vous soustraire à l'anecdote. Mais tout doit conserver un caractère élevé... »

Le romantique Stefani revenait sur les jours enfuis, il parlait de lui, le cher vieil ami, de ses épreuves personnelles : « Je vous ai écrit que j'avais subi de graves opérations. Ma femme a été une compagne exceptionnelle dans mes jours de souffrance, après s'être remarquablement comportée, en vraie et grande Anglaise, dans la bataille pour notre Sainte Libération.

« A votre tour, parlez-moi de votre femme, de votre famille. On recommence donc sa vie... »

Suivaient quelques futilités « Envoyez-moi des photos, des timbres (pour des amis)... ».

Une marque de compassion : « Bien des choses ont dû vous manquer dans votre exil, auxquelles vous avez certainement suppléé par votre patience et votre dévouement, comme autrefois par votre héroïsme... »

Et puis, plus rien...

Bougrat ne saura jamais que l'avocat à la cour de cassation, Me Croquez, s'est plaint de lui à la même époque : « Je suis dans le noir le plus absolu à propos du docteur... Je n'ai pas eu de réponse, pas plus qu'à mes lettres précédentes. »

Parbleu! ces lettres n'arrivaient pas. Et à Marseille, les courriers de Stefani étaient souvent volés. Enfin, Bougrat ne se doutait pas que le 26 août 1955, la voix de son défenseur allait s'éteindre à tout jamais.

Pour l'instant, le hasard a placé sur sa route ce jeune

Aixois : Guy Girault. Bougrat lui porte secours sans arrière-pensée. Il compte bien, tout de même, lui demander de voir du monde à son prochain voyage, de reprendre son dossier. Le jeune homme saura-t-il comprendre l'idée fixe qui gagne le médecin âgé ? Dans le tumulte du présent, saura-t-il entendre la voix de l'emmuré ?

Dans un premier temps, Guy Girault est préoccupé par autre chose. Il a abandonné son rôle de cible vivante *(¡cobra-dore!)* – et cherche un autre métier.

Un soir il dîne avec un trafiquant d'origine albanaise, trop heureux d'inviter le frère de son ex-souveraine. Un certain Tony Kolendal. Le repas a lieu au Tamanaco, l'un des plus beaux hôtels du monde. Les deux hommes ont pas mal bu. A la fin du dîner, Kolendal tient à accompagner son invité à sa voiture. Girault tergiverse. L'Albanais insiste lourdement. Le Français excédé se dirige vers la route :

– Merci. Je vais à pied. Que vouliez-vous savoir, la couleur de ma Cadillac ? Je n'ai même pas une Chevrolet d'occasion. Je prends l'autobus.

A ce mot d'autobus, l'épouvante se peint sur le visage tzigane. Soit ! Girault ira jusqu'au bout :

– Sachez aussi que votre invitation était la bienvenue. Je n'avais rien mangé depuis quarante-huit heures. Quant au smoc que je porte, je l'ai emprunté à un gars de Toulouse qui travaille dans un bar.

Probablement fallait-il cet électrochoc. L'onde amortie, l'Albanais se métamorphose :

– Eh bien, Guy, franchise pour franchise, tu vois cette voiture, ce restaurant ? J'ai commencé avec ça...

Et tirant ses manchettes, l'homme exhibe de puissants avant-bras :

– L'année dernière encore, j'étais docker à La Guaira. Sache que dans ce pays, si tu n'es pas le plus fort, tu n'as qu'un droit : te laisser écraser.

– C'est la mentalité du milieu, objecte le garçon encore empreint des leçons du catéchisme.

– Ici c'est celle de tout le monde. Si tu ne l'as pas compris, permets-moi de te demander pourquoi tu as traversé l'Atlantique?

C'eût été long à expliquer. Mieux valait entendre la proposition qui devait suivre ce dîner :

– Nous avons l'un et l'autre tout intérêt à nous entendre, disait l'homme à la peau pigmentée, aux yeux presque bridés. J'ai le filon. Tu as la carte de visite.

Bref, Tony est l'homme de paille de V..., un ministre influent. Il agit sur renseignements. Il achète sur la base de 3 à 5.000 bolivars le m^2 à Chacaïto, aux Palos Grandes, partout où de nouvelles urbanisations vont être agréées. Trois mois plus tard, quand la *Corporacion del Fomento* entérine les décisions, les prix sont multipliés par 10.

La part du lion file vers Panama et Kolendal perçoit, quant à lui, 20 % des plus-values. Il est, ni plus ni moins, un des innombrables intermédiaires que traînent avec eux, dans la Caracas de Perez-Jimenez, une foule de grands requins de la finance.

La spéculation est si forte qu'on n'a même plus le temps de visiter ni de consulter les dossiers. Il ne tient qu'à Guy d'aider l'Albanais qui, en contrepartie, lui rétrocédera 5 %.

Ainsi, en 1956, Guy Girault est-il installé dans un luxueux immeuble de San Bernardino. Comme le gotha de la saucisse et du béton, il dispose d'une Cadillac de couleur émeraude conduite par un chauffeur café au lait. Juste revanche d'une jeunesse rieuse et sans cupidité, s'il visite des collines à bâtir, le jour, il file dès le crépuscule vers la fête dangereuse de Catia. Ah! ces loupiotes rouges au-dessus des portes, ces rythmes afro-cubains aux carrefours de l'immense ville du couteau et des plaisirs, ces fumées bleues, ces odeurs de viandes grillées devant chaque taverne! Les filles, très jeunes pour la plupart, sont d'une beauté peu ordinaire. Il y en a une avec qui le garçon aime bavarder des nuits entières. Une Colombienne qui ne méprise pas le *mussiù* et, le cas échéant, accepte de le suivre hors-Catia.

Mais avant tout, Girault a hâte de remercier l'homme qui l'a secouru quand il était au plus bas. Il tient à l'inviter à son tour. Le dîner a lieu à La Bastille, le restaurant français le plus cher de Caracas. Cet établissement est tenu par un ancien spahi au parler truculent, Denianec...

Au cours du repas, Bougrat s'amuse fort des aventures du jeune homme. Cela ne lui apprend rien sur les mœurs du jour – qui sont celles de toujours! Le monde entier semble s'être abattu sur le Venezuela. Par chance, la proie est vigoureuse. Ne dit-on pas qu'à cette heure, sur le cours du Caroni, le dictateur fait surélever un barrage de cent mètres, sans aucune nécessité technique, pour la seule satisfaction de sa vanité?

Les souvenirs affluent. En sa folle après-guerre à lui, que n'avait-on pareilles ressources! Dire qu'à Tabaris, il était allé jusqu'à taper la dame-pipi de cent sous! Enfin, l'âge était là. Bougrat donne divers conseils au jeune Aixois. En premier lieu qu'il se méfie. Quelle que soit sa réussite, il restera un étranger. Lui-même, Bougrat, connaît déjà de graves déboires dans l'exploitation d'Amplor. Mis à part la concurrence de spécialités tout droit venues des États-Unis, il a dû, résident et non-citoyen, s'adjoindre un vénézuélien comme caution dans ses rapports avec l'administration. On appelle cela un *fiador*. Le médecin se serait volontiers passé de ce gras chaperon qui signe ses contrats avec un stylo en or massif.

Second dîner. Cette fois il n'est plus question d'affaires. Bougrat souhaite aborder le détail de son imbroglio judiciaire. De son côté le jeune Girault brûle d'entretenir le médecin – probable substitut du père absent – de ce qui, présentement, lui tient à cœur : ça y est! Il a réussi à tirer la petite Colombienne de Catia! C'est une jeune femme étonnamment intelligente, d'une gentillesse, d'une sensualité... Il l'a emmenée au bal de la *Jeanne*, en rade de La Guaira, où elle a fait l'admiration de tous les enseignes de vaisseau. Encore un peu, il envisagerait de l'épouser...

Devant ce besoin d'aimer, Bougrat revoit-il son passé avec Andrée Audibert? L'expérience du bagne est-elle encore présente? Se sent-il blessé malgré la réussite de sa vie ultérieure?

– Vous sollicitez mon avis? Ce que je peux vous dire c'est qu'une femme qui a commencé dans la prostitution retournera un jour ou l'autre à la prostitution.

Ce même soir, les deux convives abordent la question du procès. Bien sûr le colonel Girault connaît tout le monde, à Aix. Le procureur est un de ses amis. Guy pense retourner en France pour de brèves vacances, ne serait-ce que pour y montrer puérilement sa réussite.

C'est alors que Bougrat – toujours si muet sur les circonstances du drame de la rue Sénac – laisse échapper un mot que son interlocuteur ne relève pas sur le moment. Il met en garde le jeune homme contre ses trafics. Il ajoute : « Aujourd'hui, dans ce pays, tout le monde pille allègrement. Quand je pense qu'à l'époque, j'ai eu honte pour une misérable sacoche... »

Plus tard, le temps venu du souvenir et de la réflexion, comment Guy Girault ne se serait-il pas interrogé? Et si ç'avait été là le secret de Bougrat?

Que le vénérologue de la rue Sénac n'ait pas voulu tuer, cela pouvait s'admettre. Les déductions du professeur Barral accréditaient la thèse de l'accident. Pourquoi dès lors tant de camouflages et de fables de la part de l'accusé? Une fois encore, pourquoi ne pas avoir prévenu la police? Pourquoi Rumèbe dans le placard? Tout devenait intelligible si l'on admettait que, l'encaisseur ayant succombé par accident, Bougrat avait gardé le contenu de la sacoche. Il était criblé de dettes – de toute façon suspect. Le monde lui apparaissait comme une sinistre farce. A quoi bon jeter ces « misérables » huit mille cinq cents francs qui, de toute manière, ne rendraient pas la vie à l'ancien compagnon de tranchées?

Une fois confondu, l'homme de bien, l'ancien héros avait « eu honte ». Il était allé jusqu'à risquer sa tête pour ne pas avouer un menu larcin. A force de brouiller les pistes, il s'était acculé à un système de défense qui, sur le moment, avait paru dérouter jusqu'à son défenseur...

Quand les deux hommes sortent de La Bastille, la nuit caraquègne retentit des grands travaux qui, depuis des mois, transforment certaines avenues en forums à la romaine. Il faut que la perspective Bolivar soit prête pour le 2 décembre, anniversaire de la prise du pouvoir. Perez-Jimenez concrétise ainsi, chaque année, un de ses rêves impériaux.

Contrepartie d'une fantastique expansion, on voit luire de tous les points de la capitale les cent mille lucioles des misérables cabanes accrochées aux pentes des montagnes. Les sous-hommes qui vivent là ont l'éclairage gratuit. Il leur suffit de jeter un fil de laiton sur la haute tension : un secteur de *ranchitos* en reluit instantanément. La paix sociale n'en brille pas pour autant comme ce second firmament.

Les semaines passent. Quelques mois. Bougrat n'entend plus parler de Girault. Le garçon est-il déjà parti en vacances? A-t-il perdu le fil, avec sa Colombienne?

A la chute de Perez-Jimenez, le médecin est à Juangriego. Une fois encore il a la chance de se trouver loin de la capitale quand de pareils événements se produisent.

Bougrat peut continuer sa convalescence. En effet, un accident de la circulation aux Palos Grandes lui a valu de mauvaises fractures de jambe. Depuis, les douleurs de ses anciennes blessures s'en trouvent exacerbées.

Dans le silence de l'île, il pense à son recours. A soixante-dix ans, il en est obsédé.

– Et ce jeune Français qui devait t'aider? demande Magda.

– Aucune nouvelle. J'espère que rien de fâcheux ne lui sera arrivé.

Le lendemain, ouvrant les journaux, Bougrat a un hochement de tête. Il appelle sa femme :

– Mon petit compatriote, regarde-le!...

Il y a un gros titre dans les *Ultimas Noticias* de Caracas.

« Uno que trabajaba con V... [1] *»* On voit sur un cliché l'homme de paille et son ministre. Sur un autre, Girault appréhendé par un garde national, la mitraillette dans les reins.

« Deux étrangers qui cachaient des armes dans l'appartement 4 B, 4e étage de l'édifice " Oslo ", San Bernardino, ont été arrêtés hier matin... »

Les flics des successeurs de Perez-Jimenez ont, sans nul doute, su apporter les armes. Quant au sort du jeune Aixois, après confiscation des biens si féériquement acquis, ce sera le peloton ou l'expulsion.

Il a la chance d'être expulsé. Pour lui, la fête sud-américaine est finie. Pour Bougrat, l'espoir de la révision s'éloigne à tout jamais.

1. « Un individu qui travaillait pour V... »

35

LES COQS ENSANGLANTÉS

Bougrat regarde la photo de Nicole. Ce premier enfant que la vie lui a donné, il sera dit qu'il en ignorera tout jusqu'à son dernier souffle. Nicole doit avoir quarante ans aujourd'hui.

Le médecin ne se plaint jamais de ce silence d'outre-océan. Pour sa part, Magda évite de parler de ce qui pourrait aviver la douleur de son mari. Elle se contente de ranger le petit cadre de cuir rouge quand, sur la table de travail, papiers, briquets et pipes paraissent trop en fouillis.

Bien qu'il ne consulte plus, on vient prendre l'avis d'El Viejo, à Juangriego, pour des cas désespérés. Bougrat aimerait répondre aux appels venus de tout l'Oriente. Ce fichu accident, dix ans plus tôt, l'a sérieusement handicapé. Quelques tôles de voiture lui auront été plus préjudiciables que le surin des transportés ou la mâchoire des crocos! A l'intention d'amis, il récapitule alors : « Fracture ouverte de la jambe. Luxation du genou. J'en suis à la quatrième opération... »

Est-ce une raison, cependant, pour apitoyer? Au journal *Ici Paris* qui publie une série consacrée à d'anciennes vedettes de l'actualité, il répond. Le climat a changé. Stefani ne lui avait-il pas recommandé d'amadouer la presse?

Trois fois par an, une femme s'agenouille sur la tombe de Landru : sa veuve. Chaque matin, un petit-bourgeois anonyme met le contact de sa voiture : Bonhoure, premier gagnant de la Loterie nationale. Qu'est-il advenu de Violette Nozières, se demande-t-on en France, de Bougrat?

L'exilé ne se dérobe pas. « Une évasion, vingt ans de tropiques et un grave accident d'auto, n'ont pas trop abîmé mon physique, n'est-ce pas? – (Et après ça, j'ai le culot de dire que je ne suis pas exhibitionniste!) »

Allusion ironique aux anciens commentaires, au prétendu « narcissisme » de l'accusé d'Aix? La photo qui accompagne cet envoi montre l'homme de Caracas en pied, bon gabarit, visage de trois quarts face, la pipe à la main...

Malgré ces dehors rassurants, le praticien qui, de sa vie, ne s'est jamais alité un seul jour pour cause de faiblesse ou de maladie, éprouve en réalité quelque inquiétude pour son cœur. A deux ou trois reprises, dans la touffeur déprimante de la saison humide, à l'issue de dures journées de travail, Bougrat a senti le monde vaciller. La douleur irradiait exactement où il est dit dans les traités.

Que faire? Ne pas s'alarmer outre mesure, éviter les à-coups – vite dit à Caracas! –, renoncer par exemple à ces *puros* de La Havane dont l'éternel fumeur faisait grosse consommation? A Magda, qui s'étonne de ne plus trouver de boîte ouverte, il répond sur un ton énigmatique : « J'ai appris que fumer le cigare bouchait les coronaires. » Seule la pipe, modérément...

Plaza Carabobo, les perspectives n'ont rien de réjouissant. Le *fiador* dispose des créances du laboratoire. Ce grotesque personnage n'est jamais là lorsqu'il faut faire face aux fournisseurs. Bougrat s'impatiente. Il se lasse d'une entreprise qui – jointe aux lourdes dépenses occasionnées par les suites de son accident – menace d'engloutir les rares économies de ces dernières années.

D'ailleurs, tout l'irrite, maintenant, dans la capitale... Jamais la misère du petit peuple n'a été aussi grande. Les campagnes de presse « anti-perejimenistes » font figure de piètres diversions. Ah! les perversions sexuelles du petit colonel mégalomane à figure d'angelot! Que ne sont-elles destinées à faire oublier!

Désabusé, Bougrat?

Au début des années Soixante, il se crispe sur sa propre situation. Au nouveau gouverneur de Margarita, l'écrivain H. Narvaez-Alfonzo, il répète pourquoi il a refusé la grâce : « Je n'ai ni pardon ni indulgence à réclamer; rien que justice. »

Il aimerait revoir la France avant de mourir. Il souhaiterait se rendre sur la tombe de son père. Mais cette traversée, il voudrait pouvoir l'effectuer la tête haute. Pourtant, quand le consul général le reçoit en toute amitié, Bougrat refuse de passer par la grande porte. Il n'entrera jamais que par la pharmacie voisine dont le patio est commun à celui de la maison de la France. Lui, l'ancien forçat, ne se sent pas digne de compromettre la représentation officielle de son pays... Comme si la flétrissure infligée le 28 mars 1927 par la cour d'assises d'Aix-en-Provence avait introduit, dans la conscience du condamné, le sentiment taraudant d'une indignité définitive.

Un soir, il quitte son bureau avec le vague pressentiment qu'il n'y reviendra plus. Dans l'impossibilité de faire rendre gorge au *fiador*, il a fallu liquider Amplor. Cette dérisoire entreprise a « fracassé ». Ce même soir, le « pitt » de la *pelea de gallos* semble ouvert, à en juger par le mouvement des amateurs du quartier. A Irapa, le combat de coqs avait été le seul spectacle où Magda avait refusé d'accompagner son mari. Il eût été mal vu qu'une femme fréquentât ces cruelles messes pour Créoles surexcités. Lui, Bougrat, se laissait prendre à l'animation autour des pesées, au dépôt des cautions. La froide méthode des habitués le fascinait, il eût volontiers dessiné leurs faces superbes ou ignobles.

Dès l'entrée, le médecin trouve qu'il fait chaud là-dedans, très chaud. La transpiration de tant de corps, les relents de poulailler, la fade odeur du sang composent un bain à vous retourner les boyaux. Les éclats de voix autour des plateaux de cuivre où les coqs font du bec, les oiseuses discussions sur le chiffre des *goudes*, le cri enroué des parieurs alcooliques communiquent à Bougrat un sentiment de menace.

Pour chasser ce malaise, il s'intéresse aux combats en cours. Plusieurs sont conclus en quelques secondes : coup à la cervelle ou coup au cœur, le propriétaire a juste le temps de retirer sa loque ensanglantée.

Au combat suivant, Bougrat a l'impression d'assister de plus en plus loin à l'ultime mouchetage, à la comédie des juges vérifiant le « sentir ». On lance deux gros coqs de vingt mois, la crête soigneusement taillée, l'un paillé-noir, de race « Lancier » – un *garrocho* – l'autre faisan-cannelle, et les rondes se multiplient. Bougrat sent son malaise s'accroître, devenir douleur. Dans le « pitt », ce qu'il reste de plumes aux deux adversaires ruisselle, la tête des coqs – yeux becquetés et crevés – n'est plus qu'un bloc rouge et gluant... Bougrat se rappelle les combats « à la loyale » dans les cages du bagne. Tout à l'heure, quand on a fixé aux ergots les éperons d'acier – des pointes acérées de cinq centimètres – il a soudain revu les coutelas que l'on distribuait à la Côte-du-Poivre, quand il fallait « nettoyer » une tranchée. Et pour lui, ces épreuves traversées, cette fausse liberté reconquise n'ont-elles pas ressemblé à cet écorchage entre vifs ?

Selon son habitude à la *pelea*, Bougrat est resté debout. Maintenant que ses jambes se dérobent, le gradin est comble. Il n'a d'autre ressource que de sortir. Au prix d'un effort inouï il parvient à l'air chaud de l'extérieur. Il revoit l'immense place de Nuevo Circo, son trafic d'autobus, ses groupes d'Indiens désœuvrés. « Probablement la plus forte crise... » pense-t-il. Et il tombe lourdement sous les acacias.

On lui fait respirer de l'oxygène. Il est encore sous perfusion et ses confrères, au Centre médical de Caracas, le considèrent comme un revenant. Il a exigé qu'on lui montre ses premiers tracés électriques : l'infarctus est patent.

Lorsque Madga revient dans la chambre, il veut la rassurer. « J'avais déjà eu quelques crises, sais-tu. Ce ne sera pas la dernière. Quelque chose me dit que j'en aurai autant que d'éclats d'obus dans le corps, Quatorze... »

Au cours de cette hospitalisation, Bougrat ne lit ni ne reçoit de visites – hormis les enfants qui viennent à tour de rôle aux nouvelles. Il parle peu, revoit le cruel mais fabuleux passé qu'il a refusé de raconter à prix d'or à un magazine américain.

Que l'on révise son procès, certes. Cela fait longtemps, cependant, qu'il n'en veut plus à Gauthier de Roy, ni aux Bringuier et Siame dont, en chrétien, il renoncerait à se venger, les tiendrait-il à sa merci. Quant au trésor de l'abbé Faria, ce songe puéril a pu le soutenir pendant de longs mois de cellule... Bougrat fait un effort, il voudrait parler :

– Le trésor...

– Quel trésor, demande Magda ?

– Une vieille histoire, je t'expliquerai... Simplement, je rêvais de trouver un filon quand j'étais là-bas. Un filon d'or, une mine de diamants qui m'auraient permis de renverser le cours des choses et de faire expier, un jour, ceux qui m'avaient fait tant de mal.

– Il ne faut pas revenir sur tout cela.

– Tu as raison, reprend Bougrat... Mais le filon existait tout de même. Il nous appartenait de le découvrir – et d'une voix à peine audible : le seul trésor qui compte, en définitive, c'est l'amour.

Dès sa sortie de clinique, Bougrat regagna Margarita. Il n'était pas fâché de quitter Caracas pour toujours. Pourquoi avait-il fallu, à un moment, que la malignité de certains l'ait empêché de rester dans son île et d'y être une fois pour toutes le « médecin des pauvres » ?

Bougrat a soixante-douze ans. Il retrouve son île par une de ces périodes de sécheresse qui la rendent sauvagement belle. Quel havre de paix que Sotavento ! Dans la blancheur des pièces tournoient de grands ventilateurs. A Anna, morte depuis cinq ans, a succédé une Guatémaltèque, Francisca, qui réplique avec le même acharnement aux insolences de Poncho. Le vieux Félix, diminué par sa bronchite, ne fait plus grand-chose; il se contente d'aller des débits de boisson du paseo aux marches de la maison sur lesquelles il dort à l'ombre. Jamais la mer des Caraïbes n'a été d'un azur aussi intense.

L'auteur de *Sotavento* avait annoncé *Escalas* – nouveaux poèmes – et *El Macho Ordaz* – un roman – sur la page de garde de son livre. Aura-t-il le temps de mettre le point final à ces esquisses qu'il a si souvent charriées de Juangriego à San Bernardino? Si tel n'est pas le cas, tant pis! Quelque chose dit à l'ancien médecin qu'il a fini sa saison. Il s'évade de plus en plus par le souvenir. Souvenirs d'une enfance lyonnaise qui revit avec une netteté insoupçonnée. Impressions d'un passé plus récent. Ainsi Bougrat se rappelle-t-il le seul voyage hors-Venezuela qu'il ait jamais accompli : c'était le président Perez-Jimenez lui-même qui lui avait demandé, en 1950, de se rendre à Lima, au chevet du frère de l'ambassadeur du Pérou – un grand ami à lui. Ce voyage avait valu à Bougrat la joie de survoler la Cordillère dans un avion militaire et, plus naïve encore, la satisfaction, pour un ancien forçat, de disposer d'un passeport diplomatique!

Une énigme touchant l'année 61 et la retraite du médecin de Juangriego : ses relations avec Romulo Gallegos. Retour d'exil, l'ancien président de la République et leader de l'A.D., a-t-il rendu visite à Bougrat au cours de ses vacances à Margarita? On l'a dit. Rien d'impossible à cela, si l'on songe à l'estime dont jouissait le médecin français parmi l'élite du pays. De son côté, Bougrat a la plus grande admiration pour l'auteur de *Doña Barbara.* Mi-amazone, mi-sorcière que cette doña Barbara – et sa voix : « flûte de démon androgyne... rumeur grave de la forêt vierge... lamentation aiguë de la plaine... ». Elle personnifie la nature vénézuélienne insoumise contre laquelle devait s'épuiser tout civilisateur.

Bougrat et Gallegos : deux hommes qui, à des titres divers, ont essayé d'apprivoiser la peur de vivre avec des mots inventés un à un. Maintenant, dans la quiétude de Margarita, comment ne parleraient-ils pas d'un tout autre événement? Fallait-il trembler de nouveau pour ce qui se passait dans une île voisine – brûlante celle-là?

Lors de son séjour à La Havane, Gallegos s'était inquiété du phénomène de « pistolérisme » qui gagnait la quasi-totalité de la jeunesse. Le goût du maniement d'armes. L'aisance à se transformer en mercenaires du crime. Au nom des idéaux les plus généreux, le mouvement de Fidel Castro ne commençait-il pas à ressembler à une de ces manifestations d'absolutisme caudillesque resurgies du passé le plus typique?

Bougrat redoutait lui aussi la contagion du démiurge. Non pour lui, qui se savait au-delà de la réalité et des songes, mais pour les enfants. Vu de Caracas – où l'on savait de quoi on parlait – le nouveau Cuba libre n'apparaissait plus comme un dosage de rhum et de Coca-Cola mais comme la perpétuation du péché originel de l'Amérique latine. Le recours à la violence... encore la violence!

Le 12 janvier 1962, à la fin d'une journée torride, Pierre Bougrat dit à Magda : « Je sors... »

Elle sait où il va. Bien souvent, à l'heure où le son des cloches tombe comme des pierres fraîches dans le répit du soir, son mari se rend chez son ami Hermann, un Allemand, ancien professeur, marié à une Vénézuélienne. Les deux anciens combattants se rappellent être passés à Verdun aux mêmes dates.

Bougrat a eu plusieurs crises ces derniers mois. Brèves pour la plupart, qu'il a réussi à dissimuler à sa femme. Il prend ses anticoagulants. Il avance dans l'étude de l'Indi et ses lectures du moment sont les *Upanishad.*

Ce soir, il sonne à la porte d'Hermann et, tout à coup, à l'instant précis où le philologue ouvre, Bougrat s'effondre. L'Allemand a juste le temps de le recevoir dans ses bras. Au cri, l'épouse du professeur accourt. Un jardinier se précipite. On tire le corps jusqu'à un canapé. Bougrat semble étouffer.

Un jeune cardiologue, le docteur Rodriguez est bientôt là. En vain. On appelle Magda. Elle n'a pas une plainte. Pas un cri. Elle entoure simplement de ses bras le corps de l'homme qu'elle a aimé dès le premier regard, auquel elle n'a cessé de penser un seul jour et qu'elle a révéré à l'égal d'un dieu. Elle entend encore les mots qu'il prononçait à la clinique : « Le trésor existe... ce trésor, c'est l'amour. » Est-ce la certitude de la résurrection qui la soutient quand le docteur Rodriguez constate le décès?

Juan est au cinéma avec des camarades. On fait appeler le garçon qui arrive, essoufflé. Juan reverra toujours le cadavre du père : « Il mesurait deux mètres... » En fait, la taille exacte de Bougrat – maintes fois établie par l'anthropométrie – a toujours été de un mètre quatre-vingt-quatre. Quoi qu'il en soit, il faudra quatre robustes Margaritans pour ramener la dépouille en sa demeure.

Dans une pièce du bas, on a dressé une chapelle ardente. Magda a fait couper les arums du jardin et, parmi les voisines en prière, elle tient à veiller elle-même celui qui était venu, un jour, de l'autre côté de la mer.

Quel a été le dernier effort du proscrit pour parler, l'écume aux lèvres? A-t-il voulu lui rappeler un vers du *Relicario :* « Un jour viendra où je disparaîtrai? » A-t-il voulu répéter ce qu'il disait aux enfants; « Je meurs innocent, je vous le redis encore. Gardez mon honneur »?

La réponse est dans cette rumeur que Madga croit entendre, la nuit venue. Un chuchotis, des voix distinctes sous les palmes. On ouvre la porte de bois précieux à deux battants et, avec le bruit des vagues remuant les tartanes, entre la foule des pêcheurs. Il y a beaucoup de femmes d'Altagracia, de Pedrogonzalès; d'autres, accourues de Porlamar, le rosaire au poignet. Nombreux sont ceux que le médecin a soignés ou mis au monde, ceux qui lui doivent la vie d'un enfant ou d'un frère.

Les premiers arrivants ont confectionné des quinquets comme, autrefois, cela se faisait devant la prison de Carupano. D'autres abritent du vent la flamme d'un cierge au moyen d'une feuille de bananier repliée. Bientôt, l'avenue conduisant à Sotavento ressemble à une allée de lumière.

Pendant l'office en l'église de Juangriego, Magda se demande si ce n'est pas l'excès du malheur, par le passé, qui a rendu l'agnostique respectueux des décrets de la Providence. Bougrat parlait du mystère de Jésus, du fils unique qui a souffert sous Ponce Pilate. Comme lui, il était descendu aux Enfers. Bien des lettres à son père, à son avocat, laissaient supposer qu'il en avait ramené la foi de Lazare.

C'est enfin la marche vers le cimetière, à un kilomètre en direction des salines. Depuis peu, la famille Bougrat-Strochia disposait d'une concession dans l'aire resplendissante où le marbre blanc fait cligner les yeux.

La terre est ouverte... On estime à six mille personnes le nombre de ceux qui défilent pour un dernier adieu.

La nouvelle de la mort du docteur Bougrat tombe à Caracas à l'heure où le jour dissipe la torpeur des *ranchitos* et pose le premier reflet de mica sur les gratte-ciel des multinationales. Elle se répand à l'heure où le paysan des Andes traverse la floraison du *bucaré*, à l'heure où le brouillard s'effiloche, dans les forêts de l'Orénoque, devant l'Indien mystérieux.

La presse *caraqueña* fait ses gros titres de cette disparition. Elle reprend dans son ensemble la légende de l'ancien déporté de Cayenne devenu « saint » par l'intercession de Magda et de Margarita. L'« Affaire » française est évoquée avec une objectivité de bon niveau journalistique. On souligne la sévérité de la condamnation. Quant au crime, les journaux vénézuéliens sont circonspects. Comment, le 14 avril 1925, Bougrat aurait-il eu l'âme si noire puisque tous les actes de sa vie, avant et après ce jour fatidique, n'avaient tendu qu'à un seul but : la conservation de la vie?

A la fin de l'année, la revue *Élite* recense les « valeurs vénézuéliennes » disparues en 1962. Notice et photo du docteur Pierre Bougrat figurent en bonne place, parmi celles de Parédès, ministre de la Guerre, de l'humoriste Leopoldo Ayala, de l'éminent obstétricien Aguarraverre, de Mgr Duluc, prélat du Zulia. N'était-il pas moral, en fin de compte, qu'un ancien forçat fût admis au panthéon de sa nouvelle patrie entre un général et un archevêque?

La gloire de Bougrat ne s'est pas démentie depuis. Le 10 mars 1973, une souscription publique a lieu à Juangriego et la municipalité fait ériger un buste sur sa tombe. Le buste de marbre, plus grand que nature, reproduit fidèlement le large front, le visage ouvert du « médecin des pauvres ». Une plaque a été apposée, sur laquelle le visiteur peut lire : *« Homenaje del pueblo agradecido a la memoria del medico francés... »*

Hommage du village reconnaissant
A la mémoire du médecin français
Le docteur Pierre Bougrat
Qui trouva sur cette terre un havre de paix
Et sut répondre à son hospitalité
Par les bienfaits de sa profession
1890-1962

Dernière énigme : le buste porte sur les joues et le nez des taches rouges. Pourquoi ces traces, qui ressortent même sur les photographies? Solange, fille aînée de Bougrat, nous donne l'explication...

Ce sont les femmes de Juangriego qui ne peuvent passer devant l'effigie d'El Santo, au cours de leurs visites au cimetière, sans lui témoigner leur attachement. Que faut-il admirer le plus, dès lors? La fidélité des Margaritanes, ou la robustesse du rouge-baiser vénézuélien?

Caracas, 1986-1988

EN GUISE D'ÉPILOGUE...

Bougrat était innocent

La mémoire est calme.
A. TOURSKY

Quand j'étais enfant, la cité phocéenne et ses dimanches d'or, c'était bien sûr les exploits de l'O.M. au stade vélodrome. Liberati. Salem et Hadidji. René Bihel... Mais dans l'imagerie locale vivaient encore de fortes figures de la politique et du milieu : Vitalis. Carbone et Spirito. Parmi ces fantômes, le médecin de la rue Sénac occupait une place de choix. On continuait de chanter *La Piqûre à la Bougrat.*

En 1949, *Samedi-Soir* avait retrouvé « sept témoins qui accablèrent le docteur Bougrat et l'accablent encore... ». Il fallut attendre le succès de *Papillon* et les années soixante-dix pour qu'un journal – *Paris-Match* – ose plaider, en France, la cause du médecin de Margarita et parler de réhabilitation. On put lire, sous la plume de Pierre Joffroy : « Sa générosité et son courage en ont fait un héros de légende. »

Qu'en serait-il de cette affaire si elle survenait de nos jours ? A la lumière de nos récentes connaissances, Bougrat serait-il de nouveau condamné ?

Première réponse à cette question : une déclaration du professeur Desgrez à l'avocat au lendemain même du procès : « S'il n'est nullement prouvé que le médecin a supprimé une existence, n'est-il pas de toute certitude qu'il en a sauvé un certain nombre par sa conduite héroïque à la guerre ?... Cette certitude-là aurait dû lui valoir au moins le bénéfice du doute. »

A titre de référence, en 1988, dans l'affaire des médecins

de Poitiers, le jury, par un acquittement général, préférera laisser en liberté le ou les coupables, plutôt que de prendre le risque de condamner des innocents. A l'inverse, Bougrat, en son temps, ne recueillit à aucun moment le bénéfice du doute. Ce fut là le premier déni de justice.

Seconde « faute » : le ministère public avait exclu tout juré apte à saisir l'importance de la question scientifique dans l'affaire. La majesté de la justice ne servit qu'à masquer le langage pourtant si clair des savants par des élucubrations d'escrocs, de faussaires et d'assassins. Un tel viol serait-il aussi facilement accepté par un jury populaire à l'heure actuelle ?

« Faits nouveaux », avançait Stefani-Martin avant sa mort... Comment ne pas revenir sur deux pièces que l'avocat découvrit trop tard pour le procès mais qu'il eut le temps de publier en 1928 dans son livre *Le Docteur Bougrat n'a pas tué* ? Il s'agit d'une lettre de Gauthier de Roy à un co-détenu, explicitant la machination, et d'un modèle de lettre à faire endosser à Bougrat.

En 1928, Stefani était dans la polémique lorsqu'il écrivait : « Le juge n'acceptait-il pas comme argent comptant tout ce que Gauthier lui racontait ? Il est probable qu'ils passèrent ensemble les meilleurs moments de leur vie... » Aujourd'hui, une analyse textuelle de ces lettres montre qu'il y a eu forgerie. Serait-il aventureux d'ajouter que le repris de justice et le juge les avaient « potassées » ensemble ?

Plus que jamais, la réponse à la question « Bougrat a-t-il voulu tuer ? » se trouve dans l'étude scientifique du dossier. Nul ne se risquerait à mettre en doute la valeur de l'expert, le professeur Barral. La postérité a largement confirmé la carrière du savant lyonnais, qu'il s'agisse de l'étude sur le ferment glycolitique du sang – étape capitale dans la découverte ultérieure de l'insuline – ou de ses recherches sur les dérivés surchlorés du benzène et du phénol. Longtemps, la méthode de détection de l'albumine dans les urines porta le nom des « anneaux de Barral ».

On conçoit l'agacement d'un tel savant, malgré sa modestie, lorsque des farceurs de prétoire vinrent dire que, s'il soutenait Bougrat, c'était pour des sympathies de clocher! La méthodologie employée en toxicologie, dès 1925, par le professeur Barral était irréprochable et elle a été confirmée en 1948 par G. Denigès, de la Société de Pharmacie de Bordeaux, au 13ᵉ symposium de l'Association biochimique argentine de Buenos Aires.

La thèse de l'accident thérapeutique ne devrait plus faire de doute aujourd'hui. Rumèbe a succombé à ce qu'on connaît maintenant très bien : la crise nitritoïde de l'arsénobenzol.

Déjà, en 1923, Leredde et Brouet, dans leur traité de la syphilis, mettaient en garde contre ces accidents. Il était question de *« la mort en quelques heures »* comme de l'apparition *« tardive »* de l'intolérance. Le même produit, connu sous le nom de Solvarsan dans le monde anglo-saxon, faisait des ravages. Parmi de nombreux patients, la romancière Karen Blixen, auteur d'*Out of Africa*, dut, pour sa part, interrompre un traitement. Les accidents furent beaucoup plus fréquents qu'on ne l'a dit. Les témoignages de médecins retraités abondent. Dans les années Trente, certains vénérologues s'étaient mis d'accord pour se porter assistance en cas de pépin. L'un d'eux nous confie aujourd'hui : « Il m'est arrivé la même chose qu'à Bougrat. Comme je ne tirais pas de chèques sans provision et que j'étais " bien " avec le commissariat, l'affaire, pour moi, n'a pas eu de suites... »

En fait, l'arsénobenzol – le fameux 606 –, premier traitement à l'arsenic de la syphilis inventé par Ehrlich en 1910, a rendu d'immenses services. Modifié en novarsénobenzol pour cause de toxicité, il devait être le seul recours pour les malheureux vérolés jusqu'à l'avènement de la pénicilline en 1945. Sa contrepartie – la plus grave étant la « crise nitritoïde » au cours des séries d'injections – tenait à l'instabilité du produit. Dans le monumental Lebeau, *Traité de Pharmacie clinique*, il est précisé : « La solution de Solvarsan disodique, dans l'eau, est en partie vraie, en partie colloïdale et c'est à cette dernière que seraient dus les accidents aigus observés. » Le fabricant mettait lui-même en garde contre les altérations possibles.

Y eut-il négligence de la part du docteur Bougrat? Utilisa-t-il l'ampoule en deux fois – et ce, d'autant plus que le produit était coûteux et qu'il ne faisait jamais payer son compagnon de guerre? Rumèbe n'était-il pas à jeun?

Ouvrons le *Traité de Médecine* de L.M. Pautrier, éd. 1951. La crise nitritoïde serait « constituée par des troubles vaso-moteurs qui apparaissent très rapidement... ». Toutefois, elle pourrait ne se produire « qu'à retardement, avec un décalage de plusieurs heures, alors que le patient a quitté le cabinet du médecin, parfois dans la rue ».

Ses symptômes? « Le visage rougit... une sensation de constriction thoracique s'accompagnant d'angoisse... » Ultérieurement : « Le visage pâlit complètement et le malade s'affaisse en syncope totale qui peut s'accompagner de vomissements... »

N'était-ce pas cet état précis que Bougrat avait mis sur le compte du suicide? Et lorsque les analyses du professeur Barral lui firent découvrir la possibilité de ce type d'accident, ne parut-il pas déplorer sincèrement de n'avoir pas fait le seul geste qui eût rattrapé le malheureux? Ce geste auquel le médecin faisait allusion était l'injection immédiate de 1 mg d'adrénaline.

Aiguillonnés par la trivialité et le parti pris du tribunal, les jurés ne furent pas à même d'accéder à cette technicité. Tout se joua comme s'il y avait eu d'un côté la vraisemblance, de l'autre la science – et aucune solution de passage entre les deux.

Mais pourquoi un acharnement aussi unanime à voir Bougrat coupable? Pour quelle raison, si l'on excepte la fantastique poussée de l'opinion publique?

Dans ses fulminations de *l'Action française*, Léon Daudet

dénonce une justice aux ordres : « Il n'est aucun devoir d'État qui soit supérieur à la justice. Ceci me rappelle, en beaucoup plus atténué, certes, l'ignoble attitude, au procès Bajot, de cette canaille de Peignot... cherchant son avancement dans le sang de mon fils assassiné... » Et plus tard, lorsqu'on apprit l'évasion du bagne : « Il est encore un autre point de vue sur lequel je veux attirer l'attention des gens qui ne croient pas que Poincaré a relevé le franc et que Briand a réalisé, de dessus son pot, la paix éternelle entre les nations.

« Déclaré innocent par deux savants de premier ordre... Bougrat n'en a pas moins été envoyé au bagne, parce que c'était la " Loâ ". »

De son côté, le chroniqueur de *L'Humanité* flairait non sans raisons la manipulation : « Un juge d'instruction n'est pas un feuilletoniste. Il n'est de plus jamais désintéressé. Et l'on doit dès maintenant se poser la question : au nom de quels intérêts privés a-t-il agi ? Quels intérêts bourgeois prétendait-il ménager ? Nous voici revenus au grand procès social. »

Rien ne permet d'affirmer que tel ou tel laboratoire ou groupe industriel ait imposé au tribunal de sacrifier Bougrat. Il est pourtant indiscutable que le médecin de la rue Sénac *devait* être reconnu coupable. L'affaire Bougrat était la première grande affaire d'accident thérapeutique des temps modernes.

Aurait-on accusé, non le praticien mais l'arsénobenzol, quel n'eût été, alors, l'état de choc collectif! N'oublions pas que l'arsenic était le seul remède, le seul espoir des syphilitiques alors fort nombreux. Le nœud de l'« affaire » pourrait être là : dans un accord inconscient. Par ses « étourderies », le bouc émissaire ne s'était-il pas lui-même désigné ? On sacrifia un pauvre diable de médecin sans influence à des pouvoirs dont ni lui ni ceux qui le jugeaient, n'avaient complètement idée [1].

1. A ce propos, il n'est pas inintéressant de noter que les juges de Bougrat étaient en fin de carrière à la date du procès. Ils étaient donc probablement

Sociologie.

Le docteur Bougrat n'appartient pas vraiment à l'un des deux camps qui, traditionnellement, se partagent la France en ces sortes d'affaires.

On entend dans la foule : « Sois tranquille, il aura une cellule à part! Il n'est pas en peine, il fera venir ses repas du restaurant! » Pourtant, même si tout s'achète, en prison, le père de Bougrat avait épuisé ses ressources à rembourser des plaignants; jusqu'au bout ce « bourgeois » fut pauvre et abandonné.

A l'inverse, pour la classe dominante oublieuse des traumatismes de la guerre, il était un apache – pis, un non-conformiste. « Rien qu'un individu », eût dit L.F. Céline.

Rumeur. A cinquante ans du drame, et après d'autres déluges, on s'étonnera à peine qu'un procureur ait versé au dossier des dizaines de lettres comme : « Je soupçonne le docteur Bougrat de commettre des crimes, des assassinats et des atrocités sous mon nom... » ou; « Depuis très longtemps, le quartier de la Capelette est sous la menace de cet individu qui vole toutes les personnes qui se fient à lui... Si ce sont de jeunes femmes, il en fait ses maîtresses... »

Mal français? Certes. La justice reconnaît rarement ses erreurs. Au fond, tout le monde s'aperçut assez vite que ce procès était une mascarade. Mais qui eût osé le remettre en cause? Qui eût osé s'élever contre l'Institution?

Leçon de ténèbres.

L'affaire Bougrat terrifie parce qu'elle montre la fragilité du statut de chacun d'entre nous. Mais cette vie édifie plus encore. Un homme traverse les Enfers. Il se régénère au Venezuela. Contre le destin qui le broie, il laisse un souvenir radieux.

entrés dans la magistrature antérieurement à 1907, date à partir de laquelle le recrutement des juges allait se faire sur examens et titres. Si tel est le cas, les juges de Bougrat relevaient des anciennes nominations et ne tenaient leur raison d'être que du bon vouloir des politiques.

SOURCES ET REMERCIEMENTS

J'exprime ma vive gratitude aux personnes qui ont bien voulu me communiquer leurs archives familiales sur l'affaire Bougrat : M. Paul-Étienne Barral, M. Philippe Robert (†), Mme Véra Stefani-Martin, Mme Nicole X..., née Bougrat, ainsi qu'à la *Sra.* Magdalena Strochia-Bougrat et ses enfants.

Comment oublierais-je qu'en vingt ans d'amitié, Guy Girault, à maintes reprises, m'a suggéré de consacrer un livre à celui qui, à Caracas, l'avait si humainement secouru ?

Au cours de l'élaboration de cet ouvrage ou pendant mes séjours au Venezuela, j'ai reçu une aide ou des renseignements de la *Sra.* B.C. de Blasini, la *Sra.* Borra, M. Bernard Cave, M. Pierre Duviols, professeur de civilisation hispano-américaine à l'Université d'Aix-en-Provence, le docteur Robert Fontaine, psychiatre à Caracas, les explorateurs Alain Kerjean et Alain Rastoin, M. Joris Lagarde, l'écrivain Juan Liscano, Mme Mary-Anne Minvielle, Mme Fabienne Pan, la journaliste Maria Ramirez-Ribes, Mme Françoise Rollot, Mme Jacqueline Roussel. Qu'ils en soient ici remerciés.

En Guyane, j'ai séjourné dans les villages wayanas d'Aloïké et d'Emboula Soula, sur le Haut-Maroni.

Précisons enfin que toute similitude de situation ou de patronyme avec ceux des personnages secondaires de ce livre ne pourrait provenir que d'une coïncidence tout à fait fortuite et indépendante de la volonté de l'auteur.

Index alphabétique

ACRIOLLADA : Devenue Créole. *Francès acriollado :* Français « encréolé ».

ALCALDE : Maire *(mot esp.)*.

BABOUNE : Désignation du singe ou du babouin. *(Sabir guyanais.)*

BONGO : Grand canot de transport à fond plat en usage au Venezuela.

BUCARÉ : Arbre de la région des Andes portant une abondante floraison rouge.

CAMISA : Chemise *(mot esp.)*.

CAMPESINO : Indien sorti de la forêt et fixé par l'agriculture.

CARRAO : Petit échassier. *Zool. Aramus Scolopaceus.*

CEDULA : Carte d'identité *(mot esp.)*

CHAPARRO : Arbuste épineux aux bras tourmentés très souvent rencontré dans la savane vénézuélienne. *Bot. Byrsonima Coccolobaefolia.*

LA CHIQUINQUIRA : Vierge de l'État de Zulia donnant lieu à un pèlerinage célèbre dans tout le Venezuela et la Colombie.

CRIMINELLE : Pelle *(argot du bagne)*.

DEGRADS : Bord de rivière formant plage.

FINCA : Maison de campagne. Propriété agricole *(mot esp.)*.

FRAÏLEJÓN : *Bot.* Genre de liliacée semi-arborescente dont la floraison dorée, en octobre, recouvre les pentes des Andes vénézuéliennes.

GALERON : Séquence dans la danse du tamunangue.

GÉNIPA : Plante dont les Indiens extraient une teinture noire.

GOUDES : Handicap *(mot créole)*.

HATO : Immense domaine non clôturé du Llano vénézuélien où errent en liberté les troupeaux de chevaux et de bêtes à cornes *(mot esp.)*.

LANCHA : Grosse barque de pêche dans les pays d'Amérique latine.

LLANOS : Immenses plaines inondées une partie de l'année, qui s'étendent des pré-Andes à l'Atlantique et correspondent aux bassins de l'Apure, du moyen et du bas Orénoque. Leurs habitants sont les légendaires *Llaneros.*

LONG-TOM : Appareillage destiné à décanter les boues aurifères sur les anciens placers.

MARAKÉ : Séance d'initiation et d'épreuves, rite de passage de l'adolescence à l'âge d'homme chez les Indiens de l'Amérique tropicale.

PELEA DE GALLOS : Combat de coqs.

PELUDOS : Autrement dit, « velus ». Se rapporte en réalité aux Indiens qui portent des inclusions labiales d'épines et de bâtonnets.

PIAYE : L'homme-médecine *(mot d'origine tupi et caribe)*. Selon A. Métraux : « L'agent du surnaturel dans les sociétés indiennes de l'Amérique tropicale. » Ou encore : « Tout individu ayant commerce avec les esprits dans l'intérêt de la communauté. »

PITT : Aux Caraïbes, lieu où se déroulent les combats de coqs. *(Sabir anglo-créole.)*

POPOTE-MARRON : Libéré – évadé. *(Sabir guyanais)*.

PUROS : Cigares de La Havane *(mot esp.)*.

RANCHO : Hutte misérable aux murs de terre et au toit de paille.

RANCHITOS : Bidonvilles au Venezuela, équivalent des *favelas* brésiliennes.

RATICHON : Aumônier *(argot du bagne)*.

SEIS CORRIDO : Séquence dans la danse tamunangue.

SURIN : Couteau *(argot)*.

TAMOUCHI : L'Ancien, particulièrement instruit des choses du monde indien. Désigne le chef du clan. D'ascendant purement culturel et moral *(mot d'origine caribe)*.

TAMUNANGUE : Musique traditionnelle vénézuélienne.

TEPUY : Énormes tables gréseuses qui parsèment les pénéplaines de la forêt dense Orénoque-Amazone.

ZIO : Oncle. *Zio* en italien. *Tio* en espagnol.

TABLE DES MATIÈRES

PREMIÈRE PARTIE : L'AFFAIRE

DEUXIÈME PARTIE : LE BAGNE

TROISIÈME PARTIE : LE VENEZUELA

EN GUISE D'ÉPILOGUE...

Du même auteur

Aux Éditions Phébus :

La Mémoire du fleuve (L'Afrique aventureuse de Jean Michonet), 1984. Prix du Livre d'Aventure au Festival de l'Aventure vécue de La Plagne, 1984. Prix des Libraires, 1985. Éditions France-Loisirs, 1986. Le Livre de Poche, 1986.

Chez d'autres éditeurs

Le plus grand des taureaux, roman, Le Seuil, 1962. Édition pour les bibliophiles aux Cahiers du Minotaure, 1978.
Le Métier d'amant, roman, Le Seuil, 1964.
La Fuite en Espagne, récits, Le Seuil, 1965. A paraître : édition pour les bibliophiles, Librairie Séguier-Archimbaud, avec des illustrations originales d'Yves Brayer, 1988.
L'Exil, roman, Le Seuil, 1967.
La Casse, roman, La Table Ronde, 1973.
Le Soleil pour la soif, roman, Julliard, 1978.
Passion tauromachique, essais, Clancier-Guénaud, 1986.

Cet ouvrage
réalisé pour le compte des Éditions Phébus
a été composé et achevé d'imprimer
par l'Imprimerie Floch à Mayenne
le 18 juillet 1988.
(26882)

Dépôt légal : juillet 1988
I.S.B.N. 2-85940-112-1
I.S.S.N. 0180-9687